Dominique Lafourcade:
[En búsqueda de un título]

Bryan Alviárez Vieites

ISBN: 978-3-9823130-2-3

Índice

Capítulo VI

El baúl de los juguetes rotos
Las hijas de la adversidad
Las flores de hierro

1

Nunca he creído en la energía, el horóscopo ni las señales cósmicas. Tampoco en las casualidades ni en esa mística que se empeña en afirmar que todo está interconectado. Al contrario, siempre he sido una mujer de hechos, hipótesis y comprobaciones; de deducciones y muestras. Me gusta descubrir la verdad. O al menos tratar de encontrarla por medio de la observación y el análisis.

Sin embargo, he de admitir que a veces —y solo a veces— la lógica, la razón y la ciencia no alcanzan para explicar las casualidades humanas. Existe un puñado de hechos extraordinarios que suelen sorprendernos a los más escépticos, y aunque existe la posibilidad de que mi mente ya cansada por los años sea quien esté intentando darle sentido a esta serie de eventos aparentemente inconexos, no puedo dejar de recordar aquel marzo de 1967 como lo fue para mí: una extraordinaria coincidencia de calamidades.

Cuando irrumpimos en la casa de mis abuelos, aquella noche de finales de verano, tras la inesperada fuga de mi padre en los Estados Unidos, la fachada de las casonas y los jardines del terreno no eran los únicos que lucían demacrados y tristes, sino que los habitantes de la 115 también parecían descosidos.

Al bajar del taxi, seguimos a mi abuela hacia el interior de aquel hogar de recuerdos. En el interior del salón, las luces eran muy tenues, quizás porque varios bombillos se habían quemado. En el centro de la estancia, un par de velones se esforzaban por iluminar el lugar, pero no lo lograban, y la oscuridad desvanecía los rincones, haciendo que el espacio pareciese mucho más angosto de lo que en realidad era. La chimenea estaba apagada, igual que la radio y, para mi sorpresa, había más rostros de los que esperaba. Sin distinguirlos bien, sentados sobre los sofás, se les notaba abatidos; sus posturas, deshechas y las miradas, ausentes. Sin decirlo revelaban que algo muy profundo se había roto en ellos.

Esa noche las sonrisas fueron realmente escasas. No hubo grandes reencuentros ni una alegría compartida. La reacción inmediata fue, más bien, de sorpresa e incredulidad. Todos nos observaban confundidos, como si trataran de convencerse de que aquello no era real. Mi madre no era la nuera favorita, pero cuando llegó envuelta en penumbras, cargada de maletas, junto a sus dos hijos, todos entendieron que había sucedido algo terrible sin necesidad de palabras.

Nosotros no lo sabíamos, pero era un mal momento para aterrizar en el que parecía un salón de juguetes rotos. Por alguna razón, a mi mente volvió la imagen del *Fondo,* aquel ático ubicado al final del jardín donde iban a parar los objetos olvidados por el tiempo.

Apenas nos sentamos, fui arrebatándole a la oscuridad los rostros de aquellas figuras melancólicas. El primero que distinguí fue el semblante particularmente serio de mi tío Gastón. Seguía aparentando menos edad de la que realmente tenía, y una pequeña barba frondosa ya le adornaba el mentón. Era extraño verlo sin su característica expresividad y me sorprendió la ausencia de Madeleine, su esposa. Junto a él estaba Pilar Valdivia, una de sus mejores amigas de la infancia. En su rostro combatía la preocupación y la falta de sueño. Al instante, noté que usaba sus manos para protegerse el vientre. Tenía un embarazo avanzado. «*¡Te casaste!*», le dije con una alegría imprudente. Su rostro entristeció de inmediato y eludió la pregunta: no volví a tocar el tema.

Al otro lado de la sala, mi madre se sentó junto a mi tía Quety, quien lucía especialmente deshecha. Contrario a lo que dictaba su norma de vestimenta y su manual de *mujer moderna,* esa noche su ropa estaba algo desaliñada y mal combinada. Aunque en su rostro maquillado con excesos había una sonrisa artificial, con mucha frecuencia esta se desvanecía para darle paso a un semblante afligido de ojos ausentes que buscaban en la oscuridad algo que ya no existía.

En el salón nadie conversaba. Mejor dicho, no se conversaba de nada. Las palabras salían para gastar oxígeno, como si fuese necesario hacer ruido a pesar de que nadie prestaba atención al significado de la conversación. Cada quien vivía en su cabeza, perdido en sus problemas, soñando con no estar allí; pero lo estaban. No había salidas de emergencia ni escapatoria alguna. Aunque se negaran, estaban obligados a confrontar su realidad.

Las mismas luces anaranjadas que deformaban cada uno de aquellos rostros, también levantaba una jauría de sombras a sus espaldas. Las imágenes deformadas de sus portadores se movían como si tuviesen vida propia; daba la sensación de que en aquel salón había mucha más gente atormentada por el lamento y la desdicha.

Apartada de todos, como testigo ausente de esa extraña velada, estaba mi abuela Raquel. Seguía vestida de luto con sus largos vestidos y apenas se distinguía su semblante gracias a las finas hebras de luz que emanaban los velones y le besaban con furia ambos lados del cuerpo. Su cara era la más triste de todas. Con solo verla, algo se me retorció por dentro. La suya era una tristeza endurecida y reseca que no aceptaba compasión. Sus facciones arrugadas y decaídas se veían envueltas en una extraña dignidad. Levantaba el mentón con cierto orgullo, como si estuviese decidida a seguir aguantando a pesar de la adversidad.

Mi abuela hubiese estado agradecida de que sus únicos pesares se limitaran a llorar y extrañar a ese esposo que buscaba día y noche, casi de forma inconsciente, entre los murmullos y rincones de aquella casona repleta de los fantasmas del pasado; sin embargo, la calamidad no le permitió abrazar su dolor con tranquilidad. Desde la muerte de su esposo, los problemas no habían hecho más que desfilar frente a ella sin que pudiera hacer otra cosa que lamentarse y perder la fuerza a base de suspiros.

El primer mazazo llegó desde el propio seno familiar. Como suele suceder, las herencias despiertan los sueños oxidados de obtener lo que nunca se poseyó. En épocas de gran necesidad, como las había siempre en Chile y Latinoamérica, el dinero se recibía con una mano abierta y la otra transformada en un puño, por si surgía la necesidad de hacer valer las leyes. En ese sentido, los conflictos llegaron casi al instante. La herencia de mi abuelo consistía en un conjunto de terrenos, la renta de un par de propiedades, dos autobuses; *Toro,* el viejo automóvil, y una de las casonas de la 115.

La sucesión fue tan engorrosa que a pesar de los años nunca se concretó del todo. Cada uno de los hijos tenía una exigencia y no daban su brazo a torcer: Eliana, desde el lejano Perú, exigía que se vendieran las casas en alquiler y también los terrenos, mientras que Quety defendía la necesidad de recibir esas rentas para subsistir. Mientras tanto, Gastón no intervenía demasiado y se conformaba con ser el responsable de cuidar al *Toro,* un automóvil que nadie quería. En el caso de mi padre, ni siquiera se preocupaba por lo que estaba ocurriendo. Como cabeza del clan, su ayuda hubiese sido de mucha utilidad; él era el único que podía imponer orden a todo el asunto, pero estaba en otro plano de la realidad, perdido en sus proyectos y sus planes de futuro.

Así las cosas, mi abuela no podía más que sentirse con los brazos atados e incapacitada para obrar de una u otra manera. Ni siquiera podía imponer su pensamiento, pues se requería la firma de todos los hijos para tomar decisiones sobre los bienes heredados. La resolución final consistió en no tomar ninguna decisión y dejar que el tiempo sosegara la mente de todos, algo que, lamentablemente, nunca sucedió.

Aquello tampoco importó demasiado, rápidamente los problemas de la herencia pasaron a un segundo plano cuando ocurrió el *«incidente»* de la tía Quety.

Mi tía era amante de la fiesta, eso era algo que todo el barrio sabía. Desde su llegada a la 115, ella y su esposo organizaron las veladas más extraordinarias de una época en la que no había casi discotecas ni lugares para salir a bailar. Quety las llamaba *El bailoteo* y su popularidad creció hasta extenderse más allá de Paula Jaraquemada. Todos los fines de semana, mi tía sacaba su refinado y costoso tocadiscos de cuerpo entero traído desde los Estados Unidos y dejaba que aquellos vinilos mágicos transformaran la sala de su casa en un lugar memorable. Gracias al boca a boca, acudían veintenas de desconocidos entusiasmados y dispuestos a pagar su entrada con tal de acceder a un lugar divertido que les permitiera pulir sus pasos al ritmo de Bill Haley & His Comets con «*Rock Around the Clock*», Elvis Presley y su «*Jailhouse Rock*», Chubby Checker y el mítico «*Let's Twist Again*», y el chileno Luis Dimas con su «*Caprichito*».

11

Las parejas danzaban con los pasos más diestros, casi sacados de los programas norteamericanos que con frecuencia mostraban a hombres de trajes oscuros y mujeres con vestidos de lunares disfrutando de la música como solo podían hacerlo ellos. Vi muchas veces esos programas en California, creyendo que solo los habitantes de ese país lograban fusionarse de esa forma con su música. Sin embargo, descubrí mi error al ver a los santiaguinos haciendo piruetas y acrobacias, moviéndose con una soltura extraordinaria y disfrutando con una pasión desbordada y sudorosa aquellos ritmos que a mí me empujaban a mover el cuerpo sin que nadie me viera.

Para 1966, las fiestas de mi tía Quety ya no respondían a una diversión personal, sino que se transformaron en un negocio involuntario que le daba algunos ingresos y la hacía sentir menos dependiente de su esposo. Debido a ello, los *bailoteos* se convirtieron en su responsabilidad; ella se sentía en deuda con todas esas personas que bautizaron a la 115 como el hogar de los peregrinos de la música y el baile, por eso, se negaba a decepcionarlos.

Con esa convicción en mente, se obsesionó con mantener la reputación que había construido. Ese *deber* autoimpuesto la llevó a organizar encuentros regulares, aunque su esposo no estuviese en casa. En realidad, Fernando Villalobos cada día estaba menos tiempo en Paula Jaraquemada y más en su trabajo. La labor de ingeniero aeronáutico prolongaba sus ausencias, las cuales se extendían durante meses y sometían a su esposa a la soledad. Aun así, mientras crecía ese sentimiento de abandono en Quety, también lo hacía su popularidad. De a poco, comenzó a volverse una mujer muy querida en el barrio. Ella sentía que contribuía con la sociedad al crear ese espacio único en La Reina y la gente le pagaba acudiendo regularmente. Debido a ello, se fue convenciendo de que su vida no podía paralizarse cada vez que Fernando se ausentara. Así que siguió adelante con el *bailoteo* de forma ininterrumpida hasta que en una de esas noches nació un rumor que le cambió la vida.

Se decía que en una de aquellas fiestas conoció a un hombre que se movía extraordinariamente bien. Al danzar, ya no importaba su rostro ni su origen. Carecía de relevancia de quién se trataba: la magia que creaba sobre la pista le robaba el aliento a todos y eso era suficiente para hacerlo el ser más atractivo del lugar. Ese hombre misterioso, decían los vecinos, hechizó a Quety con un embrujo que solo los amantes del baile y la música conocen. Fue un sedante instantáneo, una maldición vestida de gloria que presuntamente la condujo a involucrarse con aquel desconocido que desapareció con el alba, dejándola vestida de escándalo y culpa. Nunca se comprobó si aquello fue real, pero las consecuencias no tardaron en llegar.

El incidente circuló por todo el barrio y llegó a oídos de Fernando cuando regresó de los Estados Unidos. Al enterarse, fue víctima de la más profunda perplejidad. De golpe, un matrimonio que creía perfecto se desmoronaba. A pesar de que no había pruebas, para él, un hombre orgulloso que se esforzaba en no llamar la atención, aquello fue demasiado. No dejó espacio para la duda. La condenó como si él mismo la hubiese descubierto con otro hombre entre las sábanas.

Al enterarse del problema marital, la gente comenzó a preguntarse si en sus las largas ausencias Fernando no había sucumbido también ante sus apetitos carnales por aquellas tierras extranjeras. Las dudas quedaron en el aire, pues aquello ya no importaba. Fernando hizo sus maletas y se marchó sin dejar información hacia dónde se dirigía.

Cuando llegamos aquella noche, ya no estaba en la 115, pero no tardaría en regresar una última vez.

Esa situación le arrebató a mi abuela la posibilidad de contar con un sueldo fijo y un hombre fuerte en la casa. Por ese motivo, 1967 inició con el hogar vacío y cayéndose a pedazos sin que ella ni su hija pudiesen hacer algo. Ninguna de las dos tenía una cuenta bancaria, tampoco un ingreso fijo, mucho menos la posibilidad de conseguirlo. Ambas estaban desvalidas y sumergidas en una pena muda que solo compartían sentándose en aquel salón todas las tardes. Pasaban las horas mirándose en silencio, sin saber qué decirse, soñando con arrebatarle al pasado esos días en los que fueron felices. Entonces llegaba la noche y las arropaba hasta fundirlas en la oscuridad del salón. Solo en ese momento se marchaban a dormir, cargadas de penas y tristezas, sin tener idea de qué harían al día siguiente.

En medio de esas rutinas empapadas de melancolía y frustración, un día apareció Gastón. No era raro que visitara la casona, después de todo, allí tenía su taller y su piano; sin embargo, como si el dolor llamara a la pena, ambas mujeres reconocieron el sufrimiento en su rostro cuando atravesó el umbral de la vieja casona.

Luego de casarse con Madeleine, Gastón se esforzó por estar a la altura de lo que se esperaba de él. Intentó por todos sus medios ser el sostén del hogar y velar por su esposa y sus dos hijitas. Trabajó como organista a medio tiempo en la Basílica de Nuestra Señora de la Merced y al salir de allí daba clases de piano. La docencia le gustaba, llevaba desde los dieciséis años enseñando y, de haberle acarreado un mayor sustento, sin duda se hubiese dedicado por completo al llamado de esa vocación. Amaba contribuir en la formación de nuevos músicos y se sentía contento de que esa pasión le procurara a su familia una vida estable, aunque sin demasiados lujos.

Tal vez por eso, cada vez que surgía una oferta de trabajo para Madeleine, ninguno de los dos contemplaba la posibilidad de rechazarla. El ingreso resultaba beneficioso y ambos deseaban que su carrera como modelo fuese exitosa. Lamentablemente, aquello fue contraproducente. Madeleine era una flor besada por una primavera perpetua. Su presencia nunca pasaba desapercibida en el trabajo, y aunque Gastón intentaba controlar sus celos, a veces era imposible eludir la infinidad de admiradores que despertaba su mujer. A pesar de ello, logró convivir con el dolor de cabeza y la eterna sospecha de un romance oculto durante un tiempo. Por desgracia, la sombra de la infidelidad lo rondaba como un sabueso rabioso y un día confirmó que sus temores eran ciertos.

Madeleine sostuvo algunos encuentros con otro hombre hasta que Gastón la descubrió. Naturalmente, se sintió traicionado por una persona en la que confiaba. Temía por el futuro de sus hijas, pero sabía que era difícil hacer algo en ese sentido. Aun así, lo intentó. La primera idea que tuvo no fue separarse, sino volver a su casa, con su familia y dejar que la madera de su taller le hiciera pensar fríamente la situación.

En medio de esa pugna interna, en ese ser o no ser, perdonar o separarse fue que lo conseguimos aquella noche de marzo. Desconozco si en ese momento ya había tomado una decisión o cuánto tiempo llevaba en la casona; solo recuerdo que, a los pocos días de nuestra llegada, resolvió separarse. Inicialmente, creyó que lograría llevarse a sus hijas consigo, pero la familia de Madeleine la amparó y se vio obligado a separarse parcialmente de sus vidas.

Para mi abuela aquella noticia era llover sobre mojado. Otra adversidad para el saco. A pesar de ello, la llegada del hijo menor la reconfortaba, al menos un poco. Le apenaba su dolor, pero sabía que juntos podrían ser fuertes. Con él en la casona, volvía a sentirse protegida. Además, para entonces, Pilar Valdivia también se refugió en la 115 y al juntar todas las penas comenzaba a sentirse una pequeña esperanza. Desdichadamente, esa idea se descompuso con nuestra llegada. No había duda, mi abuela hubiese preferido ver a Enrique atravesar el parrón, pero quien entró por la puerta fue María Luisa, una mujer deshecha, sin un centavo en los bolsillos y una depresión galopante.

En ese contexto llegamos y con ese pensamiento nos miraba mi abuela aquella noche en el salón. Al abrigo de la las velas, todos lucíamos tristes y desdichados. A ninguno nos beneficiaba aquel color, aunque tal vez no era cuestión de la luz, sino de las historias y pesares que traíamos pegados en la ropa y en los párpados. La 115 volvía a acoger a sus hijos, ahora todos reunidos con el mismo *mal de amor* en los labios y en el corazón. En menos de un año, el mundo estaba de cabezas y esa extraña coincidencia que reunía tantos espíritus rotos solo confirmaba que los tiempos habían cambiado irremediablemente. La vida ya no volvería a ser igual. Desde ese momento sería otra, diferente, más cercana al lamento y la tristeza que al futuro prometedor. A nuestra manera, todos lo entendíamos, aunque nadie se atreviera a decirlo en voz alta.

La vida sería otra, diferente: nada más.

2

Desde nuestra llegada, mi madre cayó presa de un profundo sueño en la última habitación del ala derecha de la casona. Ese era el lugar que antiguamente había compartido con Enrique al poco tiempo de haberse casado. Su suegro la construyó especialmente para ellos mientras estuvieron por Europa. Aquel hombre sabía muy bien que las aves siempre regresan al nido, así que dispuso de suficiente espacio para albergar a todas sus crías en caso de que decidieran retornar con sus parejas e hijos. Quizás la única imprecisión de don Enrique consistió en no adivinar que un día aquel cuarto sería ocupado por su nuera... solo por su nuera.

En aquella habitación no penetraba el sol ni la luna. Las gruesas cortinas de terciopelo impedían el acceso de la luz y el ambiente estaba repleto de pequeñas partículas de polvo suspendidas en el aire. Respirar dolía. La temperatura ahogaba y el mobiliario parecía empotrado por la oscuridad. Una pesada atmósfera de habitación de enfermo lo cubría todo y se escapaba por debajo de la puerta. En la cama matrimonial dormía María Luisa. Lo hacía arrinconada, muy pegada al borde, como lindando entre la realidad y el dolor de un corazón roto. Aquella cama se le hacía enorme. No podía llenarla ni extendiendo todo su cuerpo y cada noche, cuando se despertaba con los ojos hinchados de sueño, lloraba al mirar el vacío que dejaba la ausencia de su esposo.

Para mi madre los días no tenían comienzo ni final. Su vida se volvió atemporal y la única conexión con esa realidad que se escondía detrás de la puerta llegaba con mi presencia. Todos los días me acercaba y le dejaba el té de hierbas y pan de mermelada por las mañanas; los caldos de verduras durante las tardes y los cigarrillos en las noches. Cada vez que entraba la veía dormida, absorta en ese mundo que era enteramente suyo. Ahí también sufría, su rostro la delataba. Yo la llamaba con calma, casi con cariño. Ella me dirigía una mirada ausente y una sonrisa irregular. Luego ojeaba la comida y tras largos suspiros se la llevaba a la boca.

En la casona comenzaron a preocuparse por su estado de salud. María Luisa no hablaba con nadie, casi no iba al baño y tampoco salía a caminar o a trabajar. Aquel cuarto se convirtió en el último bastión de su amor destruido y se aferró a él como si su vida dependiera de ello. Casi nadie lo recordaba, pero allí estaban los recuerdos olvidados de la mujer que había sido. En el armario quedaban las prendas que había dejado atrás antes de irse a los Estados Unidos con Enrique, los labiales gastados, alguna carta de amor, olvidada por las prisas de la partida. El tiempo se había congelado en aquella habitación y durante una semana entera, María Luisa atravesó todas las etapas del duelo envuelta entre la penumbra y el perfume de una época que ya había terminado.

Al octavo día de nuestra llegada —y sin que nadie lo esperara—, mi madre emergió de su sepulcro, como si no hubiese pasado nada. Su cara estaba recompuesta y maquillada; llevaba la elegancia hasta en los dedos y tenía una determinación aguda en la mirada. Aquella mañana resolvió cambiar su suerte y, por extensión, la de todos. Había mucho por hacer. A diferencia de los miembros de la 115, ella no tenía un pasado al cual regresar. Cuando miraba hacia atrás, solo encontraba retazos de una vida que ya no existía. Durante quince años su mundo giró alrededor de Enrique. Se sacrificó por un sueño y ahora que había despertado, comenzaba a entender que tenía muy pocas opciones a su disposición.

Ese día salió bien temprano, cuando el ruido de los autobuses rajaba la mañana. «¿Qué dirección tomar?» «¿Hacia dónde puedo ir?». Esas preguntas las escuchaba hasta en el canto de las aves. Todo a su alrededor estaba impregnado de incertidumbre, incluso su propia permanencia en la casona. Aunque agradecía que allí sus hijos estuviesen protegidos y separados de la odisea que estaba por

17

emprender, no quería convertirse en una carga. Debía contribuir con el hogar, pensar en una forma de crecer. Precisamente por eso seguía rondándole el mismo pensamiento. «¿Cómo puedo empezar?». Dar esos primeros pasos le recordaba al niño que aprende a caminar, pero ya ella no era una niña, sino una mujer rodeada de responsabilidades y la sombra de un pasado que muy difícilmente se podría sacudir.

María Luisa compró el periódico esa mañana con la ansiedad y resignación de todos los desempleados que anhelan cambiar su suerte. La gente murmuraba a su alrededor con tono despectivo. La inflación en Chile era un mal común y aparentemente estaba regresando con fuerza. Resultaba difícil tratar de encontrar un momento en el cual la situación fuese diferente. Por más que miraba hacia atrás, María Luisa no lo conseguía. Desde que nació, aquello siempre había sido así. El país se sumergía crisis tras crisis. A veces salía, otras regresaba, y en medio, la desigualdad y la pobreza, eternas y enraizadas al presente y al futuro.

No obstante, aunque era un problema más bien común, aquel año estaba ocurriendo algo inusual. Desde la irrupción en la política de la Democracia Cristiana en 1964, la situación económica de Chile había mejorado. El programa de gobierno de Eduardo Frei había dado resultados alentadores durante dos años. Los indicadores estaban en positivo, la inflación había bajado al menos en un 20%, las polémicas reformas agrarias comenzaban a entrar en vigencia y la *chilenización* del cobre estaba cada día más cerca de ser una realidad. En general, la sociedad se sentía animada y la sensación de bienestar y optimismo lo cubría todo.

Sin embargo, 1967 comenzaba drásticamente diferente. Todos los indicadores experimentaban un fuerte retroceso y comenzó a ser común escuchar la proximidad de una posible "depresión económica". De pronto —y para sorpresa de todos—, la consigna *"Revolución en Libertad"* de los democratacristianos comenzó a perder energía. Como si aquel par de años hubiesen sido solo un sueño, los resultados se iban desmoronando uno tras otro mientras que los partidos de ideología radical y de izquierda trasladaban sus discursos hacia posturas más puristas y críticas. Posturas que, por supuesto, desde ese mismo año comenzarían a crear una fuerte polarización entre los ciudadanos y derivaría en una calamidad en el futuro.

Naturalmente, ese día el periódico estaba repleto de noticias malas. Así que María Luisa decidió guardarlo en su cartera y seguir hacia adelante. Allí no iba a encontrar las respuestas que necesitaba.

Mientras avanzaba, iba repasando mentalmente el estado de sus asuntos. De los departamentos que había comprado con Enrique le correspondía uno a ella. Habría que decidir si venderlo o recibir ese dinero para subsistir. Por suerte pagaban la renta en dólares, no tendría que lidiar con la inflación. Por otra parte, su antiguo oficio en Zig-Zag era mejor darlo por perdido, mientras que su trabajo de profesora... ese tema le dolía. Había solicitado una excedencia por tres años para marcharse a California. Tres años. Maldecía aquella decisión. Recuperar su puesto iba a ser lo más difícil de todo, pero debía intentarlo y sabía muy bien quién podría ayudarla.

El Ministerio de Educación no le quedaba demasiado lejos. Al bajar del autobús, sintió que en otra vida ya muy lejana ella había sido la esposa del ministro. Esa vida ya no existía, así como tampoco la mujer que fue, la pomposa y resuelta *hija del senador*. Sonrió, el tiempo lo cambiaba todo. Aunque tal vez no todo. Para su sorpresa, las calles y el ministerio seguían exactamente igual. Se frotó ambos ojos con fuerza, como tratando de borrar los recuerdos. Al abrirlos otra vez, recordó que había algo diferente. Ahora el ministro era su gran amigo —y padrino de Octavio—, Máximo Pacheco Gómez.

Preguntó por él a su secretaria. No tuvo ningún problema en llegar hasta ella. En el Ministerio de Educación la conocían y no encontró inconvenientes para acudir hasta la oficina de Máximo. Aquella veinteañera rubia y de ojos azules le devolvió una mirada arrogante. María Luisa no pudo evitar conmoverse. ¿Cuántas veces había estado su hermana Sibila en esa misma posición en la oficina de su padre? ¿Había tenido ella misma esa mirada, esa boca, esa juventud infinita?

La hizo esperar.

Cada cierto tiempo entraba un grupo de hombres que se callaban al mirarla allí sentada. Luego hablaban entre susurros con la secretaria, intercambiaban papeles y sonrisas. Al final, todos se marchaban. Las horas pasaron una tras otra, sin tropiezos ni novedades. Al morir la tarde, la misma voz fina de muchacha joven le confirmó lo evidente. El ministro no la recibiría en esa oportunidad.

19

Volvió al día siguiente. Esta vez se llevó un par de revistas para leer. La secretaria resoplaba ante su presencia. En esa oportunidad, la situación no fue más alentadora. Máximo no apareció o tal vez no quiso recibirla. Estaba claro que hablar con el ministro no iba a resultar sencillo después de todo. Al regresar a casa decidió que visitaría el ministerio todos los días impares y buscaría otras oportunidades durante los pares. Con esa metodología comenzó su peregrinación. Sentía la necesidad de moverse rápido. No debía ser una pitonisa para adivinar que se acercaban tiempos difíciles y eso se traduciría invariablemente en un malestar homogenizado en la sociedad chilena.

Con eso en mente, María Luisa se lanzó a la jungla del mercado laboral. Aunque tenía un buen currículum, no había un lugar en el que pudiera conseguir una oferta de trabajo. El sistema que ella conocía funcionaba más por influencia y contactos que por vacantes y esperanzas. Y como en ese momento no se sentía especialmente influyente y, además, creía que la mayoría de sus amistades la iban a rechazar al instante, se decantó por arrebatar un recurso muy frecuente en la vida de Enrique: la escritura. Sabía cómo funcionaba. Había mejorado mucho su estilo y después de quince años junto a un hombre especialmente hábil para colocar sus artículos en los periódicos del país, se sentía bastante capaz. Entendía que por cada colaboración recibiría un pago y a pesar de no representar una gran suma, sería suficiente para iniciar su camino.

Luego de unas semanas entró a El Diario de la Nación, específicamente en la sección de cultura. La línea editorial guardaba ciertos intereses con el partido de gobierno, pero aquello no tenía incidencia en su labor; lo suyo se limitaba al mundo cultural, nada más. Allí encontró un espacio para desplegar un poco de su imaginación y revivir el arte que ya no podía realizar. Extrañaba la pintura y el grabado, pero sabía que iba a tardar un tiempo en volver a reencontrarse con sus pasiones. Aun así, tal vez por consuelo o por genuino interés, la escritura la trasportaba nuevamente dentro de su taller. Todas las semanas se internaba en su habitación con una máquina de escribir prestada y pasaba largas horas frente a ella, dejando que sus ideas se desbordaran sobre el papel. Después las entregaba y a final de cada semana recibía su pago.

Con la llegada de su primer sueldo también volvió la electricidad al salón. María Luisa deseaba ser útil, así que en poco tiempo comenzó a involucrarse con las reparaciones de la casa. Era una contribución muy modesta, aunque bien recibida. Su relación con aquella familia nunca había sido la mejor, pero conforme avanzaban las semanas, algo muy íntimo comenzó a unirlos. Quizás fuese porque compartir la desgracia afianza los lazos, o tal vez porque al desprenderse de todas sus facetas, María Luisa lucía vulnerable, mucho más humana y terrenal que la mujer con aires aristocráticos que había llegado por primera vez a la casona, hacía ya más de una década; fuese por una u otra causa, ya no la miraban como a una mujer distante y de otra clase social. Ahora era otra Lafourcade en medio de la adversidad y eso lo cambiaba todo.

Pertenecer a la familia trascendía al apellido, significaba dejar —sin saberlo—, un pedacito del espíritu entre aquellas paredes. Todos los que vinculaban su vida por decisión o por circunstancia a aquella casa, invariablemente se sentían atraídos a ella. La llevaban en la mente y en el pecho. Trascendía los asuntos del tiempo y se anclaba para siempre en el recuerdo. En definitiva, aquel era el hogar de los rencuentros; el regreso a los orígenes y al cariño de esa madre amorosa que acoge a sus hijos y los consuela el tiempo suficiente para verlos emerger más fuertes y decididos a reconstruir su futuro.

Paradójicamente, en ese momento, era la 115 quien necesitaba todo el apoyo y las manos que estuviesen disponibles, incluso las más pequeñas. Desde la muerte de don Enrique, la casona parecía que exhalaba su último aliento. Moría frente a sus habitantes y en cada rincón había pruebas del deterioro. Por ejemplo, el tejado estaba repleto de goteras y cuando llovía había que reemplazar un sinfín de cubetas de metal para contener el aguacero. En el jardín, los árboles ya no se podaban, tampoco le colocaban cal en sus troncos para repeler a los insectos. Además, cuando florecían, sus frutos eran cada vez más pequeños y la mayoría de las veces nadie los recogía a tiempo. Por lo tanto, estallaban en el suelo y regaban un empalagoso olor dulzón que atraía a animales y moscas.

Por otro lado, varios viñedos se habían marchitado por la falta de cuidados y un gran número de plantas dejaron de brotar de la tierra desde que nadie vigilaba sus ciclos. A su vez, las paredes exteriores de la casona se desconchaban, como si repentinamente rechazaran la pintura blanca que habían llevado toda la vida. Algo similar sucedía con las rejas de la calle, pues luego de perder su barniz, lucían oxidadas y sucias. El interior de la casa no corría con mejor suerte. No solo fallaba la electricidad en varios puntos del hogar, sino que también se estropeó la caldera de kerosene que servía de calefacción. Adicionalmente, algunas sillas del comedor se tambaleaban, y en la cocina, las hornillas perdieron su fuerza. Ya no se tomaba vino: nadie estaba dispuestos a ir hasta la botillería para comprarlo a granel. Tampoco había quien recogiera los retazos de lana y tela de las fábricas para reparar las ropas y las sábanas viejas. Asimismo, los alimentos eran escasos. El presupuesto familiar no rendía. Cada vez había más bocas para alimentar y porciones más pequeñas que apenas satisfacían una dieta escuálida e insuficiente.

Resultaba increíble que un solo año de ausencia de don Enrique pudiese impactar de forma tan poderosas en la casona, casi parecía que la vida de la 115 estuviese ligada a la suya. Ahora que ya no respiraba, la casona también iba perdiendo cualquier deseo de seguir sosteniendo el peso de los años. A pesar de ello, sus habitantes se negaban a cejar sus esfuerzos por renovarla. Aunque cada día surgía una nueva necesidad por cubrir o una falla para reparar, todos hacían algo para evitar el colapso definitivo: aquella casona no podía desaparecer.

La primera que entendió la urgencia de revertir la precariedad en la que vivían fue María Luisa y en muy poco tiempo se decidió a conseguir soluciones. Así que destinó una parte de sus ingresos para reparaciones y gastos. Además, se involucró en la vida de su suegra y luego de meses y esfuerzo, la ayudó a conquistar su pensión de viudez.

Simultáneamente, el hombre de la casa también tomó importancia. Aunque Gastón era el menor, se decantó por ser de la mayor utilidad posible. Para él, la vida no había cambiado demasiado. Salvo por el dolor que le oprimía el pecho y la nostalgia de ver a sus hijas solo algunos fines de semana, seguía con una parcial estabilidad económica. La única diferencia radicaba en que ahora sus tardes y noches las pasaba en el taller, al cobijo de la madera y empleando cada uno de sus pensamientos en la mejor manera de armar sus barcos en botella, juguetes y algunos instrumentos musicales. Por eso, sus habilidades —y su dinero—, terminaban en los fondos comunes del hogar.

Los más pequeños también ayudaban. Al regresar del colegio, los hijos de Quety y María Luisa se sumergían junto a su abuela en una de las batallas más difíciles en el jardín. Muchas veces recibían la ayuda de hombres contratados para podar y recuperar los huertos, pero eso no hacía que la tensa lucha contra la naturaleza resultara más sencilla. En un vano intento por reconquistar los antiquísimos límites que los alemanes habían trazado hacía tantos años atrás, todos ordenaban los espacios, regaban la tierra, recogían sus frutos, vigilaban los corrales, evitaban las plagas y velaban intensamente por el bienestar de aquel pequeño ecosistema. La tarea era importante. Del jardín se obtenía mucho del sustento del hogar y mantenerlo sano era, indirectamente, un beneficio para todos.

Al sumar aquellas pequeñas acciones, la casa comenzó a revivir. Mes a mes, los cambios disipaban la oscuridad. Cada mañana, regresaba muy lentamente el esplendor de la 115. El techo tenía menos goteras, las paredes y las rejas recuperaron su intenso color blanco. La comida rendía más y todos se iban a dormir con el estómago menos vacío. También volvió la costumbre del vino, puesto que, como si don Enrique hubiese revivido, el *Toro* se acercaba a la botillería y de él bajaba Gastón para seguir la tradición de su padre. El jardín volvía a tener ciclos productivos y de muchas maneras diferentes recobraba su color y belleza. Con el pasar de los meses, los problemas más pequeños se desvanecían, y aunque siempre aparecía algo nuevo por resolver, la familia Lafourcade —y una Señoret—, mantuvo a raya la calamidad.

Los días volvían a sentirse como algo muy cercano a la estabilidad. No había grandes turbaciones ni percances dolorosos. La vida fluía en un vaivén suave y placentero. Sin embargo, a pesar de los pequeños triunfos, era inevitable que los adultos recordaran lo que habían perdido. Las huellas del dolor y la traición son asuntos que muy pocas veces desaparecen. El pensamiento masoquista revive los recuerdos y los arroja en cualquier momento de sosiego. Esos momentos no eran muy frecuentes, ya que siempre había muchas cosas para hacer; pero cuando los adultos tenían un minuto de reposo, a veces antes de dormir, otras mientras caminaban hacia sus trabajos o ahí donde menos lo sospechaban, aparecía el dolor acumulado, la rabia reprimida, el anhelo frustrado. Por más que intentaban evadir su pasado y concentrarse en el indeterminado futuro, cada cierto tiempo, el pasado

23

les mordía el espíritu y el ánimo. Les recordaba de dónde venían y les nublaba los pasos que debían dar. El mundo había cambiado, y aunque intentaran actuar como si no pasara nada, la realidad los golpeaba bruscamente una y otra vez.

En esos meses, María Luisa descubrió algo muy íntimo de sí misma. La adversidad la despojaba de su ficción. Mientras más se esforzaba en conquistar nuevas oportunidades, más fuerte chocaba con la realidad. No había nada que pudiera cubrir su fragilidad. Después de ser la hija del senador, la esposa del ministro, la mujer divorciada, la esposa del escritor Lafourcade, la grabadora de la editorial Zig-Zag y la apasionada profesora de arte… ahora solo era María Luisa, a secas. Todas las mañanas se levantaba y veía la desnudez con la que aparecían aquellas dos palabras. *María Luisa*. Pronunciaba su nombre frente al espejo, como tratando de recuperar los títulos y los logros del pasado. *María Luisa*. La voz provenía desde el corazón, como si llevara un hilo que ataba aquel nombre a su pecho y lo dejaba salir solo un instante para tragárselo luego. *María Luisa*. ¿Quién era ella ahora? Había quemado todos sus barcos por amor: renegó de su vida de lujos, sus amistades y círculos sociales, hasta la aprobación y el apoyo de su familia… *María Luisa*. Pero nada de lo que había hecho importaba. Para ella lo único que valía la pena ya no estaba. El amor de su vida estaba lejos, demasiado lejos; navegaba en otros mares, observaba otros cielos. *María Luisa*. ¿Cuántas veces lo escuchó de sus labios? Entonces todo era diferente. Cuando él lo pronunciaba, el mundo cobraba sentido, los colores renacían, su respiración se aceleraba y afloraba un irresistible deseo de sonreír. ¡Cuánto pesaban los asuntos del corazón! *María Luisa*. Ahora, al decirlo ella, con su voz quebrada, solo escuchaba un sonido hueco, un nombre sin propósito, un muñeco sin espíritu. *María Luisa*. El reflejo del espejo le devolvía la imagen deshecha de todas las mujeres que había sido. Todas, sin excepción, la miraban a la vez. ¿La estaban juzgando? No lo sabía. Ahora, ella solo era una sombra de aquellas mujeres. *María Luisa*. Nunca volvería a ser tan joven, ni tan hermosa, ni dueña del poder de aquellas mujeres que alguna vez había sido. Era tarde, el tiempo la había destruido: la había cambiado.

Entonces sonrió.

Definitivamente no fue el tiempo quien la llevó hasta ese lugar. Había sido su propia mano, su manera de actuar, el cúmulo de decisiones que ahora la sacudían por dentro. Ya no había nada más que recuerdos. No le quedaba más que un espíritu roto y el reflejo de una mujer que no conocía. *«María Luisa»*. ¿Quién sería ahora? ¿Cómo debía actuar esta vez? ¿Podría recuperar algo de lo que fue? No sabía respondérselo. Solo tenía la mirada clavada en el espejo, observando diez rostros idénticos, pero repleto de matices. Diez rostros fijos, esperando su decisión. Diez rostros y uno más, el suyo, el de ahora:

«¿María Luisa?».

Y aquella pregunta quedó suspendida en el aire, como exigiendo una respuesta.

3

«Volver a los diecisiete, después de vivir un siglo,
es como descifrar signos, sin ser sabio competente...»

Para los niños, todos los adultos saben cantar: eso es un hecho. Sin embargo, de alguna manera reconocen que no es el canto lírico que conmueve por su técnica, tampoco el popular con sus estribillos pegajosos, sino uno totalmente diferente, profundo, inclasificable. El suyo es el canto del espíritu alimentado por el tiempo. Nace de la melancolía de vivir y en su sonido hay una pena humilde, un llanto alegre, una querencia olvidada que revive al musitar bajito, casi como una nana, las viejas melodías que todo el mundo sabe pero que, al provenir de sus labios, adquieren significados totalmente diferentes.

El suyo es el canto a la vida, aunque muy pocas veces tienen ocasión de cantarle; el suyo es el canto al paso del tiempo, aunque ya no pueden cambiarlo; el suyo es el canto de los vivos, el canto de vivir, el canto del que todo lo ha sufrido y aun así alza su voz sin que lo mueva nada más que el simple deseo de cantar.

«Volver a ser de repente, tan frágil como un segundo,»

Hubo muy pocas ocasiones en las que escuchara cantar a mi abuela. Tal vez se deba al hecho de que era atípico que estuviésemos a solas. Ella nunca se quedaba en un lugar por mucho tiempo. A veces la espiaba por los rincones de la casa y la encontraba rodeada de su soledad y sus pensamientos, escribiendo en el pequeño cuaderno que antes fuera de mi abuelo y que ahora llevaba ella. En él iba apuntando las cuentas de la casa: sumaba, restaba y hasta multiplicaba con tal de conseguir algunas pocas monedas para palear la adversidad de aquel año. Esa era una labor que no dominaba y sufría por ello. Nunca había sido su deber llevar las finanzas del hogar, pero ahora estaba obligada a ello. Tal vez por eso se le notaba abrumada mientras caminaba por el jardín o cuando meneaba la cabeza en forma de negación al descubrir en sus páginas que no había suficiente dinero.

«volver a sentir profundo, como un niño frente a Dios,
eso es lo que siento yo, en este instante fecundo.»

Mi abuela nunca tuvo una educación formal, sin embargo, su esposo se aseguró de enseñarle las operaciones matemáticas elementales. Con mucha paciencia, fue acercándola a ese mundo de cálculos confusos y operaciones desafiantes a los que jamás se había enfrentado. Ahora que don Enrique ya no estaba para velar por ella, cuando mi abuela sumaba los ingresos y restaba los gastos, sentía que él estaba allí otra vez. Casi podía verlo con su cara seria, vigilando que los resultados fueran los correctos, mientras ella se quedaba esperando su veredicto con la mirada inquieta. A veces la encontraba así, con el cuaderno abierto y los ojos fijos en la nada, como aguardando que una voz le confirmara que todo estaba bien… que todo estaría bien.

En otras ocasiones, la encontraba ya no con su libreta, sino con sus diarios. A diferencia de los números, la lectura y la escritura siempre corrieron por su cuenta. Como mi padre, desde muy pequeña siempre fue una amante de los libros. Aunque no llegaban tantos a sus manos, guardaba una devoción absoluta por el mundo de las palabras. Tal vez por eso escribía, intentaba dejar en papel la historia de una vida que consideraba pequeña, pero interesante. Todas las tardes, a eso de la una o las dos, cuando el mundo parecía entrar en coma y el calor obligaba a la gente a refugiarse en las sombras, ella escribía. Lo hacía para no olvidar su vida, como si no quisiera perder sus recuerdos. Incluso por las noches, cuando la luna pintaba el jardín con sus tonos de plata, y el mundo parecía más tranquilo, ella escribía. Lo hacía sin parar, sin tachar ni corregir. Su caligrafía apresurada salía limpia e inmaculada y entonces la vida se le expandía, como si se ensanchara entre aquellas páginas blancas impregnadas de tinta y grafito. Al escribir se le olvidaba el exterior y su vida le parecía más interesante y real, más profunda y cercana… más suya.

«Se va enredando, enredando, como en el muro la hiedra»

Hubo muy pocas ocasiones en las que escuchara cantar a mi abuela. Aquella tarde de abril fue una de ellas. Viviana y yo la acompañábamos por el jardín. Íbamos pisando sus huellas mientras observábamos sus manos laboriosas moviéndose al ritmo de la tempestad. Llevaba las tijeras entre los dedos e iba podando las ramas y los tallos rebeldes de las flores y los arbustos. Ese día atravesábamos rincones que con frecuencia no visitábamos. Nos movíamos bordeando el espacio, esquivando los huertos y los árboles, peinando la tierra repleta de hojarascas de colores. El otoño ya había comenzado y sus aromas estaban en el aire. Sus perfumes brotaban de la tierra, subían hasta la nariz con un extraño olor dulce y amargo, olor a vejez y transición.

De a poco, el aroma a óxido, tierra mojada, moho, lluvia, madera y hojas secas se confabularon para emboscarnos en cada esquina del jardín. Mi abuela recibía aquellos perfumes con una sonrisa y cantando como las aves. Lo hacía mientras podaba las azucenas. Aquellas pequeñas flores aguardaban alegres con sus pequeños y olorosos pétalos blancos en forma de estrella de seis puntas. Faltaba poco para que comenzaran a brotar por todos los montes de Chile y en la casona se hacía un esfuerzo titánico por impedir que se extendieran más allá de lo necesario. Como la mayoría de las flores silvestres, crecía de forma enérgica cuando llegaba su estación y aunque no requería de casi ningún cuidado o atención, sí ameritaba de cierta vigilancia para evitar que entraran a la casa y devoraran los espacios.

«y va brotando, brotando, como el musguito en la piedra»

Mi abuela cantaba y podaba en perfecta sincronía. En el jardín se sentía enteramente libre y revestida de la juventud y la alegría de la primavera. Las flores le devolvían la vida y su mente parecía extraviada en lugares muy lejanos. Quizás regresaba al sur, a su vida antes de llegar a Santiago, cuando los hijos inundaban la mesa con sus historias y llantos, sus penas y glorias. Por el contrario, quizás repasaba en su mente el primer año de casada, cuando el futuro parecía distante y su única preocupación giraba alrededor de ese hombre que se topó por la calle un día cualquiera, hacía tantos años atrás. A veces se le escapaba un suspiro mientras se movía. El trabajo con las manos la hacía volver a los recuerdos de su pasado, vivencias añejas de unos días que ya solo existían en su memoria.

Aunque su mente parecía ausente, su cuerpo se movía como atraído por las voces mudas de las flores: eran sus amigas y atenderlas la llenaba de una genuina felicidad. Por lo general, se acercaba hasta ellas casi levitando como un hada y las consentía con los cuidados dignos de una madre. Nosotras la seguíamos, admirábamos su labor desde la distancia. A veces se nos acercaba y nos revelaba el nombre de las flores, sus ciclos y los cuidados que requerían. También nos contaba la filosofía detrás del lugar. Aunque había muchos bulbos silvestres, Chile nunca se sintió como un país de grandes flores. Tal vez por eso aquel jardín resultaba tan inusual. Era una de las pocas herencias inmutables de los alemanes que vivieron en la 115. Las florecillas crecían por estaciones, de manera tal que el mínimo cambio de clima las hacía elevarse desde la tierra con los más puros colores de la naturaleza. No había temporada en la que no brotara algún tipo de flor. Tampoco hubo un solo día en el que las casonas no estuviesen adornadas y perfumadas por aquellas valientes hijas de la tierra y el clima.

Para mí las estaciones se fueron transformando en colores y flores. Se volvió un hábito. Cada vez que cambiaba el clima e iniciaba un nuevo ciclo, la realidad se pintaba con los tintes de la naturaleza. Por ejemplo, el otoño era la época de las grandes transiciones. Los árboles comenzaban a perder sus hojas, como si se desprendieran de los pesares. De a poco, el mundo adquiría un color oxidado y melancólico, y el suelo se llenaba de las variadas tonalidades del ocre y los pétalos blancos de las azucenas. Durante el invierno todo se cubría de una espesa somnolencia. Era la temporada de los cambios profundos y la naturaleza se mostraba enteramente desnuda y vulnerable. En ese tiempo oscurecía más temprano y el cielo se volvía grisáceo y gélido. Sin embargo, mientas el mundo parecía dormir, los juncos emergían como los guardianes de los sueños con sus llamativos colores verdes y amarillos.

29

En cambio, la primavera era una irrupción brusca, un estallido de colores violento que no se terminaba de descubrir cuando ya había pasado la estación. En esos meses, por todas partes aparecían las hortensias azules, los lirios morados, las glicinas violetas y las canas naranjas. El jardín se convertía en un espectáculo de fuegos artificiales, una mezcla de colores armoniosos que conmovía y hablaba de amores y pasiones desconocidas para una niña de apenas doce años. Por último, llegaba el verano, época de la eterna juventud, pero también de sequías y amores precoces y efímeros. En esos días surgía el último brote de las calas y las margaritas blancas, y, casi por contraste, también florecían los geranios rojos —o como los llaman en Chile, los cardenales—, cuyos pétalos de sangre inundaban el jardín.

Mi abuela las llamaba *flores agradecidas*, pues no pedían nada y lo daban todo sin demandas ni exigencias. Eran incondicionales. Parecían poseer vida propia y crecían movidas por la mano de un Dios enamorado. Con el tiempo, yo me convertí en una fanática de aquellas pequeñas. Al verlas entendía que la existencia estaba repleta de ciclos y etapas, de momentos e instantes. La belleza era efímera, el tiempo lo transformaba todo, y ante la adversidad y el avance de la vida, las personas no cambiaban jamás, sino que crecían y evolucionaban, nacían y morían, como las flores, dejando a su paso solo la impresión de un instante efímero.

«Run Run se fue pa'l Norte, no sé cuándo vendrá;
vendrá para el cumpleaños, de nuestra soledad»

Mi abuela cantaba y regaba las flores sin preocuparse por nosotras, sin otra intención que arrullarlas con el agua y el recuerdo de alguien a quien apreciaba. Su voz se volvió triste con el cambio de melodía. Era un quejido agudo y lastimero que le venía desde el corazón. Había pasado menos de dos meses del fallecimiento de Violeta Parra, pero, de alguna manera, aquella pérdida la llevaba guardada en el pecho, envuelta en un dolor silencioso que aclamaba libertad. Quizás por eso mi abuela musitaba bajito aquellas canciones. Sentía que, al recordarla, la devolvía a la vida. Le cantaba a la Violeta, como si la música impidiera su muerte definitiva.

Al hacerlo, de su voz emergía ese extraño fantasma de los muertos que cantaron en vida y reaparecen en sus letras y su música. Violeta renacía en la garganta de mi abuela y rugía con la misma fuerza que había usado en vida para dejar al folclore chileno como su más grande legado. Mi abuela se contentaba con conservar a Violeta en su recuerdo, como si cuidara de una niña pequeña a quien ya ningún adulto podía ayudar. Para ella ya había pasado el sufrimiento y la pena; ya había terminado el dolor y la tristeza… Violeta volvía a ser una niña y mi abuela la arrullaba, vigilando su sueño eterno.

Violeta Parra se suicidó el 5 de febrero de 1967, cuatro días después de haber cumplido un año del fallecimiento de mi abuelo. Luego del lanzamiento de su álbum *las últimas composiciones*, en 1966, algo en ella se fue apagando lentamente, como si todo lo que había vivido hasta ese instante fuese suficiente para dar por terminada su existencia. Su sufrimiento fue avanzando veloz, ocupaba sus espacios, la devoraba por dentro. Aunque aquello había comenzado mucho antes, tuve noticias de sus pesares un fin de semana de aquel año. Todavía no habíamos partido a California y Nicanor almorzaba con mis padres. Ese día Nicanor estaba alegre, pero no dejaba traslucir su felicidad. En muy pocas oportunidades dejó que sus emociones se desbordaran frente a los demás. En medio de la comida recibió una llamada; al volver tenía el rostro pálido y las facciones afligidas. Se excusó y se marchó rápidamente. Más tarde supe que había ocurrido el primer intento de suicidio de Violeta.

Recuerdo que mis padres se entristecieron mucho al saberlo, pero por razones distintas. A Enrique lo unía un lazo de respeto y admiración hacia Nicanor y por eso lamentaba su dolor familiar. La vida se había encargado de unirlos en más de una ocasión. Con frecuencia hablaban de la 115. Al líder del clan Parra cada cierto tiempo lo asaltaban los recuerdos olvidados que había dejado en aquellas casonas. El que volvía con mayor frecuencia era una decisión antiquísima tomada por mi abuelo, quien había decidido derrumbar el pasillo que unía las dos casas españolas para cederle una a Quety y su esposo. En la demolición, una parte de la enredadera de las glicinas que adornaban las paredes se había perdido para siempre y Nicanor se lamentaba de aquello. Mi padre lo secundaba. Ambos amaban el aroma de esas flores y el recuerdo de esos días los unía más allá de las palabras.

31

En el caso de mi madre, el dolor era muy diferente. En 1954, cuando no tenía ni un año de casada, partió desde España con su esposo y conmigo, su hija recién nacida, a Francia. Allí se topó con varias figuras de la sociedad chilena. Entre ellos estaba el gran amigo de Enrique, Alejandro Jodorowsky. Se conocían desde la juventud y mi abuela siempre contaba anécdotas de él. En ese momento, Jodorowsky estaba explorando los límites de la vida y sus vicios a través del arte y el espectáculo. Una de esas noches en la que se toparon, decidieron visitar un bar del barrio latino. Su nombre era *L'Escale* y en él se presentaba Violeta Parra. La encontraron al poco tiempo de llegar. Estaba sobre el escenario, cantando al compás de su guitarra. Los comensales la veían con ojos de visitantes de zoológico. Aquello era exótico en pleno suburbio parisino, pero a Violeta no le importaba. Cada noche, desde las diez hasta las cuatro de la madrugada, desgarraba su voz frente a aquellos extraños en nombre del folclore chileno. Recitaba su repertorio para desconocidos a cambio de muy pocas monedas y, aun a costa de su propia subsistencia, lo hacía con una sonrisa, con la corazonada de que estaba llevando las raíces de su país a lugares muy lejanos.

Después de aquella noche, no fueron muchas las interacciones que mantuvieron con Violeta. Sin embargo, un día se enteraron, por boca de Jodorowsky, que Violeta grababa una serie de cantos chilenos —que se había desvivido por recuperar de la boca de los campesinos y los pobladores de todos los rincones del país—, en diferentes estudios. Aquello interesó a mi madre. De muchas formas distintas se identificaba con aquella mujer y casi de inmediato decidió apoyarla económicamente en su gesta folclórica. Nunca supe cuánto dinero pudo aportar, tampoco si fue demasiado. Aquello no era relevante. Mi madre siempre se sintió orgullosa del gesto. Nunca dejó de recordarlo y con frecuencia me relataba ese encuentro impregnado de nubes y nostalgia.

Un año antes del primer intento de suicidio de Violeta, a finales de 1965, se trasladó a La Reina, la comuna en la que se encontraba mi hogar. Aquel fue el único lugar que le abrió sus puertas para las ideas que tenía en mente. Ese hecho era poético. Violeta volvió al bastión de los Parra después de una vida repleta de vaivenes. La misma cantora que conocieron mis padres en París, regresó revestida de universalidad.

32

Había pasado por mucho, pero, aun así, en su mente rondaba un solo anhelo que vio materializado en La Cañada 7200, muy cerca del Parque La Quintrala, en el mes de diciembre de aquel año. Allí erigió junto a sus hijos y su pareja una enorme carpa amarilla que había recibido como pago por uno de sus tantos conciertos. Aquella tienda colosal tenía capacidad para albergar a quinientas personas y su fundación aspiraba a convertirse en un punto de encuentro, arte y educación. Sería el núcleo del folclore, un espacio perfecto para que las personas se reencontraran con su mundo interno y fuesen partícipes de talleres, espectáculos y conciertos.

De alguna forma, así como los circos itinerantes llegaban a los poblados para alegrar y sorprender a la gente, así también apareció *La Carpa* de Violeta en la comuna de la Reina, pero ya no con intenciones modestas, sino para ser la gran universidad del folclore y el arte chileno. Ese 17 de diciembre, las personas asistieron a la fundación, y en medio de cantos y alegrías se inauguró el nido de sus sueños. Por allí se pasearon El Chagal, Gabriela Aguilera, Quelentaro, Patricio Manns, Margot Loyola y Víctor Jara. Ya entonces se podía distinguir los ecos y sonidos de lo que más tarde sería el *Canto Nuevo* y la *Canción protesta*. En breve, ambas corrientes sacudirían de punta a punta a Chile, pero en ese instante solo importaba Violeta y su sueño, Violeta y su felicidad, aunque lastimosamente no duró demasiado.

Pronto llegó el invierno e impregnó *La Peña de los Parras* —como comenzaron a llamarla—, de soledad. La Reina no era un lugar céntrico, los autobuses llegaban hasta la Plaza Egaña y los interesados debían caminar casi desde más allá de Paula Jaraquemada hasta *La Carpa*. Quizás aquello no hubiese supuesto un problema muy grande si no fuera porque las bajas temperaturas y la distancia volvían las marchas más pesadas. Además, muchos de los conciertos terminaban a altas horas de la noche y los asistentes debían padecer el clima de la capital en plena madrugada. Estos factores, sumados al desánimo de su círculo más íntimo, fueron vaciando La Carpa hasta que la energía de Violeta se desvaneció.

Los ideales y anhelos que erigieron aquella carpa se derrumbaban día tras día. Los santiaguinos le daban la espalda a Violeta. Y aunque había cierta incidencia en el clima de la ciudad, la realidad era que en Chile todos anhelaban ser europeos, incluso en aquella época, y Violeta

33

les mostraba de forma inconfundible la esencia de sus orígenes. En Chile, los hombres y las mujeres fueron aspirando a un concepto de belleza cada vez más extranjero y eso los condujo a negar sus raíces. Se avergonzaban de su sangre indígena. Rechazaban cualquier relación con su herencia mapuche y araucana y ocultaban hasta el más pequeño rasgo indígena, como si se tratase de una mancha en la piel.

Esto llevó a muchos chilenos a menospreciar el trabajo de Violeta. A veces la veían por encima del hombro, como si fuese una persona rara que iba cantando con su guitarra el orgullo del campo, las penurias de los mineros, el grito de los que no debían tener nombre, pero los tenían; Violeta se encargó de ello. Ella se vestía de colores y ropa humilde y de campo, ropa catalogada de gitana o hippie, la ropa de aquellos que con tanto esmero trataban de negar parentesco los chilenos, pero que irremediablemente formaban parte de su cultura y su tradición, de sus campos y de sus ciudades, en suma, de un país que intentaba ser cada vez más europeo y se negaba a ver lo inmensamente crueles que eran con sus orígenes, su historia y sus raíces.

Así fueron pasando los meses y las ideas de Violeta no tuvieron manos que la recogieran. La vida se le iba desarmando de a poco, al igual que la carpa. El tiempo lo sacudía todo y la fue convenciendo de que nadie quería lo que ella tenía para ofrecer. Tal vez por eso se lamentó en sus últimas palabras —que dejó reposando en una carta dirigida a Nicanor—: «*No tuve nada. Lo di todo. Quise dar, no encontré quien recibiera*». Violeta se fue marchitando en medio de las ausencias del invierno y la falta de calor en los veranos. A su manera, se fue despidiendo de la vida, agradeciendo hasta el final y sellando para siempre su presencia en aquella tierra que tanto amó. "*Me cago en los discursos de despedida*", decía en una parte de aquella carta. Y luego de escribirla, en 1967, una bala empujada por su propia mano sesgó la vida de la cantora del folclore, la voz de la melancolía, la hilandera de penas y alegrías, la dueña de las penas de quien canta a un mundo que ya no quiere oír.

«*Run Run se fue pa'l norte, yo me quedé en el sur.
Al medio hay un abismo, sin música ni luz. ¡Ay, ay, ay de mí!*»

Las flores nos recibían bajo un profundo silencio que solo era interrumpido por la voz tenue y profunda de mi abuela. Ella seguía con su canto mientras avanzábamos por el jardín. En el cielo, las nubes blancas y grises flotaban juntas y en pequeñas comparsas. Se acercaban las lluvias otoñales. Viviana y yo no hablábamos, nos esforzábamos por no respirar muy fuerte con tal de no interrumpir aquel instante. A veces le acercábamos los materiales de trabajo a mi abuela sin que tuviese que pedirlos. Cuidar del jardín era una labor compleja. La tierra estaba repleta de códigos y temperamentos. Todo estaba susceptible al cambio y las manos que la trabajaban debían de ser amables y consideradas si anhelaban cosechar los frutos del esfuerzo de forma regular.

Lentamente, pasamos de los bordes del jardín hacia el centro y de esa posición, a las adyacencias de la casona. Mi abuela tenía desplegadas por las paredes de la fachada una enredadera de glicinas. En ese momento todavía no comenzaban a florecer, pero se advertían sus formas contenidas, esperando la llegada de la primavera para renacer de sus tallos de madera y recuperar sus pétalos pintados de un suave color malva. Mi abuela sonreía cuando las atendía. En Chile se les conocía por el nombre de *flor de pluma*; sin embargo, cuando alguien les preguntaba por ellas, con frecuencia venía a su mente las conversaciones con Nicanor y su amor por aquellas flores, entonces decidía de forma arbitraria cambiarles el nombre y con una risa ahogada y la voz agitada, respondía: «*¡Ah, claro, esa es la flor de los Parra!*».

> «*Tengo una petaquita, para ir guardando,*
> *las penas y pesares, que estoy pasando...*»

Un poco antes de la *flor de los Parra*, muy cerca de la terraza que daba al salón del piano, había hortensias en abundancia. Mi abuela le colocaba sulfato de aluminio en la tierra para que al florecer tuviesen ese color azul que las hacía lucir tan hermosas. En esa labor se hallaba cuando comenzó a cantar una melodía familiar. No recordaba de dónde la conocía, pero los recuerdos del pasado comenzaron a asaltar mi mente. Y es que, a diferencia de las canciones anteriores, cuando mi abuela recitaba los versos de *La Petaquita*, todo era diferente. Ella nos miraba alegre y vivaracha; movía su cuerpo al ritmo de su voz animada y juguetona e incluso parecía divertida y enérgica, como si hubiese recibido una descarga de energía.

35

«Pero algún día; pero algún día,
abro la petaquita, la hallo vacía»

Viviana y yo nos reíamos. Mi abuela lucía drásticamente diferente. Lejos de la melancolía que desplegaba apenas unos minutos atrás, ahora se mostraba radiante y escurridiza. Movía su cuerpo, como si marchara al ritmo de la canción, y conforme su voz subía y bajaba, nosotros sentíamos una súbita necesidad de bailar junto a ella.

«Pero algún día; pero algún día,
abro la petaquita, la hallo vacía»

En ese instante, del otro lado de la pared, resonó el sonido de un par de notas afinadas. La melodía irrumpió en el jardín a través de la ventana. Las cuerdas del piano iban saltando, siguiendo la voz de mi abuela, fundiéndose con ella hasta formar una sola melodía. El mundo se volvió borroso. Mi vida entera solo tenía atención para lo que ocurría en ese instante justo frente a mí.

«Todos los hombres tienen, en el sombrero,
un letrero que dice: casarme quiero»

Inmediatamente después, del otro lado de la pared, se escuchó la voz inconfundible de Gastón a modo de respuesta. Al igual que en el pasado, mi tío volvía a acudir al llamado de su madre, y aquella melodía oxidada que tanta felicidad les regalaba, volvía a unirlos una vez más.

«Pero algún día; pero algún día,
abro la petaquita, la hallo vacía»

Gastón no solía cantar, pero en aquel instante no se podía resistir. El recuerdo de Violeta le nacía a mi abuela de la garganta y Gastón sucumbió a la tentación de unírsele. Él también le guardaba un profundo cariño y respeto a la cantora del folclore y, por ese motivo, su voz gruesa salía casi desde el corazón, como respuesta al canto de su madre.

«Pero algún día; pero algún día,
abro la petaquita, la hallo vacía»

Mi abuela no pareció sorprendida. En cambio, Viviana y yo mirábamos por la ventana y veíamos a Gastón concentrado frente a su piano. Sus notas servían para dejar espacios semivacíos en donde se escuchaba solo esa melodía juguetona. En ese momento, como si iniciara la pieza otra vez, Gastón comenzó la siguiente estrofa.

«Todas las niñas tienen, en el vestido,
un letrero que dice: quiero marido»

Al instante, mi abuela le respondió con su voz aguda y ligera:

«Dicen que le hace, pero no le hace,
lo que nunca he tenido, falta no me hace»

Y entonces, con ambas voces fusionadas en un mismo canto a la vida, soltaron el coro en perfecta armonía.

«Pero algún día; pero algún día,
abro la petaquita, la hallo vacía»

Las voces flotaban en el aire como dos mariposas multicolores, se rondaban con sus enormes alas y giraban en un espiral alrededor de las hortensias. En su revoloteo, algo se iba clavando en mi pecho, eran sentimientos ajenos y desconocidos, vivencias de mi abuela y Gastón que dejaban salir a través de sus voces y me removían por dentro. Ellos iban cantándole a un recuerdo que palpitaba en su interior y el eco de sus palabras dejaba al mundo entero en un reposo estático durante ese breve instante. Los árboles dejaron de moverse, las flores perdieron su aroma, el sol detuvo la furia de su calor y las nubes cesaron su movimiento. Solo tenía dinamismo las manos de Gastón sobre el piano y el cuerpo de mi abuela, quien cantaba con los ojos cerrados y la nostalgia en los labios. En ese instante, casi por arte de magia, me pareció escuchar a Violeta, como si su espíritu hubiese recorrido La Reina entera para llegar hasta allí donde sus melodías lo inundaban todo de alegría y de tristeza.

Los tres cantaban y yo los miraba. Los tres cantaban y el mundo parecía un lugar cargado de felicidad y melancolía. Los tres cantaban, pero, al terminar, ya solo quedaron dos. Las notas fuertes del piano marcaron el final de la canción y después de ellas se hizo el silencio absoluto. El mundo volvió a adquirir forma y movimiento, pero nosotros, los vivos, nos quedamos paralizados, respirando lento y viendo partir a Violeta.

Y en el pesado silencio que vino después de la música, parecía haber un claro dejo de despedida.

«Adiós, Violeta, adiós»

4

La espesa niebla que cubría la 115 se fue disipando lentamente. El otoño dio paso al invierno con sus bajas temperaturas y días aletargados. Florecieron los juncos, las casonas recuperaron su color y los miembros del hogar reconstruyeron de a poco los pedazos de sus corazones rotos. Conforme avanzaban los meses, costaba menos respirar. Al inhalar, el aire ya no quemaba por dentro. De a poco regresó el aroma de las flores y los huertos, la leña de la chimenea y los guisos de los almuerzos. Reaparecieron las sonrisas, el ruido de las conversaciones y el trajín de las rutinas. Todo adquirió un nuevo cauce y aunque la tristeza seguía suspendida en el aire, existían muchas razones para ser optimistas.

Durante aquellos días, Gastón se pasaba la mayor parte de su tiempo trabajando intensamente en su taller. La madera le ayudaba a sanar su mente caótica y cada día se volvía más osado a la hora de usarla. Sus juguetes mejoraban a la par de sus habilidades. Tenía en su interior la obsesión del artista que desea perfeccionar una técnica. En poco tiempo logró recrear casi cualquier objeto con un poco de madera. Se convirtió en un verdadero hechicero que olía a roble y a cedro, a pintura y metal. Con frecuencia se nos acercaba con las manos llenas de sus inventos, nos explicaba sus complejos mecanismos y al final disfrutaba obsequiárnoslos y vernos jugar mientras fumaba de su pipa.

Con el tiempo, mi tío inició una insaciable búsqueda que tardó mucho tiempo en materializar. Su objetivo era hallar un instrumento que en América parecía desparecido. La inspiración le vino de los libros, pero también del mismo órgano que tocaba en la catedral. Cada cierto tiempo, Gastón ayudaba a desarmar aquel instrumento. Lo limpiaba y afinaba, lo veía por dentro, entendía sus mecanismos. De alguna forma, se asemejaba al estudio de la anatomía humana. Sus ojos fueron capturando los principales componentes, sus líneas vitales, sus piezas y ensamblaje. Aquello lo sedujo. Como si se tratase de una hermosa mujer, se enamoró al instante y la idea de construir algo como aquello se le clavó en la cabeza.

Afortunadamente, no tardó demasiado en encontrar lo que necesitaba. Lo descubrió casi por accidente y como solía sucederle a la mayoría, estuvo a punto de confundirlo con el piano. Sin embargo, conforme lo fue estudiando, no tuvo dudas de que las similitudes no eran tantas como sus profundas diferencias. La historia de este instrumento era antiquísima y llena de olvidos y resurgimientos que habían comenzado en el siglo XVIII bajo la corriente del Barroco. Desde luego, lo conocían por muchos nombres diferentes. Incluso los críticos lo confundían con el piano y el clavicordio, pero estaba más cerca del arpa y la guitarra por pertenecer a los instrumentos de cuerda pulsada. Era difícil de imaginar su sonido, pues no había demasiados en el mundo y escaseaban sus grabaciones. Aun así, quizás por coincidencia, quizás por destino, Gastón leyó la palabra «Clavecín» en un libro olvidado y ya nunca más pudo sacárselo de la mente.

Ese otoño se comunicó con todos sus contactos, escribió a sus amigos en Europa, visitó músicos e instituciones, redactó cartas y solicitudes y se obsesionó en una búsqueda que parecía imposible. Desde entonces, todos los días vivía impaciente y al acecho, siempre atento y a la espera de alguna respuesta que lo condujera hasta su único deseo: el plano detallado de un clavecín. Lo ansiaba con todas sus fuerzas y con frecuencia su mirada se perdía en el horizonte, tal vez preguntándose si aquel día llegaría una respuesta. Su anhelo tardaría un poco más en volverse realidad; sin embargo, al poco tiempo, en lugar de los planos, sus súplicas atrajeron un viajero del tiempo.

Un día la escasa brisa de Santiago arrastró hasta la puerta de la 115 a Luis Advis. Cuando Gastón lo recibió fue como reencontrarse de golpe con su pasado. El hombre que le devolvía la mirada y llevaba pintada una sonrisa modesta en los labios había sido uno de sus grandes amigos en su juventud, cuando sus vidas eran más sencillas y lo más importante era la música y solo la música. El *Lucho* —como le decían—, había comenzado tarde a estudiar en el conservatorio, allí se conocieron. Aunque provenía de una familia con mucha formación musical, no fue hasta los veintitrés años que Advis comenzó a educarse académicamente en ese mundo. Por supuesto, lo suyo era un talento natural, casi intuitivo, y en muy poco tiempo fue desarrollando una habilidad excepcional. Recuerdo haberlo visto muchas veces en la 115 cuando era pequeña y no superaba los siete años. Él y Gastón eran inseparables y mi abuela le tuvo mucho aprecio; se desvivía por escucharlo hablar, al igual que a todos los amigos de sus hijos. Lucho siempre tuvo libertad para refugiarse por las noches en la casona y con bastante regularidad se quedaba a cenar. La amistad parecía muy sólida y capaz de trascender los años. Lamentablemente, el tiempo lo oxida todo y los amigos se fueron distanciando. Cada uno hizo su camino: llegó el matrimonio, los hijos y las responsabilidades. La vida de adultos los fue alejando hasta aquel día impregnado de sabor a lluvia.

Ese día de 1967, Lucho acudió a la casona como siguiendo las pistas de su pasado. Había llegado tratando de escuchar los ecos de Violeta y su música sin saber que aquello le cambiaría la vida. En ese momento, Advis no lo sabía, pero desde ese instante su genio musical estaría ligado al folclore y a la obra de aquella cantora. Esa tarde, luego de visitar *La Carpa* de Violeta, se vio a sí mismo caminando sin rumbo, acercándose a la Plaza Egaña, pero traicionado por sus pasos, quienes evitaron los cruces y fueron directo hasta la 115. En realidad, su visita era un anhelo secreto e inconsciente por regresar a los lugares que tanta dicha le regalaron durante la juventud. Antes de llegar a Paula Jaraquemada, un pie impulsaba al otro, y a cada instante escuchaba el eco de las risas del pasado, la juventud perdida, los años de intensa e inocente felicidad. Entonces, casi por sorpresa, se encontró tocando la puerta y viendo emerger a Gastón a través del umbral. Sonrieron al verse, como si el tiempo no hubiese transcurrido. El reencuentro quedó sentenciado ese día y como si no hicieran falta palabras, fórmulas mágicas, rodeos ni excusas, retomaron la amistad de la forma más natural posible y alrededor de lo único que consideraban valioso y significativo: la música.

Poco después de aquella visita, entrado el invierno, apareció mi tía Eliana. Su llegada era predecible, pero nadie se imaginó que lo haría acompañada de Mollendo, su esposo. En realidad, aquello era una obviedad, pero en la familia se había tratado de sepultar cualquier recuerdo que involucrara esa relación. Aquel hombre era déspota y un machista insufrible que en unos pocos años marchitó a su mujer. De la muchacha inteligente y resuelta que fue Eliana en su juventud, ya no quedaba más que la silueta y la mirada. Al verla después de tantos inviernos, era como si alguien le hubiese deshojado el color, la alegría, incluso el deseo de vivir. Cuando hablaba se limitaba a un trato recto y serio, salvo en esos pequeños momentos que se desesperaba porque no le concedían la razón. Por lo general, se movía con pasos precisos, como si estuviese siendo vigilada y la mayor parte del tiempo hacía un esfuerzo sobrehumano por tragarse sus opiniones.

Los años en Perú habían castigado a Eliana hasta arrebatarle las emociones. Era una sombra sin color de sí misma, una imagen deslucida que no dejaba ni rastro de la mujer que había sido. ¿Se habrá dado cuenta de ello en algún momento? Quizás mi tía no lo supo hasta que fue muy tarde. Quizás intentó escapar, pero se vio en un país extranjero, desprovista de oportunidades y dinero, sometida a una realidad sin salidas. Quizás un día se envalentonó y enfrentó a su esposo, pero el resultado fue funesto y desgraciado. Nunca logramos saber la verdad. Indiferentemente de lo que ocurrió, ya no tenía caso hacer suposiciones ni preguntas: mi tía había cambiado y su vida jamás volvería a ser la misma

Aquella visita en pleno invierno respondía, naturalmente, a los asuntos de la herencia. Al verlos, el rostro de mi abuela adoptó la forma etérea de un doloroso suspiro. Desde el primer instante comenzó una larga discusión acerca de los bienes y demás asuntos pendientes. Estaba claro que Eliana hablaba con la voz y los argumentos de su esposo. Mientras ella se desvivía por repetir un guion diseñado de antemano, él se paseaba por la casona revestido de patán y depredador. Por supuesto, las discusiones no dieron demasiados resultados. Por más derechos que reclamaba Eliana, solo era una en

42

medio de cuatro hermanos y una viuda. No pudo forzar ninguna decisión ni imponer su punto de vista.

Esa situación fue creando un ambiente pesado y tenso. Durante las cenas era frecuente el mal genio y las discusiones. Por esa razón comíamos lo más rápido posible: nadie quería permanecer mucho tiempo en la mesa. A veces Gastón intentaba tender puentes con esa hermana que durante mucho tiempo fue su mejor amiga, pero aquello dio pocos resultados. Entretanto, mi abuela no decía nada, parecía ensimismada en sus pensamientos y en el dolor de la escena. Mi madre tampoco podía hacer gran cosa, ella se limitaba a observar todo con los ojos del invitado, consciente de que aquel no era su asunto, pero mantenía el mentón levantado y firme, como si esperara la primera llamada de auxilio para acudir al rescate.

Fue después de una de aquellas cenas llenas de tensión cuando ocurrió algo que me sacudió por dentro. Como de costumbre, el comedor se vació apresuradamente y la mayoría se fue retirando a sus habitaciones mientas yo ayudaba a mi abuela recogiendo los platos y acercándoselos hasta la cocina. Hacía aquella labor de forma veloz y justo cuando estaba a punto de terminar, sentí algo extraño a mí alrededor. Primero fue una tensión que me revolvió el estómago, luego la sensación de que alguien me miraba y, por último, una mala corazonada. Aunque generalmente no estaba acostumbrada a sentir miedo —mucho menos en mi propia casa—, mi instinto me alertó del peligro. Yo no sabía precisar de dónde nacía todo aquello. No estaba haciendo nada interesante en ese momento, apenas y estaba parada con un par de platos en las manos, pero al voltearme, el esposo de mi tía tenía una sonrisa perversa y una mirada desfigurada sobre mí.

—No te pares así que me provocas.

Tras decir aquello, lanzó una moneda al aire y, al atraparla, se mordió los labios. Un instante después, como si sus palabras fuesen lo más normal del mundo, siguió jugando con su moneda mientras avanzaba hasta la salida del jardín. Durante esos breves segundos, yo me quedé desconcertada en medio del comedor, sin saber el significado de aquella frase, profundamente perturbada. Me sentía testigo de algo prohibido. «Me provocas», su entonación estaba empapada de significados que desconocía. Mi instinto gritaba peligro, pero no sabía la razón. «Me provocas». ¿Qué le provocaba exactamente? No podía dejar de preguntármelo. Aquello era algo diferente a cuanto había vivido. Me sentía asqueada y llena de rabia. ¿Por qué Mollendo se sentía con la potestad de hacerme saber aquello? ¿Por qué sus palabras sonaron tan amenazadoras? No encontré respuestas a mis preguntas esa noche y tardé varias horas en conciliar el sueño.

Al despertar, ya no era la misma.

Eliana y su esposo se fueron derrotados esa mañana. Los vi partir sin despedidas y con los rostros enfermos de ira. Sus siluetas se fueron haciendo cada vez más pequeñas hasta que ya no las pude distinguir. Entonces, al girar sobre mis talones, un breve soplo de brisa me revolvió el cabello y la ropa. Bajé la mirada y por primera vez fui consciente del progresivo crecimiento de mis extremidades. Mis piernas y brazos se habían estirado; el busto parecía estar abultándose debajo de la blusa e incluso mi aroma estaba impregnado de fragancias desconocidas. El hallazgo me incomodaba. No entendía lo que estaba ocurriendo, tampoco si la consciencia sobre el efecto de mi cuerpo sobre los hombres guardaba relación con las palabras de Mollendo, pero aquella experiencia me marco.

Apenas tenía pocos meses de haber cumplido los trece años, pero ya había sido testigo de un acto de trasgresión dentro de mi propia familia, bajo el techo que me había resguardado durante toda mi vida y sin entender el porqué.

Esa mañana era uno de los primeros días de la primavera, el aroma de las glicinas lo cubría todo con un manto de esperanza y renacimiento. Dejé que aquel perfume se adentrara hasta mis entrañas y, al exhalarlo, me prometí que nunca volvería a guardar silencio y sumisión ante una transgresión.

Nunca más.

5

—Ya pues, Mary, tienes que venir al *baileteo*.

Cuando mi tía Quety pedía algo, su voz adquiría la forma corpórea de dos grandes brazos que jaloneaban al receptor. Su timbre agudo y sus frases insistentes, casi chiclosas y pegajosas, eran muy difíciles de evadir.

—¿No estás cansada de estar siempre triste? —insistía Quety—. ¡Ven esta noche! Puedes traer a los niños. ¡Ya es tiempo de que aprendan a bailar!

Mi madre negaba con la cabeza, pero afirmaba con la sonrisa. No era la primera vez que recibía esa petición por parte de su cuñada, tampoco sería la última ocasión en la que podría rechazarla, pero ese día estaba de un humor inmejorable. Y es que después de casi siete meses de días impares, esa tarde de octubre logró contactar al ministro. El encuentro fue breve y nada extraordinario, pero cumplió con su cometido. Máximo Pacheco se comprometió en hacer un esfuerzo para encontrarle alguna oportunidad y ella se dio por satisfecha. Allí nacía una nueva esperanza.

Aunque no le prometió a Quety que asistiría al *baileteo*, justo cuando el ocaso pintaba el cielo con sus colores apasionados, ya estábamos arregladas. Esa noche, mi madre era la hija de la primavera. Llevaba un vestido floreado con una falda por encima de las rodillas y un corpiño que dibujaba un cuerpo que todavía se adivinaba joven. Su rostro estaba ligeramente maquillado. Un suave rubor en sus mejillas le daba un tono de timidez e inocencia al semblante, aunque sus labios carmesí gritaban pecado. Mientras se probaba algunos accesorios, no podía dejar de contemplarse frente al espejo. Se sonreía a cada instante, como si estuviese ensayando. Mi madre era una persona diferente cuando se inspeccionaba en ese cristal que alimentaba el ego y el narcisismo. Se sabía hermosa, digna de atenciones y deseos. Cuando se arreglaba, todo en ella adquiría un ligero aroma a ylang-ylang y lilas, a roble, ámbar y musgo; a lujuria y seducción. Ella lo sabía y se regodeaba de ello: su rostro la delataba.

De pronto, como si se sintiera juzgada por mi mirada, me tomó de las manos y me puso delante del espejo. Se colocó detrás de mí, rodeándome con sus brazos e inclinándose levemente hasta dejar su mentón reposando sobre mis hombros. El aroma de bergamota, rosas y jazmín me inundó por dentro. Ella tenía una sonrisa nostálgica, como si le recordara a la niña que fue en otra vida. No tuve mucho tiempo para observar su rostro, ya que en ese instante mi propia imagen me parecía mucho más interesante.

Esa noche mi madre me había convencido de llevar un vestido raso de color negro. Por supuesto, yo tenía mis dudas. No me sentía demasiado cómoda sin mi uniforme escolar y aunque el vestido lucía elegante y discreto, tal y como sugería mi madre, la forma natural del corpiño hacía destacar a mis senos, los cuales no dejaban de crecer e incomodarme. Afortunadamente, la tela del vestido lograba cubrirlos por completo, aunque eso no era suficiente y cada cierto tiempo —de forma inconsciente—, usaba mi largo cabello para ocultarlos. Aun así, a pesar de mi incomodidad inicial, el corte del vestido me favorecía, ya que carecía de extravagancias, ofrecía cierta holgura y me hacía sentir regia y elevada. De hecho, a pesar de que, como todo adolescente, todavía no me sentía cómoda dentro de mi cuerpo, debía reconocer que la imagen frente al espejo me resultaba agradable. Me gustaba a mí misma y eso, en sí mismo, ya era un cambio positivo.

—Te ves realmente hermosa, Dominique —mi madre soltó una risa suave y fresca. Su aliento olía a menta y cerezas—. En verdad hermosa.

Esas palabras las dijo mirándome fijamente a través del espejo. Sus ojos azules me sonreían. Estábamos como suspendidas en ese instante. Tal vez por mi edad, yo no tenía la habilidad para distinguir nuestras coincidencias genéticas. De haber sido capaz, le hubiese agradecido su generosa herencia. Seguramente ella sí fuese consciente de aquello. Parecía ausente, como detallando uno de sus cuadros. Yo era su creación, quizás la más grande, la más irracional e inconsciente, nacida de una noche como aquella. Solo Dios sabía cuánto me parecía a mi madre.

Sus palabras me conmovieron. Aquellos halagos tenían poder y significado. No era frecuente recibir frases como aquellas por parte de mis padres, menos de forma repentina. Sin embargo, su breve diálogo me hizo sentir amada. Su voz me reconfortó con un cariño genuino y transparente, un cariño de solsticio que sabía a plenitud. No sé cuánto tiempo pasó; tal vez no más que un par de segundos, pero los atesoré como si fuesen horas.

Inmediatamente después, María Luisa volvió en sí. Se levantó despacio, volvió a mirarse en el espejo, giró su cuerpo hacia la salida y escapó de aquel marco de cristal que la había estado aprisionando desde que volvió a la 115.

Cuando la alcancé, extrajo de su cartera un elegante frasco de abeja lleno de un reluciente líquido color miel. «Mitsouko Guerlain», pronunció con cariño mientras retiraba la tapa. Para ella, era lo único que me faltaba. Me colocó un poco de perfume en el cuello y en las muñecas. Olía a ella, el aroma de mi madre, la fragancia de María Luisa

—Ahora sí —dijo con cierta resignación alegre mientras se acomodaba el vestido. Aunque estaba claro que se sentía fuera de lugar en aquella fiesta, no dejó que sus pensamientos le borraran la sonrisa—, estamos listas.

...

«One, two, three o'clock, four o'clock, rock!»

La 115 estaba vestida de fiesta.

Personas y más personas, de todas las clases y estratos sociales; vestidos con colores vivos y marchitos, ataviados de texturas y estampados; calzados con zapatillas de baile y algunos con los primeros pares que encontraron; embriagados de noche, de vida, de ritmo y vino; amantes de miradas sinceras, dueños de las míticas frases insistentes: «ya pues, acépteme un baile, lindura», y respuestas resueltas y sin censuras. «Ándate y tráeme algo de tomar y me lo pienso»; pecadores sin remedio, enfermos cuya única salvación estaba en la pista de baile.

«Five, six, seven o'clock, eight o'clock, rock!»

Cuerpos y más cuerpos, sin nada más en común que el lenguaje corporal: manos sobre manos, volteretas, piruetas y las piernas danzando de adelante hacia atrás, de atrás hacia al lado, giros, talones, movimientos amorfos y gráciles, movimientos de fuego a velocidades de infarto para los novatos.

«Nine, ten, eleven o'clock, twelve o'clock, rock! »

Bocas y más bocas, sin más conversaciones que el «pucha qué rico vino»; «¡qué bien que baila!»; «¡Santa Teresa haz de esta noche eterna!», y «¡Uy, Doña Quety! ¿No tendrá una cumbita?, ¿no tendrá un bolero?, ¿no tendrá algo más rápido?». Bocas y más bocas, con sus labios impulsados por el más genuino y sediento de los deseos; labios dispuestos a besar, a conocer, a explorar; anhelos de galantería, instintos de seducción, coqueteos fugaces y revoloteadores que encontraban cobijo en la oscuridad de los rincones o bajo la luz de las lámparas. Amantes bendecidos, amores fugaces, efímeros, estrellados; amores que nacían en una canción y morían con el robo de un nombre, un beso y un adiós.

«We're gonna rock around the clock tonight»

Sonrisas y más sonrisas, embriagadas de dicha y sudor, de movimiento y energía, de intensidad y aire fresco, de esa música que rugía del tocadiscos y arañaba las mejillas y los labios… y el vientre y la entrepierna. Música para bailar pegados y música para bailar separados. Ritmos del caribe y del atlántico, estilos gringos y locales, mezclas experimentales y melodías desconocidas y redescubierta, sonidos todos que estimulaban los sentidos y envalentonaban a los bailarines; los sacaba de sus miedos, los levantaba de las sillas y casi los obligaba a lanzarse a la pista con los ojos cerrados, sin atender a nadie más que a la persona que tenían al frente, sin más dudas que el siguiente paso, la próxima canción, el mismo rostro risueño oculto en una sonrisa y la promesa de otro baile.

De pronto, una mano, invadiendo mi campo visual. La recuerdo particularmente gruesa con sus dedos pequeños. Seguí las líneas de aquella palma que ascendían imparables por un brazo marcado de tenues venas azules. Era un brazo fuerte de piel trigueña y brillosa. El dueño era un chico reservado de mirada de mar nocturno, mirada de Vía Láctea, ojos negros como la oscuridad: me perdí en ellos. No dijo palabra alguna. Tampoco hizo falta. Su mano extendida lo solicitaba todo y yo accedí casi sin pensarlo. Así se juntaron nuestras palmas, sus dedos cubrieron los míos, sentí su fuerza contenida guiando mi cuerpo. Mis pies levitaban detrás de su sombra, nos hacíamos camino en medio de cuerpos en movimiento. Un paso y luego otro y uno más hasta quedar de frente.

Levanté el rostro, siguiendo un torso oculto por un traje modesto y ceñido con corbata. El cuello ancho, el rostro amable de facciones vulgares envueltas en una extraña dignidad. Me sonreía con incredulidad, como si hubiese logrado alcanzar una estrella. Tenía una sonrisa de ángel, sonrisa peligrosa capaz de robarme las virtudes de la inocencia. La miraba desde abajo, como idolatrando una estatua; me superaba en altura por varios centímetros. Llevé mi mano a sus hombros y las suyas fueron a mi espalda. Adoptamos la postura inicial de los bailarines, esperando así por la clave de otro bolero que estaba por llegar. Temblaba, él temblaba, tal vez por miedo o por impaciencia, nunca lo supe. La melodía rajó el silencio y nuestros cuerpos se volvieron uno solo al ritmo del *Adoro* de Armando Manzanero. El tiempo perdió todo sentido y facultad. Nuestros pasos eran tiesos y torpes, ninguno de los dos sabía bailar, pero eso carecía de relevancia; solo importaba aquel rostro y el suave movimiento de nuestros pies. A veces me hacía girar y el mundo me daba vueltas. A veces giraba y veía aquel inmenso mar de cuerpos y pies meciéndose como barcas bajo una noche estrellada. A veces giraba y todo desaparecía un instante, pero inmediatamente después lo veía a él, esperándome con la mirada fija y la sonrisa tallada.

Así nació la química.

Me sentí impregnada de su cuerpo y sus facciones, de su silencio y su aroma de hombre. Sin necesidad de palabras, había surgido una conexión genuina y muda. En mi vientre revoloteaban colibríes, chocaban con sus alas apretujadas, picoteaban mis entrañas, y en lugar de dolor, sentía placer y dicha. En ese instante, padecía una infinidad de sensaciones sin nombre ni explicaciones. No esperaba encontrarme con un mundo desconocido aquella noche, pero ahí estaba, sumergida hasta el cuello, tiritando de miedo y doblegada por las brasas ardientes de un afecto inocente y precoz. Me creía flechada por una mirada de ébano y unos labios honestos que me besaron cien veces esa noche sin necesidad de tocarme.

A nuestro alrededor, al menos nueve parejas se mecían impulsadas por el ritmo alado de la música. Mi madre era una de aquellas almas sobre la pista. Lo sabía porque sobresalía en medio de todos por su altura. Ella era la persona más alta del lugar con su metro setenta y cinco. En Chile las personas se encogían generación tras generación. Era el hambre y la crisis, el ambiente y la distribución de los alimentos, el bajo PIB y la desigualdad. Los hombres y las mujeres se achicaban sin que nadie lo notara y mi madre era una muestra de que aquella realidad era cierta. Para ella la fiesta había sido un éxito. Aunque no tenía de qué hablar con la gente, se había divertido. Bailó gran parte de la noche y bebió bastante vino. Quizás por eso a la medianoche se convenció de que había llegado el momento de marcharnos.

En Chile era una falta de cortesía que las fiestas terminaran antes de las cuatro de la mañana. Por lo general, finalizar a las dos era medianamente aceptable, pero marcharse a la medianoche iba en contra de toda la norma. Sin embargo, mi madre no se daba por enterada de aquellos códigos sociales. De forma discreta se me acercó y me susurró al oído. Aquella sería la última canción. Él también lo sabía. Me sentí melancólica de golpe, había llegado el momento de la despedida. Así era el mundo de los amantes de la pista de baile… un nombre y un adiós; un beso y el olvido de la memoria. Nuestros últimos pasos supieron a poco y al concluir la canción, también lo hizo nuestra alegría.

No obstante, antes de despedirnos, sacó algo de su cartera y lo depositó en mis manos. La textura me creó incertidumbre y al abrir mi palma vi su rostro ligeramente iluminado y cuadriculado: el semblante serio, los labios apretados, las cejas pobladas y fruncidas, y los mismos ojos de estrellas y firmamento… era su fotografía. No era la mejor que podía ofrecer, sin duda era mucho más guapo en persona; aun así, era más que suficiente. Para mí aquello gritaba afecto, era una prueba de amor, un símbolo que trascendía al breve instante de aquella noche. «Llévame contigo a todas partes» parecía decir aquel gesto, «llévame contigo…», y así lo hice. Cerré el puño y guardé a aquel extraño sin nombre en mi corazón.

Me despedí sin que sonaran trompetas ni violines, sin glorias ni tragedias, sin lágrimas ni promesas; me despedí, tal vez sin saber lo que iba a ocurrir después, pero con la corazonada de que ese chico sería mi primer amor.

…

Después de aquella fiesta, los meses se soltaron de su eje. Los días caían como fichas de dominó y las horas no avanzaban de forma lineal, sino que se escurrían en cascada, de arriba hacia abajo en un salto suicida que difuminaba la duración del tiempo.

Como suele suceder, el último trimestre del año iniciaba y moría en un chasquido. Nadie lograba explicar aquel fenómeno, pero era un hecho de lo más conocido. En un instante, la primavera irrumpía violentamente en la pupila y al otro desaparecía para dar paso al intenso y seco verano. En aquellos meses llegó mi bisabuela Tá. No era común que regresara a la 115 luego del invierno, pero en esa ocasión modificó un tanto su rutina para felicidad de mi hermano Octavio. También apareció Fernando Villalobos. Llegó una mañana sin sol, ataviado de un traje gris oscuro y un rostro fúnebre. No demoró más que un par de minutos en marcharse. Por la actitud de mi tía Quety, todos intuíamos que algo muy malo había sucedido, pero no me enteraría de aquello hasta inicios del siguiente año.

Para mí esos meses fueron una caricia suave con sabor a aventura. No advertía lo cerca que estaba de terminarse aquella paz. 1967 había sido un año repleto de vaivenes y tropiezos, de rostros tristes y momentos agobiantes; sin embargo, ese octubre me sentía esperanzada. La vida volvía a tener algo parecido a una rutina y eso era todo lo que anhelaba.

Por esas fechas comencé a escuchar algunos discos de mi tía; practicaba mis pasos de baile cuando nadie me observaba. Si cerraba los ojos, podía recordar el baile con su mística festiva, la danza como catarsis de las penas y evasión de la realidad. Luego de aquella noche del *bailoteo*, descubrí que aquel chico era un conocido de Iván. Vivía a pocas cuadras de la casona y en poco tiempo nos volvimos a ver, embriagados de luz de sol y una timidez adorable. Salíamos por Paula Jaraquemada, caminábamos por los alrededores y regresaba sigilosamente sin que me regañaran por ello.

En una de esas escapadas, recibí mi primer beso. Ocurrió cuando las aves se elevaban por encima de nosotros en medio de un atardecer sin colores. Fue en el parrón de la casona, justo al regresar de un paseo tranquilo. No teníamos mucho tiempo, mi abuela solía aparecerse para evitar cualquier alargamiento de nuestros encuentros. Ese día crucé los dedos para que no nos interrumpiera. Sucedió de forma sorpresiva, como los niños que hacen algo malo y salen huyendo. Fue un beso de labios apretados y temerosos. Él siempre temblaba, eso me resultaba tierno. Después del primer beso, llegaron muchos otros. Sus labios me agradaban, eran suaves y gentiles, como de hombre bueno. Cuando nos despedíamos, los sentimientos afloraban y me adormecían por dentro. Mi mundo se distorsionaba. No pensaba con claridad, se aceleraba mi respiración; me sabía amarrada a aquellos labios que se aferraban a mi nombre sílaba a sílaba cuando decía: «Dominique, te quiero».

Así estuvimos por un tiempo, amarrados a unos pocos besos y a las emociones que nacían por procesos químicos en nuestro cuerpo. Sin embargo, a pesar de que esos encuentros me resultaban excitantes y reveladores, no podía dejar de cuestionarme lo que sentía. No me agradaba la idea de ser esclava de mis emociones. Incluso desde esa corta edad, sabía con total certeza lo que no deseaba para mi futuro. Tal vez aquello se debía a la cercanía de las vivencias de mi madre herida o simplemente a un desarrollo muy marcado de mi personalidad, sea por una u otra razón, estaba segura de que jamás me permitiría ser víctima de un amor ciego. Me resultaba imposible entregar todo de mí; los sentimientos no me dominaban, sino que yo los doblegaba a mi voluntad. Sabía que el amor era peligroso y estaba decidida a no dejarme manipular por él.

Solo tenía trece años, pero estaba segura de mi pensamiento. Nunca me permitiría amar sin la firme voluntad de que la razón doblegara a cada una de mis emociones.

Con esa resolución, observé al verano postrándose lentamente sobre Santiago. Con su llegada, comencé a usar ropa más ligera y fresca, acompañaba a mi madre por la ciudad y observaba atentamente los cambios más pequeños de la 115. Ya no había duda, volvía a ser la misma casona de mi niñez. Todo estaba allí, incluso los rostros, las comidas... la felicidad encapsulada. Era cierto que todavía rondaba la melancolía y la añoranza en la familia. Las ausencias nunca dejan de pesar en el ánimo, pero, a pesar de ello, las nubes corrían en el cielo, como escapando de ese sol que nos bañaba aquel diciembre; las aves surcaban los cielos, los automóviles avanzaban por las calles y el mundo seguía su curso y nosotros con él. Ya no teníamos lágrimas en los ojos ni penas en la consciencia. La tristeza era otro proceso del duelo y de a poco comenzábamos a sanar, al menos era lo que creía.

Así llegó la navidad, casi arrojada como un dardo desde el sol. En Chile, más que llamarla navidad, le decíamos pascua y se llevó un buen tiempo hacer la transición de esta a la otra. Su celebración distaba mucho de las construcciones estadounidenses que pintaban todo con su nieve, grandes fiestas familiares y padres vestidos de *Santa Claus* o *Viejito Pascuero*, como le decíamos en Chile. No obstante, en 1967 la mayoría de las personas ya tenían una vaga y consistente noción del significado de estas fiestas y de la figura que estaba encargada de traer regalos.

De hecho, no había pasado mucho tiempo desde que la *Coca-Cola* ilustrara —y globalizara— la imagen del hombre sonrosado y rechoncho de barba blanca y traje rojo. Sin embargo, ya en Chile había aparecido una versión de esta mítica figura. Ocurrió al menos un par de décadas antes, concretamente en 1903, en una estrategia publicitaria de la Casa Krauss. Ya desde entonces los chilenos convivían con esa imagen de Papá Noel, pero su forma de celebrar aquellas fiestas era muy diferente. La tradición dictaba acontecimientos cada vez más públicos con grandes festejos por las calles y bailes multitudinarios. Era una celebración participativa, pero aquella costumbre se fue apagando década tras década. Así, con la llegada de la navidad, las festividades se hicieron de carácter íntimo y familiar, y los bailes se transformaron en consumo, obsequios y cenas hogareñas. Aun así, la moda de dar regalos no tuvo una adopción masiva en la sociedad, sino que fue, más bien, minoritaria por muchos años, especialmente fuera de Santiago y Viña del Mar.

Algo similar ocurría con la tradición del pino de navidad. Aquello respondía más a la herencia de los inmigrantes alemanes que a la influencia norteamericana. En Chile, la televisión no había cumplido ni una década en transmisión y su uso estaba lejos de ser masificado. Lo mismo ocurría con el cine (la principal herramienta de promoción de la cultura estadounidense), un espacio asombroso y de entretenimiento que todavía no tenía mucho impacto fuera de la capital. Debido a esto, la mayoría de las influencias extranjeras recurrían a otros espacios como la radio, las vallas publicitarias y los carteles en las vitrinas de los locales para replegarse y alcanzar a sus audiencias. Pero por más esfuerzos empleados, aquellas tradiciones extranjeras no eran un asunto de las grandes poblaciones.

Incluso en 1967 había dos chiles. Todavía me pregunto si alguna vez dejó de ser así. Siempre hubo dos chiles opuestos, diferentes, distantes el uno del otro, aunque convivieran en la misma calle. Era un asunto social que se observaba con mayor claridad en las pequeñas cosas y terminaría, tarde o temprano, manifestándose en las calles y en las gargantas de un país que invariablemente se estaba dividiendo década tras década.

En el caso de mi familia, no se celebraban las navidades ni el nacimiento de Cristo. Aquello no se debía a un ferviente ateísmo o algo parecido, sino, más bien, al simple hecho de que mi madre se encerraba en su habitación y no salía hasta el día siguiente. El mes de diciembre le despertaba una insufrible jaqueca, mientras que a mi padre le encendía el deseo de escaparse del hogar y volver por la madrugada, envuelto en una amnesia fingida que justificaba la falta de obsequios. A nosotros no nos importaba demasiado. Estábamos acostumbrados y evitábamos compararnos con otras familias. En general, Octavio y yo nos refugiábamos en cualquier otra parte que nos acogiera o simplemente celebrábamos en alguno de los cuartos, conversando de cualquier cosa, escuchando música o devorando algunas golosinas que estuviesen ocultas por la casa.

A pesar de ello, aquella navidad fue diferente. La celebramos en la casa de mi tía Quety. Ella había estado muy entusiasmada desde finales de noviembre, parecía que la festividad le daba una excusa para olvidarse de sus dolores. Cuando entramos ese veinticuatro de diciembre a aquel palacio navideño, algo en mi interior se encendió de nuevo; renació la niña infantil que nunca había disfrutado de la navidad, la pequeña Dominique que deseaba vivir una noche de televisión.

La misma casona que había sido una gran pista de baile, fue transformada en un vivo retrato de las navidades de la televisión de los Estados Unidos. Mi tía Quety volvía a hacer gala de sus increíbles habilidades para convertir los espacios en lugares extraordinarios. El interior estaba teñido de blanco, verde y rojo. No importaba la dirección ni el espacio, en cada rincón aparecía algún adorno tallado en madera, barro y cerámica; velas coloridas con llamas relucientes; bastones de caramelo sostenidos en el aire por diminutos clavos; bolas de cristal con nieve artificial y figuritas; muñecas viejas con sus vestiditos relucientes y un tren antiguo que se movía sobre en una pequeña pista circular.

En el salón se escuchaban las típicas canciones navideñas de los Estados Unidos con esa monótona alegría que a los niños les sabe a felicidad. Las voces se elevaban hasta el techo, acariciaban las lámparas de araña y se estrellaban contra el suelo, esparciendo su sonido por las sillas de madera y los manteles alargados que guindaban sobre los bordillos de las mesas. Mi madre estaba impresionada del esplendor y los detalles, pero indiscutiblemente lo que nos robó el aliento fue el pino de navidad. Se ubicaba en el lado más occidental de la casona. Su proximidad con la ventana permitía que se admirara incluso desde la calle. El árbol medía dos metros y estaba decorado con todo tipo de figuras de madera, bambalinas de plástico, golosinas y luces de bombilla incandescente. Lo coronaba una estrella dorada y a sus pies reposaban una decena de regalos y el pesebre con su belén lleno de figuras talladas en barro. Faltaba la de Jesús, pero la tradición demandaba colocarla justo a la medianoche.

Rápidamente pasamos al comedor. Avanzábamos despacio, como si nuestros pasos pudiesen destruir la perfección del lugar. Sobre la mesa reposaba un florero con abundantes rosas recién cortadas del jardín personal de mi tía Quety —era la única que las plantaba y se esmeraba en cuidar aquellas flores—. Alrededor de las rosas se extendía un auténtico banquete. Había varias vajillas con sándwiches de pollo desmenuzado, palta y huevo; gallina con salsa de verduras y papas; fresas, duraznos, melones, frambuesas, cerezas y una infinidad de fruta fresca; poncheras de chicha, ponche de frutilla, copas de vino tinto con fresas y vino blanco con melocotones y duraznos. Todos esos aromas chocaban en el aire y me hacían salivar. Era la cena más hermosa que había visto en mi vida. Todo parecía encajar, todo tenía su lugar, incluso nosotros.

Nos sentamos alrededor de la mesa, estaba toda la familia. Al verlos reunidos sentí que nos hacíamos menos cada año. El círculo se achicaba y las sillas vacías delataban las ausencias. Éramos diez personas mirándonos a los ojos mientras el *It's the most wonderful time of the year* sonaba de fondo. Diez personas sonriendo ante una cena elaborada a base de ingredientes de la propia casona, de la mismísima tierra. Hacíamos lo que podíamos con aquello que teníamos al alcance. Ese momento retrataba perfectamente el espíritu de aquel año. Estábamos juntos en la adversidad. Solo eso importaba.

Naturalmente, desconocía hasta dónde llegaría esa felicidad momentánea, esa sensación de confort hogareño y colaboración incondicional; sin embargo, no lo pensé demasiado. Aquella era una imagen que había tardado trece años en contemplar y ahora la sentía mía. La navidad gritaba en aquella casa y su voz era hermosa y resuelta. Era la voz de los sueños, el sonido del hogar, la calidez de la familia, el cariño de saberme bienvenida en un lugar tan hermoso e irreal. Me sentí dichosa por ser parte de un hogar feliz... feliz; al menos por un breve instante.

Entonces la voz pomposa y alegre de mi tía Quety se impuso por encima de los villancicos y un instante después llegó el ruido de las conversaciones y los cubiertos. Nunca he encontrado la explicación de aquello, pero jamás pude volver a recordar el sabor que tenían esos platos.

Aun así, sé que fue una cena maravillosa.

6

—Persiga al prófugo.

Aquellas fueron las últimas palabras que Nicanor Señoret le dedicó a mi madre. Fue poco después de que regresara a Santiago, luego de visitarlo a inicios de aquel año, cuando María Luisa todavía se desvivía tratando de conseguir apoyo económico para sortear la desventura que padecíamos.

—Persiga al prófugo, mijita; eso es lo que debe hacer.

Con esas palabras y algunas pocas monedas, mi madre se marchó de Viña del Mar, el segundo hogar del clan Señoret. No hubo resentimiento ni una discusión dramática. Era un consejo acorde a la decisión que María Luisa había tomado hacía tantos años atrás, de espaldas a su familia. Ella no se arrepentía de haberse casado con Enrique, jamás se lamentó por utilizar su libertad para decidir el rumbo de su vida. Si no contaba con el apoyo de las personas... daba igual; ese era un precio menor a cambio de su independencia. Incluso en el sufrimiento, su carácter era indómito e inamovible. Mi madre nunca suplicaba ni se humillaba. Era incapaz de renunciar a sus principios y estaba dispuesta a tragar lo que hiciera falta en nombre de ellos.

Desde esa escena, pasaron menos de nueve meses antes de que María Luisa regresara a aquella tierra bañada por las olas del Pacífico que la reclamaba una vez más; a ella y a todos los Señoret. A todos.

El llamado ocurrió luego de la navidad, dos días después de la cena majestuosa de mi tía. Aquella madrugada del veintiséis de diciembre, nosotros dormíamos cuando mi madre recibió la noticia. Una voz entrecortada y al borde del llanto le comunicó el fallecimiento de Nicanor a través de una llamada telefónica. Su muerte fue sorpresiva. Aunque tenía ochenta años, no aparentaba el desánimo ni la desidia de la vejez. Al contrario, seguía siendo la misma persona activa que se movía por todas partes: era consultor de varias empresas, socio en diversos grupos financieros de la firma Agustín Edwards y mantenía una vida activa en la alta sociedad de Viña del Mar. Además, parecía feliz, afincado en sus dominios en la Calle los Plátanos, donde disfrutaba de los suaves inviernos, los veranos revitalizadores y el refrescante aroma marino que la costa arrastraba hasta su esplendoroso domicilio.

Sin embargo, al terminar las navidades, sin previo aviso ni síntoma aparente, su hasta entonces joven corazón se detuvo.

Esa mañana partimos muy temprano de la 115. Íbamos vestido de luto y llevábamos amarrados en el pecho una pena extraña e improvisada. A diferencia de la muerte de mi abuelo don Enrique, esta me resultaba distante, como una vela que se apaga en otra habitación. Había compartido muy poco con Nicanor Señoret, su recuerdo a veces se desvanecía de mi memoria y clasificar mis sentimientos hacia él me suponía un esfuerzo enorme. Por supuesto, como todo lo que concernía a mi familia materna, nuestra relación siempre fue algo compleja. Octavio y yo éramos la prueba de un delito que había arrojado como fruto una unión ilegítima y dos retoños manchados y poco apreciados. Debido a ello, no siempre fuimos bien acogidos por nuestros parientes, tampoco recibimos todo el amor que los nietos suelen despertar en los hombres más longevos, ni el afecto natural que obtienen algunos niños por el simple hecho de nacer.

Aun así, de espalda a esos hechos pasados, avanzábamos hacia Viña del Mar, el paraíso de los Señoret, la tierra de esos antepasados que mi madre a veces retrataba como la rama de nuestra genealogía más ostentosa y opulenta con sus grandes tradiciones, sus prestigiosos palacetes y anchos hogares; automóviles de marcas lujosas y negocios lucrativos que desencajaba con nuestra histórica vida de penurias antes de que los años por los Estados Unidos cambiaran moderadamente nuestra situación económica.

A las ocho de la mañana el sol parecía estar bañando a Chile con unos rayos grumosos y polvorientos. Una pesada capa de tierra y cenizas permanecía suspendida en el aire; el ascenso del sol las pintaba de amarillo y sumergía a la ciudad entera en algo muy parecido a una sutil tormenta de arena. La sequía estaba presente en el aire. En Santiago no era común que hiciera brisa, menos en esa época del año, justo cuando el verano recién comenzaba. A consecuencia de ello, el aire estaba quemado y sucio. Yo observaba estas particularidades desde el asiento trasero del taxi. El automóvil se encontraba atascado en el tráfico; mi mamá tamboreaba impacientemente sus dedos contra la ventana del copiloto, Octavio lucía aburrido y de mal humor y yo me esforzaba por mantenerme distraída analizando aquellas partículas chamuscadas y entremezcladas con ese aire caliente que quemaba al inhalarlo y se colaba con total impunidad a través de las gargantas y las vías respiratorias de tantos conductores que a esa temprana hora ya se reventaban los tímpanos con el ensordecedor y prepotente sonido de las bocinas.

¿Por qué los hombres se empecinaban tanto en tocarla? ¿Qué cambiaba aquel ruido violento? ¿Pretendían demostrar algo? Por más que se empecinaban en esa primitiva y molesta acción, el tráfico no avanzaba. Al contrario, el ardiente calor de la atmósfera y el estrépito producido por los conductores solo hacía más estresante una situación cansina y frustrante que me despertaba un profundo y malévolo deseo por gritarle con un megáfono a cada uno de esos hombres. Deseaba ensordecerlos durante un largo tiempo. Tal vez así aprenderían a ser pacientes y a mantenerse callados.

Desconozco si mi madre pensaba igual que yo —o si tenía una extraña habilidad para leerme los pensamientos—, pero al poco tiempo sacó un billete de su cartera, pagó al taxista y sin más indicaciones se bajó del auto.

Así iniciamos una breve e improvisada caminata por las calles de Santiago, algo que habíamos hecho muy pocas veces en nuestra vida. Tal vez por eso las aceras me resultaban tan llamativas. La gente caminaba por doquier como persiguiendo una preocupación. Sus rostros mutaban de la alegría al temor, de la rabia a la felicidad, todo en un mismo instante y en un mismo lugar. Ellos pateaban la calle ataviados con sus sacos, sobretodos, trajes de corbata, vestidos y faldas de las más diversas telas y cortes, además de los colores más sobrios que había contemplado en mi vida.

Contrario a su gente, las tiendas que se abrían a ambos lados de la acera brillaban con sus productos multicolores y sus relucientes decorados interiores. Los locales se vanagloriaban de vender todo tipo de alimentos, electrodomésticos y objetos de ocio. Yo lo miraba todo al pasar por sus vitrinas abarrotadas, las mismas que, de vez en cuando, me cautivaban la mirada con sus grandes carteles de Falabella y los Almacenes París, dos poderosas marcas que ya comenzaban a ejercer influencia sobre la sociedad chilena.

También había maniseros a los bordes de las aceras. Ellos empujaban un carrito de latón modelado en forma de barco. Por lo general, resultaban llamativos con sus colores rojos y azules, y en la proa llevaban grabado con sendas letras blancas los nombres más extraños que se le pueden asignar a un bote. Naturalmente, esto era solo decoración, pues en el interior del carrito se escondía una pequeña cocina portable que utilizaban para tostar el maní que le ofrecían a cada habitante de Santiago. Los maniseros se esforzaban por poner sus productos en tantas manos como les fuese posible y eso se notaba en su forma de hablar y en su lenguaje corporal. Movían sus manos a velocidades impresionantes mientras parloteaban y llamaban la atención hasta del último transeúnte. Sin embargo, sus habilidades no lograron doblegar las negativas de mi madre, aunque sí le robaron una sonrisa que intentó disimular.

Aquel paseo era simplemente arrebatador. De alguna forma, sentía que flotaba por las calles, como jalada por un hilo invisible que inconscientemente me obligaba a seguir las piernas de mi madre, pero, al mismo tiempo, no lograba evitar que mi mente dispersa se anclara en todos esos lugares repletos de estéticas y texturas desconocidas. Navegar entre aquellas aceras me hacía sentir adulta; entendía el mundo que se abría a mi alrededor, comenzaba a interpretar sus códigos y me sentía dueña de unos precoces movimientos que definitivamente ya anunciaban la llegada de mi temprana adolescencia. Así, lejos de maravillarme solo por la gente y los colores, como lo hubiese hecho la niña que una vez fui, ahora realmente comprendía el trasfondo de todos los asuntos que conformaban la cotidianidad de la ciudad. Sabía que esos mismos adultos se dirigían a sus trabajos, que las tiendas movían dinero y los vendedores se esforzaban por despertar el interés de las personas por todas las vías posibles. El mundo entero tenía un significado, una acción guardaba un deseo, una intención, un propósito y yo estaba aprendiendo a leer ese complejo y mutable lenguaje social.

Por otra parte, además de hacerme sentir madura y renovada, transitar por aquellas calles también era una actividad mucho más fresca que aguardar sentados en la ardiente carroza metálica del taxi. Me sentía feliz por mover las piernas y experimentar esa sobrecogedora sensación de avance tan distinta al atasco del tráfico. A nuestra manera, poseíamos cierto control del sendero y eso me generaba satisfacción. Caminábamos en silencio, disfrutando el sonido de una ciudad ajetreada que convulsionaba a nuestro alrededor, pero que era incapaz de adentrarse por completo en nuestros pensamientos. Quizás por eso, conforme fuimos dejando las tiendas y sus vendedores atrás, cada paso comenzó a revolverme la memoria hasta hacerme revivir lo inevitable. Casi sin quererlo, volví a los días perdidos en California, a nuestra estadía en la 115 y la cena navideña, pero aquello solo era una excusa para aterrizar en lo que de verdad me interesaba. Por supuesto, se trataba de aquel *bailoteo* en casa de mi tía Quety y ese joven rostro que me había robado algo más que el nombre y la sonrisa.

De a poco, la metrópolis se desvaneció de mi campo visual para ser reemplazada por el recuerdo de Andrés, aquel muchacho de ojos de cuervo. Todavía guardaba su fotografía en casa, entre las viejas páginas de *María*, aquel libro de Jorge Isaacs que tanto apreciaba. Por alguna razón, ya no necesitaba llevarla conmigo; me bastaba con su recuerdo para sentirme llena. Además, su imagen poseía una facilidad alarmante para robarme suspiros y sonrisas tontas a cada hora del día. Estaba impregnada de aquel recuerdo, de aquellos ojos profundos… de esas manos masculinas y temerosas que me besaron mil veces al bailar. ¿Era eso lo que significaba sentirse enamorada? Nunca me lo planteé. Nadie me había explicado lo que implicaba amar a otra persona. Tampoco entendía cómo se gestaban las relaciones de pareja entre un hombre y una mujer, pero me interesaba entender sus significados e implicaciones.

La sed de saberes me condujo a la lectura. No podía ser de otra manera, aquella era mi técnica natural, mi aliado indiscutible, pero en esta ocasión mi lógica mostraba un fallo. Ya tenía el método, pero carecía de rumbo y contenido. ¿En qué libro hablaban de amor y relaciones? ¿Escribieron acerca de ello los griegos? ¿Por dónde debía comenzar? Lo estuve meditando durante un par de semanas sin obtener respuesta, pero entonces, un día corriente mientras acompañaba a mi madre a comprar en la tienda del barrio, vi un estante de revistas. Había una variedad avasallante. Al observarlas, me pregunté si aquello siempre estuvo en ese lugar. ¿Cómo era posible que no lo notara antes? Frente a mí se encontraban al menos veinte ejemplares distintos con portadas muy variadas. Algunas ya anunciaban de forma obvia sus temas de literatura, política y economía; sin embargo, otras mostraban a mujeres con una belleza envidiable y grandes letras que invitaban a la lectura. Esas eran las que más se llevaban las adolescentes y las madres. Al acercarme pude leer sus nombres: *Paula* y *Ritmo* era el lote del que menos ejemplares quedaban. No obstante, *Rincón Juvenil* y *Corín Tillado* también daban la pelea. Luego de contemplar esas posibles soluciones, supe que había dado con las respuestas que estaba buscando. Por supuesto, mi madre no quiso comprarme ninguna. Para ella cada uno de esos volúmenes daba mensajes inaceptables. Aun así, al marcharnos de la tienda, supe que no tardaría demasiado en llevarle la contraria.

Desde aquel día, comencé a ahorrar.

Para comprar las revistas pasaba semanas enteras acumulando cada una de las monedas sueltas —obsequios de cumplir algún recado familiar—, y el cambio sobrante que obtenía por comprar los cigarrillos de mi madre. Indirectamente, mi familia financiaba mi inquietud amorosa. Así, luego de algún tiempo, pude adquirir un ejemplar de "Susy, secretos del corazón", una de aquellas revistas para chicas y adolescentes que trataban los asuntos del amor y las relaciones de pareja. Entre sus páginas encontré todo tipo de informaciones interesantes. Mientras más leía, menos entendía y eso me hacía reflexionar una y otra vez acerca de la mejor forma para dar un beso, los lugares idílicos para tener una cita o los mil asuntos de la feminidad y la belleza.

Sin embargo, mi velocidad de lectura era superior al ritmo con el que encontraba dinero para pagar las revistas. Por suerte, por aquella fecha era popular el trueque. Entre compañeras de salón nos intercambiábamos las revistas e incluso en el barrio había uno que otro puesto en el que se podía cambiar un ejemplar por otro pagando unas pocas monedas. Entre aquellos intercambios, por mis manos pasaron todo tipo de tirajes del corazón, aunque el más llamativo de todos ellos era *Paula*, el volumen más popular de la época. Sus imágenes eran extraordinarias, aunque lo que se escribía en su interior me hacía fruncir el ceño en algunas ocasiones. Sin embargo, disfrutaba de la lectura y día tras día observaba a miles de adolescentes de todas las clases sociales, aglutinadas frente a las vitrinas o cotilleando en los recreos, deseosas de conseguir una nueva lectura, hambrientas de anécdotas amorosas, historias para modelar sus relaciones y, por encima de todo, fotografías.

La década de los sesenta fue una gran época para ser fotógrafo. La imagen a color alcanzó su mayor apogeo y revolucionó para siempre la forma en que se consumía aquel producto de entretenimiento. Las editoriales se dieron cuenta de ello muy rápido y, debido a esto, comenzaron a buscar profesionales de forma desesperada. Lo visual pasó a tener el mismo peso que el contenido interior y mantener un equilibrio entre ambos pasó a ser una prioridad en cada tiraje. La industria se esforzó por crear conceptos artísticos y dotar de estética a cada ejemplar. Atrás quedaron los renglones de texto con imágenes puntuales. Ahora la mezcla estaba presente en cada página; la lectura resultaba más agradable y llamativa para la mirada. A grandes rasgos, despertaba un deseo consciente en las personas. Deseábamos leer aquellos ejemplares y mucho de ese anhelo provenía del trabajo continuado de la industria. Sabían exactamente lo que queríamos y desde entonces no dejaron de dárnoslo ni un solo día.

Por esta razón, las portadas luminosas con mujeres hermosas exhibiendo la moda del momento, los peinados de la temporada y los estándares de belleza que, desde entonces, comenzaron a invadir de forma visual la mente de miles de niñas como yo, se convirtió en el principal enganche de las marcas. Al seducir la mirada, se clavaban en la mente de su audiencia y llegaban de forma directa a sus clientes. Además, nunca antes un contenido escrito había despertado tanto interés en la población juvenil —exceptuando las historietas y caricaturas—, y toda esta gran fiebre se potenció cuando las revistas comenzaron a obsequiar pósteres de artistas y famosos.

Aquello despertó un deseo descontrolado, una vorágine que transformó para siempre la estética de todas las habitaciones de los jóvenes. Las paredes de los dormitorios se llenaban de papelería barata con gran acabado visual una vez a la semana. También de recortes y páginas enteras que mostraban a cuerpo completo la figura de chicas, bandas y famosos que enloquecían a los adolescentes.

Aquello era una moda aterradora para los padres y excitante para los jóvenes, pero no éramos los únicos que estábamos embelesados ante su encanto. En Chile las revistas se vendían a una velocidad ridícula. Se consumían como si se tratase de un producto de primera necesidad. Las compraban las amas de casa y las esposas; los hombres de negocios y los intelectuales; los comerciantes y los estudiantes. Había una tirada perfecta para cada sector poblacional y esto quedaba demostrado en la gran oferta existente. La industria editorial entera giraba alrededor de ellas y todos los días las imprentas realizaban enormes tirajes. Solo Zig-Zag despachaba cada mañana cerca de medio millón de ejemplares para ser transportados por aire y por tierra hasta el último rincón del país. Mantenían una enorme infraestructura logística que garantizaba que cada ciudadano pudiese acceder a su contenido. Aquello era increíble y aterrador en partes iguales.

La sociedad se alimentaba de las revistas y sus variadas temáticas; se reían con sus caricaturas y se informaban con sus ediciones políticas, sociales y económicas; se nutrían de los éxitos musicales y aprendían acerca de cocina, relaciones, negocios, amigos y la vida en general, todo gracias a un par de páginas engrapadas con estética atractiva, fotografías de modelos y contenidos variados. Así, aquellos textos tan simples y, para muchos, corrientes, escritos muchas veces de forma amarillista y salpicados de los tintes de la prensa rosa, se convirtieron en el corazón de la sociedad en la que crecí. La sociedad que se despertaba con un ejemplar en la mano para comenzar el día; la sociedad que se educaba entre aquel mar de palabras e imágenes… la sociedad que modelaría el futuro del país y en la que yo también participaba al comprar sus volúmenes.

Pero no solo las compraba, sino que las devoraba de inicio a fin. Consumí los ejemplares de *Paula* con regularidad, al menos durante un par de meses. Lo hacía en cada descanso de mis clases y, a veces, durante alguna materia poco desafiante. Lo sorprendente de aquellas revistas era que me mantenían ensimismada en su mundo de palabras, colores pasteles y letras pomposas. No podía evitar sentirme algo tonta al leer aquellos volúmenes cuyo contenido fácilmente podía horrorizar a mi padre, pero indiscutiblemente todo en ellos me resultaba útil.

Sin duda había grandes artículos que me desagradaban y me hacían sentir asqueada por la importancia que le dedicaban a ser una esposa ideal o a la lista de consejos para mantener un marido modelo, amoroso y civilizado. Esos textos me ayudaron a entender mi propia visión de las relaciones. No quería modelar a nadie, ni ser perfecta para alguien, eso lo tenía claro. Aun así, dejando de lado aquello, revisaba los test de compatibilidad, leía consejos y experiencias, descubría secretos de feminidad, absorbía estereotipos inconscientes y escarbaba metódicamente entre los contenidos de la revista, tratando de encontrar respuestas a esos sentimientos explosivos que no alcanzaba a definir pero que, cada vez que veía a Andrés tocar la puerta, me trepaban al rostro y a los labios con una ansiedad voraz y un rubor infantil que no podía controlar.

Definitivamente, ese muchacho me llevaba a un universo de emociones y estímulos que desconocía, y desde aquella noche del *baileteo*, sus visitas se hicieron más y más frecuentes…

Antes de que pudiera rememorar en detalle cada uno de nuestros encuentros, un sonido desconocido me capturó el oído. Era una música melódica y hermosa, algo mecánica a comparación de lo que acostumbraba a escuchar del piano de Gastón y diferente al rock de estudio que disfrutaba en el tocadiscos. De inmediato comencé a buscar el origen de aquel sonido, pero ante mí emergió la hermosa arquitectura de la Estación Central, la línea de ferrocarril que conectaba a Santiago con diferentes puntos del país. Su estética era una mezcla interesante de materiales; combinaba el industrial hierro fundido y sus colores de ébano con una fachada solemne de pintura clara sostenida por sendos pilares y un arco superior que servía de entrada.

El lugar estaba abarrotado de gente que se encontraba esperando la llegada del próximo tren o que simplemente mataba el tiempo mientras se acercaba la hora de su partida. Este escenario era el lugar perfecto para los comerciantes ambulantes. Por supuesto, los maniseros no desperdiciaban la oportunidad de ofrecer sus productos y allí se encontraban con sus gráciles movimientos. También había vendedores de algodón de azúcar que atraían a todos los niños. Unos y otros se beneficiaban cuando desembarcaban los pasajeros que llegaban a Santiago, pues lo primero con lo que se encontraban era este lugar repleto de golosinas que les abría el apetito luego de un largo viaje. Permanecer allí aseguraba todas las ventas, pero el número de comerciantes era reducido, probablemente porque la licencia para estar en la Estación era mucho más difícil de conseguir.

Sin embargo, la atención que recibían estos vendedores no era nada en comparación a la que recibían los organilleros. Aquellos hombres vestidos con trajes coloridos llevaban una enorme caja de música que emitía una hermosa melodía al girar una palanca. La mayor parte del tiempo, un pequeño monito criado en cautiverio bailaba al ritmo del sonido y maravillaba a los presentes con sus pasos alegres y su inigualable talento. En otras oportunidades, las personas se acercaban solo por la música y contemplaban al hombre de forma meditativa, como si aquello fuese parte de la esencia de la ciudad. La música no era melancólica, pero tenía cierto efecto nostálgico en algunas personas y eso parecía fascinarles.

En mi caso, no pude quedarme mucho tiempo para detallar aquel sonido, tampoco importó demasiado. La armonía recorría los rincones de aquella estación de ferrocarril cuyo interior escondía un aspecto industrial y rígido que mágicamente era pintado por la música del organillero. Esa resonancia nos acechaba los pasos y se expandía en forma de eco por aquel lugar amplio que se volvía enorme para nuestros ojos preadolescentes.

Octavio y yo jadeábamos mientras hacíamos un esfuerzo por alcanzar los pasos de mi madre. Ella se movía con una destreza natural. De alguna manera, lo hacía parecer sencillo, como si todos los días acudiese a la estación y pasearse por ella fuese tan fácil como salir del salón al jardín. Desdichadamente, para nuestros pequeños pies no resultaba igual; seguir sus huellas era complicado y sufríamos tratando de alcanzarla entre pasillos y andenes repletos de pasajeros, cargueros, maquinistas y trenes colosales preparados para transportar todo tipo de personas, paquetes y mercancías desde Valparaíso y Viña del Mar hasta la capital y viceversa.

Justamente hacia Viña se dirigía aquel tren que abordamos entre excitados y jadeantes. El interior era medianamente angosto y, aunque

66

no había demasiada gente, la poca que ingresaba ocupaba los mejores asientos. Por extensión, teníamos muy pocas opciones para elegir y nos decantamos por unos asientos desgastados con sendos huecos en el respaldar y cuyo único atractivo residía en encontrarse próximo a la ventanilla, la cual acaparé de inmediato.

El tren no tardó en ponerse en marcha y al hacerlo me regaló las mejores vistas. Desde mi posición, recorrí con la mirada cientos de rincones que se iban dibujando en la ventanilla. Aquel trayecto me iba mostrando cordilleras, paisajes montañosos pintados de verde y un ambiente costero que emergía a mitad de camino y se completaba conforme nos acercábamos a Viña del Mar. Jamás hubiese imaginado que existiera tanta belleza a pocos minutos de casa. Las imágenes se reemplazaban unas a otras, como si fuesen escenas grandiosas de una película. En mi pupila se amontonaban aquellos colores y formas que me impresionaban con su simpleza y majestuosidad. La velocidad del ferrocarril aumentaba y gracias a ello presencié la galería de arte más dinámica del mundo. En la ventanilla se aglomeraban cuadros de paisajes con abundante naturaleza silvestre y cielos de acuarela; cuadros agrestes que retrataba a los campesinos con sus ovejas, y otros más modernos de automóviles avanzando por vías de asfalto; cuadros y más cuadros, todos creados por mi vista, pues era ella quien retrataba aquellos instantes y lugares que se sustituían unos a otros sin orden ni sentido.

Para la mayoría de las personas, aquello pasaba desapercibido, tal vez porque las imágenes le resultaban aburridas y repetitivas o porque no descubrían nada extraordinario en la profunda tierra de las cordilleras, el mar del Pacífico o la vasta flora que emergía bordeando los caminos. Nadie parecía tener tiempo ni interés para atender aquellas pequeñeces, pero a mí me resultaban simplemente grandiosas. Deseaba que el tren no se detuviera jamás. Me sentía llena de vida en ese rincón resguardado y seguro desde el cual podía disfrutar al máximo de la belleza inexplorada e ignorada por tantos.

Lo mejor de todo era que, fuera de mi ventana, el mundo corría a una velocidad de infarto, pero en el interior del tren, todo parecía inalterable, petrificado, sujeto a una enorme roca que mantenía cada elemento en su lugar. Mi cuerpo estaba amarrado a aquel asiento, pero mi espíritu abandonaba su prisión para salir a recorrer aquellos prados naturales y confortantes. Me encontraba ensimismada, completamente perdida en mi mente y deduzco que mi madre se percató de ello, pues evitó que Octavio interrumpiera mi exploración por los campos y las frías costas de la veraniega Viña del Mar. Solo tenía ojos para el mar y su plenitud en la distancia; el mar y su eterna promesa de tormenta... el mar y la espesa neblina que mantenía cercada a Viña.

Salí de mi letargo un poco después de bajarnos del tren. Mi mirada seguía teñida de azul y tardé unos minutos en lograr adaptarme al lugar en el que estábamos. La estación en Viña era mucho más tosca y abierta. El ruido de las maquinarias poseía mayor presencia y los cargueros hacían enormes esfuerzos por movilizar bultos enormes de mercancías y productos provenientes del puerto de Valparaíso, los cuales debían llegar a la capital esa misma tarde. Casi sin saber cómo, fui pisando los pasos de mi madre, apretujada a su cuerpo para no perderme entre la multitud de personas que caminaban por un pasillo alargado en dirección a la salida. A lo lejos se distinguía una luz clara, como de nubes blancas atravesadas por el sol. Aquello eran los colores de Viña y, al salir a la calle, los descubrí.

Fuera de la estación, el mundo había cambiado. A lo lejos se apreciaba una ligera neblina que iba retrocediendo ante los dardos del sol. Encima de nuestras cabezas, las nubes se habían vuelto jirones y dejaban un cielo puro y llano con un tono que jamás había visto. Se trataba de un color que mezclaba al gris, al azul marino y una pizca de blanco. Era un tinte realmente hermoso que se me grabó para siempre en el recuerdo.

Luego de maravillarme por aquello, al sorber por la boca un poco del aire de la ciudad, descubrí que el clima era ligeramente templado. Casi al instante se enfriaron mis mejillas y el aroma de Viña se me adhirió por debajo de la nariz. La suya era una fragancia penetrante y fría que provenía de las algas y las profundidades marinas. Lejos del ligero salitre y el olor a petróleo que se inhalaba en las playas californianas, en Viña no existían variaciones: el océano lo abarcaba todo y su pureza no dejaba espacios para otras esencias. Su aroma era absoluto y, debido a las bajas temperaturas de sus aguas, resultaba particularmente gélido. Inhalarlo enfriaba por dentro, como si se aspiraran pequeñas partículas de hielo triturado. Sin embargo, resultaba extraño que cada calada de aquella fragancia fuese tan revitalizante, como una inyección de energía granizada que sus habitantes sabían transformar en combustible para sus largas jornadas de trabajo.

Faltaba al menos tres horas para el mediodía y, aunque era verano, el sol no calentaba con suficiente fuerza para hacer retroceder al frío. Algo en mí disfrutaba de aquel clima y lo mucho que decía de esa ciudad costera que se había convertido en el destino vacacional de la nación. Por doquier había historia y vivencias olvidadas, pero antes de que pudiera seguir descubriendo los matices y secretos del lugar, me crucé con una mirada extrañamente familiar.

Una mirada y los recuerdos de días no muy distantes.

Mateo era el chofer de mi tío Nicanor.

Él era un hombre rechoncho y muy serio entrado en los cincuenta años. Sus facciones eran regulares: no sobresalía nada salvo sus entradas y una marcada calvicie que le iba devorando el cabello cada mes. Siempre usaba ropas formales que consistían en saco, corbata y camisa de vestir. Parecía sobrio, recatado y su rostro nunca dejaba traslucir las emociones. Esa mañana, lucía exactamente igual a como lo recordaba; el tiempo no avanzaba en su vida, pero, a su alrededor, todo iba cambiando y eso lo dejaba traslucir sus marcadas ojeras y unos ojos profundos y mudos.

Al encontrarnos no hubo muchas palabras, salvo una sonrisa condescendiente y las frases amables tan características del luto y la muerte. Aunque todo parecía bañado por una sobriedad artificial, la presencia de Mateo era un gran confort y una importante muestra de amabilidad. Sin decirlo, había tomado la decisión de trasladar a todos los miembros del clan hasta la Calle de los Plátanos. No tenía razón para obrar de esta manera, pues su patrón había fallecido y nadie salvo este podría volver a darle una orden nunca más. Sin embargo, más de veinticinco años de servicio le despertaron una especie de deber familiar; una conexión con esas vidas que había trasportado por aquellas calles de Viña durante tantos años. Si lo pensaba, Mateo no podía recordar su vida antes de manejar aquel vehículo. Había sido feliz al volante y siendo testigo del crecimiento de los miembros de la familia Señoret. Estuvo presente a lo largo de su desarrollo, su adultez y matrimonios; también en la llegada de los hijos y los nietos, además del envejecimiento progresivo de cada uno de aquellos rostros que antes ocuparan los asientos traseros con una risa juvenil y que ahora lo hacían con canas en los largos cabellos. A grandes rasgos, conocía la historia de sus pasajeros y se sentía vinculado a ellas y a la familia a la que servía. Él era otro miembro del clan y disfrutaba, a su manera, de ser partícipe de los vaivenes y ajetreos que cada cierto tiempo sacudían a la familia.

Por todo eso estaba allí, tratando de ser útil, interesado en recibirnos en un momento delicado, triste por la muerte de su patrón y amigo, pero también seguro de que estos serían sus últimos viajes para los Señoret-Guevara; los últimos viajes que haría con esa familia que el oficio le había clavado en lo profundo de la mente y el corazón y que ahora no sabía cómo decirle «adiós».

Detrás de Mateo se encontraba una de las joyas de mi tío Nicanor, un Cabriolet Volkswagen descapotable de color beige que, sin parecer muy lujoso, delataba su buen gusto y su ambición. Era un automóvil poco común y con una simple mirada transmitía una sensación de opulencia contenida, como si las dimensiones angostas de su carrocería solo escondieran una gran fortuna en su interior de cuero oscuro y madera. Aquello era típico de mi tío. Tenía poder, pero se contentaba con desmarcarse de él; sobresalía, mas no anhelaba recibir la atención de la opinión pública, tampoco disfrutaba del reconocimiento ni de la fama. Se contentaba con ser útil en lo que hacía y generar beneficios para sus socios. Lo mismo le ocurría en el amor. Nunca se le conoció pareja alguna y desde muy temprana edad se mostró asexual. Tenía muy poco interés por todo lo concerniente a la intimidad, las relaciones de pareja o la idea de establecer una familia. A él le bastaba con su mente afilada, la fortuna que iba amasando y las responsabilidades cada vez más grandes que asumía en el Club Sporting y las carreras de caballo, la firma de Agustín Edwards y otros tantos ámbitos en los que se involucraba.

Apenas Mateo pisó el acelerador, los cilindros del motor comenzaron a rugir en su propio idioma. El Volkswagen rajaba el viento y avanzaba por unas calles ligeramente pavimentadas y cubiertas de grandes jardines municipales. Las flores tenían gran protagonismo en Viña. No era fortuito que la apodaran La Ciudad Jardín, pues se encontraba plagada de una naturaleza particular esparcida por cada rincón donde alcanzaba la vista. En todas las calles se lograba apreciar un poco de esa fama y de alguna manera hacía que todo el ambiente pareciera pacífico, sacado de un cuadro del impresionismo de Monet.

Por supuesto, el contraste con lo urbano era notorio. En todas las direcciones se extendían casas de veraneo en sus cómodos y semilujosos barrios; grupo de casonas en parcelas más populares y comercios que florecían por todos los rincones de aquella pequeña ciudad. Sin embargo, por más que avanzábamos en el auto, siempre se observaban las mismas casonas de dos plantas construidas con materiales toscos como la madera, el cemento y, a veces, el hierro. Aquellas eran las viviendas originarias, las nativas, las que pertenecían a los habitantes que habían llegado desde Valparaíso hasta Viña por el bajo precio del suelo y la aparición del ferrocarril a mediados del siglo XIX. No obstante, en contraposición, emergían las nuevas construcciones con su falsa arquitectura moderna y estrafalaria que pertenecían a los nuevos visitantes santiaguinos que poco a poco comenzaron a edificar sus palacios del verano en aquella localidad.

Ambas arquitecturas coexistían sin demasiada separación: se entremezclaban en las avenidas y en las calles, mostrando opulencia y dignidad, moda y antigüedad, lujo y trabajo. En Viña todo se mantenía de esa forma, un conjunto indescifrable de realidades con una historia común que relataba épocas de bonanzas y de pobreza en partes iguales.

—*Madame* Señoret —la voz de Mateo era débil, como la de un niño regañado, pero gruesa y seca, lo cual le daba cierto tono discreto y desentendido—, ¿desea que tome el camino largo o el corto?

Mi madre meditó un instante.

—El largo, si no tienes mucho por hacer, Mateo.

—Para servirle, *Madame*.

Los Señoret padecían de cierta debilidad cuando regresaban a Valparaíso y a Viña del Mar. Aquel era su hogar y al volver no podían evitar que la nostalgia se fundiera con ese aire frío que inhalaban. Por supuesto, mi madre no escapaba a la tradición y contemplaba desde el asiento de copiloto el mundo que había recorrido mil veces durante la niñez. Al ver los viejos lugares de antaño, recordaba a su padre y al legado de su familia de Almirantes. También revivía los días risueños por aquella ciudad de flores y aromas, de pequeños espacios de ocio donde ningún rostro resultaba desconocido y se congregaba una limitada pero enérgica vida social. El recuerdo del pasado era una herida permanentemente abierta y, esa mañana, María Luisa lo comprobó.

Ese y no otro era el efecto que tenían aquellos paseos largos antes de llegar a la Calle de los Plátanos. Recorrer Viña podía significar muchas cosas diferentes según los ojos que miraran. Por ejemplo, en los jóvenes despertaba cierta oportunidad para descubrir lo novedoso, el esplendor de la ciudad, sus nuevas posibilidades. En ese aspecto, Octavio y yo no despegábamos la mirada de las edificaciones que emergían a cada lado de la vía. Sin embargo, para los adultos, lo novedoso de Viña era, muchas veces, chocante. Ellos anhelaban volver a sus recuerdos, a la melancolía del pasado, a esos días de otra época que ya nunca más regresarían. Aun así, jóvenes y adultos se reencontraban en el mismo trayecto, en las mismas aceras, calles y lugares que conformaban aquella ciudad veraniega y disfrutaban las vistas encerrados en sus pensamientos.

Por supuesto que, en comparación a Santiago, esta urbe orillada por el Pacífico no tenía tantos espacios para visitar. No obstante, eso no le reducía sus atractivos. Al contrario, todo estaba perfectamente ubicado y resultaba muy sencillo acceder a los lugares predilectos por la sociedad local. La esencia de Viña rugía por todas partes. Allí donde se posaba la vista, se descubría la mano del pasado actuando en el presente. Cada elemento de la ciudad parecía ideado desde su fundación, no había nada que careciera de un objetivo y este no era otro que convertir a Viña en un destino vacacional que se diferenciara al máximo de Valparaíso.

Viña quería perdurar, modernizarse y sobresalir sin competir con su ciudad hermana. Valparaíso era una urbe portuaria con todas las implicaciones y ventajas que eso conllevaba; por extensión, no había posibilidades de robarle un poco de su hegemonía. Debido a ello, la alternativa era ofrecer ocio y entretenimiento, un lugar agradable para que los chilenos visitaran sus playas y diversiones, al igual que los turistas.

Desde entonces, Viña se fue transformando década tras década. De un momento a otro, edificaron el Hotel O'Higgins y el Club de Viña.

73

Luego aparecieron los bulevares y los restaurantes de la bohemia viñamarina que le agregaban cierto espíritu a una ciudad que se iba construyendo a sí misma cada día. Casi de inmediato llegó el Casino de la ciudad, una imponente mole de la arquitectura más fina y un interior repleto de máquinas y luces que complementaba la diversión y el entretenimiento de la ciudad. Sumado a ello, el Club Sporting también conglomeraba en su interior a todas las clases sociales y las hacía vivir intensamente cada tarde entre apuestas y gritos durante las carreras de caballo.

Para complementar el cuadro, las Playa de Miramar y El Paseo ofrecían una opción inusual pero interesante para los bañistas. El agua poseía temperaturas de quince grados y resultaban frías, pero la rica fauna marina, las hermosas vistas y el ambiente en general ofrecían una nueva forma de disfrutar de las playas. Visitarlas suponía una experiencia inesperada que muchos se morían por vivir al menos una vez en la vida.

De todos estos lugares mi madre guardaba grandes recuerdos. Los Señoret estaban presentes en cada uno de ellos a su manera, especialmente en el Club Sporting, el hogar de mi tío Nicanor. Él dedicó mucho de su tiempo y de su vida a ese espacio. Le interesaba la cría de caballos, pero también el espíritu que emanaba de aquel lugar donde cada día se podía reencontrar con los habitantes de la ciudad y vivir un momento enteramente recreacional. Tal vez por eso se mantuvo presente en sus áreas y carreras durante la mayor parte de su vida. Tanto así que bautizaron a una de las carreras como el Clásico Nicanor Señoret y llevó este nombre de por vida.

Para mí aquellos espacios no tenían una historia tan profunda, pero, a su manera, me generaban cierta afinidad y conexión. No lograba explicar por qué me gobernaba un sentimiento de pertenencia, como si estuviese muy cómoda en Viña y encontrara en todos sus rincones una huella de mi herencia familiar. Allí donde posaba la mirada, aun sin saberlo, reaparecía el legado de los Señoret. Sus vidas habían estado conectadas a ese urbanismo heterogéneo, a las edificaciones esplendorosas y el aroma y bravura de la costa y el mar... siempre aquel mar, el mismo que trajo en el siglo XIX a Leoncio Señoret —mi tatarabuelo—, una madrugada de rebelión y guerra; el mismo que atestiguó las hazañas de Manuel, su hijo; el mismo que ahora miraba a lo lejos mientras avanzábamos hasta nuestro destino para dar sepultura a uno de los últimos herederos de aquel legado de almirantes, capitanes, empresarios y senadores que poco a poco se iba apagando, al igual que nuestra ciudad de origen, Valparaíso.

A lo lejos se veía aquella metrópolis portuaria, a lo lejos.

La neblina la cubría por completo mientras el automóvil avanzaba y al verla solo me preguntaba si podríamos volver a visitar la playa antes de volver a casa. Mi mente estaba libre de todas las preocupaciones de ese mundo de legados familiares que tardaría mucho, muchísimo tiempo en entender.

Todo final supone la desaparición de la rutina.

El espacio físico que siempre ha estado a merced del ajetreo de la cotidianidad se resiente allí donde lo humano no regresa para alterar su estado. La ausencia deja secuelas que inevitablemente se convierte en la desaparición definitiva de los pequeños detalles que conforman la vida de una persona. Lentamente se desdibuja su presencia, desaparecen sus objetos y, más tarde, su recuerdo.

Cuando Nicanor falleció no tuvo demasiados dolientes. No se derramaron lágrimas, tampoco hubo una pena que eclipsara al sol del verano. La muerte llegó de forma natural, sin sufrimiento ni escándalo. Acudió una noche a hurtadillas y le arrebató el aire a un hombre que muy pocas personas podían presumir de conocer por completo.

Sin embargo, cuando llegamos a la Calle de los Plátanos, todavía daba la sensación de que Nicanor se encontraba vivo. La razón principal radicaba en que su hogar se mantenía en movimiento. Su modesto pero elegante palacete de dos plantas transmitía serenidad y dinamismo. La vida en su interior rebosaba actividad y lo descubrimos con tan solo ver su fachada. Afuera, el jardinero podaba los arbustos de un frondoso e insípido jardín, repleto de una amplia diversidad de plantas color esmeralda y algunas rosas blancas y rojas bien situadas. En la cocina, dos mujeres realizaban sus labores preparando algunos platillos de buen aroma. Un par más limpiaba los corredores y las alcobas con mucha energía e incluso Mateo, al dejarnos, se marchó nuevamente a la Estación para seguir trasladando a los miembros de la familia hasta aquel lugar. Todo parecía estar en orden, nada desencajaba, no había alteraciones, casi como si mi tío hubiese dejado una lista detallada de instrucciones antes de morir. Desde luego, eso dejaba una pregunta en el aire: ¿Quién se estaba encargando de que aquello se cumpliera? Casi de inmediato obtuvimos la respuesta.

Al irrumpir en el corredor de la casa, fuimos asaltados por mis tías Sibila y Margarita. Ambas llegaron mucho antes, probablemente de madrugada, y aunque llevaban el luto en sus ropas, no había manera de escapar de su elegancia y esa grácil naturalidad para lucir hermosas incluso en los momentos más inesperados. Octavio parecía fascinado con aquella belleza encantadora, pero no hubo tiempo para saludos ni agasajos. Margarita lucía colérica: sus mejillas sonrojadas y el rostro enrojecido delataban una clara señal de frustración y enfado que no tardó en manifestar.

—Tenemos mucho de qué hablar, Mari.

Margarita tomó de la mano a mi madre y la jaloneó suavemente para que la siguiera. Su voz estaba envuelta en la más genuina indignación y mientras subíamos por las escaleras fui reviviendo mis recuerdos en aquella casa. Por supuesto que no había estado allí más de dos o tres veces. Mis recuerdos no eran tan nítidos, pero era un lugar difícil de olvidar. Por todas partes se notaba un lujo contenido, tan típico de la personalidad de mi tío. El espacio estaba hermosamente decorado con alfombras, muebles de madera de ébano, lámparas de colección, jarrones de cristal y un sinfín de adornos bien seleccionados que le daban cierto aire hogareño al ambiente, pero que, al mismo tiempo, no dejaban de transmitir un mensaje inequívoco: aquella era la casa de un gran señor.

El piso de arriba era un poco más sobrio. Los dormitorios se dividían generosamente para conformar cuatro habitaciones grandes con bastante espacio. La segunda más grande de todas estaba destinada a las hermanas Señoret. Al ingresar, quedaba claro que en otro tiempo aquel había sido su mejor guarida. Las paredes tenían tapizados de flores con un color púrpura muy suave. Las pesadas cortinas de terciopelo iban a juego con aquel tinte y descansaban a ambos lados de un ventanal enorme con dos puertecillas de madera que se abrían hacia afuera y dejaban ingresar la luz y el aroma del mar. A cada lado del dormitorio había dos literas que despertaban ciertos recuerdos de una infancia donde las hermanas podían subir, saltar y bajar de las camas mientras se burlaban del futuro y la juventud. También había una pequeña mesita de madera clara, cuatro sillas a juego que se encontraban en el lado más próximo a la puerta, dos grandes espejos enmarcados y dos viejos armarios de madera maciza con algunas prendas de la infancia ya lejana.

Las hermanas Señoret Guevara se sentaron alrededor de la mesa. Sibil tenía los dedos cruzados y se limitaba a ver todo con rostro serio. No se adivinaba si la indignación de su hermana le causaba gracia o de verdad le parecía una situación catastrófica. Sin importar por cuál opción se inclinaba, ella prefería limitarse a mantenerse callada y permitir que su hermana se hiciera cargo del asunto sin interrupciones.

—¿Qué ha pasado, Marga? —la voz de mi madre mostraba genuino interés—. ¿Por qué tanto misterio?

Margarita puso los codos sobre la mesa, como si se prepara a saltar sobre su presa, pero en lugar de hacerlo, contrajo su cuello hacia atrás y con el rostro impoluto de una esfinge preguntó:

—¿Recuerdas la enfermera de Nicanor?

—¿Beatriz? —respondió mi madre con un leve toque de curiosidad.

—Ujum. Pues nada más llegar, la encontramos en el despacho de Nicanor, revisando sus cajones y papeles, como si fuese la responsable del lugar. —Margarita se detuvo un instante con una sonrisa indignada que solo demostraba que era el comienzo del relato—. Pero eso no es todo, ¡también le daba órdenes al personal de la casa! Les decía a las cocineras qué preparar e incluso al jardinero que podara los rosales —en ese momento golpeó la mesa con una de sus manos—. ¿Quién le dio la potestad de actuar de esa forma? ¿Quién se cree que es?

Mi madre estaba descolocada. A su manera, compartía la misma mirada de su hermana mayor. No sabía muy bien qué decir y se sentía distante de todo aquel mundo que la rodeaba. Su presencia solo respondía a un acto ceremonial y no se creía con la potestad suficiente para decidir u opinar acerca del tema de Beatriz. Por el contrario, Margarita era quien mayor contacto mantenía con Nicanor y estaba al tanto de algunos aspectos puntuales de su vida; eso la hacía creer que podía opinar al respecto y esa idea hacía que su indignación no parara de crecer. Aunque todos sabían que aquella enfermera se había dedicado al cuidado incondicional de Nicanor durante años y su relación no había parado de crecer y evolucionar, para Margarita había ciertos límites inquebrantables. Sin duda, ella desconocía la verdadera esencia de aquel hombre de las apuestas de caballo y las grandes inversiones. Nicanor valoraba de una manera muy particular a sus empleados, incluso confiaba más en ellos que en su propia familia. Mi tío evaluaba a la gente que le rodeaba en función de su carácter, iniciativa y determinación en las diversas vicisitudes y desafíos de la vida. En ese sentido, ninguno de sus trabajadores lo había decepcionado jamás, mientras que sus sobrinas no paraban de hacerlo.

En principio, Nicanor detestaba la manera en la que cada una de ellas había gestionado su vida y su herencia. Respetaba la garra y la convicción que poseían para defender lo que deseaban, pero, a grandes rasgos, sus decisiones las habían llevado a escoger relaciones fracasadas que les dejaron malas experiencias y bolsillos vacíos. El dinero se les había terminado, en la mayoría de los casos, primero que el amor, dejándolas a merced de ciertas caridades sociales, dependientes de alguna manutención de sus esposos o ligadas a otras fuentes de ingresos de baja categoría, tales como vender las joyas y tesoros familiares. Por todos estos motivos, era, cuanto menos, predecible que no considerara prudente el confiarles ningún aspecto de su vida a sus sobrinas. Tampoco les confirió responsabilidad alguna, e incluso en la muerte, Nicanor no dependía de ellas para organizar su propio funeral.

Todos estos puntos demostraban un quiebre de cualquier lazo afectivo. Mi tío no sabía cómo querer a las personas, a veces carecía de emociones y solo entendía el lenguaje de las acciones y el carácter. En ese terreno, ninguna de sus sobrinas pudo encajar jamás. Ninguna logró acercarse a su extraño corazón y por eso él solo se limitaba a cumplir con el deber que le demandaba la sangre y la memoria de su hermano ya fallecido. Velaba por el bienestar mínimo de aquellas mujeres de una forma esquiva y distante, sin preocuparse más allá de lo estrictamente necesario.

—¿Hablaste con Beatriz? —María Luisa pronunció la pregunta como quien arrastra un soborno sobre la mesa. La mirada fija de Margarita le hizo formular otra de inmediato—. ¿Qué quieres hacer?

—Lo que debo hacer, ni más ni menos.

—¿Crees que vale la pena? —preguntó Sibila.

—No se trata de lo que crea, es lo que se debe hacer —sentenció Margarita y con eso dio por finalizada la conversación.

Margarita no aguardó más respuestas, sabía que era un caso perdido. Sus hermanas eran una ayuda poco grata en aquel asunto. Así que se levantó de un golpe y se quedó allí, tiesa por unos segundos, con un rostro algo infantil, rodeada de aquella habitación enmarcada por una niñez traviesa y saltarina. A su alrededor, el púrpura contrastaba con el color negro de nuestras ropas. Sibila solo miraba a María Luisa, como si estuviese conteniendo una carcajada. De alguna manera, sabía lo que iba a hacer su hermana y aquello le divertía. Octavio y yo mirábamos todo sentados en las literas. Las sábanas estaban limpias y recién planchadas, las almohadas se veían esponjosas y un profundo deseo de acostarme sobre ellas se apoderó de mí. No pude hacerlo, por supuesto, pero antes de que lograra sacarme aquello del pensamiento, las hermanas se habían levantado. Margarita salió con la rabia deformándole las facciones, como si se le hubiese corrido el maquillaje. A pesar de ello, caminaba muy segura y digna, con una pose de alta jerarca. Sus dos hermanas le seguían los pasos a ambos lados, como un cortejo que la escoltaba mientras se murmuraban palabras al oído.

Desde ese momento, el ambiente de la casa cambió por completo. En lugar de tener una discusión directa con Beatriz, Margarita optó por desairarla e ir reduciéndola poco a poco a la posición que, según su percepción, le correspondía. Primero la desautorizó frente a los empleados, luego comenzó a obrar según su propio criterio y a recibir a los dolidos parientes que llegaban a la casa. Lentamente, la enfermera fue quedando relegada a espacios cada vez más invisibles y aislados a los que nadie osaba a mirar. La casa se hacía enorme y ella cada vez más pequeña hasta que desapareció de la vista.

Para la una de la tarde, la mayor parte de los familiares se encontraban en el salón principal. Los Señoret en pleno se reunieron en aquel palacete para honrar con su presencia al fallecido. La mayoría de los rostros me resultaban ligeramente familiares, aunque no los había visto prácticamente nunca. Tal vez se debía al hecho de que todos en la familia mantenían rasgos más o menos comunes: la misma nariz griega, la mirada perdida de ojos pequeños y cejas medianamente pobladas; la sonrisa delicada y discreta en las mujeres y una sobriedad exagerada en los hombres. Todos caminaban distraídos por el salón, sin saber muy bien qué hacer o qué sentimientos mostrar en público, andaban como perdidos en medio de un lugar desconocido en el que fueron arrojados por error.

En el ala central del salón habían retirado el ancho comedor con sus sillas y manteles, y en su lugar reposaba el ataúd de Nicanor. Alrededor de él permanecían los últimos hijos de mi bisabuelo, el gran Almirante, primer gobernador de Magallanes y contendiente en varias batallas los rincones más recónditos de Chile: Manuel Señoret Astaburuaga. Laura, Julio y Maya hablaban tranquilamente con las personas que se acercaban. Sus rostros transmitían una paz muy particular, especialmente el de las mujeres, quienes parecían encontrar en la muerte y el luto una vieja amiga que con demasiada frecuencia les arrebataba un poco de su pasado. Mientras tanto, los sobrinos de Nicanor se reencontraban en los bordes del salón. Había un buen puñado de ellos y la mayoría se unía a la conversación con las hermanas Señoret. Entre ellos destacaba Víctor, un hombre de rostro bondadoso que cruzaba palabras directamente con mi madre. Ambos parecían entenderse muy bien y un par de sonrisas confirmaban una especie de pacto amable.

Los niños revoloteaban por los alrededores del lugar, Octavio se perdía entre los pasillos con ellos, pero a mí, por alguna razón, no me llamaba la atención aquello. Estaba concentrada en el ritual de los adultos, las frases corteses, la atmósfera de la muerte. Me acerqué un par de veces a ver a mi tío-abuelo. Su cuerpo sin vida mantenía todavía su color. Vestía un traje de diseñador y su semblante hacía honor a su personalidad rígida y poco expresiva. Los ojos cerrados, los labios hacia abajo en forma de «U» invertida, las cejas ligeramente fruncidas, las manos cerradas con los dedos entrecruzados.

Los familiares de Nicanor no éramos los únicos que lo observábamos. A su alrededor, la mayoría de los objetos que escogió en vida lo contemplaban en un silencio triste. Los cuadros de grandes pintores —pero ni uno solo de su sobrina—, los muebles trabajados por los mejores ebanistas del país, las alfombras persas, los retratos familiares con colores grises y toscos, y al fondo, relegada a una esquina, junto a la pequeña mesa para jugar canasta, Beatriz.

La vi desde la distancia, con el rostro inexpresivo de quien asume una máscara para tapar sus penas y frustraciones. Ella era realmente alta, por encima del metro setenta y cinco. En otra situación hubiese sobresalido por su atípico tamaño, pero frente a los Señoret, parecía una altura más o menos promedio. Al verla me pregunté si algún día yo llegaría a ver el mundo desde allá arriba.

Beatriz era una mujer muy particular. Resultaba atractiva debajo de su modesta ropa de enfermera, la cual se le ceñía sin dificultad a un cuerpo que se adivinaba esbelto. Tenía el cabello recogido en un grueso moño que amenazaba deshacerse y soltar una melena larga y bien cuidada de color oscuro. Sus brazos eran largos, al igual que sus piernas y todo en su cuerpo mantenía una simetría perfecta que ascendía lentamente hasta llegar a un rostro duro, con rasgos en exceso toscos y serios —curiosamente similares a los de mi tío—, pero particularmente hermosos, como una muñeca muy adusta con la que nadie quiere jugar y ha sido olvidada en un armario.

Aun así, una suave voz le susurró unas palabras amables. Beatriz volteó como si la hubiesen sacado de su guardia. Desde que entró en aquel salón, no había apartado jamás la mirada del ataúd. De alguna manera, sentía que el cadáver de aquel hombre era el único motivo de su presencia y, además, la única razón por la cual el resto de la familia la toleraba. Sin embargo, una voz la sacó de sus pensamientos. El hombre que tenía frente a ella lo conocía de sobra, se trataba del abogado de Nicanor, un señor mayor y rechoncho con grandes anteojos circulares, sonrisa forzada y voz tímida.

Yo miraba la escena desde el ala contraria del salón. La distancia y el bullicio de decenas de gargantas hablando del pasado y de la vida me impidieron escuchar la conversación, pero el rostro de Beatriz se iluminó de pronto, como si le hubiesen dado una gran noticia, e inmediatamente después salió de la estancia. Al poco tiempo, algunos familiares también fueron interceptados. Primero fueron algunos parientes lejanos y, de último, las hermanas Señoret. Todos terminaron siguiendo los pasos del abogado fuera del salón. Por supuesto, aquel era un asunto de adultos y yo no pude enterarme de lo ocurrido hasta un poco más tarde cuando íbamos en la vía hacia el entierro de Nicanor.

La ruta hasta el Cementerio n° 2 de Valparaíso demoraba menos de treinta minutos desde la Calle de los Plátanos. Abordamos un taxi algo destartalado las hermanas Señoret, Octavio y yo. Mientras el vehículo seguía a la procesión y a la carroza fúnebre, Margarita comenzó a vociferar las pistas descaradas de lo que había ocurrido. Ya no le importaba ser franca ni mostrar por completo lo que sentía. Lejos de su indignación inicial, ahora estaba colérica, fuera de sí misma y algo triste.

—Ni siquiera deberíamos ir al entierro —dijo Margarita de repente. El conductor la miró sorprendido, pero intentó disimularlo viendo hacia el espejo retrovisor del lado del copiloto.

—No digas eso, Marga. Te ciega la rabia.

—¿Tú crees, Sibil? —Margarita parecía derrotada y en su rendición soltaba el veneno acumulado—. Lo digo muy en serio. ¡Qué inteligente fue Raquel!, al final sí que tenía razón.

Raquel y Nicanor nunca lograron llevarse bien. Ni siquiera la muerte logró unirlos. Por supuesto, mi tío jamás echaría en falta su presencia, pero la ausencia de Raquel tenía algunos motivos de fondo. Para empezar, lo consideraba un hombre tacaño que era incapaz de gastar en sí mismo o en los demás. Consideraba que solo acumulaba riquezas inútiles que no servían a ningún fin, ni siquiera al de ayudar a su propia familia. También lo señalaba por su falta de interés en ejercer el rol protagónico que tuvo en vida su padre, con quien lo comparaba regularmente, y le achacaba su perenne decisión de juzgar y criticar las decisiones de las personas que sí se atrevían a vivir. Aquello no lo disimulaba jamás e incluso llegó a decírselo a la cara en una que otra ocasión.

En la misma línea, Nicanor consideraba a Raquel la más despreciable de sus sobrinas. Eran varios los motivos, entre ellos destacaba sus múltiples matrimonios, el despilfarro de su herencia, su militancia en el Partido Comunista, su dependencia a la caridad de los miembros de los idealistas rojos y su eterno menosprecio por el dinero. Para Raquel todo se hacía por amor al trabajo y no por un monto monetario. Su personalidad pseudo apasionada y altruista no escondía más que un genuino desdén por el dinero. Había sido educada con la idea de que trabajar por un precio menospreciaba su propio valor. Para ella las labores de la vida se realizaban en nombre del honor, la fama, la trascendencia o el legado familiar, nunca por una suma económica. Debido a ello, Raquel se dedicó la mayor parte de su vida a escribir y a tener solo oficios y labores excelsas que, a sus ojos, eran dignas del ser humano, pero que para Nicanor solo disimulaba una fuerte precariedad, además de sus incapacidades y esa distorsionada mentalidad que le generaba tanto desprecio.

—Vamos, Marga, que tú y Raquel no salieron tan mal paradas en el testamento —soltó mi madre desde el asiento trasero.

—Supongo que no, pero mejor que Beatriz, ninguna.

—Ninguna —respondieron Sibila y María Luisa al unísono.

Luego de que se marcharan del salón, Beatriz fue la primera en llegar al despacho de Nicanor por petición del abogado. Miraba aquel lugar con los ojos de la anciana que recuerda una y otra vez los mismos momentos. ¡Cuántas veces había acompañado a aquel hombre durante las tardes y las noches, siempre velando su salud y su trabajo! ¿Había llegado a sentir algo por él? No lo sabía. ¿Qué más daba aquello? Nunca importó demasiado. Nicanor jamás tuvo pretensiones. Doce años de servicio y ni una sola insinuación, alguna caricia indebida o una muestra de afecto o de deseo sexual. Ahora ya nunca llegaría a recibir nada de aquello, por supuesto. El mundo parecía tan diferente... ¿Qué le esperaba ahora? No sabía responderlo, y en medio de esa inquietud y las mil preguntas que le siguen a la sorpresa de lo inesperado, la encontraron el resto de los Señoret, quienes la observaron extrañados, sin saber a qué respondía su presencia, pero una vez comenzó la lectura al testamento de aquel poderoso hombre, quedó bastante claro.

Para sorpresa de todos, incluyendo la misma enfermera, la principal heredera de Nicanor Señoret era ella. Recibió un cuarto de toda la herencia gracias a ese pequeño porcentaje que las normativas de Chile —y de Latinoamérica— le brindaban a los fallecidos para que dispusieran de sus bienes según sus más secretos y genuinos deseos. Por ley no se podía desheredar a nadie, pero eso no impedía que *la cuarta de libre disposición* le brindara la posibilidad al difunto para que dedicara el 25% de su herencia exclusivamente a una persona, y esa no era otra que Beatriz.

El resto de la herencia se fue repartiendo entre hermanos, sobrinos y el Club Sporting. Todos recibían su parte en el más atónito silencio. Algunos lanzaban miradas asesinas a la enfermera, otros preferían hacer como si no existiera. Las hermanas Señoret lucían atónitas, incluso Sibila con sus legendarios nervios de acero parecía afectada. Para ellas la herencia les dejó a Margarita y a Raquel la propiedad de los departamentos que ocupaban en Santiago, mientras que a Sibila y a María Luisa se les entregó exactamente la misma ligera suma de dinero.

Aquel último acto reflejaba definitivamente la opinión que Nicanor guardaba de sus sobrinas. Hasta el último día demostraba que se preocupaba por ellas lo estrictamente necesario. Cada heredera recibió exactamente lo que requería para saldar sus necesidades de ese momento. Ahora todas las hermanas Señoret poseían departamentos en propiedad y algo de dinero para saldar algunas de sus deudas. Aquello era lo último que podía hacer por ellas, nada más, nada menos.

—*That's life...* —comenzó a cantar Margarita, con una voz sínica y desolada.

—*That's what all the people say* —respondió Sibila tratando de alcanzar tonos graves con su voz.

—*You're riding high in April, shot down in May* —siguió María Luisa, y desde entonces, cantaron al unísono, en un lamento tonto que todas reconocían. Se divertían al sacudirse las penas musitando aquella canción que recordaba los inevitables vaivenes de la vida y la fortaleza para seguir adelante. Ellas cantaban y se burlaban de forma descarada en cada verso, asumiendo las palabras de Sinatra como si fuesen para ellas, recordando en cada oración lo que había ocurrido con sus vidas en los últimos años y los desatinos de la fortuna, la arrogancia del destino, los caprichos del corazón y lo traidora que podía ser la suerte y el dinero. Las hermanas Señoret cantaban, como si volvieran a ser niñas en su dormitorio púrpura; cantaban, cada una desde su litera, tratando de mezclar sus voces para compartir la desgracia de los desaciertos, porque en el fondo daba igual la herencia, sus dolencias eran otras que, ciertamente, el dinero podía esconder, pero bajo ningún concepto sanar.

Eso lo tenían bastante claro.

«*I've been a puppet, a pauper, a pirate, a poet, a pawn and a king,*
I've been up and down and over and out, and I know one thing»

Aquel era un espectáculo parcialmente incomprensible para mi inocencia, pero me esforzaba en entender el significado de sus palabras y gestos, de su alegría melancólica y sus lamentos camuflados. Ellas eran mis principales referentes en el ámbito de la feminidad. Verlas significaba el encuentro con aquello que debía ser una mujer, su forma de actuar y afrontar los sinsabores de la vida. Aprendía sin saberlo, de lo bueno y de lo malo, sin posibilidad de separarlo. Por supuesto que no pensaba en la influencia que podían llegar a ejercer en mí, aquello era un proceso inconsciente y por eso me limitaba a mirarlas tararear y reír, mover las manos y hacer sentir incómodo al pobre taxista que no sabía cómo reaccionar a ese cántico improvisado en un idioma que no conocía y era pronunciado posiblemente por alguna de las mujeres más hermosas que habían subido a su taxi.

«Each time I find myself. flat on my face.
I pick myself up and get. back in the race»

Mientras eso ocurría, el automóvil avanzaba por algunas calles vacías y otras bulliciosas, sin puntos medios. Las ventanillas iban abajo, la brisa sacudía los cabellos de las mujeres y el aroma del mar nos recordaba el lugar en el que estábamos. A lo lejos el sol comenzaba a menguar y la cada vez más espesa neblina se acercaba desde la distancia, como las fauces de una bestia fantasmagórica que prometía devorar la tierra y las casas. El mundo lucía inalterable en ese instante. Lejos de ir a un funeral, parecía que nos dirigíamos a un campamento o algún sitio alegre. La muerte y la vida se entremezclaban de formas descaradas en aquel vehículo y nadie parecía advertirlo hasta que llegamos al cementerio.

Al funeral de Nicanor acudieron más personas de las que mis tías esperaban. Cuando llegamos a la calle Dinamarca y cruzamos hasta la entrada del Cementerio N°2 de Valparaíso, descubrimos que había una gran cantidad de vehículos. Al principio, muchos supusimos que se trataba de otros dolientes que habían acudido a visitar a sus muertos o a enterrar a alguien querido, pero sorprendentemente resultaron ser amigos y socios de mi tío. Muchos de ellos provenían del Club Sporting y el Club de Viña, también de la firma de Agustín Edwards y otras familias de renombre de la sociedad de Viña, Valparaíso y Santiago. Era difícil distinguir los rostros, sobre todo porque la ropa del luto poseía cierta propiedad para transformar a una masa de personas en seres prácticamente indistinguibles. Sin embargo, las condolencias y las palabras amables provenían de decenas de labios perfectamente distinguibles, algunos eran rosados y saludables; otros arrugados y resecos. Cada uno profería palabras ensambladas por la tradición y con ellas fueron armando el camino de la procesión por aquella morada de los muertos con vista al mar.

Muy lentamente nos introdujimos en el Cementerio y aunque marchábamos en silencio, los susurros se convertían en gritos en medio de aquel camposanto. Por todas partes emergían estructuras destinadas a mantener unidas a las familias en una especie de panteón donde el apellido sobresalía por fuera con grandes letras cinceladas. El material con el que se realizaba parecía hablar de cierto linaje y poderío, pues incluso la muerte, para muchos, debía ser ostentosa.

El mausoleo de los Señoret no era precisamente lujoso, pero sí bastante ceremonial, con una estructura de templo sacro que consistía en paredes bien pulidas y ornamentales. El apellido estaba labrado con una piedra blanca muy bonita y el interior era espacioso, al menos si lo comparaba con la casita donde reposaba la familia Lafourcade. Lo más interesante de aquel espacio era la vista en la distancia. Desde allí parecía que los muertos se postraban a contemplar la existencia con la esplendorosa vista de ese mar profundo y descaradamente azul que, curiosamente, había traído hasta aquella tierra a todos mis antepasados.

Aquel mar... y Valparaíso, y Viña. Qué ligado estaban aquellos hombres y mujeres que reposaban en el mausoleo a esa ciudad que ahora parecía tan diferente. Cerca de tres generaciones habían crecido en aquellas calles y ahora, por alguna razón que nadie lograba explicar, enterrar a aquel hombre parecía ser el presagio del fin. Pero, ¿el fin de qué exactamente? Eso era lo que mi madre y muchos otros parientes se preguntaron cuando ingresaron el cadáver hasta el lugar de su eterno reposo. Poco a poco las personas entraban y salían del mausoleo para decir el último adiós, y en todo ese tiempo, nadie lograba explicarse qué era esa sensación de extraña pesadez, esa melancolía que se aferraba a los huesos, esa inexacta incertidumbre del final, el presagio de que algo más grande de lo que se pudiera imaginar había concluido.

Mientras tanto, a lo lejos, el mar... y Valparaíso, y Viña, los tres envueltos en neblina, y en un cielo azul y en un océano azul y en una ciudad azul, blanca y amarilla que lo abarcaba y lo mezclaba todo en unas pocas palabras.

Aquello era el fin, pero nadie sabía explicar de qué.

9

Siempre he creído que las historias de la vida son cíclicas.

Con frecuencia, todo comienzo conlleva invariablemente un final y este, a su vez, una nueva oportunidad para cambiarlo todo. Aunque a veces demore, aunque a veces ni siquiera vivamos para contemplarlo, todo ciclo concluye en un punto y se renueva en otro. La vida deja de ser lo que era para convertirse en algo más; para bien o para mal y sin importar las circunstancias, el cierre de una historia conlleva el surgimiento de otra.

Por eso, cuando enterramos a Nicanor, uno de los legados de los Señoret llegó a su fin y con él se perdió, irremediablemente, una casta de hombres bien posicionados, herederos de un linaje muy particular de aventureros y almirantes, hombres de negocios e intelectuales políticos, todos amparados por una tradición que había nacido con Leoncio Señoret y que luego de ser transmitida de generación en generación, finalizaba con la muerte del mayor de sus nietos.

Por supuesto, nadie tenía la capacidad de percibir lo que estaba ocurriendo en ese momento. Para la mayoría de la familia, aquellos linajes eran hechos del pasado, fragmentos de anécdotas rotas que habían sobrevivido al tiempo y relataban las historias de una época remota en donde otros hombres habían combatido en míticas guerras contra la confederación Perú-boliviana y en la Guerra del Pacífico, pero de las cuales ya nadie conservaba recuerdos ni deseos por rememorarla.

Aun así, sin que nadie lo advirtiera, los ecos del ayer todavía resonaban en los salones vacíos de Viña del Mar, en las casonas de Constitución, en el puerto y en las moradas de Valparaíso, pero casi como si una extraña enfermedad del olvido ensordeciera al clan, nadie lograba escucharlos.

¿Qué trataban de decir esas voces? Solo alcanzo a imaginarlo. Por alguna razón puedo ver sin ninguna dificultad a Leoncio esperando impaciente en su butaca con el mismo rostro jovial y juguetón con el que llegó a Valparaíso una mañana de diciembre con la tripulación de la corbeta *Libertad* amotinada. En sus ojos puedo distinguir el deseo por ser recordado y el nostálgico anhelo de narrarle al mundo cómo un extranjero francés combatió por un país que no era el suyo, pero que rápidamente se convirtió en su hogar. Hasta su último día, Leoncio transformó su vida en nombre del saber y la lealtad y ascendió hasta ser Capitán de la Armada de Chile.

También veo a Manuel, su hijo, sentado frente a su escritorio, rodeado de papeles ancestrales llenos de puentes y caminos construidos con palabras. Su rostro serio pintado por la introspección esconde la vida de un hombre llamado a ser un gran guerrero y un líder natural. Distingo sus sueños y sus ambiciones por seguir creando los mapas de la hidrografía chilena, la aceptación del deber que lo llevó a la Guerra del Pacífico y a asediar el puerto peruano del Callao luego de que cayera el Capitán Prat en su mítica Esmeralda. Por último, lo contemplo escribiendo sus diarios, derramando palabras detalladas, depositando su verdad, la versión ignorada y nunca leída de lo que ocurrió en su gobernación del Magallanes, aunque la posteridad se encargara de negarse a escucharlo.

Al verlos, entiendo los hombres que fueron, pero sus imágenes son borrosas, casi pintadas con acuarelas. Hay tanto que se me escapa… desconozco cientos de detalles que me impiden completar la imagen de sus recuerdos. Si tan solo aquellas moradas donde permanecían en vida hablaran, todo sería diferente… sin embargo, aquellas paredes y cuadros familiares, adornos y condecoraciones, espadas y pistolas, uniformes y mil objetos más heredados por la familia habían ido a parar a manos menos amables que jamás titubearon a la hora de venderlas u olvidarlas sin reparar en su significado ni en la historia que narraban. Lentamente, los hogares de los Señoret quedaron vacíos, los objetos, fragmentados, fundidos y perdidos en el mundo, y las pistas que permitían reconstruir sus historias, desaparecieron para siempre, casi como si nunca hubiesen existido.

Daba la sensación que de Leoncio y Manuel solo sobrevivía el Puerto de Valparaíso, su hogar. Sin embargo, al igual que los Señoret, la mítica ciudad portuaria, antigua cuna del clan y trampolín de sus primeros saltos hacia el futuro, había cambiado por completo en 1960. Del esplendor de aquel antiguo puerto que acogió a Leoncio solo sobrevivía la fachada, pero en sus entrañas se escondía la morada del polvo y el tiempo olvidado, las promesas de una ciudad que pudo ser, pero que en algún momento erró en su dirección y comenzó un declive insalvable que aquella noche de diciembre, mientras avanzábamos a bordo de un viejo automóvil, fue evidente para todos. Las calles de Valparaíso lucían sin maquillajes y revelaba una ciudad apagada por las desazones del destino y los vaivenes de los años que lo habían cambiado todo. Allí donde antes se anunciaba un bullicio risueño repleto de aromas a esperanza y porvenir, ahora solo se asomaba la soledad y el óxido de una urbe gastada que se apagaba cada día sin que nadie lo notara.

Pero nosotros sí que lo notábamos, casi sin saber por qué, probablemente influidos por las historias de un Valparaíso narrado por los labios de mi madre, quien, a su vez, la había recibido de su padre y este del suyo. Hasta nosotros llegaban todavía los vívidos relatos de un puerto bullicioso y rebosado de comercio, un muelle atestado de marineros y mercantes, una guarida del Pacífico que sus visitantes consideraban el centro del mundo. Sin embargo, aquella imagen del pasado se desdibujaba ante nuestros ojos. De aquello solo sobrevivía la sombra de lo que una vez los extranjeros llamaron Valparaíso. Aunque todo seguía creciendo y expandiéndose, desde hacía muchísimo tiempo algo irremplazable se había ido marchitando. La ciudad portuaria padecía de un quebranto, un lamento mudo que se esparcía por sus calles y aceras transformando en miseria, desempleo y decadencia los lugares donde antes había rebosante vida, salud y dinero. A pesar de que cada año sus habitantes se esforzaban por luchar en contra de la desidia y la nostalgia, la vida se les escapaba en el eterno vaivén del mar y la neblina, el sol y los recuerdos del ayer. Cada mañana se arremangaban las ropas y la melancolía y construían casas, plazas y comercios; plantaban árboles y flores; trabajaban en los mismos lugares que antes fueran negocios prósperos y que ahora solo alcanzaban para la subsistencia; nacían sueños y niños, todos ellos destinados a seguir aquel extraño letargo de mar y peces, tratando de revivir los fantasmas de un puerto que lentamente vivía la transición de ser el *Paraíso* bañado por el mar, a convertirse en una ciudad despojada y olvidada por los barcos, las grandes fortunas y el mundo entero.

Mi madre tenía una mirada triste mientras aparecían todas aquellas imágenes por la ventana. Valparaíso era la ciudad insignia de su familia y al verla pensaba en Leoncio, Manuel y Octavio, su padre. Ella era una de las pocas personas que había logrado acceder a los antiguos documentos que relataban los legados de aquellos hombres. Por ella logramos revivir las historias perdidas, los triunfos militares, las gestas épicas de los hombres del clan Señoret. María Luisa parecía decidida a preservar el saber y durante gran parte de su vida se dedicó a reunir los fragmentos de esas extrañas vidas de gloria y sufrimiento. Aunque todavía se avergonzaba por haberse visto obligada por la necesidad a vender las conmemoraciones y las medallas de sus antepasados, todavía se esforzaba por mantener vivo sus recuerdos y la mejor forma de lograrlo residía en compartir con sus hijos la memoria de sus ancestros.

Mientras mi madre miraba distraída la ciudad, Víctor manejaba el automóvil. De todos sus primos, él destacaba por su invaluable interés por el bienestar de su familia. Vivía en Santiago y la visitaba en algunas ocasiones. Acudía a sus exposiciones y compraba algunas de sus obras. Era un gran amante del arte y estaba bien conectado gracias al cargo que desempeñaba como director del Club de Polo. A mí me generaba cierto sosiego. Su rostro amable y ligeramente arrugado estaba tupido por una cabellera oscura y espesa en la que perfectamente las aves podían hacer un nido. Víctor tenía una habilidad increíble para decir las palabras correctas en el momento exacto y cuando se topó con María Luisa en el funeral le ofreció los asientos de su auto para volver a Santiago. Por supuesto, ella aceptó de inmediato, sabía que Margarita y Sibila se quedarían unos días en Viña y no tendría mejor oportunidad que aquella.

—He estado pensando que podrías hacer una exposición de tus cuadros en el Club, Mari.

La voz de Víctor era gruesa y pura. Daba la sensación de que no podía esconder ninguna maldad sin delatarse y que en aquel caso particular guardaba cierta preocupación recatada, como si la empatía hablara por él y en lugar de hacer una pregunta por la situación económica de mi madre, hubiese optado por ofrecer una posible solución.

—Eres muy amable, Víctor —agradeció mi madre con profunda sinceridad—. He vendido algunos cuadros, pero no he logrado hacer ninguno nuevo durante este año. Tal vez el próximo tenga el material necesario para una exposición.

—No abandones tu arte, María Luisa. Tengo varias personas que estarán esperando tus grabados.

Mi madre le dibujó una sonrisa de ojos rasgados, quizás la primera genuina desde que leyera, en Estados Unidos, aquella carta perfumada que le marchitó el corazón; luego le hizo otra pregunta y comenzaron a hablar de personas sin rostro para mí y lugares que no conocía.

A Octavio y a mí no nos importó demasiado. Por alguna razón volvíamos a ser los niños de California que se perdían viendo en la lejanía la inmensidad del mar, el cual se había despojado de sus colores claros para vestirse con los intensos tintes de la noche. Sus aguas sorbían la oscuridad del cielo y se mecían con una fuerza vigorosa que amplificaba su sonido natural y le daba ínfulas de tormenta. En la distancia, allí donde parecía terminar el océano nocturno, se alcanzaba a distinguir una luna llena cuyos rayos mortecinos se estiraban por el mar, como la antítesis de una sombra alargada que con mucho esfuerzo trataba de llegar a la bahía de Valparaíso, pero no lo lograba, pues era engullida por la neblina. Por todas partes aquel manto de tiza y vapor grisáceo serpenteaba bordeando edificios, locales, calles y avenidas. El mar arrastraba las olas hasta la orilla y exactamente en ese mismo vaivén la neblina se adentraba a la ciudad como una avalancha sin heridos ni destrozos, solo un manto gris y blanco que ocultaba la urbe del mundo. Como si un enorme pañuelo de mago descendiese sobre la ciudad para desaparecerla, así también la neblina desvanecía cada noche a aquel rincón del mundo llamado Valparaíso, la ciudad portuaria, el que una vez fue el escondite del Pacífico, un lugar próspero que un día tropezó en su camino y modificó para siempre su destino.

Valparaíso se desvanecía cubierto por la espesa neblina de la noche. Valparaíso se esfumaba, mientras nosotros avanzábamos en el auto, de espaldas a la ciudad, pero con una pena innombrable que nunca supimos explicar.

Al día siguiente la ciudad regresaría, pero nunca más sus legados ni su esplendor; nunca más lo que una vez fue ni su enorme fortuna; nunca más... así como tampoco regresaría la estirpe de mis antepasados.

Nicanor había sido enterrado y con él moría, para nosotros, la historia de la ciudad... la historia de nuestra familia, la historia de los Señoret.

Capítulo VII

1

Un día sin que nadie se percatara, el año 1968 llegó a la 115 con sus ínfulas de juventud y esos aromas de cambio y movimiento que resultaban chocantes en una morada que rápidamente avanzaba hacia el ocaso de su esplendor. Por los pasillos y los jardines merodeaban los recuerdos de días pasados sin que nadie se percatara de ello. Se escuchaban los ladridos de los perros enterrados en el jardín, los ruidos de los pájaros viejos merodeando los huertos semimarchitos y, a veces, daba la sensación de que los fantasmas de todas las personas que alguna vez visitaron el hogar se paseaban por las alcobas bajo los rayos de la luna, buscando una habitación para descansar o tratando de recuperar los recuerdos olvidados entre los salones de aquel lugar donde una vez amaron la vida. Las casonas estaban siendo devoradas por la nostalgia y la melancolía, todos lo sabíamos, pero nadie podía hacer nada. Mi abuela había construido paredes de suspiros, Gastón se encerró en el paraíso que encontraba en su taller y Quety comenzó a tejer ropajes a medida con las quejas y los lamentos de una vida que trataba de mantener alegre pero que se desmembraba día tras día.

La realidad nos golpeaba a todos por igual y cuando regresamos a Paula Jaraquemada, luego del funeral de Nicanor, se hicieron visibles las huellas de una realidad maquillada que comenzó a desmoronarse de forma rápida y dolorosa. A pesar de que el año anterior se había disfrutado de un renacer vigoroso que favoreció la reparación del tejado, la recuperación de los jardines y la rehabilitación de salones,

97

cuartos y cocinas, bastaban muy pocas semanas para que todo se desarmara otra vez. No había suficientes manos para atender las fallas, ni suficientes ingresos para satisfacer las carencias y necesidades que brotaban como la maleza por corredores y pasillos.

Paradójicamente, fuera de las rejas de la 115, la vida no podía vibrar con más fuerza. La ciudad mutaba cada día. Por todas partes, lo moderno se cernía sobre los rincones y dejaba su presencia allí donde le abrían sus puertas. Santiago avanzaba como deshaciendo su pasado, demasiado entusiasmado en el porvenir. Por la aduana llegaban miles de electrodomésticos novedosos que ayudaban a remodelar los hogares y las calles de la capital, de forma tal que nada quedaba inmune ante sus efectos. Nada se le resistía... a excepción de las casonas de las 115. Ambas se mantuvieron inamovibles, suspendidas en el espacio, ajenas a todo avance de las manecillas del reloj. Nada volvió a penetrar sus extensas murallas de flores y enredaderas de recuerdos; sus alambras de plantas esmeraldas, sus paredes tristes y polvorientas que nunca habrían de recuperar su antigua vitalidad.

Para entonces, los rostros de la familia mostraban los signos de una fatiga muda y desorientada que se volvía real conforme se acercaba el final de nuestro hospedaje en aquellos muros de ladrillos y cal que bien podían narrar la historia de mi familia. Entonces no era consciente de que Gastón, Quety y mi abuela Raquel ya sabían que nos marcharíamos. Aunque no supieran la fecha, tenían la certeza de que se acercaba la hora y con ella llegarían irremediablemente las tinieblas del olvido.

No se equivocaban.

Esos primeros días del año estuvieron repletos de cambios violentos que sacudieron los escombros de la familia. Por lo general, tenía un gran instinto para anticiparme a lo inesperado. Desde que mi padre nos abandonara en California, llevaba adherida a la piel una extraña costra de temor, como si todo en mi vida estuviese sujeto por un fino e invisible hilo que siempre estaba a punto de romperse. Tenía trece años, pero ya sabía leer a las personas con una habilidad muy extraña e inusual para una niña tan pequeña. Sabía reconocer el peligro y la incertidumbre, la falsedad y las intenciones ocultas. Era algo que me nacía de forma inconsciente, pero, misteriosamente, durante aquellos días, mi capacidad predictiva no me advirtió la serie de eventos simultáneos que estaban por ocurrir.

Mientras más lo pienso, más me convenzo de que todo terminó como al inicio, de forma precoz y sin premeditación. Así como todas las desgracias convergieron aquella noche de febrero en la casona, así también la salida de todos los miembros del hogar sucedió de forma súbita e inesperada.

El primero en marcharse fue Gastón, quien, en medio de las turbulencias de su separación con Madeleine, regresó a su casa matrimonial para llevarse a sus hijas consigo. Tenía razones para hacerlo. Temía exponerlas a peligros que todavía no alcanzaba a precisar. No quería que durante aquellos días tormentosos se viesen envueltas en alguna situación incómoda o precaria. Sin embargo, en lugar de llevarlas a la 115, decidió mudarse con una amiga muy cercana que le ofreció refugio y apoyo. Esto lo hizo distanciarse progresivamente de las casonas; las visitaba con menor regularidad y, cuando lo hacía, era solo para dictar algunas clases frente al piano o para encerrarse en su taller, donde seguía obsesionado con algunos planos que había encontrado del legendario clavecín.

De forma simultánea, Fernando Villalobos atravesó el parrón de la casona una mañana nublada. Lo vimos llegar desde lejos y sin saber por qué todos tuvimos el extraño presentimiento de que algo malo iba a ocurrir. Vestía un pantalón oscuro y una camisa manga larga completamente negra, como si llevara un luto tatuado en la piel. Estaba claro que venía a ejecutar una determinación. En su rostro se leía una rabia sosegada y un deseo inminente por materializar una idea que llevaba muchos meses maquinando.

—Vengo a hablar con Raquel —dijo Fernando, con un tono que no admitía negativas.

Por casualidad, Quety apareció en ese instante. Al escuchar su nombre en los labios de su esposo, su rostro sufrió una súbita transformación. Sus ojos brillaban, al igual que los dientes que dejaba entrever su sonrisa genuina e inocente. El ceño se volvió sumiso, y de forma inconsciente juntó las manos en un arrebato de alegría que le pintaba la cara de esperanza. Muy pocas veces en mi vida vi un semblante tan genuinamente ilusionado. Mi tía creía que su esposo había regresado para reconciliarse con ella, para olvidar las penas y

99

aceptar las disculpas de su arrepentimiento, pero estaba muy equivocada.

Después de una hora encerrados en la que una vez fuese su dulce morada, Fernando salió acomodándose la corbata y con el porte del abogado que acude feliz a finiquitar un litigio. Se le veía impoluto, recio, victorioso. Había logrado su objetivo y esto se le notaba incluso en la seguridad de su pisada firme, casi marcial. Mientras avanzaba hacia la salida, sin dirigir la mirada a nadie, sus hijos lo seguían refunfuñando en silencio mientras cargaban las maletas y la pena muda de la obediencia que ni siquiera el despreocupado y travieso Iván logró disimular.

Cuando acudimos a consolar a Quety, la encontramos frente a la máquina de costura, perdida en el doloroso recuerdo de un mundo que ahora definitivamente había desaparecido. El sonido del artefacto resonaba con un trajín laborioso que ensordecía sus pensamientos y le hacía recordar con rabia la vida que nunca más volvería a disfrutar. Debajo de la máquina de hierro, un hermoso vestido blanco era taladrado por una aguja con punta de cruz. Todos pensamos que aquella prenda se trataba de un encargo que ya no llegaría a su dueña, pero solo mi abuela Raquel detectó que era el mismo vestido que Quety usó en el altar, cuando acudió a la iglesia con diecisiete años para entregarse al mismo hombre que ahora se había llevado su amor y sus hijos. Tal vez en nombre de ese recuerdo mi tía estaba deshaciendo los hilos del símbolo de su unión, se ofuscaba en el inútil afán de encontrar algún secreto, alguna clave que le ayudara a recomponer su matrimonio. Sin embargo, aunque no encontraba nada, ni descubría respuesta alguna, la aguja se clavaba profundamente en la tela y Quety la miraba extasiada, deseosa de repetir la acción una y otra vez, como si en aquel arrebato infructuoso lograse destruir las huellas de su sufrimiento. Era incapaz de apartar la mirada o de detenerse. No quería alejarse de aquel lugar, ni siquiera atendía a los llamados de nuestras voces. Se había encerrado en una prisión impenetrable y su rostro transmutado parecía el de otra persona. Su eterna jovialidad y esa alegría contagiosa que siempre reinaba en sus facciones y su cuerpo se había quebrado en miles de pedazos que yacían regados y marchitos por el suelo. Ahora parecía una mujer sin alma, una muñeca de juguete a la que nunca le cincelaron la sonrisa. Ni siquiera alcanzaba a llorar, tampoco a emitir quejido alguno. Toda su tristeza, todo su dolor, todos sus secretos estaban a la vista en aquel semblante sin máscaras ni vanidades, sin maquillaje ni artificialidades. Quety nunca alcanzó a ser tan pura, tan dueña de sus penas y de ella misma como en aquel instante de intenso e imperturbable dolor. La suya era la pena del alma y la afrontó en el más cruel de los silencios. La familia entera no tuvo más remedio que dejarla allí, sumergida en los hondos delirios del amor deshojado, enfrascada en la triste y obsesiva tarea de descoser la vida que durante tantos años había logrado construir.

Al margen de estos hechos, la suerte de mi madre comenzó a cambiar desde que usara la herencia de Nicanor para comprarse un Ford Taunus de color blanco. A los pocos días de la visita de Fernando, apareció con aquel vehículo y se llevó a toda la familia a dar un paseo. Incluso Quety se subió al auto, con su rostro malherido e impresionado por el hecho de que su cuñada supiera manejar y lo hiciera incluso mejor que un hombre. Mi abuela Raquel iba de copiloto y cuando tomamos la Costanera, por un breve instante cerró los ojos para disfrutar de la brisa que le revolvía el cabello y el sonido de la velocidad. Sin que lo dijera, todos notábamos que sus facciones se habían ablandado, quizás por los recuerdos de un ayer lejanos. Las sensaciones se le mezclaban en la sonrisa, le derrumbaban las barreras y la conducían a esos recuerdos de su juventud junto a Enrique y las cientos de veces que pasearon por el sur de Chile con un automóvil más modesto y ruidoso.

Mi madre se sentía bien consigo misma, no solo por volver a estar detrás de un volante, sino porque se esforzaba por ayudar en la 115 con dinero, el cual le estaba llegando con mayor regularidad. Sus artículos en los periódicos, junto a la venta de algunas pinturas en el Club de Polo y la herencia de Nicanor habían contribuido significativamente a mejorar sus finanzas, pero lo que recuperó definitivamente su estado de bienestar llegó la primera semana de enero.

Después de casi un año de esfuerzos, María Luisa recibió el llamado de Máximo Pacheco Gómez. Se reunieron en su oficina y la conversación fue breve y superficial. El discurso de ambos giró alrededor de los hijos, la vida y la sociedad chilena. También del clima y el pasado. Casi se sentía como una vieja conversación de amigos, pero antes de concluir, casi como si fuese el tema de menor importancia, Máximo le formuló una propuesta.

—Oye, Mari, estoy seguro de que estarás muy atareada con las pinturas, pero hay un puesto en el Museo de las Bellas Artes que podría interesarte.

Mi madre se mostró sorprendida, recibía aquellas palabras como un regalo divino y sin saber por qué, sus ojos estuvieron a punto de ceder ante el llanto; su boca deseaba narrarle a aquel hombre del pasado la dolorosa experiencia de California, la penosa tarea de vender las joyas de sus ancestros, el peregrinaje por Santiago buscando un empleo, la eterna espera por una entrevista con él y los cientos de sinsabores de la vida que la habían llevado hasta ese punto en el que hubiese aceptado cualquier oferta que le permitiera sentirse útil nuevamente. Sin embargo, tal era su dominio sobre sus expresiones y tal la mano de hierro que gobernaba sus pensamientos, que rápidamente disimuló el huracán de emociones que la sacudía por dentro e interpretó un papel como la mejor actriz francesa. Se mostró interesada en el trabajo, pero no comprometida; se aventuró a formular unas cuantas preguntas e incluso llegó a indagar acerca del salario y los beneficios. Era una tigresa de papel que, para nuestra fortuna, su interlocutor no descubrió o simplemente no quiso desenmascarar.

Al concluir la entrevista, María Luisa volvió al automóvil; caminaba despacio, sin mostrarse excitada, conteniendo sus emociones, y solo dentro del vehículo, sentada frente al volante, sin que nadie lograra mirarla o escucharla, gritó de emoción. Fue un grito breve, fugaz y lleno de vida. Unas breves y gordas lágrimas cayeron de sus ojos mientras golpeaba los bordes del volante, y al sentirlas deslizarse por sus mejillas, sonrió: aquello era el final de un ciclo. Había recuperado el sustento que necesitaba para alcanzar su tan anhelada estabilidad económica, pero eso dejaba espacio para nuevas preguntas. ¿Qué debía hacer ahora? Podía seguir viviendo en la 115 y apoyar a la familia de su exesposo, pero no se sentía cómoda con esa idea. Aquella jamás sería su casa, lo tenía claro, y por más aprecio que les hubiese tomado a sus habitantes durante aquel año, había llegado el momento de marcharse.

Por supuesto que mi madre obró de una forma sensata. Necesitaba un espacio al cual llamar suyo, un lugar con sus propias reglas, horarios y autoridad. Sin embargo, gran parte de su decisión estaba contaminada de los recuerdos del ayer. Ella nunca pudo olvidar los maltratos del pasado, los desaires de haberse sentido excluida y maltratada durante tantos años en la 115. Aunque nunca le habían cerrado las puertas, jamás la hicieron sentir parte de la familia. Era una extraña, la mujer que soportaban para no disgustar a Enrique; nada más.

De no haber sido por ese rencor invisible, lejanos y por tantos años ignorado, María Luisa quizás se hubiese percatado de que quedarse le podía resultar una solución mucho más favorable, no solo porque sus hijos estarían resguardados y vigilados, sino por el hecho de que la situación en las casonas había cambiado lo suficiente para que ese se convirtiera en el hogar que tanto necesitaba, su lugar seguro, un núcleo familiar fragmentado, pero increíblemente dispuesto a aceptarla por primera vez.

Sin embargo, decidió marcharse, y al hacerlo, mi tía Quety y mi abuela Raquel quedaron al mando de dos casonas convertidas de la noche a la mañana en palacios de gigantes, habitados solo por dos mujeres deshechas y a merced de un mundo mal armado por nostalgias y tristezas, regido por un par de rentas que no sabían gestionar, convertidas en seres vulnerables ante las inclemencias del porvenir. Por supuesto, esa no era responsabilidad de mi madre, después de todo, Enrique y Gastón estaban llamados a encargarse de aquella situación; sin embargo, no puedo dejar de pensar en las posibilidades que se perdieron con su decisión, especialmente por todo lo que vino después. Las sombras del ayer regresaban de formas misteriosas e impedían que mi madre obrara como quizás hubiese hecho sin los ojos del rencor adormilado que ronroneaba en su interior con la misma fuerza que lo hacía el motor del Ford Taunus la mañana de febrero en la que nos marchamos de la 115.

Aquella fue la despedida más breve que tuve en mi vida.

Mi abuela llevaba las prendas del luto colgando por todo el cuerpo y nos miraba con los ojos empañados de tristeza disimulada y una honda pena que se le clavaba en las entrañas y le subía convertida en una voz rasposa y llena de cicatrices. Tenía cincuenta y nueve años, pero nunca la vi más frágil que en ese momento, nunca más débil, nunca más distinta a la mujer que conocí durante los primeros años de mi vida. Su mirada todavía seguía teniendo el mismo resplandor infantil y rebelde que conoció mi abuelo cuando la vio cruzar por la calle, todavía brillaba la vida en ella, pero, aunque nadie lo supiera, algo innombrable había muerto en su interior.

Por su parte, Quety era la imagen deformada de su propia sombra. Apenas y se había vestido con una ropa arrugada y descolorida para salir hasta la calle a despedirnos. En su mirada no había nada, ni siquiera dolor, era un caparazón vacío en cuyo interior ocultaba bajo llave sus sentimientos despedazados. Su rostro no tenía expresión y lo único que alcanzaba a hacer era a mover su mano abierta en señal de despedida.

Al subirnos al automóvil, recordé la primera vez que nos marchamos de la casona hacia los Estados Unidos, los caramelos de mantequilla, menta y anís que nos regaló mi abuela, los rostros alegres y tristes, mi abuelo suspirando antes de subirse a su viejo *Toro*, el tiempo congelado y el invierno sobre el cielo. ¿Por qué era tan similar aquella sensación si tan solo nos íbamos a unos kilómetros de Paula Jaraquemada? Un sentimiento melancólico me oprimía el pecho, pero no sabía darle explicación ni significado. Me dolía aquella imagen, aunque no supiera la razón.

El motor encendido del Ford Taunus enmudeció mi pensamiento y tras dar un último vistazo a las casonas y a las mujeres que regresaban a sus palacios de soledad con pasos lentos y desmoralizados, me olvidé por completo de aquel sentimiento y miré hacia adelante, convencida de que un día lograría entenderlo todo.

2

La adolescencia es un destello fugaz de vida incomprendida; muy pocas veces somos conscientes de su inicio y justo en el momento en el que nos acostumbramos a ella, ya ha terminado. No hay puntos medios. Un día abrimos los ojos y descubrimos que todos los colores han cambiado; el cuerpo se altera, aparece el pudor y la sexualidad, la vergüenza, las hormonas y un sinfín de preguntas sin respuestas que nos transforman en una versión distinta de la niña que fuimos, pero muy cercana a la adulta que seremos.

Indiscutiblemente, es difícil precisar cuándo mudamos la piel de la niñez y nos vestimos con las morales e inseguras ropas de los adultos. En mi caso, tardé en desprenderme de varias de las facetas y percepciones propias de una niña. Aunque tenía la capacidad para entender en gran medida el mundo de la *gente grande*, lo mío era intuición sin comprensión; un acercamiento a lo que significaba la vida sin realmente entender sus complejidades y matices. Debido a ello, y como es natural, a mis trece años había mucho que desconocía, y aunque era medianamente consciente de ello, en aquella mudanza de mediados de febrero todo comenzó a revelárseme con una claridad intimidante que en más de una ocasión logró tambalear mi mundo.

Esa mañana, las nubes comenzaban a dispersarse por el cielo en una procesión de algodón blanco y esponjoso. Por encima de ellas, un dulce color azul rey cegaba la vista y el sol parecía somnoliento, pues apenas calentaba la ciudad con sus suaves y alargados dedos dorados.

Mi hermano y yo estábamos en el asiento trasero; siempre íbamos allí, mirándolo todo con los ojos bien abiertos, como si quisiéramos bebernos el mundo con la mirada. Para nosotros todo lo que tocaba nuestra vista resultaba novedoso y diferente. Las calles se abrían como libros repletos de grandes misterios, bellezas y oportunidades. No sabíamos hacia dónde nos dirigíamos, tampoco lo preguntábamos: todo resultaba desconocido, pero, curiosamente, envuelto en una intriga seductora, una fantasía risueña que nos enmudecía durante todo el camino.

En 1968, todos los santiaguinos conocían la avenida Providencia. Aquel era un lugar que gritaba novedad y entre sus largas aceras convergían todas las clases sociales sin apenas advertirlo. El Ford Taunus atravesaba aquellas calles muy despacio, como si disfrutara deslizarse por ese pavimento fresco y bien cuidado que parecía poca cosa en comparación a los escaparates de sus aceras. Por todas partes se elevaban cristaleras y vitrinas que cautivaban la atención de peatones, compradores, curiosos de paso, mujeres elegantes, hombres codiciosos y, sobre todo, adolescentes alegres, hormonales y deseosos de dar su primer beso; daba igual en cuál dirección se mirara, allí donde se posaba la vista, un mar de rostros con frentes escarchadas por el sudor, sonrisas frescas con aroma a menta y rostros amables y divertidos avanzaban a paso lento, exaltándose en cada vidriera, gastando en cada mostrador y sintiéndose extrañamente atraídos, como por un imán, hasta los cientos de productos que reposaban en las diferentes tiendas y almacenes.

En aquel momento no logré percibir la magnitud ni los significados que poseía la calle Providencia para la clase media de la capital, pero no tardaría en pasearme por sus aceras para robarle un nuevo secreto a esa ciudad que tantos misterios me prometía.

Luego de atravesar los senderos asfaltados desde Paula Jaraquemada hasta Providencia, llegamos al que sería nuestro nuevo hogar. Se trataba de un descomunal complejo de edificios, casi una ciudad de cemento y ladrillos de arquitectura violenta y salvaje en medio de la calle Carlos Antúnez. La pequeña urbe residencial estaba compuesta por dos grandes edificios en forma de abanico a medio abrir y ubicados justo en el centro del recinto. A su alrededor, más de una decena de edificaciones de diversos tamaños y colores emergían como sacos de cemento olvidados en medio de una construcción. Desde el automóvil, aquellas estructuras parecían gigantes de concreto y conforme incursionábamos en sus callejuelas, daba la sensación de que nos adentrábamos a una prisión de asfalto, ladrillos, cemento y ruido… sobre todo ruido.

El sonido de aquellas calles era particular.

Aun con las melodías de la radio retumbando en las cornetas, y las bocinas de los automóviles rajando el aire de la ciudad, hasta nosotros llegaba los gritos de incontables niños y niñas que salían de los complejos residenciales para encontrarse en las aceras, decididos a saborear el inocente verano de una infancia que estaba a punto de sufrir su gran metamorfosis. El ruido se alzaba por las nubes, creaba remolinos de risas y euforia, ráfagas de palabras, chismes y secretos, y tormentas de amores adolescentes, amores puros y salvajes, amores desprevenidos que se pavoneaban en el anonimato de las cartas y que luego de nacer, morían en unos labios sinceros que, durante alguna de esas tardes melancólicas, cuando el cielo se pintaba de fuego y anunciaba el fin del verano, se despedían para siempre con una lágrima frágil y el susurro de un agónico «adiós».

Siempre me resultó curioso que, aunque nadie lo notara, en las calles aledañas a esos edificios modernos y salvajes, cientos de padres con jornadas exhaustivas de doce horas dejaran sin supervisión a decenas de niños y niñas que crecían en medio de una dinámica adolescente colmada de conversaciones profundas y superfluas, peleas inútiles donde se perdían dientes y sangre, y amores sellados con promesas y besos fugaces; besos que rápidamente se volvían húmedos y fogosos, los mismos que, aunque se escondieran debajo de risas ruborizadas, terminaban, tarde o temprano, en un gemido apagado por las almohadas de un cuarto vacío en alguno de los apartamentos de la zona residencial. Sí… el sexo y el placer precoz colmado de juramentos navegaba entre aquel mar de cemento y se esparcía como el polen durante la primavera. Pronto también llegarían las drogas y un sinfín de experiencias intensas a las que acudían todos siendo niños y, en el proceso, dejaban de ser inocentes infantes para convertirse en jóvenes soñadores, anhelantes de placeres y vivencias que no hacían otra cosa que incrementar las cientos de historias picantes y novelescas de aquellas calles de la avenida Providencia que no tardaría en descubrir.

Cuando nos bajamos del automóvil, cargados de maletas y ansiedades, Octavio y yo notamos las abundantes manadas de adolescentes que caminaban a su bola con aires de *pequeños adultos*. Mi madre los miraba sin verlos, pasaba por encima de ellos, como el resto de los adultos. Ella caminaba con soltura, sin esperarnos, distraída en su propio mundo. Al verla alejarse, tuvimos que apresurarnos para alcanzarla; cuando lo hicimos, ya se internaba en la boca del edificio. Aquella era una pequeña edificación que no pasaba los doce pisos de altura. Su interior era extraño, parecía hecho de prisa, como si en algún punto del trabajo se hubiesen quedado sin tiempo y mil manos diferentes trataran de armar aquel rompecabezas de paredes, tabiques, muros y escaleras. No había grandes lujos ni pretensiones, los pasillos y paredes tenían una cerámica barata del color del ébano que resultaba agradable a la vista; el ascensor carecía de espejos y las paredes eran de metal y aluminio. Al ascender, la polea emitía leves quejidos mientras nos elevaba hasta el sexto piso, y cuando las puertas se abrieron, un pasillo de paredes oscuras con tonos del color de la madera concluía con la envejecida puerta marrón que daba acceso a nuestra nueva casa

El departamento era un *dúplex* que iniciaba en la planta baja. Desde la entrada teníamos una vista panorámica del lugar. Justo al frente se divisaba la cocina; era amplia, empotrada con cerámica clara y moderna con todos sus electrodomésticos brillantes y limpios. A su lado, una gruesa puerta de madera daba a la habitación del servicio, la cual disponía de su propio baño. Regresando a la entrada, y girando hacia la izquierda, estaban las escaleras para el piso de arriba, eran once escalones en total, y un poco más alejadas de ellas se hallaba un confortable salón con un sofá y dos sillones de mimbre negro y cojines blancos, un comedor de base grisácea oscura y centro de cristal, y un balcón de amplio ventanal que dejaba entrar la luz de la mañana y creaba una separación natural entre el salón y la terraza.

Sin poder evitarlo, dejamos las maletas en el suelo y corrimos hasta el balcón. Atravesamos su delgada puerta de madera y salimos a su amplia terraza. Tenía un metro de profundidad y desde allí se apreciaban, a lo lejos, los pequeños edificios de nuestro entorno; ellos se elevaban a una altura que no sobrepasaba los ocho pisos, pero, aun así, era como si estuviesen tratando de atrapar las nubes. En la distancia, los automóviles lucían diminutos y avanzaban veloces por la avenida mientras que, cerca de las faldas de nuestro edificio, se divisaba a algunos peregrinos ingresando a la Iglesia más cercana, decididos a pagar penitencias o someterse a una en nombre de algún milagro. Aunque no era una gran altura, desde allí contemplábamos un pedacito de Santiago realmente hermoso que no habíamos disfrutado nunca. Estábamos tan acostumbrado a vivir en casas y departamentos pequeños, de no más de dos o cuatro pisos, que Octavio y yo caímos abobados ante el paisaje. Nos quedamos ahí por un rato, mirando en completo silencio la ciudad, sintiendo la brisa de la mañana y el aroma de una urbe misteriosa hasta que la voz de mi madre nos llamó, desde arriba, con tono desenfadado.

Al instante, seguimos el rumor de aquellas palabras deshechas en el aire y llegamos hasta la planta superior. Las paredes eran lisas y recién pintadas de blanco. Un corredor en forma de «L» separaba las tres habitaciones y el baño del piso superior. La más grande era de mi madre y se hallaba a mano derecha, inmediatamente después de subir las escaleras. Cuando llegamos, la puerta estaba abierta, y el interior era un caos de ropa, cuadros, carteras y otros tantos objetos uniformes. María Luisa se movía de un lado a otro, vaciando sus maletas, encajando prendas en su amplio armario o situando sus perfumes y maquillajes en el tocador. Se movía grácil y contenta, como una pequeña ave en una jaula nueva. Luego de ignorarnos por unos minutos, giró su cuerpo esbelto y nos miró con sus profundos ojos azules.

—¿Les gusta el departamento? —dijo mi madre. Y en su voz había un genuino interés que nos tomó por sorpresa.

—¡Sí, ma-mamá! —Octavio se apresuró a responder, alegre, probablemente seducido por las vistas de la terraza. Le gustaban las alturas y desde ese día, adoptó la costumbre de pasar largas horas contemplando aquella intensa y desconocida ciudad.

—Y a ti, Dominique, ¿qué te parece? —insistió mi madre. Al hacerlo, se sentó al borde de la cama y cruzó las piernas.

—No lo sé —respondí—, no está mal, pero me gustaría ver mi habitación.

Ella sonrió, como si esperara esa respuesta. A su manera, mi madre comenzaba a entenderme. Aunque nunca lo noté, se esforzaba por indagar en mi forma de pensar y en analizar mis acciones; sin embargo, para su sorpresa, resultaba difícil leerme. Nunca actuaba como se esperaba, tampoco respondía de la manera predecible y esta peculiaridad fue aumentando con el paso del tiempo.

De espaldas a aquello, en la esquina del corredor se encontraban nuestras habitaciones. Octavio se fue a la suya y comenzó a explorarla. Era el dormitorio más grande que habíamos tenido hasta entonces. Cuando entré al mío, me maravillé. Un enorme ventanal filtraba la luz de las nubes resplandecientes, la cual se estrellaba contra todas las paredes blancas y las sábanas del mismo color. El techo de la habitación era alto, el armario se hallaba en el corredor y el mobiliario era prácticamente nulo. A excepción de la cama y su mesita de noche, el lugar estaba vacío y al hablar, un extraño eco recorría sus rincones. Al instante, mi mirada quedó hechizada por aquella habitación sobria sin contrastes ni colores, y aunque no estaba muy cansada, me lancé a la cama y me quedé allí, casi mecida por el viento y las luces que flotaban por los rincones de mi cuarto.

Entonces, casi como si el tiempo avanzara a máxima velocidad, mientras reposaba mi cuerpo en el confort del colchón, los días y las noches comenzaron a avanzar por mi ventana, las paredes se pintaron de azul rey, aparecieron cortinas enmarcando los cristales, el suelo se fue llenando de libros escolares, el tocadiscos comenzó a emitir su nostálgico sonido californiano desde la mesa de noche y por todas partes emergían los murmullos de mi madre: «¡Irresponsable… mira que no querer pagar la educación de sus hijos!», «¿Existirá una forma de pedir una beca?». «¿Y si lo demando?». Aquellas eran las frases que lanzaba al aire, convencida de que nosotros no le prestábamos atención. También escuchaba claramente el sonido de sus zapatos todas las mañanas, el cristal de sus perfumes y la puerta de la casa cerrándose a sus espaldas; luego… el silencio de los días, la respiración pesada de Octavio al dormir y nuestras risas mientras mirábamos por la ventana a las pequeñas personas de las calles y le creábamos vidas ficticias, caminos que nunca alcanzarían, sueños que jamás vivirían.

Así transcurrió la primera semana en nuestro nuevo hogar, rodeados de pequeñas rutinas y soledad. Octavio y yo teníamos muchísima libertad y poca supervisión. Podíamos hacer lo que quisiéramos: salir a las calles, bajar por el edificio, jugar a lo que nos apeteciera y prepararnos la mejor comida que pudiésemos conseguir en la nevera y en las alacenas. Por supuesto, al inicio aquello era divertido, pero, al poco tiempo caímos en un tedio monótono que nos enloquecía. Dormíamos gran parte del día y, por las noches, cuando llegaba mi madre, nos sentábamos a la mesa, todavía en silencio y comíamos arroz con tomate y filetes de ballena. Siempre igual, día tras día, hasta que once días después de nuestra llegada, Andrés, mi enamorado, vino a visitarme.

Mi relación con Andrés seguía siendo un capricho inocente, un pasatiempo interesante que me regalaba momentos divertidos y una fugaz maestría en el arte de besar. Ya no tenía tantas revistas como antes, pero seguía interesada en entender el significado de amar a otra persona y el valor de mantener una relación amorosa. Andrés, por su parte, parecía contento, no se quejaba demasiado, se divertía cuando salíamos y siempre llevaba una sonrisa boba en el rostro; sin embargo, cierta impaciencia le apretaba los instintos, como si se estuviese conteniendo de hacer algo que deseaba pero que yo, por supuesto, desconocía.

Aun así, lo disimulaba bastante bien. En su rostro seguía la misma mirada sobria, la timidez que lo hacía temblar al tocarnos, la falsa seguridad con la que me regresaba a la casa un poco después de la hora que tenía permitida. Todo parecía igual, y lo más curioso de nuestra pareja era que no hablábamos de nada trascendental. Andrés resultaba una compañía sin palabras, un contacto vacío que divertía, pero que aspiraba a muy poco. Tal vez por eso, cuando me marché de la 115, no hubo grandes despedidas, ni siquiera parecía ser un problema, sino una oportunidad para hacer algo que yo no alcanzaba a entender, pero que inesperadamente descubrí aquel día de finales de febrero.

Era sábado por la mañana y Andrés llegó a la calle Pedro Valdivia bien vestido. Mi hermano y yo lo esperábamos, impacientes, deseosos de recorrer el famoso Paseo de Providencia del que tanto había escuchado hablar a los vecinos del barrio. Andrés parecía más formal de lo que esperaba, como si se hubiese preparado para un evento especial. Lo primero que me llamó la atención fueron sus vaqueros. Los *jeans* marca Lee eran un producto de importación y resultaba sumamente difícil de comprar. Por esa época se utilizaban con la bota ancha y todos los adolescentes dibujaban cierta sonrisa envidiosa al verlo pasar. Por otra parte, llevaba unos mocasines negros muy bonitos y un polo cuello tortuga del mismo color al estilo de los Beatles. Sin embargo, encima de todo eso, un sobretodo oscuro ocultaba gran parte del atuendo y le conferían cierto aire conservador, como de hombre adulto.

Su rostro también estaba bien cuidado. Las facciones eran duras y marcadas sin llegar a ser toscas. Tenía una barbita de tres días en el mentón que apenas y alcanzaba a ser pelusilla, pero que le daba cierto aire maduro e interesante que no me desagradaba. Tampoco parecía disgustarle al resto de las chicas. Ellas lo miraban entusiasmadas al pasar, se mordían los labios y se susurraban al oído de forma coqueta. Sin proponérselo, Andrés lograba cautivar ciertas atenciones silenciosas, ciertos apetitos… indiscretos. Era normal, después de todo, tenía un cuerpo esbelto y juvenil, una mirada de selva nocturna y una seriedad conmovedora que rápidamente cautivaba a las muchachas, sobre todo a las que buscaban a un hombre para corromper con sus encantos.

Aquello no me enfurecía, principalmente porque no podía molestarme algo que no alcanzaba a entender del todo. Los ojos eran para mirar, ¿qué me importaba si lo observaban a él? Nada en lo absoluto… sin embargo, el interés que le dirigían aquellos ojos azules, caramelo, verdes y negros con largas pestañas rizadas, me incomodaba. Si hubiese conocido el significado de los celos, quizás hubiese logrado entender lo que sentía, pero en aquel momento no lograba darle explicación a mis emociones. Tampoco lograba entender por qué los hombres me prestaban tanta atención cuando pasaba junto a ellos. Sus miradas siempre me escudriñaban, como si trataran de buscar en mi cuerpo algo que llevaba escondido. Me ocurría incluso con adultos, señores casados y hombres mayores que podrían llamarme «hija» o «nieta», pero me daba la sensación de que en sus pensamientos era otro el nombre que me asignaban.

Aun así, al margen del reino de las pretensiones callejeras, cuando Andrés nos alcanzó, el sol se ocultó entre las nubes y el gentío comenzó a inundar las calles, como si hubiesen emergido desde las entrañas de la tierra. Andrés parecía diferente. Le sentaba bien salir de Paula Jaraquemada, parecía maduro, fuerte… decidido.

—Te ves hermosa, Dominique —se apresuró a decir con aquel timbre de voz que siempre se esforzaba por ser barítona, pero se quedaba en tenor.

Le sonreí. Me sentía especialmente guapa ese día. Había escogido uno de los conjuntos que ayudé a diseñar con mi madre en el local de la modista. Octavio fingió mirar para otro lado, como si repentinamente algo hubiese llamado su atención. Al notarlo, Andrés le estrechó la mano y entre palabras fugaces y promesas de aventura, comenzamos a recorrer las calles de *"Provi"*, el lugar más popular de Santiago, el paseo de la generación de las flores.

...

Siempre he creído que hay lugares con encanto y lugares con historias. El paseo de Providencia poseía ambas. Los kilómetros de aceras que se extendían desde la calle Pedro Valdivia hasta más allá de Los Leones fueron para mi generación —y para la sociedad chilena de inicios de los años setenta—, el epicentro de la moda, la ciudad floreada de la juventud, el lugar donde convergían los rostros de todos los estratos sociales, a veces sin siquiera adivinarlo, a veces sin que importara demasiado. Ricos y pobres, con las ropas coloridas de los hippies, los pantalones *patas de elefante*, las *mínimas-mini* faldas, los cinturones por debajo del ombligo y las camisas ceñidas, a veces abiertas en cuello «v» para los hombres, y ajustadas, cual corsés, para las mujeres, se paseaban despreocupados y soñadores por esa avenida de la primavera perenne. Unos y otros rebuscaban en los viejos muebles del hogar, rompían alcancías, hurtaban billetes de las carteras de sus padres y hasta mendigaban las monedas perdidas de las familias con tal de comprarse los atuendos más llamativos de las tiendas y así pavonearse por aquella pradera de asfalto y vitrinas que reclamaban a los jóvenes.

«¡Vamos a Provi!»

Aquella frase breve comenzó a rondar los labios de los adolescentes como un mantra que despertaba ansiedad, emoción y regocijo inmediato. *«¡Vamos a Provi!»*. Lo decían los pijos de Vitacura y Los Condes, y los rotos de las poblaciones La Victoria y Nueva Matucana. *«¡Vamos a Provi!»*. Lo gritaban los *quince-y-último*, los hijos de empleado público de la clase media e incluso los adultos en la radio y los

113

periódicos. *«¡Vamos a Provi!».* Lo decía todo Santiago como grito de guerra y se lanzaban en manadas hasta el Paseo de Providencia, y con esa simple decisión ya se adjudicaban cierto estatus de superioridad. Visitar aquella avenida significaba recibir un baño de clase y obtener la posibilidad para conocer un mundo oculto entre bandas y manadas de jóvenes que, al mejor estilo de los grupos hippies californianos, rondaban por el lugar comprando y mostrándose, coqueteando y robando los primeros besos de algunos labios suaves y amables, otros curtidos en el arte del placer y los deseos, pero todos dispuestos, todos húmedos, todos anhelantes de vivir por primera vez un acontecimiento que les cambiara la vida.

Por todas partes avanzaban *chicos malos* cubiertos de músculos, camisetas y pieles tostadas; chicas con cabellos alisados y maquillajes exóticos que se esforzaban en tapar sus trece, quince o diecisiete años; muchachos agradables con anteojos, pantalones de campana y camisas blancas cuello *Mao*, y muchachas salvajes con cabellos rizados, *hot-pants*, chaquetas de cuero y una mirada que despertaba obsesiones. Juntos se pavoneaban sin quererlo y, al mismo tiempo, deseándolo con todo el corazón. Se mostraban como creían ser, con sus estilos pintorescos, sus colores seductores y los sueños más salvajes de la época. Los jóvenes tenían hambre de experiencias y de saberes; despreciaban las clases sociales, creían en el amor libre, rechazaban las prohibiciones y escuchaban la música de moda de los discos que lograban intercambiar entre los amigos que conocían a lo largo del Paseo; soñaban con tener una vida diferente a las de sus padres y creían que solo podrían encontrar la felicidad entre aquellas calles donde las hormonas y las promesas del porvenir dejaban charcos invisibles que apenas y alcanzaban a ser iluminados por las luces y los colores de los comercios.

En todas las direcciones, las vitrinas se alzaban como castillos de colores y luces, moradas del materialismo y las compras impulsivas a las que nadie podía resistirse. Las boutiques se abarrotaban de pijas y pitucas, quienes se apresuraban a comprar las marcas que vestían a la nueva industria del modelaje chileno: Vogue, Shock, Dreams, Pelusas y tantos otros nombres ya conferían cierto pedigrí a sus portadoras. También las había quienes preferían los cortes de París, Londres y New York, esas acudían locales pretensiosos de estética preciosa y precios menos amigables: Casa Flaño, Chanel, La Maison y Pierre Cardin eran algunas de las muchas tiendas esplendorosas que se esparcían por la ciudad y reclamaban a decenas de personas todos los días. Por supuesto, había locales de precios más económicos que, muchas veces, trataban de emular a sus grandes competidores y creaban réplicas casi exactas de sus cortes. Gracias a ello, la oferta era abundante y flexible con las carteras de los padres. De esta manera, los adolescentes se podían permitir ciertas prendas y pasar a estar «*in*» cuando vestían a la moda «*out*», en el momento en que estaban fuera de ella. Era asunto serio para todos y podía significar el fin de la popularidad, la caída en desgracia o el escarnio social, así que se convirtió en un deber marcial mantenerse siempre dentro de los cánones de vestimenta y belleza del mes, aunque a veces el uniforme escolar servía para excusarse de la moda, al menos por un rato.

Por aquellas calles relucientes que se abrían al lado este del río Mapocho, también había otros comercios agradables. La disquera Carnaby Street atraía a los oídos inexpertos y los educaba con el sonido de Cat Stevens, Jimmy Hendrix, los Beatles y Janis Joplin; además, sonaban los tangos de Gardel y los boleros de Pedro Vargas, al igual que la nueva música chilena y las baladas en español que comenzaba a ganarse sus propios espacios en la audiencia nacional.

Asimismo, la Galería subterránea de Drugstore presentaba un modelo arquitectónico diferente e innovador, una estructura en forma de espiral que albergaba decenas de tiendas en sus pasillos ovalados. En ellos se podía encontrar relojes valuados en doscientos y trescientos mil dólares, pero, paralelamente, un piso más arriba, los nuevos modelos japoneses costaban menos de diez dólares con sus pilas modernas y de larga duración que abrían un nuevo mercado para un accesorio que, hasta entonces, era símbolo de estatus y se recibía, mayoritariamente, como herencia o legado familiar.

Además de aquello, también había joyerías y, por supuesto, nuevas boutiques en tiendas decoradas con estilos afrancesados y naturalistas, con colores de carnaval y telas tan hermosas que las personas comenzaron la legendaria tradición de *ir a ver las tiendas*. Daban vueltas por Drugstore, como polillas atraídas por la luz de las vitrinas, pero también por las sedas y los cortes, los modelos y la ropa de temporada. La gente se aglutinaba en la entrada, pegaba sus rostros a los vidrios de los almacenes y se les llenaban los ojos de escarchas y sueños precoces. Todos codiciaban lo que no podían comprar, pero se prometían volver un día sin fecha a adquirir aquellos objetos que despertaban sus obsesiones.

Más allá de la Galería Drugstore, al llegar a Lyon, el ambiente del Paseo cambiaba drásticamente; los aromas se esparcían por los rincones con dedos de humo y sazón. Los restaurantes, hamburgueserías y demás comercios abordaban el olfato y la mirada. Los letreros grandes enunciaban nombres seductores y llamativos que hacían salivar y se quedaban grabados en el apetito de sus visitantes. De todos ellos, el más emblemático para mi generación fue la heladería Coppelia, el mítico lugar de encuentro que era dirigido por Jacques Bellanand y se acercaba bastante a las coloridas fuentes de soda que a mediados de los años setenta se convertiría en una moda norteamericana y el escenario de tantas películas adolescentes. Allí los jóvenes se daban cita y se sentían protegidos en un ambiente multicolor cuyos sabores atrevidos y revolucionarios se fundían en el paladar y obligaban a los consumidores a cerrar los ojos para disfrutar al máximo de aquel pedacito de cielo en forma de helado de pistacho.

De este establecimiento salían las chiquillas con sus ropas de adultas, sus ojos inocentes y palabras en «onda» para ser asediadas por hombres mayores con deseos apremiantes de conseguir sus propias *lolitas* para sus extraños y, lamentablemente, normalizados deseos. Algunas de estas rebautizadas lolitas —en honor al libro del mismo nombre escrito por Vladimir Nabokov—, conseguían dinero a través de esas relaciones. Otras aceptaban creyendo que encontrarían experiencias interesantes. A unas y a otras les cambiaba la vida, para bien y para mal. Aquello era una ruleta rusa que muchos preferían ignorar. Fingían que no existía a pesar de que ocurría en los lugares más públicos de la ciudad. Por supuesto, también les sucedía —en menor medida— a los muchachos, quienes atraían las miradas de mujeres mayores que anhelaban carne fresca para calentar las habitaciones clandestinas de los moteles. Así, de una forma más sutil y discreta —y sin que nadie lo notara— seducían a los jóvenes encantadores, inocentes e intrigantes y se los llevaban a su pequeño nido de lujuria y apetitos maduros que muchas veces duraba hasta la mitad de sus adolescencias. Así era la vida en aquellas calles donde niños y niñas

116

apenas tenían edad para comenzar a salir solos con sus amigos y ya el mundo se teñía de sombras y deseos, de perversión y coqueteos, de un sinfín de historias, tragedias y amoríos prohibidos, pactados, obscenos y lucrativos. Nadie escapaba de las garras de las efervescentes calles de Providencia, ni de los placeres juveniles que sacudieron durante varios años a una generación entera dispuesta a vivir al máximo la que sería el gran acontecimiento de la década y, probablemente, de sus vidas.

Ya al final del paseo, al llegar a Los Leones, cuando no había más que el ligero cansancio del camino y el sol de la tarde cegando la mirada, viré mi cuerpo hacia atrás y me quedé allí un instante, quieta, contemplando en la distancia los kilómetros que había dejado en mí andar. Octavio y Andrés hablaban de algo que no alcancé a escuchar, pero tampoco me importaba demasiado. Yo… yo estaba impresionada, ebria de aquel mundo que secuestraba la mirada, los sentidos y los deseos. La vida parecía diferente al estar en la avenida Providencia. Daba la sensación de que aquel pequeño terreno marcaba sus propias fronteras, se regía por sus propias leyes y era gobernado por las tribus de adolescentes a la moda que eran víctimas y verdugos, borrachos de juventud y ambiciones, comerciantes de sueños y placeres, hechiceros de las experiencias efímeras e intensas que se disfrutaban una vez en la vida para luego ser recordadas con el velo de la nostalgia durante la vejez.

Aquello era *Provi*, un lugar peligroso y excitante, una víbora que se mordía la cola en un ciclo que parecía interminable. Lo que se escondía debajo de su fachada poseía partes idénticas de luz y oscuridad. No había secretos entre sus calles y cada día nacían nuevas oportunidades para todo tipo de anhelos y obsesiones. De allí saldrían las futuras generaciones de hombres y mujeres de la capital. Solo los dioses sabían qué tenían preparado para ellos. En lo que a mí concernía, tenía claro que por más colorida y entusiasta que pareciera su atmósfera, no era el lugar adecuado para mí. De alguna extraña manera, desencajaba, aunque tampoco aspiraba a ser parte de aquella cultura urbana. Tal vez se debiera a mi histórico desprecio por la moda o quizás porque lejos de dejarme envolver por su frenética juventud, en ese lugar me sentía apabullada, distante de todos, incapaz de conectar por completo. Algo en mi interior me alejaba de *Provi*. Su atmósfera exigía someterse a una competencia de banalidades que no disfrutaba. Además, era joven, no

117

entendía sus códigos y caminaba por su mundo, encantada de observarlo desde lejos, amparada en la misma seguridad de los visitantes disfrutan observando a los animales de un zoológico. Por supuesto que en esas aceras había motivos para ser feliz. La alegría brotaba desde las grietas de las calles, las tuberías de los locales e incluso desde los profundos alcantarillados, pero no era para mí. Me quedó claro ese día, aquel nunca sería mi mundo. No obstante, al girarme y analizar el rostro de Andrés, leí en sus facciones que se encontraba sobrecogido por aquel lugar que lo llamaba a gritos. ¿Acudiría un día a su llamado?

—¿Y Octavio? —le pregunté, olvidando mis pensamientos. Él estiró sus labios hacia adelante, señalando una dirección en línea recta. Entonces lo vi, Octavio estaba creciendo, pero era más pequeño que la mayoría de los jóvenes del lugar. Caminaba despacio, regresando a la calle Lyon—. ¿A dónde va?

—Le di algo de dinero —respondió rápido mientras entrelazaba sus dedos con los míos y los rayos del sol parecían levantar chispas en sus ojos de carbón—. Va a tardar un poco en volver. Le dije que lo esperaríamos en el departamento.

De nuevo le apareció la sonrisa tonta que le cincelaba el rostro cuando se sentía confiado. Sus ojos se rasgaban en esos momentos y la forma de un hoyuelo muy bonito le aparecía en las mejillas. Era normal que Andrés le diera dinero a Octavio. Mi hermano había aprendido rápidamente a sacarle provecho a mi pretendiente. Se mantenía lo suficiente para parecer protector, pero apenas caían en sus manos un par de monedas, se esfumaba sin emitir palabras. Andrés aprendía rápido. Tenía dieciocho años recién cumplidos y con el dinero que recibía de sus padres sorteaba bastante bien las adversidades. En la 115 lo usaba con regularidad. Mi hermano era discreto, no pedía demasiado y con recibir una *Coca-Cola* y alguna otra golosina se convertía en un aliado formidable. Cuando mi abuela lo interrogaba, muchas veces creaba coartadas convincentes para cubrirnos. Juraba haberme visto comiendo las frutas del jardín, merodeando el gallinero, durmiendo en alguna de las habitaciones o jugando al escondite. Era hábil, y ese día recibió un buen billete por dejarnos solos, aunque yo no lo sabía. ¿Habría sido diferente si me hubiese enterado de aquello?

118

Probablemente no. Andrés tenía todo perfectamente calculado y yo solo me dejé llevar…

Me aferré a su mano y así, entrelazados, regresamos al departamento; él con una determinación en la mirada, yo con la inocencia de quien no sabe lo que está a punto de suceder.

3

En 1968 el sexo era un tabú.

Aunque los rumores del amor libre californiano llegaban hasta las orillas de Chile, en Santiago la vida de los adolescentes avanzaba sin que nadie supiera las implicaciones reales del sexo. De todos los jóvenes, las chicas eran las que menos sabían de aquello y, por lo tanto, las más expuestas a sus sinsabores. Por eso, un día inesperado y sin advertencias, de esos que parecen inofensivos, un joven arañaba sus puertas buscando afecto y, al dejarlos entrar, sin que supieran muy bien lo que estaba ocurriendo, se topaban con su primer encuentro sexual. Aquello era brusco, inesperado y, en la mayoría de los casos, precoz. Ninguna sopesaba del todo sus consecuencias ni sus significados. Cedían ante las suplicas, tratando de complacer para evitar discusiones y aunque no comprendieran por completo el acto que estaban representando, se dejaban hacer sin resistencias. La desnudez lo cambiaba todo. Era el fin de la inocencia, un giro brusco que llegaba con el tacto de otras manos, la vulnerabilidad de la piel sin sombras, desprovista de cualquier protección, expuesta a todos los complejos, siendo observada por un par de ojos hambrientos y deseada por una boca y una lengua, y algo más... El cuerpo humano emergía como un descubrimiento imprevisto que despertaba temores y dudas en mentes que no habían sido preparadas para usar condón o cuidarse de las enfermedades de transmisión sexual, ni para enfrentarse a la sangre, el semen y los flacos placeres sexuales que la pubertad traía consigo.

¿Qué era el sexo en 1968 sino una palabra que la gente evitaba? Los periódicos la censuraban; los padres la escondían en eufemismos y advertencias sin sustancia, y las mujeres que se atrevían a frecuentar y disfrutar de sus sabores, rápidamente eran tachadas de «putonas», aunque no sucedía lo mismo con los hombres, quienes coleccionaban anécdotas de cama, rostros de maquillajes multicolores con cabellos variados y falsas historias donde desfilaban chicas de pieles claras y tostadas como testigos mudos de un triunfo sobre la sexualidad.

Por esa época, los adultos soltaban frases huecas con pocos detalles, dichas de prisa y sin mirar a los ojos de sus hijos, como si hablar de sexo les congelara la valentía y los sumergiera en un tema con el que ellos —aun con sus edades y experiencias—, no terminaban de sentirse cómodos. Eran dignos herederos de sus padres, aquellos hombres y mujeres todavía más recatados para quienes el sexo era un acto de placeres indemostrables, un deber para con Dios y la sociedad, un acto que debía ocurrir en lo más oscuro de la noche y someterse al más pesado de los silencios. Esa herencia les sobrevivió y sus hijos mantenían un falso recato, una actitud mojigata que desdeñaba la sexualidad o, mejor dicho, la sexualidad femenina, convirtiéndola en un acto sobrio y descolorido del que no se debía hablar nunca y el cual las niñas solo llegaban a entender a medias cuando un muchacho simpático con palabras de oro les dejaba besos en el vientre y en los labios a cambio de su virginidad.

Así era la adolescencia, y en 1968 yo era una de esas muchachas.

Por eso, cuando Andrés y yo llegamos al departamento, me resultaban del todo ajenas las intenciones que se ocultaban detrás de una casa vacía y el encuentro con mi enamorado. Hasta ese momento había compartido momentos íntimos con Andrés: nos escondíamos en *El Fondo*, aquel viejo ático del jardín, y allí nos besábamos tímidamente. Durante esos encuentros, sentía que el rubor me mordía las mejillas. Cerraba los ojos y me dejaba guiar. Siempre fue así. Sus labios ofrecían y yo permitía que me condujeran hacia el interior de su boca. Era un beso ruidoso que moría rápido, como si fuese una travesura, pero a veces se volvía mojado cuando me aprisionaba con los brazos y me llevaba hasta su lengua serpenteante. En esas ocasiones lo dejaba jugar mientras miraba el techo y las ventanas. Luego, al despegarnos, nos abrazábamos en un silencio tierno que nacía y moría en ese breve espacio de tiempo que siempre le resultaba demasiado corto a Andrés.

Sin embargo, aquel día, todo fue diferente, muy diferente.

Cuando llegamos al departamento, inexplicablemente me sentía nerviosa y emocionada. Por primera vez tenía la posibilidad de mostrarle mi casa a Andrés sin que nadie nos vigilara. Aquello me despertaba un profundo anhelo. Había muchas ideas por ejecutar, especialmente en mi alcoba, donde tenía algunos discos interesantes que deseaba compartir con él. Amaba la música y seguramente encontraríamos *nuestra canción* en alguna melodía de los discos. Pero eso ocurriría luego, primero debía ofrecerle algo para beber. El caluroso y seco verano de Santiago nos había hecho sudar durante gran parte del día, así que lo dejé en la sala, con la promesa de regresar con bebidas heladas. Para mi sorpresa, el refrigerador estaba prácticamente vacío. Mi madre no había hecho la compra y no había nada para ofrecer salvo un poco de agua con cubos de hielo.

Regresé apenada, pero a él no pareció molestarle. Le restó importancia al problema y se bebió el agua de un solo trago. Entonces nos quedamos allí por un instante, contemplando en silencio los cuadros tétricos de mi madre. Sus pinturas estaban colgadas por las paredes del salón y en ellas aparecían esqueletos y figuras humanas melancólicas con colores grises, blancos y azules. Curiosamente, lo más llamativo de la sala no eran los cuadros, sino las paredes. Estaban pintadas completamente de negro, incluyendo el techo, y despertaba cierta claustrofobia. De alguna extraña manera, daba la sensación de que estábamos atrapados en una caja sellada al vacío, un salón sumergido en la profundidad del mar y al que apenas ingresaba la luz a través de las angostas persianas de la terraza. Los frágiles dedos del sol se arrastraban desesperados por el salón y, allí donde se posaban, despertaban el brillo y el color de los objetos: iluminaban los muebles de mimbre, destellaban sobre el cristal del comedor y se enfrascaban en alumbrar un suelo de madera tan oscura que absorbía cualquier destello. De esta manera, aunque la luz se esforzaba por avanzar a través del interior de la sala, la abrumadora oscuridad la mantenía a raya. Tal era el fracaso del sol y sus intensos rayos que apenas y llegaba a iluminar nuestros cuerpos distantes, sentados en el sofá debajo de la escalera, alejados de las persianas del salón y separados por una

122

distancia de menos de medio metro. El silencio se hacía pesado en la penumbra, especialmente para Andrés. Se le notaba impaciente y nervioso. Sus manos se movían sobre su propio eje; sus dedos tamborileaban sobre el sofá y sus ojos, aquellas perlas que sorbían la negrura de las paredes, parecían inquietos y excitados, como si estuviese reuniendo el valor necesario para hacer algo que todavía no alcanzaba a precisar.

—¿Tú me quieres, Dominique? —soltó de repente, como si llevara rato pensándolo.

—¿Querer? —Las palabras quedaron danzando en el aire por unos segundos, suspendidas sobre nuestras cabezas—. ¿Cómo puedo saber si te quiero?

Aquello le hizo gracia. Se acomodó en el sofá y me tomó de las manos.

—Bueno… —comenzó a hablar, pero por cada palabra que emitía me daba un beso entre los dedos—. Cuando hago esto, ¿te sientes diferente?

—¿Diferente en qué sentido?

—Ya sabes, alegre, emocionada…

—Un poco, creo.

Entonces comenzó a ascender por la parte interna de mis brazos, dibujando un camino invisible con sus labios.

—Y al hacer esto… ¿Sientes cosquillas?

—Sí, ¿eso es bueno?

—Es fantástico, Dominique; fantástico —respondió sonriente mientras llegaba hasta mi cuello y lo mordía suavemente—. Y ahora, ¿sientes escalofríos?

—E-eso creo —más que escalofríos, tenía muchas ganas de reírme. Su aliento caliente y su barba de pocos días me despertaban las cosquillas. No entendía cuál era la intención de hacer aquello. Además, allí donde se posaban sus labios iban dejaban un ligero rastro de saliva que me repugnaba.

—Ahora viene la prueba definitiva que nos ayudará a descubrir si me quieres. ¿Estás preparada? —me preguntó mirándome a los ojos, muy serio y ansioso.

No esperó mi respuesta.

Me tomó del cuello con ambas manos y me estampó uno de sus besos largos. El contacto fue determinado, decidido. Él tenía los ojos cerrados; yo lo miraba desde mi posición, parecía muy concentrado mientras su lengua intentaba moverse en mi boca. Desdichadamente, la mía no podía seguir su optimismo. No lograba tomarme con seriedad aquel asunto. Estaba distraída: miraba las paredes, los cuadros, los rayos del sol y hasta las hebras de su cabello, preguntándome qué debía hacer ahora y si en algún momento iba a notar mi incomodidad. Me había desconectado completamente de aquel instante decisivo que debía ser intenso pero que no despertaba en mí más que dudas.

Mientras tanto, Andrés se movía inquieto sobre el sofá, excesivamente interesado en el vaivén de nuestros labios, incapaz de notar mis distracciones. Por alguna razón ajena a mí, él temblaba, incluso con mayor intensidad que la primera vez que bailamos. ¿Significaba que me quería mucho? Era difícil responderlo. ¡Qué extraño resultaba pensar al mismo tiempo que alguien intentaba sorberme la lengua con la boca! No me disgustaba besarlo, pero aquella no era como otras ocasiones, esta vez el beso debía revelarme si de verdad lo quería. ¿Era esto el querer o todo lo contrario? ¿También él pensaba mientras me besaba? Desistí de mi empeño por querer saberlo y cerré los ojos, tratando de alcanzarlo en sus frenéticos besos. Pasó cerca de un minuto hasta que nos despegamos.

—Esta es la pregunta definitiva —confesó entusiasmado—. ¿Te hubiese gustado que durara más?

—Sí… Me hubiese gustado —mentí.

¿Por qué respondí aquello? ¿Qué fuerza de la naturaleza me hizo mentir? Un afán extraño por complacerlo se apoderó de mi garganta y pronunció aquellas palabras que no eran mías, sino de alguien más, de otra persona que habitaba en mi piel y despertó en aquel extraño momento para ceder. De alguna forma, esa parte de mí intuía que responder lo contrario enfadaría a Andrés o iniciaría una discusión que no deseaba tener. En consecuencia, hice lo necesario para evitar cualquier conflicto. Me sometí ante su ego, acepté su dominio y respondí casi sin quererlo, dispuesta a seguir su juego con tal de mantenerlo contento.

Quizás todas las mujeres nos sentimos así en más ocasiones de las que desearíamos confesar. Algo nos empuja a consentir… a someternos. Y entonces, terminamos pronunciando palabras que le pertenecen a esa otra versión de nosotras, a la sumisión y a la docilidad. Nos traicionamos de forma inconsciente, mentimos y cedemos en el afán de resguardar el vago querer de una persona que, probablemente, no será capaz de aceptar el rechazo. Así, nos convertimos en las víctimas de una relación de dominancia, una autoridad que se ejerce de forma implícita y la cual, curiosamente, Andrés aplicaba sobre mí desde que nos conocimos sin que yo lo advirtiera. Él deseaba ser obedecido y respetado, quería una niña que no supiera demasiado de la vida para presentarle el mundo que él conocía; un mundo regido por sus reglas y controlado por sus anhelos y deseos. Yo encajaba en todo lo que él buscaba, y ahora que me tenía en su poder, me inducía las ideas, creaba escenarios irreales y usaba los más elaborados recursos para hacerme pensar y sentir exactamente lo que él deseaba. Andrés me dominaba a placer, pero en ese instante no alcanzaba siquiera a advertirlo.

—¡Entonces es un hecho! Me quieres, Dominique, y mucho.

Querer... qué extraño sonaba aquello. La palabra retumbaba en mi cabeza con una violencia inesperada, me hacía palpitar la sien, como si mi mente no fuese capaz de procesarlo todavía. Mi corazón tampoco lo aceptaba; el concepto me resultaba del todo ajeno. Lo miraba desde la orilla, incapaz de entender por completo sus implicaciones. Si aquel beso debía entregarme respuestas y certezas a todas mis dudas, había fracasado estrepitosamente. Sin embargo, ya no podía retractarme sin herir sus sentimientos. Había dicho «sí» a todas sus preguntas, «sí» a su juego, «sí» a la idea del querer. Ahora no era posible volver atrás, solo me quedaba avanzar hacia adelante y eso significaba enfrentarme a nuevos paradigmas. ¿Qué implicaciones traía consigo el querer?, ¿debía actuar diferente?, ¿cómo se demostraba?

—Y ahora que te quiero, ¿hay algo que cambié? —pregunté, desconcertada.

—¿Crees que algo debería cambiar?

—No estoy segura. ¿Querer a una persona no marca ninguna diferencia?

—Lo hace. Marca el inicio de una relación.

—¿Una relación? —pregunté vacilante. A cada minuto la situación parecía empeorar—. Eso suena a algo serio.

—Lo es, pero también nos puede unir mucho más, Dominique —respondió con una sonrisa.

Aquellas palabras me sonaron distantes e incomprensibles. ¿Cómo podíamos estar más unidos?

—Y ¿qué se hace en una relación?

—Bueno... —Andrés se acomodó en el sofá. Su voz parecía ansiosa, rápida, excitada—, en una relación se hacen muchas cosas. Requiere de un compromiso mayor, ¿sabes? Pero creo que todavía nos hace falta algo antes de poder dar el primer paso.

—¿Qué nos hace falta? —le pregunté, intrigada.

—Compatibilidad asexual.

—¿Compatibilidad sexual? —repetí sin entender el significado de las palabra que estaba pronunciando.

Andrés sorbió un gran bocado de aire, pero en lugar de responderme, me cargó desde la cintura con movimientos rápidos y precisos que no carecían de cierta ternura, casi como si fuese un bebé; luego me sentó sobre sus piernas, con el cuerpo de perfil girado hacia un lado. Aquello me inquietó, era la primera vez que actuaba de esa manera. Ni siquiera sabía que tenía la fuerza necesaria para moverme con tanta facilidad. Él no era ni muy alto, ni muy grueso, pero sus brazos eran fuertes, aunque no lo hubiese notado hasta ese momento. Desconocía qué intenciones se escondían detrás de aquello; sin embargo, inmediatamente después de su grácil movimiento, abrazó mi espalda; sentí sus dedos por encima de mi blusa, desde la columna hasta el cuello y luego, con una sutileza desproporcional para su fuerza, me atrajo hacia su pecho. El olor dulzón de su colonia *old spice* me picó en la nariz, pero al mirarlo desde abajo, lo vi envuelto en un estado de profundo éxtasis.

—La compatibilidad sexual es lo más importante en una relación —su voz transmitía una seguridad impropia de él. Mientras hablaba, acariciaba mi cabello, me cerraba los ojos con sus dedos alargados y acariciaba mis labios con las yemas—. Pero no tienes nada de qué temer. ¿Confías en mí, Dominique?

—Sí —respondí obediente, presa del dominio que ejercía su determinación y su cuerpo.

—Yo te voy a guiar, muñequita. Esto es muy importante, si logramos una buena compatibilidad sexual podremos tener una relación muy, muy larga.

—¿Qué sucederá si no lo logramos? —lo interrogué, angustiada.

—Podemos intentarlo tantas veces como sea necesario, yo te enseñaré. Solo necesitas confiar en lo que te diga. ¿Podrías hacer eso por mí?

Asentí sin mucha convicción, pero él no pareció notarlo, y justo en ese momento, me besó.

Fue un beso diferente, un beso con sabor a pimienta y ají picante. Sus labios, que siempre habían sido amables y dulces, ahora eran salvajes y ardientes, y se movían con un dinamismo desconocido que me obligaba a apresurarme para seguir sus cambios. Andrés abría la boca, como si tratase de succionar la pulpa de una fruta jugosa, y por todo el salón se levantaba el eco de nuestros besos mojados. Comulgábamos en un lenguaje confuso que me resultaba desconocido. Él se movía de mil formas diferentes: subía por mi espalda, acariciaba mi cuello y jugaba con mechones de mi cabello; besaba mis mejillas, mordía mis labios y recorría mi lengua con la suya. Se esforzaba por acercarme a los sentimientos que albergaba en el pecho, pero sus intentos resultaban inútiles. No sabía cómo reaccionar. Estaba paralizada, con el corazón latiéndome como un tambor y tropezando en cada paso que daba al ritmo de aquel vals incómodo. Me sentía embargada por un desconcierto absoluto que me hacía preguntarme cuál debería ser mi siguiente reacción. No podía concentrarme, me resultaba imposible dejar de pensar, pero, al mismo tiempo, era incapaz de oponerme. No me salía la voz, ni las palabras, solo mantenía los labios en movimiento y los ojos cerrados, pensando en la música que minutos antes había deseado mostrarle, la nevera vacía, las tiendas del Paseo de Providencia… mi mente se iba lejos, demasiado lejos, pero el tacto irregular de sus manos me sacaban del trance, me regresaban al cubo negro del salón y a la agitada respiración de Andrés.

—Tranquila, lo estás haciendo muy bien —dijo agitado luego de separarse de mis labios. Me acarició la mejilla y un instante después, comenzó a besarme otra vez.

En esta nueva batalla, su piel comenzó a arder. En general, su cuerpo quemaba y el sudor le bajaba por la frente, como si fuese víctima de una fiebre violenta que no percibía. Andrés padecía de bruscos escalofríos, temblaba, demasiado excitado para notarlo, pero yo lo veía todo, sorprendida y, al mismo tiempo, temerosa. Deseaba desacelerar el ambiente, pero sus manos se aferraban a mi espalda, como una sutil advertencia de que no debía alejarme. Andrés no quería detener aquel baile frenético que, mucho tiempo después, descubrí que era el preludio del deseo, un juego previo que me resultaba totalmente ajeno, pero que para él representaba el inicio de algo más.

Después de unos minutos, Andrés detuvo el encuentro. Su respiración agitada hacía que su pecho se moviera de arriba hacia debajo, en un vaivén convulsivo que sacudía mi cuerpo. Todavía estaba sentada en sus piernas, mantenía la mirada atenta y sentía las mejillas calientes. Estoy segura de que para él mi rostro no era el de una niña de trece años, sino el de una mujer que lo miraba con deseo y anhelos sexuales. En mi caso, él también me resultaba diferente. Seguía siendo el mismo muchacho de dieciocho que me doblaba la altura y me buscaba en la 115, pero todo en su semblante había cambiado. Sus ojos oscuros me observaban con hambre, su boca encerraba el anhelo de un deseo y su cuerpo tenso y excitado marcaba una determinación que iba a cumplir.

Nos levantamos… y me pidió que lo guiara hasta mi habitación.

Por un instante, aquello me recordó el tocadiscos, pero algo me decía que esa tarde no íbamos a escuchar música. Subimos en silencio, tomados de la mano, y casi nos resbalamos en el escalón número nueve. Yo los contaba por inercia, intentando adormecer mis temores y la intranquilidad que ascendía por mi pecho al recordar sus palabras. *«Solo necesitas confiar en lo que te diga. ¿Podrías hacer eso por mí?»*. Seguro que podría complacerlo y aceptar sus propuestas con palabras, pero, ¿lo haría mi cuerpo? ¿Qué significaba la compatibilidad sexual? ¿Qué era el sexo? No entendía nada de aquello; tampoco quería preguntar, intuía que no iba a obtener ningún resultado con formular mis inquietudes. La mejor apuesta residía en descubrirlo por mí misma y con esa idea lo conduje por el alargado pasillo del segundo piso.

Caminamos frente a la habitación de mi madre. Su puerta estaba abierta y sobre la cama desordenada sobresalía lo que alguien podría interpretar como el preludio de mi adolescencia: un sostén de encaje color rojo y unos zapatos de tacón. Andrés ni siquiera lo notó, caminaba atontado, con una erección aprisionada en los pantalones y lo incomodaba en cada paso. Recorrimos rápidamente el pasillo, las paredes blancas lo hacían ver como un corredor estéril y virginal. Al final nos topamos con la alcoba de mi hermano, su puerta de madera oscura estaba cerrada, al igual que sus secretos, y junto a ella se encontraba mi armario, con la puertecilla entreabierta y la ropa expuesta ante nuestra mirada. Pude ver de reojo mis pijamas, las blusas floreadas y, también, algunas prendas viejas tejidas por mi abuela y mi tía Quety. ¿Qué estaba haciendo? ¿De verdad quería hacer aquello? No alcancé a respondérmelo.

Al ingresar al cuarto, quedamos cegados por un instante. Toda la luz que no ingresaba al salón se filtraba por los amplios ventanales de la habitación. Las paredes azules brillaban, los objetos se desdibujaban por la excesiva iluminación y todo parecía flotar en el aire, en la espesura del cielo, encajado encima de las nubes. Aquella imagen me reconfortó, siempre lo hacía. Los colores, el ambiente, mis cosas… cada elemento que se amontonaba en mi pupila me renovaba la valentía y la confianza. Me subía por el pecho una emoción alegre, un súbito deseo por hablar y compartir la historia de aquellos objetos que tanto me gustaban, pero que rápidamente desaparecieron de mi vista en el instante en el que Andrés me atrajo hasta él, me sentó encima de sus piernas y comenzó a besarme, y a besarme… y a tocarme.

Andrés estaba excitado y se había desentendido de mis sentimientos. La relación había dejado de ser de dos para convertirse en la satisfacción personal de sus apetitos. No preguntaba, ni se censuraba, frotaba su cuerpo contra mis piernas, sentía su erección debajo de mis caderas y sus labios me mordían las mejillas y el cuello, los hombros y el pecho por encima de la ropa. Se aferraba a mi piel, la recorría hambriento y obligaba a mis manos a que lo tocaran. Ya no susurraba instrucciones, sino que me mostraba cómo debía ejecutarse cada acción. Llevaba mis dedos hasta su entrepierna y me hacía frotar el área de arriba hacia abajo. A veces, entre besos y mordiscos, susurraba algo que sonaba muy parecido a «masturbación», pero la lujuria le impedía articular correctamente las palabras. Luego temblaba, ansioso, y volvía a repetirlo mientras agitaba con fuerza mi brazo para que aumentara la velocidad.

Mientras hacía eso, Andrés llegó a los botones de mi blusa. Quería desnudarme, pero, para su pesar, se quedó atascado. Intentó usar ambas manos; no obtuvo mejores resultados. Los botones eran diminutos y estaban forrados con una tela gruesa que los hacía casi imposibles de manejar con las yemas o las uñas de los dedos. Aquello lo descolocó. Comenzó a resoplar con fuerza, molesto y frustrado por lo que creía era una incapacidad suya. Su rostro se congestionó mientras refunfuñaba y trataba de arrancarle los botones a la blusa, pero no lo lograba. Aquella prenda era el cinturón de castidad más inusual que conocería en mi vida. Nada de lo que intentaba surtía efectos y mientras él se enfrascaba en su misión, yo solo podía contener la risa. A veces me cruzaba por la mente la voz de mi abuela cuando me advertía del peligro de los chicos. «No dejes que te besen», «no te quedes a solas con ellos», «mucho cuidado con los hombres, Dominique». ¿Qué diría si me viera en ese momento? Había incumplido con todas sus recomendaciones, estaba sumergida hasta el cuello en una situación que seguía sin entender, pero que me resultaba graciosa, especialmente cuando Andrés logró desabrochar uno de los botones y emitió un grito de alegría que se desvaneció al descubrir que todavía faltaban once más.

Andrés había perdido el control de la situación y eso le estaba afectando más de lo que deseaba. Su erección desapareció y prefería mantener la vista en los botones antes que mirarme a la cara. Estaba avergonzado y temeroso de que yo lo menospreciara por lo que creía era una torpeza de su parte. Su obsesión lo enmudeció y lo sacó de su propia atmósfera y yo no podía hacer nada. Tampoco lo intenté, mientras hubiese botones, aquel acto no terminaría de concretarse, así que me contentaba con mirarlo trabajar en medio de su despecho y su rabia.

—¡¿Dominique?! ¡¿Octavio?! ¿Están en casa?

La voz de mi madre me llegó como un relámpago desde el piso de abajo. El eco de sus palabras subió las escaleras casi al ritmo de sus pasos. «tac-tac» «tac-tac», sus tacones sobre cada escalón resonaban por el pasillo. «tac-tac» «tac-tac». Había subido ocho escalones cuando Andrés dejó el miedo a un lado, me bajó de sus piernas y salió disparado hacia la salida, sin mediar palabras. Yo me quedé sentada un

130

momento, con cinco botones sueltos en la blusa, preguntándome a qué se debía su urgencia por escapar del departamento.

Si Andrés albergaba la esperanza de que mi madre acudiera directamente a su habitación antes que, a la mía, rápidamente se vio decepcionado. Cuando María Luisa llegaba del trabajo, estaba desesperada por una ducha, por eso siempre acudía al baño que se ubicaba a mitad del pasillo. Fue allí donde se cruzaron, envueltos en un silencio afilado. Él no se atrevió a mirarla a los ojos, caminó con la mirada fija en el suelo, la mano en los bolsillos y el cuerpo rígido. Ella no le hizo ninguna pregunta, tampoco ademán alguno para detenerlo. Solo lo vio pasar e hizo un esfuerzo mental por grabarse aquel rostro extraño que invadía la intimidad de su hogar.

Unos segundos más tarde, el sonido de una puerta cerrándose llegó a mi alcoba casi al mismo tiempo que el repicar de los tacones de mi madre. Esa tarde vestía con un estilo interesante, un conjunto combinado de pantalón y camisa de botones que la hacían relucir con un maquillaje sobrio pero muy bien cuidado. Se veía atractiva, fresca y joven, aunque su rostro desconcertado y serio desentonaba.

—¿Estás bien? —preguntó con tranquilidad.

—Sí, ¿por qué?

Mi madre no entendía nada de lo que estaba ocurriendo. Su hija tenía la blusa abierta, las mejillas sonrojadas y un hombre mayor acababa de escapar de su habitación. Su llegada había interrumpido un acto sexual, pero allí estaba yo, tranquila, desenfadada e inocente, como si no hubiese pasado nada. Mi rostro no reflejaba culpa, temor o vergüenza. Para mí no existía ninguna diferencia entre aquella situación y que nos hubiese encontrado escuchando música en el tocadiscos, ambas me parecían de lo más normal.

—¿Qué hacía ese chico aquí, Dominique? —la voz de mi madre nunca se alzaba, era suave y lenta. No juzgaba, ni cuestionaba, pero su enfado era latente.

—Salimos con Octavio por Providencia y luego vinimos a casa. Él quería enseñarme algo que llama compatibilidad sexual, pero creo que no salió tan bien —bajé la mirada a la blusa, al verla abierta me reí y comencé a arreglarla—. No pudo desabotonar la blusa.

Mi mamá ahogó una carcajada. Indiscutiblemente no era una situación agradable, pero estaba claro que no hablar de sexo tenía un precio. Si yo podía expresar con tal desenfado todo lo que había sucedido era porque no entendía ni un poco lo que significaba aquel acto. No había duda de eso.

—Pobre muchacho —acertó a decir mi madre con una voz irónica—. Tal vez no lo entiendas todavía, Dominique, pero esto que ocurrió es indebido.

—¿Indebido? ¿Por qué?

—Porque no debes traer muchachos a la casa si no estoy yo aquí. ¿Vale?

—Vale, ¿solo por eso es indebido?

—No —se apresuró a corregirse—, también porque eres muy pequeña para conocer la… *la compatibilidad sexual*. Eso es para adultos.

—Ya, supongo que él tampoco lo sabía.

Mi madre se quedó mirándome fijamente, como si estudiara mi rostro. En el fondo se preguntaba si de verdad desconocía a tal punto la sexualidad y las intenciones de los hombres. Me dedicó una sonrisa y salió al baño. Esa tarde se convenció de dos cosas. La primera, su hija no sabía nada de nada. La segunda: ese muchacho debía salir de su vida.

4

Tardé cuarenta años en descubrir lo que hizo María Luisa aquel domingo de 1968, cuando llegó a Paula Jaraquemada en su Ford Taunus y se bajó decidida a quemar el mundo. Por supuesto, no lo supe de la voz de mi madre, sino por la que fuese la asistenta de limpieza de aquella casa de color blanco y gris bordeada por azucenas.

En ese momento, Berta trabajaba no solo para la familia de Andrés, sino para otras casonas de la zona, algo que resultaría fatal para mí. Sería ella misma quien regaría el rumor de mi encuentro de *"compatibilidad sexual"* por todo el barrio. Y como buen chismorreo, cada persona que lo recibía le agregaría detalles pintorescos hasta formar una mezcolanza morbosa de un encuentro sexual que nunca sucedió pero que, al llegar a la 115, ya constituía un relato sacado de la mejor literatura erótica de la época.

Aun así, Berta atestiguó todos los detalles de mi furtivo encuentro con Andrés, casi sin proponérselo. Esa mañana barría el polvo y la tierra de la entrada cuando vio llegar el automóvil. Ya desde la distancia tenía claro que aquella imagen no era presagio de buenas noticias, mucho menos cuando vio bajarse a mi madre. María Luisa llevaba puesto un vestido de seda cruda con un escote circular y un largo abrigo que caía grácilmente por su cuerpo esbelto. Todo en ella combinaba, no solo en la sobriedad de sus colores, sino en la textura y los cortes. En la mano tenía varias sortijas con piedras de ágatas y lapislázuli, además de un anillo de oro que irradiaba calor cuando los rayos del sol la iluminaban. Todo alrededor de ella parecía estar en otra clase social. Su estatus parecía elevado en medio de aquel lugar tan sencillo y mientras se acercaba hasta la casa, sus zapatos forrados levantaban un ligero traqueteo en el camino de ladrillos que conducía a la puerta. Al llegar a ella, tocó con fuerza y esperó pacientemente sin dirigirle la mirada ni un instante a Berta.

Los padres de Andrés eran muy parecidos a Fernando Villalobos. Él era un hombre reservado que había hecho muchos esfuerzos por comprar aquella vivienda y prefería mantenerse al margen de cualquier problema con sus vecinos. Tener opiniones era un riesgo que no necesitaba en su vida, así que crió a sus hijos con un tosco y riguroso carácter que no dudaba en emplear la violencia para dar una buena lección. La madre, por su parte —y a diferencia de mi tía Quety—, parecía una mujer irritable y quejumbrosa que se sentía disconforme en las cuatro paredes que conformaban las fronteras de su mundo. Tenían dos hijos y procuraban estar al margen de cualquier problema, aunque aquella tarde había aterrizado el peor de todos en su puerta.

Mientras caminaban al salón de la casa, los padres de Andrés disfrazaron el temor con cortesía y desconcierto. De inmediato, mi madre hizo grandes esfuerzos en marcar la distinción de clases, eso saltaba a la vista. Su ropa elegante, sus gestos de menosprecio, incluso la forma cortante de expresarse con frases hechas, escuálidas y gélidas. Cada detalle marcaba un abismo entre ambos y eso lo podía detectar hasta un niño o, en su defecto, Berta, la testigo involuntaria de este caso, quien rápidamente entró a la casa para estar a la orden de la señora.

No era la primera vez que María Luisa actuaba así. Aquella pareja de adultos la conocían bien, pero no esperaban comprobar tan rápido lo que se decía de ella; en realidad, todos en Paula Jaraquemada sabían quién era María Luisa Señoret Guevara. Por lo general, la veían desde la distancia; la señalaban escondidos y vacilaban cuando se la cruzaban. El barrio la consideraba una pequeña burguesa, hija de una clase política y social que estaba por encima de sus casas y sus aspiraciones. Naturalmente, mucho era lo que se decía de mi madre a sus espaldas, pero nunca de frente. Nadie había llegado a hablar con ella nunca, ni siquiera a recibir una frase o una palabra de su parte, pero ahora la familia de Andrés debía atenderla y eso solo podía significar una cosa: peligro.

Muchos años después, Berta me narraría lo que ocurrió en el salón. Rememoraría el rostro tenso de los padres de Andrés, la estupefacción cuando descubrieron las pretensiones de su hijo y la rabia en la voz de mi madre; reviviría las palabras afiladas, las amenazas de denuncia y las veintitrés veces que los adultos dijeron "trece y dieciocho años". También recordaría la rabia congelada del padre de Andrés, el llanto mudo de la mujer y la negociación de lo que debería ocurrir a continuación. Al final todo terminó en una frase: «Se los advierto. Si se acerca a mi hija otra vez, lo meteré en la cárcel».

Entonces se marchó, y Andrés recibió un castigo que le cambió la vida.

Hasta ese momento, el mar siempre me había parecido un destino maravilloso, un lugar que deseaba explorar y en el que anhelaba sumergirme para descubrir lo que se escondía más allá de sus costas. Andrés podría cumplir ese sueño, pero no sería agradable, ni divertido; tampoco lindo ni feliz, pues lo haría bajo el mando de la Marina. Sus padres lo enlistaron pocos días después, sin que tuviese derecho a replicar o a negarse. Le prepararon el equipaje, pagaron los gastos y lo despidieron con palabras duras. «Ya que te crees muy hombre, es hora de que lo seas de verdad». Y Andrés bajó la cabeza, obediente, y se marchó a hacerse un hombre o, mejor dicho, a que lo rompieran hasta convertirlo en uno.

La decisión me pareció desproporcionada. No habíamos hecho nada más que besarnos, pero, por supuesto, no entendía la gravedad de la situación. Así que decidí conjurar mi odio y volcarlo sobre mi madre. Andrés coincidía conmigo o yo con Andrés, daba igual, ella era la responsable de aquello. Nuestra relación había quedado tachada bajo la etiqueta de lo indebido de un día para otro y sin que pudiésemos evitarlo. Todo estaba condenado y aunque decidimos no romper y nos enviábamos cartas cada mes, el tiempo nos fue separando irremediablemente.

El precio de aquella extraña aventura fue alto, sin duda, pero ambos pagamos las consecuencias de nuestros actos, aunque no de la misma manera. Durante mucho tiempo, mi mente infantil no fue consciente de la verdadera naturaleza de Andrés y el poder de sus acciones. Él era mayor, eso estaba claro, pero también entendía mejor que yo lo que podría causarle a una niña de trece años entregarse a la sexualidad por primera vez de una forma tan furtiva y cruel. Aun así, decidió seguir hacia adelante y la mancha que cayó sobre mí fue oscura y profunda. Ya no solo era la hija de "la divorciada", ahora también era una mala junta por ser una especie de *putona*, una fácil, una mujerzuela capaz de entregarle la virginidad a un chico cualquiera. Aunque no había ocurrido, el barrio entero hablaba de ello y lo que se rumoraba por sus callejuelas era tomado como un hecho definitivo, verídico... incuestionable. Sobre mí recayó una etiqueta que hacía que las madres alejaran a sus hijas de mi presencia. Mi mala fama comenzó a seguirme como una sombra allí por donde iba, empujando a las personas a señalarme, huir y hablar a mis espaldas. Casi sin saberlo, tenía una calcomanía pegada en la frente que me cerraba las puertas por donde pasaba y me hacía sentir sucia y renegada. Solo tenía trece años, pero la sociedad no dejaba pasar ni una sola oportunidad para castigar lo que consideraban indecente. Daba igual los detalles del asunto, para todos —incluyendo mi familia— yo había cometido un delito moral, una imprudencia hormonal, un acto sedicioso que me cerró cientos de puertas en la cara.

Desdichadamente, de todos los hogares que se cerraban a mi paso, el que más daño emocional me generó no estaba muy lejos del dúplex de la Calle Providencia. De hecho, se encontraba al otro lado del edificio, en el departamento de mis primos.

Ellos ya se habían instalado en Carlos Antúnez antes de que nosotros llegáramos. Durante las primeras semanas de nuestra mudanza, había visitado a Viviana regularmente. Salíamos a recorrer la zona y hablábamos de cualquier tontería. Octavio e Iván también solían acompañarnos. Volvíamos a ser la pequeña tribu de siempre, pero ahora sumergidos en la jungla de cemento. Allí las aventuras eran mucho más desafiantes y comenzaba a notarse el inicio de nuestro desarrollo. Los chicos cada día estaban más estirados con sus extremidades alargadas y sus aromas acres. En nuestro caso, nos esforzábamos por esconder el crecimiento de nuestro busto y la forma de nuestras caderas que ya comenzaba a marcase debajo de la ropa. De alguna forma, la antigua máscara de niñas iba quedando relegada al baúl de los juguetes olvidados. Todavía no éramos del todo conscientes de los cambios, pero saltaba a la vista, especialmente en la elevada altura que Octavio había alcanzado a pesar de ser el menor del grupo y la mirada que jóvenes y adultos dirigían hacia mi cuerpo.

Sin embargo, luego de mi *accidente de compatibilidad*, las consecuencias fueron más allá de lo que hubiese logrado imaginar. No pasó mucho tiempo para que Fernando Villalobos se enterara de lo sucedido y tomara medidas al respecto. Desconozco si él mismo fue quien regó el rumor por Carlos Antúnez o si alguien más se había enterado de lo ocurrido por medio de algún chismorreo furtivo, pero hasta ese lugar donde muy pocas personas me conocían, también llegó la sombra de mi "libertinaje". Comenzaron a mirarme de formas diferentes. Las madres huían con sus hijas, como si pudiese contagiarlas de una enfermedad mortal, y los chicos murmuraban y se burlarme al verme pasar por las aceras. Aquello era absurdo y ridículo, incluso con mi corta edad me quedaba claro: las personas se escondían detrás de una falsa moral con la que pretendían borrar lo vil que eran cuando nadie los miraba. Juzgaban todo con una falsa superioridad y una frivolidad absurda. Condenaban sin juicio ni pruebas y fundamentándose exclusivamente en los códigos de una norma invisible, pero que todos usaban a su antojo para sentenciar lo que fuese en contra de las "buenas costumbres". Era absurdo, ilógico, pero una realidad de la que no podía escapar y Fernando lo demostró.

Mi tío Fernando me vetó de su casa, le prohibió a mi prima que mantuviera contacto conmigo y Viviana, muy a su pesar, como buena hija obediente, acató las órdenes de su padre al pie de la letra. Nos separamos y tardaríamos muchos años en volver a hablar. Algo similar ocurrió en la 115, donde pasó mucho tiempo antes de que olvidaran mi "incidente". Desde entonces, todos los adultos hablarían de mi desliz con regularidad. Me mirarían con ojos decepcionados y furiosos, pero nadie se molestó jamás en hablar conmigo acerca del significado de la compatibilidad sexual ni de qué se trataba el sexo o las implicaciones que podía llegar a tener en la vida de una adolescente. Nadie se detuvo a preguntarme cómo me sentía ni tan siquiera hicieron el esfuerzo por comprender la situación. Prefirieron mirar a otro lado, escogieron mantenerme en la ignorancia: decidieron juzgar sin entender, sin explicar y de aquello solo quedó la mancha… la mancha y el trauma reprimido, la etiqueta de indeseable, la niña del *incidente* que, para muchos, perdió la virginidad con un muchacho enviado a la marina.

Ahora que puedo ver todo en retrospectiva, la vida que la sociedad nos otorga a las mujeres siempre ha estado condenada al *qué-dirán*. Las leyes morales, creada por los hombres, nos han reducido históricamente a una prisión invisible. Carecía de importancia si era culpable o inocente, si era consciente o no de lo que había hecho; lo único que les interesaba era señalar lo indebido, aquello que atentaba contra el falso recato social. Era condenada por no saber distinguir el peligro del sexo y por ceder ante un acto que no entendía y, la verdad sea dicha, no comprendí hasta mi primer matrimonio. Fui sometida al desprecio y al rechazo, pero me impuse por encima de sus palabras huecas y sus miradas sobrias. No permití que aquello me afectara. Sería más fuerte que ellos, más decidida y a partir de entonces estaría preparada para defenderme.

Era innegable que Andrés me había dominado. Siempre buscó a una niña para poseerla y usarla sin que se percatara de ello, pero no era el único. Ni siquiera era una cuestión de edad, era un asunto del género. Los hombres buscaban mujeres vírgenes, bonitas, sumisas, sin muchas opiniones o educación y que estuviesen dispuestas a cerrar los ojos cuando el hombre decidiera sobre sus vidas y sus cuerpos. Ese era el sistema que sobrevivía en la sociedad. Las mujeres se mostraban dóciles, atendían a sus maridos, se esforzaban para que no les fueran infieles ni las abandonaran. Mientras tanto, ellos las esgrimían como un arma a conveniencia, las utilizaban como medio para adquirir estatus y dotes, herencias y placeres hasta que un, cuando el tiempo ya había dejado sus huellas y cicatrices, decidían abandonarlas. Yo nunca me sometería a eso y jamás volvería a ceder ante la dominancia de un hombre. No volverían a usarme como un juguete o un objeto nunca más.

Desde ese día se consolidó mi pensamiento. Jamás volvería a tener una relación con algún chico de mi entorno social. Tendría relaciones fugaces, lejos de casa, con desconocidos sin nombre ni dirección. Sería una casta para los que me conocieran, pero en las sombras actuaría como me diera la gana. Nadie podría seguir mis huellas. No me volverían a relacionar con un rostro en específico. La sociedad obtendría lo que quería, y yo también… yo también. Al demonio los

138

que me vieran como otra de *las chicas marcadas.* Al demonios sus etiquetas y sus murmullos. Al demonio sus reglas y su moral. No me verían cabizbaja ni temerosa de sus palabras. Mis *manchas* serían mis emblemas y caminaría con ellas, orgullosa de no someterme ante las circunstancias, sus reglas ni su falsa moralidad.

5

Por la misma fecha en la que ocurrió mi *incidente*, mi madre trataba de conseguirnos un lugar apropiado para estudiar. La opción inmediata fue el liceo francés, pero su costo suponía una importante barrera. Aun así, estaba convencida de que la educación que necesitábamos para tener un futuro residía entre aquellas aulas. Así que, de una u otra forma, haría lo que hiciera falta para que ingresáramos.

Una de las primeras opciones por las que optó fue tratar de mediar con mi padre, pero él se encontraba en un idilio de amor alrededor de un nuevo proyecto que se materializaría a mediados de aquel año. Sus "fondos" estaban comprometidos, así que luego de unas excusas escuálidas y una disculpa de palabras precisas, se desentendió del asunto.

Al fracasar aquello, María Luisa buscó otras alternativas. En algún lugar debía de encontrarse la respuesta, aunque la verdadera cuestión era descubrir dónde y cómo lograrlo. Su trabajo no era suficiente para abonar la cuota mensual de ambos, eso estaba claro, ni siquiera podía pagar por uno solo. Luego de dar varios rodeos y mecer algunas ideas, descubrió que la respuesta siempre había estado frente a ella.

Nos postuló para un programa de becas.

Y afortunadamente, su idea resultó ser la acertada, al menos para mí. Mi postulación fue muy atractiva para la institución, especialmente porque el año anterior se había realizado por primera vez una Prueba Nacional de Conocimiento Escolar. Todos los alumnos superiores a octavo grado debían presentarla obligatoriamente. El gobierno parecía muy decidido y desde el Ministerio de Educación convocó a varias instituciones expertas en el área desde los Estados Unidos para que aplicaran una prueba estandarizada de razonamiento verbal y matemático por todo el país. Aquello suponía toda una novedad para la que estudié demasiado. Como es lógico, no esperaba gran cosa de los resultados. En general, no me importaban demasiado las notas del colegio. No me iba mal, sobrepasaba la media, pero siempre me pareció que detrás del interés exacerbado por mantener un promedio alto se escondían cosas oscuras. Era el arma de aquellos que deseaban sobresalir y llamar la atención de una forma socialmente aceptada. A mí, desde luego, ese tipo de personas me resultaba sospechosas. En ellos prevalecía un anhelo de superioridad que sobrepasaba a cualquier deseo de adquirir conocimientos y eso era algo con lo que decididamente no congeniaba.

No obstante, aunque la prueba no tuvo la menor importancia para mí, sorpresivamente obtuve la segunda mejor nota del país. La noticia fue desconcertante, pero no conllevó ninguna novedad. Si mis padres se sintieron orgullosos o alegres, jamás lo demostraron. Aquello era un simple número y a mí lejos de decepcionarme su reacción, me pareció adecuada. Una nota no definía gran cosa y desde luego no me hacía más inteligente que el resto de los niños de mi edad. Por supuesto, tampoco me interesaba serlo. El resultado no me generaba satisfacción en lo absoluto, y tampoco presentaba alguna mejoría en mi vida. En casa no conllevaba aprobación ni reconocimiento y, paradójicamente, mis padres consideraban que aquello era mi deber, una deuda pendiente con la herencia genética, en pocas palabras, la excelencia que estaba obligada a alcanzar.

Aun así, a pesar de que todo ese tema académico carecía de relevancia para mí, el liceo francés se mostró no solo interesado en mi gran rendimiento, sino que, luego de evaluarlo, me otorgaron la beca y me adelantaron un año, ascendiéndome hasta noveno grado. Las autoridades estaban realmente entusiasmadas con incorporarme al liceo, les parecía alguien prometedora, pero, lamentablemente, no ocurrió lo mismo con Octavio.

En su caso, las notas no lo ayudaron a obtener la beca, y a pesar de que mi madre se había librado del peso financiero de mi educación, el costo por Octavio seguía estando lejos de sus posibilidades. Aquello le generó un gran dolor de cabeza. No podría otorgarle la educación que deseaba y por eso refunfuñó, se quejó y maldijo trece veces su suerte, pero luego de muchas vueltas y fracasos, no encontró más remedio que inscribirlo en el Liceo Lastarria, la institución donde estudió mi padre. Por supuesto, no era una mala elección, pero aquello le hizo mucho daño a mi hermano. Se sintió rechazado e insuficiente, relegado a las sombras de su hermana e inferior en todos los aspectos. Sin embargo, como la mayoría de las heridas que acompañaron a Octavio a lo largo de su vida, pasaron inadvertidas. Él sabía esconderse hacia adentro. Sufría en silencio, pero jamás se quejó. Nunca mostró alguna evidencia de sus dolencias; simplemente caminó hacia adelante, a pesar de que sus pasos lo conducían hacia una adolescencia turbulenta que solo la música logró salvar.

Naturalmente, jamás percibí los sinsabores que padecía mi hermano. Para ese momento ya nos habíamos distanciado irremediablemente. Nuestro contacto fue menguando en la medida en que paredes y puertas nos encerraban alrededor de nuestras individualidades. La vida avanzaba para cada uno, pero de formas distintas. Estábamos destinados a ir en direcciones paralelas, caminos opuestos en los que a veces nos cruzábamos para algo en concreto y luego se distanciaban durante un mayor tiempo, como si en lugar de dormir en cuartos separados, lo hiciéramos en casas distintas. Ambos habíamos cambiado y no dejaríamos de hacerlo. Cada uno tomaba decisiones sobre la vida que le tocó y eso significaba tener dos posturas completamente diferentes del mundo y de nuestro futuro.

De espaldas a los problemas familiares, luego de más de un año de ausencia, aquel marzo de 1968 estaba a punto de regresar al liceo francés. Durante la noche anterior a mi primer día de clases, un extraño nerviosismo se abrió camino en mis pensamientos. Mi mente no paraba de plantearse mil preguntas. Eran dudas pequeñas, pero las escuchaba arrastrar los pies por mi cabeza. A veces me preguntaba qué habría cambiado en aquel tiempo y cómo estarían mis viejos compañeros. En otras ocasiones, dudaba acerca de cómo sería mi relación con los nuevos profesores y si podría volver a hacer amigos. Y luego estaban mis temores, pues me cuestionaba si de verdad era apta para cursar el noveno grado y si el resto del salón tendría una edad muy diferente a la mía; pero todo aquello solo eran pensamientos zigzagueantes y vacíos. Lo que de verdad me inquietaba eran asuntos muy diferentes que no lograba verbalizar, pero estaban allí, latiéndome en la sien.

Los hechos que viví los años anteriores en California y la 115 me habían transformado. De alguna manera, seguía siendo la Dominique de trece años que desconocía mil cuestiones y a la que habían engañado en el intento absurdo de poseer su virginidad; pero, al mismo tiempo, había dejado de ser aquella muchacha que acudió en el pasado al liceo francés creyendo que sus padres permanecerían unidos y que nada podía alterarse. En este corto tiempo, crecí de golpe. Ahora veía mi entorno con otros ojos. Allí donde se posaba mi mirada, una extraña capa de realismo se adhería a todas las cosas. El mundo lucía un poco más gris y todo me generaba cierto recelo y desconfianza. Sin advertirlo, vigilaba los actos y las emociones de las personas y me recluía regularmente en mi mundo interior, allí nadie podía lastimarme. Era un mecanismo de defensa extraño, además de solitario. Me sentía una náufraga en medio del mar helado de Valparaíso. Ya no tenía a mi hermano para compartir las tempestades o para obligarme a ser fuerte con tal de infundirle valentía. Tampoco contaba con el Jara, la Cristina ni algún otro amigo del colegio. Estaba manchada por todo el barrio, mi abuela Raquel seguía decepcionada por mi incidente, mi abuelo no estaba para reconfortarme con su presencia y hasta había perdido la amistad de mis primos. El escenario era tormentoso y, lamentablemente, mis padres nunca fueron personas con las que pudiese sentarme a conversar. Enrique se mantenía fuera de mis fronteras y mi madre cada día parecía un poco más recluida en su trabajo y en los dolores de su mente.

Estaba sola en medio del mar; sola, ante el porvenir; sola… definitivamente sola.

Afortunadamente, pronto iba a descubrir que incluso la soledad se podía compartir si se contaba con las personas adecuadas.

6

Marzo llegó con los últimos vestigios del verano.

El calor se intensificó en el ambiente, aunque cada día el avance del tiempo menguaba su furia. Las flores del ardiente sol daban paso a las del otoño. Lentamente desaparecían los sangrientos y agradecidos *cardenales* para ser reemplazados por el color níveo de las azucenas y, en medio de esa transición, la gente se veía obligada a sustituir las ropas coloridas y ligeras, por piezas más sobrias y abrigadas, tendencia que no pararía hasta que se marchara el invierno de la ciudad de polvo, contradicciones y hambre que era Santiago.

Esa mañana el despertador retumbó por toda la casa, pero su llamado solo acudió hasta mí. Octavio tenía clases por la tarde y mi madre se marchaba a su trabajo a las nueve. Por eso, ellos dormían felices, ajenos al mundo que había allá afuera… el mundo al que ahora pertenecía. Debía levantarme a las seis y cuarenta y cinco de la mañana para alistarme a toda prisa, tratando de que mi ropa arrugada no se viese tan mal, mi pequeña mochila estuviese ordenada y el sueño no me hiciera confundir ninguna prenda. Luego iba hasta la cocina a prepararme cualquier comida que encontrase en la nevera, pero generalmente no había nada para elegir. De hecho, era tan común que me fuese sin probar bocado, que el ayuno se hizo frecuente en mi vida. Al final, cuando lograba salir a la avenida, el bullicio siempre llegaba primero que la imagen de la gente caminando hacia la parada del autobús.

144

Las mañanas en las calles de Santiago eran caóticas.

Las pisadas retumbaban por las calles de asfalto como una marcha militar. Pasos y pasos que conducían a los trabajos en las zonas comerciales de plaza Italia y barrio Suecia. Pasos y pasos, siguiendo la senda hasta la zona obrera en el barrio Patronato, las áreas industriales en la población Juan Antonio Ríos y los puestos de artesanos en Bella Vista. Pasos y más pasos, corriendo y volando sobre las aceras para llegar a las oficinas del Centro y Alameda, los supermercados y los locales de San Diego y los cientos de colegios y liceos desplegados por toda la ciudad. A esa hora la gente padecía el trastorno de los sonámbulos. Caminaban con los ojos perdidos hacia el interior. Miraban sin ver, guiados por una intuición que les evitaba chocarse los unos con los otros. En sus rostros no se mostraba otra expresión que no fuese la fatiga, el hastío y el desespero por regresar a la cama. Sin embargo, por encima de las dolencias, todos nos uníamos en un mar de cuerpos y extremidades, de olores y resoplidos, hartos de la cíclica rutina de la vida, de las necesidades y las obligaciones.

En ese mar humano me sumergía cada mañana, zigzagueando entre espacios abiertos, superando a hombres y mujeres aletargados, y caminando a paso rápido para llegar a la parada de los buses antes que los demás. Lamentablemente, nunca fui tan rápida y siempre me topaba con una fila infinita cuya punta chocaba una y otra vez contra las puertas de las busetas. Algunas veces los hombres se agarraban de las ventanas e iban suspendidos en el aire mientras el autobús avanzaba. Otros lo hacían guindados de las puertas. En general, nadie sufría accidentes y algunos consideraban que una dosis de adrenalina era justo lo que se necesitaba para comenzar la mañana. Aquel era el transporte público más económico de la ciudad, pero las *liebres*, como se le conocía a unos alargados Volkswagen cuyo modelo había sido acondicionado para transportar una veintena de pasajeros, ofrecía una experiencia mucho más cómoda, por el precio adecuado. Su coste era dos y tres veces mayor al de las busetas, lo cual la convertía en un verdadero repelente de la mayor parte de la sociedad al garantizar un viaje más tranquilo y cómodo, libre de todo el salvajismo de sus competidores, pero no apto para todos los bolsillos.

Sin embargo, no me detenía por mucho tiempo a observar las liebres. No me hacía ilusiones, aquello siempre estuvo fuera de mi

145

alcance. Y es que la mayor parte del tiempo —por no decir todo el tiempo—, apenas y tenía suerte de poder pagar el autobús convencional. Durante la mitad de mi año escolar, mi madre olvidaba darme dinero y eso me obligaba a buscar una solución por mí misma, aunque pareciese prácticamente imposible. Jamás me permití faltar al colegio. Me negaba a perder el único lugar en el que me sentía realmente bien. Por eso, un gran número de veces me refugié en el *autostop*, una experiencia que, milagrosamente, no me dejó ningún trauma ni algún suceso para lamentar.

No obstante, lo común era que terminase apretujada en la unidad de bus que tomaba la ruta hacia la av. Luis Pasteur, en Vitacura. Allí se encontraba el liceo francés y hacia allá me transportaban entre sonidos de hierro, saltos en baches de la carretera y un sinfín de personas violando cualquier principio del espacio personal. En el trayecto, algunos hombres aprovechaban las circunstancias para sobrepasarse y toquetear de manera impúdica a las mujeres. Manoseaban sus traseros, arañaban sus piernas y hacían cualquier tipo de aberraciones ante una presa que se intentaba alejar, inquieta, pero que en poco tiempo entendía que cualquier acción resultaría inútil. Entonces, algunas gritaban, intentaban golpearlos o los insultaban como único medio de salvación; otras, sin embargo, soportaban la humillación y el abuso al saberse doblegadas e incapaces de defenderse de los depravados. También había ladrones, quienes aprovechaban la cercanía para hacer malabares visuales hasta obtener su recompensa; peleas entre hombres y mujeres por cualquier razón, y accidentes de tránsito, aunque esos eran menos comunes gracias al atasco matutino del caótico tráfico en calles y las avenidas de la ciudad.

Aquella era la imagen típica de una mañana en Santiago, un universo de lenguajes que debían ser comprendidos en cuestión de minutos; un mosaico indeleble de temperamentos y urgencias; una prisión metálica de cuatro ruedas que paseaba por el pavimento mientras las personas apagaban sus mentes y solo las volvían a encender cuando, un poco más tarde, salían de la buseta y aceptaban con resignación que en ese instante comenzaba su mañana.

Desde luego, esta era la misma fotografía del transporte público de Latinoamérica y de cualquier país que no tuviese unidades diferenciadas por género. Así había sido siempre y seguiría siéndolo luego, cuando nacieran las líneas del subterráneo o cuando ampliaran los carriles de las carreteras y pavimentaran nuevas calles. Aquel era el famoso encanto urbano, el salvajismo de la ciudad, la eterna supervivencia de una urbe convulsionante que albergaba a millones de habitantes.

Cuando el autobús llegaba al liceo francés, yo me bajaba asustada. No tenía reloj, como la mayor parte de la sociedad chilena, pero el portero de la institución sí que lo tenía. Cualquier persona que llegara después de las siete y cincuenta y cinco sin una justificación firmada por sus padres era devuelta a su casa sin derecho a réplica. Tentar al relojero, —como lo comencé a llamar en mi cabeza—, era una aventura que jamás quise vivir, pero no hubo un solo mes en el que no estuviese a punto de caer en el abismo que marcaban sus manecillas. No siempre era una cuestión que dependiera de mí. Muchas veces cuando no tenía dinero para el bus, tardaba mucho tiempo en lograr que alguien me acercara al liceo. En esos momentos, el relojero emergía como una vieja esfinge, dispuesto a formularme un acertijo que carecía de respuestas correctas.

Por lo general, el relojero intentaba esconder la sonrisa que marcaban sus labios extremadamente finos. Se esforzaba por ser un hombre serio, pero lo traicionaba el sadismo de regresar a los niños a sus casa. Así las cosas, a las siete y cincuenta y seis, emergían, vacilantes, esos labios curvos que solo se permitían sonreír cuando sacaba aquel reloj de cadena. Era un reloj hermoso, dorado, con un tintineo que se podía escuchar incluso en la calle y que, sin duda, era un regalo de la institución para que pudiera desempeñar su oficio. Al ver la hora, su cuerpo pequeño de rostro redondo, bigote gris y cabellera escasa se tensaba, salvo por la sonrisa, creando una mezcla extraña, una alegría a punto de convertirse en un sonoro regaño. Luego hacía girar su instrumento de tortura hacia su víctima. Los niños miraban aquella esfera terrorífica y las manecillas parecían ser una condena de muerte. Un dedo regordete se posaba sobre el cristal del reloj, lo golpeteaba dos o tres veces con la uña y sin más explicaciones, soltaba: «¡Tarde! Vuelve a casa».

No obstante, si los niños llegaban antes de que el reloj marcara sus anheladas siete y cincuenta y cinco, el relojero no tenía más remedio que obligarse a ceder. Dejaba pasar a sus víctimas con cierta resignación y una decepción casi palpable. Resoplaba sonoramente mientras regresaba a la garita que usaba de guarida, convenciéndose de que todos los que llegaban a tiempo, tarde o temprano no lo lograrían… entonces, cuando llegase ese dichoso momento, cobraría venganza.

Esa mañana llegué a tiempo, con un margen tan generoso que el relojero quedó satisfecho. Quince minutos antes de la hora, esa sí que era una verdadera proeza que muy pocas veces lograría repetir.

Al pasar el umbral de la entrada, mis pasos me condujeron hasta el interior del campus estudiantil. Todo seguía igual. Los mismos edificios para la educación primaria y el bachillerato separado por un amplio terreno. La misma fachada sobria de cemento y zonas verdes de césped y tierra. Los mismos rostros adormilados e inquietos, el mismo Monsieur Cauty, con nuevas canas y arrugas, pero con el inquebrantable espíritu inquisidor, la misma sagacidad para capturar y castigar a los indisciplinados, el mismo vozarrón militar. El paso del tiempo flotaba por encima de todos, indiferente, tratando de alterar el mundo, pero abajo, todos seguíamos en una marcha lenta e idéntica a la del pasado. Nada cambiaba, aparentemente, pero, al mismo tiempo, nosotros ya no éramos los mismos. Debajo de las fachadas y las imágenes del ayer; los rostros que ya había visto y los lugares que visité años atrás, emergían con un significado nuevo y extraño. Cada paso me conducía a una nueva posibilidad, una cara diferente, un salón lleno de desconocidos que pronto marcarían, de una u otra forma, mi adolescencia.

En mi primera clase de noveno grado ingresamos veinticinco alumnos. El aula estaba dividida de izquierda a derecha en cuatro filas. Al borde más oriental había un gran ventanal que dejaba ingresar el sol de la mañana y sofocaba a los compañeros cuyo apellido iba desde la letra «A» hasta la «E». Casi todos los alumnos se conocían y conversaban y reían sin recato. Había pequeños grupos que ya parecían poseer una complicidad marcada, pues se llamaban por sus apodos y se preguntaban por los eventos de sus vacaciones de verano. En simultáneo, en el fondo del salón, cuatro chicos parloteaban acerca de algo que sonaba mucho a «revolución», mientras que, más al occidente, una bandada de chicas parecían idolatrar a una diosa llamada «Monique». Todos parecían cohabitar el mismo espacio, pero cada quien estaba involucrados en sus asuntos. Nadie notó mi presencia

148

aquel día. Solo seguí las letras y me dejé guiar hasta el lado derecho del salón.

En mi fila los pupitres estaban ligeramente vacíos, pues sus ocupantes revoloteaban por todas partes, aprovechando el poco tiempo libre antes de la clase. Al otro lado del abismo que representaba una fila de la otra, se encontraba un muchacho leyendo un libro. Era rechoncho, pero cada una de las prendas que conformaban su atuendo lucía impolutas. Su mirada se mantenía fija en las páginas amarillentas que cada cierto tiempo cambiaba con los dedos. Por un momento supuse que así me debía ver yo cuando me sumergía en una buena lectura. Las risas, el bullicio y las palabras que danzaban por el aire parecían no inmutar su concentración, pero justo cuando me proponía a evaluar su rostro, cerró el libro de golpe y lanzó una carcajada al aire que solo me impresionó a mí, pues el resto del grupo lo ignoró por completo, como si estuviesen acostumbrados a ese tipo de actitudes.

—Adoro los finales tristes —dijo de pronto, mirando al pizarrón, meditabundo y meneando la cabeza, como si estuviese reponiéndose de un buen chiste.

Tardé pocos días en descubrir que aquel era Alejandro Reyes, un muchacho brillante, de mi edad y dueño de uno de los ingenios más afilados que conocí en mi vida. Desde luego, no lo sabía entonces, pero él se transformaría en uno de mis mejores amigos.

Poco después de la risa de Alejandro llegó la profesora de literatura francesa.

Al instante todos nos levantamos mientras ella cerraba la puerta, como dictaba el protocolo. Un instante más tarde, se paró frente a la clase, con los brazos en jarra y dirigiéndonos una mirada que parecía desafiante y alegre en partes iguales. Sin duda, aquella era una mujer que había adoptado el pragmatismo como filosofía de vida. Esto se podía ver con claridad en su vestimenta. La profesora usaba zapatos planos, faldas largas y sweaters muy cómodos, casi siempre con colores combinados al estilo de las faldas escocesas. Recuerdo que tenía cierta debilidad por el rojo, el verde y el blanco. Los combinaba con regularidad y durante todo el año se movía como empujada por el viento. Siempre estaba lista para sorprendernos y su cuerpo iba en consonancia. En él no sobraba nada, de hecho, ni siquiera se adivinaba lo que había debajo de aquella ropa. Tampoco importaba demasiado.

Cuando *Madame* Contassot hablaba despertaba la fascinación. Tenía un timbre tan sedoso y ligero que era imposible no prestarle atención durante horas. Era nativa, al igual que la mayoría de los profesores que la institución destinaba a las materias que consideraban densas y fuertes. Su pronunciación era perfecta, con un marcado toque parisino, y dotada de una gran soltura que hacía flotar las imágenes a su alrededor. Cada vez que hablaba acerca de literatura, su rostro adquiría el tinte de las mentes apasionadas: sus mejillas blancas se sonrojaban, los ojos marrones se volvían color miel y todo en su cuerpo se movía con la gracia del que relata con el corazón aquello que su cuerpo y pensamiento aman desenfrenadamente.

Desde la primera clase supe que esa profesora me iba a agradar. Y es que *Madame* Contassot no era una mujer que desaprovechara el tiempo. Disfrutar de sus clases era similar a tomarse una píldora que nos transportaba a un mundo de autores antiguos y del todo desconocido para unas mentes tan jóvenes. Desde la primera clase nos sumergimos en una interesante iniciación a la poesía francesa. Nos explicaba su métrica y su ritmo, sus temáticas y la fascinación de ciertos autores por conflictos muy determinados como la muerte, la soledad, la belleza y la propia existencia. Todo lo que relataba era fascinante, aunque la clase no promovía demasiado la participación. Era un discurso muy bien hilado que no necesitaba de más voces que la de *Madame* Contassot. Escucharla era suficiente para pasar horas enteras tratando de seguir la estela de sus pasos por aquella Francia que reconstruía con su voz.

Al terminar la clase salimos despavoridos, debíamos recorrer el complejo de aulas entero, pues la próxima asignatura se encontraba al otro lado del campus. No recordaba el ajetreado bullicio que se formaba en los pasillos del liceo, tampoco las direcciones y atajos que debía tomar para llegar de un punto al otro. Mi última experiencia en aquel plantel había sido en la educación primaria, así que jamás había tenido la oportunidad de conocer el ala estudiantil de los alumnos de bachillerato. Sin embargo, en medio del mar de rostros adolescentes, logré abrirme paso, siguiendo al muchacho rechoncho a través de una maraña laberíntica de pasillos y corredores. Los alumnos emergían por puertas invisibles y escaleras ocultas con pasos veloces y risas estridentes que me ensordecían el pensamiento. Sin embargo, no me molestaba demasiado. Me agradaba sentir el suave frío del otoño en los pulmones, escuchar a los revoltosos estudiantes con sus afanes de crear *ghettos* en los bordes de cada camino y todas esas conversaciones multicolores llenas de entusiasmo, risas y bravuconadas fingidas. Era un ambiente de ensueño, la vida misma naciendo en cada anhelo, en cada paso… en cada aula.

La segunda clase de aquel día resultó mucho más protocolar de lo que esperaba. El salón era angosto y lúgubre, con una pequeña ventanilla al fondo que no lograba aplacar la oscuridad; por lo tanto, las luces del techo caían sobre nosotros con un intenso color blanco. Las filas se mantuvieron prácticamente idénticas. Aquello me sorprendió, en Estados Unidos a nadie le importaba dónde decidías sentarte. Por supuesto, había olvidado la férrea disciplina impuesta por la institución. Cada cosa tenía su lugar, al igual que cada persona.

Como en todas las clases a partir de ese día, volvía a tener al muchacho del libro a mi lado. Esta vez parecía aburrido, con la mirada perdida en el techo, como si allí se encontrara un secreto que solo él podía entender. Ambos habíamos llegado con cierto margen. El aula estaba parcialmente vacía y como estaba harta de permanecer sentada, salí al pasillo a estirar las piernas.

El pasillo era mucho más generoso con sus dimensiones. Era amplio y alargado, la mirada se perdía en su extensión, la cual serpenteaba hasta la lejanía. Al borde había una barandilla, en donde se podía pasar el rato mientras se disfrutaba del aroma de la tierra y los árboles. Justo allí se encontraba un muchacho alargado y rechoncho vestido con camisa arremangada y botones hasta el cuello. Él caminaba de un lugar a otro, parecía nervioso, su piel nívea estaba repleta de espinillas y no mostraba el menor rasgo de la masculinidad típica de los hombres. A simple vista, se notaba que superaba los veintiséis años, pero tenía la confianza de un adolescente de catorce. Un grupo de chicas lideradas por *Monique* atravesó el pasillo y lo saludaron, él apenas alcanzó a responder con un conjunto de palabras amorfas y demasiado rápidas. En ese instante descubrí que era *Monsieur* Girardot, mi profesor de matemáticas. Él no podía interactuar con las chicas sin que el rostro se le ruborizara y un ligero ataque de pánico lo empujara a sudar y tartamudear. Naturalmente, por eso prefería deambular fuera del salón, dirigiendo miradas nerviosas y sonrisas incómodas a todas las chicas

151

que se divertían tentándolo con sus faldas demasiado cortas y sus palabras coquetas y con doble sentido. Advertí casi de inmediato que aquel hombre odiaba ser observado, sobre todo por una mujer, así que regresé a mi puesto en el aula para evitarle el sufrimiento.

Minutos más tarde, cuando el salón se encontraba lleno, *Monsieur* Girardot ingresó al aula, cerró la puerta detrás de sí y solo en ese instante se permitió dejar las dudas a un lado. De alguna manera, se colocaba la máscara de profesor y todos los alumnos se levantaban firmes y disciplinados, como muestra de un respeto autoimpuesto por la institución. Por alguna extraña razón, aquello no dejaba de sorprenderme. Todavía tenía interiorizada la educación estadounidense y su desprecio hacia los protocolos, por eso, aquel acto me seguía pareciendo demasiado pomposo y carente de sentido. Una auténtica pérdida de tiempo. Sin embargo, como es lógico, en mi ausencia había olvidado la asfixiante autoridad que se promovía en el liceo. La obediencia no era más que un método de control, una manera muy particular de doblegar cualquier espíritu que intentara alejarse de los moldes y las normas. Como resultado, el liceo promovía un ambiente ceremonial que trataba con cierta censura y condescendencia a los jóvenes. La mayoría de los profesores creían que su estadía en Chile no era otra cosa que un trabajo en pro de «*civilizar*» una sociedad que carecía de los buenos códigos sociales de la cultura francesa. Esto generaba cierto rechazo en los estudiantes. Ninguno nos creíamos menos civilizados o incultos. Muchas veces resultaba chocante escuchar el menosprecio a ciertas características de nuestro país, bien de su gente, bien de su geografía e incluso de las tradiciones, pero nadie se atrevía a hablar en voz alta de ello. Existían suficientes razones para no hacerlo, entre ellas, los castigos corporales, pues esta amenaza se encontraba suspendida en el aire, buscando a cualquier tonto que deseara atraparla.

Naturalmente, todos obedecíamos de buena gana, y *Monsieur* Girardot no se mostraba interesado en utilizar una autoridad que no se había ganado. No obstante, se esforzaba bastante en mantener una barrera con sus alumnos, evitaba relacionarse con ellos, limitaba los espacios que compartíamos y frenaba cualquier tipo de conversación fuera del aula. Nadie podía acercarse a él bajo ningún concepto, aunque eso no frenaba a las niñas coquetas, quienes se acercaban con ojos de ángel y labios tentadores para buscar *ayuda* o alguna manera para mejorar las notas, aunque ninguna obtuvo ningún resultado favorable.

—Asseyez-vous

Al instante, todos nos sentamos y mantuvimos la mirada firme hacia el frente, pues al margen de aquella férrea disciplina institucional, cuando *Monsieur* Girardot adoptaba su rol de maestro, una extraña energía se apoderaba de su cuerpo y de su voz. Su rostro seguía igual de ruborizado, por supuesto, y en más de una ocasión tartamudeaba o se trababa al recibir alguna sonrisa indebida, pero, a grandes rasgos, toda la confianza que le faltaba en su vida cotidiana emergía frente a la clase con una pasión inesperada para un hombre tan receloso y tímido.

—Bienvenidosss. En essste curso vamos a conocer el infinito mundo de posibilidadesss que se esconde en las matemáticasss— algunas risas muy bajitas me llegaron al oído, pero el profesor no pareció escucharlas—. Será un viaje intenso y desafiante que nos paseará por las ecuaciones hasta el complejo mundo del álgebra, por eso essspero el máximo compromiso de su parte, jóvenesss.

Monsieur Girardot era un entusiasta empedernido; tenía una voz delgada y un timbre optimista que poco podía hacer para disimular aquel siseo gracioso e involuntario al final de cada oración. Su francés, al igual que el español, era perfecto, pero en sus labios las palabras adquirían un sonido cómico a pesar de estar hablando de números y ecuaciones. La mayoría de mis compañeros parecían adaptados a aquella situación, pero no disimulaban la risa mientras el profesor se empeñaba en pasar la lista de asistencia.

Mientras la recitaba, iba agregándole —de forma totalmente involuntaria— una docena de «eses» a cada apellido que pronunciaba, lo cual resultaba realmente gracioso. A él no parecía importarle. Después de padecer aquella particularidad en el habla durante tantos años seguramente las burlas ya no lograban lastimarlo con tanta facilidad. Aun así, había algo en *Monsieur* Girardot que lo hacía parecer frágil y vulnerable, como si fuese un niño encerrado en el cuerpo de un hombre al que todos desean lastimar. Su debilidad parecía notoria, pero, en contraposición, cuando daba clases, la sombra de sus padecimientos se desvanecía. Se volvía más firme y decidido, pero lejos de ser autoritario, lograba que los alumnos siguieran su clase a voluntad. Infundía una metodología didáctica y divertida que nos hacía

153

interactuar con los números sin sentirnos presionados. Los problemas matemáticos dejaban de ser monstruos aterradores para convertirse en simples oraciones con soluciones accesibles.

Aprendí muchísimo en esas clases.

Las ecuaciones de todos los grados parecían un juego de niños y mi concentración se veía seducida por el universo de posibilidades matemáticas que estaban al alcance de mi entendimiento. Eran dos horas intensas del conocimiento que tanto amaba. A veces no era consciente de que, a través de los números, revivía los días junto a mi abuelo. Era mi forma inconsciente de homenajear su memoria y acercarme a su recuerdo. Me hacía sentir dichosa estar frente a ese pizarrón repleto de fórmulas, signos y códigos que lograba descifrar para enorgullecer al viejo *Toro*. En mi interior, deseaba que las clases no terminaran jamás. Aquel era mi lugar, rodeada de todos los saberes que me alejaban de cualquier problema del mundo. Por supuesto, todavía no sabía —ni me importaba demasiado— que ese podía ser el último año de aquel joven profesor en el liceo francés y en Chile.

Al igual que otros jóvenes franceses, él había aceptado ese trabajo para escapar del servicio militar. El gobierno de su país ofrecía la posibilidad de enseñar en una tierra extranjera como exoneración de la tosca disciplina bélica y *Monsieur* Girardot no había dudado un instante a la hora de tomar esta opción. Llevaba casi tres años impartiendo sus clases en aquella institución, uno adicional al que se le exigía, por lo tanto, su partida dependía enteramente de su decisión.

Durante su estadía en el liceo, la mayoría de los alumnos llegaron a profesarle gran respeto a pesar de su siseo, pues al margen de las risas, el profesor sabía hacer su trabajo. Hasta el alumno menos prometedor abandonaba las aulas consciente de que había aprendido algo nuevo, esto mejoraba el autoestima de la clase y los hacía sentir capacitados para enfrentar nuevos retos. Pocos se lo agradecían en voz alta, pero, de una u otra manera, la mayoría de mis compañeros le profesaban simpatía y cariño. Sin embargo, era indudable que ese no era el sueño que *Monsieur* Girardot anhelaba para sí mismo. Lejos de casa, siendo un extranjero acogido por una de las pocas instituciones francesas en el país, probablemente se sintiera aislado e insuficiente. Nunca se le conoció ninguna pareja y los más entrometidos descubrieron que su rutina lo llevaba todos los días de su casa al colegio en un camino invariable por una ciudad que no lo seducía en lo absoluto.

¿Se escondía la melancolía y la soledad debajo de ese extraño optimismo que *Monsieur* Girardot volcaba en sus clases? Era difícil de responder, pero estaba claro que no le iba bien con las mujeres y solo se sentía en completa plenitud cuando ejercía el oficio de la enseñanza; luego de hacerlo…, el tiempo se volvía un periodo vacío en donde no ocurría nada que lo hiciera sentir realmente vivo.

Al terminar la clase, el liceo entero salía en estampida a la cafetería. Llevaban el estómago vacío y el hambre en los gritos, pero lo que más anhelaban era un poco de conversación. La mayoría estaba harta de someterse al silencio militar clase tras clase, así que, al salir de las aulas, hablaban con voces oxidadas que parecían estar redescubriendo el sonido de las palabras. Tal vez por eso todos gritaban, reían y formaban un bullicio cuyo cuerpo colosal arrastraba hacia su interior hasta el más pequeño ruido que se emitía en el ambiente. Era difícil escuchar lo que la gente decía incluso a treinta centímetros de distancia. Los pensamientos se resquebrajaban al chocar con aquella marea de voces, alegría y libertad. Caminar resultaba un ejercicio que desafiaba la coordinación, pues el ruido desarticulaba cualquier acción y movimiento.

Afortunadamente, aquel no era el lugar en el que debía permanecer. Mi madre no pagaba mi almuerzo del liceo —como lo hacían, al menos, un ochenta y cinco por ciento del colegio—, lo cual me brindaba permiso inmediato para salir de la institución y comprar algo en la calle. Aquello no era gran consuelo, después de todo, muy pocas veces tenía dinero para llenar el estómago, así que mis salidas eran un simple ejercicio físico para matar el tiempo. Sin embargo, estos paseos hambrientos no siempre resultaron ser tan inútiles como inicialmente llegué a creer. De hecho, en poco tiempo se volvieron una fuente de debate y conocimiento.

A pocas cuadras del liceo había un par de restaurantes y la panadería de la esquina. En esta última se reunía una gran cantidad de alumnos, principalmente muchachos revoltosos y pasionales como Jorge Tarud, Fernando Durán, Sergio Furman, Claudio Jaque, Erika Schnake y Jorge Fontecilla. Ellos se conglomeraban a las afueras del establecimiento para hablar de política y literatura. Hacían corros

155

alrededor de los cabecillas y proferían todo tipo de opiniones y profecías respecto al acontecer social y los resultados de las próximas elecciones; las decisiones de la Internacional Socialista y un sinfín de temáticas que comenzaron a cautivarme poco a poco.

Al volver, las tardes en el liceo no solían ser tan interesantes a nivel académico. Al regresar aquel primer día, tuvimos clases de música, una materia que les generaba tanto desinterés a los alumnos como a su profesor. *Monsieur* Villarroel dedicaba un tercio de su materia a quejarse del programa gubernamental de la materia y el tiempo restante trataba de hacernos entender algo que ni él mismo sabía cómo explicar. La música, que siempre fue un mundo extraordinario de ensoñaciones y descubrimientos, se transformó bajo su tutela en algo insípido y aburrido, una hora entera que los alumnos utilizaban para parlotear o fingir que aprendían algo de solfeo o interpretación musical. Por consecuencia, de toda la plantilla profesoral, el profesor Villarroel era el menos respetado y sus clases nunca generaban ninguna sorpresa por más esfuerzos que se empleara en ello.

Paradójicamente, los profesores de origen chileno ofrecían una perspectiva completamente diferente de la institución. Frente a ellos la disciplina francesa se desvanecía. No solo porque eran incapaces de cumplir la mayor parte del tiempo con protocolos como llegar a tiempo, pasar la asistencia o evitar las conversaciones fuera de las clases, sino por el hecho de que los alumnos menospreciaban ligeramente las asignaturas impartidas por docentes locales, algo que los empujaba a asumir que en sus aulas no se aplicaban las normas de la institución, al menos no de forma tan estricta. Por eso hablaban y reían mientras se impartían las clases; por eso llegaban tarde o no se esforzaban más de lo necesario. De alguna manera, rechazábamos y hasta menospreciábamos lo local, a pesar de que solo estos pocos profesores eran los únicos que no trataban de *civilizarnos*.

Al concluir la pesada clase de música, desde las dos y media hasta las cinco solía ser un momento de bastante relajo en el que la mayor parte de los alumnos acudía a talleres de teatro o deportes. Había equipo de fútbol, voleibol y baloncesto, me inscribí en este último, aunque no siempre asistía. Muchas veces me iba a la biblioteca a leer algún libro interesante o a completar alguna tarea pendiente. Todos utilizábamos aquel tiempo de manera más o menos independiente.

156

Siempre necesitábamos alguna excusa, alguna actividad que nos permitiera mostrar que no estábamos perdiendo el tiempo, pero eso no impedía que aquel valioso espacio se utilizara para conversar y divertirse con los amigos.

La salida del colegio no tenía nada extraordinario. A la mayoría de mis compañeros los recogían sus padres o algún chofer. Pocos tomábamos el autobús, pero no había mucho drama en ese asunto; después de todo, la fortuna nos sonreía al permitirnos eludir la hora de mayor congestión. Los adultos abandonaban el trabajo entre las seis y las siete de la noche, por eso el desplazamiento resultaba ligero y placentero por una ciudad despejada y asediada por el atardecer.

Así volvía a casa, sentada en el autobús; luego llegaba al departamento y después de unas horas de terminar alguna tarea, escuchar música y cenar, llegaba el cansancio y el sueño. Dormía plácidamente, sin interrupciones. A veces con algo de hambre, pero siempre feliz de que al día siguiente todo se reiniciaría con el comienzo de un nuevo día. Al cerrar los ojos, sabía que, al despertar, nuevas *liebres* recorrerían las avenidas, los mismos adultos a la seis de la mañana acudirían a su trabajo y otra vez yo, apurada, hambrienta y angustiada, trataría de no dejarme atrapar por el relojero y acudiría a mis clases… mis clases: lo único que me hacía verdaderamente feliz.

El martes de mi primera semana de clases fue un día funesto que comenzó con mal pie.

Para empezar, mi madre salió temprano, mucho antes de que yo lograra despertarme, y en su prisa olvidó dejarme dinero. Luego, al visitar la cocina, solo pude prepararme vasos de leche en polvo *Nido* mezcladas con un poco de *Milo*. Con eso en el estómago salí a la calle. Sabía que seguramente no volvería a comer hasta que regresara a casa, así que solo podía aferrarme a la esperanza de que las vitaminas que anunciaban los empaques de Nestlé no fuesen simple mercadotecnia barata. Bajé por el edificio vestida con mi jumper de tela fina y falda azul marino, mi camisa blanca medio arrugada y los zapatos de cuero negro relucientes. No tenía idea de cómo iba a llegar a Vitacura, pero estaba convencida de que lo lograría.

Me dirigí a la calle Providencia entre el mar de pasos del gentío. En la esquina Antonio Varas, a poca distancia de la parada de autobuses, había una pasarela de cebra donde los peatones caminaban, despreocupados, mientras los autos aguardaban impacientes a que el semáforo cambiara de color. Aquel me pareció un lugar propicio para mis fines, así que comencé a merodear las ventanillas de los vehículos, primero desde la distancia, evaluando a los conductores y observando sus rostros; luego buscando insistentemente algún padre que estuviese llevando a sus hijos al colegio o una mujer que manejara tan bien como mi madre. Era consciente de que esa vía solo desembocaba en Las

Condes o Vitacura, así que cuatro o cinco de cada diez automóviles me conducirían hasta mi destino; sin embargo, las estadísticas eran preciosas en mi mente, pero en la realidad se mostraban desfiguradas.

Una vez encontraba a la persona adecuada, me acercaba a tocar su ventanilla, pero la mitad decidía no bajarla, y el resto me dirigían miradas interrogativas que siempre terminaban en negación. Por supuesto, había algunos depredadores sexuales que, sin quererlo, me mostraban sus ojos libidinosos y sus sonrisas sádicas. Por suerte, sabía detectar sus intenciones al instante y me alejaba sin siquiera cruzar palabra.

Luego de perder la mitad del tiempo que tenía para llegar al colegio, asumí mi completo fracaso. Definitivamente no era fácil conseguir un aventón. Quizás debí haberme ido colgada en la puerta del autobús, como hacía tanta gente, aunque claro, los cobradores siempre se fijaban en ese detalle y lo impedían. Otra opción pudo ser irme caminando, pero el colegio estaba a nueve kilómetros de distancia, lo que se traducía en dos horas de caminata solo para que, cuando llegara al liceo, el relojero me dirigiera su sonrisa malévola y me colocara el reloj frente a los ojos antes de devolverme a mi casa. No, aquellas opciones no eran viables. La actividad física a tan tempranas horas de la mañana no me llamaba la atención y tampoco tenía ganas de llegar sudada y agitada solo para que me negaran la entrada después de tanto esfuerzo.

Debía aceptarlo, ese día no podría llegar al liceo.

Así que después de tantos intentos fallidos, me quedé quieta, derrotada, recostada a un poste de luz, al borde de la acera, con la mochila llena de cuadernos y mi bolso de gimnasia colgando del hombro. Estaba preparada para dar media vuelta y regresar por ese riachuelo de asfalto que era la avenida principal cuando un coche se detuvo frente a mí, aunque sería más apropiado decir que el tráfico lo detuvo. Llamar automóvil a aquel ejemplar era ser muy condescendiente. Parecía armado con cajas de cartón que alguien hubiera soldado con cemento. La pintura de la carrocería estaba compuesta por una extraña mezcla de barro, cera y azufre. Las ventanillas consistían en un delgado vidrio transparente a medio bajar y su conductor parecía apretujado, pues era demasiado grande para aquel espacio tan compacto; el hombre llevaba camisa y corbata, aunque parecía, más bien, un muchacho rechoncho… con la cara llena de acné: entonces lo reconocí. ¡Era *Monsieur* Girardot!

Me arrojé como un halcón al mar. Mis manos se posaron en la puerta y la abrieron. El profesor quedó petrificado, como si alguien hubiese llegado a su mente golpeando las rejas y gritando con un megáfono. Cruzamos miradas por microsegundos y sin saber de dónde me nacía aquella confianza descarada, le dije:

— Bonjour Monsieur Girardot, je déteste faire de l'auto-stop mais je n'ai pas d'argent pour le bus, et puisque nous avons la même destination…j'espère que ça ne vous dérange pas…

Su rostro se ruborizó al instante e intentó decir tres palabras que se tropezaron unas con otras hasta formar un balbuceo inentendible que, por supuesto, asumí como una negación. Aun así, me subí al vehículo y cerré la puerta. *Monsieur* Girardot estaba tratando de decir algo, giró su cuerpo hacia mí, como preparándose para oponerse a mi estadía en su vehículo de papel, pero antes de que pudiera hacerlo…

PIIII-PIIII PIIII-PIIII

La bocina de un Ford ahogó el sonido de su voz. Al instante miró hacia el frente, el semáforo estaba en verde y el resto de vehículos pisaban a fondo el acelerador. Tardó tres segundos en reaccionar y faltaron cinco más para que yo me recostara en el asiento y sonriera. Estaba aliviada: había logrado la forma de llegar al liceo.

Durante el trayecto el profesor no habló. Manejaba con una excesiva precaución que le impedía desviar la vista de la carretera. En todo el trayecto había un clima de incomodidad. Por suerte, no hacía falta decir nada. El viaje fue rápido. Al llegar al liceo, estacionamos en los puestos de profesores. Me bajé apurada y antes de marcharme le di las gracias. Aun así, él no me dirigió ni una sola palabra. Era evidente que cada uno de mis gestos le incomodaba; mis palabras lo hacían sentirse culpable de un delito y casi al instante desapareció de mi vista, como si tratara de escapar de una condena. Por mi parte, hice lo mismo, salí corriendo hacia mi clase, pero no tenía ni la menor idea de dónde se encontraba el aula. Me crucé por pasillos desconocidos y aulas engañosas, recorrí rincones inexplorados y tardé valiosos minutos en encontrar mi salón. Cuando lo hice, la clase ya había comenzado. Al pasillo llegaba la voz del profesor. Pronunciaba un inglés con un marcado acento francés, muy similar al de los parisinos que visitaban a mis padres en California. Llamé a la puerta con fuerza, la voz se apagó por un instante y luego regresó.

—Entrez!

La orden se coló debajo de la puerta y yo la obedecí. Al hacerlo, el aire caliente del salón se me estrelló en la cara. El lugar era sobrio, con paredes beige, luces blancas y sin ventanas. Ojos de todos los colores se posaban sobre mí, me examinaban a fondo, como si trataran de recordar si pertenecía a su clase y cuál era mi apellido.

—Sorry for coming in late. May I come in?

Monsieur Minard me dirigió aquella mirada de águila voraz que siempre estaba al asecho, preparada para abalanzarse sobre cualquier objeto o persona. El iris de sus ojos era de un azul tan intenso que súbitamente recordé las imágenes de los ríos helados de la Antártida y el invierno nevado de la televisión estadounidense.

—Que no se convierta en un hábito, señorita…

—Lafourcade, señor.

El profesor Minard era un hombre de al menos cincuenta y siete años. Se vestía con trajes a medida que marcaban una figura esbelta y era un experto en el uso de todas las tonalidades del gris. Nunca variaba sus colores, tampoco las camisas blancas de botones y las corbatas negras o azul marino. Él era un hombre de hábitos arraigados y algunos aseguraban que cuando cumplió los cincuenta años olvidó de pronto lo que significaba ser feliz. Tenía un cuello tan alargado que a veces parecía acomplejado de ello, pues se retraía hacia el interior de su saco en un inútil intento por disimularlo. Su esférica cabeza estaba cubierta de canas blancas y en la piel le habían cincelado con martillos sendas arrugas en las que, seguramente, un brujo muy sabio hubiese logrado leer la historia de su vida.

—Lafourcade… por supuesto. Tome asiento —el profesor parecía intrigado, pero mientras caminaba hacia mi asiento, sus palabras se me clavaron en la espalda—. ¿Usted es nueva en liceo, señorita Lafourcade?

—No señor, estuve durante parte de mi educación primaria — respondí mientras dejaba mis bolsos ordenadamente en el suelo y me sentaba en mi puesto—, pero luego me tuve que mudar con mis padres a California.

—¡Por supuesto! Eso lo explica todo. Tiene usted mucho acento americano, señorita.

—Claro, *Monsieur* Minard, viví en Estados Unidos, es normal que tenga acento norteamericano.

—No debería enorgullecerse en lo absoluto. Aquí se enseña el verdadero inglés, vamos a tener que trabajar mucho en su caso.

—Lo lamento, profesor, nadie me había informado que existía una academia de la lengua inglesa.

Hasta ese instante no me había fijado que la clase entera estaba atónita, impresionada: completamente extasiada. Al parecer nunca le habían plantado cara a *Monsieur* Minard. Aunque no pretendía que mis palabras fuesen una ofensa, lo habían sido, indudablemente. El profesor me miraba fijamente, tratando de grabarse mi rostro. Sus labios trataban de dibujar una sonrisa, pero solo creaba una mueca deforme y estupefacta que se le había congelado en el rostro, como si todavía no pudiese asimilar lo que había sucedido.

La clase continuó con normalidad, como si nada hubiese pasado, hasta que algo llamó la atención del profesor. Luego de un suspiro, tomó impulso y se levantó de su asiento, *Monsieur* Minard odiaba tener que verse obligado a dejar su trono. Sin embargo, se fue paseando por las filas, mientras la clase lo miraba en silencio. Algunos ya advertían sus intenciones y trataban de compartírselas a la víctima, pero era demasiado tarde. *Monsieur* Minard parecía un puma merodeando a una cebra medio muerta. El sonido de sus zapatos de tacón llegaba hasta el techo y volvía hasta nuestros oídos. Entonces se detuvo en la fila más occidental del aula y extendió su mano.

—El chicle, señorita Duhart.

La mejor manera de describir a Monique Duhart era la de un hada que había sido arrojada en la ciudad, aunque, si se trataba de comparaciones, era una copia casi idéntica de la actriz Catherine Deneuve. Su belleza embriagaba a las personas, las doblegaba y las hacía obedecerla de forma natural. Parecía una niña inocente que profundizaba poco en las ideas del mundo, pero siempre tenía tiempo para llenar de escarcha, colores y alegría el ambiente. Sonreía con tal encanto que pocos se atrevían a negarle algo. Siempre estaba acompañada por su grupo de niñas que la seguían como una sombra, idolatrando sus pisadas y sintiéndose orgullosas cuando Monique las

162

llamaba «amigas». Sin embargo, en las clases estaba aislada de ellas, solitaria y a merced de una de las pocas personas que frente a su belleza solo encontraba un profundo deseo de lastimarla.

—No lo voy a volver a repetir.

Monique estaba asustada, sabía que no podía formular ninguna oración que fuese capaz de salvarla, pero, aun así, intentó dirigir una mirada que clamaba compasión. Sus ojitos gritaban piedad, pero *Monsieur* Minard era inflexible. La muchacha colocó tímidamente el blanco y masticado chiclet Adams sobre la palma del profesor; él lo tomó con delicadeza, como si temiera dejarlo caer y, luego, con mucha firmeza, se lo restregó a Monique contra la coronilla de su largo y ondulado cabello rubio ceniza. Ella no hizo nada, se quedó paralizada, incrédula, con los ojos muy abiertos, pero decidida a no soltar ninguna lágrima.

—En esta clase no se masca chicle. Espero que le haya quedado claro, señorita Duhart —al terminar su obra regresó a su puesto—. Que le quede claro a todos.

Después de aquellos acontecimientos, la clase no tuvo ninguna mejoría.

Al profesor le encantaba señalar los colosales errores de nuestra pronunciación, sobre todo el de los estudiantes que, a su parecer, sonaban demasiado «sudamericanos». Naturalmente, eso no evitaba que reservara un buen manojo de comentarios para mí, su *chica americana*, pero en pocas ocasiones volví a responder sus ataques. Después de dos horas agónicas y una tarea kilométrica para la próxima clase, abandonamos aquella despreciable aula. El aire de la mañana me llenó los pulmones. Quería ser optimista, pero todavía me sentía colérica. *Monsieur* Minard era el profesor más despreciable que había conocido… hasta ese momento.

Quería sacármelo de la cabeza y por suerte el bullicio de mis compañeros fuera del salón facilitó el proceso. Al finalizar la clase de inglés nos regalaban un breve descanso de treinta minutos. Jamás había agradecido tanto tener un respiro, pero no sabía qué hacer exactamente con ese tiempo, así que comencé a caminar sin rumbo fijo, siguiéndolos a todos y a ninguno al mismo tiempo. Mientras avanzaba por el pasillo, noté que todos me miraban al pasar. La mayoría cuchicheaba en secreto, otros me dirigían miradas alegres y entusiastas, y algunos pocos me levantaban el pulgar en señal de aprobación; los más atrevidos las verbalizaban en voz alta. No comprendía del todo por qué me había convertido en el símbolo del triunfo si el resultado era ser la víctima favorita de *Monsieur* Minard.

—Eh, ¡chica nueva!, ¡gringa! —Alejandro Reyes se me acercó sin que lo viera y ante aquel llamado me quedé paralizada. Por un instante recordé a Iván y a Vivi, mis primos perdidos... El muchacho parecía animado y deseoso de hablar, cosa que no le impidió mi cara de desconcierto—. ¡Vaya entrada! Tendremos que renombrar ese salón como *«el arco del triunfo de Dominique Lafourcade»*

Después de una mañana caótica frente al semáforo, una clase estresante con un hombre despreciable y el estómago arañando tímidamente en nombre del hambre que en pocas horas habría de llegar, no pude evitar reírme con ganas. Me reí y él me secundó. Y nuestra carcajada contagió al resto de compañeros que nos pasaba por al lado; ellos también se reían sin saber la razón, sin que les importara el porqué. Todos anhelábamos un poco de felicidad después de aquella clase, así que nos sumergimos en una carcajada colectiva que subía hacia el techo del pasillo, rebotaba contra las paredes y se estrellaba en los tímpanos. Caminábamos y reíamos... como si todo lo malo hubiese desaparecido.

—Soy Alejandro Reyes, por cierto —añadió de prisa, como si no quisiera dejar escapar la oportunidad—. Diría que es un placer conocerte, pero, todavía no ha terminado el día, así que no me adelantaré a los acontecimientos.

No pude evitar reírme otra vez; de hecho, nunca pude evitarlo durante cada uno de los siete años que duró nuestra amistad. Alejandro era un muchacho ingenioso, desenfadado y de apariencia alegre cuyo mayor delito social residía en tener gestos "amanerados" y una voz ligeramente aguda que se quebraba en algunas oraciones o cuando se emocionaba en exceso. Los chicos le huían como si tuviese una enfermedad contagiosa, pues consideraban que ser su amigo era sinónimo de ser homosexual. Con las chicas no fue muy diferente. Ellas jamás vieron en él a un candidato para sus amores, a pesar de ser un muchacho simpático que siempre iba bien combinado, con sus ropas impolutas, y provisto de los dones del buen conversador: inteligente, gran oyente y poseedor de un sentido de la ironía adorable.

164

—¿Recién llegas de California? —indagó con una voz que para nada sonaba curiosa, sino deseosa de expresarse, algo similar a la añoranza que experimentan las personas cuando están mucho tiempo sentadas y anhelan caminar para estirar las articulaciones.

—Volvimos el año pasado.

—Seguro fue un viaje increíble. He escuchado que en California los universitarios visten con los colores del arcoíris y usan como lema el amor libre. Cómo les llamaban... —hizo un esfuerzo por recordar mientras caminábamos hacia el exterior del edificio de aulas—, ¡ah, sí! Los hippies. ¿Los conociste?

—¿Conocerlos? Durante casi siete noches seguidas no me dejaron dormir.

—No me digas que estuviste en alguno de sus festivales.

—Fue en un hotel de *Venice Beach*, parece que ese lugar les gusta mucho. Dormían todo el día y por las noches recorrían calles con guitarras y panderetas, cantándole a la luna y al mar mientras reían, fumaban marihuana y bebían alcohol.

—Suena a una vida envidiable, la verdad.

—A veces anhelamos lo que no hemos padecido.

—Y a veces padecemos lo que no hemos pedido.

Nos quedamos en silencio por un minuto, tratando de sopesar lo que el otro había dicho. Para entonces ya recorríamos el campus externo del liceo. Por doquier había estudiantes sentados en bancos, aunque no demasiados, pues muchos preferían irse al campo de deportes para evitar las amonestaciones de los profesores o del inspector disciplinario. No teníamos nada claro hacia dónde íbamos. Yo caminaba como si lo supiera, pero me movía casi por inercia, despreocupada del lugar al que me guiaban mis pies, aunque hicieron un buen trabajo. Nos topamos con un banco alargado y de cemento sin ocupantes, pues estaba demasiado próximo a la oficina del Inspector. A nosotros no nos importó, así que nos sentamos allí en silencio. Ninguno parecía interesado en forzar la conversación.

—Hay algo de la cultura hippie que me gusta mucho —le confesé de la nada y no esperé su respuesta—. Su música es fascinante. La mayor parte de mi tiempo en California lo dediqué a escuchar vinilos. Me perdía en ese mundo de sonidos y voces mientras las horas se consumían. ¿A ti te gusta la música?

Alejandro asintió y desde ese momento, abandonó su ingenio y sus palabras para sucumbir ante mi relato. Estaba hechizado, completamente obsesionado con todo lo que podía contarle de mi corta estancia en California. Por supuesto, yo estaba encantada de tener tal audiencia, así que le narré las complejas canciones de Bob Dylan, los pasionales juegos vocales de Janis Joplin y el éxtasis emocional que desprendía la guitarra de Jimi Hendrix. Cada historia que extraía de mi corazón era un reencuentro con los viejos amigos del pasado y mi gran amor del verano: la música.

De golpe, las melodías que había extraviado en el departamento de *Westwood* volvieron a mi mente y a mis labios. Mi voz salía limpia y alegre, casi cantarina y agradecida por tener la oportunidad de volver a hablar de algo que amaba. Tenía mucho tiempo sin sentirme así. En mi casa nadie me preguntaba nada, ni siquiera Andrés había tenido la bondad de escucharme antes de intentar robarme la virginidad; pero Alejandro era diferente. Absorbía cada oración con un interés desbordado. Escuchaba callado e intervenía solo lo necesario para que yo siguiera sumergiéndonos en un vórtice de notas musicales e instrumentos revolucionarios. Frente a nosotros aparecían los grandes artistas de un tiempo que nunca volvimos a recuperar. Los Beatles, la Violeta Parra, los boleros de Gardel que tanto amaba mi padre e incluso la música clásica de mi mamá. No quedó nada sin decirse en aquella media hora, pero aun así hacía falta más tiempo. Todavía quedaban mil cosas por narrar, decenas de lugares que deseaba mostrarle con el poder de mi relato. Tal vez por eso cada palabra salía voluntariamente, deseosa de revivir el ayer ante un completo desconocido… anhelante por perdonar el pasado, de abrirlo a la mitad solo para extraer los buenos momentos y dejar allí, en el completo olvido, a las agónicas horas finales en la ciudad del amor y del eterno verano. ¿Cuánto me afectaba el episodio de mis padres y nuestra trágica salida de los Estados Unidos? Nunca lo supe. Mi vida había avanzado de espalda a esos acontecimientos, pero la huella del dolor, la herida de la despedida tácita, la amenaza del peligro, todo seguía palpitándome en la sien y apretujando mis pulmones. Pensar en ello me cortaba la respiración, por eso no le dedicaba más de cinco minutos. Aun así, al final de mi discurso apasionado, cuando tenía las mejillas sonrojadas y

166

la respiración acelerada, con el poder de la adivinación de un brujo, Alejandro supo que ocultaba algo.

—Te envidio; de verdad —se detuvo un instante para mirar hacia el horizonte, como si mis palabras estuviesen suspendidas en el aire y él tratara de releer algún pasaje—. Sabes, desearía haber conocido la mitad de lo que tú viviste, Dominique, pero hay algo que todavía no entiendo, ¿por qué regresaron a Chile?

A pesar de haber hablado durante todo ese rato, aquella pregunta me enmudeció repentinamente. En mi cabeza chocaron un montón de imágenes. Me veía a mí misma con el teléfono en la mano, escuchando las disculpas forzadas de Morrison; luego el desespero de mi madre lanzando los platos contra las paredes de la cocina; el rostro temeroso de Octavio; la desesperación de sentirnos náufragos en un mar de problemas... y al final, el corazón para la cena, aquellos místicos fideos cuyo sabor antinatural jamás se borró de mi memoria.

—H-hubo problemas... —dije con voz vacilante—, algunos problemas que nos hicieron volver.

—Problemas... claro —su voz sonó melancólica, como si lo entendiera perfectamente—. Tranquila, los conozco bien; bastante bien.

Por un instante me quedé viendo a Alejandro. Los suaves rayos del sol le iluminaban el cabello azabache y la ropa del liceo. A pesar de ser rechoncho, las prendas estaban hecha a su medida y se veía agraciado incluso con el ligero sobrepeso. Tenía la piel muy blanca, los ojos oscuros, y cuando dejaba de burlarse de la vida o de sí mismo, aparecía el semblante taciturno y melancólico del hombre que esconde una pena que difícilmente podrá dejar ir.

—Lo importante con estos asuntos, Dominique, es ignorarlos lo suficiente como para que te olvides de ellos —de golpe sonrió, como si aquellas palabras también se las dijera a sí mismo—. Y si no puedes hacer eso, bueno, tenemos más de nueve profesores, tal vez la adrenalina de nuevos enemigos te distraiga un poco.

Ambos nos reímos como dos tontos que tenían la madurez suficiente para entender las implicaciones de aquellas palabras, pero todavía demasiado jóvenes para comprender el intenso veneno que generaba reprimir los problemas y las emociones. Llegaría el día en el que Alejandro acumularía tanto de aquel néctar nocivo en su mente y su sangre que morderse su propia lengua lo mataría.

Pero para eso todavía faltaba mucho tiempo.

...

Desde que conocí a Alejandro, ir a clases se convirtió en algo completamente diferente. Jamás había tenido un amigo que no fuese un familiar y estaba segura de que la mayoría de los que podía haber hecho jamás serían como él. Alejandro y yo nos entendíamos sin necesidad de invadir la mente del otro. Nos expresábamos en una mezcla de español, francés e inglés que a cualquier adulto le hubiese resultado difícil de seguir, pero no a nosotros. Nunca acordamos hacerlo así, simplemente surgió, de forma totalmente espontánea, como si quisiéramos escoger con mucha precisión el mejor idioma que expresara lo que pensábamos. Eso nos ayudó a perfeccionar el uso del lenguaje y mejoró considerablemente nuestras calificaciones en varias materias.

Con Alejandro todo era espontáneo.

No hubo un solo día en el que no improvisáramos un lugar para conversar durante los recreos o las tardes de los clubes. Jamás planificábamos los temas para hablar, pero regularmente surgía algo apasionante que nos consumía las horas. No siempre era una cuestión existencialista o académica, a veces nos sumergíamos en lo banal y las historias del liceo. Gracias a él entendí el porqué de muchas situaciones que sucedían en el liceo y lo que había detrás de cada rostro con el que me topaba.

Lo más divertido de nuestras charlas era el toque irónico y tragicómico que le agregaba a cada relato. Él se burlaba de la vida descaradamente y podía permitírselo gracias a su afilada inteligencia. Lejos de lo que podía aparentar un niño de trece años, Alejandro era un pequeño prodigio. Su capacidad intelectual podría ser fácilmente la envidia de un universitario y devoraba libros con la misma pasión con la que mi padre lo hacía a su edad. Los autores le duraban menos que las golosinas y cada día se esforzaba por adueñarse de una idea nueva, un concepto diferente o alguna base teórica que le permitía interpretar la realidad con una perspectiva ajena a su conocimiento.

168

Sin embargo, de espaldas a la felicidad que encontraba entre clases, conversaciones y mis charlas con Alejandro, había otra realidad menos amable, la otra cara de la moneda, la eterna fuente de los pesares: mi familia.

Cada vez que se hacía las cinco de la tarde, algo en mi cuerpo se oxidaba. Marchaba hacia la prisión del abismo, envuelta en los pensamientos de un regreso que me acercaba al eterno lugar donde nunca pasaba nada bueno. Aquello me exasperaba. La vida con mi madre se había convertido en una inesperada cadena de incertidumbre. Nunca podía adelantarme a los acontecimientos ni prever lo que sucedería después. María Luisa se había desconectado de la realidad. Solo le importaba el papel que desempeñaba en su trabajo. Ese era su único tema de conversación cuando llegaba por las noches. Se quejaba de algún empleado o de alguna decisión de su jefe; renegaba del poco valor que se le daba al arte y los reducidos fondos de los que disponía; se comparaba con Sibila y construía sueños de exposiciones y galerías, todo eso mientras yo estaba en la sala o en mi propia habitación, tratando de hacer la tarea. Nunca le importaba lo que estuviese haciendo, solo hablaba, casi como si dijera sus pensamientos en voz alta en una lluvia de palabras que a veces perdían el sentido. No se callaba, conmigo se vaciaba por completo, de inicio a fin, día tras día, pero jamás preguntaba por mí, tampoco por Octavio, solo se sumergía en sus vivencias y sus martirios, veía en nosotros el refugio que antes encontraba en mi padre y yo debía escucharla sin interrumpirla, consciente de que tardaría más horas de las esperadas en terminar mis labores.

Sin duda, podía llamar hogar a aquel sitio, pero las noches en el departamento no eran agradables. Tras regresar del liceo, la casa estaba sola y oscura. Cuando encendía las luces, los cuadros esqueléticos y marchitos del salón de paredes negras me devolvían una mirada de reproche y soledad. Avanzaba por aquel cementerio de polvo y olvido casi de puntillas, temerosa de despertar algún espíritu, y al llegar a la cocina siempre encontraba los mismos ingredientes en la nevera y en la dispensa: leche en polvo, arroz, tomates y filetes de ballena. Durante más de un año ese fue el único alimento que tuvimos. Cada bocado se convirtió en una tortura. Aborrecí el sabor salado de los filetes —a pesar de sus muchas proteínas—, el gusto insípido del arroz y la acidez que me provocaba el tomate. Aun así, lo preparaba y tragaba, el hambre no perdonaba y más allá del sabor, el estómago dejaba de molestar después de terminar mi plato.

Las conversaciones en la mesa no existían. No teníamos radio ni los novedosos televisores que ya comenzaban a popularizarse en Santiago. Tampoco había libros, salvo algunos pocos guardados en alguna caja sin desempacar en el cuarto del servicio. Nuestras habitaciones solo eran un lugar para aburrirse y dormir, aunque, al menos, yo podía escuchar algo de música en el tocadiscos. Así pasaban las horas, las semanas y los meses. Lo único que me motivaba a seguir viva y soñadora era mi rutina en el liceo francés. Solo eso me separaba de la locura. Solo eso me permitía seguir respirando.

Sin embargo, algunas noches, cuando regresaba de clases, Octavio me sorprendía en el departamento. Me quedaba claro que se había fugado de sus clases, aunque siempre alegaba alguna excusa como la falta de un profesor o la inesperada finalización de las clases antes de tiempo. En esos pocos momentos conversábamos como en los viejos tiempos. Él se había vuelto una persona reservada y su rostro transmutado me ofrecía una imagen completamente diferente del niño que protegí del terremoto de Valdivia en Paula Jaraquemada. Llevaba una fachada en el semblante. Su sonrisa era mentirosa, sus ojos ocultaban sus emociones y sus palabras ya no eran sinceras. Entre nosotros había un abismo. No nos teníamos confianza, pero, aun así, él seguía siendo mi hermano y ese sentimiento prevalecía por encima de todo lo demás.

Esa noche estaba sentado en el sofá donde me besé con Andrés. Tenía una bolsa repleta de golosinas, panes y otros alimentos de fácil consumo. Me permitió coger cuanto quisiera. El crujido de las marraquetas me hacía salivar y no podía parar de mezclarlo con chocolates y otros tantos ingredientes. Sin embargo, a cada bocado algo me iba subiendo por la cabeza. ¿De dónde había sacado todo aquello? Era consciente de que Octavio rebuscaba en los bolsillos de mi madre, manoseaba los muebles y las gavetas, siempre buscando una moneda perdida, siempre deseoso de encontrar algo para gastar, pero aquella era una compra grande que muy difícilmente se podía hacer con centavos. ¿Cómo era posible entonces?

Mis ojos lo miraban de forma interrogativa mientras la sonrisa de mi boca y el movimiento de mi mandíbula no podían resistirse al sabor de los chocolates y los caramelos, las papa fritas en bolsa y el sabor de las gaseosas. Él, por su lado, parecía orgulloso. Por primera vez en su vida sentía que me había salvado a mí de la maldición del arroz y los filetes de ballena. Parecía alegre, como el padre que provee a su familia.

Desde luego, él también lucía extasiado al sorber el contenido de las botellas y al llevarse a la boca todo lo que podía agarrar con las manos. Al verlo una vez más comprendí que aquel muchacho atractivo, de facciones suaves y mirada trágica había dejado de ser el Octavio que yo conocí. Ahora era otro, diferente... un completo desconocido. No sabía nada de su vida, tampoco de sus pasos, sus relaciones o sus vaivenes. Me era completamente desconocido el origen de su dinero o en qué invertía su tiempo. De mi hermano —el que recordaba— solo quedaba el nombre.

—Gracias por compartirlo conmigo, Octavio —le dije apenada.

—N-no hay de qué, Ni-nicky. Es un re-regalo.

Del hermano que conocí, solo el nombre y el tartamudeo.

Nunca me atreví a preguntarle cómo había conseguido aquello, tardé décadas en descubrirlo, pero después de tanto tiempo, todavía me sigue pareciendo increíble la respuesta.

171

8

Aunque han pasado más de cincuenta años, mientras más esfuerzos hago por intentar recordar al niño que fue Octavio, más lejos me siento de encontrarlo. Tengo tantas preguntas para hacerle que su silencio me lastima el pensamiento. Me hubiese gustado habérselas hecho antes de su prematuro fin. Desearía haber sido más consciente del mundo de significados que se escondía en su infancia y su adolescencia, pero nunca lo vi… quizás, aún sigo sin verlo por completo.

Cuando pienso en Octavio, su imagen se me escapa por los rincones del pensamiento. No es dolor lo que me recorre el cuerpo, sino la alegría escurridiza que siempre mantuvo en vida. Incluso desde la muerte, su personalidad me sigue zigzagueando en las entrañas, como si se divirtiera con los muchos enigmas que dejó escritos para mí. Su vida es el gran espectáculo y yo, su audiencia. Debería poder disfrutar de esta obra, pero no puedo. En el escenario solo alcanzo a reemplazar las vivencias nunca compartidas por ensoñaciones fugaces, creencias erradas y días inventados que pudieron o no haber ocurrido. Vivo en el reino de la ficción, de las hipótesis, de los mapas sin cruces.

Para mí, Octavio un día cruzó en una esquina y desapareció por demasiado tiempo. A su alrededor todo se cubre de una niebla espesa y cegadora que a veces es iluminada por el sol. Entonces, solo durante esa fracción de segundos en el que todo parece tan claro, logro espiar un fragmento de su pasado. Se siente tan fugaz, tan limitado… ¿Qué le sucedió realmente a Octavio en 1968 y durante los años siguientes? Esta es una pregunta que me hice durante mucho tiempo y ahora que he logrado rastrear sus pasos a través de las pocas personas que lo conocieron en esa época, por fin creo tener una respuesta... aunque sigue estando plagada de suposiciones racionales, ideas que he construido fundamentándome en los retazos de su vida de adulto y las huellas de aquel niño que abría la boca para oxigenar sus miedos y buscaba, desesperado, la seguridad y la protección de su hermana.

Ahora, solo cierro los ojos para verlo como fue —o como creo que fue—; desgraciadamente, sigo teniendo pocas certezas, pero al menos he logrado volver a ver su rostro, a escuchar su risa y a padecer las dolencias que hicieron naufragar a ese adolescente silencioso y encantador que fue mi hermano, Octavio Lafourcade.

...

Cuando Octavio se despertaba, el mundo se le hacía grande.

Grande y vacío.

La casa estaba completamente sola. El sonido de sus pasos se convertía en una avalancha de ecos y murmullos que se deformaban al llegar al salón. Octavio tenía la casa para él solo, así que caminaba desnudo, le hablaba a los objetos y a las paredes en voz alta y, a veces, se fugaba hasta la pieza de su hermana y colocaba algún disco de Steppenwolf band o Led Zeppelin y comenzaba a bailar. Se embriagaba de aquella música que lo desinhibía; cerraba los ojos, giraba sobre sus talones, sacudía el cuerpo sin que nadie lo viera y disfrutaba de sentirse fuera del planeta. Cuando terminaba, respiraba agitado y se paseaba por el lugar, mirándolo todo con los ojos del invasor. Aquella habitación no tenía nada especial, pero, aun así, era la habitación de *ella*.

Octavio seguía el ritmo de la música mientras vagaba por los rincones. Observaba los libros de francés y recordaba aquel idioma que le habían enseñado solo para despreciarlo unos años después al rechazarle la beca; leía los cuadernillos repletos de aquella estúpida caligrafía que con tanta disciplina enseñaban en el liceo. Al verla, recordaba los funestos días del ayer, cuando los profesores le golpeaban los dedos con una vara de cedro por habérsele chorreado la tinta en el papel o por su incapacidad para que la pluma respondiera a sus órdenes, lo cual lo empujaba a dibujar serpientes, aunque deseaba escribir *eses*. También ojeaba los exámenes de su hermana y veía con desprecio los números idiotas que indicaban calificaciones excelentes allí donde él siempre había sido tan decepcionante. Todo aquello le molestaba, no podía estar cerca de esas tonterías sin sentir una rabia que le subía por las venas y le golpeaba el cerebro. Odiaba todo lo francés y tenía razones para hacerlo.

Según los doctores estadounidenses, en el hecho de haberlo obligado a escribir con la mano derecha —cuando claramente era zurdo—, radicaba la causa de su agudo tartamudeo. Solo de recordar aquellas palabras de la boca del médico especialista sentía que la ira se le acumulaba en el estómago y la garganta. Quería gritar y maldecir, pero no le salían las palabras. Sus manos tampoco respondían a sus deseos, aunque lo único que le pedía el cuerpo era destrozar y triturar aquellas páginas malditas.

Octavio solo podía contentarse con el desprecio y el odio, eso lo sabía, pero, casi por error, como si no pudiera evitar los daños colaterales, su rabia se trasladaba a otro lugar... hacia una persona que englobaba los ideales del liceo francés: su hermana.

—Dominique...

Dijo el nombre al aire, como tratando de empujarlo hacia el abismo. Estaba cansado de vivir bajo su sombra. Ella era buena alumna, disciplinada, obediente e invisible. No molestaba a nadie y nadie la molestaba. Dominique era perfecta y él, en cambio, un total desastre, una decepción constante que miraba en el rostro de sus padres, un desperdicio de genes que no había logrado alcanzar la inteligencia ni las habilidades de su familia.

Octavio se decepcionaba de sí mismo, pero aquello daba igual. Desde hacía mucho tiempo ya todo daba igual.

Para él las mañanas siempre eran iguales, pero no le molestaba. Disfrutaba de las rutinas y de la libertad. En la cocina se preparaba lo que estuviese a su alcance. Cualquier cosa era buena para silenciar el hambre, pero, en el fondo, no podía dejar de sentirse insatisfecho y mal alimentado. Tal vez por eso subía al segundo piso y comía en el cuarto de su madre. Quería encontrar algo que lo distrajera para escapar de esa realidad.

Al sentarse en su cama, sentía las sábanas sobre la piel, se recostaba en los suaves almohadones y desde allí contemplaba el armario repleto de todo tipo de telas y prendas, los perfumes caros sobre la mesa de noche y los maquillajes multicolores en su tocador. Aquellos objetos le

174

gustaban a Octavio, le recordaban a María Luisa y a su mundo de estética belleza. Él la amaba más de lo que odiaba al liceo francés, y eso era decir mucho. Quizás por esta razón, todavía no podía perdonar por completo el abandono de su padre. Lo llevaba tatuado debajo de la piel. El recuerdo de *Westwood* no se le salía de la cabeza. Le taladraba la mente, le nublaba la vista. Su padre los había abandonado a su suerte y él no se lo perdonaría jamás.

Cuando terminaba de comer, Octavio dejaba el plato sobre la cama y se paseaba por la habitación. Revisaba los cajones, los bolsillos de los pantalones y cualquier escondite que pareciese un buen lugar para encontrar dinero. Siempre conseguía algún billete o una moneda, pero jamás tocaba cosas de mucho valor. En varias ocasiones se había visto tentado a llevarse los zarcillos y las cadenas de oro, las sortijas con piedras preciosas o alguna de las escasas joyas que todavía seguían en el cofre de marfil que guardaba María Luisa, pero aquello sobrepasaba sus límites. Él solo quería comprarse alguna golosina, un poco de azúcar que le ayudara a sentir más energía para enfrentar lo que tenía por delante… ¡y vaya que lo necesitaba!

A Octavio lo inscribieron en el liceo Lastarria y su madre lo trató como si fuese un gran honor. Era el mismo lugar donde estudiase su padre antes de que lo expulsasen hacía tantos años atrás, algo que pocos en Chile llegaron a saber. Se suponía que esa historia mítica debía ser suficiente pedigrí para causarle un refuerzo positivo. Octavio volvía al hogar del antiguo escritor; ahora se abrían las puertas para su primogénito, pero si en algún momento aquel lugar había sido un espacio del saber y la buena educación, ya su tiempo había caducado. Octavio salía de la av. Providencia faltando quince minutos para su clase y llegaba a la calle Miguel Claro con cinco minutos de anticipación. El liceo le quedaba a menos de un kilómetro, así que marchaba por las calles, la mayor parte del tiempo bebiéndose una gaseosa y perdiendo el ánimo conforme se acercaba a la institución. Era consciente de que aquel no era su lugar y cada día sus compañeros se encargaban de recordárselo.

Desde su llegada al liceo Lastarria supo que ya no pertenecía a ningún lugar.

Octavio había sido criado en un entorno medianamente seguro. No era un niño mimado, pero jamás se había visto obligado a pelear con los puños. Sus armas consistían en que nadie podía negarle lo que deseaba y la influencia más "callejera" con la que contaba era su primo Iván, el peleonero y malabarista de jergas y coloquialismos. Por supuesto, estas no eran herramientas muy útiles en un entorno de adolescentes bravucones, especialmente porque él no estaba acostumbrado a lidiar con los ataques físicos, ni las burlas grupales o el odio fortuito, pero allí, en el antiguo santuario del saber de su padre, tuvo que aprenderlo. Aquello parecía una broma cruel. ¿Por qué todo lo que estaba relacionado con Enrique Lafourcade siempre tenía que conllevarle algún dolor?

En el liceo Lastarria él era el chico nuevo, ese que tenía una forma demasiado formal de hablar y al que a veces se le escapaban palabras en inglés. Era el pijo, el que parecía la gran cosa y, por encima de todo, al que todos señalaban como el pequeño tartamudo. Los otros niños lo apodaban "sopa de tallarines" porque siempre se enredaba al hablar. A veces le decían nood-nood en una especie de abreviatura de *noodles* que les hacía ahogarse de la risa. Aun así, cuando no se estaban burlando de él, preferían golpearlo. Por algún sinsentido, la propia existencia de Octavio irritaba a los varones de su salón. Los exasperaba hasta tal punto que vivían buscando la manera de hacerle daño o de humillarlo. Lo más curioso era que siempre trataban de robarle algo de dinero, pero se sorprendían al descubrir que era más pobre que ellos.

Lastarria era hostil, pero, además de su entorno, la educación tampoco era perfecta. Octavio no había sido nunca un buen estudiante, pero le resultaba evidente que las clases no eran de calidad y los profesores apenas mostraban interés en educarlos. Eso solo le hacía preguntarse una y otra vez si aquello valía la pena. ¿Cuál era el sentido de pasar por esa odisea a cambio de tan poca cosa? ¿Para qué aguantar y sufrir en nombre de un saber que no le interesaba y tampoco deseaba? Cada día Octavio se sentía más desplazado y humillado, casi renegado al olvido. Allí ni siquiera funcionaba el encanto natural que siempre le había prestado tan buen servicio. Su aura atractiva, esa que regularmente le ganaba la simpatía de las personas casi sin hablar, desapareció mágicamente, como si se hubiese consumido en medio de su martirio.

Todos los días, Octavio se mordía la lengua cuando alguien le preguntaba por sus clases; sonreía sin felicidad cada mañana, cuando debía levantarse para enfrentarse a otro día, y lloraba sin botar una lágrima, enfrascado en no permitirse derramar la rabia de su dolor. De a poco se encerró en sí mismo. Escondió su odio y sus pesares en algún rincón de su mente y arrojó la llave en el río Mapocho una tarde soleada, cuando descubrió que podía escaparse del liceo sin que nadie lo echara en falta.

Aquel hallazgo resultó revelador.

Atrás quedaron las preocupaciones y la ansiedad por asistir a clases. Atrás los golpes y los insultos de sus compañeros. Atrás los días grises y marchitos. Octavio se vestía por las mañanas con su uniforme y transitaba las mismas calles, pero conforme se acercaba al liceo, siempre encontraba algo que lo distrajera, algún detalle que lo llevara a otro lugar más amigable.

En Lastarria nadie advirtió su ausencia. El colegio jamás había tenido tanta demanda. Los niños acudían a las aulas en manadas y aunque la decisión de dividir las actividades académicas en dos turnos había sido exitosa, seguían siendo demasiados adolescentes como para contarlos. Cuarenta y cinco alumnos por clases sobrepasaban las capacidades de cualquier profesor. La mayoría de los docentes ni se molestaban en tomar asistencia, puesto que, en el fondo, y aunque no lo admitían en voz alta, preferían que hubiese menos cabezas para instruir y eso benefició enormemente las aventuras de Octavio.

Gracias a ese conjunto de coincidencias, él aprovechaba el valioso tiempo académico para pasear por la avenida Providencia: ojeaba las tiendas, le sonreía a las chicas de su edad y se sentaba a comer helado con el atardecer de fondo y la ciudad rebosante de vida. Mataba su tiempo refugiándose en su interior, hablando consigo mismo, mirando a la gente pasar con otras vidas más alegres y divertidas mientras él no sabía qué hacer con la suya.

En varias ocasiones se hizo pasar por mendigo. Probablemente fuese el más adorable y atractivo de todos los que conoció Santiago. Pedía dinero en las calles, vestido con el uniforme del colegio y, misteriosamente, lograba recaudar una buena cantidad. Las mujeres que pasaban por allí veían en sus ojos la mirada de sus propios hijos, así que se apiadaban y le entregaban alguna moneda que iba al fondo de golosinas de Octavio. Los hombres también contribuían, lo llevaban a alguna tienda y le compraban algo para comer. Aquello le parecía fantástico, así que lo convirtió en su rutina. Todas las tardes deambulaba por Providencia, amasando pequeñas fortunas que le duraban muy poco.

A mitad del primer trimestre de clases, Octavio se volvió más osado. Sus inasistencias no afectaron demasiado en su bajo rendimiento académico. Sorprendentemente, era más inteligente de lo que creía y aquello lo ayudó a sacar lo mínimo necesario para aprobar las asignaturas. Para él era una buena noticia, mientras no reprobara nadie llamaría a su madre, así que había comprado el tiempo necesario para tener nuevas aventuras fuera de las aulas. Esta vez decidió explorar otros lugares que desconocía. Recorrió las laberínticas calles de la ciudad hasta llegar al cine Marconi. Allí siempre había alguna promoción de las populares rotativas. Las personas pagaban una entrada que le daba derecho a ver varias películas seguidas. Era una forma increíble de consumir el tiempo frente a la pantalla grande.

La primera vez que Octavio entró a una de ellas, no pudo comprar palomitas ni gaseosas. Apenas y tenía el dinero suficiente para pagar el derecho de estar allí, pero eso no importó. El cine era fascinante, casi irreal. Las historias se contaban solas y él lo único que debía hacer era contemplar las imágenes durante horas.

En poco tiempo, aquella atracción se convirtió en una adicción que lo hizo librar de su pesado trabajo de mendigo. Octavio dedicaba cada minuto a estar frente a la pantalla; a veces ni siquiera le importaba que fuesen películas repetidas. Las consumía con tanta hambre que a mitad de semana ya no tenía dinero. Aquello le frustraba, así que se quedaba a las afueras del cine, sentado en las aceras o mirando melancólicamente la cartelera, sufriendo por lo que se había perdido, pero, por alguna razón, incapaz de pedir dinero, como lo hiciera semanas atrás.

Una de esas tardes, tres mujeres lo vieron desde lejos. La más joven tenía menos de veinte años; la mayor, treinta y tres. Esta última era la cabecilla del grupo y parecía tener rasgos de hechicera. La melena del color de la noche, la piel tostada, los ojos de un intenso color miel y el cuerpo voluminoso, oculto en unas ropas que gritaban lujuria y pasión. Iba ataviada con un collar con dijes de extraños y su rostro casi siempre adoptaba una expresión meditabunda, como si tuviese la capacidad de leer la vida de las personas con tan solo una mirada.

La mujer lo observó desde lejos y quedó completamente embriagada. Sin ninguna explicación, se sintió repentinamente asolada por las facciones suaves de Octavio, por su semblante melancólico y esa aura de frustración que emanaba aquel niño perdido que necesita atención y cariño desesperadamente. Todo le resultaba irresistible, pero no se atrevió a acercarse. Al mirarlo temblaba, se sentía sacudida por dentro, atormentada por un deseo maternal poco común en una mujer que se había convencido de que jamás tendría hijos.

Ella se llamaba Carmen, pero le decían Sandra, la bruja Sandra. Como el resto de sus amigas, se paseaba por la zona buscando algún hombre que pagara por su cuerpo. No tenía muchos problemas para lograrlo. Era prostituta y de las buenas. Su acento tropical y sus generosos pechos enmarcados por una blusa estilo corsé atraían casi sin esfuerzos a un sinfín de apetitos. Sin embargo, quienes la conocían de verdad, acudían a ella en busca de favores muy diferentes a los carnales. Debajo de aquellos ropajes multicolores tan propios de los hippies y que tan bien encajaban entre las gentes de Providencia, habitaban todos los saberes ocultos del país que había dejado atrás. Tenía dones extraordinarios. Las palmas eran un libro abierto para ella. Allí las líneas de la vida le narraban las historias más profundas del hombre. Podía adivinar el futuro, leía la suerte, predecía la fortuna y sus cartas nunca le fallaban, aunque ella no siempre alcanzaba a interpretarlas como debía.

Lamentablemente, el don de Sandra jamás fue un acto consciente, sino un reflejo involuntario. Las voces que le hablaban en su cabeza no surgían en cualquier momento ni con cualquier persona. Cada rostro que llegaba ante ella podía despertar sus talentos, pero no todos los espíritus eran iguales. Aun así, nunca dejaba escapar a un cliente, así que tenía una parte de bruja y una parte de charlatana, a veces una, a veces otra, y casi siempre las dos al mismo tiempo, aunque nadie podía tener certeza de ello.

Sandra era una mujer picada a dos partes. La dualidad permeaba en su cuerpo y su carácter. Con la gente que quería era alegre, fiestera y protectora; pero consigo misma resultaba melancólica, austera e indiferente. Se arriesgaba en nombre de todas las cosas justas, se desvivía por los demás, pero no hacía nada que la favoreciera en lo más mínimo. Arrastraba una lista de deudas sin pagarse desde que tenía trece años, aunque no le importaba demasiado. Ella vivía sonriendo,

179

enfrascada en disfrutar de una vida que sabía a poco, decidida a sacrificarse en nombre de los demás.

Tal vez por eso, cuando vio a aquel muchacho larguirucho, preñado de frustraciones y ensombrecido por una rabia que no estaba en su rostro, sino en su aura, ella quedó petrificada. Si su vida consistía en sanar las almas heridas, aquella sería una de sus misiones más difíciles.

Octavio y Sandra tardaron siete días en conocerse. Hubo seis oportunidades anteriores, seis tardes perfectas para que ocurriera, pero ella sabía que el número siete tenía poder. Ocurrió un viernes, cuando las calles estaban repletas de gente y Octavio parecía más hambriento que nunca. Ella iba con sus amigas, juntas parecían tres deidades que algunos podían haber llamado perfectamente musas. Nunca salía sin ellas, eran sus extremidades. Siempre sonreían y revoloteaban a su alrededor, borrachas de los días buenos y la fortuna de no haberse topado con hombres violentos la noche anterior. Las tres vestían de colores, con grandes escotes que desencajaban ligeramente con las faldas hasta los tobillos. No les hacían falta tacones ni plataformas, con unas simples sandalias ya tenían buena altura, aunque Sandra las superaba a todas con su metro setenta. Tal vez por eso era la más llamativa; tal vez por eso Octavio la vio de primero, y cuando cruzaron miradas, se confirmaron todos los temores de Sandra.

Apenas fue un vistazo, un destello fugaz de un barco chocando contra el coral, pero suficiente para que Sandra se acercara, decidida, a paso rápido. Octavio no tuvo ni tiempo de responder cuando ya la tenía encima. Desde su perspectiva, aquella mujer era una ninfa extraviada en una ciudad de cemento. Sandra se agachó, dejando sus grandes senos a la altura de sus ojos y le sonrió con unos labios gruesos que dibujaban dos hoyuelos en las mejillas.

—Hola pequeño, a ti como que te gusta mucho el cine. ¿No es cierto? ¡Todos los días te veo a ti por estos lares! —Sandra no esperó que Octavio respondiera. Por alguna razón, él no parecía asustado ni inquieto, sino más bien intrigado y dispuestos a escucharla—. Pareces un buen chico. Ten, un regalo para ti, nos han sobrado unas entradas de los rotativos. Puedes usarla.

Sandra tomó la mano de Octavio y por un instante le vio las palmas. Eran blancas, repletas de líneas profundas y dedos alargados. Tuvo que hacer un esfuerzo enorme por apartar la vista. Rebuscó en su

180

falda, le dio la entrada y le cerró la mano con las suyas. Se quedó así un instante, luego no esperó respuesta, se levantó sin siquiera esperar el agradecimiento de Octavio y se marchó. Él no parecía entender nada, solo la miraba marchar moviendo sus caderas de lado a lado, pero a mitad de camino, casi como si hubiese olvidado algo, regresó sobre sus pasos y sin agacharse lo miró una vez más.

—Oye mi niño, una cosa más; no te alejes del cine Marconi. Hazle caso a esta pobre bruja.

Dicho aquello, se marchó, esta vez definitivamente.

Octavio se quedó allí, perplejo e incrédulo. ¿Quién era aquella mujer? ¿Por qué había sido tan amable? ¿Volvería a verla?

Las dudas asaltaban a Octavio, pero, para su tranquilidad, no tardaría mucho en volver a cruzarse con Sandra... la bruja Sandra.

9

No todos los días amanecen igual.

Esa madrugada, María Luisa despertó en una cama que no era la suya, pero le resultaba extrañamente familiar. No recordaba cómo había llegado hasta ahí, pero sí lo que había ocurrido entre las sábanas. Por su mente revoloteaban imágenes de fuego, como pequeños colibríes danzarines que la llevaban a los momentos específicos de la velada. Súbitamente se veía a sí misma adoptando las mil posiciones de Afrodita y dejándose tocar y acariciar por el apetito insaciable de cuatro manos impacientes y dos bocas hambrientas de sus labios, su cuerpo… su sexo. Tan solo con recordar aquellos destellos de intenso frenesí se sentía viva, muy viva; la lengua le sabía a vino y fluidos, la cabeza le retumbaba como bombo de tambor; un ardor exquisito le palpitaba entre los muslos y cada fibra de su cuerpo parecía mancillada y adolorida, pero eso solo era una continuación del placer, quizás la mejor de todas.

Cuando sus ojos se adaptaron a la penumbra, se topó con dos cuerpos envueltos entre sábanas. Aquel era un cuadro excitante. Junto a ella, un muchacho de veintisiete años sonreía incluso entre sueños. Parecía sacado de una casita de Río de Janeiro con su piel caoba brillante, su cabello rulo, un cuerpo esbelto y una mirada mística, como si supiese interpretar el azar del universo. Recordaba que era fotógrafo y su increíble capacidad para dominar a través de la palabra.

Al otro lado de la generosa cama que los contenía a todos, estaba una auténtica bestia de los caminos. Era un treintañero fornido con brazos gruesos, capaces de levantar a una vaca, y un pecho tan grande que podía albergar a un nutrido grupo de mujeres sin siquiera molestarle. Tenía el color del trigo, el ceño testarudo de los necios y unas manos toscas y salvajes esculpidas con el único propósito de otorgar placeres brutos y violentos.

María Luisa no pudo evitar la tentación y metió la cabeza debajo de las sábanas. La imagen era arrebatadora. Incluso su propia visión le excitaba. Allí estaban sus senos redondos —y todavía firmes combatientes de la gravedad—, su vientre plano, su pubis velludo y mojado, sus piernas largas y llenas de arañazos, todo en ella resultaba hermoso, sacado del ideal erótico de un veinteañero, y casi como si tuviese un pacto diabólico con algún ángel caído, cada vez que sus peregrinos rezaban en el altar de sus muslos, rejuvenecía un poco más.

Al pensarlo, se estremeció.

En los juegos del placer no había espacio para falsas modestias. El sexo —el verdadero sexo— no era apto para complejos ni pensamientos nocivos. Solo había una forma de disfrutarlo y esa era entregándose hasta suplantar la consciencia por los sentidos. Reemplazar la percepción propia por la de un cuerpo que se mueve y actúa, un cuerpo que gime, muerde y recibe las explosiones del placer; un cuerpo que se desvive por saciar exclusivamente los apetitos de la carne. La reflexión le avivó un fuego fatuo que le ascendía por el vientre hacia las alturas, pero ya había sido suficiente.

Era momento de marcharse.

Se deshizo de las sábanas y se sirvió una copa de vino. No era especialmente caro ni sabroso, pero resultaba glorioso en medio de aquel cuarto de cristales azules. Afuera no se sabía si era de día o de noche. El mundo detrás de aquella habitación resultaba un genuino misterio, una impredecible tirada de dados, aunque esta vez María Luisa sabía la respuesta. Estaba por comenzar las primeras horas de la mañana, no tenía duda de ello.

Tal vez fuesen los últimos efectos del vino o de aquella noche de placeres, pero, mientras se vestía, una extraña sensación de plenitud y alegría le invadió el cuerpo. Su trabajo marchaba bien, cada día lograba mayores alianzas, nuevas exposiciones y galerías. Estaba decidida a transformar el Museo de Bellas Artes en algo significativo y de importancia para la sociedad chilena. También se sentía conforme en el amor, al menos a medias. Tenía suficientes pretendientes como para no aburrirse, aunque no siempre eran interesantes. Su afán de tener una relación estable muchas veces la llevaban a coincidir con hombres mayores cuyos trascendentales intereses radicaban en el metódico cumplimiento de la rutina. Tal como aquel abogado cincuentón que siempre mostraba el mismo tipo de galantería insípida, los mismos claveles rojos cuando la visitaba, el mismo restaurante y la plática sosa que terminaba en una cama todavía más aburrida. Como él había muchos otros, todos intentos fallidos preñados de amor que morían sin haber nacido a raíz de la monotonía, el hastío y, algunas veces, la impotencia.

El amor —sobre todo el estable— era tan escurridizo que comenzaba a parecerle ridículo tratar de alcanzarlo cuando había tantas diversiones fuera de sus estrictos moldes. La vida se abría de par en par ante ella. Ahora alimentaba sus deseos con toda la regularidad que exigía su cuerpo y, en ese sentido, era insaciable. Había desperdiciado demasiado tiempo con dos esposos, tal vez fuese momento de dejarse llevar, cerrar los ojos, escuchar su respiración en medio de un cuarto con el aroma salado del sexo, y sonreír ante ese que era, por supuesto, otro tipo de amor, quizás uno más puro, quizás uno más intenso.

Sin embargo, aunque aquello resultaba exquisito, pensar en el amor y sus vaivenes invariablemente la empujaba al abismo del ayer. Le resultaba imposible escapar del recuerdo de Enrique. Aunque, en honor a la verdad, ya no era tan sencillo visualizarlo. Ahora, su rostro le resultaba borroso, al igual que las escenas del pasado que cada vez brillaban con menos fuerza frente a sus ojos. A base de llorar y odiar su memoria, algo de Enrique se había desprendido de su pecho. Al pensar en el nombre se abría una herida, pero al final de ella no había nada más que un vacío.

Desde que regresara de California, María Luisa se encargó de quemar los recuerdos, triturar las promesas, desgarrar la cara de aquel hombre que una vez amó mucho más que a sí misma. Aun así, de vez en cuando, como si su mente se divirtiera torturándola, Enrique volvía a aparecer envuelto entre neblina, como una imagen borrosa, un tatuaje que misteriosamente iba desapareciendo de su piel. Ya no sabía si lo extrañaba a él o a la mujer que fue alguna vez. Solo había una melancolía mezclada con vino, una nostalgia tramposa que la alcanzaba cada cierto tiempo sin que se esforzara por evitarlo.

María Luisa se sacudió la cabeza, como si tratara de revolver sus ideas. El dolor de sacudir sus pensamientos fue enorme, pero logró levantarse. Se acomodó la falda y la blusa con cuidado. Uno de los hombres roncaba con un estruendo que sacudía las lámparas. Los vio una última vez, consciente de que probablemente no volvería a coincidir con ellos, y se marchó de la habitación.

Al salir descubrió que estaba en lo cierto. Por los ventanales de la recepción se veía claramente los primeros rayos del día. Era una bonita mañana de sábado, sus hijos estaban en Paula Jaraquemada y no tendría que recogerlos hasta la noche, en la inauguración…

Por un instante se quedó meditando acerca de ello. ¿Sería capaz de ir a la inauguración? ¿Debía hacerlo? ¿Qué pensaría Enrique? Decidió que lo resolvería luego, le dolía demasiado la cabeza como para concentrarse.

Entonces, con un último suspiro, María Luisa volvió a vestirse con los ropajes invisibles que da la clase social y la elegancia, y el rumor de sus tacones fue dejando los últimos vestigios de su presencia, el eco hueco de unos pasos decididos a cometer una divertida y atrevida imprudencia.

...

¡Corre! ¡Corre! ¡Corre!

En la pista de obstáculos, seis muchachas corrían desesperadas en una carrera frenética que tenía a todo el estadio francés envuelto en porras y gritos. A la cabeza iba *"La Catucha"* Catalina Recordón, la representante del liceo. Ella había nacido para el atletismo. Sus piernas de gacela le daban una soltura insuperable para desmarcarse de sus competidoras mientras le sonreía al público. Les había sacado más de un metro de distancia y no parecía siquiera cansada. Detrás la perseguían niñas de otros colegios. Ellas eran igual de ágiles, pero se veían ensombrecidas por la gran velocidad de Catalina.

Al margen de la pista, todos los alumnos del liceo francés gritaban desenfrenadamente, al igual que el resto de estudiantes de los colegios competidores. El ardiente sol de la mañana caía sobre todos, pero a nadie parecía importarle. El sudor chorreaba por la frente, las voces se mezclaban en el aire y la escasa brisa no podía aplacar el intenso calor del mediodía. Los pequeños grupos de amigos que se formaban por aquí y por allá saltaban eufóricos, animando a su corredora favorita, encantados de disfrutar un día fuera de casa y sin las responsabilidades del colegio.

Entre el gentío, Alejandro y yo mirábamos la competencia desde una distancia muy corta mientras hablábamos de mil temas diferentes.

—¿Cómo es posible que no hayas leído nunca a Charles Baudelaire?

Alejandro hacía un esfuerzo enorme por elevar la voz y acercarse a mi oído para que lo escuchara. El bullicio del estadio era un estruendo inmortal que no disminuía jamás.

—En Estados Unidos preferían a Walt Whitman, Emily Dickens o T.S Eliot.

—Eso habla mucho de ambos países —dijo mientras soltaba una carcajada que no llegué a escuchar.

—¿La poesía?

—Lo que escogen leer de ella.

En ese momento, las competidoras entraban en la última vuelta. Catalina iba a la cabeza, la ventaja ya era humillante y el público la vitoreaba como si estuviese en una maratón de las Olimpiadas.

—¿Y qué dice? —le pregunté.

—No lo sé, tal vez que la vida es una maravillosa y permanente tristeza o un viaje hacia el interior, hacia algo diferente. Cada país elige su cruz.

—Qué profundo. Seguro que el ministro de cultura estará encantado de hablar contigo.

—No le hace falta, ya en Chile tenemos nuestra poesía bien definida.

—¿Y qué dice nuestra poesía?

—Mejor pregúntamelo en unos años.

—Espero que sea una buena respuesta para hacerme esperar tanto.

Catalina cruzó la meta como ganadora y un gran número de alumnos del colegio francés se arrojó a la pista para abrazarla y celebrar. Alejandro y yo nos quedamos en nuestros lugares, observando todo con total tranquilidad, en la distancia.

—Yo también lo espero, pero ahora háblame de lo que ocurrirá esta noche.

El ruido del estadio había ido menguando y a nuestro alrededor solo fueron quedando los alumnos de mi clase. Por allí hablaban algunos muchachos y un grupo de niñas caminaban con tranquilidad, tal vez preparándose para ir a ver otra competencia.

—¿Cómo sabes lo de esta noche?

—Lo siento, Dominique, sé que debí haberte dicho esto hace mucho tiempo, pero soy un psicópata que espía tus pasos y tus conversaciones —dibujó una sonrisa tonta, como siempre que decía más de dos oraciones—. ¿Sabrás perdonarme?

—Payaso —le dije riéndome—. ¿Quién te lo dijo?

—Lo escuché de mi abuelo —dijo guiñándome el ojo—. A él no le agrada nadie que no sea del Partido Comunista, pero sin darse cuenta habla de muchas cosas interesantes.

—A mi padre tampoco le agrada nadie que milite para algún partido.

—Vaya, son dos mitades de la misma manzana… pero no te desvíes del tema. ¿Qué sucederá esta noche?

—Mi padre inaugurará su librería.

—¿Y tendrá descuentos para los amigos de sus hijos?

—Seguro, acompañado de un lindo puesto de empleados detrás del mostrador.

—¡Ja! Ese es un trabajo que no me desagradaría.

—Entonces, ¿quieres venir a la inauguración?

—¡¿Inauguración?!

Una voz saltarina y pomposa, como nacida de un suspiro inocente, me golpeó por la espalda. Al girar mi cuerpo, un rostro en forma de corazón me sonreía. La muchacha emanaba tal alegría que podía darle una pizca a la mitad del estadio y todavía le habría quedado una gran reserva. Sus ojos eran dos nubes teñidas de azul, su cabello un tobogán de risos dorados y en los labios delgados llevaba una sonrisa perenne que la hacía lucir animada sin importar la circunstancia.

—¡Hola! Disculpen que los interrumpa, pero amo las inauguraciones, Alejandro lo sabe, ¿verdad que lo sabes? Y al escucharlos me dije: «oye, deberías acercarte, allí está por ocurrir algo interesante» y heme aquí —dijo sin respirar, de golpe, todo seguido en

187

una carrerilla tan rápida como Catalina—. Soy Lilian, por cierto, ya que Alejandro no se digna a presentarnos. ¿Tú eres Dominique, verdad?

—Por supuesto, la rebelde Dominique Lafourcade, y yo soy Alejandro, creo que no nos conocíamos, mucho gusto.

—Muy gracioso —refutó Lilian mientras me dirigía una mirada cómplice—, lo conozco desde que era pequeñito —y usó sus manos para enfatizarlo—, del tamaño de un gnomo de jardín.

—Me confundes con otro de los pequeños gnomos de la clase, querida Lilian, nunca fui así de pequeño.

Lilian y Alejandro se sumergieron en un torbellino de frases y respuestas agudas que me resultaba un espectáculo encantador. Aunque nunca fueron grandes amigos, él era una persona desenfadada que agradecía el contacto con los demás y ella, por su parte, una muchacha risueña que no temía abrir la conversación allí donde creía un lugar interesante.

Lilian tenía algo que la hacía adorable. Sobresalía allí por donde pasaba y era prácticamente imposible negarle algo. Cuando hablaba su voz se convertía en una cascada de palabras suaves y enmarcadas por un timbre risueño que parecía ir dando brinquitos. Ella encajaba en el ideal de una muchacha popular, pero no por su belleza o alguna otra característica particular, sino por su buena onda, la soltura y la facilidad que poseía para agregarse a cualquier grupo de amigos como si fuese una más. Con nosotros demostró ampliamente sus dotes y, por fortuna, encajamos a la perfección.

—Dominique, ¿podrías decirle a esta señorita que la inauguración de esta noche es solo para asesinos seriales?

No pude evitar reírme del chiste, Lilian me acompañó en la risa y, de alguna manera, eso nos acercó.

—Será en Providencia, por la calle Manuel Claro, puedes asistir a cualquier hora después de las seis de la tarde.

—Uhhh, en *Provi* —dijo Lilian—. No vivo muy lejos de la avenida, tal vez me den permiso para ir, ¡seguro voy! Pero… —enmudeció por un instante y luego nos dirigió una mirada a ambos—. ¿De qué es la inauguración?

Por un instante ninguno dijo nada. Luego estallamos en una carcajada colectiva a la que se unió tímidamente Lilian.

—Vamos, Lilian, te explicaré en el camino.

En ese instante conocí a mi segunda mejor amiga.

...

Octavio caminaba por la Avenida Providencia aquella tarde de sábado. Iba pateando una lata, en lo que alguien podría interpretar como una amplia demostración de su amor por el fútbol, aunque realmente escondía un intento desesperado por sacudirse las supersticiones de la ropa y de la cabeza.

La tarde anterior, cuando Sandra lo tomó de las manos, sintió un escalofrío inexplicable, una sensación casi mística, algo que nunca había vivido. Tal vez por eso le costaba tanto explicar lo sucedido. Aquella gitana había irrumpido en su mundo sin advertencias y ahora no podía sacarse su imagen del recuerdo. Incluso su aroma lo seguía merodeando como una serpiente floreada y bañada de cenizas y tiza. La sentía clavada debajo de la nariz, aferrada a sus oídos y cada vez que cerraba los ojos, escuchaba otra vez su voz de hechicera.

«Oye mi niño, una cosa más; no te alejes del cine Marconi»

¿Por qué aquella frase se sentía como una amenaza? ¿Qué trataba de decir o de advertirle? Octavio estaba intrigado. Misteriosamente, no sentía ningún temor hacia Sandra. Por alguna inexplicable razón, ella parecía consciente del peligro que se cernía sobre él, pero en su advertencia había cariño y un genuino deseo de protegerlo... la verdadera pregunta era de qué o de quién intentaba resguardarlo.

«Hazle caso a esta pobre bruja».

Las palabras lo merodeaban con los brazos de una madre y él, sin saber qué fuerza de la naturaleza lo empujaba a obrar de aquella forma, las obedecía. Debido a ello, esa mañana se vistió a toda prisa y, luego de marcharse de Paula Jaraquemada, acudió al cine Marconi. No lograba reprimir la repentina alegría que le nacía en el pecho, tampoco el deseo de recibir otra entrada gratis para los rotativos, pero aquello iba a ser en vano. Aquel era un horario que jamás frecuentaba, eso era importante: estaba profundamente convencido de que era una pérdida de tiempo, que Sandra a las diez de la mañana estaría durmiendo, que ella solo era una bruja de nombre y no por algún don misterioso, pero al llegar a la taquilla, se desmoronaron todas sus magníficas conjeturas.

La vio en la distancia. Sandra volvía a estar en la misma acera de siempre, rodeada de sus dos amigas, vestidas con sus ropas de colores salpicados y sus escotes de cristal, profundamente alegres y frescas, revoloteando alrededor de la bruja. Ellas miraban hacia todas las direcciones, saludaban con ambas manos, sonreían con los ojos, pero Sandra solo miraba en una sola dirección... hacia Octavio. Tenía la vista fija en él, como si supiese por dónde iba a llegar y lo hubiese estado esperando durante horas, y ahora que había llegado, avanzó con una sonrisa entre los labios hasta alcanzarlo.

—Buen muchacho, sabía que vendrías —le confesó Sandra con una voz cálida, mucho más dulce de la que podía recordar Octavio y llena de un fuego suave que parecía correrle por las venas.

—¿Cómo es posible que lo supieras? —se atrevió a responderle. Era la primera vez que le dirigía una palabra.

—Hay cosas que una sabe muchacho. El resto, a una se lo dicen los que no se pueden mentar con palabras.

—¿Quiénes?

—Amaneciste preguntón. Tal vez un día te lo cuente, pero, por ahora, deja que esta pobre bruja conserve sus secretos.

Octavio la miró con los ojos encendidos. El hambre por respuestas se había apoderado de sus facciones y parecía decidido a descubrir lo que se escondía detrás de aquella mujer y de aquel nombre.

—Tengo que irme, niño. Toma —las palabras desanimaron a Octavio, pero en esta ocasión, Sandra le ofreció su mano. La vio perplejo, intentando descubrir algún secreto y tras un instante de dudas, puso la suya sobre las de ella, completamente abierta. Los ojos de Sandra cambiaron. Así como los ancianos que fuerzan la vista para ver las letras pequeñas, así también ella se esforzaba por leer aquellas líneas profundas como si tratara de descifrar un lenguaje incomprensible. Al terminar, depositó otra entrada para los rotativos—. Nos volveremos a ver, niño. Recuerda lo que te dije y mantente atento hoy. El color azul te va a guiar al lugar al que debes ir.

—¿El color azul?

—Así es, el color azul. Ahora debo irme, niño.

—Oye, no me llamo niño. Soy Octavio.

—Eso ya lo sabía, niño Octavio. Hasta la próxima.

Sandra le dio la espalda y se fue moviendo las caderas en una danza hipnótica que lo mantuvo atontado hasta desparecer. No le despertaba deseo alguno su cuerpo, sino una fascinación extraña, una especie de atracción visual, casi como si aquellos movimientos constituyeran parte de un idioma secreto que él todavía no sabía interpretar.

Cuando Sandra desapareció de su campo visual, se vio solo en medio de la acera. El gentío caminaba a su alrededor. Los padres llevaban a sus hijos al Marconi, las madres avanzaban con sus hijas tomadas del brazo y las calles parecían envueltas en un manto radiante de alegría que se extendía para todos, menos para Octavio. Él no estaba interesado en perderse por las calles de *Provi*, su lugar estaba en otro espacio, así que apretó la entrada y se fue directo a la taquilla, dispuesto a pasar unas cuantas horas frente a la pantalla, aunque ni siquiera en aquel recinto de entretenimiento lograría sacarse de la cabeza a Sandra.

Al menos cuatro horas más tarde, cuando iba pateando aquella lata de Coca-Cola, seguía meditabundo mientras el sol de la una de la tarde arañaba la ciudad con sus garras ardientes. Las películas fueron realmente divertidas, pero ahora Octavio no sabía hacia dónde iba ni qué debía hacer. Volver a casa era poco menos que un suicidio, un paso directo hacia el tedio y el profundo aburrimiento, pero por más que se había esforzado por seguir los consejos de Sandra, seguía sin encontrar su camino.

Una hora antes había intentado seguir el color azul en todas las oportunidades que se le presentaron, pero ninguna había resultado interesante o reveladora. Persiguió con una poca respetuosa distancia a una anciana de vestido y sombrero azul pastel hasta una tienda de gatos, luego a un auto deportivo de un intenso azul oscuro hasta un misterioso choque e incluso a un niño que llevaba un globo azul rey en sus manitas, pero ninguno lo condujo hacia una respuesta. Octavio se había quedado sin ideas; ya no le importaba perseguir la profecía, solo vagaba por la zona, indiferente ante todos los que pasaban junto a él, deseoso de arrancarle las manecillas al reloj y recolocarlas en una hora más propicia, pero entonces, un murmullo colectivo lo sacó de sus maquinaciones.

Al levantar el rostro descubrió que se encontraba en la avenida Principal de Providencia, pero algo inusual estaba ocurriendo. Los automóviles se encontraban apiñados a los bordes del camino, mientras que, en el centro, una procesión de hombres y mujeres avanzaban, como si se tratase de un rito a un santo parroquial. Octavio quedó intrigado, así que se fue acercando, al igual que el resto del gentío. Las aceras se fueron abarrotando de curiosos. Nadie decía nada hasta que de pronto, un inmenso vitoreo de júbilo y silbidos provocativos inundaron por completo la avenida. Muchos no entendían lo que ocurría hasta que la procesión pasaba junto a ellos, entonces, todo quedaba claro.

Alrededor de los hombres y las mujeres que caminaban por la calle, avanzaba un caballo sin montura completamente pintado de azul y domado por una mujer. Su cuerpo estaba totalmente desnudo, la piel perlada reflejaba los rayos del sol y la densa y alargada enredadera color castaño que era su cabello le caía a ambos lados del cuerpo, escondiendo sus senos, mientras el lomo del caballo tapaba el resto de su desnudez. Aquella escena era una auténtica atracción social y Carolina Blanco estaba encantada de representarla. Parecía restarle importancia al hecho de mostrarse tan libre y tan pura frente a decenas de ciudadanos. Ella era una amante de la cultura hippie y de la libertad, y el hombre que la acompañaba desde abajo parecía haberle facilitado los medios para expresarla.

Octavio miraba todo boquiabierto, hechizado por el espectáculo, incapaz de advertir quién era el hombre que sujetaba las riendas del caballo. Entonces escuchó unos versos extraños, en un idioma escrito al revés y con frases divertidas en un español antiguo, prácticamente sacado de algún poema de Cervantes. Al principio no estuvo seguro de lo que escuchaba, pues el megáfono hacía que las palabras volaran, deformes, hacia las nubes, para luego aterrizar completamente distorsionadas en sus oídos. La voz se mezclaba con el griterío de la gente, pero lentamente se fue haciendo más y más nítida hasta que el timbre se hizo familiar…

…

¿Es esa Lady Godiva? —dijo Alejandro, envuelto en una fascinación absoluta.

—¿Lady quién? —soltó Lilian, confundida.

—Lady Godiva, una mujer que se paseó desnuda por una ciudad inglesa para lograr que su marido rebajara los impuestos —Lilian lo miraba impresionada, como si se maravillara de que él supiese hechos tan extraordinarios—. Es una leyenda, te puedo prestar algunos libros, pero hay varios cuadros que la representan.

—¿Y me puedes prestar los cuadros también?

No terminé de escuchar lo que dijo Lilian. Una voz familiar llegó a mis oídos. Aunque el megáfono la convertía en una versión amorfa de sí misma, la reconocí de inmediato. Súbitamente, me embargó un profundo deseo de huir despavorida de aquel lugar. Mi padre narraba en una voz profunda y suelta la que consideraba la mejor cuña publicitaria para su negocio. Mientras caminaba, recitaba un poema casi medieval que relataba una épica aventura llena de frases con doble sentido y con el espacio suficiente para introducir pequeños guiños y mensajes subliminales hacia su librería. Las palabras se deshacían en los oídos de la gente, llegaban a todos con una dulzura para nada empalagosa, sino fresca, desprovista de profundidades o artilugios anticuados. Los versos eran alegres, directos y jocosos y cuanto más decía, más divertido se volvía, hasta que, casi sin quererlo, y para despecho del público, terminaba el poema con la frase del *"caballo azul"*, el nombre de su librería.

Las personas aplaudían y vitoreaban, en parte por su poema, mayormente por el cuerpo desnudo de *su* Lady Godiva, pero yo me sentía expuesta, vulnerable, sujeta a una situación que no podía controlar ni detener. Mi padre levitaba por la calle, vivaracho y orgulloso de su ingenio. Por supuesto, había logrado su propósito. Él no pretendía que acudieran a la inauguración, sino que supieran que allí estaba un nuevo lugar del saber, un espacio que podían visitar mañana o dentro de un mes; un lugar que acogería a los niños y a los adultos para el banquete de la literatura. Aquel era *su* caballo azul, un espacio del escritor Enrique Lafourcade.

Sin embargo, yo no podía dejar de sentirme incómoda con aquella situación. Aunque mis padres eran artistas y se mantenían bajo la atenta mirada de la gente, nunca había logrado dejar de sentirme responsable por sus actos. De alguna manera, me sabía una extensión de sus acciones, como si fuese la responsable de sus alocadas ideas. Cuando las personas me miraban, la mayoría veían a la hija del escritor, y para bien o para mal, ese título, esa discriminación que podía tornarse positiva o negativa, me marcaba irremediablemente y, durante mucho tiempo, sin que fuese consciente. Por eso, conforme fui creciendo, se hizo más palpable y difícil de eludir. El mundo me señalaba en nombre de mis padres y yo miraba sus dedos y esos labios en movimiento que siempre tenían demasiada información de la vida privada de mi familia.

En aquel momento, mientras avanzaba la procesión de mi padre, nadie me miraba, ni una sola persona me señalaba o hablaba de mí, pero daba igual, eventualmente lo harían, la gente recordaría y eso me hacía sentir expuesta. Repentinamente, las mejillas se me sonrojaron y comencé a sudar. El cuerpo no me respondía y por mi cabeza bailoteaban la burla y la tragedia al ritmo del *twist*. Maldije la fortuna por haber aceptado la invitación de Lilian para comer en su casa luego de los juegos intercolegiales y estaba a punto de escapar sigilosamente de aquel lugar cuando la voz de Alejandro me detuvo en seco.

—¿Ese no es tu padre? —preguntó.

—S-sí, lo es —le respondí con un tono mecánico y profundamente avergonzado.

—¡Es increíble! —se apresuró a decir Lilian y Alejandro asintió para confirmarlo.

En ese instante me alegré de tenerlos junto a mí.

…

Las seis de la tarde no era una hora que Enrique Lafourcade desaprovechara.

Durante toda su vida, aquel espacio de tiempo siempre le había proporcionado un suculento beneficio. De niño, marcaba la hora para comenzar a leer; como universitario, era el mejor momento para enfrascarse en las intensas discusiones en el Parque Forestal, y ahora, como escritor, determinaba la llegada de la frenética vida social con sus fiestas, coloquios y discusiones. Sin embargo, era curioso que, a sus cuarenta y un años, aquella tarde de sábado hubiese logrado que todas las facetas de su vida coincidieran en un mismo lugar… en el *caballo azul*.

Enrique miró a su alrededor y se sintió satisfecho. Tenía un par de años sin experimentar aquella sensación, pero no podía reprimirse, aquel día no. Había escogido un buen lugar. ¡Tan cerca de la avenida Providencia, en las recién construidas torres de Tajamar, no había espacio para el fracaso! Mucho menos cuando evaluaba la distribución del recinto. Frente a él, la librería parecía su propia versión de la biblioteca de Alejandría. Contaba con dos plantas diferenciadas; las dos con un suelo de una madera oscura y pulida acompañado por paredes beige que transmitían cierta calidez y protección. El área superior estaba compuesta por una mezzanina moderna muy *clean* con sus áreas

194

diáfanas de lectura y algunos ejemplares de apoyo como diccionarios y manuales. Abajo, el terreno era mucho más generoso y completamente forrado por decenas de estanterías que parecían adheridas a las paredes del fondo. Allí emergían todos los libros imaginables y, si alguien sabía buscar con mucha precisión, incluso los inimaginables. No importaba el gusto del comensal, aquel bufet ofrecía los ingredientes necesarios para trasportar a cualquier persona hasta un mundo del que nunca desearía escapar.

Por ejemplo, había una exuberante colección del *boom latinoamericano* en el área central de la librería. Entre su generoso catálogo, contaba con las publicaciones más recientes de Gabriel García Márquez y sus *cien años de soledad*; de Cortázar aparecía *la vuelta al día en ochenta mundos* y María Vargas Llosa presentaba *los cachorros* con efusiva rebeldía. También se distinguían por aquí y por allá varios ejemplares de Carlos Fuentes, destacándose su *cambio de piel*. Además, disponía de una generosa estantería de literatura francesa y de una respetuosa sala de las traducciones más prestigiosas de la escena literaria. Por último, las tiras cómicas y un sinfín de títulos para todas las edades encontraban sus propios espacios y pronto serían de las más consumidas.

Asimismo, a las faldas de las estanterías, había sendos mesones de caoba con sus sillas a juego para que los visitantes se sentaran a leer y a debatir acerca de los temas más diversos que se les cruzara por la mente. Para concluir, al margen derecho, un amplio y llamativo mostrador servía de guarida para los empleados, quienes no tenían demasiada privacidad pues tenían demasiado cerca los ventanales con vista a la avenida.

Aquellos espacios y mobiliarios conformaban los más de ciento cincuenta metros cuadrados que disponía la librería. Aquello era perfecto, así lo sentía Enrique, y estaba dispuesto a convertir esa sensación en una realidad indiscutible.

Odiaba admitirlo, pero se sentía nervioso, muy nervioso. Las manos le sudaban y no podía quedarse quieto. Revoloteaba hiperactivo por todas partes, como una abeja que hubiese bebido su peso en café. Sus manos se movían inquietas por los lugares: acomodaba libros, clasificaba autores y dejaba cambio en la caja registradora; limpiaba los cristales, le daba órdenes al personal y, de vez en cuando, se reía con alguna broma secreta que nadie conocía. Cualquier persona que se le

195

acercaba, mágicamente se veía contagiada por su efusiva energía y volvía a su puesto con una generosa e inexplicable felicidad en el rostro.

Enrique quería crear su propio oasis, una huella en ese Santiago que se lo había dado todo y que tanto amaba. Para él, inaugurar una librería no era un capricho de escritor, ni un vano deseo de alguien que ama las letras e intenta vender sus propios libros y los de sus colegas. Aquello solo era un placer del oficio, pero no perseguía tal ideal. Lo suyo era la trascendencia y por eso deseaba edificar un símbolo, un lugar en el que todos vieran un espacio de ocio y conocimiento, su propio Parque Forestal, el recinto donde naciera una nueva vida cultural y literaria en la capital de Chile. Aun así, Enrique intentaba no pensar demasiado en ello. Se veía a sí mismo aspirando a un puesto demasiado alto, pero ¿Qué era la vida sin sueños ambiciosos? Un vacío, un sinsentido y él no se lo permitiría. Solo quedaba jugarse la suerte a los dados, apostarlo todo en nombre del anhelo y cruzar los dedos para que la tirada resultase favorable.

Aquella era su ruleta rusa.

Había apostado todo en ella. ¿Funcionaría? No sabía responderlo, pero al ver el rostro de los primeros visitantes, desaparecieron las preocupaciones. Se alegró al instante, como un niño impaciente que se cruza en el momento indicado con su grupo de amigos. Las puertas de cristal emitieron un destello sonoro, una armonía de campanas que resonaban tímidamente al abrirse y por ellas emergieron Jorge Elliott, Martín Cerda y Antonio Avaria. Las sonrisas se pintaron por aquí y por allá casi al instante, al igual que las miradas apreciativas y las bromas de *colegueo* tan antiguas como los días universitarios por el Parque Forestal. Un instante más tarde, Jorge Teillier, Cristián Huneeus y Eduardo Molina Ventura —mejor conocido como *"Chico Molina"*—, acudieron al encuentro casi preparados para desenfundar sus más ocurrentes ideas.

Al grupo se fueron incorporando otros rostros y temáticas, nuevas sonrisas y voces que adquirían formas corpóreas y se golpeaban en el aire, creando el sonido más maravilloso que Enrique hubiese deseado: el murmullo del debate, las discusiones del saber, el ruido de la cultura naciendo y fusionándose para crear algo diferente, algo que valía toda la pena y el trabajo del último año.

Conforme la multitud de rostros hambrientos y curiosos acudían a la inauguración, la librería parecía volverse cada vez más angosta, pero a nadie le importaba demasiado. Allí la primavera era eterna y, por donde se posaba el oído, florecían las conversaciones. La gente ojeaba los libros, se perdían en sus páginas, los intercambiaban con sus amigos y luego de intensas discusiones, azotaban los billetes en el mostrador con una sonrisa de satisfacción. La caja registradora sonaba regularmente con un tintineo adictivo y justo ahí era donde Enrique dedicaba un tercio de su atención.

A pesar de que había depositado esa responsabilidad en un empleado de su confianza, este se veía desbordado constantemente por las oleadas de compras y preguntas intrépidas, así que buscó un refuerzo para la batalla y decidió que su hija era apta para la labor. Dominique había llegado una hora antes de abrir la tienda, seguida por dos compañeros de su clase que también resultaron bastante útiles, sobre todo después de que les explicara la clasificación de las estanterías y los dejara dando indicaciones a cada lector que acudía hasta ellos buscando ayuda. Parecían divertidos en sus tareas y muy interesados en los libros, especialmente el muchacho Reyes.

Aun así, se esmeraba en asesorarlos y brindarles apoyo con regularidad. Desde la distancia los espiaba sin ser visto, evaluando su desempeño y auxiliándolos cada vez que necesitaran ayuda, pero a quien más analizaba era a su hija. Dominique siempre había tenido las facciones finas de su madre; su cabello castaño y su nariz griega, la piel invernal y los labios delgados. Sin embargo, conforme había dado el salto a la adolescencia, se había hecho mucho más sencillo reconocer los rasgos de su padre, casi como si siempre hubiesen estado allí, ansiosos y a la espera de hacer su gran aparición.

Ahora, Enrique distinguía sus pómulos y sus intensos ojos de pantano, la forma redonda de su rostro, la mirada inquisitiva, su amor por los libros y esa invaluable capacidad para destruir con palabras precisas a quien tuviese por delante. No podía evitar sentirse representado en aquella pequeña adolescente que sonreía poco y analizaba a cada persona con la que se cruzaba; que se movía de forma metódica y parecía dominar con una soltura envidiable cada elemento de su alrededor. Enrique realmente se alegraba de tenerla aquel día, aunque ella no lo supiera.

197

. . .

No sabía explicar la razón, pero estar en medio de libros y palabras me hacía sentir vigorosa. Mi padre me dirigía demasiadas miradas, completamente seguro de que no me percataba de ello, pero a mí eso no me molestaba. Recibir un poco de atención, aunque fuese estrictamente por el hecho de manejar el dinero de su caja registradora seguía siendo una sensación agradable después de una ausencia tan marcada.

Había pasado un poco más de un año desde que escapara de California aquella noche innombrable y desde entonces solo lo había visto dos veces, por menos de diez minutos. En algún rincón de la mente me dolía aquel pensamiento, pero cada vez con menos fuerza. No odiaba a mi padre. Comprendía los motivos que lo habían llevado a abandonar a su esposa, aunque cuestionaba profundamente su forma de hacerlo. Enrique era un cobarde y ya con mi corta edad lo entendía a la perfección. Lo que había hecho estaba más allá del bien y del mal, pero eso no implicaba de ninguna forma que no pudiera entenderlo y, hasta cierto punto, comprender los hechos sin partidismos, los de él y los de mi madre, por supuesto; las dos mitades de una misma tragedia.

—¿Necesitas algo?

La voz de mi padre llegó como un trueno por la noche. Volteé a verlo y me topé con un hombre un poco más viejo del que recordaba. Las mejillas comenzaban a caerle hacia abajo como a un bulldog, las arrugas se ubicaban en lugares selectivos y algunas canas florecían allí donde el cabello siempre había sido negro como el carbón. Su voz era más profunda y tosca, pero se le escuchaba risueño, como si se hubiese reencontrado con la felicidad después de mucho tiempo. Misteriosamente, la vejez visible contrastaba con un humor intenso, una mirada encendida y alegre, la ropa fina, planchada y de buen tejido, el reloj en la muñeca y cierto porte enigmático. Mi padre era un escritor consagrado y ahora estaba convencido de que Santiago era su verdadero lugar. Allí seguiría conquistando nuevas cumbres y soñando con las infinitas posibilidades que le proporcionaban las letras. Tal vez por esto —además del hecho de haberse desprendido de las cargas familiares—, transmitía un aura totalmente diferente a la del pasado. Su

198

postura, sus expresiones y gestos irradiaban una energía apasionada, un toque mágico que provenía de una carrera que parecía destinada a mantenerse en un ascenso progresivo que, en poco tiempo, lo llevaría a convertirse en una auténtica celebridad.

—No, papá. Todo está bien —le respondí.

Aquello era cierto. Luego de las decenas de ventas en el mostrador y la lluvia de efectivo en la caja registradora, había menguado el número de personas que llegaban a pagar. La gente parecía concentrada alrededor de una mujer ubicada al otro lado de la librería y la atención ya no se enfocaba en los libros, sino en la plática y los canapés que distribuían los mesoneros. Habían llegado en estampida con todo tipo de platillos y botellas de vino. La gente comía, celebraba con libros debajo de las axilas y brindaban en nombre de aquella noche.

—Bien, hiciste un buen trabajo… —lejos de parecer halagarme, se le notaba inquieto, como si quisiera decir algo más—. Oye, ¿no se le ocurrirá a tu mamá aparecerse por aquí, ¿verdad?

—No lo sé, no estuvimos con ella ayer.

—Claro, claro… pero, tú la conoces, Dominique. ¿Te parece que es algo que ella haría?

La pregunta me dejó pensativa. ¿Sería mi mamá capaz de enfrentarse a esa vida social, a ese mar de rostros y amigos que alguna vez fueron comunes pero que ahora eran despojos de una relación desquebrajada en cientos de pedazos? No me parecía muy probable, aunque ella siempre era impredecible.

—Creo que podría venir.

La respuesta no pareció espantarlo, era casi como si esperara que yo dijera eso. De alguna manera, quería que yo lo torturara con mis palabras, aunque trataba de disimular su incomodidad sonriendo y arreglándose la corbata. Fingía que aquello no tenía importancia.

—Y ¿Dónde estará el Octavio?

—Debe de estar por ahí.

Mi hermano… dónde estaría Octavio. Esa sí era una pregunta realmente difícil de responder.

…

Octavio llevaba veinte minutos a las afueras de las Torres de Tajamar sin ser visto, contemplando el desfile de hombres y mujeres que chocaban como olas de mar contra *el caballo azul*. Afuera se leía con sendas letras, también azules, el letrero blanco con aquel nombre que se le clavó en la masa cerebral desde que vio a la mujer completamente desnuda, a lomos de un caballo guiado por su padre.

Sandra le había dicho que siguiera el color azul y allí estaba, persiguiendo el designio, demasiado irritado y confundido como para concretarlo. ¿Por qué sus pasos lo habían conducido precisamente hasta un lugar tan desafortunado? Su padre era la persona a la que menos deseaba ver en el mundo, pero ahora parecía ineludible el encuentro. Todo era culpa de Sandra. La maldijo en silencio, pero se retractó de inmediato. La rabia lo estaba cegando y caminar en círculos tampoco parecía ayudarlo, así que se detuvo en seco. Si debía ocurrir, era mejor acelerarlo cuanto antes. Lamentablemente, su cuerpo no reaccionaba. La mente marcaba el compás, pero sus piernas se negaban a seguir las órdenes. Le hacía falta otra señal. Una más y se convencería de que aquello era definitivo; una más y aceptaría su suerte sin reproches. Octavio sonrió. Ya era demasiado tarde para que apareciera una nueva señal, tal vez se libraría de aquella profecía extraña, de aquel encuentro despreciable con su destino, pero entonces, cuando miro hacia el escaparate de la tienda, se le borró la sonrisa y la convicción.

Enrique salió a la calle. Se movía sagaz y en poco tiempo comenzó a impartir una serie órdenes a un grupo de camareros. Los hombres eran en extremo delgados, casi como alfileres, y como respuesta a las palabras de su padre, sacaron bandejas, canapés y todo tipo de alimentos y bebidas de una furgoneta blanca. Parecían un ejército armado, preparado para avanzar sobre sus enemigos. En ese instante, los últimos rayos de luz se abrieron paso entre las nubes del cielo y se posaron sobre los camareros. Solo entonces se hizo perceptible la elegancia de su vestimenta. Iban ataviados con zapatos pulidos, pantalón de pana negro, camisa blanca y chalequitos… chalequitos azul marino.

«Azul, sigue el color azul».

Allí estaba otra vez aquel maldito color que reclamaba a Octavio. Los hombres se internaron al corazón de la guerra de comensales y su padre cerró la marcha, sin advertir que su hijo estaba en la esquina, mordiéndose los labios, completamente resignado. Al desaparecer, Octavio comenzó a avanzar hacia la librería. Se consolaba en cada paso, pensando que, al menos, esta vez seguiría la senda de su destino por su propia voluntad; después de todo, desde el desayuno no había comido nada y el cóctel estaría bien provisto de manjares.

No se equivocaba.

El Caballo azul se abrió para él, curiosamente, al igual que un libro. De izquierda a derecha había mucho para ver, tal vez demasiado. Las personas se movían como palabras multicolores en páginas blancas. Formaban oraciones complicadas y frases inentendibles; párrafos pintorescos y cuartillas jocosas; y al unirlos todos creaban versos tan hechizantes como la poesía. Aquella amalgama de gentes y conversaciones era demasiado para Octavio. Se sentía fuera de lugar, desprovisto de rumbo e intenciones, completamente ajeno a lo que allí estaba ocurriendo.

La comida tampoco cambió sus sentimientos. Tenía una copa de vino en la mano y un par de bocadillos en el estómago, pero se seguía sintiendo en el mismo limbo. No sabía qué hacer ni cómo actuar. Las personas lo observaban con miradas apreciativas al pasar junto a él y no podía hacer nada para evitarlo. Se sabía vulnerable y cuestionaba sinceramente el verdadero motivo de estar en aquel lugar. ¿Cuál era el fin de perseguir un presagio si solo conducía a la calamidad? Ninguno, se respondió mientras devoraba otro sándwich. Pero ya estaba allí, solo le quedaba esperar.

Dominique vio a su hermano en la distancia, casi como si estuviese iluminado por un reflector en medio de la multitud. Enrique siguió la mirada de su hija hasta chocar con la de Octavio. El golpe fue brusco y ambos se esquivaron de inmediato. Aun así, lentamente fueron acercándose, casi por inercia y sin quererlo, hasta que estuvieron de frente. No hubo palabras, tampoco silencios, porque el lugar no lo permitía. La música rajaba el aire, al igual que las risas y el bullicio de algún chismorreo. Ambos se sostuvieron la mirada, en una había mucha rabia, en la otra, un sentimiento de culpa. El encuentro era insostenible, pero milagrosamente, para el escritor siempre aparecen recursos que lo ayudan a zigzaguear la corriente.

—Carolina, querida, te presento a mi hijo Octavio. ¿Serías tan amable de acompañarlo?

201

Octavio quedó perplejo, era la mujer del caballo azul. Había sido despojada de su aura divina y, paradójicamente, la ropa la hacía lucir mucho más flaca de lo que parecía desnuda. Su cabello largo y castaño seguía cayéndole como dos telones a ambos lados del cuerpo, pero ahora quedaba claro que se trataba de una peluca. Aun así, Carolina resultaba atractiva, con un aire de hippie mezclado con la personalidad de una chica fina. Al verlo sonrió y descargó una ráfaga de palabras dichas de prisa que Octavio apenas logró atajar mientras su padre se marchaba sin ser visto.

Nadie escuchó lo que respondió Octavio ni lo que dijo Carolina. Nadie se percató de que Dominique despidió a Lilian y se fue a la esquina más occidental de la librería. Nadie se dio cuenta de que el personal de sonido había acomodado el micrófono en la mezzanina, donde se controlaba el terreno y se podía mirar a todos sin problema. Nadie advirtió a la mujer que se escabullía entre el gentío con una gracia envidiable y casi jalada por un hilo invisible que la amarraba a su destino. Por último, nadie se percató del breve toqueteo que le hizo a Enrique, ni que este la siguió muy lentamente por el pasillo de paredes humanas que formaban las personas hasta ascender a la cumbre de aquel lugar de libros y personas.

Nadie advirtió nada de nada, ni siquiera el menor detalle, la pista más pequeña, hasta que se retumbaron las palabras.

—Ha llegado la fortuna a esta humilde morada del saber gracias a su presencia, queridos amigos. Gracias por acompañarnos esta noche.

Las palabras se esparcieron por el aire, trituraron el ruido, enmudecieron las gargantas y solo quedó el eco de una voz, quizás la más distintiva de todas, quizás la que todos esperaban escuchar esa noche.

Enrique hablaba y su voz se escuchaba clara, nítida y segura... incluso fuera de la librería.

. . .

Afuera del caballo azul, la noche era tan fresca como para considerar usar abrigo, pero no lo suficiente para decir que hacía frío. En el cielo, un mosaico de nubes apenas dejaba una rendija circular para una medialuna que se esforzaba por arrojar sus hilos de plata sobre dos mujeres que avanzaban por la calle del frente.

El sonido de sus tacones contra el asfalto levantaba un traqueteo rítmico, un acompañamiento de suspenso a cuatro tambores que marchaban al unísono en cada pisada. Sus pasos estaban sincronizados: ambas avanzaban con la certeza de que el movimiento de la una era, irremediablemente, el de la otra. Casi como si fuesen dos partes de un mismo cuerpo, estaban entrelazadas por el brazo, apoyándose mutuamente, aunque la más alta era quien parecía completamente aferrada a la bajita.

Los automóviles paseaban por la zona sin recato. Todavía era una buena hora para pulular en los alrededores de la avenida en búsqueda de esos placeres y diversiones que solo se consiguen una noche de sábado. Por eso, las luces de los faros las alumbraban de pies a cabezas: brillaban sus vestidos y sus joyas, adquirían colores claros sus ojos azules, se iluminaba sus pieles blancas y casi lograban delatar las ligeras canas ocultas debajo de capas y capas de cabello sedoso y pintado de tintes oscuros.

Ambas cruzaron la calle, pero solo a una le latía con fuerza el corazón. Ambas caminaron hacia la puerta, pero solo a una le sudaban las manos. Ambas escucharon la misma voz desde el interior de la librería, pero solo una sintió una rabia incontenible que le estrujaba la garganta.

—¿Estás segura de que quieres hacer esto, Mary? —la interrogó Sibila en voz baja, como si temiera que alguien las descubriera y casi tratando de convencerla para que reculara, convencida de que había tiempo para retractarse.

—Segura —sentenció María Luisa con una voz que no dejaba espacio para las dudas.

Espero que hayan encontrado lo que tanto buscaban…

La voz llegó detrás de la puerta justo en el momento en el que Sibila la empujó. La acción despertó aquel sonido de campanas que emitía el mecanismo de la puerta, pero, afortunadamente, se sincronizó con la voz del interlocutor y pasó completamente desapercibido. Nadie volteó a verlas, nadie se percató de su llegada, nadie se interesó por ellas…

… salvo Enrique.

Desde arriba, todo se distinguía con suma claridad y al verlas empalideció. Se cortó de pronto y tosió. Luego le sonrió a la mujer que tenía al lado y regresó la vista a su audiencia, con las manos heladas, la voz menos segura, pero decidido a seguir adelante a pesar de todo.

—El Caballo Azul ha sido un sueño desde que era joven —mientras salían las palabras, Enrique recuperaba un poco de su confianza. Arbitrariamente decidía colocar la mirada lejos de cualquier miembro de su antigua familia y trataba de ignorar la presencia de todos—. Hoy, por fin, ha cobrado vida este pequeño espacio de Santiago que nace para cultivar el saber y la discusión —en ese instante sonrió, seguro de sí mismo. Había tomado una decisión—. Ha sido un viaje turbulento hasta aquí, pero debo admitir que nada de esto hubiese sido posible sin la incondicionalidad de una persona.

María Luisa quedó petrificada. No se atrevería a hacer semejante acto público. ¿O sí lo haría?

—Es para mí un verdadero placer presentarles a la mujer que ha hecho todo esto posible…

La voz quedó suspendida en el aire. El sonido se desvaneció. Ya no salían palabras de la boca de Enrique, sino morisquetas deformes sin significado, movimientos de labios lejos del micrófono que no decían nada.

Antes siquiera de escuchar el final de aquella oración, Dominique clavó la mirada sobre Octavio. Lo pescó al otro lado de la sala, junto a Carolina, y el instinto le habló con fuerza. Necesitaba ir con él, pero no podía, ya no podía alcanzarlo. Él estaba solo, incrédulo, tembloroso, petrificado y nada de lo que hiciera le permitiría protegerlo.

Octavio no advertía el llamado de su hermana, pues estaba demasiado ocupado golpeando a su padre con la mirada. No podía creer lo que escuchaba. El corazón le latía rabioso en el pecho, la sangre se le subía a la cabeza, el odio lo hacía temblar. La mujer no era la culpable, eso era algo que Octavio ignoraba. Aun así, toda su ira tenía un solo receptor. Enrique, su padre, él y solo él era el responsable. Él y solo él.

Enrique, a media oración, casi al final del camino, y en uno de sus pocos y excepcionales actos de valentía familiar, apartó la atención de su audiencia y clavó la mirada en María Luisa. Sus ojos azules seguían igual de fríos y sentía su fuego gélido abrasando sus entrañas. Aun así,

204

sostuvo la mirada, como si tratara de darle punto y final a una larga travesía, a un viaje que terminaba justo en ese instante.

Estaba decidido.

—..., les presento a mi esposa, la periodista y escritora Marta Blanco.

María Luisa miró a Marta por primera vez, aunque la había visto una decena de ocasiones en la editorial Zig-Zag, en las fiestas de sociedad y en un sinfín de lugares. Su imagen la hizo sentirse vieja, desanimada, reemplazada. Su sonrisa se llevaba una vez más todo lo que le quedaba. Ella era una flor más joven, un nuevo estereotipo de belleza muy diferente al status quo. Su imagen resultaba llamativa, desde luego, pero por razones drásticamente opuestas a la suya. María Luisa no encontró ni un solo rasgo que resaltara por encima de los suyos. No había forma ni característica que la hiciera superior... y, aun así, ahí estaba, la nueva rosa de Enrique, la mujer que le había robado en mitad de la noche al hombre que amaba.

María Luisa apartó la mirada de ella, desolada y rabiosa, y la posó sobre Enrique una última vez. Una lágrima suicida se precipitó al vacío. La última que le quedaba...

... la última que derramaba por Enrique Lafourcade.

Capítulo VIII

Una traición de labios inocentes

1

El mismo día que el hombre llegó a la luna, cumplí quince años.

Lo sé porque pocas veces en la vida se puede olvidar el momento exacto en el que se toma una decisión tan importante, especialmente cuando la ciudad entera está conmocionada por un hecho que cambió la historia de la humanidad. Si cierro los ojos, puedo recordarlo claramente. El ayer se confabula en mi memoria y vuelvo a escuchar las respiraciones ahogadas, los susurros misteriosos y la cuenta regresiva del narrador antes del despegue; redescubro las imágenes de un espacio que estábamos a punto de conocer, la multitud apretujándose frente a las tiendas de televisores o alrededor de las radios, con niños pequeños sentados en los hombros de sus padres, deslumbrados por el gentío, y los automóviles mal estacionados en mitad de la calle, sin que nadie les reclamara a sus conductores, puesto que todos ellos —incluyendo a la policía y a los bomberos—, también se habían detenido sin muchos protocolos para ser testigos de un hecho que parecía fantástico, aunque todavía nadie lo advertía por completo.

¿Qué era 1969 sino el año de la esperanza y el optimismo? Por todas partes proliferaba la ilusión de cambiar el pasado, de cuestionar lo establecido, de reconstruir las bases antiquísimas de la sociedad. Aquel era un mundo muy diferente, único en su tiempo, irrepetible y profundamente idealista. La población global jamás volvería a ser tan joven, jamás tan vivaracha y dispuesta a trabajar en conjunto por una meta, ni tan convencida de que el futuro les pertenecía y harían lo que fuese necesario para acceder a él.

En pleno ocaso de la Guerra Fría, por toda Latinoamérica se esparcían ideas novedosas para el continente, pero ampliamente conocidas en otras latitudes. La mayoría de ellas —por no decir todas— provenían de la Internacional Socialista y los históricos libros del comunismo que año tras años arribaban con sus saberes teóricos a los puertos de América y El Caribe, al igual que en la época colonial lo hicieran los libros y manifiestos de la ilustración. Algunos hombres leyeron aquellos manuscritos, lo debatieron con sus colegas y luego se alzaron ante la sociedad, creyéndose portadores del mejor de los sistemas políticos, del más igualitario y equitativo, de la clave para mejorar el mundo. Por supuesto, fueron desoídos durante mucho tiempo. La más pura de las izquierdas latinoamericanas —conformada por los Partidos Comunistas y los enteramente socialistas— fueron ensombrecidas por la socialdemocracia o la democracia cristiana durante largo tiempo, pero en 1969 estas comenzaban a representar el estancamiento del poder, el inamovible *statu quo*, y allí donde los partidos tradicionales se reemplazaban unos a otros en el gobierno, algo estaba a punto de cambiar para siempre.

Por entonces, el "Che" Guevara ya había retado abiertamente a los Estados Unidos y Fidel Castro obtenido el triunfo en Playa Girón, y en esos actos titánicos, en ese David contra Goliat, en ese grito de una aparente pequeñísima isla frente a una potencia mundial, toda América y El Caribe se sintió representada, sobre todo sus jóvenes, quienes comenzaron a ver en aquello un sueño posible, y en su ideología, el verdadero camino para desmontar las estructuras tradicionales del poder.

¿Y qué era el poder en 1969 sino un ejercicio desigual y, en la mayoría de los casos, estancado y deficiente que se ejercía casi sin contemplar a las clases más vulnerables y desfavorecidas? Da igual hacia dónde se mirase, Latinoamérica era un lugar de caos en el cual sus pobladores vivían bajo la sombra de las clases altas, sin tener casi opinión hasta que llegaba el momento de votar. Solo allí, frente a las urnas, los pobres tenían voz, pero en pocas oportunidades tenían una idea clara de qué hacer con ella —aunque sería más apropiado pensar que no tenían muchas opciones para decidir qué hacer con ella, ni la educación necesaria para comprender del todo el peso de sus decisiones—. Por eso, justo antes de cada elección, las cúpulas del poder acudían hasta sus poblados, visitaban sus caminos de tierra, entraban a sus casas de barro, ladrillo y cal, regalaban comida, ofrecían propuestas de cambios, firmaban compromisos sociales y convencían a algunos cuantos para que votaran por un candidato que cumpliría su palabra, a medias, y en el tiempo que lo considerara oportuno.

Tal vez por eso, la Reforma Agraria en Chile llegó demasiado tarde o en el momento preciso para que, por una parte, los demócratas y las clases altas la consideraran una traición por parte del presidente Eduardo Frei, mientras que, por otro lado, los campesinos que habían estado esperando durante generaciones aquel acto gubernamental, la consideraran una medida demasiado tímida por parte del Estado.

Aun así, al grito de «la tierra para el que la trabaja», la reforma eliminó una buena parte de los latifundios del país y fragmentó el espectro político del momento. Aquellos que se vieron perjudicados no tardarían en manifestarse, al igual que los favorecidos. En 1970 la Reforma llegaría a totalizar cerca de 3.408.788 hectáreas expropiadas y redistribuidas, en su mayoría, a los campesinos, quienes comenzaron a darle una lenta pero progresiva productividad a innumerables terrenos que permanecían en desuso. Esto desangró el apoyo que recibía el partido de la Democracia Cristiana por parte de su base electoral en uno de los momentos de mayor importancia para el país y, también, fue una de las variantes que daría espacio para que Salvador Allende, un hombre ampliamente familiarizado con las carreras presidenciales, ingresara a la escena una última vez, pero en esta ocasión, decidido a obtener el triunfo y a convertirse en el nuevo protagonista de la democracia chilena.

Llegaría el día en que Allende solo tendría que prometer lo que nunca se había cumplido: contemplar a los pobres en sus planes de gobierno. A diferencia de cualquier candidato de los partidos tradicionales, él nunca había incumplido su palabra, por lo tanto, no pesaba ninguna duda sobre él más que el temor y el recelo natural que sentía una gran parte de la sociedad hacia el comunismo. Aun así, contra todo pronóstico, para muchas personas, él solo emanaba esperanza, solo promesas, solo una visión diferente para Chile, un sendero que contemplaba a los eternamente ignorados y sus

209

poblaciones, un destino que los llamaba a todos por igual para levantar a la *patria nueva*.

Sin embargo, para que aquello iniciara todavía faltaba un año... y para que mi decisión fuese definitiva, invariablemente necesitaba meditar acerca de mis vivencias del pasado, acerca de los meses anteriores al 21 de julio de 1969, antes de que el hombre llegase a la luna...

2

La llegada física de Marta a nuestras vidas fue un duro golpe para mi pequeña familia. Aquel nombre que mi hermano desconocía y María Luisa había padecido como a un perro rabioso que la acechaba en todos los escondites de su cabeza, ahora tenía un cuerpo, una sonrisa y el reconocimiento público. Estaban casados, aunque nadie sabía explicar cómo era posible. El matrimonio Lafourcade-Señoret no había sido anulado, de hecho, mi madre nunca lo permitió. Tendrían que comer clavos y cristales antes de que ella aceptara la nulidad. Nunca le dejaría el camino tan fácil después del sufrimiento al que la sometieron.

Nunca.

Sin embargo, las palabras no se olvidan tan fácilmente y a María Luisa aquella frase todavía le palpitaba en la cabeza. *«Mi esposa, la periodista y escritora Marta Blanco».* Debía de ser una mentira, una artimaña para lucir a Marta en público y deshacerse de sus historias del pasado. No había otra explicación. Enrique no podía casarse sin que se rompiera el matrimonio y para lograrlo todavía le faltaba mucho tiempo.

Aquella situación era, cuanto menos, graciosa. María Luisa ya no guardaba afecto por su esposo. En medio del dolor y la rabia había ido quemando los recuerdos y la magia del amor ciego. Su relación era historia pasada y ella lo sabía, pero aquella frase tan simple la golpeó con puños invisibles. Bastaron unas cuantas palabras y una mirada para regresarla al pasado. Sin que pudiera evitarlo, revivieron las lágrimas saladas, reapareció la vergüenza de sentirse reemplazada, regresaron las culebrillas de una rabia quizás más pura, más intensa y confiada; natural, sin rencores, una rabia limpia y uniforme. María Luisa no volvería a hablarle a Enrique por décadas. Su silencio sería su nuevo lenguaje y, a partir de entonces, solo usaría sus ojos de fuego azul —los mismos que lo besaron tantos años y que ahora lo condenaban eternamente al olvido—, para transmitirle su odio infinito.

Por desgracia, su decisión vino acompañada de otra resolución. Al sentirse expuesta justamente allí donde se encontraban todas las amistades que compartía con su esposo, decidió desdibujar sus pasos, borrar su existencia, desaparecer de los lugares que frecuentaban aquellos rostros que, de alguna forma, la juzgaban o le dirigían miradas de condescendencia y lástima. Su realidad se vio alterada y por eso decidió dar un cambio brusco a su vida.

Desde entonces, María Luisa comenzó a relacionarse principalmente con pintores y artistas de su campo. De la noche a la mañana desapareció su estilo de vida para ser reemplazado por uno muy similar, pero con personas drásticamente diferentes.

Los nuevos rostros desfilaron por el departamento de Carlos Antúnez. Los vi pasar uno por uno, todos con sus semblantes fríos, sus silencios marcados, sus aires de superioridad y esas voces con palabras aburguesadas y cínicas que tanto les gustaba usar por creerse *enfants terribles*, mentes transgresoras y rebeldes que muchas veces se desentendían de la realidad por considerarla vacía y que disfrutaban de los excesos como mantra. Los artistas —sobre todo los pintores— se sentían llamados por la *Epater les bourgeois*, y por eso disfrutaban de la vida a través de la experimentación con las drogas, las orgías festivas, las pasiones desmedidas y los deseos frenéticos de mentes que se creían superiores por el simple hecho de actuar de aquella manera cuando su realidad era, en la mayoría de los casos, miserable. Los hombres y las mujeres que caían en el carnaval de los excesos y hacían de ello su bandera, dejaban de crear y se perdían en un vórtice de sinsentidos que los convertía en auténticos vagabundos sin más pretensiones que satisfacer sus hambrientos apetitos una noche más.

Por supuesto, esto no les restaba cierto atractivo intelectual, cierto aire taciturno y melancólico, cierta pasión en la voz. Sus historias eran tragedias profundas que, en algunas ocasiones, quedaban plasmadas en sus obras de arte y lograban cautivar atenciones pasajeras, oídos ocasionales y amores intensos y fugaces. Las personas bebían de aquellos pozos de aguas negras y profundas hasta que tocaban el fondo y descubrían la estéril imagen de aquellos jóvenes artistas.

Mi mamá fue una de esas personas y tocó aquellos fondos cuando conoció a René Bernau.

René Bernau llegó a nuestra vida una tarde de principios de diciembre, aunque sería más apropiado afirmar que ya se encontraba allí antes de que llegáramos. Después de un breve romance con mi madre, ella decidió traerlo a almorzar, sin saber que dejaba abierta una puerta que él no tardaría en usar.

Al igual que muchos otros pintores, René era una persona con cierta formación y capacidad intelectual que utilizaba, en algunas ocasiones, para crear sus cuadros. Sin embargo, el resto del tiempo lo empleaba en deambular por Santiago, sumergiéndose en toda la bohemia de la ciudad en nombre de esas experiencias intensas que consideraba el verdadero camino hacia el arte. Él usaba anteojos gruesos y rectangulares, el cabello largo peinado hacia atrás en dos capas que le caían desde el centro de la cabeza hacia ambos lados del cuero cabelludo; la ropa unicolor y muy sobria, con un estilo que no terminaba de ser hippie, ni elegante, sino más bien una mezcla pegajosa de desarrapado, revolucionario y miembro de secta. El rostro era blanco, pálido e inmutable, y cargaba una mirada cansada de vivir en aquellos ojos oscuros y aletargados que incomodaban a sus interlocutores.

La primera vez que lo vi, sentí una extraña sensación de peligro. Había algo macabro en él que me exigía alejarme cuanto antes. Aun así, casi como si pudiera leer mi pensamiento, trató de enmendar la situación con una conversación alegre, pero aquello resultó contraproducente. Sus facciones no estaban acostumbradas a sonreír y sus esfuerzos por agradar resultaban antinaturales. Por eso, su ojo derecho a veces temblaba, sus labios terminaban en morisquetas cuando intentaba reírse y todo en su lenguaje corporal parecía descompuesto, incómodo, incapaz de obedecer las acciones que demandaba el cerebro.

Esa fue la primera vez que vimos a René, pero no sería la última. Mi mamá no estaba enamorada de él, pero le resultaba entretenido y

213

disfrutaba sus conversaciones del arte y de la vida. Durante aquellos días, María Luisa buscaba una persona que la ayudara a bloquear las agujas de la melancolía, y al no encontrarse con nadie mejor, hizo a René uno de sus amantes frecuentes. Salía con él, lo entrevistaba para sus artículos de la prensa, paseaban por los moteles de cristales azules y disfrutaban de la vida social de los artistas de Santiago. Aquella era una rutina típica que nosotros nunca conocimos sino hasta que tuvimos más de treinta años. Ella se cuidaba de proteger su privacidad, así que era sigilosa, discreta y sumamente cuidadosa en cada una de sus acciones.

Gracias a eso, Octavio y yo tuvimos tiempo de seguir con nuestras rutinas hasta finalizar el año escolar. A mediados de diciembre, ambos avanzamos de grado satisfactoriamente; él con las notas mínimas para aprobar, yo con las calificaciones que otros tachaban de sobresalientes, pero que para mí eran simplemente el requisito a cumplir para mantener mi beca.

En ese tiempo, pocas cosas habían cambiado en nuestras vidas. Cada uno seguía con sus andanzas, aunque Octavio parecía cada vez más sombrío y retraído, con el ánimo de perros y un desasosiego que lo llevaba a pasar mucho tiempo durmiendo. En mi caso, mi relación con Alejandro y Lilian se hizo sólida de verdad. Por primera vez en mi vida sentí que tenía amigos genuinos que me entendían y me eran incondicionales sin importar las circunstancias. Contaba con ellos para todo: les confesaba mis secretos, revelábamos historias de nuestras familias y conversábamos durante horas acerca de cualquier tema que rondara nuestra cotidianidad. No había barreras ni protocolos, solo tres amigos que se juntaban para disfrutar del tiempo que transcurría frente a nuestra mirada distraída. La vida parecía mucho más sencilla y alegre, y cuando nos despedimos por la inevitable llegada de las vacaciones, lo hicimos entre alegres y tristes, sabiendo que nos íbamos a extrañar.

Lamentablemente, no hubo mucho espacio para nostalgias. Cuando llegamos a la casa esa tarde del diecisiete de diciembre, René estaba sentado en aquella sala de paredes negras, con la mirada perdida en los cuadros de calaveras danzantes, completamente ensimismado en su pensamiento. El aire olía a licor y a marihuana. El suelo tenía cenizas de cigarrillos y el silencio lo cubría todo con un manto invisible. No había nadie más que René y, al verlo, incluso mi madre pareció

214

impresionada. ¿Tenía una llave para abrir la puerta? ¿Cómo pudo obtenerla? Siempre me quedaron esas preguntas colgando en la punta de la lengua, pero no hizo falta responderlas.

A partir de esa noche, René comenzó a dormir en el cuarto de servicio que se encontraba al lado de la cocina. Hasta entonces, aquel lugar había sido una especie de almacén al que iban a parar todas las cajas sin abrir de las mudanzas. Cada una de ellas contenía una sorpresa, un montón de objetos que nadie se había detenido a desclasificar y cuyo interés le era del todo ajeno a mi madre.

Aquel cambio fue violento.

De un día para otro, René comenzó a vivir con nosotros. La decisión parecía unilateral. Mi madre lucía incómoda cada mañana al verlo sentado en el comedor, siempre con el mismo vaso de leche o los huevos hechos de la misma manera, el mismo tarro de mermelada a punto de terminarse y la misma agua del grifo mezclada con azúcar. Era un hombre meticuloso y de hábitos simples que inevitablemente tenían algo perturbador, pero mi madre no lo notaba. Al contrario, le permitió quedarse sin condiciones y si hizo algún esfuerzo por ponerle límites o una fecha para abandonar la casa, jamás lo supimos. Rápidamente los rincones de nuestro hogar fueron invadidos por una persona que no conocíamos y que se mantenía en la primera planta del dúplex, como un moribundo devorado por el desasosiego de la demencia. Cada día la escena era más aterradora y asfixiante. René era un ser sin voz cuya mirada parecía cargada de una rabia sin destinatario y nosotros no estábamos dispuestos a soportarlo.

Debido a estas circunstancias, Octavio y yo comenzamos a matar las horas fuera de casa. Hacíamos cualquier cosa con tal de mantenernos alejados de René. Despreciábamos aquella escena y eso, de alguna manera, nos unió. Ya no teníamos clases a las cuales acudir, así que volvimos a pasar tiempo juntos: paseábamos por Providencia, me invitaba al cine y nos quedábamos en los alrededores del edificio, conversando con los chicos que se reunían en las adyacencias por las tardes. El cambio nos hizo bien, pero nada era suficiente para escapar del departamento. Sin importar la hora o el día, allí estaba René, esperando a mi madre con una dependencia ciega e inesperada.

Así avanzó el tiempo, con una convivencia tediosa y molesta que, por suerte, durante la navidad y el año nuevo no tuvimos que soportar.

215

Por esas fechas, nos quedamos en Paula Jaraquemada. Fueron unas festividades sobrias, con más motivos para lamentarse que para celebrar. Mis primos no acudieron a la 115, probablemente debido a la negativa de Fernando Villalobos; por lo tanto, Quety seguía perdida en sus dolores de madre. Mi abuela Raquel había trazado nuevas líneas invisibles alrededor de las casonas y hacía esfuerzos titánicos para que el polvo, la maleza y el olvido no siguieran avanzando al corazón de las viviendas. Gastón iba y venía sin rumbo y, en general, la 115 estaba sumergida en una espesa neblina de nostalgia y melancolía.

Por las noches creíamos escuchar los pasos de mi abuelo merodeando el jardín y el garaje, a veces percibíamos el eco de unos ladridos, a pesar de que Cholo había fallecido años atrás, e inexplicablemente, cuando la luna llena brillaba en el cielo, sus rayos de plata parecían dibujar las siluetas de los hombres y las mujeres que incluso después de haber partido, volvían a ese lugar de tierra, flores y tristezas. En la 115, la vida y la muerte se mezclaban hasta formar una realidad mágica e imposible. Jamás supe distinguir si mis percepciones eran irreales, pero tampoco importaba demasiado. El mundo estaba cambiando y allí todo parecía tan sólido como siempre, aunque daba la sensación de que el soplido más leve desmoronaría aquel hogar de recuerdos e historias.

Lentamente los días fueron avanzando hasta conducirnos a la primera semana de enero. 1969 llegaba con fuerza y se hacía sentir en las calles. La gente parecía enfadada. A veces me topaba con alguna protesta que no comprendía y, en otras ocasiones, escuchaba a los hombres y a las mujeres quejarse por la inflación, el alto costo de la vida o el desempleo. Las cosas no iban especialmente bien en Chile. La economía comenzaba a zarandearse en vaivenes impredecibles y solo aquellos que tenían dólares guardados podían darse el lujo de no preocuparse.

Mi mamá decididamente no era una de esas personas, pero tampoco parecía preocupada. Ya estaba acostumbrada a aquellas invariables sacudidas económicas y sabía que en esos casos lo mejor era desentenderse de la realidad, esperar a que pasara la marea y ocuparse de sobrevivir. Aun así, tomó unos pocos ahorros, recolectó algunas monedas de sus trabajos en los periódicos y la venta de sus cuadros y nos hizo empacar. Eran las vacaciones de verano y estaba decidida a que hiciéramos un viaje familiar, sin René.

Partimos a inicios de febrero, nosotros con una expectativa enorme, mi madre con ansias de escapar de una ciudad cada vez más pequeña donde se sentía observada en cada esquina. Nuestro recorrido inició con la idea de alcanzar Argentina a través de un viaje de trenes como nunca antes los viví. Salimos de Santiago con dirección a Los Andes y resultó mucho más sencillo de lo que imaginábamos. Abordamos el tren sin contratiempos y salimos de la ciudad en un abrir y cerrar de ojos. En la distancia, la cordillera se elevaba como una Muralla China hecha por la mano de un dios benevolente. El tren iba repleto de pasajeros que interactuaban en al menos seis idiomas diferentes. Mi mamá hablaba con un francés encantador y yo me distraía perdiéndome en esos colores que se asomaban en la lejanía. Lo miraba todo desde mi asiento, hechizada por un mundo rural que parecía estar creándose frente a mis ojos, a ambos lados del camino. Allí, en medio del sonido metálico y el trajín del hierro sobre los rieles, la vida perdía todo su sentido. El tiempo se desvanecía y solo quedaba el trayecto, el viaje, el camino hacia quién sabe dónde. Solo quedaba el ser y la nada, el ser y los miles de pensamientos que flotaban motivados por la excusa de viajar en tren. ¿Qué tenía aquel extraño vehículo que lograba generar tal estado de introspección? Me resultaba fascinante y a la vez aterrador. A cerca de cincuenta kilómetros por hora, la vida se observaba con otros lentes. Cada trayecto sacaba los más secretos pensamientos de su escondite y los dejaba expuestos ante su portador. Se podía revivir el pasado, indagar en el futuro e incluso mezclar todos los acontecimientos temporales hasta comprender de forma inexacta el presente. Se podía descubrir traumas, conocer historias de otras tierras y reconocer en los rostros de otros pasajeros sin importar su raza o su origen, los padecimientos y las alegrías humanas. Se podía soñar y reencontrarse con aquello que se creía extraviado, todo en un mismo lugar, todo con una sonrisa.

Sin duda, viajar en tren se convirtió en una de mis actividades favoritas. Por suerte, su duración fue realmente larga. El camino hacia Los Andes era de tres horas y luego, para llegar a la ciudad de Mendoza, tardaba cinco. Aunque ninguno era tan extenso como el que se debía recorrer para llegar a Buenos Aires. El tren tardaba veinticuatro horas en alcanzar la ciudad del tango. Fue justo en ese trayecto donde conocí a un inglés que me ayudó a amenizar la marcha. Era un hombre que no superaba los veintiséis años y poseía una forma de vestir un tanto inusual. Combinaba el estilo desarrapado de los hippies con el de un explorador de la selva. Llevaba los colores de la tierra y las plantas, y al verlo cualquiera podía identificar que se trataba de un aventurero o de un mochilero que recorría el mundo por algún objetivo trascendental.

Efectivamente, Andy era un hombre llamado a explorar los lugares más recónditos, pero bajo sus propios términos. Él conocía todas las líneas de trenes del mundo y su meta era recorrerlas una por una hasta completar su lista. Tenía varias etapas por alcanzar y había dividido sus viajes en bloques lógicos que lo habían llevado desde su hogar en Londres hasta los rincones más alejados de Europa. Uno de sus viajes favoritos ocurrió en Moscú, en la línea que conectaba la capital de la Unión Soviética con lugares tan lejanos como China y Mongolia. Se trataba del ferrocarril transiberiano, una extensa línea de más de 9288 kilómetros, siete husos horarios y una duración de hasta siete días.

Por aquella época, el viaje era económico, pero se debía aceptar tal y como se ofrecía. Según las historias de Andy, los comunistas se burlaban de las francesas que pedían un tipo de comida en particular. Siempre servían lo mismo y no había espacio para reclamaciones. Aquellos que se negaban a comer, pasaban días enteros hambrientos hasta que aceptaban los alimentos que servían en el ferrocarril. Los europeos también recibían cierta frialdad por parte del personal, como si experimentaran un desprecio natural hacia cualquier individuo que no perteneciera a la Unión Soviética.

Aun así, Andy disfrutó el viaje como si fuese un niño. Al revivirlo no paraba de hablar, ni siquiera cuando le preguntaba algo. En sus ojos se pintaban las imágenes y los senderos que había conocido, las personas con las que se topó y las anécdotas divertidas de un trayecto que le cambió la vida. Asimismo, en aquella experiencia, Andy conoció a varios comunistas que se interesaban por él, sobre todo cuando se presentaba como un ingeniero graduado en Londres. Durante esa plática, le hicieron ofertas académicas y le mencionaron varias becas que se ofrecían a profesiones como la suya. Lentamente fue recitando cada una de las proposiciones y yo quedé deslumbrada e impresionada por la posibilidad de que un país pudiese estar tan interesado en una persona. ¿Había algo oculto? No me importaba demasiado, estaba perdida en ese mundo de páramos helados y propuestas de futuro.

Andy y yo hablamos durante casi todo el trayecto. No recuerdo siquiera haber dormido, la conversación me absorbía. Tenía dos preguntas por cada respuesta que me daba y eso parecía gustarle. Así fue como me narró su viaje por Pekín, sus recorridos por los lugares más emblemáticos de los Estados Unidos y el inicio de su aventura por Suramérica. Andy me recordaba a William Elliott, tenía los datos precisos de cuánto medían los rieles, el número de kilómetros de cada recorrido y la anchura de los trayectos; se sabía de memoria la historia de cada línea de ferrocarril, el tipo de locomotoras que usaban y sus fabricantes; incluso conocía el modelo de motor de cada tren, el número de vagones disponibles y el amoblado interior de los asientos. Nada se le escapaba, era como si su vida entera girara entorno a los trenes y yo me mostraba más que dispuesta a escucharlo. Estaba encantada con la soltura de sus palabras y ese entusiasmo contagioso que se le escapaba por los poros cuando narraba aquello que le apasionaba. Pocas personas hubiesen encontrado interesante aquel relato infinito, pero a mí me parecía increíble. A través de sus palabras accedía a fronteras inexploradas y encontraba la oportunidad perfecta para descubrir horizontes que la escuela no podía mostrarme con tanta claridad.

Sin embargo, la aventura terminó a la mañana siguiente, cuando el sol quemaba con fuerza a los pobladores de la ciudad más moderna que había conocido hasta entonces.

Por aquella época, Buenos Aires era conocida como la capital de las américas y, probablemente, la metrópolis más moderna del hemisferio, al menos esto es lo que decía la gente y yo jamás tuve forma de rebatirlo. Al llegar a nuestro destino, Andy siguió por su camino. Se despidió con una sonrisa y no lo volví a ver jamás, pero eso no me importó demasiado. Las calles de la ciudad se abrían a ambos lados del camino con una belleza embriagante que me resultaba diez veces más interesante.

Esa mañana caminábamos por la calle Esmeralda con Corrientes, en pleno centro urbano, y allí donde se extraviaba la mirada aparecían edificios gigantescos hechos de los más variados y hermosos materiales.

219

La arquitectura ronroneaba seductoramente con un estilo modernista que convertía a los edificios en una interpretación artística de algún movimiento que yo no conocía, pero que estaba decidida a descubrir. Además, las calles estaban pavimentadas, limpias y recién pintadas, los comercios brillaban con sus colores relucientes y sus grandes letreros que por la noche se iluminaban con luces de neón, y en las aceras los automóviles se mostraban impolutos y listos para pavonearse por una ciudad donde se respiraba cultura, moda, belleza y buen gusto.

Pero no todo era felicidad en Buenos Aires.

Aunque aquella ciudad hacía ver a Santiago como una Provincia precaria y estancada en el siglo pasado, en la capital argentina se sentía un aire represivo que jamás había conocido en mi país. Me sentía observada y perseguida por una fuerza policial, la cual merodeaba exhaustivamente por todo el cono urbano. De hecho, con tan solo bajarnos del tren nos topamos con un grupo de militares. Era la primera vez que observaba a hombres como aquellos. Llevaban armas largas colgadas del cuello, el uniforme en punta y un rostro sádico y enfadado que se proponía a encontrar algún delito donde no lo había. Sus cuerpos eran delgados, pero parecían preparados para masacrar a cualquier persona que intentase rebelarse ante la autoridad. A su alrededor, los extranjeros empalidecían y los argentinos bajaban la cabeza o evitaban sus miradas en una señal muda de desprecio y descontento.

Aquellos eran los hombres del dictador Juan Carlos Onganía, un famoso líder del bando azul de las Fuerzas Armadas que había triunfado en la batalla del poder. Los militares gobernaban Argentina desde 1955, luego de que asestaran un golpe de Estado a Juan Domingo Perón y encarcelaran a sus partidarios. Desde entonces, el gobierno de los "milicos" se había ido turnando la presidencia hasta que uno de los bloques rompiera con aquel ciclo y se hiciera con poder en la llamada "Revolución Argentina".

De aquello había pasado tres años.

Onganía llevaba en el poder desde 1966 y no parecía dispuesto a renunciar en un largo tiempo. Por ello, sus componentes militares merodeaban cada rincón de la ciudad, tratando de cazar a algún disidente o a cualquier persona que llegase al país con intenciones ocultas debajo de la sonrisa y la ropa de extranjero. Onganía no lo sabía entonces, pero el golpe que lo sacaría del poder no vendría de la capital, sino de las Provincias y se le conocería como el "ciclo de los azos", debido al gran número de alzamientos obreros y estudiantiles ocurridos en varias ciudades del interior que pasaron a llamarse el Ocampazo, Corrientazo y el Rosariazo.

Aun así, en pleno febrero, la capital argentina no parecía tener señales o indicios de rebelión. Durante la semana que estuvimos, Buenos Aires se vestía de fiesta y alegría en cada una de sus zonas urbanas. Por las tardes se visitaba la cultura local, recorríamos museos detrás de los pasos de mi madre. Ella se entrevistaba con los directores y varios artistas. Su viaje tenía un propósito oculto y ese era aumentar las exposiciones del Museo de Bellas Artes de Santiago.

De todos nuestros paseos, el más memorable fue la visita a la muestra artística de Julio Le Parc, su trabajo era una experiencia sensorial que se desvestía de narrativas complejas y se concentraba en crear estímulos y sensaciones intensas. El arte explotaba en la pupila y llevaba a sus visitantes hasta un lugar que jamás habían visitado.

Por las noches, la vida nocturna brillaba con sus gentes variopintas bebiendo vino y mate al ritmo del rock en español y el género de la cumbia en pleno desarrollo por algunos rincones de la ciudad. Por los bulevares y las calles más concurridas emergían cafés, bares y restaurantes abiertos de cara a la acera con una clara invitación a perderse en su interior y vivir una noche parisina mientras la luna brillaba en la más europea de las ciudades latinoamericanas.

Sin embargo, de todas las opciones, la que más capturaba la esencia argentina eran las tanguerías de la calle Suárez y Necochea. En ellas, el tango seducía el oído como un amante hambriento que arrastraba a expertos y novatos sin discriminación alguna. En la pista de baile, hombres y mujeres empleaban los pasos prohibidos en una danza elegante y sensual que mi hermano y yo mirábamos boquiabiertos. A mi madre la sacaron a bailar en repetidas ocasiones a lo largo de la velada. Ella se movía como guiada por los dedos de la brisa. Sus pasos sueltos y dramáticos capturaban las miradas y hacía que siempre tuviese algún bailador interesado en sacarla a la pista cuando volvía a la mesa.

En mi caso, un valiente tuvo la bondad de sacarme a bailar, pero se arrepintió casi enseguida; yo todavía era muy joven e inexperta para comprender las figuras de su ritmo. No sabía prácticamente nada del tango y eso se notaba en mis hombros rígidos, mi cuerpo tieso y mi falta de gracia a la hora de dejarme guiar por mi pareja. Octavio tampoco tuvo tanta suerte, aunque a las chicas que lo invitaban a bailar no parecía importarle que no supiera ni uno solo de los pasos, después de todo, parecían más entretenidas en coquetearles que en sus movimientos. Aun así, a pesar de nuestro rotundo fracaso, disfrutamos de la noche bebiendo vino, riendo de nuestros intentos fallidos en la danza y escuchando las conversaciones de aquellas tanguerías que durante un par de noches sirvieron de refugio en nuestra aventura por Buenos Aires.

Después de esas intensas veladas, mi madre nos condujo hacia un destino muy diferente. Seguimos las calles como si marcaran el rumbo de nuestro destino. El cielo estaba despejado durante esos días de finales de febrero. El bullicio de la gente incrementaba conforme nos acercábamos a lo que parecía el borde de la ciudad, el punto donde terminaba el asfalto y comenzaba el mar. En esa área se concentraba un montón de gente con las mismas ropas sobrias que en Santiago, pero quizás de algunas marcas más finas. Todos caminaban con el mentón levantado hacia el horizonte, hacia el lugar donde habían echado anclas aquellos imponentes barcos que, más bien, podían llamarse cruceros y servían de vehículo para los viajes por el Río de la Plata.

Abordamos el barco Ciudad de Paraná junto a otros ochenta y nueve pasajeros esa mañana. Recuerdo que, al levar anclas, Octavio y yo nos acercamos a la proa y comenzamos a despedirnos del gentío que nos miraba con envidia desde el muelle. Al poco tiempo, la nave se abrió paso por las aguas con dirección al norte, ascendiendo por el Río de la Plata, enrumbándose siempre con dirección hacia el Paraná. El trayecto duraba cerca de tres días en los que disfrutábamos recorriendo las cubiertas y sumergiéndonos durante horas en la piscina construida en la cubierta superior. Durante las noches cenábamos con hermosas vistas de las orillas del río y escuchando a un conjunto musical que tocaba en vivo algunas de las melodías más dulces que había escuchado.

Cuando estuvimos en el Paraná, logramos distinguir en la distancia una suerte de pequeñas pirañas de color marrón. Algunos pasajeros narraban historias espeluznantes que nos impresionaba a los más jóvenes. Según sus anécdotas, aquellas pirañas podían devorar una vaca en cuestión de minutos, al igual que a una gran variedad de peces del río e incluso a seres humanos. Octavio y yo le cogimos un terror inmenso a las aguas argentinas desde entonces, pero se nos quitó con el tiempo, especialmente porque al llegar a la ciudad de Corrientes, mi madre se hizo íntima del capitán del barco y comenzamos a recibir invitaciones para acompañarlo en su mesa durante la cena, lo cual favoreció que, al regresar a Buenos Aires, decidiera hospedarnos en aquella nave durante un poco más de una semana.

La decisión era inteligente. No teníamos demasiado dinero para costear todo las vacaciones y el paseo en el barco resultaba mucho más económico que un hotel. Además, era infinitamente más divertido y ofrecía tres comidas al día por un precio bastante amigable. Gracias a ello, nuestra estadía se prolongó y eso me dio tiempo suficiente para conversar con decenas de personas que subían al barco en cada parada. Ellos me narraban sus realidades y expandían drásticamente mis fronteras. A partir de unas simples conversaciones, se quintuplicó el número de referencias y el mundo me pareció mucho más pequeño y accesible.

Recuerdo claramente que una tarde conocí a un surcoreano que estaba con su familia visitando Argentina. No tenía más de veinte años y siempre que conversábamos Octavio lograba que nos comprara un par de botellas de Coca-Cola que yo rechazaba. En general, teníamos muchos problemas para comunicarnos, pero eso no importaba demasiado. A veces utilizábamos el inglés como lengua mediadora, pero no hablábamos demasiado. Nos contentábamos con hacernos compañía en la cubierta sur del barco. Él siempre estaba leyendo un libro de bolsillo que me parecía alucinante, pues estaba escrito de forma vertical con una serie de ideogramas indescifrables que entonces no sabía reconocer. Siempre que le preguntaba por el nombre de aquel ejemplar, me aseguraba que era un libro que yo conocía muy bien. Por supuesto, aquello me intrigaba muchísimo, pero le restaba importancia al concentrarme en sus ojos rasgados, su piel amarillenta y ese idioma que no alcanzaba a descifrar, pero que me acercaba a un rincón del mundo que solo conocía como referencia en un mapa.

Lentamente comencé a sentirme diferente, como si hubiese adquirido mucha información de golpe. Aquel chico coreano no fue el único amigo que hice en el viaje, de hecho, Octavio y yo siempre estábamos descubriendo a alguna persona nueva que no tardábamos en despedir en las diferentes ciudades de trasbordo. Sin embargo, nosotros nos quedábamos allí, casi de forma permanente, viendo decenas de rostros partir hacia nuevas aventuras, pero lejos de entristecerme, me fascinaba aquella sensación. Deseaba permanecer eternamente en aquel barco, disfrutando de conversaciones intensas, rostros desconocidos e historias increíbles que solo me hacían soñar con nuevas latitudes.

Tristemente, una tarde nos tocó bajarnos del barco para partir hacia Paraguay. El coreano se quedó en la nave, pues su camino lo llevaba de regreso a Buenos Aires. Antes de despedirnos me dijo el nombre del libro.

—Miserables-los… —dijo torpemente—. Los miserables, Víctor Hugo.

Aquello me hizo sonreír. Por supuesto que lo conocía. Aunque cierta parte de mí se esforzaba por decepcionarse al descubrir que no se trataba de un enigmático y sorprendente libro asiático, no podía evitar sentir que, a pesar de todos los rasgos distintivos, entre él y yo no había demasiadas diferencias. En el fondo, todos podíamos llegar a entendernos.

El viaje a Paraguay fue un cambio drástico en las actividades que habíamos realizado hasta entonces durante nuestras vacaciones. Octavio y yo anhelábamos conocer el carnaval de Río de Janeiro, pero mi mamá tenía poco dinero y una gran convicción de recorrer los museos de Asunción. El plan resultó terriblemente pesado, con un calor infernal y pocas oportunidades para realizar algo verdaderamente entretenido. Visitamos todos los museos de arte aborigen y colonial, y en cada uno se entrevistó con una gran variedad de personas que, debido a la fascinación que despertaba una artista como mi madre en una ciudad donde ocurrían pocos acontecimientos relevantes, comenzaron a frecuentar nuestro hotel. Al menos ella parecía feliz, casi risueña, y eso era algo que nosotros tratábamos de respetar, así que padecimos aquel viaje sin reproches de inicio a fin, aprendiendo lo que estaba a nuestro alcance y convencidos de que cada día faltaba menos para partir hacia nuestro hogar.

Un día nuestros deseos se hicieron realidad. El regreso a casa fue un soplido fugaz de brisa sureña. Casi como si estuviésemos rebobinando nuestros pasos, desdibujamos las huellas y los caminos,

224

volvimos al Río de la Plata, retrocedimos por Buenos Aires, abordamos los mismos trenes en dirección contraria, caímos en Mendoza y luego vimos la otra cara de la cordillera. Todo en menos de una semana que me fue llenando de destellos y colores, de rostros e ideas, de pensamientos y resoluciones. Aquel viaje me cambió. Regresaba a Santiago siendo una muchacha diferente, quizás más confiada, quizás más decidida a tomar las decisiones que mi vida demandaba en ese momento.

Esas vacaciones marcaron el punto de no retorno, la muerte de mis ideas inocentes y dieron paso al nacimiento de una voluntad inquebrantable por encontrar aquello que me hiciera el mayor bien posible. Mis días de soportar a René habían terminado, aunque jamás imaginé que al llegar al departamento lo íbamos a encontrar allí, otra vez, sentado y sombrío, mirando los cuadros de calavera, en un salón de paredes negras mientras caía la tarde, todavía esperando a que regresara mi madre... todavía perdido en un mundo al que nadie jamás logró acceder.

3

That's one small step for man, one giant leap for mankind.

Aquellas palabras se reprodujeron en simultáneo en una decena de radios y en una veintena de televisores a lo largo de la avenida Providencia. El mundo entero parecía sumergido en un silencio incrédulo y esperanzador, aunque también había cierto aire de terror y perplejidad. Las voces que provenían de la transmisión se escuchaban por todas partes con una frecuencia rasposa y en inglés, pero yo no alcanzaba a prestarle atención. Si tan solo hubiese sido un poco más consciente de la relevancia que tendría aquel día en la historia de la humanidad, todo habría sido diferente. Sin duda alguna me habría acercado a la multitud para ver a Neil Armstrong saltando junto a su compañero sobre el suelo lunar, habría reído de las bromas que hicieron los hombres acerca de los «locos tiempos del presente», me habría reunido con Alejandro y Lilian para soñar con un mañana esperanzador o con alguna idea inalcanzable. En suma, habría sido una más en ese mar de alegría que produce compartir una historia en común, pero no lo hice; solo miré aquel hecho y seguí de largo, sin darme por aludida, sin siquiera dudarlo.

En la calle solo escuchaba mis pasos sobre el asfalto, el retumbar de mi corazón agitado y el resoplido de mi respiración colérica. Estaba molesta, quizás como nunca lo estuve, y decidida a tomar una decisión. ¡Tenía tan claro lo que debía hacer!… pero, al mismo tiempo, esa certeza no me hacía sentir bien.

Todo se debía a René Bernau y al hombre que preguntó por él...

Aquella mañana, al abrir la puerta me asaltó una imagen inesperada. El desconocido no tendría más de treinta años, la piel oliva, una mirada bonachona y un lenguaje corporal acostumbrado a regatear y mentir. Era un pregonero de la zona, una de esas personas que hacía de los objetos sin uso un negocio medianamente lucrativo. Por lo general, quienes se acogían en aquel oficio vagaban por todo Santiago cargados de bolsas y un buen par de pulmones para gritar sus míticas frases.

«¡Compro, compro, compro! Compro diarios, revistas, botellas, ropa usada. ¡Compro, compro, compro!»

Aquellas baratijas no eran las únicas piezas que les interesaban a los pregoneros. Al contrario, a diario las personas acudían ante estos personajes con los más variados objetos y cuyo valor era un asunto misterioso, al igual que su origen. La mayoría de aquellas baratijas formaban parte de una herencia sin dolientes, los típicos objetos que no les interesan a nadie y que década tras década van siendo olvidada en cajones y armarios. Aquello era lo común en los hogares chilenos. Generaciones enteras crecían y desaparecían dejando a su paso libros, ropa, zapatos y cualquier objeto de poco valor para la mayoría de la gente... pero no para los pregoneros.

Para estos comerciantes, los objetos olvidados eran una enorme fuente de ingresos. Y es que daba igual hacia dónde se mirase, en los hogares chilenos, las reliquias familiares aparecían encima de las mesas, olvidadas en cajas demacradas en los dormitorios u ocultas en las polvorientas repisas de esas viejas casas de recuerdos y nostalgias donde la gente nacía y moría bajo el mismo techo que alguna vez albergara a sus padres y abuelos. Eran estos objetos el único testimonio de que alguna vez existió Isidora, Olga o María; José, Manuel, Francisco y tantas otras personas cuya vida se podía rastrear en aquellas piezas artesanales, aquellos objetos de latón y cobre, aquellas baratijas compradas en épocas de bonanzas ya olvidadas y que si habían sobrevivido al implacable avance de las décadas era solo por esa inconsciente necesidad social que demandaría, en el futuro —cuando el hambre y la falta de ingresos reclamaran como tributo la quema de las nostalgias y la memoria familiar—, su venta ante los pregoneros como única alternativa para subsistir un día más.

Porque si algo estaba claro para todo el mundo era que los pregoneros no solo compraban botellas de vidrio y revistas, ropa usada o diarios, sino que sus intereses iban más allá de lo aparente. Cada vez que las personas se les acercaban, siempre había espacio para regatear por aquella vajilla vieja o ese juego de porcelana de la abuela; el libro de los niños que ya habían crecido o las figuras de barro que parecían no tener ningún valor. Los pregoneros escuchaban atentamente cada petición, evaluaban el mercado, proyectaban algún comprador y hacían ofertas raquíticas para una sociedad igual de raquítica que veía en aquellas monedas la posibilidad de comer durante un par de días o de acceder a una cena generosa para tantas bocas que coexistían en una misma vivienda. En Chile —y en el mundo— todos los tiempos pasados habían sido mejores, y las personas crecían con la certeza de que las generaciones anteriores ya habían consumido toda la fortuna que quizás la vida tenía reservada para ellos.

Así era la vida y a nadie parecía importarle aquello.

—¿Está el señor de la casa?

La voz del hombre me despertó todas las alarmas.

—Aquí no vive ningún hombre, señor —le respondí con rigidez.

—Discúlpeme señorita —insistió—, he hecho muchos negocios con el caballero, pero tal vez me he equivocado de puerta.

—¿Negocios…? —aquello me generó mil dudas y debía despejarlas—. ¡Ah, claro, claro!, ya sé a quién se refiere —mentí—, el señor salió, pero yo puedo ayudarle en lo que necesite.

—Mucho se lo agradezco, pero debo hablar con el patrón —dijo cauteloso y con mucha humildad—. Si le es posible, dígale que estoy interesado en comprar más libros.

—Los libros… Por supuesto, pero seguro querrá saber cuáles se vendieron mejor.

—No sabría decirle la diferencia entre unos y otros, señorita —se quedó callado durante unos segundos, como si tratara de encontrar algún pensamiento perdido—. Pero recuerdo que el comprador me dijo que los necesitaba para las clases de francés de su hija.

Durante toda mi vida, siempre he sido una persona con emociones mudas e inexpresivas, solo en la vejez he logrado darle nombre a muchos de mis sentimientos, y para eso he necesitado ayuda; sin embargo, la rabia que experimenté en ese momento la comprendí de inmediato. Todo se pintó de rojo y negro. En mi mente era como si pudiera ver lava arrasando una ciudad, como si tuviese la fuerza de mil tsunamis o el instinto depredador de un león. El rostro se me puso colorado y caliente, mi mirada adoptó un estado de absoluta perplejidad, exhalaba con furia un aire que quemaba y mi cuerpo entero solo tenía un anhelo y ese era tener de frente a René Bernau para golpearlo.

El pregonero advirtió mi enfado inmediatamente y solo entonces supo que se había equivocado, pero ya era demasiado tarde. Su mirada se llenó de recriminaciones para consigo. Un hombre como aquel, con tanto floro y habilidad, tenía un punto débil y esa era la discreción. Sin duda, aquel trabajo lo mantenía acostumbrado a lidiar con ese tipo de situaciones. Aquello eran simples gajes del oficio, pues algunos de sus mejores clientes resultaban alcohólicos, apostadores o familiares furtivos que vendían los objetos sin el consentimiento del resto de sus parientes. De esta manera, los conflictos estallaban una vez por día y los pregoneros escapaban a la velocidad del rayo de cada situación de violencia. Sin embargo, el hombre que había llamado a mi puerta cometió el error de hablar de más y eso tenía un precio. De pronto, cambió su lenguaje corporal. De la confianza pasó al recelo y se fue alejando con la cabeza gacha, ligeramente encorvado y con un despecho en la mirada, pues solo entonces fue consciente de que había perdido un gran negocio.

Por mi parte, aquel hombre no podía importarme menos. Al cerrar la puerta, volé hacia la habitación que había secuestrado René. Coloqué mi mano sobre el pomo: estaba nerviosa, temblaba, pero un nuevo pinchazo de rabia me hizo girarla. Cuando estuve adentro, entendí la magnitud de la situación.

Aquella habitación que en tanto se parecía al Fondo de la casona de mis abuelos —por estar ambas repletas de objetos que impedían el libre movimiento por sus espacios—, ahora se encontraba parcialmente vacía. Las cajas seguían allí, sin duda, como una fachada que ocultaba la verdad. Al revisarlas, el contenido había desaparecido. Ya no estaban las vajillas de porcelana, ni los cubiertos de plata o los portarretratos de cobre. Desaparecieron los vestidos de otras temporadas y modas que habían acompañado a mi madre desde su juventud. Desaparecieron los libros de arte y literatura, las primeras ediciones de las obras que le había dedicado mi padre, al igual que cualquier otro objeto de valor. No quedaba nada, solo aquello que carecía del interés suficiente para terminar en las bolsas de los pregoneros. René lo había vendido todo durante aquellos meses, absolutamente todo, pero no había sido suficiente para costear su alcoholismo y su gusto por las drogas y los excesos. Había ido más allá de lo imaginable y lo descubrí al subir a mi habitación.

Al rebuscar entre mi improvisada biblioteca, me topé con las pruebas de un delito que me resultaba monstruoso. Era igual a toparme con un cadáver. Allí donde antes estuviesen todos mis libros del liceo francés, ahora no quedaba nada. Aquellos ejemplares tan costosos que me había obsequiado el liceo, gracias a su programa de becas y a mis buenas calificaciones, ahora estaban en las manos de alguna compañera de clases y nunca volverían a estar en las mías. Me había quedado sin el material para seguir cursando el año escolar, lo comprendí unos segundos después. René me había quitado lo único que era importante en mi vida de adolescente y yo no podía hacer nada.

Absolutamente nada.

Me tumbé en el suelo, mirando el techo blanco y las paredes blancas, y los dedos del sol que se esforzaban por escurrirse por debajo de las persianas con su brillo que también parecía de color blanco. Estaba cegada, deshecha, colérica, completamente vulnerable y a merced de los caprichos de un alcohólico que no contento con haber secuestrado los rincones de mi hogar, ahora también se había llevado lo único que me pertenecía por mérito propio. Aquello era demasiado: demasiado. Y al levantarme del suelo decidí que era lo último que iba a soportar.

Minutos más tardes salí del departamento y durante toda la tarde vagué por la avenida Providencia, meditando acerca de los acontecimientos y mis sentimientos; sobre lo que debía hacer y de lo que realmente estaba en mis posibilidades hacer. Las voces de la gente corrían a mi lado sin que yo volteara a verlas; estaba ensimismada en mi pensamiento, molesta en demasía, irritada y maquinando cientos de ideas que me resultaban imposibles de ejecutar. Era como si estuviese pateando una piedra que no podía alejar. Siempre volvía a mí, quizás más grande, quizás más pesada y su presencia me impedía ver con claridad lo que tenía al frente. Debía tomar una decisión y cuanto

230

antes…, pero de pronto, casi por inercia, o tal vez por la confabulación del azar, llegué al caballo azul, y a eso lo consideré una señal.

En el mostrador, el encargado atendía las preguntas de un puñado de lectores, mientras en la periferia algunos hombres y mujeres leían sumamente concentrados alrededor de las mesas redondas. El lugar estaba parcialmente lleno, aunque conseguí un lugar vacío en una de las mesas del ala central de la librería. Tras sentarme, busqué con la mirada a mi padre, pero a mitad de camino recordé que solía llegar a las seis y para eso todavía faltaba un buen puñado de minutos. Tomé una de las revistas de la mesa y comencé a leerla sin prestarle demasiada atención. Entre las páginas, las letras huían de mis ojos, las palabras se transformaban en imágenes sin que llegara a leerlas y en ellas siempre encontraba la misma idea, el mismo deseo, la única decisión que creía conveniente para mi vida: escapar.

—Dominique —la voz fue rápida y precisa, el tono era maternal y dulce, cálido, desprovisto de pretensiones—. ¿Qué haces por aquí, cumpleañera?

Era Marta Blanco quien hablaba y de pronto, sin saber por qué, algo en mi pecho se calmó. La rabia quedó a la expectativa, paralizada por un momento, convertida en un gruñido mudo. «Cumpleañera», aquella palabra quedó en el aire, rondándome como el fantasma que repentinamente aparece en medio de la noche. Apenas faltaba unos minutos para las siete de la noche, pero nadie había recordado mi cumpleaños, de hecho, el mundo entero se había confabulado para opacar mi existencia a través de la llegada del hombre a la luna.

Aquello era doloroso, porque ni siquiera yo misma lo había recordado. No me importaba demasiado, estaba acostumbrada a que mis padres lo olvidaran, al igual que les sucedía con los regalos de navidad y la celebración de cualquier festividad, pero escuchar aquella palabra de los labios de una mujer que apenas conocía me conmovió profundamente. ¿Por qué Marta sabía mi cumpleaños? ¿Por qué dedicarle tanta atención a una niña con la que solo había hablado una vez durante la inauguración de la librería? Y, lo más importante, ¿qué importaba? Marta lo recordaba y para mí eso resultaba realmente conmovedor.

—¿Cómo sabes que es mi cumpleaños? —dije automáticamente.

—Porque eso de recordar las cosas importantes forma parte del deber de los adultos —respondió Marta con una sonrisa de ojos cerrados—. Pero es descortés responder una pregunta con otra, Dominique. No esperaba encontrarte por aquí en tu cumpleaños. ¿Está todo bien?

No respondí, pero mi rostro era un libro lleno de rallones y confesiones para una mujer como Marta. Al descifrar mi silencio, de inmediato cambió de postura y de táctica.

—Espérame aquí.

Marta desapareció de la librería por diez minutos. En ese tiempo, no pude dejar de pensar en sus palabras y en la tranquilidad que me transmitía. Era tan diferente a mi madre y, al mismo tiempo, emanaba cierta calidez maternal que me desconcertaba. ¿Quién era Marta Blanco y por qué sabía actuar de aquella manera? Mientras buscaba la respuesta, regresó. Tenía las manos ocupadas. En una cargaba una cajita pequeña de color rosado y en la otra un libro. Detrás de ella la acompañaba un muchacho que no conocía; él depositó una taza de té frente a mí y un vaso de café para Marta, luego se marchó.

—¿Te gusta el té, ¿verdad?

Afirmé con la cabeza un segundo antes de sentir el sabor dulce del té de lavanda. Solo en ese instante escuché el gruñido de mi estómago. Ni siquiera había desayunado, pero ese día descubrí que la rabia tiene una gran capacidad para mantener llena a una persona.

—Estoy enterada de que te gusta leer; eso es bueno, Dominique, las mujeres inteligentes valemos el doble que los hombres.

Ella soltó una carcajada chiquita y graciosa, y sin saber de dónde me nacía la risa o por qué secundaba sus palabras, yo también comencé a reír.

—Sé que no es el regalo más ostentoso del mundo, pero me gustaría obsequiarte esto.

Marta depositó el libro en la mesa y lo acercó suavemente con el dedo índice. Lo vi llegar despacio, y cuando estuvo frente a mí, ya había descifrado el título y su autor. Se trataba de *Green Mansions* de William Henry Hudson. No tenía ni la menor idea de qué podía tratar aquel ejemplar, pero me hizo sentir increíble. Era, con total seguridad, el primer regalo que recibía en mi vida por parte de alguien que no fuese mis abuelos.

—Gr-gracias, Marta; de veras. ¡Te prometo que lo leeré!

—Y que después de leerlo —añadió— vendrás a contarme qué te pareció.

—Te prometo que lo leeré —repetí— y también que te contaré lo que pienso de él.

—Muy bien —concluyó con cierta mirada de satisfacción—, te estaré esperando.

En ese momento nos quedamos en silencio. Ambas estábamos concentradas en nuestras bebidas, pero había algo que me inquietaba. Necesitaba contarle a alguien toda mi experiencia de aquella mañana. ¿Sería Marta la indicada? No lo tenía claro.

—Sabes que puedes contarme lo que sea; yo te escucharé —se atrevió a formular aquel hechizo acompañado de una mirada cariñosa y yo no pude escapar de él.

Aquello era curioso.

Siempre me ha resultado extraordinaria la forma en que las personas más escurridizas para hablar de sus problemas terminan cediendo con tanta facilidad ante aquellos que saben seleccionar sus palabras en el momento adecuado. Marta supo leerme de inicio a fin y con aquella frase me liberó. No supe en qué momento sucedió, pero de un momento a otro ya le había narrado las conductas de mi madre y la cotidianidad en Carlos Antúnez, la existencia de René y sus actitudes nocivas; mi experiencia de aquella mañana y el dolor que sentía por la pérdida de mis libros. Lo dije todo sin pausa, sin vacilaciones, sin remordimientos. Lo dije todo y durante el proceso, jamás apartó la mirada, no movió las manos, ni abrió la boca. Marta escuchó con el corazón abierto y convencida de que decía la verdad.

Al terminar estaba exhausta. El cuerpo me pesaba, sentía las mejillas calientes y un profundo cansancio me adormecía los músculos. Solo en ese instante de pausa, el sonido del entorno nos rodeó a ambas. A nuestro alrededor, la vida continuaba tranquilamente en los espacios de la librería: las personas arrastraban las sillas, pasaban las páginas de sus libros, susurraban algún comentario o pagaban por sus compras, pero nosotras no teníamos oído para aquello. Marta meditaba acerca de mis secretos confesados, los mismos que ahora demandaban una respuesta a la altura.

—Sabes, Dominique, a veces los adultos somos incapaces de percibir el daño que podemos hacerle a nuestros hijos —al hablar parecía sincera, como si hubiese padecido aquel dolor en su infancia, pero también sonaba a alguien que lo ha ejercido sobre otros—. Sin embargo, no creo que tu madre haga esto con la intención de lastimarlos.

Lastimarnos... estaba convencida de que mi madre no guardaba tales intenciones y eso era lo más peligroso de todo.

—Lo sé —me apresuré a responderle—, y ese es el verdadero problema. Mi mamá no sabe juzgar a las personas.

—Ya veo, pero debo confesarte que eso de saber juzgar las intenciones de quienes nos rodean no es una cualidad común entre los adultos. Más bien ocurre lo contrario. Frecuentemente nos equivocamos porque la vida suele ser más compleja de lo que parece —se detuvo un instante y dejó la mirada perdida en su vaso de café, como si estuviese recordando algo—, mucho más compleja.

En su momento no pude entender por completo aquellas palabras. Desconocía de dónde le nacía la voz y los sentimientos a Marta, tampoco entendía su pasado ni los secretos que guardaba. ¿Se veía reflejada en mí en aquel momento? ¿Fue eso lo que la llevó a actuar de aquella manera? Nunca tuve ocasión de preguntárselo.

—Pero qué me dices de ti, Dominique, ¿sabes juzgar a las personas?

—He aprendido a hacerlo —afirmé.

—¿Y qué piensas de René? —preguntó intrigada.

—Solo una cosa y esa es que no voy a seguir conviviendo con él. René es un hombre peligroso. Estoy convencida de ello.

—Peligroso... sí, a mí también me lo parece. Pero, ¿a dónde irás?

—Todavía no lo sé, pero no tardaré en descubrirlo.

Nos volvimos a quedar en silencio, pero algo en el rostro de Marta cambió, casi como si se estuviese viendo a sí misma frente a un espejo invisible. Detallaba mi semblante, mis ojos inquisitivos, la seguridad de mi boca, la rabia en mis mejillas: lo miraba todo, convencida de un puñado de conclusiones que estaba formulando en medio de aquel silencio.

—Tengo curiosidad. ¿Qué te dice tu instinto acerca de mí? ¿Crees que soy una buena persona?

La pregunta era extraña, pero me atreví a responderla.

—La verdad es que estoy algo confundida. Tengo muchos sentimientos contradictorios acerca de ti —esa frase pareció cautivarla—. Pareces una buena persona, pero podrías estar fingiendo. No lo sé, necesito conocerte un poco más para poder juzgarlo.

Marta dibujó una sonrisa hermosa para mí, no había rastro de falsedad en su semblante, era toda dulzura, toda sinceridad. Quedé tan sorprendida por aquella reacción que no vi el movimiento sagaz de sus manos, ni la tartaleta de fresas que apareció en la mesa al abrir la cajita rosada.

—Eres tal y como te ha descrito tu padre, Dominique —soltó de golpe mientras sacaba un fósforo de su caja y lo encendía con un movimiento certero—. Tal vez un día llegues a entender a tu madre; tal vez un día llegues a comprendernos a las dos, pero de momento —dijo cambiando el timbre de su voz por uno más suave y maternal— es hora de que pidas un deseo, pero piénsalo bien, porque te prometo que esta tartaleta tiene poderes y cumplirá aquello que de verdad deseas.

La velita rosada, encajada como una bandera en el centro de la tartaleta, tenía una leve llamita que temblaba nerviosa. Marta colocó sus manos alrededor de ella, tratando de protegerla y de acobijar su fuego. Arriba de sus manos, estaba su cara redonda, su cabello largo, sus ojos claros e impacientes que parecían convencidos de que estaba por ocurrir un acontecimiento mágico. Sonreí ante su juego de fantasía, me incliné hacia adelante, cerré los ojos y pensé en el único deseo que de verdad me nacía del alma y el corazón.

Entonces soplé la vela… y por alguna misteriosa razón, mientras el pequeño hilito de humo ascendía hacia el aire y Marta aplaudía con las palmas, tuve la extraña sensación de que mi deseo estaba a punto de volverse realidad.

4

Octavio estaba tirado en el suelo.

La habitación de la que alguna vez consideró su hermana lo albergaba como una madre, pero lejos de resultar cálida y reconfortante, el lugar estaba frío, solitario, completamente vacío. Solo quedaba la música como último vestigio de su existencia y esta llegaba desde el tocadiscos. La voz del vocalista emergía como un fantasma efusivo que giraba en círculos alrededor del dormitorio mientras Octavio escuchaba su melodía con los ojos cerrados y la mente extraviada en esa durísima frontera que limita al recuerdo de la cambiante realidad. Un hueco en el estómago le anunciaba un vacío y la herida invisible que llevaba en alguna parte del pecho lo sumergía en un letargo melancólico en contra de su voluntad. La soledad y el miedo se le habían escabullido debajo de las uñas, entre los pliegues de la ropa y en cada uno de sus pensamientos; de paso, para completar sus pesares, ahora no podía escapar de los destellos fugaces que le asaltaban la memoria. Mientras más intentaba olvidarse de Dominique, con mayor fuerza reaparecían las imágenes de su infancia compartida en Paula Jaraquemada. Casi como si fuesen arrastradas por un mar tan gris y frío como el de Valparaíso, las olas traían hasta la orilla el rostro serio y analítico de esa hermana que durante mucho tiempo lo protegió, aquella pequeña adulta que siempre lo tomaba de la mano y lo guiaba en medio de la tempestad. ¿A dónde había ido? ¿Por qué lo había abandonado? Aunque sabía la respuesta, se negaba a decirla en voz alta.

La traición pesaba más que cualquier recuerdo y la rabia le brotaba por la piel como un sarpullido.

Ella se había marchado, sin él, sin su madre, los había reemplazado por el mismo hombre que los abandonó sin el menor rastro de remordimiento.

Ahora, la vida parecía diferente. El caos de la tormenta había regresado y, frente a sus ojos, el agua se arrastraba por debajo de las puertas, recorría los pasillos, ascendía por las escaleras, inundaba el departamento, pero no había nadie para evitar la calamidad. Solo quedaba él, un náufrago encallado en un hogar resquebrajado donde ya no había más que espacios vacíos y silencios tortuosos.

La música se detuvo y Octavio volvió a abrir los ojos. Y entonces, casi como si las lágrimas le hubiesen limpiado el desespero, la rabia y todas las emociones que le aprisionaban el corazón, se sintió invadido por una repentina lucidez. Por un breve instante logró recordar la conversación que sostuvo a solas con su padre en uno de los cafés de la avenida: *«si llegas a necesitarlo, las puertas de mi casa están abiertas, papucho»*; la pelea con su hermana mientras guardaba todo en la pequeña maleta, todo menos el tocadiscos, un extraño detalle que él nunca logró comprender: *«Octavio, ese hombre es peligroso y desde este punto todo puede ir a peor, mi mamá no sabe juzgar a las personas»*; la llegada de Marilú a la casa y los fuertes regaños que emitía a los cuatro vientos acerca de las irresponsabilidades de María Luisa: *«¡Pero cómo pudiste dejar que un hombre se te metiera en la casa!»*; y por último, volvió a aquella noche triste y marchita en la que cenaron a solas por primera vez. Las paredes negras y los cuadros tétricos daban un tono todavía más lamentable a la escena, pero Octavio ya estaba acostumbrado. María Luisa se había esmerado en preparar una receta francesa, adornó la mesa con azucenas y compró frutas. Aquellos gestos atípicos sobresalían por todas partes, pero, aunque él lo agradecía y comía con ganas, María Luisa solo jugaba con la comida, sin apetito, concentrada en vaciar la botella de vino y mantener la mirada rabiosa mientras despotricaba un torbellino de palabras difíciles de comprender y que arrojaba al aire más para hablar consigo misma que para obtener respuesta alguna.

A veces las oraciones se juntaban y formaban algunos reproches que sonaba a *«ellos tienen mejor posición económica»*, *«tu hermana se deja seducir por el dinero»* y *«ni siquiera habló conmigo»*. Todas eran palabras sordas, verdades absolutas que no admitían debate, pero Octavio solo aceptaba una de ellas como cierta. ¿De verdad era tan difícil que Dominique se acercara a hablar de la situación antes de marcharse? Si hubiese hecho eso, tal vez las cosas serían diferentes, después de todo, aunque ella no lo supiera, ambos compartían el mismo desprecio hacia René y hacia la idea de convivir con él. Juntos hubiesen formado un equipo para enfrentarse al problema, unidos, como en el pasado, la situación podría haber sido diferente, pero nunca hubo un acercamiento, nunca las palabras adecuadas, solo una solución brusca y unilateral que no podría perdonar con facilidad.

Aun así, en medio de esa extraña lucidez reflexiva —y aunque odiaba admitirlo—, estaba comenzando a entender un poco más a su padre y a su hermana, aunque no lo suficiente como para adormecer su rabia. El llanto sanaba, pero muy despacio y las heridas tardarían en cicatrizar, al menos hasta finales de 1969.

Octavio dio un suspiro largo, se secó lágrimas y con un impulso enérgico se levantó. Fue hasta su habitación, tomó algunas monedas que había mendigado los días anteriores y salió de la casa, con el único rumbo que sus pies se sabían de memoria.

Mientras caminaba por las mismas calles de la avenida Providencia, Octavio se sentía extraño, imperfecto y de muchas formas diferentes, confundido y vulnerable. Todo a su alrededor iba perdiendo el sonido y el color sin que pudiera entender el motivo. De un momento a otro, se vio vagando por una de esas películas a blanco y negro que tanto amaba ver en el cine, pero que al tratarse de sí mismo tenía un tono mucho más íntimo y personal. En la puerta de cada local aparecía una cara conocida que lo alentaba a seguirle con la mirada en un intento extraño para que reviviera su historia. A todos los eludía, sobre todo a la imagen de su padre, la cual emergió curiosamente de una tienda de helados. Sin embargo, un poco más adelante, allí donde la gente casi no se acercaba por tratarse de un mercadillo de baratijas, Octavio vio los grandes ojos de Sandra y ante ellos no pudo resistirse.

Los siguió, y solo cuando cruzó el umbral de la tienda y se vio rodeado de alfombras, espejos y un millar de mercancías coloridas y exotéricas, recordó —en contra de su voluntad—, las historias pasadas con aquella bruja que olía a incienso, cenizas y sal marina…

…

Desde la mañana en la que Sandra lo empujó a perseguir el color azul por las calles de Santiago, Octavio comenzó a dudar acerca de sus actos.

El resultado de aquel juego de predicciones lo había conducido hasta un lugar en el que jamás hubiese deseado estar y eso lo torturaba. Si era cierto que Sandra podía leer el porvenir, ¿por qué no le evitó el dolor de ver a su padre anunciando su relación con Marta Blanco? No podía entenderlo. El choque con aquella inevitable realidad fue un duro golpe, pues descubrió que seguir las palabras de aquella desconocida podía llegar a tener consecuencias y un precio peligroso de pagar.

Pero aquello no evitó que la tentación y la curiosidad lo volvieran a conducir hasta Sandra. Después de un par de días regresó al cine Marconi y la encontró nuevamente en la misma acera de siempre, tan fresca y sonriente como la recordaba; tranquila y paciente, esperándolo con una entrada para los rotativos, pero cuando sus miradas se cruzaron, ambos volvieron a pensar automáticamente en el color azul.

—Sé que no te ha gustao' lo que has visto —le soltó sin saludarlo.

—¡No me gustó para nada! —respondió Octavio, colérico, como si hubiese sucedido el día anterior.

—Lamento ser yo quien te lo diga, pero hay dolores que se deben afrontar cuanto antes, niño.

Las palabras se adentraron en una herida sin cicatrizar y el dolor de la confianza rota le dio una valentía inesperada a Octavio.

—¡¿Y quién eres tú para decirme cuándo debo hacerlo?!

La gente comenzaba a mirarlos, pero a Sandra eso no le importaba demasiado.

—Yo no soy nadie, niño Octavio —respondió con una voz mucho más suave, quizás consciente de que había iniciado con mal pie—, solo una mensajera, no decido lo que debo transmitir, solo escucho y cumplo la voluntad.

—¿La voluntad de quiénes?

—De aquellos que con los ojos no se pueden ver, niño Octavio —Sandra bajó la voz, como si temiese ser escuchada y le confesó algo que parecía un secreto—. Es mucho lo que no sabes, pero en ti llevas guardaos a otros.

—¿De qué estás hablando? —le respondió tembloroso.

—Eso no te lo puedo decir, al menos no en un lugar como este.

239

—Entonces vamos a otro lugar —insistió.

—Hoy no, niño Octavio. Cuenta cuatro días a partir de mañana y cuando falte una hora para que se oculte el sol, entonces ven a buscarme.

Sandra no aguardó por su respuesta, dio media vuelta y regresó con sus fieles acompañantes. Con ella siempre era igual, un puñado de palabras místicas, un movimiento de caderas y luego la despedida. A Octavio aquello no le resultaba molesto. Él quedaba embelesado, lleno de preguntas y con una curiosidad corpórea que se manifestaba en su realidad y lo acompañaba como la mejor amiga durante semanas enteras.

Para su fortuna, la espera se hizo breve y cinco días más tarde, a eso de las seis, cuando la intensidad del sol había perdido la capacidad de crear sombras, Sandra apareció a la hora acordada, completamente sola. Vestía de rojo y blanco, como un cardenal, pero lejos de levantar un aire sacro o divino, a su paso encendía un carnaval de fuego y alegría. Verla calentaban el pecho y la mirada. Llevaba el cabello suelto a ambos lados del rostro en una enredadera oscura y lacia que servía para enmarcar su rostro suave y cubierto de un maquillaje carmesí tan ligero y difuminado que parecía haber llegado al mundo con él. En su andar iba despertando un tintineo de caracolas que provenía de los collares que adornaban su cuello y los hombres que se la cruzaban volteaban de forma descarada para verle las caderas y los senos, pero ninguno se atrevía a dirigirle ni una sola palabra. Su presencia infundía cierto temor y un sabor a peligro que se los paralizaba y limitaba sus deseos lascivos exclusivamente al pensamiento.

—¿Nos vamos? —dijo de pronto y en su voz hubo un tono de diversión.

Como era frecuente, Sandra no lo esperó, siguió caminando, de espaldas a Octavio, quien tardó unos segundos en seguirla. Junto a ella parecía un muchachito flacucho vestido con una ropa que había ido perdiendo el color y ceñido por una mirada triste y desdichada capaz de conmover el corazón de cualquier mujer. Desde luego, él no se sentía así; al contrario, se creía alguien afortunado y dichoso de contar con la compañía de una mujer que le ganaba la envidia de los hombres con los que se cruzaba. En ese instante, los problemas parecían tan distantes como la ciudad de Buenos Aires. Solo importaba el camino y Sandra, la luna y la ciudad que se formaba frente a ellos al ritmo de sus pasos.

En el traqueteo del camino, Octavio no podía dejar de estar impaciente y exaltado. El cerebro le picaba y un profundo anhelo de respuestas lo seguía de forma permanente. Aunque no era capaz de percibirlo, volvía a sentir el extraño cosquilleo de la curiosidad, esa que lo acompañaba desde que era un niño, la misma que lo seguiría como su sombra hasta el final de sus días. Jamás encontró la voluntad para privarse de alguna experiencia o descubrimiento que le interesara. El deseo de conocer el mundo en primera persona lo convirtió en un temerario desde la infancia y a los trece años no veía peligro en ningún lugar. Había perdido la capacidad de juzgar apropiadamente la realidad, para él todo se reducía a oportunidades y vivencias. Y en ese sentido, Sandra englobaba ambas corrientes. En su persona se manifestaba todo lo que Octavio necesitaba: protección, peligro y un profundo pozo de secretos y experiencias que lo tentaban sin importar las consecuencias.

Consciente de ello, Sandra utilizaba las circunstancias para mantenerlo alejado de un riesgo que solo ella conocía. ¿Por qué lo hacía? ¿Cuáles eran sus verdaderas intenciones? Nadie podría haberlo descifrado, pero aquella noche, Octavio estaba a punto de descubrir algo de Sandra y, también, de sí mismo que lo acompañaría hasta el final de su vida.

Desde que dejaron atrás al cine Marconi, ambos caminaron en silencio, cruzándose con un sinfín de personas que visitaban la avenida, se demoraban en las tiendas y se olvidaban del mundo durante el breve instante que duraba aquel paseo de ocio y distracción que les ofrecía Providencia. Sin embargo, cada cierto tiempo, algunos transeúntes les arrojaban miradas curiosas e intrigadas. Como pareja llamaban la atención, no solo por la diferencia de edades, sino porque eran los únicos que avanzaban en la dirección contraria al resto de la gente. De muchas formas distintas, parecían dos aves volando en contra de la bandada: Sandra era un cardenal nacido del fuego y las certezas; Octavio un pichón asustadizo que se moría de ganas por descubrir todo lo que podía ofrecerle el mundo.

Así las cosas, cuando el sol ya se había ocultado por completo, cruzaron la avenida Andrés Bello y llegaron a un pequeño islote de césped que la gente suponía era un parque por el simple hecho de llevarlo en su nombre. Aquel lugar estaba cercado por la autopista en todas sus direcciones, exceptuando el sur, donde estaba sometido por las orillas del Río Mapocho. En sus áreas verdes, la oscuridad lo cubría todo con un manto grueso y reseco en el que a veces aparecían, por aquí y por allá, algunos círculos naranjas producidos por los postes eléctricos. El silencio también estaba regado por el área y sedaba a cualquier sonido humano hasta convertirlo en un murmullo hueco e imperceptible. En los alrededores solo se percibía el ruido estridente de los cientos de automóviles que avanzaban a toda velocidad por la carretera, pero eso no le molestaba a nadie. Al contrario, insonorizaba todavía más las risas y los besos de los amantes, el delirio de algunos hombres que consumían drogas y cualquier acto del resto de desconocidos que encontraban en aquel lugar baldío un poco de paz sin meterse en los asuntos de nadie.

Parecía sorprendente que alguna autoridad gubernamental hubiese dedicado tanta atención a un lugar como aquel. Pocos se atrevían a visitarlo y tal vez por esa razón su mobiliario estaba en perfectas condiciones: los asientos lucían impolutos, los caminos pavimentados y la calidad del césped hablaba de un plan urbano hecho con amor, e ideado para ciudadanos muy distintos a los que ahora se paseaban por allí. Aquel lugar era el nido del vicio y los asuntos de la noche, un lugar peligroso para una mujer, pero no para Sandra. Ella era diferente y aunque Octavio no lo adivinara, en su cartera de mano llevaba una navaja preparada para bailar al compás de la muerte. Tal vez por eso se paseaba por el lugar sin la compañía del miedo, segura de sí misma y, al igual que Octavio, despreocupada y desvestida de temores.

El camino concluyó en una banqueta.

Ambos se sentaron y aguardaron en silencio a que el otro comenzara a hablar, pero las palabras no salían. Octavio estaba expectante e intrigado, mientras que Sandra movía las manos dentro de su cartera. De pronto, sacó un trio de velones blancos y rojo; luego encendió su mecha y aunque pequeñas, sus llamitas iluminaban con fuerza en medio de la oscuridad. Sus destellos brillantes se adherían al rostro de ambos pintando reflejos anaranjados allí donde la plata de la luna no llegaba. Solo entonces, Sandra giró su cuerpo hacia Octavio, subió una de sus piernas a la banqueta y dejó que su voz afilada y rasposa saliera desnuda hacia la libertad de la noche.

—Me preguntaste en nombre de quiénes hablo —comenzó Sandra—, aquí va la respuesta: no respondo a otras voces que no sean las de aquellos que llevas dentro de ti.

Para cualquier persona normal, aquellas palabras hubiesen generado un escepticismo insalvable, una desconfianza inmediata o algún recelo que lo hubiese obligado a reírse o a preguntar si de verdad lo tomaba por idiota, pero Octavio estaba convencido de que Sandra no le podía mentir, o, cuanto menos, que no tenía ninguna necesidad de hacerlo.

—¿Y quiénes son esas personas? —le preguntó.

—Tus ancestros, por supuesto, todos los que alguna vez fueron tú y todos los que alguna vez tú fuiste —el trabalenguas atrapó a Octavio y eso parecía extasiarla—. Lo llevas todo en tu carga genética, en tu rostro, en tus ojos y, sobre todo, en tus manos —Sandra se detuvo un instante y luego continuó—. Yo puedo leer todas las señales como si se tratasen de un libro y en ellas encuentro la historia del tiempo pasado y el tiempo que habrá de venir.

—¿Quiere decir que sabes lo que pasará en el futuro? —preguntó Octavio y al terminar su boca formaba una asombrada letra «O».

—No exactamente, niño Octavio —le confesó—, puedo tratar de interpretar lo que sucederá a través de la lectura, pero no siempre es un asunto exacto. Aun así, el destino es inexorable y hay algunas señales que me son más evidentes que otras. Yo tengo buenos ojos, ¿sabes? Fui el orgullo de las mujeres de mi familia hace mucho tiempo. Pocas cosas se me escapan cuando estoy debajo de la luna y frente a la llama de las velas, por eso te traje y ahora necesito que me muestres tu mano derecha.

Octavio se revolvió en la silla, incómodo. Por un instante pensó en levantarse y escapar de aquel lugar y de aquella mujer bañada por el fuego que aseguraba conocer el porvenir. Sin embargo, estaba paralizado. Toda la información le golpeaba la cabeza mientras Sandra lo miraba con aquellos ojos de leona ansiosa. Cada fibra de su cuerpo experimentaba una picazón antinatural, la curiosidad lo consumía y él no iba a privarse de aquella experiencia.

—¿Por qué necesitas de la luna? —se apresuró a decir en un intento inútil por ganar algo de tiempo.

—¡Ah! Por nada en particular, es solo un capricho que me ha funcionado durante toda mi vida. Venga, ahora dame la mano derecha —insistió con firmeza.

Octavio reunió todo el valor que poseía y acercó su mano hasta las de Sandra, y al hacerlo, por primera vez se percató de detalles que hasta entonces le eran del todo irrelevantes. Por ejemplo, descubrió que sus manos eran un poco más grandes que las de ella a pesar de su corta edad. Además, notó que tenía dedos alargados y fuertes, bonitos y sanos. En cuanto a su palma, jamás la había visto desde aquella perspectiva: bajo las luces de plata y oro, las líneas de las manos mostraban todos sus cortes y profundidades, sus surcos y sus caminos. Parecía un mapa de algún país lejano o la raíz de un árbol antiguo. Instintivamente, levantó la mano izquierda para compararla con su gemela, pero Sandra lo detuvo con una palmada. Para ella, aquel asunto era un tema delicado. Mantenía una concentración absoluta y sus ojos parecían estar analizando un papiro escrito en una lengua extranjera que solo se podía leer con el tacto. Por ello, deslizaba sus dedos por aquella palma de arriba hacia abajo, despacio primero y luego rápido, y en cada movimiento, su mirada mutaba del asombro a la preocupación, del dolor a la alegría, todo en un instante y todo al mismo tiempo. De alguna forma misteriosa, encontraba palabras invisibles allí donde las huellas genéticas narraban la historia de la vida para ojos tan bien entrenados como los de ella.

—Veo tres caminos que se conectan en un mismo punto; una vida besada por la pasión, un destino trágico y la marca del pasado acompañándote hasta el final del camino.

—¿Có-cómo puedes saber todo eso leyendo mis manos?

La pregunta la sacudió repentinamente, como si la hubiesen sacado de un sueño profundo. Por un momento no recordaba haber dicho nada, pero sabía que lo había hecho.

—Perdóname, estaba hablando en voz alta sin quererlo, a veces me pasa. Nadie sabe por qué, pero la palma de nuestras manos reflejan la herencia genética mejor que otras partes del cuerpo —respondió Sandra sin levantar la mirada—. La quiromancia es una práctica milenaria que intenta desentrañar esa información invisible y a mí se me ha sido inculcada desde pequeña —continuó mientras obligaba a Octavio a extender los dedos—. Si te fijas, en tus palmas tienes varias líneas —lentamente fue señalándoselas con sus dedos—. ¿Las ves? Cada una tiene un significado y sus nombres pueden variar según la persona que la lea.

Octavio escuchaba atentamente, tratando de seguir las instrucciones y las palabras que Sandra iba soltando por el aire.

—Por ejemplo, esta que se extiende debajo de tu dedo índice y concluye al final de la palma, es la línea de la vida.

—¿A-allí dice cuándo me voy a mo-morir?

—No funciona así, niño Octavio —respondió con una sonrisa—. La muerte es un asunto que nos sobrepasa a todos. Sin embargo —de pronto, Sandra acercó la palma hasta las velas— esta línea puede contarnos muchas otras cosas. Aquí veo que, aunque eres hijo de esta tierra, perteneces al mundo. El símbolo de tu familia fue y seguirá siendo el del migrante y el viajero. Tu mundo nace en Chile, pero muy pronto habrá de continuar en un lugar frío al que ni siquiera tus antepasados se han acercado.

Desde ese instante, el lenguaje no verbal de Octavio comenzó a gritar con la voz que él no alcanzaba a expulsar. Sus ojos se abrían asombrados cuando Sandra acertaba y respiraba con más fuerza cuando una frase comenzaba a preocuparle. Además, su pulso se aceleraba como respuesta a la voz de Sandra y aunque hacía un esfuerzo sobrehumano por mostrarse valiente, su espíritu vacilaba. Así, sin que Octavio fuese consciente, ella podía detectar cada detalle, reacción y respuesta física que generaba su lectura.

—Pero, también puedo ver que tienes una fuerte conexión con tus ancestros, un hilo invisible, algo que los une a todos... ¡¿Qué podrá ser? Tal vez, ¿el mismo nombre?

El cuerpo de Octavio volvió a traicionarlo y admitió sin esfuerzos la verdad de aquellas palabras.

—Octavio, ese es un nombre fuerte y en tu familia hay pocos que lo posean. No obstante, todos ustedes tienen una huella común, un don con dos filos que puede cortar al que lo empuña. Sí... lo percibo con claridad, aparece aquí —dijo Sandra cambiando la posición de sus dedos—, en la línea del amor. Tú no eres un muchacho cualquiera, ¿verdad? ¿Nunca has sentido que te tratan diferente, como si despertaras una extraña fascinación en las personas?

245

Octavio recordó de inmediato su paseo por la UCLA *Lab School* y todos los que se sumaron a su proyecto de pasear en bici; el año académico en la escuela *West Davis* con todas las niñas platicando a su alrededor, incluso su estadía en el liceo francés, cuando a pesar de su tosca pronunciación lograba ser popular entre sus compañeros. Sin importar en dónde estuviese, siempre había recibido un trato particularmente afectivo —exceptuando el liceo Lastarria, por supuesto—: las niñas lo perseguían sin que él entendiera la razón; los chicos intentaban compartir con él a pesar de que jamás fue un gran hablador ni lograba entrar a ningún grupo por sí mismo. Además, por lo general siempre había un tercero que lo llevaba hasta aquellos lugares donde la gente lo aceptaba, pero aun con todo eso, no podía considerar aquello como despertar *extraña fascinación*. ¿O tal vez sí?

—N-no, no creo —mintió Octavio.

—Eres demasiado modesto, pero tal vez te sorprenda saber que no eres el primero en tu familia al que le ocurre. Atraer a las personas de forma obsesiva y sin esfuerzo está en tus genes y es algo con lo que vas a lidiar en el futuro, al igual que hicieron los otros antes que tú —Sandra guardó silencio un instante, como si le costara entender lo que veía—. ¡Qué curioso! Puedo ver que hubo un Octavio cuyo atractivo lo ayudó a ascender en el poder…

De inmediato, el recuerdo de su abuelo apareció en su mente. Regresó Viña del Mar y Valparaíso, el funeral de Nicanor, las historias que narraba su madre acerca del senador del partido radical, Octavio Señoret, y el cargo diplomático que los llevó hasta Londres.

—… hay otro al que todos amaban por el aura seductora en el ambiente social —continuó Sandra.

Supo que se trataba de su tío Octavio, aquel hombre enigmático que conoció en México durante la niñez. De él recordaba una sola cosa, tal vez la más significativa, y era su paso por el cine italiano. De eso siempre hablaba su madre, de su pequeño hermano famoso.

—…pero en tu caso no sucede igual. ¿Qué Octavio serás tú, niño? No logro distinguirlo todavía —Sandra sonreía como si estuviese leyendo el porvenir de su propio hijo—. Tal vez aun no lo has descubierto, pero pronto lo sabrás, muy pronto. Sin embargo, debes saber que, así como el mundo está regido por una dualidad, así también este extraño don tiene un peligro.

—¿Un peligro? —aquello lo confundía y aterraba en partes iguales.

—Así es, niño Octavio. Esta es la marca de tu familia y está tallada en la línea del destino —entonces el rostro de Sandra cambió. Algo no le gustaba en lo absoluto y su voz profunda y recelosa parecía delatarla—. Verás el destino es… un asunto difícil de comprender. Entrégame tu mano izquierda, por favor.

Octavio intercambió rápidamente sus manos. Sandra la extendió con paciencia, la acercó al fuego y acarició las líneas tratando de asegurarse de que su lectura era correcta, pero mientras más analizaba, con mayor energía deseaba estar equivocada. Frente a ella había un destino trágico, un camino hacia lo fatídico, una herida abierta durante décadas que él no lograría cerrar: Octavio no lo lograría.

—¿P-pasa algo malo, Sandra?

La voz de Octavio delataba su edad. Por un instante volvió a mirarle los ojos claros y sorprendidos, la boca abierta y asustadiza, el cuerpo pequeño de un niño que está a punto de sufrir la metamorfosis de la adolescencia. ¿Cuándo ocurriría aquello? ¿Era posible evitarlo? ¿De verdad era real? No había manera de saberlo. Por un instante maldijo su don y su capricho con aquel niño perdido en las calles de Santiago. ¿Por qué se tomaba la molestia de contarle todo aquello a alguien tan pequeño? Su instinto maternal había decidido aparecer cuando no debía y ahora aquel muchachito le dolía en el vientre y en el corazón. Debía hacer algo, aunque fuese inútil, aunque minutos antes hubiese hablado de la inexorabilidad del destino… aunque no sirviera más que para postergar su vida.

—No, niño Octavio —mintió—, aunque la huella de tus ancestros se cruza en tu camino, tú encontrarás la forma de lidiar con los tormentos de este don —Sandra volvió a mentir—. Debes tener mucho cuidado con el amor y la fascinación que despiertas en las personas. Al inicio, todo te resultará tan placentero como la felicidad, pero conforme crezcas y te conviertas en un hombre, las pasiones que despertarás serán más caprichosas e intensas. Podrías lastimar a aquellos que te conocen sin intención y no lo sabrás hasta que sea demasiado tarde.

—Tú has vi-visto que algo ma-malo me va a pasar, ¿verdad? —lejos de parecer asustado, por primera vez en toda la noche, Octavio parecía

247

despreocupado, como si hubiese dejado de creer en lo que Sandra estaba diciendo.

—Debes creer lo que te digo, Octavio —dijo con rotundidad—. Cuanto menos, confía en lo que te digo y tenlo presente en tu vida. Todas las líneas de tu mano me traen al mismo destino, al mismo punto y lo que ocurrirá no es algo que…

—No quiero sa-saberlo, Sandra —replicó Octavio sin dejarla terminar—. Te creo, pero no quiero saberlo.

Aquellas palabras subieron hasta las nubes y descendieron a una velocidad destructiva. El sonido le quedó vibrando en la cabeza a Sandra y sin saber por qué, tuvo la sensación de que estaba hablando con una persona completamente diferente a la que había llegado. Octavio parecía más adulto, dueño de sí mismo y quizás por una extraña confabulación de las predicciones que había hecho y el don natural de aquel niño, Sandra obedeció, sumisa, un poco sorprendida y conmovida en lo más hondo de sus entrañas.

—Todo saldrá bien, niño Octavio, recuerda lo que te he dicho esta noche y todo saldrá bien —concluyó Sandra y aquella fue la tercera y última mentira que dijo.

Luego murieron las palabras, reapareció el sonido de los automóviles y se hizo absoluta la oscuridad de la noche.

…

—¿Estás buscando algo?

La voz desconfiada del dueño de la tienda sobresaltó a Octavio y lo arrancó de aquella noche junto a Sandra. Sentía el cuerpo entumecido y los dedos acalambrados por el miedo del recuerdo. Todavía lograba contemplar la mirada aterrorizada de aquella bruja misteriosa que se había asomado al abismo de su destino para encontrarse con algo que ninguno de los dos deseaba conocer.

—S-sí, se-señor, estoy b-buscando un yoyó —respondió sin pensarlo demasiado.

En la tienda no había más que un par de personas, lo cual explicaba que las estanterías estuviesen rebosadas de objetos sin comprar. Aquello pesaba en el ánimo y el semblante de aquel hombre mayor y arrugado que al ver en Octavio un posible comprador mágicamente cambió del desprecio a la cortesía en una transición sin filtros.

—¡Fantástico! Aquí tienes el mejor de todos —respondió animado mientras sacaba el objeto de su caja.

El yoyó era de un hermoso y colorido latón que brillaba cuando la luz se posaba sobre él; la cuerda era nueva y fuerte, destinada a durar por años, y cuando el hombre hizo algunos movimientos impresionantes con la clara intención de convencer a su comprador, Octavio supo que no podría pagarlo.

—¿Con esto a-alcanza? —farfulló inseguro.

Si en algún momento aquel hombre pensó en ganar algo de dinero con Octavio, la idea se esfumó cuando vio un puñado de monedas y un billete arrugado en el mostrador. La decepción le borró la sonrisa, pero no así el anhelo de una venta, después de todo, resulta difícil despreciar el dinero cuando se carece de él.

—Bueno... para este yoyó no, claro —respondió con cierta amabilidad gélida—. Tengo este otro bonito modelo de segunda mano: atractivo, versátil, perfecto para ti. Aunque parece un poco desgastado, es igual de funcional y divertido. Te mostraré.

El hombre repitió los trucos con la misma versatilidad que la primera vez, pero las diferencias fueron evidentes. El yoyó tardó en reaccionar en cada movimiento y en algunos de ellos se enredó en mitad de una pirueta. Era normal, la cuerda estaba vieja y el material que cubría al juguete era de una madera gruesa y pesada. Por donde se le mirase, era drásticamente inferior al modelo anterior, pero seguía siendo lo único que podía pagar.

—Excelente compra, muchacho, excelente compra. ¡Que lo disfrutes! —masculló sonriente mientras tomaba el dinero del mostrador y lo depositaba en sus bolsillos. Luego le dio la espalda, como si no existiera, y volvió a leer la revista que tenía debajo del mostrador.

Octavio salió de la tienda exasperado y hecho un lío, con el yoyó arrastrando por el suelo y la cuerda enredada por los dedos y el antebrazo. Por suerte, no había muchos testigos de su evidente falta de destreza ni nadie que pudiese burlarse de su imagen. Solo entonces recordó que era Iván quien solía manejar aquel juguete como un experto mientras él había pasado tardes enteras observándolo realizar trucos asombrosos en los jardines de Paula Jaraquemada.

Tal vez por ese motivo, mientras caminaba por la acera, Octavio seguía esforzándose por hacer que el cuerpo del yoyó descendiera suavemente hasta sus rodillas para luego ejecutar un ligero movimiento de muñeca que lo hiciera elevarse de nuevo sin tropiezos ni enredos. Para su sorpresa, en cada intento lo hacía mejor, como si tuviese alguna habilidad desconocida en aquel arte. Lentamente, su mente se extravió en la diversión que le generaba las caídas y los ascensos del juguete. Atravesaba las cuadras sin mirar hacia los lados, sonriendo sin motivo como un niño de seis años y manteniendo la mirada fija en los atrevidos movimientos que intentaba realizar a pesar de ser un novato. Solo había algo que podía separarlo del yoyó y eso era el hambre. El estómago le gruñía con furia, no había desayunado aquella mañana, pero tampoco podía hacer nada al respecto. El poco dinero que tenía lo había gastado; en su casa tampoco encontraría alimento y ya no era una buena hora para mendigar por la calle, así que solo le quedaba una opción viable: visitar a la tía Sibila.

La tía Sibila gestionaba el Instituto Cultural de Providencia y a Octavio le quedaba prácticamente de paso desde cualquier posición de la avenida en la que se encontrara. Usualmente, era el último recurso que utilizaba cuando tenía hambre, ya que debía pagar con varias horas de su tarde la posibilidad de probar algún bocadillo. Aun así, la experiencia solía ser agradable. En aquel palacio del arte, regularmente se mantenía una programación de eventos que atraían a pequeños grupos con aparentes intereses comunes: había esposas de dirigentes y de hombres con dinero y poder, artistas *amateurs*, pseudointelectuales, críticos pretenciosos y alguna que otra gente con una opinión interesante. Todos ellos revoloteaban como colibríes alrededor de las exposiciones del día, elevaban su palabreo al aire y dejaban que sus frases reposaran en los oídos que estuviesen dispuestos a escucharlos. En ocasiones, el ambiente podía llegar a ser pesado y pomposo, sobrecargado de egos y comentarios que le importaban muy poco a la mayoría de la sociedad chilena. Sin embargo, cuando Octavio llegó al Instituto aquella tarde, percibió algo diferente, casi agradable; tal vez fuese el aroma de las flores del jardín trasero, el sonido de las voces animadas chocando en el aire o simplemente que, lejos de haber

250

discusiones intelectuales, la atmósfera parecía estimulante, como si todos estuviesen de un humor infranqueable que mantenía a raya al resto de problemas y preocupaciones externas.

Incluso desde la distancia, la imagen del Instituto Cultural de Providencia era imponente. Como una regia ficha de dominó encallada en medio de un frondoso jardín, el que en otro tiempo fuese conocido como el Palacio Schacht, se ubicaba en la avenida Nueva Providencia y complementaba el vigoroso renacer que estaba viviendo aquella comuna de Santiago. Su estructura de estilo neoclásico no saturaba ni luchaba por capturar la atención de nadie, sino que atraía la mirada de forma natural, a pesar de estar revestido del sobrio color de un día nublado. En la fachada principal siempre había gente: algunos merodeaban los coloridos pendones que reposaban en la entrada y que a veces colgaban de la propia estructura como invitación abierta a cualquier interesado; otros charlaban animosamente acerca del evento del día sin temor a ser oídos, pero la mayoría escogían pasar de largo, subir las empinadas escaleras y penetrar en aquel antiguo palacio familiar reconvertido en el santuario del arte y la cultura.

Desde aquel trono, la tía Sibila ejercía la exhaustiva autoridad del Instituto. A pesar de que no fuese evidente, su vida se podía rastrear en esas paredes cálidas de madera que acogían a decenas de personas todos los días: aparecía en la sonrisa de las mujeres que la saludaban después de cada clase; en la distribución de los talleres y los artistas que le hacían un gesto de agradecimiento cuando se los cruzaba por los corredores; en los invitados que acudían a sus espacios buscando un poco de arte y esparcimiento, y hasta en las remodelaciones silenciosas que iba ejecutando por aquí y por allá sin que nadie reparara en ello. Cada rincón tenía el suave toque de su ingenio y no había un solo intelectual en Santiago que no le debiera un favor. Sibila era incansable, determinada y obsesiva. Para ella, lo que debía ser un trabajo se convirtió en algo más íntimo e innombrable, algo que le nacía de adentro, aunque no pudiera decirlo en voz alta. Ocurrió sin advertencias ni miramientos, lentamente el Instituto se convirtió en una extensión de sus propios sueños inalcanzados, un refugio de las otras facetas de su vida, un escape que vino a sustituir la estructura de su realidad. Se fundió tanto con aquel palacio que resultaba imposible separar al Instituto de Sibila en una simple oración, pero a nadie parecía importarle demasiado.

Aun así, Sibila jamás se sintió tan parte de algo como en aquellos diez años que dedicó al Instituto Cultural de Providencia. En ese recinto flotaba, poseída por una máscara que le confería toda la felicidad que fuera de esas paredes no encontraba. El Instituto había llegado en el momento indicado para sanar todas sus frustraciones, hacerla sentir útil y llenarle los vacíos existenciales que dejaban sus relaciones clandestinas, los divorcios, su eterna soltería, la maternidad que nunca pudo ejercer y los sueños fragmentados que fue dejando el avance del tiempo. Para Sibila solo existía aquel mundo… su mundo, y jamás fue más feliz que perdida entre esos vaivenes de favores, arte, vino y gente.

Fue así como la encontró Octavio aquel día. Sibila no podía dejar de moverse y él la observaba desde la distancia, sin que notara su presencia. Cada treinta segundos alguna persona le preguntaban si Mario Toral acudiría aquel día; cada quince, por la ubicación de la exposición, y cada dos minutos aparecía algún nuevo personaje que recibía el saludo más efusivo y elegante que poseía en su arsenal. A su alrededor el suelo se convertía en una nube gigante, ella brillaba y flotaba en ese ambiente y todo giraba a una velocidad vertiginosa a la cual Octavio no deseaba unirse. Tal vez por eso decidió vagar por el recinto, desprovisto de cualquier preocupación, concentrado en ver los cuadros de la galería, indiferente al gentío que lo acompañaba y sin saber que un par de ojos color miel lo estaban siguiendo allí por donde se movía.

La tarde transcurrió tal y como lo imaginaba Octavio, a un ritmo lento y pesado que, sorprendentemente, se transformó en algo interesante cuando Mario Toral llegó a la exposición con un semblante sereno y la alegría cincelada en la sonrisa risueña. La gente aplaudía y disfrutaba la visita alrededor de la galería gracias a su presencia y sus explicaciones artísticas. Por este motivo, todas las mortificaciones de la existencia quedaban fuera del Instituto. Los cuadros introducían a los visitantes en su propia realidad. Todos caminaban perdidos en sus colores y formas, en la expresividad de su trazo y la intensa armonía que creaba en los sentidos observar aquellas pinturas. El pincel de Mario Toral era exquisito y había dado forma a un estilo embriagante y ampliamente respaldado por la crítica. Debido a ello, en poco tiempo ya había recorrido varios países de América y su creciente fama pronto lo reclamaría en lugares más prestigiosos y elegantes. Por supuesto, aquello solo había contribuido a hacer de él un hombre seguro y orgulloso de su talento. Se sabía un ganador, aunque no demostraba más que humildad a la hora de pasearse por el recinto y narrar la historia de una vida sumergida en lienzos y colores.

Sin embargo, por más interesante que podía resultar aquello, el tiempo no avanzaba al ritmo que Octavio necesitaba para calmar su estómago. El rugido de sus entrañas se elevaba hasta el techo cada vez que se quedaba solo en algún rincón del palacio y faltó poco para que se saltara las normas y buscara comida allí donde sea que estuviese oculta.

Por suerte, el cóctel inició antes de terminar la tarde. El gentío se fue trasladando a la fachada trasera del Instituto, como era la costumbre. Aquel lugar era inmaculado, sacado de otra época y arrojado en aquella comuna de Santiago para recordar un pasado que se podía rastrear hasta el siglo XVIII. La zona de cóctel consistía en un amplio patio trasero bordeado por jardines olorosos y árboles espesos. Para aquella hora, el sol caía herido y la frescura de la noche arrastraba todos los aromas de la naturaleza. En el centro del patio había una fuente enorme esculpida con formas y relieves sencillos, casi minimalistas, y de ella emergían pequeños chorros de agua en un espectáculo modesto pero elegante. Por último, y para completar el mobiliario, el personal del Instituto entrelazaba una serie de mesones a ambos lados del jardín, cubiertos con mantos blancos, y en ellos servían todo tipo de bocadillos y bebidas que la gente picoteaba como canarios.

Para despecho de Octavio, cuando asomó el rostro sobre las mesas, se topó con la peor de sus pesadillas: los canapés estaban en el centro, apretujados, incrédulos de ser tan pocos y casi tratando de aparentar que había más de lo que en realidad estaba en los platos. Sin embargo, alrededor de ellos, decenas de copas de vino declaraban que aquella velada era, en esencia, para adultos. Lo había tinto y blanco, con frutilla muy variada y, uno que otro, ligeramente diluido con agua; había cosechas agrias de la botillería más cercana y otras dulces en la mesa de las esquinas, aunque esa información solo la manejaban

253

algunos respetables invitados. Ante aquella imagen, algo de Dionisio se fue apoderando del ambiente, aunque primero se adueñó del impulso de las personas. Las copas se vaciaban a una velocidad casi penalizada por la ley. Las risas salieron a pasear al mismo tiempo que la luna emergía en la distancia y poco a poco se fueron formando pequeños grupos que brindaban y parloteaban de mil temas a la vez. Todos parecían estar conformes con aquella obra blanca y carmesí tan bien presentada; todos a excepción de Octavio, por supuesto.

No obstante, lejos de renegar o lamentarse, inmediatamente inició una voraz arremetida contra la bandeja de bocadillos. Octavio agarraba las empanaditas y las tragaba casi sin masticar, cogía el ave con palta y se le deshacía en la boca y en el caso de los huevos duros, le bastaba un mordisco para desaparecerlos. Se sentía tan desesperado al ver la velocidad en la que se vaciaban los platos de las mesas que por un instante olvidó lo que significaba la vergüenza. Cual zorro salvaje, rondaba las bandejas y se arrojaba hacia ellas con el único fin de llenarse las manos de bocadillos, sin reparar en las miradas de rechazo que despertaba en quienes lo veían pasar. A veces, su temor de parecer un *muerto-de-hambre* lo empujaba a vigilar que nadie lo viera masticar, pero aquel pudor no impedía que volviera a formarse para proveerse una vez más de aquellos manjares. Lamentablemente, la comida terminó en menos de quince minutos. Octavio apenas y había logrado pasar dos veces por las mesas, pero aquello era el fin. A partir de ese instante solo podría refugiarse en el consuelo del vino con frutilla, aunque eso no implicaba que fuese un mal remedio para acallar a su estómago; después de todo, entre los inesperados efectos del alcohol se encontraba el beneficio de adormecer el hambre.

—Oye —lo llamó una voz infantil desde atrás—, me parece que no nos conocemos, ¿acabas de mudarte?

Frente a Octavio se encontraba un pequeño grupo de adolescentes. A simple vista, cualquiera podría haberlos confundido con trillizos. Todos poseían la piel pálida de los que pasan mucho tiempo escondidos en casa, el cabello rubio como una corona de oro, los ojos claros y expresivos, y la sonrisa pretenciosa de labios delgados y quebradizos que heredan los niños criados sin privaciones ni reglas. Sin embargo, el rasgo más revelador que todos compartían, incluyendo a Octavio, era el uniforme. Y es que en Chile la educación secundaria asesinaba cualquier disidencia de vestuario a cambio de dotar de elegancia a sus estudiantes. Los muchachos vestían de pies a cabeza de la misma manera. El atuendo consistía en pantalones grises de franela, camisa blanca, zapatos negros y calcetines, chaleco de botones y chaqueta de color azul marino. No había forma de destacar ni posibilidades de diferenciarse. La norma era la etiqueta y en ese sentido, para los jóvenes, el uniforme escolar pasaba a ser su fiel acompañante durante varios años de su vida. Se utilizaba todos los días de escuela e incluso los fines de semana para salir por la calle. Aquella vestimenta era una marca, una distinción que demostraba la edad y el rol que desempeñaban los jóvenes en la sociedad; aunque el rasgo más importante que confería llevarlo no era su estética, sino sus posibilidades: el uniforme escolar eliminaba las clases sociales.

Vestirse con aquellas prendas derribaba las barreras económicas. No había diferencias entre ricos y pobres, todos vestían igual. Mientras nadie dijera una palabra incorrecta, la sociedad no tenía forma de separar a un muchacho de *Las Condes* de otro que viviera en *La Florida*. Cualquiera podía colarse a las zonas donde históricamente los marginaban sin que hubiese consecuencias; las muchachas se infiltraban en grupos de amigas ricachonas a pesar de no tener ni un centavo en el bolsillo y, con un poco de ingenio, lograban que jamás se desmoronara su mentira. Aquello era la apertura del mundo, una curiosa movilidad social: una integración inesperada como jamás se había experimentado en Chile.

Gracias a ello, durante varias décadas los adolescentes de todas las clases sociales se fueron mezclando, a veces sin saberlo, a veces conscientes de ello, pero completamente interesados en el conocimiento mutuo que confería descubrir las realidades de otras personas de la misma ciudad.

—¿No hablas español? —insistió el muchacho—, *excuse me, do you speak spanish?*

—Hablo español —respondió Octavio muy despacio, respirando lentamente y haciendo un esfuerzo sobrehumano por controlar el tartamudeo.

—Fantástico, fantástico, ahora que ya hablas nuestro idioma, tal vez esta vez sí logres responderme —dijo de forma irónica—, ¿a qué colegio vas?

255

Lamentablemente, a pesar de todos los beneficios del uniforme escolar, había una forma de separar a los ricos de los pobres, de hecho, bastaban cuatro palabras. *¿A-qué-colegio-vas?* Aquella fatídica pregunta era la prueba de fuego. Entre iguales todos se conocían y cualquier persona que intentara mentir con su colegio de origen, en algún momento terminaría por hundirse y revelar su verdadera procedencia. La pregunta era cruel y clasista; marcaba, de muchas maneras diferentes, el inicio de un interrogatorio. Era el inicio de una duda, la sospecha automática que, de tan solo ser pronunciada, cautivaba la atención de todos los grupos y encendía las alarmas. De nada valía mentir, después de aquella duda inicial no dejaban de llover las preguntas acerca de un fulano profesor, alguna característica de los salones o alguna exigencia para que el interrogado hablara en francés, inglés o cualquier otro idioma. Aquello era infalible a la hora de clasificar a la gente, pocos lograban evadirlo de forma efectiva y la consecuencia siempre era quedar en el más absoluto ridículo.

—*Alliance Française* —soltó Octavio con una pronunciación casi perfecta.

—*Bien sur!* —dijo sonriendo el muchacho— ¡Te ubico! Tal vez conozcas al profesor…

—Eh, disculpa mi tía me-me es-está llamando —soltó molesto y alejándose de aquella panda de engreídos, aunque no pudo huir de las risas y la imperfecta imitación de su tartamudeo que inició uno de aquellos idiotas.

Las risas y las burlas no eran nada más que veneno para la mente de Octavio. Se le clavaban en la sien, le recorrían las neuronas y lo hacían sentir solo, terriblemente solo. Daba igual cuánto pasara el tiempo, siempre era lo mismo… estaba harto de no encajar. Parecía que no había espacio para él en ninguna parte. Ya no solo se sentía un extraño en su propia casa y en el colegio, sino que, por añadidura, allí a donde iba lo acompañaba la cruda realidad. Alguna vez había sido un estudiante de la *Alliance Française*, había tenido pequeñas habilidades para dominar el inglés y el francés, pero en menos de dos años, todo había desaparecido. Ya no sabía explicar el orden de sus días, solo vagaba por las calles, extraviado en cada rincón, hambriento en más de un sentido, convertido lentamente en un marginado, un *roto*, un *nadie*. Sentía que no tenía nada de especial, nada lo estimulaba y odiaba con todo su corazón toparse con aquellos idiotas con sus preguntas estúpidas y sus respuestas indagatorias. *¡Te ubico!* Detestaba aquella maldita expresión. Aborrecía todo lo que significaba y la enorme marca que dejaba encima de las personas. No quería ser *ubicado* por nadie, tampoco deseaba ser parte del entorno de aquellos que lo marginaban, solo anhelaba un lugar que le hiciera sentirse en paz consigo mismo. ¿Era tan difícil? ¿Existiría algo como aquello?

—¿Puedes creer que pretende votar por él? —dijo una mujer regordeta con la voz aguda y envuelta en risas.

Mientras caminaba sin rumbo, las voces de hombres y mujeres lo asaltaban sin aviso. A veces escuchaba palabras sueltas e inentendibles, otras, oraciones completas, aunque nunca faltaba la risa generalizada y nerviosa, sobre todo de las personas que ignoraban por completo el tema de discusión.

—¡¿Por él?! ¡Hasta lo que hemos llegado! —soltó un hombre mayor con timbre cansado.

La indignación también tenía su espacio en las conversaciones. Algunas alcanzaban un nivel de exageración tan alto que parecían horrorizadas, como si alguien estuviese ahogando a un niño en el río.

—Ay, señor, es lo que siempre digo, mejor no desperdiciar el voto en *el eterno candidato* —aseguró otro participante del coloquio.

¿A quién se refería aquello? Él, desde luego, no lo sabía, pero cualquiera que despertara tanto horror en personas como aquellas, a Octavio le parecía alguien agradable.

—Cuidado con los viejos zorros, amigos, veinticuatro años son muchos años —sentenció uno de los pintores invitados a la exposición. Aquel hombre tenía porte digno y humilde, llevaba una copa de vino tinto en la mano y la sonrisa del que disfruta molestar al poderoso—. Allende sabe algunos trucos, es importante tenerlo presente.

Las palabras del pintor tuvieron un efecto inmediato que enmudeció a habladores y eruditos. El grupo quedó envuelto en un silencio incómodo y una risa gélida que trataba en vano de enmascarar el más profundo de los desprecios. Sin embargo, aquello despertó una chispa en Octavio. ¿A quién pertenecía aquel apellido misterioso que era capaz de despertar tantas opiniones y desaires? ¿Cómo era posible que infundiera tanto temor en personas de supuesto poder? ¿Quién era

257

Allende? La pregunta lo seguía como una sombra, y aunque no logró responderla esa noche, aquel evento lo acompañaría en el futuro.

—¿Octavio? ¡Octavio, ven aquí!

La voz de Sibila lo atrapó en medio de la multitud con dos brazos de hierro. Si las palabras pudiesen amarrar a alguien, las de su tía hubiesen sido sogas fuertes y gruesas que inmovilizaban en el acto. No había posibilidad de escapar. Sus pasos estaban obligados a acudir hasta ella y al verla de frente con sus ojos profundos y azules, la piel de porcelana, la elegancia de sus formas y su vestido, y una sonrisa amenazante, lo primero que le vino a la mente fue arrojar al suelo el vino, pero era completamente inútil.

—Vaya, vaya, ¿a quién tengo que regañar por no haberme informado que mi sobrino estaba aquí? —le dijo con una sonrisa mientras le revolvía el cabello—. Da igual, veo que ya te crees todo un hombre que puede tomar el vino de su buena tía sin permiso, ¿no?

Octavio sonrió, tal vez por primera vez en todo el día. Sibila era adusta y rigurosa, pero guardaba cierta ternura y complicidad para sus sobrinos. Ellos les despertaban la maternidad y le suponía un esfuerzo inhumano regañarlos.

—Bien, veo que no hablas, al menos tienes un poco de vergüenza —le dijo sin dejar de reírse—. Pero ahora que estás aquí, quiero presentarte a una persona importante. Mario, ¿podrías acompañarme? —gritó a la multitud— ¡Mario!

El pintor acudió como siguiendo una estrella y se presentó ante Sibila con la alegría de quien ha escapado de un grupo pastoso e inclemente.

—Sibila, creí haber escuchado que me estabas llamando; ya sabes que cuando escucho la alarma de emergencia, corro, así que dime dónde está la salida.

El chiste dio en el punto y atrajo a varias mujeres que merodeaban por los alrededores.

—No tienes que huir, de momento, pero quiero presentarte a mi sobrino, tu próximo estudiante.

—Un gusto, muchacho —dijo Mario mientras le daba un apretón de manos—, ¿así que te gusta la acuarela?

—Todavía no le gusta —se apresuró a responder Sibila ante la incomodidad de Octavio—, pero de eso te encargarás tú, Mario, como siempre.

—Por supuesto —replicó sonriente—, no te puedo negar nada, Sibila.

De pronto, una mujer emergió desde la espalda del pintor. Reposó su mano sobre su hombro y asomó la cabeza como si estuviese esperando el momento indicado para ingresar a la conversación.

—Espero que todavía quede un espacio para otra alumna, querido Mario —soltó de improviso la mujer.

—Inesperada como siempre, Inés —dijo sutilmente Mario—, sabes que siempre hay espacio para los interesados.

Inés... aquel nombre de mujer aprisionaba la imagen de una señora distinguida, probablemente la esposa de algún dirigente político o gerente de banco que disfrutaba el merodear por el Instituto en la permanente búsqueda de algo que la sacara de su sofocante monotonía. *Inés...* A simple vista no destacaba en nada, pero la suma de sus atributos la hacía sobresalir entre las damas del cóctel. No tenía la elegancia ni el porte natural de Sibila, pero transmitía una calidez desconcertante que compensaba cualquier carencia. *Inés...* Su rostro en forma de corazón dejaba espacio para la armonía: los labios delgados y pintados de más, la piel bronceada, los ojos color miel, el cabello liso teñido de rubio ceniza y la risa contagiosa. Verla daba gusto y debajo del vestido y el abrigo se escondía un cuerpo maduro que todavía conservaba las curvas en su sitio gracias a su permanente delgadez. *Inés...* una mujer de obsesiones y apetitos con una mirada de cazadora; un nombre que se escabullía entre las paredes, cuatro letras que cansadas de esperar un poco de diversión habían decidido buscarla aquella noche.

—¿Y este será mi nuevo compañero de clases? —preguntó Inés mirando fijamente a Octavio.

Y en esa mirada hubo algo que habría de acompañarlo como un recuerdo pegajoso hasta el último día de su vida. Aquellos ojos suaves, carentes de cualquier peligro, guardaban una confidencialidad desconocida e íntima, un secreto sin palabras, un interés misterioso que se fue adentrando en su mente sin explicaciones. No había preguntas ni respuestas, solo una mirada lenta que arrastraba un anhelo polvoriento en las pestañas, unas manos invasivas que revoloteaban por el aire mientras reía; y al final de todo, aparecía la boca de Inés con unos labios delgados que se movían al hablar; que subían y bajaban al interrogar a Mario acerca de la acuarela o al pedirle un cupo del taller a Sibila; que dibujaban curvas, círculos y todo tipo de formas geométricas al platicar de la vida y al despedirlos a ambos luego de que un grupo de mujeres les exigiera su atención. Fue en ese instante cuando sus labios dejaron de abrirse y cerrarse para convertirse en una línea delgada y pacífica por donde no entraba el aire, pero sí se le escapaban los suspiros invisibles. Solo quedaba ella y Octavio, a solas, pero rodeados del gentío; a solas, pero unidos por una mirada.

Entonces llegó el silencio, que no era cualquiera, sino el de ella. Su risa estridente y sus palabras agudas habían desaparecido y eso dejaba un vacío en el aire. A su alrededor seguían las voces de los desconocidos, las risas estrafalarias y finas, los gritos escandalizados, pero ella se mantenía callada, recatada, jugando con su cabello y mirándolo fijamente con aquellos ojos dulces bañados en miel; tan lejana como una isla hasta que decidió reducir el espacio entre ambos y se agachó sin permiso, arremangándose la larga falda para hablarle más cerca y susurrarle alguna oración que los uniera… *«¿tienes hambre?»*, le dijo con una sonrisa, y su aliento olía a menta y vino; su colonia a lavanda y a flores, y su voz parecía amable y cariñosa, como la madre que le habla a todos los niños del mundo creyendo que son sus hijos. *«Sí»*, respondió Octavio, sin tartamudeos ni temores, incrédulo de haberlo hecho, aunque su asombro se multiplicó al divisarla de regreso dos minutos después con un plato pequeño repleto de todos los bocadillos que Inés había pagado a uno de los camareros para entregárselos a él. Octavio quedó deslumbrado y los devoró hambriento mientras ella lo miraba feliz, contenta de haber ayudado a un niño perdido, porque estaba claro que aquel niño iba dando tumbos por las calles, ignorante convencido de su realidad, anhelante de algún tipo de atención que ella podría darle… algún tipo de atención que ella decididamente debía darle.

Así comenzaron las preguntas tontas acerca de sus dulces favoritos mezcladas con el sabor de las empanaditas; las risas generadas por alguna anécdota divertida en *Provi* que inesperadamente se fundían en el sabor del vino; la plática acerca del cine y el apasionante mundo de

2001: odisea del espacio, *La fiesta inolvidable* y *Yellow Submarine*, las películas favoritas de Octavio que lentamente fue enumerando mientras sentía que la voz se le escapaba oxidada desde lo profundo del estómago, como si hubiese pasado muchísimo tiempo desde la última vez que habló con alguien, como si estuviese reencontrándose con algo que creía perdido desde hacía mucho tiempo.

Así, al compás de la risa y la voz de Inés, el mundo se desdibujó por completo.

Octavio solo se veía a sí mismo respondiendo, pero sin sentir que era su voz; riendo, sin detectar de dónde le nacía aquella felicidad transparente; confiando, sin comprender cómo era posible que estuviese hablando tan íntimamente con un adulto, pero no había tiempo para respuestas: Inés más que una mujer, era una amiga, y de pronto se vio caminando junto a ella por los espacios del Instituto, pero por alguna razón, no sentía que esos fueran sus pies; y se vio alejándose de la gente, a un lugar bañado por la luna y la frescura de la noche, sin saber cuál era el motivo de hacer aquello. Y allí pintada por la plata del cielo y las estrellas, Inés lucía diferente, más salvaje y hambrienta, menos maternal y cariñosa, ansiosa e inquieta, y quizás decidida a revolverle el cabello, pellizcarle el brazo o acariciarle la espalda. El contacto físico aparecía como un truco de magia promovido por sus manos escurridizas, y se camuflaba en su risa agradable y confianzuda cada vez que él se alejaba de ella.

—Creo que de-debo irme a ca-casa —dijo tímidamente en medio de la conversación.

—Claro, ya se ha hecho tarde, ¡es mi culpa! —respondió apenada—, tal vez pueda llevarte a tu casa. ¿Vives cerca?

—En Ca-carlos Antúnez —respondió.

—¡Ah, mira! Me queda de camino —replicó mientras lo tomaba de la mano y lo llevaba hasta la salida.

El automóvil avanzó por las calles oscuras.

No serían más de las nueve y media de la noche, pero aquello no parecía importarle a las parejas, los jóvenes y a los depredadores nocturnos que pululaban por las avenidas. La música estridente de algún rock californiano se escapaba de la radio en un intento de darle juventud a aquel modelo envejecido, al igual que a su dueña. Inés, más que contenta, lucía extasiada y manejaba con la sonrisa que podría tener un león raquítico antes de divisar a su presa. Sin embargo, en el asiento copiloto, Octavio no compartía aquel entusiasmo. Por alguna inexplicable razón, se veía a sí mismo en tercera persona, desde el techo del automóvil. Por la ventanilla ingresaba un poco de aire, pero el alcohol le hacía ver dos veces la luz de la misma farola. No estaba ebrio, pero tampoco se sentía dueño de su cuerpo, ni siquiera de su voz. Solo flotaba a sesenta kilómetros por hora en algún rincón de su mente, siendo testigo de lo que hacía alguien que se suponía era él, pero que, desde hacía varias horas, no lo era.

Así se mantuvo durante todo el camino de regreso, en un viaje de extrañas sensaciones que colisionaban en su cabeza y en su cuerpo una y otra vez. La vida avanzaba lenta bajo aquel efecto y la noche sonaba a vacío y rock, y olía a los perfumes de ella y al vino que sudaban ambos bajo la ropa. No había nada más que eso y la velocidad, nada más que eso y una misteriosa sensación de tranquilidad que lo fue meciendo en un vaivén imperturbable hasta llevarlo al mundo de los sueños. Octavio se fundió en aquella realidad y sintió el espíritu en un estado de absoluta calma, similar al de un niño que abraza el seno materno. Su respiración se volvió tranquila, despreocupada, llena de una serenidad desconocida que le brindaba la posibilidad de vagar libremente por su mente. Por un breve instante los pesares de la vida dejaron de existir: el miedo escapó a otro cuerpo, los dolores del alma cesaron, la tristeza se convirtió en una sombra lejana y la sensación de vacío y soledad, mágicamente fueron reemplazadas por un cariño desconocido. Nada podía lastimarlo ni alcanzarlo en ese lugar. Todo era paz y sosiego, pero entonces, sintió algo extraño…

Aquello era como pequeñas serpientes subiéndole por las piernas y bajándole por la espalda. Eran cinco… no, diez, divididas en dos grupos hambrientos que se le enroscaban por el cuello y las rodillas, por los hombros y la cintura. Sus movimientos eran ligeros y cada cierto tiempo sentía sus diminutos colmillos clavándosele por la piel, pero él no podía reaccionar. El veneno de aquellas víboras le recorría la sangre, petrificaba sus músculos y lo dejaba expuesto y vulnerable. *Aquello* se fue transformando en una danza frenética de movimientos uniformes que surcaban cada rincón de su cuerpo. Luego aparecieron unos labios que mordían y besaban, que botaban aire caliente y aromas lujuriosos, que reían y se arrojaron al vacío de su entrepierna junto a las serpientes, decididas ambas a ir más allá de lo imaginable, a morder y a besar, a rajar y acercarse peligrosamente hasta su sexo...

En ese instante, Octavio abrió los ojos, y la luz no le hizo tanto daño como la imagen de Inés acariciándole el cuerpo. Inclinó el cuello hacia la ventanilla y por ella vio la fachada del edificio en el que vivía. No había gente ni nadie que los observara, ni siquiera las luces de los postes de luz eran testigo de aquel acto. Entonces descubrió que no podía mover el cuerpo, tampoco podía hablar. Sentía todos los músculos rígidos, la garganta helada y un profundo estado de conmoción que lo mantenía paralizado. La música había desparecido y solo se escuchaba el ruido de unos labios sobre la piel. Sin embargo, llegó a escuchar el ruido de la madera cayendo debajo del asiento cuando ella intentó bajarle el pantalón, pero afortunadamente su cuerpo infantil lo impedía. La ropa no cedía y la desesperación de Inés la hizo detenerse en seco, como sacada de un sueño erótico y al verlo a los ojos, comprendió que debía parar.

Ella regresó a su asiento, se arregló la ropa y el cabello. Miró su rostro en el espejo retrovisor y le dedicó una sonrisa extraña con el labial regado por las mejillas y el mentón. Aquellos labios parecían disculparse, pero sus ojos prometían que volvería a pasar. Se mantuvieron así hasta que el silencio se hizo asfixiante. Octavio estaba conmocionado, pero su instinto le hizo abrir la puerta del automóvil y el sonido hueco llegó justo con el aire puro de la noche.

No hubo despedidas ni disculpas.

No hubo palabras, ni siquiera un hasta luego.

Solo hubo una mirada fija y la promesa muda de que aquello volvería a ocurrir. Luego, ambos se marcharon, dejando como único testigo de aquel evento al yoyó debajo del asiento, el último vestigio de la infancia de Octavio.

5

«¿Es esto correcto?»

Tres palabras retumbaban en mis tímpanos.

Una me golpeaba la sien; otra vibraba en la coronilla; la última, quemaba mi consciencia.

«¿Es esto correcto?»

Tres palabras simples e insignificantes, dichas de prisa y de forma insistente, interrogaban mis recuerdos, cuestionaban mis decisiones, me obligaban a dudar.

«¿Es esto correcto?»

Tres palabras permanecían en el aire, expectantes. Y ante ellas, el tiempo se había congelado. No había ruido, solo el silencio de mi garganta, y aunque deseaba darles respuesta, no me resultaba posible. En mi cabeza, aquella frase retumbaba con la percusión de una orquesta: «BOM-BOM, BOM-BOM», sonaba, y en su ascenso tormentoso, la jaqueca me hacía apretar la mandíbula. «BOM-BOM, BOM-BOM», seguía, y yo podía escuchar aquel dolor que taladraba mi sien: sonaba a desesperación y rabia; sabía a frustración y a bilis; gritaba una historia de cambios y traición. ¿Traición? De mis labios. ¿Traición? De mis actos. ¿Traición? A mi madre, y el tambor seguía en su marcha tormentosa, batiendo piedras, rompiendo montañas, quebrando mis huesos.

«BOM-BOM, BOM-BOM». Era una marcha… un concierto sin más instrumentos que la rabia y la culpa. «BOM-BOM, BOM-BOM».

Era una sinfonía... dirigida por los fantasmas del odio y la vergüenza. «BOM-BOM, BOM-BOM». Era una traición... ¿la traición de unos labios inocentes?

—Dominique, ¿es esto correcto?

Aquella voz provenía del abogado, un hombre pastoso que tosía escandalosamente y se disculpaba por ello tres veces cada dos minutos. Su rostro parecía un rompecabezas construido por niños del jardín de infantes y entre sus largos dedos se movía un bolígrafo costoso con una ansiedad anormal para alguien acostumbrado a tratar con niños y adolescentes. Su nombre no era importante, ya que llevaba su apellido bordado hasta en el maletín, y si me formulaba esa pregunta filosófica era porque había sido contratado para abogar en nombre de mi padre en aquel caso.

La sala de audiencias de la Corte de Menores no era demasiado grande: el espacio resultaba hueco por la falta de mobiliario y el techo se erguía de forma exageradamente elevada, como si fuese el armario de un gigante. En su interior, cada palabra pronunciada generaba un eco perceptible, el cual amplificaba la voz y hacía que las oraciones se mantuvieran vibrando en el aire por varios segundos. Naturalmente, el lugar carecía de ventanas, sus paredes eran gruesas —pintadas hacía mucho tiempo—, y el suelo ya envejecido, con marcas de las décadas pasadas, finiquitaba lo que bien podía considerarse un lugar tosco y terrorífico para los ojos de tantos niños que acudían a diario para ser amablemente interrogados por la jueza y los abogados, hasta que confesaban, prácticamente sin darse cuenta, la peor versión de alguno de sus padres.

En ese cuadro industrial estaba yo y a mi alrededor había varios rostros desconocidos que fingían una falsa cortesía con sus sonrisas artificiales mientras pensaban en la mejor manera de extraer los secretos de todos los que ocuparan la silla de metal en la que me encontraba. En el centro de la sala, y un tanto elevada del suelo, se hallaba la jueza, una mujer austera con expresiones imperturbables y mirada de forense. Por suerte, mi padre aguardaba a mi lado. Parecía tranquilo, distraído en su mundo, quizás pensando en alguna trama para una novela. Marta lo había vestido con una formalidad embustera que él no terminaba de creerse, pues sus ojos seguían igual de juguetones y divertidos como los recordaba. Aun así, aunque Marta estuviese esperando fuera de la sala, seguía teniendo un gran protagonismo en la audiencia. Ella había hecho lo necesario para anticipar cada posible escenario o tropiezo al que consideraba su esposo, pero seguía nerviosa y angustiada, después de todo, quitarle la custodia a una madre no era una labor nada sencilla.

Conocedora de aquello, se dedicó a instruirlo e informarle de todos los pormenores con antelación. Le dibujó el esquema de la entrevista, señaló lo que debía decir e incluso cuándo mantenerse callado. Era algo asombroso; se sabía de memoria cada etapa de la sesión y la mejor manera de responder a cada pregunta. Por entonces yo no lo sabía, pero todo ese conocimiento era vivencial. No era la primera vez que Marta acudía a la Corte de Menores. Durante su infancia la había recorrido en varias ocasiones debido a las diferentes querellas de sus padres y, como adulta, siendo una mujer divorciada y madre de tres hijos, se había visto obligada a enfrentarse a los vaivenes de aquellas salas solemnes y problemáticas en más de una oportunidad.

Afortunadamente, salió bien librada en cada audiencia y ahora deseaba lo mismo para su nueva relación, aunque nada la motivaba más que la posibilidad de que Enrique se mostrara como un hombre familiar, un padre modelo y un montón de adjetivos que a él no podían importarle menos; pero que para ella significaban un nuevo escudo con el cual enfrentar los murmullos sociales que giraban alrededor de ambos y que tanto daño les generaban a su imagen de pareja.

Lamentablemente, de espaldas a los anhelos y las pretensiones de Marta, la presencia de mi padre no contribuía a tranquilizarme. Al contrario, solo me recordaba con una precisión dolorosa la magnitud de lo que estaba a punto de hacer. Todas las miradas estaban sobre mí y formulaban la misma pregunta, pero yo no podía hablar. Mi mente vagaba en otros lares, demasiado ocupada en recordar el rostro inexpresivo de mi madre mientras me veía empacar, apenas unas horas antes de la audiencia. Sus ojos azules lucían incrédulos y apagados, como una llama que ya no puede quemar. Bajo sus faldas, Octavio tampoco me ofreció más que una rabia ciega y muda, dirigida, indiscutiblemente, hacia el recuerdo de mi padre y mi evidente declaración de simpatía hacia su figura. Así los recordaba y así me rondaban por el pensamiento, con aquellos ojos acusadores y decepcionados que se enfrentaban a mi firme decisión de abandonar aquel hogar lleno de irregularidades.

No había escapatoria, lo supe antes de decidir, incluso antes de que Marta sugiriera que me fuera a vivir con ellos el día de mi cumpleaños. La llegada de René Bernau a nuestra casa marcaba un antes y un después, nada volvería a ser igual después de eso. De a poco, fue invadiendo nuestros espacios, enroscándose en el presente y escondiendo un puñal que mi madre tardaría demasiado tiempo en reconocer. Debido a ello, mi decisión se reducía a lastimar o ser lastimada, y por más doloroso que me resultaba, tenía claro lo que debía hacer. Daba igual por dónde se mirase, la senda que debía recorrer era una y solo una: lo tenía claro.

Sin embargo, a pesar de mi lucidez, resultaba sumamente difícil sacarme de la cabeza las imágenes y las voces de mi madre y de Octavio... Dentro de mí, la rabia y la culpa se rondaban como dos víboras con lenguas venenosas y colmillos afilados que se clavaban en mis emociones y en mis pensamientos. Aquella batalla incansable me exigía que tomara una decisión. No había forma de librarse del problema sin escoger una alternativa, y si el precio que debía pagar para encontrar las condiciones elementales de una vida tranquila y segura era cortando el vínculo que me unía a mi madre, entonces estaba convencida de pagarlo.

—S-sí, respondí. Y mi voz salió cortada antes de nacer, como una afirmación que sonó a duda; apenas un susurro inentendible que solo fue capturado por mi padre.

—Sí, dije más alto, pero no por ello más audible. Y a mi espíritu todavía le faltaba fuerza para hablar con claridad. Sentía las manos frías, el corazón palpitando con fuerza, el remordimiento y la determinación chocando en mi lengua.

—Sí, volví a repetir una vez más con todo el valor que logré reunir, pero no fue suficiente.

—Pequeña —dijo la jueza de pronto, con una voz tan cálida como la quemadura de un bloque de hielo—, sé sincera. ¿En tu casa está ocurriendo algo que quieras contarnos?

—Sí, dije con fuerza y esta vez no esperé que me hicieran más preguntas.

267

Comencé a hablar con una voz que no reconocí como mía, pero que lo era. Mis cuerdas vocales vibraban con un cosquilleo en la garganta y un ardor en el intestino. Mis labios se movían y cada palabra quemaba mi lengua. La realidad quedó en otro plano y solo pasó a importar las imágenes que llegaban a mi mente mientras enumeraba la lista de pesares que pertenecían a nuestra vida privada en Carlos Antúnez. Sabía que mi madre había hecho lo mejor que podía para mantenernos, lo tenía muy presente, pero ya no tenía la capacidad para detenerme. Las irregularidades eran tantas que no había espacio para maquillar las palabras. La culpa me tensaba los músculos, se escondía debajo de mis pestañas, se aferraba a mis tímpanos. Me escuchaba a mí misma pronunciar aquellas oraciones largas e incriminatorias, sin creer que era capaz de pronunciarlas; me avergonzaba profundamente confesar aquello en voz alta frente a un montón de desconocidos y, lo que era peor, ante mi padre, el mismo hombre que nos abandonó a nuestra suerte en los Estados Unidos. Aquello era un tormento de contradicciones. De mis aparentemente inocentes labios solo escapaba la forma pura de la traición.

Traición, hacia los secretos comunes; traición, al esfuerzo de mi madre; traición, a aquellos años juntas. Traición, traición, traición...

... y de pronto, lucidez y claridad. A la tormenta le precedió una tranquilidad antinatural. La vergüenza y el remordimiento de consciencia escaparon de forma limpia en aquel desahogo. El pensamiento volvió a su engranaje cotidiano, las ideas volvieron a circular por el sendero convencional y ya todo recuperó su sosiego. Entonces recordé el terremoto de Valdivia y las avecillas que alzaron su vuelo de los árboles de Paula Jaraquemada. Recordé cuánto había deseado ser como ellas, volando en medio de un silencio que lo devoraba todo.

Me sentí como esas aves al dejar que mi espíritu se vaciara de las penas y los remordimientos. Lo dije todo y de golpe, sin pausas ni vacilaciones, sin tener consciencia plena de lo que implicaba mi confesión para los involucrados, sin pensar en nadie más que en mí. La audiencia me escuchó sin interrupciones y, cuando concluí, el dolor de cabeza comenzó a hacerse más chiquito; entraba más aire a mis pulmones; desaparecieron las emociones negativas; terminaron las imágenes de la familia chiquita, primero de a cuatro, luego de a tres, y ahora completamente dividida en dos bandos. Estaba tranquila con mi decisión. Solo eso importaba: solo eso.

Lo que vino después se perdió de mi memoria. A mis declaraciones vino un parloteo entre mi padre, el abogado y la jueza que concluyó en unas frases estiradas y definitivas.

—En ese caso —sentenció la jueza—, queda demostrado que no hay calor de hogar ni las condiciones necesarias para que la señora María Luisa Señoret siga con la custodia de Dominique Lafourcade.

Solo entonces entendí que en esa decisión había algo absoluto, un sello que rajaba la relación con mi madre de forma inmediata, una herida que nos abría por la mitad y dejaba expuesta todas nuestras miserias de forma pública. Todo había terminado y me sentía mareada, sacudida por dentro, tranquila, pero consciente de la responsabilidad de mis actos.

Estaba hecho. Hecho.

Pero ahora me tocaba conocer la que sería mi nueva vida… ahora debía conocer quién era de verdad Marta Blanco.

6

La relación de Marta y mi padre solo podía permitirse mantener un automóvil. Por supuesto, aquello no era poca cosa en el Chile de 1969, mucho menos en el país de adversidades que nacería en breve. Sin embargo, era algo que les pesaba a ambos. Depender de un solo vehículo los obligaba a hacer malabares para movilizarse por la ciudad. Afortunadamente, el coche que escogieron para la titánica tarea de transportar a la familia entera por las calles de Santiago estaba destinado a convertirse en uno de los modelos más emblemáticos de la época. Tal fue su popularidad desde su lanzamiento en el año 1956 que, para mediados de la década de los sesenta, no había un solo adolescente, universitario o treintañero que no deseara tener uno. Por supuesto, la cultura popular ayudó a potenciar su fama: Steven McQueen, Peter Sellers, James Garner, Twiggy e incluso los Beatles llegaron a manejar uno de aquellos vehículos y eso solo contribuyó a que se transformara en el símbolo de una época; un símbolo que, desde luego, representaba muchas cosas, siendo la más importante de ellas la de pertenecer a esa conciencia social que creció anhelando el codiciado *Austin Mini* y viendo en su carrocería una representación del espíritu de una generación.

Indudablemente, no era un automóvil barato: a pesar de su pequeño tamaño, alcanzaba velocidades envidiables que lo llevaron a tener su propia categoría en decenas de carreras y hasta su propia película protagonizada por Michael Caine. Sin embargo, yo no tenía aquella información. No había nada en el coche que me pareciera lujoso o especialmente juvenil. Tal vez por eso, para mí el adorable *Austin Mini* color crema de Marta era, más bien, un coche gracioso. Mirarlo despertaba el buen humor. Daba igual desde qué ángulo se apreciará, el resultado siempre era el mismo: un modelo compacto, angosto y si bien podía parecer automóvil de embajador en carrocerías de colores oscuros, en uno tan claro como aquel despertaba la risa, ya que parecía un carro comprimido, hecho para niños, armado con una escuadra mal nivelada y del que podía salir cualquier cosa.

La primera vez que me monté en él fue al salir de la Corte de Menores. Recuerdo que a pesar de lo mal que me sentía, al verlo me hizo sonreír; no porque me pareciera inferior o algo parecido —pues estaba convencida de que el valor real de un coche residía en que funcionase bien con regularidad—, sino porque su forma era peculiar, con una caja bastante ancha que conformaba el cuerpo del vehículo y una trompa pequeñita con dos faros y un parachoques plateado que al juntarlos casi formaban un semblante asustado.

Esa tarde, el cielo lucía pálido a pesar de ser las cuatro, y las nubes hechas jirones marcaban un camino blanco en dirección a occidente, hacia Viña del Mar. En Santiago, las aceras se cocinaban a fuego lento con los rayos de un sol tímido y aburrido. Todo permanecía a la espera de algo, aunque nadie sabía precisar el qué. Por mi parte, me contentaba con mirar la ciudad con los ojos tristes. Mi mente se extraviaba en los transeúntes y en esa falsa sensación de hogar que me brindaba la maleta que llevaba abrazada entre mis piernas. Si le decía *maleta* era por carecer de una mejor expresión para denominarla, y si me aferraba a ella no era por nada más que por el simple hecho de que allí estaban apretujados los recuerdos de toda una vida.

Desde luego, la imagen era adorable. La maleta era pequeñita; la podía rodear sin mucho esfuerzo con los brazos y tenía un valor inmenso para mí, pues me había acompañado durante muchísimo tiempo. Evidentemente, no era la primera vez que la rellenaba para escapar de algún lugar, pero, sin duda, había sido la ocasión menos afortunada de todas. Sorpresivamente, aquel objeto era la única constante que había tenido en mi vida y ahora, en medio de la turbulencia de cambiar de custodia, representaba el último pedazo de un hogar que ya no existía. ¿Hacia dónde me dirigía ahora? ¿Sería bien

271

recibida en mi nueva casa? ¿Debía tener miedo o sentirme tranquila? Las preguntas me rondaban como fieras y allí donde se había desvanecido la culpa y la rabia, ahora aparecía la sospecha y la duda.

En el fondo, todo se reducía a Marta.

¿Quién era aquella mujer que se mostraba tan amable y atenta con alguien que no era más que la sombra de la antigua relación de su pareja? La imagen serena y desinteresada que proyectaba Marta me generaba desconfianza. No conocía a ningún adulto que actuara así de forma natural. Nuestros encuentros siempre habían resultado buenos, no… ¡más que buenos!, perfectos. Sabía qué preguntar, dónde halagar e incluso cuándo guardar silencio, todo en la justa medida para romper mis defensas y hacerme bajar la guardia. Era hábil en todo lo que hacía, el tipo de persona que puede llegar a resultar peligrosas. Lo tenía claro. Por eso, estaba convencida de que ella debía guardar alguna causa secreta. Tal vez fuese una *vendetta* simbólica hacia mi madre o, quizás, una forma de legitimar aún más su relación con mi padre. ¿Quería mostrarse superior frente a María Luisa? ¿Me estaba utilizando para construir esa imagen de *la mujer fuerte* que incluso puede con los hijos de su pareja? Había muchas posibilidades y ninguna me hacía sentir especialmente bien. Detrás de aquel desinterés solo podía esconderse una razón oscura y, de ser así, debía guardarme de chocar contra algún secreto que me expulsara de su casa. Necesitaba encajar por todos los medios posibles, debía pasar desapercibida, igual que lo había hecho en aquellas escuelas norteamericanas. Debía ser una sombra en la pared, un lugar al que nadie dirige la mirada, una niña buena y educada que no existiese para nada que no fuese soluciones o deberes.

—¿Te pasa algo Dominique? —me preguntó Marta, como si sospechara el colapso de mis pensamientos.

Pude ver sus ojos interrogándome por el retrovisor. Su imagen era gloriosa allí frente al volante, tan segura de sí misma, sintiéndose fuerte y dueña de la ruta. Jamás imaginé que aquella mujer tan misteriosa se convertiría en una de las figuras centrales de mi adolescencia y una de las personas que más cariño, respeto y admiración le he guardado. Entonces solo era la mujer de mi padre, alguien de quien debía desconfiar, pero faltaba muy poco para que eso comenzara a transformarse en un vínculo valioso.

—No, solo estoy pensando dónde voy a dormir esta noche —dije sin mucha convicción.

—¡Ja! —soltó Marta en una carcajada retórica y fugaz—, no te preocupes por eso. Te va a encantar tu habitación.

Su extraña risa se me contagió y me permití acompañarla por un breve instante. Sonreí, luego inhalé el aroma de aquel automóvil y sentí que alguien me apretujaba la melancolía. Dentro del coche había un bálsamo sanador, una esencia sacada de las tardes de mi infancia, cuando mi abuela Raquel podaba las enredaderas y regaba las flores del jardín. Aquel automóvil olía a bosque, cuero, flores y tierra. Marta amaba aquellas fragancias y a lo largo de su vida, casi por descuido, se acostumbró a impregnar todos los lugares que habitaba con esos perfumes sacados de las raíces de su casa. Al igual que mi abuela, ella disfrutaba de los colores de las estaciones, los aromas que despertaba el cambio del clima y la dulce vista que proporcionaban las flores infinitas. Por eso siempre llevaba alguna consigo —a veces sin que siquiera lo notara—, y allí donde se instalaba, algo de la naturaleza quedaba en el espacio, como un olor imperecedero que llevaba su nombre.

Curiosamente, mi fascinación por aquel aroma se vio eclipsado tras correr el tupido velo que se encontraba en el camino, a ambos lados del *Austin Mini*. Recién comenzábamos a dejar atrás la avenida Providencia, pero allí terminaban los límites del mundo que conocía. Nunca había ido más allá de aquel borde. A nuestra velocidad, todo resultaba nuevo, aunque extrañamente familiar. De forma inesperada, al penetrar en la avenida Apoquindo, cada rincón de aquella zona se asemejaba al sendero que se debía transitar para llegar a Davis desde Los Ángeles. En cada kilómetro percibía campos a punto de florecer, terrenos baldíos y anhelantes de manos que los trabajaran, *chalets* modestos, casas de veraneo y espacios abiertos a la intemperie que —junto a la avenida Las Condes—, para 1969 nadie imaginaba que podrían convertirse en el corazón financiero y comercial de Santiago. Faltaban más de diez años para que eso sucediera, pero ante mis ojos, no había nada que me hiciera pensar que esa posibilidad estuviese en la mente de alguna persona. De hecho, aquel valle despoblado ni siquiera parecía conformar parte de la capital, sino que era un mundo diferente, más tranquilo y campestre, distante del ajetreo de los autobuses y al que solo lograban acceder los afortunados que contaran con un automóvil propio.

Así, lentamente nos adentramos en aquella carretera infinita que trazaba una línea casi recta hacia un destino sin nombre ni forma. ¿Hasta dónde se podía llegar siguiendo aquella senda? No sabía responderlo, pero indudablemente deseaba averiguar con mayor precisión lo profundo y vacío que podía llegar a ser un lugar prácticamente deshabitado en el que solo penetraba la lluvia, el sol y un grupo muy interesante de automóviles coloridos que avanzaban a nuestro lado.

Naturalmente, en aquella zona también había familias entrando en casas solitarias y separadas por varios kilómetros las unas de las otras; estudiantes de uniforme que acudían a la Escuela Militar, y diferentes deportistas y agrupaciones colegiales que ingresaban a los estadios israelitas y palestinos que convivían en una armonía peculiar e inesperada. Eso, junto a uno que otro grupo de visitantes de fines de semana, conformaban las gentes que transitaban por aquellas avenidas que estaban destinadas a convertirse en algo realmente grande. Parecía que en ellas podía caber el mundo entero y eso era algo que muchas personas con poder adquisitivo comenzaron a olfatear.

De pronto, en Santiago se elevó un secreto a voces, una promesa dicha despacio, un incentivo para que muchas familias migraran su patrimonio hacia esta comuna novedosa que estaba lista para ser creada desde cero, y en la cual comenzaron a vivir personas de renombre y economías más que saludables. De esta manera —y de forma progresiva— los terrenos fueron comprados y vendidos, usados y transformados en pequeños suburbios glamurosos con haciendas gigantescas y *chalets* de lujo que parecían mansiones norteamericanas. Además, los campos se fueron llenando de propiedades hermosas con colores cálidos y amables que saludaban desde la distancia a medida que el automóvil se adentraba a las zonas más habitadas de la comuna de Las Condes. Allí todo estaba cambiando. Cada día llegaba una familia nueva y nosotros, indudablemente, éramos una de ellas.

El recorrido llegó a su final justo cuando más lo estaba disfrutando. La velocidad fue disminuyendo como un avión que va perdiendo fuerzas, y ante mis ojos apareció el restaurante Cantagallo, *el Club de Campo* y el centro nocturno *Drive-in Charles*. Si recuerdo con tanta precisión el nombre de estos locales es porque constituían mis principales referencias para moverme por aquella zona baldía; además, enmarcaban la entrada a la hacienda en la que viviría a partir de entonces.

Jamás imaginé que mi nuevo hogar sería tan grande. Desde la distancia ya se anunciaba colosal, aunque me era imposible calcular los más de diez mil metros cuadrados de aquel terreno que estaba cercado por el río Mapocho, regado de jardines olorosos y coronado por una casa de una sola planta que mi padre llamaba *el Aleph* en honor a Borges y su mundo inverosímil y de carácter fantástico que con tanta fuerza había capturado su imaginación por aquella época. Apenas y divisaba aquel lugar desde lejos, pero ya había comprendido que sus magnitudes escapaban, definitivamente, de cualquier idea racional que manejara mi mente.

—Llegamos, Nicki —dijo mi padre mientras se acomodaba en el asiento.

Y ante nosotros emergió una pequeña loma protegida por un extenso muro de ladrillos que pasaba inadvertido gracias a la maleza, los arbustos y las enredaderas que crecían libremente a su alrededor. En el centro de esta pequeña muralla había una puerta doble de madera que, al abrirse hacia adentro, emitía el ruido de un cañón artesanal del año 1820. El automóvil introdujo su trompa por aquella abertura furtiva y así nos adentramos en el que era, indiscutiblemente, el nido de amor de Marta Blanco y Enrique Lafourcade: un terreno ideado para escapar de las tentaciones y darle vida a todas las aspiraciones que ambos compartían como escritores.

Nada más entrar, el automóvil fue abordado por un hombre indescifrable. Su nombre era Benito, aunque rápidamente lo comencé a llamar, para mis adentros, como el *guardián de los secretos*. Aquel señor, de no más de cincuenta años, había nacido en esa propiedad. Su padre llegó a trabajar allí desde muy joven, se casó en esa tierra y vivió con su familia en una pequeña casa de tres habitaciones que se ubicaba cerca de la entrada de la hacienda. Allí habían trabajado como miembros permanente del servicio de la casa durante décadas y, para entonces, Benito ya tenía una esposa y dos hijas estudiando en la universidad.

En principio, aquel hombre calvo, de piel tostada por décadas de sol y sonrisa escurridiza, mantenía el porte distinguido que adquieren aquellos que se acostumbran a trabajar junto a personas refinadas. La casa, con todas sus extensiones y espacios, había sido hogar de embajadores y su última inquilina fue la mismísima Mary Rose McGill. Por consecuencia, Benito se sabía alguien importante, distinguido, conocedor del espacio, los códigos y el mantenimiento necesario para que la vida en la hacienda fuese óptima.

Sin embargo, en algunas ocasiones, Benito parecía alguien enigmático, casi siniestro, que escondía secretos que él y solo él había acumulado desde su nacimiento en aquella tierra infinita. Nunca decía una sola palabra acerca de ello, pero a veces, cuando se topaba con los hijos de Marta, llegué a escucharle mencionar un supuesto pasadizo que conectaba con determinados lugares de la casa. También aseguraba la existencia de una recámara secreta construida cincuenta años atrás y hasta de un túnel de emergencia que conectaba con la calle principal. Desde luego, nadie podía desmentir sus historias y a los adultos jamás le importaron demasiado, pero a mí aquellos relatos de fantasía me decían algo importante. Era indudable que si alguien conocía los secretos de *El Aleph* desde luego que ese era él; por lo tanto, no había razón para dudar por completo de sus palabras, sobre todo las que decía cuando no hablaba con los niños.

No obstante, no nos entretuvimos demasiado con Benito en nuestra llegada. El automóvil pasó de largo, saludándolo desde la distancia mientras él volvía a cerrar las puertas de la finca. Una vez lo dejamos atrás, nos internamos en un camino de tierra cercado por arbustos olorosos de *pittosporum*. De pronto, todo se tiñó del color de las esmeraldas, pues aquella valla natural alcanzaba hasta los tres metros de alto y se extendía por más de un kilómetro. Su imagen era hermosa con sus hojas espiraladas que contenían pequeñas florecitas de seis pétalos color blanco y emanaban un aroma perfumado que se hundía hasta el estómago y permanecía dentro del cuerpo por varias horas.

Naturalmente, no podía apartar la mirada del arbusto, aunque rápidamente me vi forzada a hacerlo para conocer mi nuevo hogar. *El Aleph* se erguía como un soldado olvidado por el tiempo. Su estructura eclipsaba la vista, escondía las nubes, desterraba al sol hacia otro lugar. Desde la distancia parecía una pieza de arte abstracto, pues su formar podía ser una «ese» imperfecta o una «ele» dibujada por la mano apresurada de una madre que hace la lista de la compra.

276

Independientemente de su forma, la estructura se mantenía tan firme como si hubiese sido construida la noche anterior. Sus colores relucían con intensidad y quienes dedicaban un minuto de su tiempo a analizarlos, se encontraban con el marrón de los robles cubriendo la mayor parte de la fachada; el azul de los ríos en las columnas, y el intenso y limpio blanco de las nubes en algunos muros de la entrada y los garajes. Curiosamente, estos colores resaltaban con fuerza gracias a las infinitas tonalidades verdes que devoraban la hacienda. Allí, todo lo que no fuese una estructura, era jardín, bosque y huerto. La naturaleza crecía imparable: extendía sus brazos hacia las viviendas, se introducía debajo de la madera, rompía las piedras, invadía los espacios y se requería de un esfuerzo enorme para mantenerle a raya. Aun así, las cosas iban bastante bien. Todo parecía en un perfecto y asimétrico orden silvestre. Nada desencajaba, ni siquiera el techo de paja gruesa color ocre que coronaba aquel castillo irreal que serviría de baluarte para los sueños de mi padre y la que fue su nueva compañera de vida durante más de tres años.

Sin darme cuenta, el camino concluyó en una rotonda que fácilmente podía albergar hasta diez automóviles normales y trece en caso de que todos los invitados condujesen un *Austin Mini*. Marta aparcó en la entrada de la casa y, al apagar el motor, se me mezclaron en los labios el sabor del miedo y la emoción. Aquella era una morada que superaba por mucho cualquier expectativa que pudiese tener. No me importaba en lo más mínimo el lujo ni el espacio, pero resultaba imposible dejar de sentirme en medio de la trama de una novela escrita por Jane Austen. El cambio era radical e inesperado. Mi vista y mis pensamientos no alcanzaban a procesar la magnitud de los acontecimientos, y aunque todavía me faltaba mucho por descubrir de *El Aleph*, estaba convencida de que aquel lugar me brindaría, cuanto menos, una oportunidad para crecer tan libremente como la naturaleza que invadía todos los espacios, incluyendo mi propio espíritu.

Solo una oportunidad para crecer. Es lo único que necesitaba.

7

¡Guau-Guau!, ladridos de dóberman.

¡Crrruaaa-Beniiito!, cotorreo de loro.

Tilín-tilín, sonido de campanillas.

Clap-clap, pisadas y más pisadas sobre la madera.

Y luego, el *silencio* absoluto.

Así sonaban las mañanas en *El Aleph*.

El murmullo de vida hogareña nacía de todas las cosas y se esparcía de forma homogénea por los rincones de la casa: cruzaba el zaguán de la entrada, saltaba sobre el comedor, desordenaba la biblioteca de la sala, se introducía debajo de las puertas, correteaba por las habitaciones y subía al altillo para sorprenderme desordenada sobre mi cama, completamente dormida.

Aquel soplo rutinario parecía un ruidito irreal, una vocecilla que hablaba en nombre de una cotidianidad sencilla y distintiva, una alarma pacífica que me despertaba alegremente cada mañana sin asustarme. Al percibir su llegada, en mi cabeza los sonidos se iban mezclando uno por uno, como una pócima de bruja, hasta que formaban un brebaje explosivo que cantaba en mis oídos y me recorría el cuerpo entero, dejándome una sensación tan cálida como un abrazo.

De muchas maneras diferentes, ese sonido se convirtió en sinónimo de resguardo, seguridad y el comienzo de un nuevo día. Por eso, al detectarlo, inmediatamente abría los ojos, huía del mundo de los sueños y aterrizaba en la realidad. Lo primero con lo que me encontraba era con aquel viejo techo de paja y madera que parecía estar protegiéndome con sus vigas en forma de «uve». Al verlo, siempre olvidaba en dónde me encontraba. Debía pestañar varias veces para acostumbrarme a la claridad que ingresaba en la habitación y solo entonces recordaba que aquel era mi dormitorio.

El altillo era signo de tierra: sólido, firme, protector. Allí todo lo que tocaba la vista se volvía madera, y sus tonalidades brillaban cuando los rayos amarillentos del sol le hacían alguna caricia furtiva. No tenía muchos muebles; en realidad, era un lugar exageradamente grande para las pocas pertenencias que había en él. Fácilmente podría haberlo compartido con tres o cuatro hermanas, pero solo lo hacía con una. Su nombre era Isabel y ella no parecía muy divertida con el ajetreo de la vida familiar. Le llevaba mucho tiempo despertarse y, cuando lo hacía, refunfuñaba en contra del loro *Pepe* y la campanilla de su madre.

Indiscutiblemente, el sonido de aquella casa era el mismo para todos, pero cada quien lo enfrentaba de una forma completamente diferente.

Para Benito, por ejemplo, la mañana comenzaba antes de que despuntara el alba. Los huesos le crujían cada vez que se levantaba de la cama y ese sonido, junto al movimiento de las sábanas, era el que despertaba a Candelaria, su mujer. Ambos se paseaban somnolientos por el espacio, desayunaban, cruzaban palabras cargadas de monotonía, atendían a sus hijas y luego se separaban, pues Benito debía abrirle la puerta al jardinero y acudir a la casa para dirigir al personal del servicio.

Por lo general, el camino hacia la casa principal lo recorría envuelto en un silencio solitario que jamás se pudo despegar de la ropa ni de los huesos. Benito hablaba poco, a veces parecía que la vida se le escapaba entre palabras, y por eso se complacía con el ruido que emitían todas las cosas del mundo que lo rodeaba. Apreciaba el retumbe de sus pasos sobre la tierra, el murmullo de las aves y los insectos, e incluso el casi imperceptible barrido de la brisa acariciando las flores. Eso era la vida. Su vida. Por eso se dejaba invadir por el frescor de aquellas mañanas sonoras e idénticas que había repetido durante más de cuarenta y cinco años; las mismas que —con total certeza— un día se convertirían en el escenario de su muerte, pues si algo tenía claro Benito eso era que aquel camino entre su casa y el palacete no era más que su propia tumba, la cual había comenzado a cavar desde pequeño y un día, con suerte, estaría terminada para su entierro.

Al concluir la travesía, siempre lo abordaba *Pepe*, el loro, un animalito olvidado por los dueños anteriores que se había encariñado con él. Llevaba en la propiedad mucho tiempo, y si Benito lo recordaba con tanta precisión era porque lo trajeron el día en que su padre cumplía un año de muerto. Desde su llegada, hizo su guarida en los árboles que adornaban los bordes de la casa, y desde la cima lo observaba, a veces con los ojos de su padre, y parloteaba con la voz que este nunca tuvo en vida. En realidad, más que saber hablar, Pepe tenía algo humanoide, como una caricatura traída a la realidad. Algún instinto antinatural le permitía interpretar las emociones del ambiente y soltaba las frases que nadie quería escuchar. Generalmente, era sarcástico e incursionaba en el mundo de la comedia, aunque para él siempre se guardaba la misma frase: *«cruac-¡Benito!»*. Lo había escuchado por más años de los que podía recordar y, tal vez por esa mística de la repetición, el día en que ya no estuviese aquel pícaro, seguramente Benito lo llegaría a extrañar.

De espaldas a Pepe y al mundo exterior, por las mañana, en la casa todo estaba por hacerse. Aquella vivienda tenía cuatro dormitorios, un altillo y dos baños; además de una cocina espaciosa, un salón, un recibidor, un rincón del té, un comedor, una terraza y tantos otros espacios amoblados. Todo eso sin incluir los jardines, los huertos y la caballeriza transformada en la oficina del señor de la casa, por supuesto. Se requería de muchas manos para atender tantas responsabilidades, pero, lamentablemente, en ese ámbito —como en muchos otros— había carencias.

Benito estaba acostumbrado a dirigir a las mujeres del servicio con la mirada. Era el *Gran Maestre* de la casa, el mayordomo, la voz cantante. Sus señalamientos eran atendidos y sus consejos siempre tenían cierto valor para los propietarios. Lamentablemente, y muy para su pesar, los tiempos estaban cambiando. Y aunque las comparaciones le resultaban chocantes, no podía desembarazarse de los recuerdos de una época mejor. En el pasado, el personal de servicio estaba conformado hasta por ocho mujeres de todos los colores y tamaños. Ninguna refunfuñaba ni se quejaba, pues todas acudían dispuestas a atender con precisión las obligaciones de la cocina y la limpieza de

280

todos los espacios de la casa. Sin embargo, ahora cuando ingresaba a la reluciente y empotrada cocina, la realidad solo le hacía albergar el anhelo de volver desesperadamente al ayer. Benito debía apañárselas con solo tres empleadas, cuatro cuando contrataban a una temporal, y lo que antes hacían dieciocho manos, ahora —con suerte— era responsabilidad de diez; aunque él hubiese redondeado en nueve, pues tenía un brazo que no le respondía igual que en la juventud.

Aun así, esas eran las condiciones laborales y poco se podía hacer al respecto. Por fortuna, los nuevos dueños habían equipado la cocina con electrodomésticos modernos y eficientes. Él no sabía ni siquiera encender la mayoría, pero al menos facilitaban las labores, aunque no lo suficiente. El tiempo apremiaba, el ritmo de trabajo debía ser una danza frenética. Un paso, luego otro y así durante horas y horas. La vida en la casa comenzaba a las seis menos cuarto, a cada segundo faltaba un minuto menos; a cada minuto una hora y entonces, todo iniciaba justo cuando el intercomunicador emitía aquel sonido repetitivo e irritante de campanas.

«*Tilín-tilín, Tilín-tilín*», vibraba en la cocina, y aquel sonidito recorría toda la planta baja, se escabullía por los espacios, se multiplicaba en forma de eco y hacía revolotear a las mujeres, quienes se enfrascaban en una lucha con ollas, sartenes y cuchillos.

«*Tilín-tilín, Tilín-tilín*», aquel telecomunicador nunca sonaba dos veces, pero, para el personal, se repetía como la campana que anuncia la muerte de un rey. Retumbaba contra los platos y los cubiertos, se hundía en el jugo de naranja y en los vasos de leche, condimentaba los huevos y las tostadas, y alteraba los nervios de las cocineras hasta que Benito se acercaba al panel de control, ojeaba el palpitante e iluminado botón alrededor de la habitación número «*dos*» del lado «*B*», y lo presionaba con su dedo índice.

—Señora...

Así comenzaba la mañana para Marta.

Su sonido emergía, invariablemente, de la voz barítona y gélida de Benito desde el otro lado del interfono. Por supuesto, aquella no era la forma en que ella deseaba despertar. De habérselo preguntado, sin duda hubiese preferido que la levantaran con el calor de un poema recitado a la luz del alba, algún halago nacido de la pasión acerca de su belleza o simplemente una frase subida de tono que iniciara una guerra

281

erótica en aquella cama tan ancha sacada de un palacio colonial. No pedía demasiado, al menos eso es lo que se decía a sí misma las mañanas frías en las que más notaba aquella ausencia. Lamentablemente, la realidad no era lo que deseaba, pero tampoco se mortificaba demasiado por ello.

—Buenos días, Benito —respondía al saludo a través de aquel moderno intercomunicador que conectaba la voz de la habitación con la cocina—, por favor, agréguele una tostada más al desayuno, hoy tengo apetito —concluía siempre con una risa agradable que rompía cualquier seriedad.

—A su orden, señora.

Para Enrique, la vida comenzaba un poco antes. Su mañana llevaba por nombre *escritura* y solo a ella le dedicaba las atenciones que Marta tanto echaba en falta al despertar. Sin embargo, no le guardaba rencor. A pesar de su desconsuelo, lo entendía perfectamente. Los autores latinoamericanos estaban experimentando un «*boom*», y había que hacer lo necesario para pertenecer a esa nueva ola. Ya lo había demostrado Borges, Vargas Llosa, Cortázar, García Márquez y tantos otros grandes escritores. El tren estaba en la estación y nadie quería quedarse en el andén sin haber intentado abordarlo. Por eso, en la posición de Enrique, ella también se hubiese fugado de la alcoba hasta la oficina adjunta a su dormitorio, para dedicar su mañana entera a sacarle filo a las teclas de su máquina de escribir. La tenía muy cerca, apenas a unos metros de distancia, pero, para su desconsuelo, se sentía tan lejos de su órbita… No podía acudir a su encuentro regularmente y, a fuerza de intentarlo, había llenado la oficina con pedazos de su alma. Allí, en medio de aquella estancia de paredes blancas y ventanas barrocas, había una estantería donde se encontraban organizados todos los libros que la habían acompañado desde que era una niña alegre y juguetona que correteaba despreocupada por el palacete de su familia en Viña del Mar. También había papeles regados por el escritorio, junto a su bien conservada máquina *Olivetti*, y otros pegados en las paredes como una señal caótica de esa vida ajetreada que la llevaba a los estudios de televisión más de dos veces por semana. No obstante, el lugar más importante era aquel mesón de madera —ubicado en el centro de la oficina—, en el que depositaba los borradores de sus cuentos y novelas. Usualmente los guardaba en sobres de manila y los protegía como si fuesen sus propios hijos. Eran precisamente estos textos los que berreaban sin cesar en su cabeza. Marta escuchaba sus llantos, percibía sus voces, pero no podía acudir a calmarlos, aunque le doliera en el alma.

Simplemente no podía.

No porque no quisiera, desde luego, sino porque ciertos deberes la privaban de hacer lo que realmente deseaba su espíritu. Y es que, por encima de cualquier aspiración, siempre aparecía la responsabilidad con su hogar, sus hijos y su esposo. Históricamente, ese había sido el destino de su género. Aquellas obligaciones se anteponían al deseo profesional de las madres y las esposas, quienes se veían forzadas a posponer sus sueños de forma indefinida mientras los niños crecían, el esposo se desarrollaba en su área y ellas se forzaban a recluirse en las labores domésticas, viendo marchitar los antiguos anhelos de superación y convenciéndose de que siempre quedaba algo de tiempo para volver a sus carreras profesionales, aunque en el fondo sabían que nunca podrían retomarlas. Esa era la realidad. En la vida de una mujer había sacrificios silenciosos, esfuerzos invisibilizados y amarguras tangibles que nadie más que ellas sabían dónde dolían y cuáles eran sus nombres. Injustamente, había que entregarlo todo por alguien más; la sociedad así lo exigía y el resultado era el mismo para todas: una vida dedicada al servicio, de espaldas a los anhelos individuales y atormentada por el *«¿qué hubiese pasado si...?»*, aquella antiquísima pregunta que las asaltaba una vez al mes y les dejaba retumbando la cabeza durante semanas.

Por suerte, Marta estaba decidida a cambiar su camino. Había pasado por muchos vaivenes y desaciertos, y en plena madurez de su vida, nada la iba a detener. Al igual que su amado Enrique, la escritura siempre volvería a ella, solo era cuestión de aprovechar *los momentos*, como solía llamar a sus escapadas a la oficina para escribir. Ese método le había ayudado a crear *La generación de las hojas* en 1965, su primera novela, un libro por el cual seguía siendo invitada a diferentes conferencias y ponencias en Santiago cada mes. Su técnica era infalible, y aunque era mucho más pausada que la del resto de escritores promedio, algún día sus obras verían la luz de las editoriales. Solo era cuestión de tiempo. Era mujer, madre y esposa, y en nombre de esos tres títulos volvería a escribir, regresaría al reino de las palabras y lograría narrar aquello que se le enroscaba en el alma y el pensamiento.

Indudablemente, si Marta podía razonar e imponerse a las adversidades de aquella manera, era porque no estaba sola. Aunque tenía muchas responsabilidades, también contaba con varias manos que la ayudaban a sobrellevar la pesada carga de la vida familiar. Eso la reconfortaba cada mañana cuando tocaban la puerta e ingresaban las empleadas con el desayuno. Las mujeres tenían manos ágiles que depositaban la comida en la cama sin derramar una gota de zumo ni mezclar el pan de mermelada con los huevos revueltos y la fruta. Al terminar, se desplegaban hacia los ventanales del dormitorio y esperaban las instrucciones del día. Marta no las hacía esperar demasiado. Mientras desayunaba, les indicaba sus obligaciones con la limpieza, los platillos para el almuerzo y la cena, y los horarios de la familia. Luego, una por una se marchaban de la alcoba hasta que se quedaba a solas con su gran mayordomo.

—Benito, ¿qué necesita la casa hoy?

Con esa frase siempre iniciaba el pesado debate matutino. Una propiedad de aquellas dimensiones requería de recursos permanentemente y eso suponía ciertas privaciones, reajustes, presupuestos, contrataciones y un sinfín de medidas que cada mañana Benito enumeraba con una voz mecánica.

—La entrada necesita mantenimiento —comenzaba Benito—, uno de los muros se está debilitando.

—Llame a Manuel para repararlo.

—El jardinero me dejó el presupuesto de los materiales que necesita para las nuevas flores que pidió.

—Déjelo sobre la mesa, los analizaré más tarde. ¿Qué sigue?

—Los víveres están por terminarse.

—Antes de irme le dejaré dinero para la compra, pero asegúrese de ir a los mayoristas y no a Almac.

Almac era uno de los principales supermercados de la ciudad, pero sus precios eran, de lejos, más elevados que las ferias de mayoristas instaladas por Santiago. A Marta no le gustaba abaratar costos en la comida, pero indudablemente era preferible una ligera austeridad antes que la hambruna.

—Así se hará… —respondía incómodo Benito—, señora. También queda el asunto del chofer, ¿ha pensado en alguien?

—Sí, he pensado al respecto. Creo que la única alternativa es que usted haga de chofer por un tiempo, Benito. Mientras acomodamos las cuentas.

Mantener a un chofer no era precisamente económico y tener uno para manejar un *Austin Mini* tampoco parecía una idea acertada. Sin embargo, Benito tenía experiencia en el campo, había ejercido aquella ocupación en el pasado y con suerte podría desempolvar su uniforme para volver al volante sin oponer demasiada resistencia.

—¿Podría hacerlo?, enfatizó amablemente Marta.

—Si me considera la persona adecuada, así lo haré, señora —respondió Benito, sin dejar traslucir la molestia que le generaba aquello.

—Se lo agradezco genuinamente. Terminemos por ahora, necesito arreglarme. Por favor, haga que recojan esto y dígale a la niña de manos venga en veinte minutos.

Al salir de la habitación, Benito siempre hacía un ademán con la cabeza que, lejos de significar diligencia o respeto, parecía una forma de contener todas las palabras que llevaba encerradas en la garganta. Sin embargo, Marta no lo notaba. Ella estaba demasiado ocupada contemplando el jardín a través de los grandes ventanales. Desde allí podía beberse todos los colores de las rosas, las hortensias, los gladiolos y los laureles. Era una fotografía preciosa, ceñida por cortinas oscuras y las paredes color beige de la habitación. A veces deseaba salir y tirarse en el césped, contemplar las nubes y dejarse embriagar por las fragancias de la naturaleza, pero no podía hacerlo. Tenía responsabilidades y ni siquiera la distracción le duraba mucho, pues era desdibujada con crueldad por las mujeres que recogían la cama mientras ella se veía obligada a trasladarse hasta la peinadora. Aquella reliquia familiar estaba hecha de madera de árbol viejo, al igual que el marco del espejo; el cristal ocupaba un tercio de la pared y capturaba casi la totalidad de la habitación en su interior, aunque la mirada de Marta se dirigía exclusivamente hacia ella misma.

Frente al espejo no había mentiras ni engaños. Solo allí podía contemplarse tal y como era, sin matices ni arreglos. La imagen que le regresaba el cristal cada mañana era su versión más pura, con sus virtudes y sus desperfectos, todos juntos y revueltos formando una sola mujer. Ante ese rostro, Marta siempre sonreía. Se sentía segura de sí misma y tenía sólidas razones para estarlo. A su edad, había logrado distanciarse de la chilenización de los cánones de belleza impuestos por las películas de Hollywood. Su propia imagen no tenía ninguna semejanza con esos prototipos que se difundían en las revistas y empujaban todas las semanas a cientos de mujeres a maldecir el color de su piel —si no era blanca—, usar el cabello largo y teñido de rubio, someterse a cirugías para empequeñecer sus narices, y hacer sacrificios para moldear sus cuerpos y sus cinturas hasta encajar en medidas irreales.

Aquello no representaba nada para Marta, por eso estaba feliz con su propia interpretación de la belleza, la cual no era nada imperfecta. Su reflejo proyectaba a una mujer fuerte y moderna cuyas facciones hablaban el idioma universal de la cordialidad. Tenía un semblante acostumbrado a las cámaras y, mientras se maquillaba, movía el rostro de un lado para el otro, como si le modelara a un lente invisible. En aquellos amagues, su cabello corto hasta los hombros y de color marrón la seguía sin perder su forma, gracias a su rutina sabatina en la peluquería.

Marta siempre lucía radiante, como recién salida de un salón de belleza, pero lo que más presencia le confería eran sus expresiones. Todas sus facciones eran grandes, nacidas para la televisión o el teatro. Su nariz tenía un aire romano con un pequeño bulto en la punta; su boca era amplia y de labios delgados; los ojos comunicativos, grandes y teñidos del intenso azul de las hortensias; una cara cuadrada enmarcaba sus rasgos, y por su piel adulta se derramaba un bonito color oliva que iba pintando su largo cuello, los hombros pequeños y sus senos respingones y redondos. Todo esto se mezclaba en el espejo y la hacía sentir cómoda, incluso feliz. Su reflejo proyectaba la mujer rebelde y segura que anhelaba ser, aunque no siempre se había sentido igual.

Y es que, a diferencia de su cara, el cuerpo de Marta daba paso a los complejos. Medía un metro sesenta y cuatro, y pesaba menos de cincuenta kilos; sus proporciones eran delgadas y modestas, como las de una niña que no superó la adolescencia, y, en general, durante gran parte de su vida, la ropa le quedaba holgada y revelaba las carencias que sus formas y curvas no lograban rellenar. Además, durante la niñez había sufrido del corazón, y las operaciones para sanarla le dejaron cicatrices profundas que bajaban desde el hombro izquierdo hasta el tórax. Por consecuencia, Marta se vio obligada desde la infancia a sacarle el mayor provecho a sus desventajas. Con crayolas y papel fue pintando la mujer que deseaba ser de grande, y su ambición la llevó a convertirse en alguien que escogía mirarse desnuda, con sus imperfecciones y cicatrices, antes que pretender ser alguien que no era.

Gracias a ello, su presencia se agrandó. Aunque su cuerpo parecía diminuto, su personalidad comenzó a llenar los espacios vacíos y a llamar la atención. Marta agradaba por su soltura a la hora de hablar, el manejo de sus facciones, la amabilidad de sus gestos y, por supuesto, los trucos —que aprendió junto a su hermana menor—, para proyectar en su cuerpo el amor que sentía por sí misma. Rápidamente descubrió que las texturas lograban transmitir volumen, los pliegues delineaban y los estilos de las prendas podían conducir al pecado o a la formalidad con la misma rapidez. Asimismo, pasó años experimentando con todos los colores; los mezclaba como el pintor que intenta encontrar un nuevo tono, hasta que hizo una paleta de tintes diseñada exclusivamente para resaltar su piel y su cuerpo. Además, descifró la teoría del color y sin leer ningún libro entendió que usar el rojo o el morado podía tener un significado completamente distinto.

De esta manera, la niña se convirtió en adulta, y aquel cuerpo que tantos complejos podía despertarle, se fue transformando en algo más grande que el miedo. Marta estaba segura de su belleza y para comunicarla al mundo se apoyaba de un sinfín de técnicas, accesorios y combinaciones que proyectaban la imagen que ella tenía de sí misma. Era su propia voluntad la que hacía que su cuerpo diminuto pareciera mucho más proporcionado, generoso y seductor de lo que los cánones sugerían. Marta era dueña de su belleza, ella y solo ella… y ese simple gesto, esa convicción de cambiar su suerte, esa voluntad inquebrantable por rebelarse a lo establecido, la hacía infinitamente más atractiva que la mayoría de mujeres cortadas por el prototipo de la seudo perfección.

Marta sabía que era única en sí misma y no hacía falta que nadie más se lo dijera.

—Buenos días, señora Marta.

Marisela era una jovencita de diecinueve años que le servía de niña de manos. Ella le buscaba la ropa, le acercaba el maquillaje y, a veces, la vestía. Le gustaba observarla revoloteando como un colibrí por la habitación, siempre tan atenta a los detalles y encantada de aprender *secretos de mujer*, como solía llamar a los consejos que le daba Marta acerca de cómo usar determinado labial o la mejor ropa para salir con su novio el próximo fin de semana. Tenían intenciones de casarse, al menos eso siempre es lo que le decía él, y ella le creía. Marta, por su parte, advertía que era un truco para encamarla, pero algunas certezas, aunque bien intencionadas, siempre suenan mal en los oídos de una adolescente enamorada, por eso prefería mantenerse al margen.

—Buenos días, linda, ven, ayúdame a vestirme.

Y así lo hacía, le traía la ropa del armario y a veces servía de maniquí para mezclar prendas. Marisela se quedaba estática mientras la ropa la iba adornando. Ella tenía el cuerpo de Marta, pero estaba destinada a conseguir lo que ella nunca había obtenido. Sus senos eran más grandes, al igual que sus caderas, y aunque todavía le faltaba crecer, ya se advertía unas formas extraordinarias. Sin embargo, el rostro era menos agraciado, pero eso no era nada que el maquillaje no solucionara. A veces, cuando le sobraba algo de tiempo, Marta la maquillaba a su semejanza y al terminar, la niña le regalaba una imagen adorable. Marisela era una prisión para la nostalgia. Sudaba juventud, y aunque ella no se sentía especialmente vieja, era inevitable que naciera cierta envidia ante una visión tan fresca de los años que ya había dejado atrás.

«Guau-Guau»

A lo lejos, los perros ladraban. Había cerca de trece en la casa, aunque aquel ladrido era particular. Provenía de un dóberman, pero no uno cualquiera. Era el ladrido de *Argos*. Marta lo sabía, por eso sonreía mientras se desnudaba, preguntándose cuánto tiempo tardaría Enrique en salir de su guarida…

… «Guau-Guau»

Así comenzaba la mañana para Enrique, muchas horas antes, cuando el sol no había asomado su reluciente cabeza y el reloj no marcaba más de las cinco de la mañana. A esa hora salía a la terraza de la casa, con un *expreso* bien cargado y su amado perro pisándole los talones. *Argos* no superaba los tres años, pero era la criatura más enérgica que había conocido. Quizás por costumbre, el can adoptó la vida insomne de su amo; por eso lo esperaba en la puerta cada mañana, dispuesto a acompañarlo en su paseo por la hacienda. Cada vez que lo

288

veía, ladraba cariñosamente, y se le adhería a los pasos como si estuviese siguiendo al mismísimo Ulises. Parecía contento sin saber que solo él tenía la oportunidad de mirar al escritor en su faceta más privada, vestido con el suéter cuello tortuga azul celeste de todos los días; los *jeans* gastados que ya le quedaban algo anchos; el rostro adormilado, la barba de tres días sin afeitar y la postura descuidada que lo hacía lucir un tanto más pequeño a pesar de medir un metro setenta y tres.

Naturalmente, Argos no percibía aquellos detalles, mucho menos la proximidad de su amo a los cincuenta años, aunque claramente esta cercanía le estaba desdibujando el aire de Elvis que alguna vez llegó a personificar. El escritor seguía conservando el peinado hacia atrás, engominado de gel fijador, pero en su antiguo cabello oscuro e hidratado ahora destacaban numerosas hebras de plata que le subían desde las raíces capilares hasta el copete y los bordes del cráneo. Por otro lado, la proporción de su cara también había cambiado. Su rostro redondo parecía un tanto más regordete y los cachetes le caían hacia abajo con descaro, como a un perro *bulldog*. Sin embargo, a Enrique le sobrevivía su eterno semblante combativo de mirada afilada de ojos verde pantano, los labios delgados y listos para hacer llover frases ingeniosas, las cejas pobladas que se le juntaban sin quererlo y le conferían un permanente estado de enfado. Todo seguía vigente en su rostro, pero a estos rasgos tan marcados se le sumaban algunas arrugas nuevas que le agrietaban la frente y la carne inferior de los ojos, mas no parecía molestarle. De hecho, se esforzaba por restarle toda la importancia posible, pues al margen del aspecto físico, Enrique seguía siendo la misma persona de pisada fuerte y segura, risa fácil y contagiosa, debilidad por la polémica inteligente y el debate público, amor por el vino y los amigos, y, por encima de todo, fiel a ese extraño cosquilleo que le subía desde la yema de los dedos y lo obligaba a acudir todas las mañanas hasta la máquina de escribir… el único lugar donde se desvanecía su propio nombre y aparecía ese mundo de palabras que era su vicio y su salvación en partes iguales, el rincón en donde nacía la vida y la muerte, la traición y los deseos humanos, en suma, *su* interpretación no tan desfigurada de la realidad.

El recorrido hasta su oficina resultaba plácido y silencioso. Argos no era un buen conversador, desde luego, pero el ambiente tampoco favorecía la plática. Bajo la aurora, el mundo parecía aletargado, incluso sorprendido de que alguien osara a interrumpir con su presencia el suave sosiego con el que cubría la precordillera de Santiago. A esa hora, el ruido de todas las cosas moría en el vacío de la oscuridad y eso era precisamente lo que empujaba a Enrique a trabajar envuelto en aquel manto: necesitaba el silencio de la noche y la imperturbabilidad que solo le brindaba una casa sumergida en esa muerte artificial producía por el reino de los sueños.

Al final, para Enrique, todos los caminos concluían en el mismo punto, y ese no era otro que la caballeriza de la hacienda. Desde la distancia, parecía una cabaña diminuta en medio de un bosque de eucaliptos, aunque también se divisaban pequeñas extensiones de viñedos y arbustos de zarzamoras en los alrededores. Aquel era su estudio, una cajita de zapatos de talla cuarenta y cinco, pintada de azul rey y, a su manera, reflejo de la casa principal con sus paredes de madera y techo de paja.

En el pasado, aquellos once metros de largo por cinco de ancho habían sido el hogar de hasta seis buenos caballos de carrera, pero ahora, al ingresar en ella, del establo quedaba poco, por no decir nada. El interior fue desmontado por completo; las paredes se tapizaron con láminas finas de madera y, delante de ellas, se instalaron media docena de robustas estanterías que resguardaban colecciones enteras de los libros más significativos para Enrique Lafourcade. Su organización era magistral, digna de la bibliotecaria Sofía, pues en aquellos anaqueles se almacenaban cuidadosamente las primeras ediciones de numerosas novelas; los ejemplares autografiados por sus colegas de la generación del cincuenta y por la infinidad de escritores que había conocido en su estadía por los Estados Unidos y México; los borradores inéditos de algún amigo que le había solicitado su opinión, y, por supuesto, una docena de enciclopedias de todas las áreas del saber con las que nutría sus propios apetitos de conocimiento.

Por otra parte, en el delgado techo guindaba una pequeña lámpara con lágrimas de cristal y bombillas blancas que reflejaban haces fugaces de luz en un suelo fino de madera pulida recién colocada. Asimismo, al margen izquierdo del recinto, un par de sofás color zanahoria habían sido estratégicamente desordenados para dar un aspecto incongruente y desalineado a un lugar que de por sí parecía improvisado, pero que tenía detrás los cuidados propios de una mente acostumbrada a pensar en simbolismos y creaciones literarias.

Naturalmente, esto quedaba claro cuando se analizaba la composición de aquel puerto de las ideas. De muchas formas diferentes, la improvisada oficina parecía un templo griego, aunque sería más apropiado catalogarlo de santuario pagano. El aire olía a historia antigua, a rito celta, a página envejecida, a tinta fresca, a bosque, a granito… a creación. En las paredes de madera, colgaban mapas de Chile y de América, de Europa y África; también había cuadros dibujados a mano, cuadros hechos de recortes de periódico en los que se mostraban caricaturas de políticos, empresarios y escritores; cuadros de paisajes; cuadros vacíos, en blanco, en un permanente estado de espera; cuadros inexplicables, todos pequeños, como de bolsillo; todos cínicos y grotescos; todos fijos mirando al escritor. Junto a ellos, las gruesas estanterías llevaban el color de las estrellas y formaban pilares huesudos, agrietados y cadavéricos que sostenían con la fuerza de mil hombres aquel enclave donde se diseccionaba la realidad. Y a sus pies… como peregrinos que claman misericordia, descansaban tantas mesas como pilares sostenían el techo. En total sumaban seis y eran de madera pobre, humilde, resistente, labrada por las vicisitudes del tiempo, curtida por los años; sus anchas patas de elefante amenazaban con doblegarse en cualquier momento en un rezo final, y por toda la corteza de la madera aparecían —marcadas con bolígrafo—, palabras escritas apresuradamente, los números telefónicos de los amigos que jamás debían ser olvidados, las frases sueltas nacidas de un momento de súbita inspiración, y un sinfín de manchas que, al sumarlas todas, parecían conformar antiguas runas indescifrables, hechizos macabros y códigos para invocar a las musas, pues solo ellas eran capaces de inspirar y sostener lo que estaba en la superficie redonda de la mesa. Allí, en aquel óvalo perfecto donde nacía el polvo y la suciedad, se transmutaba la materia, se practicaba la alquimia de las ideas, se transformaba una oración en algo totalmente diferente, algo nuevo, interesante; algo que narraba el verdadero proceso creador de aquel escritor.

Y es que todo nacía de una idea suelta que pululaba por el aire, algunas palabras atrapadas con las manos antes de morir y cuyo único propósito era el de ser sometidas a una intensa metamorfosis que las convirtiera en una novela. Hacerlo requería de un trabajo de hormiga, una labor lenta e insomne; un proceso acumulativo que, de haberlo atestiguada el mismísimo Aristóteles, hubiese asegurado nuevamente que sobre la mesa se encontraba la prueba de su teoría de *generación espontánea*, pero definitivamente otra vez se habría equivocado.

Para Enrique Lafourcade, cada una de estas mesas representaba un proyecto, una idea en construcción, un suceso en permanente desarrollo. Sobre ella, un día lanzaba una nota escrita de prisa, alguna servilleta con una frase perdida, un dibujo a bolígrafo o una simple hoja mal arrancada de algún cuaderno en el que hubiese anotado el detonante de su creatividad. Aquel era el punto de partida, el primer eslabón de una cadena que podía durar décadas en estar completamente terminada.

Desde ese instante, ya no había retorno.

Unas simples líneas marcaban el génesis de aquel universo que comenzaba a esparcirse sobre la madera de forma notoria, visible, ponderable. A su alrededor caían las primeras fuentes bibliográficas, como bombas nucleares que alteraban por completo el rumbo de la trama. Luego seguían las referencias. Consultaba tantas como fuesen posible. A veces, se valía de libros tan viejos que sus páginas solían quebrárseles entre los dedos; en otras ocasiones, traía volúmenes gigantescos con tapa tan dura como una armadura medieval. Se nutría de todos. Extraía sus secretos. Anotaba sus pensamientos. Rebuscaba entre sus verdades. Cada hallazgo lo ayudaba a subir un peldaño en ese largo recorrido que significaba confeccionar la historia de un libro. Enrique buscaba respuestas y encontraba preguntas: eso cautivaba su fascinación más profunda y estimulaba sus más sinceras obsesiones.

En simultáneo, como peces en una red, junto a estos ejemplares se iban apretujando todo tipo de recortes de periódico, fotografías y anotaciones sueltas. Aquello marcaba un auténtico trabajo de campo, una labor periodística, la permanente cacería con la que intentaba rastrear los elementos necesarios para insuflarle la vida a sus personajes. De la investigación del escritor, nacería la historia de Argenis, Evaristo y Capullito; aquellos individuos formaban parte de sus ideas de papel, eran sus propios muñecos de madera, quienes lentamente adquirían consciencia de sí mismos, personalidades variopintas y deseos inalcanzables; también gozaban de un contexto que los definía, un ambiente en el que se veían obligados a sobrevivir y un pasado que los marcaba como una profecía griega. Sin embargo, ninguno estaba completo definitivamente hasta que les amarraba en el pecho —justo donde debía ir el corazón—, algún tópico, un par de virtudes y el gen favorito de aquel autor, la célula que caracterizaba a sus personajes lafourcadianos: la miseria, la perversión y la desgracia humana.

Así iniciaba cada una de sus obras, con personajes. La suya era una trayectoria conformada por esos rostros inspirados de la realidad misma y de todas las personas que alguna vez conoció. Entre sus páginas se podía rastrear a sus amigos y enemigos, a los detractores, los políticos y a todas esas figuras que asaltaban el acontecer noticioso. Enrique se alimentaba de la actualidad, pero antes de seleccionar un tema, primero escogía una cara digna de afrontar la dura tarea que representaba ser humano en una de sus novelas. Por supuesto, ninguno de aquellos seres de papel y palabras tenía la posibilidad de escoger. Estaban obligados a seguir los hilos invisibles que marcaba su autor en aquel proyecto que se ramificaba por la mesa, se reproducía entre decenas de páginas y terminaba un día inesperado con el primer gran borrador de una novela.

Eso y no otra cosa es lo que ocupaba el puesto de honor en aquella oficina a la que ingresaba Enrique todas las mañanas, completamente solo, sin contar siquiera con la compañía de Argos. La oficina se abría para él como si fuese un Dios que acude a su hogar. Al final del camino enmarcado por los pilares, se encontraba de forma centrada y distinguida su escritorio de roble con su hermosa máquina de escribir marca *Smith-Corona*. Llegar hasta ella no le costaba más que siete pasos largos, pero jamás se acercaba sin dar, como mínimo, el triple. Su demora no respondía al cansancio, sino a una inspección rutinaria o, más bien, a una profunda meditación matutina. Mientras sorbía su café, asomaba el rostro por encima de las mesas para evaluar sus creaciones y decidir a cuál le iba a dedicar su atención en aquella jornada. Enrique Lafourcade no era un hombre de pensamientos fijos. Su mente trabajaba hasta seis novelas diferentes de forma simultánea. Las ordenaba con tal cuidado que se podía medir cuán cerca estaban de ver la luz de las editoriales por su proximidad al escritorio.

Por eso, no era casualidad que la bastase tres pasos para toparse con la mesa más lejana de la oficina. En ella se ubicaba toda la investigación de la novela que décadas más tarde sería conocida como *Mano Bendita*. De todos sus trabajos, probablemente aquel fuese uno de los más longevos. La idea había nacido en Iowa, durante los Juegos Olímpicos en Roma de 1960, cuando siguió el vertiginoso ascenso del jovencísimo Cassius Clay, más tarde conocido como Muhammad Ali. Aquel muchacho tenía decenas de particularidades, aunque ninguna resaltaba tanto como su estilo desenfrenado a la hora de combatir. Daba gusto verle arrojar tantos puñetazos, correr riesgos al bajar la guardia y perdiendo los estilismos en sus embestida de toro despotricado hasta que noqueaba a sus rivales. Esa temeridad, esa fe ciega, esa confianza impensable para un boxeador *amateur*, lo llevaría a alzarse con la medalla de oro tras derrotar a Zbigniew Pietrzykowski, el temible zurdo polaco. También sería esa personalidad sobre el *ring* de boxeo lo que despertaría el amor y la obsesión de Enrique por aquel deporte.

Debido a ello, casi diez años después, aquellas anotaciones fugaces y frenéticas, guardadas en las hojas finales de un cuaderno gastado, habían adquirido no solo cuerpo, sino músculo y forma. Al menos tres borradores completos se encontraban en el centro de la mesa, forrados con cuero y protegidos del polvo. Enrique le tenía fe verdadera a ese trabajo, pero seguía considerándolo insuficiente. Todavía necesitaba reescritura y enfoques novedosos, lo cual solo lo motivaba a seguir acumulando objetos a su alrededor. Por eso, no sorprendía para nada que guardase montañas de periódicos con los resultados de las peleas a largo y ancho de América. Aquellas páginas marcaban la gloria y la tragedia de tantos atletas que eran inmortalizados en las portadas con sendas letras que marcaban sus nombres junto a algún apodo intimidante y la palabra "victorioso", "ganador", "imbatible". Indudablemente, estos artículos iban acompañados de las fotografías de cada pelea. En ellas se veía a blanco y negro la sangre, el sudor, el dolor y la sonrisa de los ganadores. Sin embargo, entre aquellos hombres, el que más se repetía era la figura del boxeador Arturo Godoy. La historia de aquel hombre, considerado el más grande representante de Chile, estaba regada entre varias páginas alrededor de la mesa. Había generosidad entre aquellas palabras, puesto que, para el escritor,

Arturito se convirtió en una de sus grandes inspiraciones para la trama de aquella novela.

Curiosamente, su exesposa María Luisa también tenía un espacio en aquel lugar. Enrique procuraba que Marta no lo notase demasiado, aunque no resultaba difícil: al igual que sus amigos, sus hijos o cualquier ser vivo, ella tenía prohibida la entrada a su oficina. Aun así, entre papeles mal encuadernados se encontraba la historia de Álvaro Guevara Reimers, el tío de María Luisa, quien fuese uno de los primeros boxeadores de Chile hacía tantos años, cuando el boxeo era considerado un deporte de aristócratas ingleses, practicado principalmente en Valparaíso. Como es lógico, informarse a través de tantas fuentes e historias solo alimentaba la autoridad con la cual escribía Enrique acerca de este tema, aunque muchas veces intentó experimentar en su propia piel lo que significaba el boxeo. Junto a los papeles había un par de guantes de catorce onzas. A veces se equipaba con ellos y lanzaba unos cuantos golpes al aire, cerraba los ojos, escuchaba sus pasos sobre el *ring,* se movía al igual que los hombres que describía en sus borradores y se dejaba llevar por las emociones del momento. La experiencia lo enriquecía, pero todavía faltaban unos cuantos ganchos y *rounds* para que su obra estuviese completada.

Inmediatamente después de esta exhibición de musculatura, la mesa de al lado tenía una madera particular, diferente a las otras, oscura, como de ébano, y cabía preguntarse si siempre había sido así o si había sufrido una metamorfosis desde el momento en el que el escritor comenzase a desplegar sobre ella los oscuros materiales de *Adiós al Führer,* otra de esas novelas que miraba con cariño cada mañana pero que, en el fondo, sabía que todavía le faltaba un largo proceso de maduración.

En el caso de este rincón de la estancia, resultaba notorio que era un trabajo mucho más reciente, puesto que, aunque había una buena documentación, no alcanzaba las dimensiones de la mesa de al lado. Por supuesto, era algo normal, no todas las novelas tenían los mismos volúmenes. Sin embargo, las dimensiones de sus fuentes y referencias eran no solo sólidas, sino escandalosas y sustanciosas.

Para empezar, en los bordes de la superficie yacían desplegado —y cubierto de anotaciones—, un mapa de Europa y otros tantos de Alemania, Argentina y Chile. La tinta del bolígrafo todavía estaba fresca y marcaba una línea imaginaria, una ruta indescifrable por la cual habrían de transitar en el futuro sus personajes. Seguidamente, junto a los mapas reposaban cuatro enciclopedias de dimensiones generosas y del color de los cardenales. Por alguna razón, la tapa de estos libros monumentales no le daba mucha importancia al autor, sino más bien a su título, el cual pintaba con sendas letras de oro y plomo: *Larga historia de la Primera y Segunda Guerra Mundial*. Junto a estos tomos, uno o dos dibujos bienintencionados parecían estar preguntándose a sí mismos qué eran; pregunta válida, indudablemente, puesto que, aunque habían nacido para ser una esvástica, su graciosa deformidad mostraba lo contrario.

Lógicamente, esto no parecía hacerle gracia al libro que reposaba encima de los dibujos, pues Hitler no escribió *"Mi lucha"* para terminar sosteniendo una pobre caricatura de los símbolos del nazismo. Aun así, no tenía elección, debía contentarse con permanecer firme y rodeado de otros tantos artículos, entre los que sobresalía los escritos por Martín Cerda, aquel hombretón de mandíbula puntiaguda, rostro serio y un humor tan vivo que rápidamente se convirtió en una de esas personas con las que Enrique se permitía contemplar el suave discurrir del tiempo.

Es posible que Enrique jamás lo dijera de forma pública, pero Martín estaba plasmado en la novela. De hecho, era una de sus grandes inspiraciones a la hora de construir el texto, ya que, en medio de tantas tertulias literarias y reflexiones filosóficas, le había nacido la idea de transformar un tema tan desgarrador como lo eran aquellas grandes guerras en algo diferente. Ambos se podían regodear de ser enérgicos conocedores de los conflictos globales y unos adolescentes apasionados cuando se trataba de historia. Por eso, entre el café de las mañanas y el vino de las noches, entre las charlas de Alemania, América y España, entre las risas y los lamentos de una generación que atestiguó las decadencias más hondas de la humanidad, nacieron las bases de *Adiós al Führer*. Para entonces no alcanzaba a ser un borrador, pero, efectivamente, era una idea bien encaminada que no tardaría en transformarse en algo más grande.

Sin embargo, lo que ocurría en las dos mesas contiguas poco tenía que ver con falta de tiempo, movimiento o de desarrollo. En este lugar se escondían dos de las grandes novelas del escritor, y a ellas les dedicaba días específicos de trabajo. Siempre lo hacía los martes y los domingos. A veces también incluía los viernes, pero solo cuando tenía un exceso de material por analizar. Aun así, los nombres de ambas no llegarían sino hasta unos pocos años más tarde, aunque ya en ese momento las mesas estaban cubiertas de papeles y objetos que llamaban la atención, quizás con mayor fuerza que el resto del lugar.

No obstante, aquella mañana era lunes y poco tenía por hacer con esas pacientes amantes. Su trabajo lo acercaba, más bien, hacia la mesa más próxima a su escritorio. Allí reposaba su trabajo más fresco, la más joven de sus doncellas, una novela que venía a completar su trilogía santiaguina. Su historia se armaba de retazos sueltos, anécdotas sacadas de los periódicos, personajes prestados de la realidad misma que se vivía cada noche en la ciudad. Por supuesto, aquella era la mesa destinada a la novela *En el Fondo*, uno de esos escritos que sacaba con los ojos cerrados mientras recordaba el sonido de la ciudad en movimiento, las voces de los ebrios, los gritos de la encargada de la frutería y del dueño de la bodega, los lamentos de un artista sin dinero y, en general, los sinsentidos de todas esas personas que iban dando tumbos por Santiago, vibrando con un ritmo inesperado, dejando detrás de sí un leve rumor de cosa grande y pútrida que seducía a Enrique como si se tratase de la cara más bonita de la ciudad.

No podía evitarlo.

Enrique Lafourcade era, por encima de todas las cosas, un observador. Él iba por la vida con los oídos de los perros, la vista del halcón y el olfato de los ratones. Allí por donde pasaba siempre se masticaba la tragedia o, más bien, la tragicomedia y él acudía fielmente a registrarla. Irónicamente, nunca llevaba papel, solo un bolígrafo grueso que dejaba caer con rabia sobre servilletas, facturas, folletos y cuanta papelería llegara a sus manos. Jamás volvía a casa con los bolsillos vacíos, aunque claro, sus ganancias se contabilizaban en palabras, las mismas que se abultaban en pequeños montículos a lo largo de la mesa y encerraban las conversaciones más absurdas e interesantes. Aquello no era un hecho fortuito, a diferencia del ingenio en el resto de sus novelas, *En el Fondo* requería de algo más que una buena idea. Lo suyo eran los diálogos, la interpretación del contexto, el profundo entendimiento de cómo se movían los labios engreídos de alguna *madame* de la alta sociedad en Lo Curro y cómo lo hacía la

297

lengua saltarina y llena de *floro* en las poblaciones de La Florida. Tal vez por eso nunca dejaba de trabajar. Su búsqueda permanente de jergas y modismos lo sobrepasaba. En cada página hacía el trabajo de los filólogos, relataba la historia del léxico santiaguino, detallaba sus dimensiones, interpretaba sus entornos, descifraba sus contextos.

Al mismo tiempo, deconstruía el lenguaje, jugaba con las sílabas, unía palabras y creaba diálogos cargados de cultura y actualidad. Sus conversaciones no eran ocurrencias, sino una interpretación del tiempo y el espacio en el que vivía. Ese era el motivo que lo empujaba a transformar su trabajo en un proyecto de documentación inconsciente. Cada una de las personas con las que se cruzaba se convertía en material para su libro. Cuando compraba el pan, escuchaba la voz del panadero y la de su esposa; al caminar por la *Calle Ahumada*, en el centro de la ciudad, se perdía entre el ruido de la gente, las discusiones de los problemas sociales, los males que los afligían; al sentarse en el restaurante *El Bosco*, contrastaba la realidad de las calles, agudizaba el oído, conectaba con las conversaciones que lo rodeaban y llegaba a comprender a cada una de esas personas desamparadas, viles, morbosas, tristes, alegres y rebosantes de todas esas emociones que volvían a sus personajes de papel en seres humanos reales, de carne y hueso, de dolencias profundas y anhelos que probablemente nunca llegarían a alcanzar.

Todo eso era *En el Fondo*, un cúmulo de momentos y diálogos, de raíces e historias, de delirios y realidades; en suma, una fascinante variedad de crónicas de largo aliento con múltiples protagonistas que narraban en conjunto la vida entremezclada de la ciudad; esa que era suya y de todos, esa que aparecía en cada una de las novelas de Enrique, como una temática en sí misma; esa que fácilmente podía considerarse su constante, el tópico de su fascinación, el escenario donde ocurría la realidad… porque si algo estaba claro, era que Enrique amaba a su tierra en la misma medida en que se amaba a sí mismo. De allí que la retrataba con tanto mimo y cuidado, como si esperara que aquellas páginas cumplieran con la misión de presentarle Santiago a todos los ciudadanos del mundo.

Esa idea siempre lo hacía sonreír, por eso, cuando le cruzaba por la mente, no podía resistirse. Cogía el borrador y se lo llevaba, por fin, al escritorio, aquel viejo santuario de roble que era su trono. Al sentarse frente a su máquina de escribir, ningún problema terrenal podía alcanzarlo. Enrique se desvestía de sus rutinas, escogía uno de los pequeños vinilos de setenta y ocho revoluciones, encendía el gramófono y dejaba que los conciertos brandenburguesas de Bach lo llevara a un estado de plenitud, aunque mayoritariamente escogía el popular jazz de los años treinta, el famoso *swing* y se dejaba contagiar por ese ritmo que le inyectaba energía a sus dedos. Al escucharlo, no podía evitar mover los pies, estirarse los dedos, hacerlos tronar, tararear la melodía y, casi de inmediato, comenzar a trabajar.

Generalmente, lo primero que hacía era sacar de su cajón toda la correspondencia que tenía pendiente. Se seguía escribiendo con colegas en varias ciudades de Estados Unidos, Ciudad de México, Barcelona, Buenos Aires, Caracas y París. La correspondencia volaba a una velocidad lenta, pero cuando llegaban las respuestas, siempre era un motivo de alegría, aunque el contenido de las cartas no siempre trajese noticias agradables.

Aun así, mientras Enrique estaba sentado en aquel lugar, el ajetreo de la vida desaparecía por completo. Se volvía alguien completamente diferente. Su rostro mutaba; moría el esposo y el padre, el amigo y el amante, y nacía el escritor, el hombre polémico, ácido y elocuente que escribía todas las semanas para el Diario "Las Últimas Noticias" y enviaba cartas personalizadas a sus colegas; el hombre que veía a través de las palabras y creaba argumentos, frases y proyectos con la misma facilidad con la que alguien silbaba al caminar; el hombre que se transformaba en alguien diferente. A Enrique le caía el apellido, se leía completo a sí mismo: Enrique Lafourcade, y el sonido de su boca daba un mensaje, una nota, una placa que exhibía en el porte erguido, la fuerza en los dedos, la ambición en la mirada y una determinación que proyectaba por toda la habitación.

Entonces comenzaba la más grande de sus labores: la escritura, la labor que definía en entrevistas para la prensa y en las reuniones privadas como *el oficio que le permitía ser pobre con solemnidad... dignamente pobre*. Aquello lo hacía reír, pero era la risa de quien ahonda en un problema. Y es que, a pesar de su relativo éxito y sus supuestas ventas en Europa, la vida de un novelista no era lo que todos imaginaban. Las regalías eran escuálidas, los sacrificios, enormes, y el éxito, efímero e intangible. Para sobrevivir en la profesión no había más camino que la constancia, el permanente esfuerzo por ser relevante, la lucha por ser parte de la actualidad, la voluntad de crear regularmente un libro que sacudiera el pensamiento, en resumen, ser un activista literario, un agitador cultural, una persona dispuesta a mostrar su opinión sin importar las consecuencias o el odio de terceros.

En nombre de eso escribía y cada mañana era una tortura y el más exquisito de los placeres. La cita frente al teclado suponía el inicio de mil historias y personajes, pero también la condena de la hoja en blanco, las palabras inconexas, las tramas que no terminaban de cuajar. El mundo se borraba y se pintaba con el color blancuzco de la hoja, un tono cegador que parecía burlarse hasta que llovía sobre él un torrente de palabras. Aquel era un desafío apasionante y nada lo motivaba más que el deseo de unir lo que su mente iba maquinando mientras sonaba el *«tic-tac-clac»* de la máquina. *«Tic-tac-clac»*, aquello era adictivo, especialmente cuando sus dedos no podían parar de crear. Las palabras se volvían imágenes y estas, a su vez, adquirían el rostro de Aurelio, Juan Carlos, Anastasia y Capullito. *«Tic-tac-clac»*. Las tramas se convertían en asuntos personales, anhelos que necesitaba satisfacer, hilos argumentativos que deseaba cerrar. *«Tic-tac-clac»*. Las hojas se terminaban, la tinta llenaba una, hasta casi sobrepasar los bordes, y de inmediato la reemplazaba otra. Repetía aquel proceso como un obrero industrial, y mientras el mundo del exterior arrojaba sus colores matutinos por la única ventana de la oficina —que curiosamente estaba a su espalda—, él confeccionaba los laberintos de novelas sin título, ensimismado en las letras y las palabras, en las ideas y los rompecabezas que iban calzando al tempo del *«tic-tac-clac»*, *«tic-tac-clac»*, *«tic-tac-clac»*.

«Tic» Así sonaba la vida, una vida que avanzaba exageradamente rápida. *«Tac»* Así sonaba la ciudad, una ciudad convulsa llena de matices y desigualdades. *«Clac»*, Así sonaba Chile, un país destinado a fragmentarse desde la raíz, aunque todavía nadie sabía cuándo.

Pero no había tiempo para preocupaciones.

¡Guau-Guau!, ladridos de dóberman.

¡Crrruaaa-Beniiito!, cotorreo de loro.

Tilín-tilín, sonido de campanillas.

Clap-clap, pisadas y más pisadas sobre la madera.

Y luego, el *silencio* absoluto.

Sobre *El Aleph* amanecía y aquellos eran sus sonidos.
Solo eso importaba.

8

Mi vida en *El Aleph* era una enérgica canción de rock.

No fui consciente de ello hasta algunas semanas después, cuando dejé de preocuparme por pedir aventones para llegar a la escuela, depender de los sándwiches de Alejandro para tener algo en el estómago o angustiarme por la impredecible cotidianidad en Carlos Antúnez, y comencé a volcar toda mi atención en disfrutar de esa adolescencia vibrante y hambrienta que comenzó a ser estimulada por un hogar seguro que, la mayor parte del tiempo, me reducía las preocupaciones y cubría mis necesidades más básicas.

Desde luego, no se trataba de opulencias ni de las facilidades propias de una familia con estabilidad económica, simplemente, la vida se percibía de otra manera en un lugar ordenado y regido por ciertas normas elementales. Ahora tenía prohibido llegar a casa luego de la medianoche, debía participar en la conversación durante la cena familiar, cuidar permanentemente de mis nuevos hermanos e incluso atender las sugerencias de Marta, quien regularmente me rondaba, siempre vigilante de mi tiempo y de lo que hacía con él. Inexplicablemente, aquello me satisfacía más de lo que se podía esperar en una joven de quince años. Y es que luego de haber experimentado la falta de supervisión absoluta, valoraba enormemente recibir un poco de estructura y de orden. Lo consideraba una muestra muy particular de afecto, pues era eso y no otra cosa lo que siempre había necesitado.

Debido a ello, no fue nada casual que mis años en *El Aleph* marcasen uno de los periodos más estimulantes a nivel intelectual que experimenté durante toda mi adolescencia. Allí la rutina era frenética desde un punto de vista pragmático. Contaba con el respaldo suficiente para desarrollar cualquier idea y me otorgaban la posibilidad de explorar el conocimiento de espaldas a los problemas de la cotidianidad. Por primera vez en mi adolescencia no tenía más responsabilidades que aprender, descubrir y conocer el mundo que me rodeaba. A Marta y a mi padre solo les importaba mi formación académica y eso me hacía sentir realmente privilegiada, dichosa, comprendida. Por algún afortunado desacierto, un alma caritativa me había arrojado en aquella casa y solo podía sentirme agradecida, aunque en mi pecho sobrevivía un terror imparable que crecía parejo a mi felicidad. Temía que un día todo desapareciera de golpe. Me horrorizaba recordar los últimos días en California y la inestabilidad que le vino después. ¿Sucedería otra vez? ¿Se desmoronaría aquel castillo de paz? No era necesario responderlo, al menos no teniendo tantas ideas para ocupar la mente.

Una de las mayores sorpresas de vivir en el Aleph residía en el permanente acceso a los libros. Aparecían en todos los lugares: caían de la repisa de los platos, se ocultaban debajo de los cojines de los sofás y lograban camuflarse junto a los adornos del salón. Era lógico, Marta y mi padre dirigían una librería y el trabajo los acompañaba hasta la casa permanentemente. Daba igual por dónde se avanzara, en la casa siempre había un rincón con un ejemplar llamativo que gritaba mi nombre. De alguna manera, aquel gran bufet ofrecía los sabores más exóticos que había conocido hasta entonces. Ante ellos, mi apetito insaciable me empujaba a sumergirme en una mezcla pecaminosa de ideologías, estilos, épocas e historias completamente diferentes y erráticas que me impedían entender por completo lo que estaba leyendo. Marta no tardó en percatase de ello y asumió como tarea personal tratar de darle rumbo y dirección a mi errático camino como lectora. *«Es necesario comenzar por el principio, Dominique»*, decía alegre Marta, siempre acentuando intencionalmente el final de mi nombre en señal de cariño. Luego me pedía que la acompañara hasta su biblioteca personal. Al llegar hasta su oficina, extraía algún libro desconocido y me lo entregaba, no sin antes hacerme jurar que lo cuidaría y que volvería a hablar con ella al terminar de leerlo.

Sus atenciones me resultaban inmerecidas. No había hecho nada para ser tratada de aquella manera, pero era incapaz de mostrar resistencia. Obedientemente seguía sus instrucciones. Cada recomendación que me daba parecía meditada con anterioridad, como si hubiese reflexionado al respecto durante mucho tiempo. Además, era imposible salir de su órbita de influencia. Se interesaba tanto en mi formación, me estimulaba con tal paciencia que comencé a confiar genuinamente en su criterio. ¡Aprendía tanto escuchando a Marta…! Cada vez que terminaba algún libro, volvíamos a su oficina y hablábamos durante horas. Me hacía preguntas incisivas, evaluaba mi razonamiento y se reía con las ocurrencias más simples y honestas que podía ofrecerle.

Cuando erraba en mi interpretación de algún tema, siempre encontraba algo acertado para comentar.

—Recuerda, no basta con solo leer —decía regularmente— debes entender lo que dice el texto, relacionar los temas, guardar los conceptos, interiorizar el conocimiento… si lo haces, cuando alguien intente debatir contigo, tendrás ventaja, ya que seguramente esa persona no habrá interpretado correctamente lo que expresaba las ideas del autor.

Aquello me estimulaba. Aprendía rápido con Marta y lo mejor de todo era el carrusel de temáticas que leía bajo su tutela. Pasamos de una de las primeras nociones del feminismo, escritas por Simone de Beauvoir, a la novela de época de Janes Austen y el papel de las mujeres en la sociedad victoriana. Visitamos la vida trágica de Mary Shelley y el amargo nacimiento de su *Frankenstein* como un reto de escritura justo cuando acababa de perder a su hija recién nacida. También nos paseamos por novelas intensas, narradas por voces olvidadas, y obras con garras y espíritus inmortales que, para mi sorpresa, siempre llevaban impresas entre sus páginas un nombre de mujer.

Aquellos textos me resultaron reveladores. No solo disfrutaba de ellos, sino que me desafiaban a replantearme las ideas que tenía hasta ese momento. No podía creer que mujeres de todas las épocas pasadas hubiesen logrado producir semejantes publicaciones. Hasta entonces, siempre había creído que la literatura era un mundo exclusivamente para hombres, pero ahí estaban ellas, completamente ajenas a una norma tácita, desafiantes de su tiempo, rebeldes irremediables. De pronto, y de alguna manera muy particular, me sentí representada. Aquellas autoras eran la muestra de que las mujeres existíamos y eso tenía un poder inconmensurable en una mente tan resolutiva y pragmática como la mía. Ahora entendía algo diferente de mí misma, algo poderoso y definitivo.

Pero aquel viaje no se detuvo allí.

Poco después de esa breve introducción, nos sumergirnos en una vertiginosa aventura a través del rol de las mujeres en la historia de Chile. Aquel bloque resultó, de lejos, el más apasionante y querido para Marta. Sin mucha prisa, nos acercamos a crónicas desconocidas, archivos que habían sido permanentemente alterados por las versiones oficiales de hombres de todos los tiempos, y textos denominados como inferiores por haber sido escritos por mujeres. Fue a través de esos documentos casi exclusivos —y ocultos en su biblioteca—, que tuve la oportunidad de conocer los diarios de María Graham y su bitácora de Chile. Vi con sus ojos mi propio país y me fui perdiendo en esa sensibilidad extraordinaria que tenía para nombrar a todas las cosas. Luego vagamos durante largo tiempo en la vida de Inés Suárez. Marta se encargó de hacerme ver su historia desde una postura crítica, lejos de la etiqueta de "prostituta" que la iglesia católica y la época colonial le habían adjudicado. Descubrí, con aquel ejemplo, el peso que la moralidad podía ejercer sobre las mujeres, además de la capacidad del hombre para reconstruir la historia hasta crear las narrativas que necesitaban para que el mundo no se saliera por los bordes. *"Nos quieren calladas, castas y obedientes"*, murmuraba Marta siempre que recordaba a Inés.

Por supuesto, también hubo espacio para reencontrarme con una vieja conocida, la luchadora Paula Jaraquemada. Su nombre me transportó directamente a la casa de mis abuelos. Sabía de su existencia, sabía que la comarca donde viví de niña era un homenaje a su figura, leí de ella una vez en la escuela, pero no importaba, en los relatos que me ofrecía Marta, la sentía como una persona totalmente nueva, diferente, valiosa. Era otra de las grandes luchadoras por la independencia de Chile y me apropié de su recuerdo.

Al terminar con ella, nos paseamos por la vida de otras luchadoras como lo fueron Luisa Recabarren de Marín, Ana María Cotapos, Mercedes Fontecilla y tantas otras figuras que habían sido ampliamente ignoradas a lo largo de la historia.

Ya casi al terminar, cuando cambiamos de época y llegamos a la indescifrable e ignorada Constanza Nordenflycht, a Marta le brillaron los ojos. Había conocido su historia de todos los lugares posibles. No ignoraba nada y pocas veces pasaba algo por alto. Durante esos días, más que leer, lo que hacía era escucharla. Ella relataba con el corazón las vivencias de aquella mujer atada a la figura de un hombre y a todo lo que conllevaba ser *la amante de*... Rápidamente descubrí que esa era otra etiqueta usada para someter a las mujeres ante la figura masculina. Pero no se limitaba solo al título de amante, sino a ser *la hija de*, la *esposa de* o el *algo de*. Daba igual de quién se tratase, carecía de importancia el éxito individual o cualquier esfuerzo empleado para trascender por cuenta propia, la sociedad señalaba a las mujeres utilizando aquel distintivo que las amarraba a un hombre, las convertía en una extensión de sus propias vidas y, en general, se utilizaba para rebajar cualquier mérito propio.

En medio de aquellos relatos, un día le confesé a Marta que no hubiese sido capaz de soportar el martirio de ser señalada de esa forma, que jamás hubiese logrado amar a Diego Portales por tanto tiempo. Aquello la hizo reír por un rato largo, pero al terminar, me respondió con una sonrisa melancólica, como de gente adulta.

—El amor es caprichoso y la mayor parte del tiempo dura más adentro de nosotros que el tiempo que dura una relación, Dominique.

No lo entendí en su momento, pero me pareció algo hermoso.

Indiscutiblemente, aquellos fueron los días más felices que tuve en mucho tiempo. La vida había cobrado un nuevo sentido. Cada semana aparecía un desafío diferente. El mundo del saber adquiría nuevos significados y sin quererlo, profundizaba mucho más en los libros: interpretaba las lecturas, le daba utilidad y un uso práctico al conocimiento; transformaba las palabras del papel en algo con un valor y sentido individual, pero lo más importante era que hacía todo eso abordando la literatura desde un acercamiento diferente. Marta me prestó sus sentidos y me fue guiando por una perspectiva de género a la que jamás hubiese accedido de otra forma. Sentí que éramos

306

importantes, que valíamos mucho y teníamos peso en el mundo. Por un momento, así como Alicia perseguía al conejo, yo también me sentía persiguiendo a Marta hasta las hondas raíces de nuestra historia. Con su voz, aprendí a cuestionar a los autores, a consultar en varias fuentes, a dudar de las intenciones ocultas y a preguntarme el porqué de muchos paradigmas y comportamientos ampliamente instaurados en la sociedad.

En esos días —y más que nunca—, recordé a mi madre y su propio calvario por ser la hija de un senador, la esposa de un escritor y, por añadidura, la dos veces divorciada. Comprendí tantos hechos y desigualdades, tantas injusticias y señalamientos por el simple hecho de ser mujeres que algo en mí cambió definitivamente. No estaba dispuesta a dejarme someter; haría mi camino, encontraría la forma de resistirme a la corriente y tendría el valor de aquellas mujeres que, de espaldas a sus realidades, habían desbordado los moldes de la sociedad.

Todo aquello fue posible gracias a la maravillosa dinámica educativa de Marta, pues sus métodos se alejaban del adoctrinamiento, el enmarcado ideológico y la imposición de una autoridad. Lo suyo era pensamiento crítico y numerosas muestras de autonomía. Antes de darme cualquier explicación, prefería alentar mis dudas y mis sospechas. Me obligaba a cuestionarlo todo, incluso sus propias conclusiones, y abría todas las puertas para que yo pudiera expresarme libremente en cada conversación. Su influencia permitió que me hiciera verdaderamente dueña de mi voz, a percibir mi propio valor y a ser consciente de que nadie podía callarme: absolutamente nadie.

Curiosamente, el interés de Marta por enseñarme de la vida no concluía en el aspecto intelectual, sino que se ramificaba en otras direcciones. Nunca logré descubrir qué la empujaba a mostrar tanto interés por mí. Sospecho que se debía a cierto anhelo que guardaba para sus hijas, pero que al cruzarse conmigo no pudo seguir reprimiéndolo. Ella necesitaba compartir sus saberes con la próxima generación. Al verme tan joven, pero tan cerca de la mayoría de edad, se sentía obligada a prepararme para ser una mujer, lo cual no era poca cosa.

—Nuestro sexo ha sido marcado con un montón de desventajas, Dominique —decía abiertamente cada vez que me instruía respecto a las responsabilidades que inherentemente la sociedad les adjudicaba a las mujeres—. Pero esto no será así para siempre. Hemos logrado muchos avances. Hace poco no podíamos votar, ¿sabías? Tampoco teníamos derecho a estudiar, pero ahora es diferente y mañana lo será aún más. Cuando crezcas, tú también harás la diferencia. Estoy segura.

Marta era conmovedora cuando hablaba de aquella forma. A veces me preguntaba si a ella le habían dicho lo mismo cuando tenía mi edad. También me preguntaba ¿Cuántas generaciones de niñas pasaron por aquel mantra? ¿Cuántas habían logrado cambiar las cosas? ¿De verdad llegaría el día en que el cambio fuese permanente y completo? Idealista o no, la esperanza de Marta —que desde ese momento se convirtió en la mía—, no carecía de fuerza y de razón. Educar a las más jóvenes de la manera adecuada era la única forma de sembrar el cambio del mañana… La única forma.

Aun así, aunque la mayoría de sus enseñanzas se adelantaban a su tiempo, había otras que estaban enmarcadas por la época. La *feminidad* era una construcción social poderosa de la cual resultaba imposible escapar, aunque me resistí a ella con uñas y dientes. Mi carácter era indomable, Marta lo supo de inmediato, pero el de ella lo era todavía más. Debía seguir los rituales propios de una mujer, no había opciones, a pesar de que, al igual que la mayoría de las personas, detestaba que me trataran de una forma diferente por usar un tipo de peinado en concreto o por llevar un maquillaje esplendoroso. No me interesaba en lo más mínimo recibir un trato diferencial por la forma de mi cuerpo ni por la combinación de mi ropa. Solo quería vestir de manera adecuada y que fuese mi personalidad y mi particular forma de ver el mundo lo que representara la persona que era. Sin embargo, esto era algo imposible y Marta se esforzó en hacérmelo entender.

Desde luego, no la culpo por ello. En el fondo, tenía razón. Durante toda mi vida apenas logré escapar de los estereotipos y la sexualización de mi cuerpo, pero no sin antes pagar un precio que me eliminó ofertas laborales, ascensos y cargos superiores. Marta ya lo advertía en 1969, pero no había forma de enderezarme. Por más esfuerzos que hizo en llevarme a la peluquería todos los fines de semana, no logró quebrantar mi rebeldía.

De todos, aquel ritual me parecía el más aberrante. No podía creer que nos tuviésemos que someter durante horas a todo tipo de torturas capilares bajo las secadoras y las diferentes máquinas rizadoras;

308

tampoco estaba dispuesta a soportar el dolor de las depilaciones con cera, ni las horas infinitas que diariamente se debían emplear para maquillarse, cuidar el estilo de la vestimenta y pensar en tantos otros detalles que los hombres ni siquiera debían atender. Era injusto, desigual y una absoluta pérdida de tiempo que no estaba dispuesta a pagar.

Aun así, Marta no desistió.

Para ella, la feminidad y los elementos estéticos de la figura de una mujer eran tan importantes como la inteligencia. Ambas eran armas interesantes que debían ser utilizadas para combatir la realidad de nuestras sociedades. Por eso, muy a mi pesar, aprendí lentamente ciertas nociones de sus grandes dotes. Descubrí la mejor manera de combinar texturas y colores, entendí cuáles eran los tonos de la base adecuada para mi piel y el maquillaje que resaltaba con mayor precisión los atractivos de mi rosto; incluso llegué a identificar cada uno de los modelos y los cortes de las prendas hasta dar con aquel que mejor se adecuaba a las formas de mi cuerpo. Naturalmente, fue una labor difícil, pero con resultados inmediatos. Durante la juventud, y con un poco de ayuda, todo resalta, todo luce, todo extrae la belleza hacia el exterior. Al mirarme distinguía a una adolescente en plena pubertad que se hacía dueña de su cuerpo y de sus facciones. Reconocía mi dominio sobre lo que era. No me importaba ser algo más ni tenía conflictos con mi identidad. Cada lección de Marta era valiosa, pero como todo en la vida, abracé el aprendizaje, pero descarté por completo su uso. No lo necesitaba, no me representaba y no estaba dispuesta a seguir con esos rituales a pesar de que disfruté muchísimo de aquellas sesiones con Marta y sus hijas.

Porque si había algo importante en el mundo de la feminidad, eso era que, en aquellas largas sesiones, Marta me fue involucrando en la cotidianidad de su familia. Lo hizo de forma sutil, como todo lo que hacía. Primero me introdujo a las dinámicas con Elena e Isabel. Las niñas eran adorables, obedientes y, sobre todo, curiosas. Nos espiaban cuando hablábamos de libros y saltaban a nuestro alrededor a la hora de aprender algún truco de las artes estéticas. Ellas miraban todo con esos ojitos brillosos que nacen de descubrir cualquier cosa nueva cuando se tiene menos de doce años. Marta las ayudaba a maquillarse frente al espejo y en la peluquería les escogía peinados que las hacían parecer muñequitas francesas. Sin embargo, cada cierto tiempo y sin que yo lo notara, me encontraba a mí misma ayudando a Eliana a colocarse alguna cinta de cabello o a probarse la ropa y las joyas de su mamá; haciéndole todo tipo de peinados a Isabel o respondiendo al diluvio de sus preguntas. Las atendía de forma natural, como si siempre lo hubiese hecho, completamente inconsciente de que aquel era un truco vil tejido por Marta. Yo no quería la responsabilidad de ser una hermana mayor. Con Octavio no había logrado ser todo lo que él necesitaba y el peso de abandonarlo no se había marchado de mi consciencia. Sin embargo, aunque rechazaba la idea de asumir este nuevo rol, en la práctica, ya lo ejercía de forma activa, incluso en contra de mi voluntad.

A partir de entonces, pasé a tener cierta responsabilidad sobre las niñas de la casa. Compartir con ellas algo de mi tiempo se hizo parte de mi rutina en El Aleph. De vez en cuando las acompañaba en algún juego al que se sumaba Jorge, el mayor de los hermanos. Allí fui conociendo sus personalidades. A Elena le decían "Pollito". Era rubia, de grandes ojos azules y con cierta actitud angelical. Como la menor de la familia estaba acostumbrada a recibir la atención de todos y el favoritismo de Marta. Introvertida, obediente y amada con facilidad, se movía por el mundo como destinada a la felicidad. Por el contrario, Isabel era de facciones pequeñas, ojos achinados y cabello color marrón. Ella tenía un carácter rebelde y se entendía a sí misma como una renegada del interés y el afecto de los adultos. Eso la hizo desarrollar cierta picardía y tendencias a la curiosidad y a las travesuras. No confiaba en nadie, pero se interesaba en ganarse el afecto de todos. En el caso de Jorge todo era diferente. A pesar de que era el mayor, actuaba como el más infantil del grupo. Era el niño intocable. Marta lo cuidaba con recelo, pues sufría de ataques de epilepsia. Nunca tuvimos contacto, me miraba como una intrusa y jamás hice el menor esfuerzo por cambiar esa situación.

Aquellos eran los niños de la casa. De todos ellos, Isabel fue con la que más contacto mantuve. Ella siempre tenía una pregunta entre los labios y yo no veía motivo para dejar de respondérselas, aunque a veces recordaba que hubo un tiempo en el que Octavio también fue de aquella manera… cuánto había cambiado todo desde el Terremoto de Valdivia. El recuerdo sabía a caramelos y a melancolía. ¿Sería eso a lo que los adultos llamaban nostalgia? Sin duda debía de serlo, pero aprendí a hundir esos sentimientos en el fondo del estómago y nunca los dejé dominarme, menos en presencia de Isabel, quien me escuchaba esperando los misteriosos saberes que confería tener quince años.

Por supuesto, algunas de mis respuestas me acarrearon ciertos problemas. Isabel no esperaba demasiado para acudir hasta su madre o incluso al oído de su padre, cuando lo visitaba los fines de semana. Aquello generó algunos problemas indeseados que rápidamente me hicieron censurarme, aunque no demasiado. Era lo suficientemente prudente como para cuidar por completo lo que respondía, aunque ciertamente fui limitando mis conversaciones con ella. No por lo que pudiera ocasionarme decir algo inapropiado, sino porque Isabel comenzaba a ver en mí ciertas actitudes admirables y yo no deseaba tener esa responsabilidad.

Aun así, mis nuevos hermanos tuvieron un papel importante en mi proceso de adaptación. Sus aventuras me hacían sentir como en mi propia casa, y a través de esas experiencias junto a ellos pude conocer por completo a los habitantes del hogar. Cuando recorríamos los salones, siempre nos topábamos con Luisa, la encargada de la limpieza. Era una mujer que nunca tenían tiempo para hablar, pero eso no le impedía contar alguna historia mientras la ayudábamos a mover los muebles para barrer el polvo. Por otro lado, en la cocina nos escabullíamos siempre de forma secreta, aunque era imposible evadir el fino oído de Florencia, una señora de cuarenta y cinco años, rechoncha, alegre y sacada de un palacio portugués. Generalmente sonreía, pero molestarla significaba recibir gritos tan fuertes como un disparo de cañón. A ella siempre acudíamos a picotear alguna fruta o a que nos regalara un bocadillo que improvisaba con algunos pocos ingredientes. Nunca hablaba con nosotros, pero era feliz al vernos comer.

Por allí también se paseaba Benito regularmente, pero lejos de estar atento de nuestras andanzas, se interesaba más bien en colaborar en cualquier idea que tramaran mis hermanos. Él tenía cierto acuerdo tácito con los niños, una complicidad divertida que lo llevaba a encubrirlos, brindarles herramientas para que dejaran libre su imaginación e incluso narrarle alguna historia interesante, como los supuestos dormitorios ocultos por la casa y los túneles secretos debajo del cobertizo, algo que motivó a mis hermanos a indagar por aquella zona en más de una ocasión, completamente aterrados de que mi padre saliera a regañarlos como un ogro. Indudablemente, Benito tenía grandes responsabilidades en la casa, pero eso no le impedía tener cierto sentido del humor. Veía en los hijos de Marta una oportunidad para hacer algunas travesuras sin causarle daño a nadie y eso siempre era algo loable.

En general, Benito estaba en todas partes. En el jardín ayudaba a los trabajadores que plantaban las nuevas rosas, podaban los arbustos y trataban de hacer brotar de la tierra todo tipo de hortalizas o plantas; en la casa guiaba el trajín de las empleadas y vigilaba que todo estuviese en orden, y en la calle, compraba la comida, llevaba correspondencia y nos dejaba a cada uno de nosotros en el colegio. Afortunadamente, no quedaba lejos de Las Condes. El Austin Mini recorría los kilómetros sin consumir demasiada gasolina hasta dejarnos en nuestro destino. Yo era la última en bajarme. Con Benito nunca había despedidas, era una completa desconocida y jamás vio en mí alguien más que la hija de un extraño. Sin embargo, me importaba muy poco. Le agradecía que me evitara tener que pedir aventones para llegar a clases, no necesitaba nada más de él.

Las dinámicas en el liceo francés habían ido cambiando desde mi llegada en 1968. Otra vez era septiembre y ya me sentía una más entre aquel grupo variopinto de jóvenes que recorrían los largos pasillos del edificio de educación secundaria. Me confundía entre las muchachas de cabellos largos y uniformes idénticos con sus chaquetas abiertas y esas faldas oscuras que nos impedían resaltar más allá que por el color de la piel y la forma del cuerpo. En la distancia, todas éramos iguales, y al acercarnos, cuanto menos, nos parecíamos. Aquello era gracioso… un afán institucional por convertir la identidad en algo equitativo cuando, en el fondo, todos vivíamos realidades drásticamente diferentes.

Como la vida en la Alianza era de difícil entendimiento visual, regularmente esperaba a Alejandro y a Lilian en el mismo árbol de hojas tristes que se encontraba cerca de la cara principal del edificio de aulas. El bullicio de la escuela era una música de difícil interpretación, pero me gustaba escucharla desde la distancia. A veces trataba de definir los sonidos y, sin darme cuenta, me encontraba a mí misma entendiendo que determinado grito pertenecía a un chico y que cierto vibrar en las risas grupales tenían tonos delatores que podían definir el género y la sinceridad de su dueño. Aquellos eran detalles insulsos, pero profundamente interesantes, a los que le prestaba el oído hasta que la voz fina y amable de Lilian me arrastraba de mi cacería sonora.

—¡Eh! ¡Oe, que vamos tarde! ¿No han llegado?

Si Lilian hablaba en plural era porque a nuestro grupo se había incorporado una nómada que de vez en cuando se juntaba con nosotros. Su nombre era Beatriz, y aunque siempre fue parte de nuestro curso, al inicio del nuevo ciclo escolar nació una amistad inesperada entre ambas.

—Creo que ahí viene Alejandro.

Efectivamente, detrás de tres muchachos peleoneros y varias niñas que corrían a clase, avanzaba Alejandro, aquel chico alto, rechoncho y de ropa bien cuidada al que no parecía estar afectándole la pubertad. Él caminaba con la mirada del que trama algo; sus pasos eran cortos y pausados: se tomaba su tiempo para llegar a su destino. Generalmente, llevaba las manos en los bolsillos, en parte por inseguridad, pero también porque guardaba algo importante que nos revelaba al llegar. Lo soltaba sin saludos ni protocolos. Hablaba su mente, como si llevara mucho tiempo conteniendo la respiración y solo tuviese permitido exhalar los pensamientos retenidos en nuestra presencia.

—He leído una cosa fantástica de camino hasta aquí —así solía comenzar su discurso de las mañanas, con cierto acento refinado y claramente actuado—. Me ha recordado a ti, Dominique.

—¿Ah, sí? —respondía—, será mejor que valga la pena y no sea una de tus bromas.

—Es un asunto muy serio, Dominique —decía, conteniendo la risa—. Estuve leyendo que algunas arañas de la selva venezolana tienen una particularidad espeluznante. Verás, cuando una de sus presas cae en su telaraña, no se contentan con devorarlas, sino que las hacen sufrir. Las despedazan metódicamente.

—¡Por Dios, Alejandro, qué desagradable! —le interrumpía Lilian completamente horrorizada, pero con una sonrisa de interés que no concordaba con su comentario.

—Ejem, ejem —fingía aclararse la garganta antes de continuar—, como decía, esta araña es realmente sádica con su alimento. A los insectos que atrapa, primero les arranca pedacitos de la piel. Luego,

313

despedaza todas sus extremidades hasta dejar solo el tronco. Por supuesto, todo esto sucede mientras la víctima está viva y se retuerce de dolor. Solo después de un buen rato llega el final, cuando la araña devora el cuerpo y, por último, la cabeza.

Luego de un silencio de perplejidad en el que se percibía con claridad el ruido de los salones, encontraba las palabras para responderle.

—Tal vez en tu mente macabra esta sea una imagen preciosa para comenzar el día, Alejandro —soltaba entre asqueada e intrigada—, pero, ¿cómo se supone que eso se relaciona conmigo? ¿Está sugiriéndome que lo descuartice dolorosamente por compararme con una araña, señor Reyes?

Todos reíamos al unísono.

—No, no, ni mucho menos. ¡Darwin me libre de tu furia! —farfullaba mientras hacía una reverencia—. Si lo comento es porque tal vez la imagen te sirva de alimento para tu imaginación, después de todo, creo que no te molestaría hacerle algo similar a *Monsieur* Blancpain.

Jean-Pierre Blancpain era nuestro profesor de historia y un hombre bautizado con pintura gris. Todo en él tenía ese color: sus ojos, sus trajes, incluso su piel parecía de papel periódico. Además, su ánimo estaba manchado por la monotonía de aquel tono y su carácter era igual a ese cielo nublado que no sabe si quiere llover o dar paso a la salida del sol. Por otro lado, en su cuerpo nada sobresalía. Era larguirucho y delgado, poco más que eso. Tampoco sonreía en otra circunstancia que no fuera el abuso verbal y su semblante infranqueable se había acostumbrado a evitar la mayoría de las expresiones humanas.

Según se comentaba por los pasillos de la Alianza, *Monsieur* Blancpain había llegado a Chile luego de pasar varios años como profesor en Vietnam, la antigua colonia francesa independizada definitivamente después de la Primera Guerra de Indochina. De sus vivencias por aquel lugar hablaba siempre, aunque se censuraba a la hora de dar información acerca de sí mismo. Tal vez por eso, los rumores siempre involucraban el nombre de su padre, Marc Blancpain. Además de ser un gran escritor, aquel hombre era parte de la Central de la *L'Alliance Française* en París. Desde luego, aquello no era poca cosa, básicamente formaba parte de la élite de la institución. Media década más tarde llegaría a ser el director Mundial y desempeñaría ese cargo por casi veinte años. No obstante, para 1969, Jean-Pierre Blancpain evitaba la figura de su padre por todas las vías posibles, aunque sería más adecuado sustituir "figura" por "sombra", pues siempre vivió bajo la densa fama de aquel hombre con el que apenas se le llegó a ver un par de veces durante toda su vida.

Quizás por esto, algún psiquiatra podría explicar que la humillación bravucona y abusiva a la que sometía a sus alumnos *Monsieur* Blancpain provenía de alguna enfermedad emocional, producida por determinadas carencias afectivas y la dura imagen paterna con la que había crecido. Sin embargo, aunque ese fuese el diagnóstico adecuado, eso no lo eximía del frenético placer que encontraba en tales actos. Su monstruosa figura siempre terminaba por apoderarse de su cuerpo, aunque ocultaba con sumo cuidado su sadismo.

Al inicio, no era nada evidente. En realidad, durante las primeras semanas de clases, aquel profesor gris demostró ser alguien inteligente y portador de un profundo saber histórico. A pesar de que yo no tenía las herramientas para contrastar la mayoría de sus enseñanzas, era interesante escucharlo. Narraba el mundo con la facilidad del cuentacuentos. Le daba contexto a los hechos más mundanos, relacionaba la subida del pan con una revolución y siempre se valía de historias paralelas para darle rostro al pasado: usaba nombres de hombres y mujeres que podían ser un habitante común en alguna ciudad y a través de ellos nos acercábamos a la realidad de la época. De esta forma, introducía la vida de los pueblos a través de su comida, la forma en que cultivaban sus campos o la estructura de su sistema educativo. Ver sus clases era una fascinante contemplación del pasado por medio de un nutritivo bagaje cultural. De a poco, el mundo se construía a sí mismo desde otros planos y todo parecía estar vinculado de una u otra forma: nada era al azar. Los cambios sucedían motivados por cien razones diferentes y entenderlo significaba un cambio profundo en la manera de percibir un acontecimiento histórico.

Tristemente, las dotes naturales de este curioso intelectual se veían ensombrecidas por algunos idealismos y ciertas licencias que me hacían dudar de su objetividad. Aunque hacía un esfuerzo por mantenerse objetivo, a veces me cuestionaba muchas de sus explicaciones. No obstante, esto no implicaba repulsión. Escucharlo instruía de forma integral y, a grandes rasgos, aprendí mucho de su amplia y multifacética forma de enseñar la historia y sus increíbles sinsentidos.

Lamentablemente, cuando llegó la sexta clase, descubrí la verdadera naturaleza que se escondía detrás de su fachada.

Esa mañana hubo examen. No era novedad, estaba anunciado, pautado y la clase entera había estudiado. Sin embargo, el profesor decidió guardarse para sí mismo que la prueba sería oral. Aquello no marcaba gran diferencia. La metodología se usaba alguna vez en casi todas las clases, pero no como la planeaba hacer *Monsieur* Blancpain. Para él, aquello era un juego perverso. Sus víctimas eran seleccionadas de forma directa, como si fuese un lobo escogiendo su presa en un corral. Usualmente se tomaba su tiempo. Observaba los rostros aterrados y señalaba a las niñas, principalmente a las que consideraba bonitas, quienes, casualmente, eran rubias y, por añadidura, profundamente tímidas. Cuando se levantaban de su pupitre, les clavaba una mirada hambrienta, y al llegar frente a la pizarra, el rol del interrogador abusivo se apoderaba de él. Su rostro mutaba, sus facciones se contraían y algo grotesco se apoderaba de su voz y de su personalidad.

Desde ese instante, entre alumna y profesor nacía una relación de dominancia sutil que se acercaba peligrosamente al terreno sexual. Lo de *Monsieur* Blancpain no era un asunto educativo, sino una muestra de poder que interpretaba como un acto seductor.

En principio, la conversación con la alumna ocurría casi de espaldas a la clase, como si estuviesen completamente solos. Todo iniciaba con una broma, algún comentario inocente para romper el hielo, un *«J'espère pour vous que vous avez appris votre leçon»,* algún *«¿siempre es tan traviesa cuando miente?»* o el sutil *«acomódese la falda, por favor, que tiene usted unas piernas muy largas».* Llegados a ese punto, aparecían las preguntas de la Revolución Industrial o la francesa; las guerras napoleónicas o alguna de las tantas otras contiendas globales. La dificultad del interrogatorio respondía al interés del profesor por mantener a la chica frente a él durante mayor tiempo. Las adolescentes que más le gustaban eran las altas, sobre todo aquellas que no lograban esconder sus cuerpos debajo del uniforme, pues el rápido crecimiento de sus formas les encogía la ropa.

Naturalmente, algunas trataban de argumentar o simplemente confeccionar una respuesta coherente, pero la sonrisa burlesca del profesor era intimidante. Él se contentaba con escuchar atentamente, con un gesto de falsa condescendencia, pero la mirada fija en los ojos de su presa... una mirada que vacilaba y se perdía indiscretamente hacia las piernas, la cintura, el vientre y los senos. Lo hacía todo a la vez. Se perdía en el cuerpo de sus alumnas mientras las presionaba con sus palabras. « Êtes-vous bien sûre de ce que vous dites, mademoiselle ?». Luego, cuando se equivocaban en algún punto, las regañaba sin vacilación: «¡Creo que me ha desaprovechado mi tiempo al decir semejante barbaridad!».

Por último, ejercía la violencia verbal, una verborrea que siempre concluía en una súplica muda por parte de la alumna. Las chicas cruzaban las manos, se movían inquietas sobre sus talones, le pedían disculpa al profesor y en ese acto de víctima y verdugo, en esa relación de autoridad y dominación, en ese teatro de sonrisas hormonadas por parte de las chicas y palabras sutilmente sexuales y morbosas del profesor, ocurría algo inexplicablemente atroz.

Verlo desde mi pupitre era un espectáculo grotesco en el que nunca pude intervenir. Aquel hombre de treinta y siete años se veía a sí mismo como un ente dominante que podía dejar a las chicas a merced de sus palabras. Él no quería tener la razón, no deseaba demostrar que era superior, sino que se regocijaba en el acto de la sumisión y el peculiar erotismo que despertaba en su mente rondar de forma sutil a una adolescente en desarrollo desde una posición de poder. En las alumnas veía decenas de *lolitas*, dejaba que sus discretos apetitos emergieran y, a su manera, disfrutaba del morbo de tenerlas inquietas y vulnerables. Por supuesto, ante este hecho, las víctimas solo podían quedarse allí, recibiendo todo tipo de comentarios, dejándose humillar y rogando desesperadamente algún tipo de ayuda que les evitara el castigo familiar por haber reprobado.

Al final, cuando *Monsieur* Blancpain se cansaba de aquel juego, si su presa había colaborado satisfactoriamente en su teatro morboso, les dejaba marcharse con alguna nota baja, pero suficiente para aprobar. Solo cuando terminaba aquel asfixiante interrogatorio y las niñas regresaban a su pupitre, se permitían exhalar el miedo que ya transmitían sus manos temblorosas. En sus puestos, las desafortunadas, sufrían la pena de haber reprobado, algunas se acercaban al llanto por haber padecido una humillación pública y, entre todas, siempre estaba presente la rabia indeleble hacia los hombres de la clase, quienes jamás eran sometidos a esos tratos, pues simplemente recibían un "reprobado" sin que hubiese comentarios, burlas o una relación de dominancia de por medio.

Indudablemente, a *Monsieur* Blancpain el juego le funcionó de maravilla por algún tiempo, al menos hasta que pronunció mi nombre. Él no lo esperaba, pero yo no estaba dispuesta a pasar por aquello. Así que cuando me paré frente a la clase, decidida a no dejarme humillar, tomé una postura dominante, sólida, con los pies firmes, el mentón elevado, los brazos inmóviles y la vista fija. Así me quedé por siete largos minutos. Al inicio el profesor comenzó suave, pero mi insolencia le fue alterando los nervios. Primero se cuestionaba cómo era posible que una niña tan *guapa* fuese incapaz de responder algo tan simple; luego me llamaba a la reflexión, aseguraba que mi belleza no era aval para el futuro y que debía estudiar si quería sobrevivir en el mundo. Ante mi silencio, decidió afirmar que mi padre seguramente estaría decepcionado si me viera en esa actitud y que resultaba una deshonra estar ante *la hija del escritor* y descubrir que era una mediocre. Jamás le respondí a sus comentarios. Soporté sus palabras de inicio a fin, tratando de ignorarlas, aunque se clavaban en la mente. Al final se rindió, me dio un absoluto "reprobado" y me permitió volver a mi asiento.

Así comenzó nuestra guerra.

Era la primera vez que reprobaba algún examen en mi vida, pero, aunque la sensación me frustraba, para mí ceder era algo impensable. Me quería más a mí misma que a una calificación. Sabía que los exámenes escritos serían suficientes para aprobar la materia y en ello dediqué mis esfuerzos. Eso era suficiente. Todo lo demás era un asunto personal.

Desde entonces, hice de mi lucha muda una bandera y cada oportunidad en la que me llamaba frente a la clase, se convertía en una ocasión para protestar contra la presencia y la actitud de aquel hombre. El silencio fue mi arma de intimidación, pero también usé otros métodos persuasivos mucho más directos.

Por ejemplo, luego de varias semanas, logré forrar mi cuaderno de clases con la imagen de Ho-Chi-Minh, el líder de los independentistas de Vietnam y principal responsable de la independencia de este país. Tomé el asiento en primera fila de un compañero que faltó a clases, justo al frente del profesor. Era una posición perfecta. Al verme no dijo absolutamente nada. Sus ojos fueron directamente a la imagen que adornaba mi cuaderno. La foto a blanco y negro mostraba el perfil de aquel hombre asiático en el que aparecían todos los rasgos de su pueblo debajo de los ojos, en la respingona forma de sus labios, la nariz alargada y achatada en la base, e incluso en la cara perfilada y con la carne justa para parecer delgado y no raquítico. Aquello era una afrenta personal, un golpe duro para una persona como *Monsieur* Blancpain, quien había dedicado parte de su vida a educar a la gente de aquel país del que rápidamente había escapado cuando las ideas de la independencia se hicieron una realidad.

En medio de esa lucha silenciosa y desigual conocí a Beatriz. Se encontraba en el pupitre de al lado y mi gesto procomunista no pasó inadvertido. Ella era una muchacha de facciones agradables, acostumbradas a la alegría, pero en su mirada había cierta llama impulsiva, cierto aire revolucionario, ciertas ganas de romperlo todo. Al igual que yo, también ejercía su rebeldía, pero desde otro ángulo. Su método era responder de forma perfectamente clara, lo suficiente para que el profesor no tuviese ningún camino para increparla. Su táctica me parecía ideal. De hecho, era una manera eficaz de exterminar el problema, pero yo no podía compartir su metodología. Desde mi lado, me negaba a ser parte del sistema que creaba el profesor en aquellas pruebas y eso significaba oponerme a él desde un acto, no desde una respuesta. Aquello era un asunto personal, una injusticia que no estaba dispuesta a pasar por alto.

En todo caso, a Beatriz pareció agradarle la imagen que adornaba mi cuaderno. Entendió de inmediato lo que significaba y desde entonces comenzamos a establecer lazos de amistad. No fue nada difícil. Nuestras personalidades se equilibraban bastante bien. Donde ella era arrojadiza, yo era mesurada. En las áreas en las que me mostraba rebelde, ella actuaba utilizando la inteligencia. Nos complementábamos en los actos. Había cierto respaldo y camaradería espontánea entre ambas y eso forjó un lado diferente de mí misma.

Gracias a ello, más tarde se sumó a nuestro grupo, aunque nunca dejó de tener un corazón nómada. Se movía entre varios círculos del liceo, pero jamás dejó de reunirse con nosotros en aquel árbol marchito frente al edificio de aulas.

—Dominique no es tan cruel como esa araña, tonto —respondió Lilian tratando de salvar un poco de mi imagen.

—No creo que haga falta causarle tanto dolor a *Monsieur* Blancpain —dije mirando a Alejandro mientras ahogaba mi risa—. Será suficiente con mi idea, siempre y cuando hayas traído lo que te pedí.

—¿Una nueva foto? —preguntó Lilian, entusiasmada.

—Todos los días me esfuerzo para que dejes de creer en mi palabra, Dominique —farfulló mientras se quitaba la mochila y extraía una carpeta de su interior—, pero no me resisto al caos, así que esta vez he cumplido… aquí la tienes.

La imagen era nuevamente de Ho-Chi-Min, pero esta vez era a color. Imprimirlas no resultaba barato ni fácil, pero Alejandro tenía sus medios. No obstante, a diferencia de la antigua fotografía que había usado para forrar mi cuaderno, en esta aparecía la bandera del partido comunista ondeada detrás del mandatario, quien parecía sonreírle a la cámara sin mostrar los dientes.

—Con esto será suficiente.

—Ya lo creo —dijo Beatriz a mis espaldas y apoyándose en mi hombro. Siempre olía a jazmines—. Cada día lo estás haciendo mejor, eres toda una *Resistante*.

Beatriz nunca llegaba a la hora acordada y siempre nos sorprendía en medio de alguna conversación. Ella era alta, al menos me sacaba una cabeza, y tan rubia como los rayos del sol sobre un campo de trigo. Su cabello era ondulado, pero siempre lo llevaba recogido y excesivamente peinado hacia atrás. Era usual que se encorvara o intentara parecer más pequeña de forma inconsciente, como si llevara sus extremidades hacia el interior de su cuerpo. Sus enormes ojos azules sobresalían en un rostro de facciones finas y delgadas, tal vez por eso su cara resaltaba menos que el resto de su cuerpo, el cual era atlético, con caderas anchas, hombros angostos y una fuerza considerable en los brazos, ya que era parte del equipo de voleibol de la Alianza Francesa.

—¿Crees que es una hora decente de llegar? —la increpé con una sonrisa.

—¿A la hora de hablar de la *Resistante?* Por supuesto, no veo mejor hora que esta hora, querida.

—Ingeniosa, lo admito, pero más ingenioso será *Monsieur* Cauthy si nos encuentra fuera de clases.

—No le demos motivos para ello entonces —concluyó Beatriz abriéndose un camino entre los tres y avanzando completamente sola hasta el edificio de aulas, no sin antes voltear a mitad de camino para dedicarnos una sonrisa.

La seguimos, por supuesto, era una de las nuestras. Juntas formábamos un grupo extraño, pero divertido. Nos burlábamos de la vida por el simple hecho de disfrutar de ella, y nuestra retórica improvisada solo nos servía de herramienta para seguir descubriendo lo que significaba ser adolescentes. Les tenía un gran aprecio a cada uno de ellos: eran mi grupo, mis cómplices, las personas que complementaban mis días de clases y quienes rápidamente pasaron a acompañarme hasta mi casa en Las Condes e incluso más allá de los límites de Santiago.

Y es que por aquellos meses disfrutamos de una libertad sin precedentes. Marta me incentivaba a invitar a mis compañeras a la casa y yo lo hacía encantada. En más de una ocasión acudieron para tomar el té y pasear por los jardines. Aquel era un lugar para gritar y correr, pero nosotros nos echábamos en el césped a contemplar las flores y a sacarle el lado profundo a cualquier tontería de la vida.

Durante esos días, Alejandro se refería a mí como *La Condesa.* Era divertido recibir semejante apodo, pero me resultaba doblemente gracioso por la ironía de verme como alguien de la realeza cuando me sentía tan fuera de lugar, sobre todo por mi absoluto desconocimiento de las buenas costumbres.

Mi presencia en El Aleph a veces desencajaba. Las paredes de aquel palacio me juzgaban con miradas inexpresivas y se burlaban de mi completa ignorancia respecto a las nociones más básicas de la alta sociedad. Aparentemente, no sabía comportarme en la mesa. Carecía de eso que las buenas familias llamaban el *don-de-gente* o *la-naturaleza-refinada.* Tal vez por eso, cuando nos servían la comida, a la hora de la cena, siempre me equivocaba en todo lo que era posible.

El servicio de mesa en que habían sido instruidas las empleadas era a-la-francesa. Esto significaba, como más tarde entendí, que los alimentos se presentaban por la izquierda del comensal para que este se sirviera en su plato los alimentos que deseaba. Recuerdo que la primera vez que Florencia me ofreció la comida, intenté agarrar la bandeja entera. Marta se quedó desconcertada y mi padre soltó una carcajada que Jorge secundó. En otras oportunidades, en lugar de esperar que la persona junto a mí se sirviera, aprovechaba la cercanía para llenar mi plato, lo cual me parecía mucho más lógico y eficiente, pero claramente iba en contra del protocolo. Además, el código prohibía usar los cubiertos propios para servirse de la bandeja, una ley que, evidentemente, incumplí en más oportunidades de las esperadas.

Por suerte, Marta había desistido de usar el servicio de mesa a la inglesa, el cual demoraba el triple y exigía un vasto conocimiento de los usos de cucharas, tenedores y cuchillos. Aun así, ella se tomó mi educación con mucha seriedad. Se dedicó exhaustivamente a explicarme todos los detalles y complejidades de aquel asunto. Tardé un tiempo en acostumbrarme a ser servida. Era una idea desconcertante y nueva. Si bien mi abuela, en mi niñez, nos traía los platos a la mesa, había una diferencia abismal entre ese acto y el de un servicio de mesa que reclamaba buenas costumbres, finura y una dedicación de varias horas que al menos no se desaprovechaban, pues las utilizábamos para hablar de la rutina diaria, la escuela, el trabajo y un sinfín de conversaciones triviales, pero de gran interés familiar.

No obstante, al margen de los asuntos de la mesa —y aunque me sentía, más bien, una plebeya—, como *Condesa* disfrutaba la visita de mis amigos con una plenitud inesperada. Gozaba de autonomía dentro de la casa, podía atenderlos con alguna comida apetitosa y a veces hasta usábamos la piscina. Realmente me sentía dueña de aquel espacio, hija de una suerte que disfrutaba con el corazón.

Sin embargo, había un recuerdo que me traspasaba sin razón aparente. No podía evitarlo. Ante mí reaparecía la mirada furiosa de decenas de madres, quienes aconsejaban a sus hijas que no se juntaran conmigo. Recordaba los mil colores y formas de todas las puertas que me cerraron en la cara por ser hija de una mujer divorciada o una muchacha manchada, debido a mi episodio con Andrés. Fue duro entender que los hechos determinaban de forma tan violenta la vida de las personas. Había perdido muchas oportunidades de ser una niña común que pudiese compartir con sus amigos con aquella libertad que ahora, gracias a mi nuevo hogar, podía disfrutar por primera vez. Me había perdido de esa felicidad que solo brinda la amistad y todo por detalles tan insulsos y vacíos como los que recaían sobre las decisiones mi madre y sobre mí supuesta vida sexual. Era injusto, pero la vida estaba marcada por aquellas pequeñas heridas. La sociedad podía llegar a ser cruel y tenía herramientas casi infinitas para ejercerla: segmentaban por clase social, educación, género, antecedentes, legado, procedencia y un sinfín de etiquetas de los que pocas veces se lograba escapar. Mi madre luchó toda su vida por sacudirse las discriminaciones, tanto las positivas como las negativas; siempre estuvo dispuesta a ir más allá, a brindarme las oportunidades que tuvo a su alcance, pero la sociedad era inamovible, infranqueable, completamente insensible de los lamentos humanos.

Desconozco si aquel pensamiento me hizo regresar junto a mi madre o si, por el contrario, ella, en su misteriosa sabiduría, decidió que enterráramos los resentimientos en la arena de Valparaíso; fuese una u otra la explicación, ya no importa, lo trascendental fue el acercamiento y nuestro encuentro en Isla Negra. Su invitación llegó de sorpresa, pero no solo por la propuesta, sino porque su propuesta se extendía hasta mis amigos. Por supuesto, acepté de inmediato y hacia allá partimos el segundo fin de semana de octubre.

Mucho antes de la década de los sesenta —y buena parte de los setenta—, Isla Negra fue uno de esos lugares que brotaron de la tierra sin que nadie lo esperara. Como balneario no contaba con muchos atractivos, pero a lo largo del tiempo dio de qué hablar sin que hubiese un motivo real que lo amparara. Indiscutiblemente, resulta difícil entender qué llegó primero, si las casas frente al mar o el famoso Neruda. Poco se sabía de este lugar antes de que el poeta lo hiciera su guarida en el año 1937, pero a partir de que se instalara en la primera línea de la playa, en una casita de piedra no más grande que una cabaña, a Valparaíso le llegó un nuevo punto de interés turístico. Neruda colocó la bandera y hasta allá lo siguieron decenas de personas.

Sin embargo, antes de que los intelectuales llegaran hasta aquel lugar baldío de playas rocosas y aguas desérticas, incluso mucho antes de que comenzaran a construirse las primeras casas turísticas, se erigiera la hostería de la señora Helena o montaran la única gasolinera de la zona, Isla Negra se llamaba "Las Gaviotas" y era un terreno duro en el que solo sobrevivía un pequeño pueblo pesquero que sembraba sus esperanzas mar adentro, allí donde parecía no haber nada más que agua fría e infinita que llegaba hasta el borde del mundo. La mayoría de sus habitantes se levantaban bien temprano con la neblina y regresaban a casa con los atardeceres de oro reflejados sobre el mar. Vivían en pequeños campamentos de madera, sin demasiadas comodidades y de espaldas a la mayoría de los servicios públicos. Pocos tenían posibilidades de mejorar sus condiciones, de hecho, prácticamente nadie los conocía, ni siquiera el gobierno. Ellos tampoco esperaban alguna ayuda de nadie, construían su destino con cada puesta de sol y a través de una férrea oposición a la muerte.

No obstante, conforme se erigió aquel pequeño proyecto en la bahía de la isla, las cosas fueron cambiando. Lentamente, al lado del hogar de Neruda aparecieron veinte casuchas muy juntas, como amantes hambrientos, casi pared con pared, hechas de madera y piedra, desnudas en su interior y de no más de cincuenta metros cuadrados. Su popularidad llegó en buen momento. Justo cuando Viña del Mar se había convertido en el balneario de los adinerados, Isla Negra se mostraba como un punto exótico en el que se podía disfrutar de un lugar diferente y poco conocido; un lugar donde nacía la inspiración, allí donde el poeta se recluía del mundo… allí donde todos los caminos de tierra desembocaban en aquel pueblo inventado por una mente mágica que había hecho crecer casas de la tierra y del desierto marino de sus playas.

Mi madre había alquilado una de aquellas casas y hasta allí nos condujo el automóvil. El vecindario, por llamarlo de alguna manera, era de lo más variado del mundo intelectual. Las casas estaban a ambos lados de la vía y se extendían durante unos cuantos kilómetros. Por allí estaba la casa del pintor Jorge Elliott. A veces tenía ocasión de coincidir con su hijo, el William, quien regularmente tenía algo interesante para mostrarme respecto a las rompientes, los roquerios y el oleaje de la playa. Al otro lado de la vía se encontraba la casa de Nicanor Parra. Se instaló allí aquel año, con el dinero obtenido por haber ganado el Premio Nacional de Literatura. El suyo era un terreno grande que contaba con un par de cabañas. En una de ellas vivía la artista plástica Nury Tuca, una de las tantas mujeres que habitaron su vida. A veces, cuando visitaba la zona, pasaba por la morada del escritor. Casi nunca lo encontraba allí, pero siempre lo intentaba. Cerca de la imponente y primogénita casa de Neruda, se ubicaba otra de paredes azul claro. Pertenecía a uno de los más leales amigos del poeta, el Doctor Bulnes, quien era, a su vez, el abuelo de Alejandro.

Dejando atrás todo aquel aglutinamiento, por la bajada de Las Ágatas, llegábamos a la cabaña que regularmente alquilaba mi madre. Era una choza de buen tamaño. La madera que la cubría había adquirido el bonito color del pino oregón debido a la brisa marina y a la neblina que lo cubría todo por las mañanas. Su interior era un escondite para el polvo y la arena. La casa se mostraba desnuda, sin más que un par de camas, un sofá y un horno de leña.

No hacía falta nada más que eso, todos lo sabíamos.

La primera vez que nos instalamos en Isla Negra teníamos pocas o prácticamente ninguna expectativa. Había mar, eso nos habían dicho, pero poco más que eso. La realidad terminó siendo diferente, aunque no por las razones que nosotros imaginábamos. Era cierto, había una bahía, pero esta no estaba pensada para los bañistas. El oleaje era intenso, las rocas se esparcían como vidrios por todo el arenal y el color de las cosas parecía un tanto opaco, como de película antigua. Sin embargo, Isla Negra tenía sus particularidades. Debajo del aparente terreno inhóspito se encontraban los tesoros de fauna y flora. Había tanto para ver que nos pasábamos los días enteros fuera de casa, corriendo por la costa, persiguiendo puestas de sol por Punta de Tralca y armando campamentos nocturnos con sus fogatas a las faldas del Pacífico Sur.

A veces, cuando queríamos variar el itinerario, visitábamos la hostería de doña Helena. Ella era una mujer de abundante pelo gris ondulado, bajita, de avanzada edad y sonrisa nula cuando se trataba de nosotros, los niños sin dinero que no podíamos aportarle nada bueno a su negocio. Aun así, normalmente aceptaba nuestra presencia y allí nos topábamos con algún viajero o un visitante de paso que no podía permitirse alquilar alguna de las cabañas. Doña Helena los atendía con gran hospitalidad y siempre tenía alguna anécdota nueva para narrarles a sus visitantes.

A través de su voz arrugada y grumosa conocimos al pueblo pesquero que se encontraba tierra adentro, al otro lado de las primeras casas de la playa. Descubrimos sus historias y penurias, el intercambio comercial con los visitantes y también cómo el lento avance del tiempo los fue convenciendo de que vender sus antiguas casas era una idea acertada antes de quedar atrapados en medio de un lugar cuyo nombre ya no reconocían como suyo.

Aquello era Isla Negra, uno de esos puntos del mapa donde nunca pasaba nada, pero, al mismo tiempo, sucedía todo. El silencio del mar y la belleza del paisaje ocultaban el pasar del tiempo. Los días avanzaban, el cambio llegaba y lo que antes fuese un rincón inhóspito, progresivamente se fue convirtiendo en un punto de interés. Lilian, Beatriz, Alejandro y yo solo éramos animales de paso, jóvenes errantes que se contentaban con ver aquel cuadro de acuarela. Nos movíamos con risas estruendosas por las callejuelas y los arenales, felices de entrar al agua y salir helados, callados cuando nos sentábamos en alguna superficie rocosa y contemplábamos el mundo de acuarela que nos regalaba Isla Negra. Allí todo era atardeceres dorados pintados en el mar, nubes bajas y densas, acantilados y un silencio tan hondo que se nos metía por la boca y la nariz. Respirábamos sosiego y ante aquella imagen solo podíamos confiar en que la vida siempre sería así... pero estábamos equivocados: muy equivocados.

9

La primera vez que fuimos a Isla Negra se conmemoraba uno de los días más representativos de la lucha estudiantil que se había registrado en México. Aquella gesta inició mucho antes de que la sangre manchara la Plaza de las Tres Culturas o de que el presidente de aquel país, Gustavo Díaz Ordaz, diera la orden de usar las armas para acabar con los movimientos estudiantiles; mucho antes, incluso, de que los vecinos de la Unidad Habitacional Nonoalco-Tlatelolco se acercaran a escuchar el discurso de los jóvenes revolucionarios o de que se consolidara siquiera el Consejo Nacional de Huelga (CNH), el cual llegó a reunir hasta doscientos cuarenta delegados de setenta universidades del país; en suma, aquella gesta había comenzado mucho, muchísimo antes de aquel fatídico dos de octubre de 1968, cuando se orquestó desde el Poder Ejecutivo —sin que nadie pudiera demostrarlo— la Masacre de Tlatelolco.

Por supuesto, la confusa noticia llegó a Chile con el tiempo, pero en mi caso particular, tardé un año en enterarme del trágico suceso y todo lo que había sucedido antes de él. De hecho, no fue sino hasta mediados de octubre de 1969 cuando las primeras víctimas de aquella matanza comenzaron a presentarse en mi vida. El primero al que conocí fue un joven cauteloso, pausado y todo lo perspicaz que puede llegar a ser un hombre profundamente interesado en los saberes de la filosofía. Su nombre era Roberto Escudero Castellanos y su vida estuvo marcada por lo que alguien llamaría «la anticipación del destino».

De alguna manera, a lo largo de su vida, logró evadir el infortunio desde la única herramienta que tenía: la lógica. Por ello, a nadie le extrañó que fuese uno de los primeros en llegar a Chile, sobre todo luego de que, tras la Masacre de Tlatelolco, se viera obligado a asumir junto a Marcelino Perelló, Federico Emery y Ángel Verdugo la dirigencia del CNH. Las consecuencias del cargo no tardaron en llegar. A los pocos meses, cuando regresaba de una de las asambleas del movimiento, descubrió que en su casa lo esperaba un grupo de granaderos, quienes apuntaban a su madre —y a él mismo— con ametralladoras, mientras le transmitían un mensaje de parte del presidente de la República que habría de recordar durante toda su vida.

—… ¡Con la Constitución en la mano, yo los fusilo!

Aquello ocurrió en el primer trimestre de 1969 y, dada la situación, al poco tiempo, Roberto decidió someterse a un exilio anticipado antes de que la escalada violenta del gobierno lo condujera a la pared de fusilamiento. La suya fue una decisión prudente que, a su manera, requería de un valor muy particular. Y es que Roberto, al igual que la mayoría de los jóvenes estudiantes de clase media que integraban aquella lucha, había leído a Trotsky, a Marx, a Mao y todas las corrientes de la época; había discutido y protestado contra los abusos del poder; había presenciado el ascenso de Fidel Castro y reconocía la enorme influencia que ejercía en el hemisferio, pero nada de eso cambiaba la realidad. Él no era un guerrillero, no sabía disparar un arma y tampoco quería hacerlo. Ese no era su camino. Su lucha siempre había girado alrededor de la conceptualización ideológica y estructural del CNH. Era un dirigente, una voz que no pretendía destacar por encima de nadie. Escudero nunca persiguió erigirse como un líder, pero ahora que podía serlo, escogió un liderazgo muy particular. Entendía con perfecta claridad que en ese momento la batalla debía librarse por medio de una presión externa y desde todos los frentes posibles. Por eso, haría más por el movimiento utilizando sus habilidades en otras latitudes que en su propio país.

Con esa idea en mente, Roberto pidió asilo político en la Embajada de Chile, un país con una sólida representación comunista y socialista que tal vez se viese interesada en interceder por él. Naturalmente, no fue el único que lo hizo. Aquel fue un año de estampidas. Algunos escogieron la Unión Soviética como destino, otros, Cuba, y había quienes preferían irse a España o Francia, pues ambos países habían apoyado ampliamente las protestas en contra del gobierno. Sin embargo, Chile no fue la primera opción para muchos, pero pronto lo sería y Escudero se convenció de que podría ser el puente para aquellos que lo necesitaran en ese país.

Así lo conocí, inmerso en el peso y la responsabilidad de sus decisiones.

Cuando mi madre me lo presentó, Roberto no parecía más que un muchacho demasiado serio para tener veintiocho años. Físicamente era de aspecto menudo y regularmente lucía despeinado, debido al cabello rebelde que le cubría la cabeza y le bajaba por la frente. También llevaba una barba oscura que le marcaba la quijada y ocultaba con precisión su rostro infantil. Usaba unas gafas muy grandes y tenía cierto aire de ingeniero, profesión con la que muchos lo asociaban antes de conocerlo en profundidad. Curiosamente, esa vibra que transmitía no iba acorde a su ropa, la cual era, más bien, la típica de algún estudiante de letras o de arte, ya que siempre iba con pantalones, zapatos y franelas de cuello alto de un invariable color negro.

Por otro lado, cuando hablaba, Roberto tenía una voz profunda. Su timbre grave le daba cierta formalidad a sus historias, aunque hablaba poco y se limitaba a observar lo que ocurría a su alrededor. Mi madre lo invitaba regularmente a Carlos Antúnez y a Isla Negra y le dejaba pocos espacios para el silencio. Siempre le formulaba preguntas de su vida antes de las asambleas estudiantiles y él se mostraba feliz de que alguien en todo Santiago se interesara por algo más que los hechos violentos registrados en el sesenta y ocho. Tenía mucho para contar y, sobre todo, para explicar. Había sido uno de las primeras células que formaron la voz de aquella generación disconforme y aparentemente irreverente que de forma espontánea fue convirtiéndose en movimiento. Como es lógico, se mostraba orgulloso de ello y, de a poco, yo también fui compartiendo ese sentimiento. Sin pretenderlo, me uní a la conversación, al igual que Octavio, quien se limitaba a escuchar todo con los ojos muy abiertos y una curiosidad que le adormilaba la lengua, pero no el interés.

Un día, cansada de no entender el contexto de todas las cosas, me atreví a hacerle una pregunta vaga, pero efectiva a aquel extranjero que provenía de una tierra que yo recordaba con los ojos de la niña pequeña que conoció junto a sus padres un país radiante, lleno de colores, ciudades y peligros. ¿Había desaparecido aquel lugar? Ahora solo podía imaginarlo lleno de estudiantes y de policías atacándolos despiadadamente.

—Disculpe, Señor Escudero…

—Mejor dime Roberto —me interrumpió.

—Roberto… ¿cómo comenzó todo esto?

Recuerdo que mi pregunta lo hizo sonreír sin mostrar los dientes. Sus labios dibujaron una fina línea ascendente, como si se riera con melancolía y cansancio.

—Hm, tal vez sería mejor preguntar por qué.

—¿Por qué? —repetí tontamente—, bien, ¿por qué comenzó todo?

Roberto tomó aire y entonces habló…

—Todo comenzó por *las ganas de no dejarse*, como lo definió Carlos Monsiváis —dijo aclarándose la garganta y sonriendo por el recuerdo del amigo olvidado—. Nos negamos a dejarnos someter y a seguir soportando el abuso y la represión del poder. Eso fue suficiente para desencadenar el estallido —entonces se acomodó en el asiento, inhaló un poco de aire y comenzó su explicación—. Los gobiernos anteriores nunca habían dado muchas libertades, pero desde 1958 crecieron los intentos acallar una creciente presión social por parte de los sindicatos independientes, los agricultores y muchos otros sectores sociales —por un momento se detuvo, como si tratar de recordar cómo seguía la historia—. Para 1968, Ciudad de México llevaba casi tres años sin mostrar ningún síntoma visible de rebelión. Eso era algo importante, ya que ese año el país acogería los Juegos Olímpicos y el presidente Gustavo Díaz Ordaz quería que todo estuviese bien bonito y presentable para los extranjeros. Había mucho dinero de por medio, claro, y no se podía jugar con eso.

Más tarde me enteraría de que a mediados de julio de aquel año, una riña entre bandas, que involucró a un grupo de estudiantes, fue reprimida con una brutalidad inaudita por parte de los granaderos, la policía estatal. Ese fue el detonante para que comenzara algo más grande… algo que nadie hubiese imaginado posible.

—Varios incidentes represivos y violaciones en la autonomía universitaria desencadenaron la explosión de una rabia contenida. El abuso y la represión pesaron más que el miedo y así, entre varios representantes estudiantiles de numerosas universidades, integramos el Consejo Nacional de Huelga —rememorarlo le hizo sonreír y levantarse del sofá—. A partir de ahí todo sucedió a cámara rápida. Fue una lucha accidentada, idealizada, espontánea. Fuimos decenas de miles, unidos por una causa y dispuestos a hacer lo que fuese necesario para llegar a las personas —mientras hablaba iba caminando alrededor de nosotros. Movía las manos, como un gran orador y mantenía nuestra atención visual sobre él—. Los abordábamos en las calles, le gritábamos "¡únete pueblo!", repartíamos folletos, nos entregaban donaciones, pedíamos la solidaridad de los ciudadanos y ellos respondían, porque nuestras demandas eran las de todos y así se identificaban. Nuestra lucha accidentada terminó convirtiéndose en una exigencia democrática, aunque no sabíamos del todo lo que eso significaba. Solo creíamos saberlo. Creíamos entenderlo. Jamás había existido en México, solo estaba en los libros. Nuestros padres y nosotros mismos solo conocíamos el autoritarismo del PRI, el Partido Revolucionario Institucional, y ahora, en medio de aquella revuelta de jóvenes e ideologías, nos revelamos al poder... éramos demasiado ingenuos para imaginar lo que ocurriría después.

Entonces guardó silencio. Mi madre estuvo a punto de intervenir, como si quisiera detener la conversación, pero no contaba con el interés de mi hermano.

—¿Q-qué su-sucedió después? ¿Lo-lo lograron? —preguntó Octavio.

—No... —respondió. Y su voz parecía tan frágil como un suspiro—. No lo logramos. Cada vez se hicieron más firmes nuestras peticiones y eso hizo que el gobierno duplicara sus esfuerzos en doblegarnos. Las cárceles comenzaron a llenarse, arrestaron a profesores, entraron a las universidades y conforme avanzaba la represión, nuestras protestas se hicieron permanentes. La tensión creció y entonces llegó el dos de octubre... —la voz se le entrecortó al pronunciar aquella fecha. Sorbió un poco de aire, dejó que le recorriera los pulmones y entonces habló—. Faltaban solo diez días para las olimpiadas y el CNH convocó un mitin en la Plaza de las Tres Culturas.

Lo que allí se iba a decir se le escapaba a muchas personas, aquello era, más bien, un balance de todas las luchas que se habían estado librando las últimas semanas. Aun así, la fama de los jóvenes estudiantes era tal que más de diez mil personas se reunieron frente al edificio Chihuahua. Allí hablaban los miembros del CNH y debajo, en la plaza, estudiantes, maestros, madres, padres y hasta niños los escuchaban.

Por primera vez, Roberto Escudero puso una cara triste, diferente a la sobriedad que lo caracterizaba. Quería continuar, pero, de alguna manera, revivir los recuerdos de aquel día comenzaba a pesar sobre su ánimo.

—Lo que vino después… todavía seguimos sin entenderlo. Todo pasó demasiado rápido como para recordarlo con precisión. Muchos de los que estuvieron allí, se encuentran ahora presos o muertos. El resto prefiere no hablar demasiado —parecía que iba a terminar la historia allí, pero sus palabras siguieron avanzando—. Sin embargo, todos coincidimos en el mismo relato: primero llegaron dos helicópteros. Luego hubo bengalas verdes. Un poco más tarde, miles de soldados, cientos de tanquetas y camiones rodeando la plaza. Entonces se escuchó un disparo y luego vino otro que parecía seguir una orden desde otra dirección, y otro más, y ya todo fue gritos y golpes y balas y cuerpos cayéndose al piso y muertos encima de muertos y caos y sangre y desesperación. Los granaderos y los militares dispararon a la multitud. Las balas llegaron a estudiantes, madres, hijos y padres por igual. No sabemos cuántos murieron. El gobierno aseguró que fueron veintiocho, nosotros creemos que la cifra puede llegar a una centena. Los voceros gubernamentales nos culpan de haber soltado el primer disparo, nosotros sabemos que fueron ellos… lo sabemos: pero no hay forma de demostrarlo.

La historia concluía ahí, bien porque mi madre así lo imponía con su mirada o bien porque Roberto no quería seguir hablando del tema. Indiferentemente del motivo, aquello caló hondo en mí, al igual que en Octavio, aunque en su caso, tardé en notarlo. La historia narraba un sufrimiento que me era del todo desconocido. La muerte y la lucha se mezclaban en un relato lleno de desigualdades y horrores que terminaban en el sufrimiento colectivo. ¿Eso era el poder? ¿Qué significaba la ideología? ¿Chile tenía una democracia? Todas estas preguntas me rondaban la cabeza y el ánimo. Sabía que aquel muchacho decía la verdad y el tiempo les dio la razón a todos esos estudiantes, ya que luego de más de seis décadas, diferentes investigaciones revelaron que la Masacre de Tlatelolco fue un movimiento orquestado por el gobierno de Gustavo Díaz Ordaz. Esa fue su forma de despejar la vía para los Juegos Olímpicos, los cuales se realizaron sin ningún impedimento y le permitieron celebrar todos los compromisos pendientes mientras encerraba a los dirigentes políticos en la prisión conocida como el "Palacio Negro de Lecumberri".

Hubiese deseado hacerle más preguntas o tan siquiera idear alguna forma para ayudarlo, pero no había nada que pudiera hacer. La realidad era cruda, amarga y directa. Solo quedaba tomarla tal cual era y doblarla hasta convertirla en algo diferente. Curiosamente, eso era justo lo que pretendía hacer Roberto y, aunque después de aquella conversación lo vi solo un par de veces, sé que desde la distancia intentó todo lo que pudo para ejercer la anhelada presión que lo hizo exiliarse de forma anticipada. Fue él quien se acercó a Neruda, a Cortázar y a tantos otros intelectuales para que firmaran la carta en nombre de los presos estudiantiles; fue él quien intentó apoyar a los exiliados mexicanos que llegaban a Chile; fue él quien reflexionó durante cada día lejos de su hogar respecto al movimiento que construyeron entre todos, un movimiento que jamás murió, sino que creció año tras año hasta dar a luz una nueva la realidad… una nueva base que muchos años después derivaría en democracia, con todas las imperfecciones y complejidades que ello conllevaba.

Curiosamente, Roberto no sería el único mexicano que conocería durante aquel año. La segunda persona se presentó ante mí de forma imprevista y en el lugar menos esperado. Ocurrió en Paula Jaraquemada, uno de los tantos fines de semana en los que Octavio y yo visitábamos nuestra antigua morada.

Desde que los miembros de la 115 fueron cambiando de domicilio, las casonas se convirtieron en palacios del olvido, habitados exclusivamente por espectros del ayer. Las dos Raquel —mi abuela y mi tía Quety— orbitaban alrededor de aquel hogar de recuerdos y penas. Ellas se sabían sin opciones. Ese era su refugio y como tal lo concibieron. Por ello, se agazaparon con ganas en aquellos rincones marchitos en donde alguna vez habían amado la vida. Por el día se reunían a comer y hablar del inamovible pasado y el duro avance del

333

tiempo. Se hacían mutua compañía y se fundían en una conversación que iniciaba y moría en el mismo punto. Por las noches, ambas roían las estancias donde antes hubo risas y tantos rostros que resultaban difíciles de contar. No obstante, de alguna manera antinatural, revivían, ante sus ojos, las siluetas fantasmagóricas de todos los seres que durante años desgastaron los suelos, mancharon las paredes y rompieron platos y camas. Lentamente, su mundo se fue llenando de sonidos sobrenaturales que recordaban las voces y las rutinas de esas personas que desde hacía varias décadas habían desaparecido.

Fuera de las casonas la cosa no iba mejor. La maleza corría con pies silvestres y transformaba todo lo que encontraba a su paso: devoraba los huertos, tapizaba el metal de las rejas e incluso se adhería a las paredes y trepaba hasta el techo, como amenaza mortal de que un día la naturaleza recuperaría los espacios perdidos. Así, suavemente y al ritmo del lamento, todo se fue llenando de enredaderas de suspiros y olvido. En la 115, las imágenes se volvieron engañosas. En todas partes nacía la magia y lo imposible. La realidad se desdibujaba y daba paso al mundo la imaginación. Los días eran todos iguales y las dos Raquel daban tumbos en medio de las horas, una preguntándose cuándo volvería su amado esposo y los hijos de su vientre; la otra esperando el dulce beso de la muerte.

Fue entonces, en medio de aquel bosque de mala hierba y paredes cubiertas con polvo de melancolía, cuando llegó hasta la casona un espíritu indómito que, para bien o para mal, resquebrajó la maleza, deshizo el embrujo del pasado y espantó la mayor parte de los espectros que merodeaban por la casona. Llegó una mañana de sol cegador, acompañada por Gastón y unas cuantas maletas. El reflejo de su figura calentaba y su risa invadió los salones como si se tratara de un ejército de gaviotas. El ímpetu de su espíritu revivió el fuego de la chimenea y logró que la mermelada casera ocupara otra vez las repisas de la cocina. Sus pasos sobre la tierra hicieron brotar las flores y el movimiento de su cuerpo desterró al polvo, las penas y la nostalgia. Ella se llamaba Rosamartha Bracho, aunque ese era el nombre que utilizaban para nombrarla en México. Por eso, con nosotros, se contentaba con algo más modesto, cuatro letras que encerraban su vida, su futuro y su pasado.

—Yo soy Rosa, Rosa Bracho.

Así se presentó ante nosotros aquella mujer cálida y vivaracha que llevaba los colores de la primavera estampados en el huipil. Al instante, su voz me reveló que estaba acostumbrada a saltar murallas. Algo en su timbre me recordaba al teatro y a esa proyección sólida y bien articulada que parecía cubrirlo todo sin necesidad de ayudarse con un micrófono. Al verla, supe que estaba ante una de esas personas que rara vez se olvida y, casi sin quererlo, seguí sus pasos de bailarina por aquella casona que tanto amaba y en la que comenzó a vivir, junto a Gastón, durante aquel otoño.

Desde que la conocí, Rosa siempre me pareció una mujer difícil de clasificar. De alguna manera, evocaba un cuadro de las *soldaderas* de la Revolución Mexicana, pero tenía el perfil de Frida Kahlo. Su cuerpo delgado hasta el extremo, similar al de todas las bailarinas de ballet, integraba tal estilismo que el simple hecho de verla barrer o recoger los naranjos resultaba un espectáculo de grácil majestuosidad. Por otra parte, vivía bailando por los salones con los ojos cerrados, como la gente que intenta espantar las penas del corazón. Mientras lo hacía, iba cantando o silbando como los canarios y su voz se convertía en una melodía conmovedora que enfatizaba el inicio de todas las palabras, como buena mexicana. A veces, su canto se hacía bajito, cual plegaria de niño; en otras ocasiones, usaba la escoba de fusil y entonaba los corridos   de   la   Revolución.

Con mi 30-30 me voy a marchar...
a engrosar las filas de la rebelión

Rosa entonaba aquella música saltarina que la hacía marchar por la casona: saltaba, juntaba las manos, teatralizaba cada frase y nosotros la mirábamos atentos, como si fuésemos testigos de un espectáculo privado.

Si mi sangre me piden, mi sangre les doy.
Por los habitantes de nuestra nación.

No había exageración en su rostro. Sus facciones tenían tal nivel de expresividad que podía palpar los sentimientos. Ella tenía las cejas muy finas, lo cual le permitía marcar milimétricamente cada una de sus emociones, aunque no se reducía solo a eso. Las facciones de su rostro

335

parecían el trabajo de un famoso tallador de madera. Sus ojos grandes y ligeramente rasgados, como los de un gato que merodea por la noche, reflejaban la alegría y el dolor con la misma naturalidad. Además, el intenso color negro de su iris le impedía fabricar mentiras. Reflejaba lo que la apretaba por dentro sin vacilaciones ni trucos. Tal era su don que podía suspirar con la mirada y morir con cada pestañeo. Por otro lado, la nariz le caía alargada, gruesa y pareja, como pilares aztecas, y se extendía con tal seguridad y firmeza que se asemejaba a un brazo condenado a jamás poder tocar aquellos labios delgados y multifacéticos que iban casi siempre al natural, pintados del color rosado con el que había nacido Rosa Bracho.

Ya nos vamos pa' Chihuahua,
ya se va tu negro santo,

Como en todas las cosas que hacía con amor, Rosa era imparable.

Cada uno de los fines de semana que acudimos a la casona, la vimos ocupando los lugares que alguna vez pertenecieron a los seres vivos de la 115. Rosa invadía los cuartos, abría todas las puertas, merodeaba por los jardines, vendía cachivaches antiguos que encontraba en *El Fondo* y los cauchos y motores viejos del antiguo taller de mi abuelo. Cada una de sus acciones rebosaba de paciencia y avanzaba por los espacios con la calma del que no conoce las horas del reloj. Lentamente, la casa volvió a tener vida, aunque esta era una diferente, revitalizada, lozana, fresca: llena de aromas extranjeros.

La abuela Raquel no mostró demasiada resistencia ante el tsunami de jazmines y rosas que llegó a Paula Jaraquemada. En realidad, no podía oponerse: la fuerza de sus huesos iba cediendo ante la invasión y, al final, se dejó hacer, como si fuese otro mueble de la sala que cambiaron de lugar. De alguna manera, ella se contentaba con volver a tener compañía en la casa y a ese hijo querido que ahora podía volver a cuidar de ella y de la *Ta*, quien seguía apareciendo todos los inviernos, como los juncos del jardín. Quety, por su lado, no disfrutó en lo absoluto de los cambios. Demasiada ocupada en coser y descoser sus vestidos favoritos, se encerró en su casita, de espaldas al tiempo y al mundo que nacía cerca de su verja y su pequeño jardín de rosas.

336

Así las cosas, Rosamartha Bracho tuvo libertad para expandirse por los rincones y, de a poco, la 115 se impregnó de ella. Llegaron jarrones nuevos con peonías y flores que desde hacía mucho tiempo no se veían en la casona, recetas con picante, frutas y verduras exóticas, alfombras, aguardiente, tequila y la música…

> *Si me quiebra alguna bala,*
> *ve a llorarme al Camposanto.*

Aquella mujer hacía de la música su amante: dejaba que se le clavara en las venas y la recorriera por completo. La esclavizaba y hacía que la siguiera allí por donde pasaba. Rosa cantaba y limpiaba, y al limpiar, recordaba; y al recordar, revivían los sonidos del pasado y los iba arrastrando con la escoba, los llevaba de acá-para-allá y de allá-para-acá, como una pelota, y en esa masa de vivencias pasadas, también se agregaban los recuerdos de la abuela Raquel y de Gastón, los míos y los de aquellos que alguna vez estuvieron por allí. La bola de polvo, tierra y nostalgias se acumulaba durante horas hasta que, al final, Rosa los echaba fuera de la casa… porque para ella revivir algunas cosas del pasado envenenaba el alma y hacían que las penas cayeran por los ojos.

> *Hoy recuerdo los tiempos pasados…*
> *que peleamos con el invasor.*

¿Y qué recuerdos eran esos que sonaban a corridos mexicanos y Rosa deseaba olvidar? La pregunta era difícil, pero, indiscutiblemente, el nombre de aquello se ramificaba en tres: la familia Bracho, México y, por supuesto, René Villanueva.

…

Que Rosa tuviese una capacidad actoral innata no era un hecho fortuito, sino, más bien, una herencia valiosa, aunque no fuese evidente desde el comienzo. Y es que los Bracho iniciaron su vida en la fría y lluviosa Durango, alimentando a una numerosa prole con pocos y atropellados ingresos provenientes de aventuras empresariales que durante la Revolución Mexicana se desmoronaron antes de registrar algún beneficio. Sin embargo, esto no detuvo a sus miembros. A golpe de oponerse a los tiempos duros, sortearon la adversidad de la época y lograron criar a una decena de muchachones y señoritas que, por bondad de la fortuna, se convirtieron en los primeros artistas de la familia.

Naturalmente, no fue el caso de la mayoría, pero desde ese momento quedó claro que en el clan de los Bracho todos tenían algo de poeta y de artista, como decían los refranes, y ese *algo* empezó a palpitar con la fuerza del toro a partir de 1910. Desde entonces, el frenesí del arte irrumpió de forma atropellada en sus vidas y coqueteó, a su manera, con todos los miembros de la primera generación de esta estirpe. Cada uno de ellos encontró en el teatro, la poesía y el cine una herramienta para expresar aquello que los sacudía por dentro y en menos de dos décadas se hicieron notar a pesar de las negativas del padre de la familia. Curiosamente, el talento de esta prole conquistó espacios y corazones inimaginables, alcanzando, para 1930, la preciada pantalla grande de los cines del país.

Indudablemente, esto no fue un hecho aislado. De esta familia emergió la reconocida actriz Guadalupe Bracho, llamada popularmente por su seudónimo Andrea Palma; también el productor, director y guionista, Julio Bracho; su hija, la actriz, Diana Bracho, y tantas otras figuras que en mayor o menor medida contribuyeron a que, en solo dos generaciones, este apellido comenzara a ser sinónimo de vanguardia artística.

Tiempo después, Rosa tuvo la fortuna de nacer en la segunda gran oleada de los Bracho, y eso la hizo crecer próxima a un mundo artístico que desde pequeña le invadió los rincones del corazón. Rodeada de los fuegos del arte, su talento natural siguió la senda que otros miembros de su familia ya habían recorrido. Gracias a ello, rápidamente fue amasando una gran destreza para la actuación y el teatro. Desde joven, Rosa demostró ser una niña disciplinada que, al poco tiempo de haberse iniciado en las prácticas del oficio, aprendió a controlar la puesta en escena, las dimensiones de su voz, los recursos de su cuerpo y hasta las emociones que reflejaba su mirada cristalina. La actuación le apasionaba, pero en medio de ese trayecto juvenil, llegó a su vida otro método de expresión. Se trataba de la danza, un camino por el que pocos habían transitado y al que rápidamente reconoció como suyo.

A Rosa el ballet se le daba como respirar. Tal era la frenética pasión que se apoderaba de su cuerpo delgado que rápidamente destacó entre sus iguales. Al bailar, Rosa respiraba la música y dejaba que cada nota la recorriera por dentro hasta apoderarse de sus brazos y piernas, de su torso y sus facciones, de su mente y emociones. Su cuerpo dejaba de ser suyo. Caía poseída por un embrujo y unas cuerdas invisibles la hacían volar por el escenario con piruetas y saltos suicidas que terminaban, para sorpresa del público, con figuras hermosas y posturas animalescas que despertaban mil emociones. Aquello le fascinaba.

Para Rosamartha la danza hacía que todo adquiriera nuevos colores. Al moverse, desaparecían los problemas, el miedo o las angustias; su mente volaba libre, cual gaviota por la playa, y recorría esos mares de zafiro donde el verano nunca muere. En ese estado, ya nadie podía lastimarla, no había dolor, solo felicidad. Así, de forma inconsciente, fue sumergiéndose en ese estado frenético que le permitía eludir las penas de la vida. De a poco, hizo del arte y la danza su guarida más profunda, la caverna donde se refugiaba del exterior e incluso de los propios sentimientos que le apretaban en un puño el corazón.

Así creció Rosa, ocupando su vida con el arte —y el arte con su vida—, hasta que dejó de existir una línea que las dividiera. Ninguna podía sobrevivir sin la otra. Iban juntas, mezcladas, revueltas, dentro de sí misma, como si fuesen dos personas. Nunca se sabía cuándo hablaba su arte y cuándo lo hacía Rosa. Nadie se lo preguntó jamás, pues no hacía falta. Rosamartha Bracho creció siendo dueña de sí misma y con una personalidad dura, mesurada e inalterable. Nadie podía llegar hasta ella: las emociones no la alcanzaban y durante toda su vida mantuvo tal dominio sobre sus decisiones, tal frialdad a la hora de escoger lo mejor para sí misma, que cualquier adversidad o elemento externo moría rápidamente dentro de ella. Las personas, el arrepentimiento, el dolor y la tristeza caían en el abismo de su intimidad, se perdían en ese pozo oscuro que fue cavando en su vientre, el lugar al que desterraba todas las penas que nunca pudo afrontar.

Esa era Rosa Marta Bracho, una niña extraordinaria y talentosa que, al cabo de unos años, salió de las academias convertida en una mujer madura para su edad y decidida a cumplir sus sueños. Apenas tenía dieciocho años y ya era, objetivamente, dueña de cada centímetro de su cuerpo y de sus emociones intangibles. Era la perfecta representación del arte más disciplinado y su ímpetu frenético la llevó a recorrer numerosos teatros y a realizar giras regionales e internacionales por México y los Estados Unidos junto a varias compañías de ballet y danza moderna. Nadie sabía qué le depararía el futuro, pero luego de varios años de carrera, todos auguraban que sería algo extraordinario.

Esa profecía sin oráculo rigió la vida de Rosa y la hizo entregar más de lo que sus huesos eran capaces de soportar. Frente al público, aquella mujer esbelta y alargada se rompía un acto a la vez. El mundo se reducía a su imagen y a su cuerpo moviéndose ante cientos de miradas impresionadas que rápidamente se familiarizaron con su rostro y con su nombre. Entre obras y escenarios, su vida avanzaba veloz y fue en medio de aquel cruce de caminos, en esa travesía sin mapa, en aquella subida hacia la cúspide de su carrera que conoció al hombre que la acompañaría a conocer las rejas de la cárcel.

Su nombre era René Villanueva y ya para entonces era un pintor que, a pesar de su juventud, había experimentado con casi todos los tintes de la vida. El tiempo quiso que se conocieran en medio de una época de cambios veloces y viscerales. Eran los días de Vietnam y la cultura hippie, la cual llegó como flecha hasta Ciudad de México y sacudió las antiguas e ignoradas luchas civiles. A partir de entonces, el aire volvió a impregnarse de revoluciones y los corridos volvieron a tener pies para caminar por aquellos lugares donde las injusticias necesitaban una voz. Aquello apasionaba a Rosa. Lo llevaba dentro, como una serpiente que se le arrastraba desde el vientre hasta la lengua. Deseaba que el mundo cambiara, como todos los jóvenes de su generación, y eso la llenaba de ímpetu. Por eso, cuando no estaba en las tablas, actuando y bailando, acudía hasta esos lugares donde nacía la pólvora: los bares, los cafés y las reuniones universitarias.

Allí se arrojaba al aire todas las corrientes políticas y los anhelos de libertades mientras se cuestionaba el presente en nombre de un mañana que pronto habría de llegar. En medio de aquellas tertulias, en aquel mar de cuerpos e ideales, el rostro de René se le hizo recurrente. Él era un hombre significativo que dejaba rastros en los rincones del pensamiento. Hablar con él implicaba perderse en un rompecabezas ingenioso. Su voz sonaba a folclore y corridos, sus perfumes olían a lienzos, pintura fresca y rebeldía, y el sonido de sus pasos suaves sobre la tierra atrajo a Rosa hasta él. Se encontraron una y otra y otra vez en aquellos lugares donde se sonreía por el simple hecho de ser jóvenes, hasta que un día cayeron en una trampa mortal.

Se enamoraron, como solo lo hacen los artistas: obsesivamente.

A pesar de la determinación de Rosa por controlar sus sentimientos, el amor le sacudió las bases de su mundo. Apenas fue un disparo sin puntería, una bala desviada que le rosó las costuras del corazón, pero aquello fue suficiente para envenenarle la sangre con ese brebaje de pasión y querer del que solo había leído. A partir de entonces, la vida adquirió nuevos significados. Los días dejaron de ser soledad para convertirse en plenitud. El viento los arrastró por las calles de esa ciudad frenética y cambiante que multiplicaba las emociones y la dicha de coincidir.

Desde el primer encuentro, nada volvió a ser igual. A su alrededor, los días habían adquirido un valor desconocido, e incluso cuando Rosa partió a Cuba con su compañía de ballet, René la siguió en la distancia: se escribían a diario, hablaban del futuro y de los sueños, porque aquella también era otra forma de amarse, quizás más pausada y breve, pero mucho más intensa y personal.

En Cuba, Rosa vivió la Revolución, la cual recién había llegado al poder. A su manera, las cartas que enviaba a Ciudad de México iban impregnadas de cariño, perfumes y una crónica detallada del ascenso de Fidel Castro al Palacio de la Revolución. Aquel evento los infectó a ambos. Para los cubanos, allí comenzaba un sueño prometedor, la posibilidad de marcar una diferencia, el camino para ascender a la igualdad social; para Rosa, abría una pregunta. Si ellos lo habían logrado, ¿por qué no podría hacerlo México? El cuestionamiento se apoderó de su mente y, casi sin quererlo, percibió ese ronroneo que nacía de las entrañas de toda América y que pronto se transformaría en un rugido. Pronto cambiaría todo y llegaría el momento de que ella misma, junto a René, tuviesen su cuota de participación.

Cuando regresó a México, Rosa y René se casaron.

Nadie cuestionó su unión, nadie opinó al respecto ni mucho menos le preguntaron si era una decisión sensata. Se casaron con los ojos cerrados y determinaron compartirse los pocos espacios de su tiempo que el arte no cubría. Por entonces, los días corrían veloces y cada uno tenía sus ocupaciones pendientes. René con Los Folcloristas, el grupo musical que ayudó a crear, la fotografía y la pintura; Rosa con la compañía de ballet, sus espectáculos y los vaivenes de la familia Bracho. A su manera, ambos corrían detrás de sus sueños, persiguiendo la inspiración artística y el frenesí de la creación que los nutría cada día hasta que un golpe lo detuvo todo.

Fue en el año 1968, cuando las primeras protestas estudiantiles comenzaron a hervir a fuego lento las calles de la ciudad. La violencia desmedida y las injusticias del poder hicieron que el matrimonio se sumara a la lucha y, a partir de entonces, sus voluntades se juntaron al mismo cauce del CNH. Juntos acudieron a las huelgas. Juntos sumaron sus voces a las de miles por la ciudad. Juntos tomaron la causa social como propia y decidieron combatir la tiranía del poder con las viejas y satanizadas armas civiles.

Desde afuera, todo aquello era valentía, coraje y agallas, pero hizo falta mucho más que eso. Hizo falta compromiso, convicción y perseverancia; hizo falta fe y, sobre todo, esperanza, esa que muchos perdían cuando la policía golpeaba a los manifestantes; esa que menguaba luego de cada encarcelamiento; esa que se hacía grande y luego pequeña conforme el gobierno tomaba la iniciativa de la represión; esa que los llevó a estar allí en los momentos importantes, justo cuando se hizo fuerte el movimiento del sesenta y ocho.

Por ello, no fue casualidad que la propia cámara de René fuese la responsable de capturar el retrato de la Marcha del Silencio. En ellas quedaron registrados a blanco y negro los miles de rostros de aquella lucha, aunque entre todos ellos destacó siempre Rosa, a quien fotografió caminando junto a Juan Rulfo y Luis Tomás Cervantes, conocido como *Cabeza de Vaca*.

Por otro lado, fue la propia Rosa quien comenzó a cantar el himno nacional cuando los soldados irrumpieron violentamente en la Explanada de Rectoría, apuntando con sus armas y tumbándolos al suelo en la Toma de la Ciudad Universitaria de la UNAM. Aquel fue un hito en el matrimonio. Rosa y René, junto a otros mil quinientos detenidos, fueron trasladados hasta la prisión del *Palacio Negro* de Lecumberri y la cárcel de mujeres, respectivamente.

De Lecumberri se sabía lo peor. El gobierno arrastraba hasta aquel palacio del horror a sus víctimas y los sometía a todo tipo de vejaciones. Los derechos morían al atravesar el pabellón central y el mundo se desvanecía para los presos. Solo quedaba la tortura y la violencia, nada más. Algunos testimonios lograron atravesar aquellos muros de injusticias y maltratos a través de cartas o testimonios de familiares, aunque tardaría muchos años en salir en la prensa y la televisión los verdaderos castigos que se les aplicaron a estudiantes y profesores.

En el caso de la cárcel para mujeres era un asunto todavía más complicado. De aquello no se sabía prácticamente nada. Y es que, a diferencia de los hombres, a las mujeres las encerraban en reclusorios de readaptación social junto a presas comunes. Además, se les negaba cualquier tipo de libertades, tales como recibir visitas, introducir libros o papel para escribir, comer en las celdas o disfrutar del tiempo en el patio. Sus condiciones eran mucho más precarias y asfixiantes, pero de eso no se habló hasta varias décadas después.

Fuera de las cárceles, la vida siguió de forma normal. Nada había cambiado y eso fue lo primero que sacudió el espíritu de Rosa cuando la influencia de su familia hizo que le concedieran la libertad. Su regreso a las calles de su ciudad le hizo cambiar por completo la percepción de su propia vida. Su voluntad había sido doblegada. Ahora, al verse frente al espejo, se sentía frágil y temerosa. La prisión le había demostrado lo vulnerable que podían llegar a ser los ideales humanos. No había ninguna lucha social que protegiera al oprimido de la violencia. El golpe con la realidad la desarmó. Los corridos sonaban en su cabeza, pero el idealismo, las corrientes políticas y la idealización de la lucha se quedaron en la celda del reclusorio, al igual que la valentía y la esperanza. Aquel camino había terminado para ella. Se rehusaba a volver a pasar por aquello y con eso en mente, decidió convencer a su marido.

Sin embargo, sus deseos se convirtieron en cenizas cuando acudió a la celda de Lecumberri. Desde el primer instante, René se negó a abandonar la lucha. No había espacios para negociaciones. Su espíritu seguía enardecido y el contacto con el resto de estudiantes presos en el *Palacio Negro* solo había contribuido a que su injusto encarcelamiento lo llenara de un profundo orgullo. Llegaría el día en que los jóvenes envidiarían la valentía de aquellos presos; los recordarían con honor e incluso con admiración, pero Rosa no estaría presente para entonces. Ante las negativas de su esposo y la diferencia de percepciones sobre la participación en las protestas, Rosa decidió que sus caminos debían separarse. Ella estaba convencida de que seguir por ese sendero solo les traería desdicha y perturbaciones en sus carreras. Era momento de detenerse y reflexionar, cambiar de dirección, pero era una idea que solo abrazaba ella; por lo tanto, era necesario despedirse.

Naturalmente, la ruptura dolió hasta los huesos. El amor rápidamente se convirtió en lamento y las dudas del malquerer emergieron como fantasmas desconocidos ante los ojos de Rosa. A pesar de ello, no se inmutó. Vio el rostro del sufrimiento y le volteó la mirada. A su manera, fue doblando el dolor y la agonía, como si se tratara de una hoja de papel, y cuando logró convertirlos en algo no más grande que un dado, lo arrojó al abismo del olvido. Aquello fue un ejercicio metódico, ejecutado con una frialdad antinatural. Su mente se enfocó en sus decisiones a futuro y así logró erradicar a René de la ecuación. Nuevamente, se puso por delante, como el centro de su mundo. Había llegado la hora de avanzar y así lo hizo, sin saber que el luto del amor interrumpido dejaría cortadas hondas e invisibles.

En medio de aquellas turbaciones, una extraña casualidad del destino hizo que llegara hasta sus manos una carta de Patricio Bunster. Rosa lo conoció en 1959, cuando fue invitada a Cuba por el Ballet Nacional. Aquel coreógrafo chileno tenía el humor vivo en el sonido de su risa y la alegría de su mirada. Usualmente, se paseaba por el escenario ojeándolo todo con un interés desbordado. Sobre él reposaba la responsabilidad de seleccionar al elenco y su decisión hizo que Rosa interpretara uno de los papeles principales en la obra Calaucán, una pieza que llevaba al espectador a conectar con las raíces indígenas y que, además, había sido inspirada en los versos del *Canto General* de Pablo Neruda. Su autor era el propio Patricio Bunster, quien fue el primero en sorprenderse de que su trabajo tuviese un éxito rotundo por toda América.

Fue en aquella oportunidad que se estableció entre ambos una amistad bendecida por la danza y, aunque sus caminos se separaron, el contacto sobrevivió al tiempo y la distancia. Para muestra, casi diez años después de aquel evento, Rosa tenía entre sus manos otra carta de Patricio. En ella, más allá de extender el saludo y algunas de las confidencias de aquellos tiempos, Patricio la animaba a volar hacia Chile. Por supuesto, aquella invitación pretendía algo más que una simple visita. La bailarina y coreógrafa María *Malucha* Solari recién

344

había conformado la Escuela Coreográfica Nacional y el Ballet Juvenil del Ministerio de Educación y, por extensión, requería de bailarinas con trayectoria e interés de formar parte de su grupo. Aquella era una oportunidad interesante y justo el puente que Rosa necesitaba para desconectar de su presente. Quizás por eso, extendió la carta por completo, releyó las palabras una, dos y hasta tres veces, y luego de un suspiro esperanzador tomó su decisión. Rosamartha Bracho hizo sus maletas y abandonó su país en 1969, sin saber con lo que se encontraría, pero convencida de que avanzaba hacia ese futuro que tanto había deseado.

Al bajar del avión, Santiago resultó un lugar sorprendentemente inesperado. La ciudad vibraba con mil ritmos diferentes y la política, las clases sociales y las diferencias económicas se respiraban en cada avenida. Aquella ciudad de arquitectura modesta estaba viviendo una transición y, en el proceso, resultaba imposible escapar de los contrastes. Las poblaciones se esparcían por los senderos de las calles con sus estructuras de madera y techos de asbesto y cemento, mientras los edificios se multiplicaban sin orden y las casonas ostentosas se abrían paso entre los parques y las aceras. En el aire se respiraba un inexplicable aroma de cambio y el ruido de la capital iba a un ritmo acelerado del que pronto se alimentaría la mayor de las revoluciones chilena.

Patricio se encargó de servir de anfitrión para Rosa, al menos esos primeros días, y la llevó a visitar cada uno de los lugares en donde nacía el esplendor y el arte capitalino. En el camino, conoció parte del mundo intelectual de Chile y a esas personalidades que siempre estaban dispuestas a sonreír y estrechar manos cuando se trataba de extranjeros. No obstante, entre aquellos paseos, Rosa no pudo evitar escabullirse por los pasillos de esa ciudad de cardenales. No sabía si era un asunto de melancolía o curiosidad, pero sus pasos la condujeron hasta las universidades y los cafés. Allí, las conversaciones volvían a ser barro mezclado con pólvora y juventud. Con café o vino, bohemios, pseudointelectuales, revolucionarios, idealistas y cínicos bombardeaban el aire con sus ideas y debates sin nadie que moderara la conversación. Sin embargo, para asombro de Rosa, la democracia chilena era un modelo mucho más dinámico y medianamente conciliador, puesto que ya permitía la representación de varios partidos, incluyendo los socialistas y los comunistas. De hecho, la figura de Salvador Allende comenzaba a rugir con fuerza para muchos y eso la cautivaba. Aquel eterno candidato fue uno de los primeros nombres que escuchó en la boca de la gente al aterrizar en Chile y su influencia parecía llegar a todos los estratos de la sociedad.

Por supuesto, algunos se mofaban de las imposibilidades de que Allende alcanzara la presidencia, pero otros, por el contrario, parecían seguros y enardecidos por su figura. Naturalmente, unos y otros combatían desde sus corrientes políticas, pero esa simple discusión ya era algo poderoso, una diferencia enorme que hablaba de la libertad chilena para decidirse por un gobierno de derecha o de izquierda. Ellos contaban con el derecho a escoger, eran dueños de su destino y de sus decisiones. ¿Cómo era posible que la vida fuese tan diferente? Rosa pensaba en México y lo lejos que estaba de aquella democracia tan simple. La idea la conmovió y muy a su pesar le hizo preguntarse si todavía seguiría con René si las cosas fuesen diferentes en su país. La pregunta no servía ya de nada, pero era inevitable pensar en ello. La vida era caprichosa y, para bien o para mal, los dados se habían lanzado. Ya no había espacio para el lamento.

Pocos días después de su llegada, Rosa acudió a la Escuela Coreográfica Nacional. Allí la esperaba la *Malucha* Solari, una mujer alargada y multifacética cuyo carácter camaleónico le permitía mutar de la disciplina a la risa en cuestión de segundos. Aquella era una mujer de mundo. La gracia de su arte la había llevado por Inglaterra, Brasil y la Unión Soviética. En su carrera perfeccionó su técnica particular, la cual, recientemente, se había decantado por un estilo mucho más influenciado por la danza africana. Los últimos cinco años habían sido intensos para ella. Luego de abrazar la idea de sacar al ballet de las academias y llevarlo a las poblaciones marginadas, creó el Ballet de Cámara amparado por el Instituto de Extensión Musical de la Universidad de Chile, con el cual se fue de gira por todo el país. A partir de entonces, su vida profesional dio saltos mortales hacia un futuro inesperado y transformador. Como directora de la Escuela Coreográfica Nacional y el Ballet Juvenil, *Malucha* Solari era una de las figuras más poderosas de Chile y una mujer que había logrado a base de esfuerzo e ideales alcanzar un lugar en el mundo artístico de ese país que la acogió a los nueve años, cuando llegó de Nicaragua.

Para Rosa, la *Malucha* Solari fue la tempestad y la calma. Entre piruetas y saltos, las indicaciones de esta directora siempre encontraron una férrea oposición en Rosa, quien dejaba salir su trayectoria y opiniones en medio de cada paso. Aun así, la relación avanzó con aparente sosiego y ambas se nutrieron de la experiencia. Rosa, por supuesto, agradecía la oportunidad de perderse en el mundo de la danza. Sobre las tablas, la felicidad aparecía sin fisuras. Cada puesta en escena la recargaba y le daba fuerzas para seguir soñando. Solo allí olvidaba quién era, aquello que le dolía y todo lo que le rodeaba.

Sin embargo, había algo que la mantenía amarrada a la tierra. Era un sonido maduro, un vals de colibríes, las notas de un piano potente que armonizaba sus pasos durante los ensayos. Las notas volaban libres por aquel caparazón vacío en el que se transformaba el teatro cuando no había nadie que ocupara los asientos. La melodía giraba alrededor de Rosa, le picoteaba las mejillas y luego de recorrer todos los rincones, volvía hasta su origen, los dedos del pianista, aquel hombre dramático que a veces cubría al pianista del ballet y cuyo nombre conoció un día de fecha borrosa, casi sin quererlo, mientras caminaba hacia el vestidor.

«Gastón Lafourcade», dijo cuando los presentaron…

… Y el nombre la hizo sonreír sin explicación, y la voz grave y profunda le despertó la curiosidad. El encuentro fue breve, pero, a partir de entonces, comenzaron a rondarse, como dos niños pequeños. Rosa anhelaba volver a verlo, pero él trabajaba dictando clases, en otros espacios del edificio, lejos de ella. No obstante, cuando volvía a reemplazar a su colega, los ensayos cambiaban por completo. Rosa bailaba para él con sus pasos poderosos y contundentes, y Gastón, como respuesta, se tronaba los dedos y le dedicaba algún *divertimento* de Mozart, algún vals vibrante y divertido, alguna mazurca sacada de una de sus más antiguas partituras.

Aquello se convirtió en un juego tímido, un coqueteo artístico que inesperadamente los fue uniendo irremediablemente. En poco tiempo, las miradas se convirtieron en algo más que distancia y el interés por lo académico terminó por hacerlos congeniar. Rosa era una mujer disciplinada y Gastón un férreo discípulo de la música clásica. Ambos se entendieron a la perfección y cuando por fin salieron de la Escuela Coreográfica Nacional, la relación adquirió un tono más terrenal y abierto. A través de su voz suave, Gastón salió a recorrer esas fronteras que nunca le habían llamado la atención. Los relatos de Rosa lo llevaron a navegar las aguas calientes del Caribe, hasta chocar con Cuba. Luego, se pasearon por las costas y las ciudades de los Estados Unidos, y un ratito más tarde, cuando la noche los cubría, ella se permitió hablar de Durango y Ciudad de México, aquellas ciudades que abrazaba en su seno y le alimentaban el corazón. Al pianista, aquel viaje lo dejaba extasiado y encendido. El mundo se abría como un abanico y en cada parada descubría cuánto desconocía de los aromas de otras latitudes.

Por su parte, Gastón la llevaba por senderos más abstractos, pero igual de apasionados. La música, que no era desconocida para Rosa, adquirió nuevas formas y dimensiones junto a él. Las partituras se volvieron cuervos y serafines que bailaban ante sus ojos mientras tocaba el piano con el rostro sereno. Juntos se perdían en esos parajes de la interpretación musical. El amplio mundo de las obras de Mozart cubría las paredes y los techos, el aire y la vida en general.

Como es lógico, no todo se reducía a aquel sonido mágico. Las historias de los instrumentos también tenían lugar en sus pláticas, sobre todo aquel proyecto ambicioso que se encontraba en el tallercito de la casa de sus padres. Allí reposaba, oculto del sol y la lluvia, el famoso clavecín, aquella pieza de madera y sueños que pocas veces se había visto en América, pero que, sin duda, él estaba a punto de presentarle a los ciudadanos del continente.

No obstante, a pesar de esa pasión desbordada que le nacía a Gastón en la voz y en el iris de los ojos, llevaba marcada a fuego las heridas de los últimos años. Desde su imprevisto divorcio con Madeleine y las dificultades de saltar de casa en casa con sus hijas, tratando de encontrar un lugar adecuado y el tiempo necesario para cuidarlas, Gastón había dejado de ser el hombre que fue. Aquellas vivencias lo transformaron en una persona ausente, desbordada, distante y profundamente deseoso de recuperar los pedazos de su felicidad marchita.

En ese sentido, ahora que sus hijas habían regresado al cuidado de su exesposa, Rosa aparecía como un fuego fatuo que lo avivaba por dentro. Su compañía era algo más que una simple conversación. En la mirada de Rosa nacía la oportunidad de recuperar aquello que creía perdido y ese anhelo rápidamente se convirtió en una declaración de intenciones.

La forma de cortejar de Gastón fue como un atardecer de otoño: cálido, multicolor e inolvidable. Lejos de refugiarse en citas corrientes, encontró en aquel ritual de galantería una ocasión perfecta para que Rosa sintiera que Chile le abría sus puertas, su cultura y su gente. Para lograrlo, se propuso a crear experiencias intensas y postales hermosas que los llevó a visitar la Cordillera de los Andes, Valparaíso, Isla Negra y todos los rincones de esa capital misteriosa que rápidamente se transformó en un lugar familiar y acogedor para la bailarina. Cada noche había una oportunidad para explorar la ciudad y él se ofrecía voluntariamente a servirle de guía. Bajo las estrellas infinitas, la llevaba por los lugares más reconfortantes que su mente podía confeccionar. Sus encuentros se mantenían íntimos y privados, alejados de los bares y las fiestas, pero conectados con la calidez de una reunión en alguna casa junto a unos cuantos amigos que hablaban de los vaivenes de la vida. Gastón los convocaba a todos: escritores, artistas, poetas y músicos. Unos y otros llegaban ataviados de vino, ideas y risas contagiosas que se esparcían por los salones y se escondían debajo de las alfombras.

A través de aquellos encuentros, Rosa expandió sus conexiones sociales. Su talento natural para la conversación la hacía navegar entre esos ríos de palabras que desembocaban, invariablemente, en la música. El variopinto grupo terminaba cantándole a la luna o a la madrugada aquellas viejas canciones del folclore chileno, los corridos mexicanos en honor a su visitante y otros tantos homenajes a los célebres talentos del continente. A veces, esas mismas canciones derivaban en divagaciones tribales de los mapuches y los atacameños. Rosa escuchaba todo con atención y se perdía en esos relatos que la acercaban a un país que le parecía desconocido, pero, a la vez, tan cercano como su propia tierra.

Por supuesto, en aquellos vaivenes de enamorados, la pareja y los amigos se hospedaban en Paula Jaraquemada, después de todo, allí estaba el piano de Gastón y había tantos cuartos ocupados por espectros y fantasmas que parecía una injusticia no llenarlos con el calor de los seres vivos. Desde luego, lo hacían de vez en cuando, variando semana a semana para no molestar demasiado, ya que el ruido, la música y la alegría lo invadía todo en las casonas cuando

349

acudía Gastón y su parranda. Curiosamente, cada vez que esto sucedía, la 115 revivía: los aromas del jardín emergían de las entrañas de la tierra, regresaba de forma fugaz el calor de la casona y la felicidad que en el pasado se paseaba por los pasillos, la cocina y los dormitorios. Lógicamente, Gastón y Rosa usaban la casa con el beneplácito de la abuela Raquel. Ella ya había perdido la capacidad del enfado y se contentaba con sentir que la dicha y la felicidad regresaban a su humilde morada.

Así se mantuvo la pareja por un tiempo, acudiendo los sábados hasta el antiguo hogar de la familia y dedicando el resto de los días a intentar encontrar un refugio para su nueva relación. Entre Rosa y Gastón, algo se fue cocinando a fuego lento. La vida para ambos había llegado a un punto en el que solo deseaban la mutua compañía y la paz que podían encontrar en el simple acto de juntarse. Al compartir el mismo techo, las penas del pasado se disolvían. En Rosa, él encontraba la atención que desde hacía varios años le habían negado; en Gastón, ella encontraba un hombre interesante que le brindaba la oportunidad de pertenecer a una familia enraizada a Chile. Ambos se beneficiaban del acercamiento y, mientras nacía el amor, el arte los amarraba en un lazo del que ninguno quiso escapar. Aquel era el momento de empezar de nuevo, estaba claro, y ante la repentina aparición del afecto y la complicidad, decidieron dejarse guiar con los ojos cerrados, en un salto de fe hacia un destino desconocido.

De esta manera, el reloj fue empujando los meses hacia adelante, y entre su apretujada esfera, Rosa y Gastón se convirtieron en una pareja sólida y feliz que una tarde de octubre tomó la decisión de aterrizar definitivamente en Paula Jaraquemada. Las finanzas, desde luego, no se encontraban en su mejor momento, pero aquel cambio era justo lo que necesitaban. En la 115 nacería su futuro y hasta allá se trasladaron, con la esperanza de transformar el polvo y el olvido de las casonas, en el palacio del arte, la música y la danza…

Estaba decidido: la música y la danza, juntas, como una sola, renacerían en aquel hogar de recuerdos.

…

Pancho   Villa   te   llevo   grabado,
En mi mente y en mi corazón...

La voz de Rosa volvía a ocupar nuestra atención.

Aquel murmullo de aves saltaba por los muebles con sus pequeñas patitas y recorría la casa, buscando los dedos del pianista. Gastón, por supuesto, a veces se sumaba al canto de su mujer y hacía que el piano saltara debajo de su voz como una sombra siguiendo a su dueño. La melodía era alegre, divertida y hecha para saltar, bailar, lanzar sombreros al aire y gritar ¡*ayayay!*

Y   aunque   a   veces   me   vi   derrotado,
Por las fuerzas de Álvaro Obregón.

Ante aquel corrido desconocido y cautivador, mi abuela Raquel acudía junto a nosotros. Ella, Octavio y yo observábamos aquel cuadro desconocido e inusual. Si había un sonido en Santiago que pudiera representar la imagen que tenía de México, sin duda era el que emitía Rosa cantando a todo pulmón junto a Gastón. La imagen era arrebatadora. Juntos le cantaban a un país distante, pero que, a su manera, habían arrastrado hasta el sur del continente.

Siempre   anduve,   como   buen   soldado,
hasta el fin de la revolución ¡Ayayay!

Ante aquello, solo podíamos escuchar atentamente, perdiéndonos en las imágenes sonoras que creaban y nos hacían desear que fuesen eternas.

Sin embargo, donde yo escuchaba la voz de Rosa, Gastón miraba fascinado a su mujer y mi abuela se concentraba en el ritmo de la música, Octavio... Octavio estaba profundamente obsesionado con la letra de aquellas canciones.

Siempre   anduve,   como   buen   soldado,
hasta el fin de la revolución.

Las palabras se le clavaban por debajo de la piel; se arrastraban por sus tímpanos y llegaban hasta su mente, el lugar que nadie podía ver.

Solo él sabía lo que se estaba apoderando de su pensamiento, aquello que comenzaba a transformarse en una idea apasionante y obsesiva. Solo lo sabía él, Octavio Lafourcade, el joven inofensivo de la familia.

10

Octavio se despertó una mañana de primavera sin saber que su vida estaba a punto de cambiar. Desdichadamente para la *revolución*, el cambio no era de índoles ideológicas, sino estrictamente personales.

Por supuesto, no fue evidente al inicio; en realidad, al despertar, no había nada que Octavio pudiera considerar diferente. Apenas eran las nueve de la mañana y sus ojos trataban de adaptarse al luminoso brillo del sol. El ruido de los automóviles subía hasta su ventana, al igual que la brisa, pero él tenía la atención fija en el techo blanco y en el invariable sinsentido de sus catorce años de vida. Desde luego, la suya no podía considerarse una existencia plena o feliz, al menos no según los estándares propios de la niñez: carecía de amigos, su familia no le prestaba atención y encontraba felicidad en muy pocos lugares. De hecho, aunque ignoraba por completo el significado de la palabra *desamparado*, llevaba un largo tiempo experimentando sus crueles efectos. Los días eran una repetición en bucle. El hastío se apoderó de su rutina y desde hacía mucho tiempo había perdido de vista lo que significaba el afecto. Por supuesto, sus pensamientos no lograban verbalizar aquellos sentimientos, pero ahí estaban, recorriendo su mente, nublándole la vista, haciéndolo experimentar una profunda sensación de vacío y soledad.

Motivado por todas esas inquietudes del espíritu, aquella mañana decidió hacer algo diferente, aunque sería inadecuado determinar que aquel día nació su voluntad de hacerlo. Sus acciones eran, más bien, el resultado de varias semanas de meditación y el ahorro continuo de ese oficio de mendigo que tan bien desempeñaba por las calles de Providencia. Aquel dinero entregado con lástima por los desconocidos, terminó contribuyendo a una exitosa transacción. Octavio compró un producto psicoactivo del que ya había escuchado hablar a los hippies de *Venice Beach*. Recordaba que se referían a él como el origen de todas las alegrías, el escape del mundo terrenal, el alivio de la opresión de la mente.

Sin embargo, cuando Octavio al fin tuvo entre sus manos aquella bomba sensorial, se sorprendió de que fuese un paquetito tan pequeño, con un contenido tan ligero como la azúcar, pero eso sí, pagado a buen precio, según le informó el anónimo vendedor mientras contaba los billetes en un lugar sin testigos. La inexperiencia le sugería a Octavio que no había sido un negocio acertado. Su compra no era más que una pasta seca y verde, similar a un brócoli deshidratado y coronado por grandes hojas silvestres que sobresalían de la bolsita. La apariencia era la de una planta hostil y difícil de tocar. No se imaginaba qué debía hacer con ello y por eso comenzó a cuestionarse si tendría buen sabor o si al tocar su paladar le provocaría arcadas hasta, eventualmente, hacerlo vomitar. La idea lo inquietó y por eso se atrevió a preguntar, con su característico tartamudeo, si era necesario comérselo para experimentar sus efectos.

Antes de que Octavio pudiera terminar su pregunta, el hippie santiaguino explotó en una carcajada estruendosa y tan alargada que la cara se le puso colorada, el sucio y largo cabello se le alborotó y de sus ojos rasgados brotaron un manojo de lágrimas que secó con las mangas de su franela multicolor. Tardó unos minutos en recomponerse, pero al comprender que no era una broma, decidió, bien por lástima o por piedad, enseñarle al pobre muchacho el arte de enrolar un porro.

En principio, se decantó por mostrarle una técnica para novatos. Primero, tomó las hojas de marihuana y las fue deshojando, les extrajo las semillas y luego trituró el resto con una piedra de la calzada. Mientras lo hacía, le pidió una hoja de cuaderno. Octavio siempre llevaba uno encima, era su cuartada, aunque jamás había escrito nada en él. Al ver la mala calidad del papel, el hombre concluyó que aquel pobre niño se merecía algo mejor. Era su primer porro y, si disfrutaba de la experiencia, seguramente se convertiría en un cliente habitual. Así que, en una inversión inteligente, el hippie decidió cederle el fino papel de cáñamo que guardaba para sí mismo.

Entonces, dobló con sumo cariño la delgada hoja; luego, la colocó encima de un billete de baja denominación que mostraba tantos dobleces que bien podía ser una obra de origami, y justo en el medio fue esparciendo un poco de la marihuana triturada, como si espolvoreara azúcar sobre un vasito de café. Al terminar, llegó la parte más compleja. Octavio vio todo con un interés desbordado, tratando de aprender al máximo. El hippie hizo una serie de movimientos ágiles ayudándose del billete. Tomaba las puntas, le hacía el doblez perfecto y repetía los movimientos hasta que el papel se fue convirtiendo en un cilindro bien prensado al que solo tuvo que pasarle la lengua un par de veces para que adquiriera la forma de un cigarrillo artesanal.

Octavio vio intrigado el resultado sobre la palma de su mano, pero antes de tener la oportunidad de agradecer el gesto, el hippie ya le había dado la espalda.

«Caladas profundas y lo retienes por un tiempo. Luego lo dejas ir».

Aquellas fueron las últimas indicaciones que le dio el vendedor y ahora que Octavio estaba a punto de ponerlas en práctica, se sentía nervioso. No eran más que las diez de la mañana, pero ya tenía el dedo sobre la rueda del encendedor. La brisa entraba en la habitación por los amplios ventanales de las paredes y la casa estaba sola y vacía, como siempre. No habría consecuencias ni problemas con lo que estaba a punto de hacer, tal como le había asegurado a Sandra cuando le mostró el porro.

—Esas no son cosas para niños, niño Octavio; deshazte de él.

¿Qué sabría ella? Aquella bruja había cambiado desde que incumpliera su promesa. Había faltado al cine aquella tarde en la que conoció a Inés, pero ¿Qué más daba? Si ese era el peligro del que Sandra pretendía resguardarlo le hacía falta mejorar sus dotes de pitonisa. Sí… Inés había hecho varias cosas desde aquel encuentro, pero, no quería pensar en ello. Eso no importaba.

Daba igual, ya todo daba igual.

Octavio encendió el porro.

Y vio el fuego quemando la punta, el color naranja encendiendo el papel y luego siendo arrasado por el calor; olfateó el humo y lo hizo toser, mas no lo desalentó. «Caladas profundas», escuchó la voz del hippie en su cabeza y siguió el consejo. Llevó el porro a sus labios, inhaló el humo, y sintió que súbitamente sus pulmones se llenaban de candela y oscuridad. *«Retenlo»*, Octavio sentía cuerdas de fuego bailando en su boca. El sabor era amargo, pero se mecía en su lengua como las olas de un mar infinito del color de los huesos; un mar en movimiento con dedos alargados que estuvo a punto de ahogarlo hasta que por fin dejó salir el humo en medio de un fuerte tosido que lo hizo reír como hace mucho tiempo no lo hacía. La risa era libre e infantil, traviesa y juguetona, pero su imagen estaba llena de contrastes. Reía en medio de una habitación casi vacía de color blanco, chocando la cara con la almohada, completamente solo y con sus dedos delgados sujetando el porro, el cual seguía encendido y lleno del falso alivio al que Octavio volvió a acudir una y otra y otra vez.

Los efectos no tardaron en aparecer.

Octavio sintió que caía a un abismo de paredes de coral y flores. No tenía miedo. A su alrededor, las imágenes cambiaban rápidamente y en todas se veía a sí mismo, en tercera persona, corriendo a través de las invisibles líneas de un tiempo pasado. Ante su atenta mirada, una lluvia de recuerdos capturaban su atención y sus ojos se movían veloces, de un lado al otro, tratando de capturar los fragmentos del ayer.

De pronto, los destellos fugaces del mar californiano lo regresaron al Chevy Corvair del 61 de mi padre y al calor de Los Ángeles. A su cuerpo regresó la suerte de la alegría. Sus padres estaban junto a él, al igual que su hermana: de nuevo eran una familia unida. A lo lejos, distinguía el océano infinito, tan manso y tranquilo como lo recordaba. Pero algo parecía diferente. Alguien lo llamaba, en la distancia. No sabía explicar de quién era aquella voz, pero emergía del propio batir de las olas. En cada choque contra la playa, el sonido lo buscaba con desespero. Sin embargo, no alcanzaba a formular oraciones, ni siquiera palabras, solo era un ruidito lastimero que él necesitaba alcanzar. Y así lo hizo. Sin saber cómo, escapó del automóvil, atravesó los largos corredores playeros, sintió la textura y el calor de la arena entre sus dedos y por fin se sumergió en el mar infinito.

Así, comenzó a nadar sin rumbo, buscando el origen del llamado, pero era inútil. Entorno a él, no había nada; peor que eso, todo rastro de vida había desaparecido. La costa fue devorada por el oleaje y el mundo entero se apagó. Solo quedaba él, entre el cielo y el mar, flotando en la más plena soledad.

Inesperadamente, un ciclón levantó las olas hacia el cielo y, cuando estas volvieron a caer, el estruendo recorrió el océano de polo a polo. Las ondas de su vibración rajaron el suelo marino con tal fuerza que se abrió una grieta en las profundidades. De ella emergió un campo infinito de hortensias y cada uno de sus pétalos fue absorbiendo el océano hasta secarlo. Octavio estaba atónito, jamás había imaginado que en el fondo del mar descansara tal ejército de flores. La vista no alcanzaba a abarcar las dimensiones del espacio. Frente a él, las hortensias eran mecidas por el viento y de alguna forma inexplicable le arrancaba los aromas dulces y los condensaba en una fragancia única y casi corpórea con forma de una mujer.

La figura tenía la piel hecha de sombras y estaba de espaldas, como buscando a alguien. En ese instante, cuando escuchó la respiración de Octavio, se volteó repentinamente y se le introdujo entera por la boca. Aquel aroma lo fue llenando por dentro: se le adhirió a los pulmones, al hígado, los riñones y, por último, el corazón. Sintió el cuerpo pesado, como dominado por la melancolía, y lentamente la sensación lo fue asfixiando, pero no se opuso. Cerró los ojos y sonrió.

La muerte llegó rápido.

Todo se volvió oscuridad. Su conciencia quedó suspendida. Sintió que dormía profundamente, pero unos brazos flácidos lo encerraron en un abrazo. El calor volvió a su cuerpo, al igual que las ganas de vivir. Así que decidió abrir nuevamente los ojos y se vio a sí mismo debajo de una frondosa sábana de lana teñida por el intenso azul de los zafiros. En ella, un cuerpo arrugado y alarmantemente delgado respiraba despacio, al ritmo de la marea. Era la *Tá*, su bisabuela, quien lo abrazaba en medio de un sueño invernal en pleno agosto. Al verla, Octavio pospuso el llanto y la sorpresa para aferrarse a aquel vientre envejecido como si fuese el de su propia madre. Al olerla, percibió el aroma de las flores otoñales, el calor del afecto, la cercanía del querer. Entonces, una extraña sensación de plenitud le subió por la cara y, en el proceso, le pintó la sonrisa y le arrancó una lágrima que recorrió su mejilla, bajando limpia y transparente hasta chocar contra el colchón de la cama.

Al caer sobre la lana, en lugar de ser absorbida, la lágrima se derramó por el colchón, como si contuviese toda el agua del Río Mapocho. Pero aquello no terminó ahí. Lentamente, fue dibujando las raíces de un dolor antiguo. Las líneas del llanto formaban figuras extrañas, cuadrados incomprensibles, números inconexos y los colores prehistóricos de la tierra, la cual rápidamente transportó a Octavio hasta el jardín de la 115. Allí, sobre el suelo, estaba dibujada la rayuela y sus primos saltaban alegres en un pie al compás de la dulce melodía que le arrancaba al piano Gastón. Aquel sonido enmudecía los gritos y la alegría del juego. Por doquier, los aromas de su niñez le abrigaban el cuerpo.

Octavio estaba sorprendido, pero antes de poder formular palabra alguna, se vio corriendo, detrás de sus primos, hacia *El Fondo*. Sintió su cuerpo moverse, impulsado por un hilo invisible, subiendo los escalones de madera, de dos en dos, hasta llegar al ático. Solo en ese momento, cuando estuvo frente a la puerta, experimentó un miedo que le apretó las tripas. Todo se desvaneció de golpe, incluso la felicidad. Junto a él ya no había nadie, solo una puerta de madera de arce. ¿Siempre había sido así la puerta del trastero? No… esa no era la entrada de *El Fondo*. Su respiración comenzó a acelerarse. El corazón le latía con fuerza. Ya no estaba en Paula Jaraquemada, sino en un lugar peligroso que no quería recordar... Octavio no quería, no quería y no quería.

Pero lo recordó.

—Octavio… —era la voz pomposa de Inés—. Abre la puerta, cariño, espérame dentro.

Octavio estaba en el pasillo de un motel sin saber cómo había llegado hasta ahí. Inés parecía ocupada con algún asunto de la recepción y a él le temblaba las manos. ¿Qué había detrás de esa puerta? ¿De verdad quería descubrirlo? ¿Debía girar la manija? Su mente gritaba «no», pero no tuvo alternativa. El pomo de la puerta se abrió sola y el chirrido del engranaje trajo consigo un aire viciado con aromas de petunias y fluidos corporales. El interior era una pieza de ventanas cubiertas. Adentro, todo era oscuridad rojiza. La luz anaranjada de una lámpara era el único punto de claridad que sobrevivía a la voracidad de la noche artificial. La cama era grande y con sábanas antiguas. Sus pasos sobre la madera crujían y al cerrar la puerta tras de sí, pudo ver una escena en acción, como si se tratase de una de esas películas que tanto disfrutaba en el cine. Inexplicablemente, se vio a sí mismo, al borde de la cama, sentado junto a Inés, inmerso en un momento que no quería revivir.

—Déjame enseñarte, Octavito —le susurraba al oído con una voz de mujer adulta—. Es mi deber.

Inés parecía enorme junto a Octavio. Su piel lucía desnuda, aunque la ropa interior resguardaba sus senos y su sexo. Su cuerpo curvado mostraba las cicatrices de la edad y trataba de ocultarlas usando almohadas y cojines. Por añadidura, la oscuridad hacía un gran trabajo en ese propósito y ella lo agradecía. Paradójicamente, Inés seguía siendo una mujer atractiva. Su busto maternal era su arma principal, pero no era lo único. Tenía una cintura preciosa, unas piernas largas y delgadas, unos labios suaves y un cabello del color del sol que le caía hasta un cuello digno de los más hermosos collares. Sus dedos pequeños y finos también trataban de ser una herramienta de sus deseos, por eso subían y bajaban sobre la piel desnuda de Octavio. Las caricias lo tranquilizaban. En el fondo, no era más que un niño asustado.

Octavio miraba todo desde el otro lado de la habitación. Aunque era un testigo invisible, verse a sí mismo lo paralizaba. La náusea le subía por la garganta, el cuerpo se le entumecía y reaparecía el fuerte tartamudeo, incluso en su pensamiento. Sin embargo, él no sabía explicar qué le ocurría. No podía responder qué le desagradaba de esa situación. Ante aquella escena, solo podía reprimir sus pensamientos y sentir los dedos de Inés convirtiéndose en caricias que le recorrían los hombros, el pecho y el cuello. También temblaba por el contacto de esos labios calientes que iban dejando un rastro de carmín por donde se posaban. Y al final, el susurro de su voz ardiente y de aroma a arándonos le taladraba la cabeza. *«Se empieza así... ¿ves? Caricias suaves, recorriendo el cuerpo del otro. ¿Te gusta?»*. La respuesta le salió sola en un murmullo que no afirmaba ni negaba nada, pero eso fue suficiente para que Inés se envalentonara. *«Déjame enseñarte, Octavito...»*. Y sus manos descendieron y descendieron, tocando todo lo que se encontraban, mostrándose ansiosas por llegar hasta un punto en concreto... *«Déjame enseñarte, Octavito...»*. Los dedos descendieron más y, al tocarlo allí donde no quería, sintió que se ahogaba, el pánico lo fue ahorcando, sus gritos no tenían sonido, pero él gritaba y gritaba y gritaba…

Octavio despertó.

Lo primero que sintió fue que se estaba bebiendo el aire. La jaqueca le palpitaba en la cien sin que pudiera evitarlo. Sus manos temblaban y un sabor amargo en la boca lo hizo escupir en el mismo suelo que estaba lleno de las cenizas del porro. La brisa las barría con aburrimiento, de un lado para otro. Intentó levantarse del suelo y el dolor en el cuello y el brazo le ayudaron a entender que se había quedado dormido en el piso del dormitorio. ¿Qué demonios había pasado? No sabía cuánto tiempo transcurrió, pero el sueño había sido tan profundo que el sol ya estaba a punto de ocultarse. Octavio no quería pensar, hacerlo le dolía, pero eso era lo de menos. El hambre le apretó las tripas con tal fuerza que estuvo a punto de vomitar. Por este motivo, volvió a levantarse, esta vez dando tumbos y apoyándose en las paredes; luego, bajó hasta la cocina sin ver a los lados, abrió la despensa y rebuscó entre los cajones y la nevera vacía hasta dar con algunos alimentos. No le importó demasiado los protocolos, se lanzó con ellos al suelo y los fue engullendo como si lanzara un ancla en su estómago. Su menú no era nada sofisticado: una galleta de soda, media barra de pan, un par de naranjas, un vaso de leche y algo de arroz del día anterior. Era suficiente comida, pero su apetito no parecía convencido. Tragaba cada bocado como si fuese los manjares que preparaba su abuela Raquel. Ni siquiera masticaba, los pedazos le rajaban la garganta al caer, pero aquello era lo de menos. Lo importante era apaciguar las dolencias del hambre.

Luego de media hora ya estaba satisfecho. Solo en ese momento se permitió dar un suspiro y recostar su cabeza contra los cajones de la cocina. Frente a él, a la altura de la despensa, un reloj de pared marcaba las seis y quince de la tarde. No tenía la menor idea de cómo había avanzado tan rápido el tiempo, pero había preguntas más importantes por responder. ¿Aquel sueño tan profundo era el efecto de la marihuana? Las imágenes que vio todavía lo hacían sentir feliz. Recordaba cada escena con alegría, excepto la última, claro. Revivir a Inés lo incomodaba. Su figura en la oscuridad, como una bestia hambrienta, acechándolo, y aquella voz…

«Déjame enseñarte, Octavito…»

No podía escapar de esa frase. Lo había estado persiguiendo incluso desde aquella noche en la que Inés lo dejó frente a su casa, pero no sin antes besarlo y tocarlo allí donde no quería recordar. Curiosamente, las negativas de Octavio no la hicieron desistir. Un día después de aquel evento, Inés estuvo esperándolo por horas en el automóvil, a las afueras del edificio, con una sonrisa y una invitación a comer. Por supuesto, acudir al liceo carecía de importancia y Octavio, que era un niño hambriento de atenciones, rápidamente reprimió la experiencia del día anterior y se subió al auto de aquella cincuentona que prometía, sin decirlo, toda la protección maternal que él anhelaba.

A partir de ese momento, los encuentros se fueron repitiendo con regularidad. A pesar de que Inés era una mujer casada y con dos hijos, su aburrimiento la empujaba a encontrar diversión en la compañía de un niño de catorce años. Así de terrible sonaba aquello en su mente, pero eso no le impidió llevarlo en más de tres ocasiones a los moteles y las cabañas más escondidas a las afueras de Santiago. La decisión era perfecta. En aquella lejanía nadie podría reconocerla y había muy pocas oportunidades de ser interrumpidos. Esos espacios serían el lugar para convertir a aquel niño en un verdadero hombre instruido en los saberes de la sexualidad.

En algún rincón de su consciencia, Inés sabía que aquello estaba mal, pero rápidamente acallaba los reproches con sus propios argumentos. Su forma de ver la situación era casi pragmática. Todo se reducía a que Octavio era un niño desamparado, una presa fácil de hippies y los estigmatizados *homosexuales*. Desde muy temprano, la sociedad y sus gobernantes trataron a los homosexuales como los principales responsables de la perversión social. Por este motivo, la mayoría censuraba cualquier actitud que pudiese revelar su verdadera orientación sexual, pero esto poco servía para evitar las condenas del poder. Para 1969, la homosexualidad no solo había sido sobrecargada de todo tipo de vejaciones y vicios, sino que llevaba mucho tiempo siendo perseguida por la constitución. La ley penaba con prisión a cualquiera que fuese descubierto o denunciado por tales actos. Durante década, sus practicantes fueron criminalizados y perseguidos, además de atacados y obligados a vivir en la más absoluta clandestinidad.

Naturalmente, todas estas razones servían de aval moral para Inés. Para ella, aquello era un asunto de buena samaritana. Velar por la heterosexualidad de Octavio era una labor social, un servicio público, el deber de una mujer de su posición. Curiosamente, ella no era la única que pensaba de esta forma. En toda Latinoamérica, desde los once o doce años, los padres llevaban a sus hijos hasta los prostíbulos para iniciarlos en los rituales del sexo. Como es lógico, poco importaba si los niños estaban o no preparados para tales experiencias. Lo importante era *hacerlos-hombres* cuanto antes para evitar cualquier "desviación". Sin embargo, en aquel proceso, muchos niños crecieron antes de tiempo y se llenaron de traumas que nunca lograron resolver. Además, su visión del sexo fue concebida como un acto normativo, masculino y concerniente estrictamente a los apetitos del hombre.

A partir de esos primeros encuentros, los niños adquirían la tradición de que las necesidades del hombre tenían prioridad. Por extensión, el acto sexual con una prostituta pasaba a ser, si acaso, otra forma de saciar esos deseos sin afectar directamente a la pareja conyugal. Este arraigo estructural de lo que significaba la figura masculina en la sociedad y en el hogar crearon los cánones de una heterosexualidad destructiva, una tradición de la que jamás lograron escapar y una serie de complejos y traumas que rigieron la forma de pensar, actuar y sentir de generaciones enteras. Curiosamente, mucho o todo de aquel ciclo comenzaba con la violación tutelada que los padres permitían y avalaban al llevar a sus hijos ante las famosas conocedoras-del-placer, las mujeres que evitarían que sus hijos fuesen homosexuales.

Por todos estos motivos, Inés se sentía como una buena católica que no pretendía nada más que transformar al niño que habitaba en Octavio en el hombre que la sociedad demandaba. En esa ecuación mental obviaba, por supuesto, sus propios deseos sexuales, su propia perversión y los instintos más bajos que la estaban llevando a abusar de un menor de edad. Aun así, nada la detuvo. Fue la guía de Octavio y en cada encuentro en aquellas habitaciones clandestinas de luces rojas, él iba perdiendo algo de sí mismo, una estela de su personalidad, un poco de esa fragilidad infantil que llevaba barnizada en el rostro… la esencia de su niñez.

«Déjame enseñarte, Octavito…»

Las palabras lo seguían por toda la casa, como las cadenas de un sabueso rabioso que lo atormentaba en el balcón, la cocina o la sala. Octavio deseaba escapar de aquella situación, agitaba su cabeza, tratando de sacudir sus pensamientos, pero todo era inútil. La voz seguía ahí, royéndole el cerebro, recordándole cada movimiento de Inés y hasta la última de las sensaciones. Sin embargo, en medio de aquella oscuridad, le vino la primera idea útil del día.

Por lo general, su madre regresaba ante de las seis de la tarde. Cuando no lo hacía, significaba que llegaría a medianoche. Aquello no solía ocurrir con frecuencia pero, cuando sucedía, era una ley incuestionable. Por ende, las circunstancias eran perfectas para volver a experimentar los efectos de la marihuana, después de todo, si había funcionado una vez, ¿por qué no repetirlo? Experimentar aquella súbita felicidad acallaría la voz de Inés y la reemplazaría por lugares hermosos y felices. Era la mejor de todas las soluciones.

Decidido a cumplir con su propósito, se levantó del suelo, atravesó el corredor del salón y comenzó a subir las escaleras, pero en cada escalón, no podía dejar de sentir que estaba haciendo algo mal. De la nada —y como si fuese una versión opuesta de Inés—, aparecía Sandra. La recordaba tal y como la conoció, con sus vestidos de fuego y su alegría en el habla. No sabía por qué rememoraba su imagen, ni por qué solo podía recordar la decepción en su rostro cuando se reencontraron varios días después de faltar al cine.

—No cumpliste tu palabra, niño Octavio.

Aquella tarde, por primera vez en mucho tiempo, Sandra tenía una mirada triste. Naturalmente, lo disimulaba al andar, con el mentón levantado y el perfil serio, pero algo la atormentaba irremediablemente. Por supuesto, él lo ignoraba y como podía trataba de seguirle el paso, aunque no se lo ponía nada fácil. Para los transeúntes, parecían dos extraños que no guardaban la más mínima relación, una mujer y un niño que se cruzaron por error en la acera de la calle. Sin embargo, ¿era así realmente? ¿Qué era Sandra para Octavio sino una desconocida? No sabía nada de ella, ignoraba su pasado y su presente, y solo había conversado acerca de asuntos exotéricos; si acaso, Octavio solo guardaba su nombre, aunque no podía estar seguro de que aquello fuese verdadero.

Por consecuencia, no la conocía de nada, no era nadie... y, sin embargo, cuánto había cambiado todo en tan poco tiempo. Sin proponérselo, Sandra se había transformado en una especie de protectora, el lugar al que podía recurrir en búsqueda de protección e incondicionalidad. Él sabía que no había hecho nada para merecer aquel afecto desinteresado, pero ahora que había fallado, que le había mentido e ignorado, temía que Sandra se marchara, al igual que todas las personas que quería. Justamente eso era lo que tenía Octavio en la mente mientras caminaba en silencio, con la mirada fija en el suelo. Todo daba vueltas en su cabeza, la culpa y el temor mezclados en un mismo sentimiento.

—No te preocupes, niño Octavio —le dijo muy seria y mirándolo fijamente—, aunque el destino no se pueda cambiar, siempre que lo quieras, yo estaré aquí para ti.

Sus palabras tenían más significados de los que Octavio alcanzaba a comprender. Lo que fuese que Sandra sabía, era irremediable. Por eso, su tristeza no respondía a las acciones de aquel pobre niño, sino a la imposibilidad de cambiar lo que estaba escrito para él. Su destino era uno y solo uno. Estaba marcado en sus manos y en su crianza, ya nada podía hacerse. Todas las decisiones hasta aquel punto lo habían conducido hasta ella y este acto solo marcaba el primero de una cadena de eventos que moldearían la persona en la que se convertiría Octavio Lafourcade.

Sin embargo, aunque no se podía detener la rueda, Sandra estaría para él como nadie jamás lo estuvo. Seguiría apoyándolo, siendo su refugio y su guarida el corto tiempo que les quedaba juntos, porque si algo estaba claro para ella, eso era que la vida estaba llena de estaciones pasajeras y cambios bruscos que separaban a las personas y las conducían a lugares inesperados.

«No te preocupes, niño Octavio. Yo estaré para ti»

El recuerdo se le pegó en la ropa a Octavio mientras deshojaba la poca marihuana que le quedaba. Imitar al hippie resultó una labor mucho más complicada de lo que esperaba. Parecía prácticamente imposible extraer todas las semillas para luego triturar la hoja y verterla cuidadosamente sobre el papel. Para complementar el suplicio, enrolar el porro se volvió un asunto complejo, ya que, a diferencia del papel de cáñamo, la hoja de su cuaderno apenas y respondía a los dobleces que realizaba. No lograba prensarlo lo suficiente y a veces, entre intento e intento, se le caía un poco de marihuana al suelo. Sus manos torpes se desesperaban ante la escena y debido a su incompetencia, desistió de la idea, soltó todos los instrumentos y los dejó ahí, en medio del suelo, y se quedó mirando hacia el techo, colérico, pero extrañamente reconfortado. El recuerdo de Sandra lo hacía sentir mejor. Ya no escuchaba las voces, volvía a sentir el silencio y la tranquilidad. No hacía falta recurrir a la marihuana por más felicidad que esta le hubiese dado… no hacía falta.

Sin embargo, al abandonar la idea de fumar, se sintió vacío de golpe, consciente de la profunda soledad que lo acompañaba, invadido por ideas tristes. La oscuridad estaba a punto de cubrir todos los rincones de aquel departamento. Pronto no quedaría nada. ¿Debía esperar a que todo se esfumara o era mejor sumergirse nuevamente en esos sueños abstractos y profundamente felices? En estos últimos estaban aquellos que amaba, la compañía de los que ya no seguían junto a él. ¿Podría verlos una vez más si fumaba? La pregunta quedó en el aire, resonando como un tambor, tan fuerte que enmudeció la voz de Sandra. Ahora le crecía desde el pecho una necesidad imparable. Era tiempo de volver a ese rincón de su imaginación donde la felicidad no solo era posible, sino que podía acceder a ella con suma facilidad. Necesitaba volver a sentirse feliz, al menos una última vez…

Volvió a coger el porro.

Sus dedos torpes fueron confeccionando con mucho esfuerzo aquel cilindro de marihuana hasta que al fin estuvo listo. Apretó con fuerza el papel, le pasó la lengua varias veces y le dio fuego a la punta. Un humo oscuro se le adentró en los pulmones y entre calada y calada, Octavio comenzó a ver figuras increíbles con la forma de los conejos de trapo que le hacía su abuela, los juguetes de madera que fabricaba Gastón en su taller e incluso las alas del avión que lo llevó hasta California. Todo era perfecto. El avión volaba como una gaviota hasta la playa, nada podía interponerse en esa paz y sosiego, pero súbitamente, aquella nave se transformó en una mano; y a la mano le nacieron unos dedos alargados que bajaban y bajaban por un cielo del color de las uvas y unas calles oscuras con luces rojas y amarillas que iluminaban la tierra, la cual se transformó, inesperadamente, en su piel. Las caricias descendían, insaciables, quemándole el pecho y el cuello, dominándole la respiración, convirtiendo la tranquilidad en algo impronunciable. Volvía a sentir miedo, quería despertar, pero ya no podía; su oportunidad había pasado.

El sueño se hizo profundo; volvió la imagen adhesiva de Inés, el cuarto oscuro, los susurros eróticos. Intentó despertar una vez más, pero fue inútil. No había salidas. Octavio se vio a sí mismo perdido en un mundo de sombras del que ya no pudo escapar.

Paradójicamente, mientras padecía aquella pesadilla, su vida ya había comenzado a cambiar. En su habitación todo seguía exactamente igual, pero afuera, ya nada era lo mismo. Pronto lo descubriría, en unas cuantas horas, cuando lograse despertar de uno de los sueños más horribles que tuvo en sus cortos catorce años de vida.

Pronto lo descubriría… aunque no estuviese preparado para ello.

11

Un asesinato,
en una playa.
Y a lo lejos, las rocas,
la arena y el mar frío
del Pacífico Sur.

Octavio… ¡Octavio!... ¿Octavio?
Las palabras le llegaban desde algún lugar, pero no sabía de dónde. El dueño de aquella voz era un hombre. Su timbre sonaba familiar, lo reconocía claramente, pero no lograba atribuirle un rostro, ni siquiera un nombre. A su alrededor todo era oscuridad y vacío. El sueño contaminaba sus sentidos y lo mantenía ahogado en sus profundidades. Aunque trataba de abrir los ojos, había olvidado la forma de hacerlo. Ahora solo podía escuchar los sonidos y percibir los estímulos de su cuerpo, nada más.
¿Octavio?
Ahí estaba otra vez la voz, la escuchaba encima de su cabeza, insistente y con un tono que disfrazaba torpemente la preocupación. ¿Quién lo llamaba? ¿Para qué lo buscaba? No deseaba encontrarse con nadie, solo quería quedarse allí, en el abismo de la soledad, sin que nadie lo molestara.
—Papucho…
Entonces lo reconoció.

Octavio despertó con el cuerpo entumecido, la baba seca en el mentón y una jaqueca que le golpeaba el cerebro con un mazo para gong. Al abrir los ojos, lo primero que vio fue el pantalón y los zapatos de su padre; otra vez se había dormido en el piso de la habitación. Se levantó como pudo, todavía desorientado y débil. Se recostó de la pared más cercana y se frotó los ojos. Sentía el rostro adormilado, al igual que los labios y la lengua. Tardó unos segundos en poder articular las palabras adecuadas y en comprender dónde estaba. Seguía en su dormitorio, eso estaba claro, pero ¿Qué hacía su padre en Carlos Antúnez?

—¿Papá? ¿D-dónde está mi mamá?

Un silencio inesperado abrió un abismo entre ambos. Enrique tenía el rostro inmutable, con los característicos cachetes de *bulldog*, las cejas fruncidas y los ojos inquietos evaluando la habitación, el suelo y a su desaliñado hijo de ropa manchada y arrugada. ¿Seguía siendo aquel su pequeño Octavio? Ya era un muchachito delgado, buenmozo y lleno de las inquietudes y rebeldías de un adolescente. En sus ojos ardía cierta llama rabiosa, pero no podía culparlo. Esa era la eterna dinámica entre padres e hijos, la cólera y la culpa en un camino de ida y vuelta. Así había sido siempre y así seguiría siéndolo; nada se podía hacer al respecto.

Por su parte, Octavio no se esforzó en esconder la marihuana, tampoco en mostrarse avergonzado por haberla usado. Nadie se había molestado en advertirle o explicarle que aquello podía ser peligroso, así que no tenía ni la menor consciencia de que fumar porros debía ser un acto discreto, al menos frente a sus padres.

No obstante, si bien aquello le resultaba indiferente, su mirada mostraba una sombra de duda inalterable. ¿Qué hacía su padre en su habitación? La postergación del silencio camuflado por el claxon de los autobuses de la avenida lo hacía sentir intranquilo, como si algo malo hubiese sucedido. La respuesta que recibió tampoco sirvió de mucho.

—No te preocupes, papucho —se animó a responder Enrique al final, con una falsa tranquilidad—. María Luisa me pidió que viniera a buscarte.

—¿B-buscarme? ¿Para qué?

Enrique no le respondió de inmediato, sino que evadió el tema con una serie de murmullos mientras se paseaba por la habitación. La suela de sus zapatos despertaba un traqueteo incómodo. El sonido hueco encendía el desespero de Octavio. Anhelaba respuestas que no terminaban de llegar. Enrique, indiferente a los mudos reclamos de su hijo, abrió el armario, sacó la maleta de la parte superior y la dejó caer abierta, con sumo cuidado, sobre la cama. Luego agachó ligeramente su cuerpo frente a su hijo y recogió las sobras del paquetito de marihuana. Lo dejó un instante sobre su mano y, antes de volver a hablar, lo encerró en un puño.

—Tu madre… —dijo con tranquilidad, escogiendo muy bien sus palabras—. Tu madre va a estar fuera de Santiago por unas semanas, papucho —Enrique parecía inquieto; movía los dedos con nerviosismo y suspiraba al final de cada frase—. Vas a pasar unos días conmigo y con tu hermana.

Aquello no le agradaba en lo absoluto.

—¡N-no! ¿Por qué…?

—No tenemos tiempo, Octavio —lo interrumpió en seco—. Debemos irnos. Haz la maleta. Empácalo todo.

«*Todo*», aquella palabra sonaba tan… definitiva. Era extraño que no hubiese usado *lo necesario* o alguna construcción semejante. Unas pocas semanas no requerían de *toda* su ropa, ni de *todos* sus cuadernos y mucho menos de *todas* sus pertenencias. Había algo comprometedor en las palabras que su padre decía; también en las que no se atrevía a pronunciar. ¿Le habría sucedido algo malo a su madre? La idea lo inquietaba con la misma fuerza que el hambre. Su estómago rugía sin que pudiera atenderlo. De momento, lo único que podía hacer era pararse frente al armario y comenzar a empacar. Así lo hizo. Lentamente, fue depositando su uniforme escolar, las camisas, los pantalones y algunas otras prendas que constituían, en esencia, sus posesiones.

—Te espero abajo —soltó Enrique mientras caminaba hacia la puerta—, no te dejes nada, salvo *esto* —dijo de espaldas y dejando caer el paquetito de marihuana—. Si quieres ahorrarte muchos problemas, aléjate de la marihuana, Octavio.

Nunca había escuchado a su padre con aquel tono de voz tan profundo, pero no hacía falta que tratara de convencerlo, había descubierto por sí mismo que la marihuana era peligrosa. En su hambrienta búsqueda de felicidad solo había logrado sumergirse en un sueño profundo y aterrador lleno de tormentos. La noche había sido un auténtico desastre, las horas se hicieron infinitas en aquel mundo de sombras dominado por Inés. Por más que intentó gritar, la voz no le salía; tampoco las palabras, ni las lágrimas, todo esfuerzo era completamente inútil, no podía hacer nada para salir de aquel trance tortuoso. Solo la voz de su padre había roto el hechizo y ahora que había recuperado su consciencia, deseaba mantenerla lo más libre y despejada de los efectos de la marihuana que le fuera posible.

Al margen de aquello, la figura de su madre seguía rondándole el pensamiento. No había llegado la noche anterior, eso estaba claro, pero ¿Estaría bien? ¿Le habría pasado algo? ¿Por qué su padre no quería responder sus preguntas? De todas las cuestiones, esa era la que más le enfurecía. Si algo le había ocurrido a su madre, él tenía derecho a saberlo. Él la había acompañado cuando nadie más lo hizo. Durmió a su lado en las noches que su padre no volvía a casa, estuvo apoyándola en el duro regreso de California hasta Paula Jaraquemada e incluso cuando su hermana la había abandonado, él siguió ahí, para ella, incondicional. Siempre había estado para su madre, merecía saber la verdad más que nadie y su padre tenía el deber de responderle. Octavio quería respuestas y las quería al momento, así que dejó las maletas a medio hacer y en un acto impensable para el niño que había sido la noche anterior, decidió tomar la primera decisión diferente de su vida: enfrentarse a su padre.

—¿Do-dónde está mi ma-mamá? —pronunció tratando de reducir su tartamudeo cuando encontró a su padre en la cocina.

—Sube y busca tu maleta, Octavio —le respondió con rotundidad y sin despegar su atención de la nevera.

—N-no —se atrevió a replicar—. ¿Por qué no me llevó con ella?

La sorpresa de ver a un niño convertirse en hombre hizo que Enrique sonriera de forma fugaz y tímida. Octavio no vio el gesto, por supuesto, sino que, al voltearse, solo contempló el semblante serio y ofendido del padre que recibe la desobediencia de su hijo.

—Porque no puede cuidarte.

—¡Ella s-siempre nos ha cuidado! —gritó Octavio con rabia.

—¡Pero ahora no puede! —sentenció—. Busca tu maleta, Octavio. No me hagas repetirlo.

La rabia cegó a Octavio, estaba dispuesto a lidiar con todas las consecuencias: no iba a retroceder. Quería respuestas y las iba a obtener sin importar lo que debiera pagar.

—No lo haré hasta qué m-me digas q-qué le ha pa-pasado a mi mamá —repuso con la voz falsa del niño que intenta ser adulto.

Enrique suspiró, convencido de que su hijo era tan terco como él. No habría forma de callarle las dudas usando sutilezas o mentiras. Tenía hambre de respuestas y eso sería lo único que tranquilizaría su espíritu. Veía el miedo debajo de sus ojos, también había algo de rabia hacia él... sí, eso lo detectaba con suma claridad. Quizás una pizca de la verdad serviría de momento, al menos eso sí podía dárselo.

—No le ha pasado nada a tu mamá, Octavio —aseguró con sinceridad—. Hubo un asesinato en Valparaíso y el presunto homicida visitó la casa que alquilaban en Isla Negra.

Aquello no tranquilizó a Octavio. ¿Qué relación tenía su madre con un asesino? ¿Por qué se había marchado sin hablar con él? ¿Había algo que su padre no le estaba contando? Todo era sumamente extraño, pero a la mente solo le vino una precoz y extraña pregunta.

—¿Cuál es el no-nombre?

Enrique lo vio fijamente por un instante. ¿Debería responderle? ¿Cambiaba en algo hacerlo? ¿Acaso no lo sabría eventualmente? Sería mejor terminar con aquello cuanto antes, así que lo soltó sin darle la menor importancia.

—René Bernau, presuntamente, la policía sigue investigando, no se ha esclarecido el asunto todavía —dijo sin mucha convicción.

El nombre le sacó el aire y la rabia a Octavio de cuajo. De pronto, tuvo miedo, tanto como si René todavía estuviese durmiendo en el cuarto contiguo a la cocina. Volvió a ver su rostro inexpresivo de sonrisa escasa y ojos vacíos y sintió que debía huir del departamento.

—Ahora sube y termina de empacar, Octavio —concluyó su padre—. Debemos marcharnos.

Octavio obedeció sin entender cómo era posible que su cuerpo reaccionara. Su mente se apagó, solo era movimientos y acciones impulsadas por alguien más, alguien que no era él. Otra vez se sentía en un sueño. ¿Sería este también el efecto de la marihuana? Se veía a sí mismo, en tercera persona, subiendo las escaleras, empacando con esmero y con el pensamiento fijo de no volver a aquella casa nunca más.

...

Un homicida,
huye de la playa.
Y detrás de su sombra, las rocas,
la arena y dos cadáveres
debajo de un bote, en Quintero.

Providencia a las dos de la tarde.

Los automóviles avanzan, como pueden, por los canales de asfalto. En uno de ellos, un *Austin Mini*, estancado en el tráfico. La radio encendida con un jazz moderno, el cielo primaveral, las flores naciendo entre los edificios, y en el asiento copiloto, Octavio, con la mirada completamente perdida en las nubes pálidas y la atención puesta en absorber el aire que dirige a sus pulmones. Su pecho sube y baja, lo siente, pero cada vez que intenta hablar, no le salen las palabras. Algo le tapa la boca con dedos invisibles, es una mano sin dueño, un temor con el que no sabe lidiar.

Hubo un asesinato y Octavio conoce al presunto homicida.

Eso es lo único que sabe.

Sin embargo, el hecho es más complicado e indescifrable de lo que parece. La historia que no conoce ni él, ni María Luisa, ni nadie acerca de René Bernau va más allá de los meses que ocupó los espacios de Carlos Antúnez, más allá de cualquier orden cronológico o estructura. El suyo fue, supuestamente, un crimen pasional y clandestino que tardaron varios meses en hilar hasta llegar a considerarlo el principal sospechoso.

En principio, ¿quién era René sino otro de los tantos artistas de Santiago? ¿Quién sino otro *bohemio* que malgastaba su talento al sucumbir ante los vicios del alcohol y las drogas? ¿Quién sino alguien perdido hacia adentro, en un mundo que nadie conocía, en una realidad subjetiva que rápidamente lo transformó en un introvertido peligroso? René era todo eso y, además, un ser trastornado y perdido que cambiaba de piel para hablar con las personas sin que estas pudieran

372

advertirlo. A lo largo de su vida, fue un amante experimental, alguien que se involucraba con el arte y las artistas, con sus lechos y las apasionadas aventuras que las noches santiaguinas podían crear en alguien como él.

Según la crítica, René nunca destacó demasiado con su arte, pero se le llegó a conocer por alguien que mantuvo afinidades y relaciones íntimas con numerosas pintoras. Ellas eran una especie de obsesión, un mérito a alcanzar que cada cierto tiempo reemplazaba con una musa más fresca y vigorosa. Sus nombres siempre se mantuvieron en el más estricto anonimato y jamás llegaron a ser más que amoríos fugaces y discretos, aunque poco se podía esconder en el pequeño círculo de artistas de la capital. Muchos conocieron todas sus andanzas, pero más allá de rumores y murmullos, el tema no trascendió, al menos no hasta que conoció a su última amante.

Aun así, había algo curioso en todo aquello. René mantenía una especie de *modus operandi*, una extraña táctica para relacionarse y atraer a las mujeres. Por lo general, se les adentraba en el corazón sin que lo notaran. Ocurría de forma pausada y natural. Primero se mostraba como el agua mansa; aquellas que se acercaban veían en él un hombre inofensivo que despertaba la compasión con sus palabras torpes e inocentes. Luego, su característica timidez empujaba a sus interlocutoras a bajar la guardia y a dejarse enredar por las profundas conversaciones de René. Lentamente, sus ideas poéticas de la vida romantizaban su figura y la narración de los infinitos dolores que había experimentado desde su juventud fomentaba que las mujeres desearan protegerlo de forma espontánea, como si se tratase de un alma rota a la que nadie ha dado cariño durante mucho tiempo.

Por supuesto, a estas actitudes se le agregaba el hecho de que René no carecía de ciertos atractivos físicos. Aunque no era el prototipo de hombre que atraía a las masas, el suyo era un corte particular. Él era una persona interesante y encantadora que emanaba una fascinación instantánea. Eso lo consagraba. En la suma de los detalles lograba diferenciarse del resto de los hombres, ya que carecía de ego y de intenciones bruscas; además, distaba enormemente de los depredadores tan frecuentes de la época y se mostraba sereno, amigable e interesado en aquello que tuviese para decir su interlocutora.

Con todo ello, René captaba la atención de la gente y, antes de que lo notaran, los beneficios del vino lo convertían en alguien arrojado y seductor que sabía rondar a esas artistas que anhelaban alabanzas y una aventura intensa. Así, cuando definitivamente lograba flechar a alguna artista, se le convertía en alguien indispensable. Esto no era casualidad. René escogía con precisión a mujeres divorciadas o mayores de cuarenta años, pues así aseguraba que la soledad y la posiblemente prolongada falta de cariño les impidieran alejarse de él, al menos por un tiempo.

A partir de ese punto, René aprovechaba las circunstancias e iba tejiendo una enorme red de objetivos. Mientras sus amantes lo consideraban alguien necesario, él invadía los espacios de sus hogares. Comenzaba a visitarlas para almorzar, luego durante la cena y, al final, se quedaba a dormir como un invitado que eludía la fecha de partida. De esa manera, se instalaba en las viviendas sin rastro vergüenza y forzaba una convivencia extraña a la cual casi nadie lograba oponerse. Las artistas veían en aquello una prolongación del afecto, pero, para su desilusión, día tras día se desvanecía la falsa imagen que René había creado. Súbitamente aparecían sus adicciones, la sed por el licor, el anhelo por las drogas, y en medio de esa vorágine confusa entre el hombre que habían conocido y en el que se transformaba, René se paseaba impunemente por los rincones de la casa y robaba los bienes de forma compulsiva: cogía algún adorno familiar, un libro valioso o un objeto costoso y lo vendía para seguir con su estilo de vida.

Así, de forma progresiva, desvalijaba a su anfitriona mientras que, a la par, se desmoronaba la falsa imagen de hombre apacible e inofensivo con la que había logrado engatusar a su presa… René se lo llevaba todo, lo comerciaba por unas cuantas monedas y utilizaba las ganancias para seguir en ese círculo vicioso e infinito que casi siempre terminaba en una fuga precipitada cuando sus amantes lo descubrían, aunque ninguna se atrevió a denunciarlo ni a mencionar el asunto, bien por su propia reputación o bien porque se compadecían de él.

Precisamente en una de esas huidas, René terminó en la *Casa de la Luna de Agosto*, un importante recinto en el que se reunían artistas de todo tipo para exhibir y promover sus trabajos. Fue allí donde conoció a una famosa pintora llamada Carmen. Poco se sabe del inicio y desarrollo de esta relación, pero el inherente *modus operandi* de René lo llevó a compartir el hogar de esta mujer a finales del año 1968. El *chalet* recién comprado se encontraba en Quintero, la punta norte de la costa de Valparaíso, y aunque la familia de la artista siempre se mostró recelosa y opuso fuertes negativas respecto a la irrupción de aquel hombre en su vida, ella siguió adelante, desoyendo las recomendaciones.

Durante aquel tiempo, René y Carmen redujeron su participación en los círculos sociales de Santiago. Los colegas dejaron de verlos de un día para otro. Todos concluían que se mantenían juntos en Quintero, creando arte y sumergiéndose en su peculiar relación. Los vecinos de la zona los vieron pocas veces fuera de su casa, la mayoría de ellas en el *boîte* El Kamal, un lugar variopinto en el que la juventud de la zona se reunía a disfrutar del baile y el flirteo. Allí conocieron a un famoso hippie que lentamente irrumpió en el corazón de la pintora sin que René lo advirtiera del todo.

No obstante, para finales de abril, en el año 1969, René reapareció a la vida pública. Lo hizo de forma brusca y sin Carmen, pero algo en él parecía diferente. Necesitaba dinero, eso estaba claro. Ofreció una buena cantidad de objetos a diferentes individuos, incluso a ciertos vecinos en Valparaíso y uno que otro pintor. En el proceso de sus ventas, cuando se le preguntaba por Carmen, se mostraba desconsolado tras haber sido —supuestamente— víctima de un desengaño en el que encontró a su amada envuelta entre las sábanas con un hippie. Llegó a decir que lo había abandonado por fugarse con aquel hombre y que él se estaba buscando la vida, por eso vendía las pertenencias de la casa, consciente de que ella no iba a regresar.

Al poco tiempo, Carmen fue declarada desaparecida.

La familia intentó encontrarla por todos los medios posibles hasta que un día de aquel año recibieron una llamada de la policía. Las palabras precisas y metódicas del oficio fueron pronunciadas por vía telefónica. Se encontró el cadáver de la pintora, junto al de un hippie llamado Héctor, en la playa de Quintero. Ambos presentaban heridas de bala, ninguno tenía traumatismos ni se reflejaba en ellos algún tipo de violencia física, aunque el sujeto mostraba signos de agresión en el rostro.

La hipótesis inicial del caso señalaba aquello como un crimen pasional, aunque podría haber otro implicado, ya que el arma homicida no se encontró en la escena del crimen. Adicionalmente, había algo inusual en la reconstrucción de los hechos. Los cadáveres de las víctimas fueron escondidos debajo del bote "El Katania", el cual estaba cercado por dos muros y "El Salvador" y "Cascabel", otras embarcaciones de menor tamaño. Levantar alguno de estos botes resultaría una labor prácticamente imposible para una persona, mucho más si se agrega a la tarea mantenerlo elevado durante el tiempo suficiente para esconder los cadáveres.

Aquel homicidio escondía numerosas capas de complejidades e incertidumbres. Las incógnitas pululaban en el aire. Faltaban muchas piezas para dar con alguna respuesta certera, pero los investigadores creían estar seguros de la senda que debían seguir.

Desde ese punto, René Bernau pasó a ser uno de los principales sospechosos. Por supuesto, él no lo sabía. Durante varios meses se mantuvo pululando por Santiago y habitando los hogares de otras personas, hasta que comenzó a propagarse el rumor de la muerte de Carmen y las sospechas en su contra. Su inesperada separación de la pintora durante la fecha de su asesinato y su apresurado y progresivo desvalijamiento de la propiedad que compartía con Carmen lo perfilaron como un posible homicida. Al entenderlo, René, que hasta ese punto había mantenido un gran secreto, se internó en un hospital psiquiátrico durante los siguientes años. No era la primera vez que le ocurría algún episodio que requiriera intervención profesional. A lo largo de su vida, había visitado aquellos centros con una regularidad que prefería mantener bajo el silencio, pero esta ocasión se transformó en la más prolongada de todas.

Mientras esto ocurría, la familia de Carmen suministró la información necesaria para que el caso centrara su atención en René. Por ello, los investigadores estuvieron recolectando información, testimonios y evidencias que ayudaran a esclarecer lo sucedido. De allí que buscaran hasta el último conocido de René y eso incluía, desde luego, a María Luisa Señoret, una mujer que le había dado un espacio en su hogar durante los meses posteriores al presunto homicidio.

La llamada la cogió por sorpresa.

—¿Es usted la señora María Luisa Señoret?

—La misma —dijo sin elevar la voz aquella mañana. Octavio todavía dormía en el piso de arriba—. ¿Quién habla?

Al escuchar el cargo del investigador y la institución policial a la que representaba, a María Luisa se le nubló la vista.

—¿En qué puedo ayudarlo? —respondió incómoda.

Entonces llegó el golpe. ¿René, un homicida? La sangre se le volvió de hielo. El policía se encargó de enfatizar el *presunto* homicidio, ya que faltaban pruebas para desvelar lo sucedido. De momento, René era un sospechoso. Sin embargo, el simple hecho de que estuviese marcado por aquello la descompuso. Aunque se había alejado de su compañía, imaginar que el hombre que había dormido bajo su techo fuese capaz de semejante atrocidad...

La voz del otro lado arrojó unas últimas palabras.

—Allí estaré —concluyó con la voz rota.

Debía colaborar con el caso, de eso no tenía dudas. Pero no podía articular sus movimientos. Sentía que todo avanzaba demasiado rápido y ella, por el contrario, iba demasiado lenta. No tuvo tiempo de pensar. Era necesario actuar de inmediato, así que hizo una llamada, cogió una pequeña maleta y dejó las llaves en la portería del edificio. No había tiempo de pensar en los detalles, tampoco en Octavio.

Octavio... cuánto le dolía su pequeño.

Tendría que irse con su padre. No había alternativa.

...

—Llegamos, papucho —dijo Enrique con alegría.

Octavio, completamente indiferente a las palabras de su padre, se bajó del automóvil. En todo el trayecto no le había prestado atención al camino hasta Las Condes, la figura de Benito al abrir el portón o el sendero de arbustos y flores que bordeaba *El Aleph*. En ese momento, su atención giraba alrededor de los caóticos pensamientos que se le arremolinaban en la cabeza. Sin embargo, el sonido de la tierra debajo de sus zapatos lo distrajo por un instante. En cada paso, un rítmico y placentero traqueteo lo ayudaba a disuadirse de la realidad. Podía perderse en ese ruidito pequeño y simple. De alguna manera, sentía que dejaba de ser él quien caminaba hacia un lugar que no deseaba...; tristemente no duró demasiado.

En la distancia, el sol pintaba tonos dorados sobre las paredes y el tejado, pero aquello no le interesó demasiado. De hecho, no se molestó siquiera en mirar la magnitud del espacio que lo rodeaba, ni la atractiva imagen de la casa o la gran cantidad de canes que merodeaban por los bordes del terreno. Aquello era inusual. En otro tiempo, hubiese gritado de emoción, habría corrido por todas partes y hasta se habría acercado a los perros, pero ya no era ese Octavio. Por primera vez en su vida sentía que él y su familia habían logrado eludir a la muerte. Mientras cargaba su maleta y caminaba al vestíbulo, solo podía pensar en la imagen fija de su madre y el peligro que corrieron durante meses al mantener a aquel hombre durmiendo bajo el mismo techo.

Octavio comenzaba a comprender la magnitud de los acontecimientos, pero de forma lenta, pausada... dolorosa.

Su madre había medido mal sus acciones, tal y como lo había dicho incansablemente su hermana. ¿Cómo era posible que una niña de quince años pudiera anticiparse a los acontecimientos de esa manera? Desde luego, era un asunto misterioso que él no podía comprender, pero eso no era relevante. Conforme indagaba en las implicaciones de los hechos, concluyó que ya nada volvería a ser igual. Su madre había quedado en evidencia. No solo actuó de forma irresponsable, sino que puso en riesgos a sus propios hijos. Ahora lo sabía su padre y no había forma de negarlo. Esa era la realidad y en breve traería consigo serias implicaciones.

Curiosamente, por alguna razón desconocida, Octavio compartía la vergüenza que seguramente estaba experimentando su madre en ese instante. Inesperadamente, se sentía culpable, como si hubiese consentido aquel comportamiento y, por añadidura, encubierto las erráticas decisiones de su madre. En teoría, él era el hombre de la casa, estaba llamado a protegerla a ella y a su hermana, pero había fracasado; peor que eso, no había actuado como un *verdadero hombre*. La idea se le adhirió a la corteza cerebral. No podía dejar de pensar... si hubiese sido más protector y decidido, más certero y fuerte, René jamás hubiese entrado a sus vidas, su hermana nunca habría abandonado el departamento y seguirían juntos, sin problemas, felices. De forma errada, aquellas falacias se convirtieron en realidad para Octavio. Por eso, justo al ingresar en el *Aleph,* se convenció de que la responsabilidad absoluta de lo ocurrido era suya, solo suya.

Y aquello lo transformó.

Octavio, que no era más que un niño introvertido y encantador que luchaba con la timidez y su tartamudeo, de pronto se censuró a sí mismo. Por alguna razón, comenzó a verse con los ojos de un adulto y concluyó que hasta entonces había actuado como un chiquillo de siete años y no como un hombre de catorce. Había que corregir aquel asunto cuanto antes. ¡Era hora de madurar! Y lo iba a hacer, aunque no supiera exactamente lo que eso significaba. Tendría que descubrirlo a partir de ese momento. Buscaría la forma de entender aquel asunto y se transformaría en una figura fuerte, alguien en quien la gente buscara ayuda, el "verdadero hombre" que la sociedad y su familia exigía de él.

Paradójicamente, su llegada a Las Condes no facilitó su transición. Justo cuando Octavio pretendía actuar de forma madura, todo lo que le desagradaba se presentó de golpe en su vida. Primero entendió que en *El Aleph* se disfrutaba de una vida pomposa y, para su gusto, ligeramente pretenciosa. Al ver las dimensiones de la casa, no divisó un lugar seguro y cómodo, sino un exceso de espacio sin aprovechar y lleno de un lujo innecesario. Por supuesto, su perplejidad se multiplicó cuando descubrió que, además de Benito, la casa contaba con jardineros y empleadas de servicio que realizaban todas las labores domésticas. Aquello le incomodaba, pero no sabía decir por qué. Octavio nunca había sido un ferviente colaborador doméstico en Paula Jaraquemada o en Carlos Antúnez, pero, ciertamente, limpiaba y, en la mayoría de los casos, se cocinaba a sí mismo. Quizás por eso, al verse agasajado y servido por un grupo de personas desconocidas que eliminaban del todo la mayoría de sus responsabilidades, se sintió apenado, fuera de lugar y del todo ajeno a las dinámicas de la familia.

Para su despecho, aquello no había hecho más que comenzar.

A las pocas horas de haber llegado al *Aleph*, apareció la representante de su rabia más profunda, la esposa de su padre: Marta Blanco. Aquello era curioso, así como Octavio se adjudicaba erróneamente la responsabilidad de los actos de su madre, así también le cargaba injustamente la culpa del abandono de su padre a Marta. Sin embargo, ella no guardaba más que comprensión para aquel muchacho que rápidamente aceptó como uno más de su familia. Debido a ello, tal como había hecho con Dominique el primer día en que llegó, no tuvo reparos en cuanto a sus atenciones y esfuerzos por hacer de aquella experiencia algo agradable para Octavio. Él no lo sabía, pero Marta había crecido en una familia fragmentada y tormentosa. Por eso, anhelaba para sí misma algo diferente, un hogar unido y acogedor, un núcleo feliz en el que todos tuviesen un espacio para compartir y eso involucraba, desde luego, a los hijos de su esposo.

Por este motivo, lo primero que hizo Marta fue instalar a Octavio en la habitación de Jorge, el mayor de sus hijos. Ninguno de los dos manifestó incomodidad inmediata. Al contrario, donde uno veía un compañero de habitación, el otro encontró, por fin, la materialización de un sueño, la llegada de ese hermano que jamás había tenido. Naturalmente, la noticia fue agradable y representó un cambio positivo para los muchos elementos que incomodaban a Octavio respecto a esa nueva vida en la que aterrizaba. Pero no se detuvo allí. La curiosidad se apoderó de Isabel y Elena, las hijas de Marta, quienes acudieron a interrogar al curioso visitante y lo invitaron a explorar los jardines de la propiedad en una aventura digna de su niñez en Paula Jaraquemada.

Octavio, que estaba acostumbrado a ser un niño solitario, aceptó de inmediato la invitación y siguió los pasos de aquella pequeña tribu familiar hacia el mundo exterior. Solo entonces admitió que había ignorado un paraíso. En la distancia, miles de kilómetros se extendían hacia todos los puntos cardinales con las más exóticas vistas. Entre las favoritas de Octavio se encontraba el bosque de eucaliptos con sus troncos delgados y milimétricos que formaban pasillos naturales al correr entre ellos. También le agradaban los jardines. La variedad de sus flores y arbustos lo hacían lucir mucho más artificial que el de su abuela, pero estéticamente ofrecía una belleza envidiable. Naturalmente, ninguno de estos lugares se podía comparar a la piscina. Octavio solo se había sumergido en el estanque de patos que durante el verano servía de chapoteadero en la casa de sus abuelos. El contraste de ver tantos metros para nadar lo maravilló y le hicieron sentir otra vez ese cosquilleo propio de la curiosidad.

Al mismo tiempo, más allá de aquellos atractivos espacios, Octavio se enamoró profundamente de los bordes del terreno. Las cercas separaban la propiedad del Río Mapocho y desde aquel lugar se podía ver el discurrir de sus aguas. Tardó menos de unos minutos en descubrir algunas ranuras para salir fuera de las vallas de seguridad, aunque no lo dijo en voz alta. Desde luego, aquella sería una aventura exclusiva para alguien tan adulto como él. Ese fue el único secreto que se guardó; del resto, se entregó por completo a las aventuras que se abrían paso en medio de esos parajes naturales. Su imaginación volaba libre y se alegraba de sentir las risas de sus nuevos hermanos. Por un instante, al mirarlos, los confundió con Iván, Viviana y Dominique cuando eran pequeños. Un rumor de melancolía le nubló la vista y se vio forzado a admitir para sus adentros que los extrañaba.

Pero aquello era pasajero, como todo en su vida. Ahora él era el líder del grupo. Ya no era ese niño pequeño que seguía las órdenes. Era su turno de guiar a su grupo, enseñar nuevos juegos y dirigir a aquella pandilla que, de forma natural, le permitió ser su cabecilla. Su voz cantante era obedecida y eso se tradujo en una felicidad plena y absoluta. Junto a aquellos niños podía perderse por completo en un mundo mágico que creaba en cada aventura mientras el sol se desconchaba hasta adquirir el color pálido de la luna.

Tristemente, a Octavio la dicha no le duró más que un instante.

A la hora de la cena, las mujeres de la casa lo llevaron hasta su habitación y lo ayudaron a vestirse con ropas limpias. Aquello fue incómodo, pero no tanto como la cena. Al llegar al comedor, Octavio se estrelló con un complejo entramado de códigos y costumbres ajenas que no dejarían de atormentarlo hasta que se marchara de aquella casa. De alguna forma, aquel ritual lo regresó a las estrictas clases en el liceo francés. Mágicamente, los cubiertos se transformaron en pinceles y los platos en aquellas viejas libretas en las que debía escribir con una caligrafía perfecta y sin que chorreara la tinta, a no ser que deseara recibir un castigo físico.

Naturalmente, en la mesa de El Aleph no había tales reprimendas, pero tampoco podía decirse que eso lo aliviara. Entender aquellos códigos de lo que llamaban "las buenas costumbres" no le resultaba nada placentero. El proceso era aburridísimo y, a su entender, completamente innecesario. Octavio se inquietaba sobre su asiento, movía las piernas insistentemente y se impacientaba hasta alcanzar serios grados de hiperactividad mientras la mujer del servicio traía los platos y se los ofrecía con sumo protocolo a sus comensales. Eso era lo que más lo exasperaba. Por lo general, en su antigua casa, comía cuando lo deseaba, sin horarios y, generalmente, no demoraba más de diez o quince minutos. Ese era el tiempo lógico, después de todo, ¿qué tanto podía tardarse alguien en comer? No había razón para estirar una actividad tan simple, pero allí estaban, frente a la mesa, esperando cada plato en una velada que duraba más de dos horas.

Para complementar el tedio, Octavio centraba su atención en las vajillas. La mayoría debía de pertenecer a una herencia familiar, ya que eran de fina plata y se guardaban bajo llave en algún lugar de la casa. Curiosamente, toda esa opulencia en platos, copas y cubiertos contrastaba con alimentos que Octavio consideraba simplones. De hecho, el mismo arroz que había comido la noche anterior aparecía ahora revestido de un lujo innecesario en su plato, al igual que las legumbres y los caldos. No había nada que, objetivamente, Octavio pudiera considerar extraordinario. Era cierto que la variedad del menú superaba por tres lo que acostumbraba a comer, ya que se servían hasta cuatro platos a lo largo de la noche, pero ¿Cuál era el punto de usar una vajilla tan costosa para algo tan común? No lo entendía y, de muchas formas diferentes, lo repudiaba.

El último ingrediente de su nuevo hogar y, a su vez, de la cena, no era otro que la conversación. Cada miembro de la mesa debía tomar la palabra y narrar algo de su día. Eso liquidaba a Octavio. Rápidamente, aquellas conversaciones se transformaron en las más incómodas de su vida. Aun así, lo intentaba: escuchaba con atención, trataba de identificar algún elemento común con los relatos de sus hermanas pequeñas o con la propia Dominique, pero no había forma de copiarlos. Él no hacía nada productivo con sus días, al menos nada que pudiera decir en voz alta. Su amistad con Sandra y su extraña relación con Inés eran temas impronunciables, así que todo se reducía al liceo... el mismo al que tenía semanas sin acudir. De golpe, cada pregunta se convirtió en un interrogatorio que exponía de forma directa sus principales padecimientos. Octavio no tenía muchos amigos, no asistía a clases y, a grandes rasgos, llevaba una vida que desentonaba con la perfecta y ordenada rutina de aquella familia a la que había sido desterrado.

No lo supo entonces, pero sus días de vagar por las calles de Providencia habían terminado. Desde la mañana siguiente, su rutina estaría determinada por una férrea supervisión llena de horarios bien delimitados que comenzaban con el desayuno y el traslado hasta el liceo Lastarria por parte de Benito, y concluía con aquella cena incómoda e infinita de la cual no podía escapar. En pocas horas, Octavio sería encarcelado en una prisión de orden, rutinas y normas que lo obligarían a cambiar de forma drástica la mayor parte de los aspectos de su vida. No le iba a gustar en lo absoluto, pero, quisiera o no, en eso se transformaría su nueva realidad.

Al menos faltaban algunas horas para aquello.

Luego de la cena, Octavio se marchó hasta su habitación. Sentía el cuerpo cansado y la mente congestionada. Doce horas atrás, estaba tirado en el suelo de su cuarto, seguro de que su madre llegaría al día siguiente; ahora, estaba bajo el mismo techo que su padre y su hermana, obedeciendo una serie de costumbres que le resultaban ridículas y aceptando todas y cada una de las nuevas exigencias de aquel hogar al que nunca había pedido ir. Octavio no entendía nada. Los cambios no se le daban excesivamente bien y aquel día había experimentado todos los que podía resistir. Ahora era momento de cerrar los ojos y volver a un lugar más placentero, un lugar en el que nadie lo obligara a obedecer.

Era hora de dormir, dormir, dormir… quizás soñar y regresar a su habitación en Carlos Antúnez, bajar las escaleras y encontrarse con su madre; aunque, en su lugar, quien apareció en sus sueños fue la ensangrentada figura de René.

Dormir.

Soñar.

Y despertar creyendo que el sueño de la muerte pudo haber sido real: muy real.

12

Un nuevo año llegó a Santiago y con él, el mayor de todos los cambios. A partir de aquella fecha, nada volvió a ser igual. ¿Habrá advertido alguien en todo Chile que aquel número en el calendario escondía el inicio de una transformación? ¿Sabía Sandra en su mística e infinita sabiduría que 1970 sería el inicio y el fin de todo tal y como lo conocíamos? ¿Entendía Rosa o Gastón que se acercaban los corridos revolucionarios al país? ¿Imaginaban mis padres que sus estilos de vida estaban a punto de convertirse en una vorágine de supervivencia? ¿Podía alguien detener aquello? Por supuesto, la respuesta a todas y cada una de estas cuestiones era un absoluto, rotundo e inalterable «no».

Nadie sabía lo que ocurriría, pero tampoco podían evitarlo. La rueda estaba en movimiento y ya era imposible que se detuviera.

Para muchos, 1970 representaba el cambio de una década, un viraje brusco en el rumbo de la historia, un desafío al *status quo*, un cruce precipitado en el que más de nueve millones de chilenos nos vimos inmersos sin advertencias ni protocolos. La realidad de nuestra sociedad estaba a punto de transformarse y todo comenzaría con las elecciones presidenciales de aquel año.

Al inicio, nadie advirtió lo que se avecinaba. No había razones para que esta vez fuese diferente a los años anteriores. Los postulantes eran viejos conocidos: el doctor Salvador Allende, el ingeniero y empresario

384

Jorge Alessandri y el abogado Radomiro Tomic. Los tres inscribieron su candidatura en el primer mes del año sin ningún altercado o inconveniente. Por eso, en apariencia, nada había cambiado. Todo estaba en perfecta normalidad. Izquierda, centro y derecha, las viejas fuerzas políticas, mantenían su eterno pulso por el poder, nada más que eso. Sin embargo, tardaríamos varios meses en entender el complejo juego de alianzas y enemistades que debilitarían a unos y beneficiarían enormemente a otros.

No obstante, estas serían unas elecciones diferentes por motivos más profundos. En principio, al padrón electoral se sumaron voces particulares que pocas veces habían sido atendidas o escuchadas. Por ejemplo, la generación que creció con la Guerra de Vietnam, el rumor de la cultura hippie y la Revolución Cubana estaba a punto de votar por primera vez. Nadie advertía el valor desconocido de aquellos jóvenes, pero pronto lo iban a descubrir. Por otro lado, era la tercera ocasión en la que las mujeres tenían la oportunidad de elegir un candidato en las elecciones presidenciales. Aquello era algo realmente importante, ya que desde 1952 su participación se había duplicado hasta alcanzar una parcial equidad de género del 47% en el total de los votantes.

Además, la Ley de reforma Constitucional de aquel año redujo de veintiuno a dieciocho años la edad para ejercer el voto y, a su vez, brindó el derecho al sufragio a la población analfabeta. Estos elementos no eran factores menores, sino que representaron una de las mayores inclusiones de la historia de Chile en cuanto a participación electoral se refiere. Invariablemente, esto hizo que gran parte de la sociedad se sintiera involucrada en un proceso electoral en el que por primera vez tenían algo para decir y el derecho de elegir. Aquello tocaba fibras personales, marcaba una posibilidad de enviar un mensaje y esta idea lentamente fue calando en los votantes de todo el país.

Pero no deseo adelantarme a los acontecimientos.

Solo los que vivimos esa época podemos comprender las llamas de aquel fuego con el que se cocinó lentamente uno de los años más transformadores de nuestra historia. Chile iba a cambiar, pero lo haría de forma lenta, pausada, brindándonos la posibilidad de que todos entendiéramos las palabras de nuestro poeta Neruda… *«Nosotros, los de entonces, ya no somos los mismos»*. Aquello nunca tuvo tanto sentido como en 1970. Éramos y no éramos los mismos. Algo estaba sucediendo en todos nosotros, pero nadie tenía la capacidad de racionalizarlo o de decirlo en voz alta. Otra vez volvía aquel ronroneo del terremoto de Valdivia. Las entrañas de la tierra estaban a punto de volver a sacudirnos, pero nadie advertía las vibraciones ni el sonido del peligro.

Paradójicamente, si el país reflejaba cambios significativos a un ritmo pausado, en mi vida —y la de mi familia— sucedía todo lo contrario. Desde la llegada de Octavio, en diciembre del año anterior, no hubo tiempo de pausas. Día tras día, la vida en Las Condes —y fuera de ella— avanzaba a toda velocidad, como si estuviese decidida a llevarnos al final del viaje lo antes posible.

Al inicio, no hice gran cosa para entender la mudanza de mi hermano. Sabía que tarde o temprano iba a descubrirlo, así que no me esforcé en adelantar el proceso. Sin embargo, aunque las primeras semanas de Octavio en el *Aleph* fueron complicadas, me dejó claro que no iba a obtener ni una sola respuesta de él. Desde su llegada, se mostró distante y reservado. En lugar de apoyarse en mí, como lo había hecho en el pasado, mantuvo una saludable distancia que lo empujó a compartir más con sus nuevos hermanos que conmigo. Nunca supe si se trataba de un rencor sin sanar o si era el simple hecho de que prefería no interactuar con los fragmentos de una familia que, para él, estaba hecha añicos. Independientemente del motivo, sus esfuerzos por distanciarse de mí no rindieron frutos, ya que nos vimos obligados a compartir mucho más tiempo del que esperábamos.

A inicios de 1970 llegaron las vacaciones de verano. Las clases habían terminado, las notas finales tardarían en llegar y eso significaba mucho tiempo libre. Afortunadamente, mi madre nos invitó a un nuevo viaje por el Cono Sur, aunque este prometía ser ligeramente diferente.

Lejos de nuestra visita anterior por los museos y centros culturales de Argentina y Paraguay, en esta ocasión mi madre estaba decidida a transformar nuestro itinerario en el idilio de la juventud. El viaje tenía contemplado un rápida visita por la ciudad del tango y luego un cambio brusco hacia el imponente Uruguay, lo cual solo podía significar playa, sol y fiesta, mucha fiesta. Por supuesto, aquello parecía un reconocimiento de nuestra adolescencia. Ese año cumpliría dieciséis y Octavio, quince. Habíamos crecido mucho en poco tiempo y los planes de mi madre por primera vez parecían adaptados a nuestro entretenimiento y no al suyo.

Nuestra llegada a Argentina me hizo entender que ya no era la misma muchacha del pasado. Antes, al caminar, mis pisadas despertaban las desagradables miradas de los transeúntes. Sin embargo, ahora no se limitaban solo a ver, sino que pasaban a la persecución y rayaban en el acoso. Muchas veces me silbaban, me soltaban algún comentario o me perseguían por las calles. Aquello le sucedía con regularidad a mi madre, pero cada vez con menos frecuencia, ya que algo en su porte y sus facciones alejaba a los babosos.

Lamentablemente, todavía no había heredado aquella capacidad para alejar a los pervertidos. Desde luego, no se trataba de jovencitos de mi edad, sino de hombres en verdad mayores. Nadie se censuraba a la hora de mirarme o de dirigirme alguno de sus famosos «piropos» o «elogios», que no eran más que un acoso disfrazado de falsa galantería. Afortunadamente, desde aquel año, Octavio comenzó a actuar como un justiciero muy particular. Por alguna razón ajena a mi entendimiento, se volvió mucho más autoritario y sobreprotector. La cara de niño inocente y tranquilo que lo caracterizaba se transformó rápidamente en una morisqueta con la que intentaba, a costa de un gran esfuerzo, parecer alguien rudo. Fruncía el ceño, torcía los labios hacia un lado y caminaba con el pecho inflado y los hombros hacia atrás. Era un espectáculo del que evitaba burlarme, aunque me moría de ganas por hacerlo. Sin embargo, aquello parecía tener ciertos efectos. Sea por lástima o por genuina inquietud, los hombres se alejaban de nosotras y eso aumentó la confianza de Octavio.

De un día para otro, aquel muchachito flaco y huesudo adoptó las actitudes de todos los hombres que había conocido en su vida. Sin que fuese consciente, su timidez desapareció; logró camuflar su tartamudeo e irradiaba una falsa seguridad que lo hacía sentir dueño del mundo. Definitivamente, Octavio estaba cambiando, pero no lo supe por completo hasta que abordamos uno de los famosos barcos de Puerto Nuevo para ir hasta Uruguay.

Originalmente, el plan de mi madre consistía en visitar Punta del Este, pero como siempre andábamos faltos de presupuesto, pagó el pasaje sin camarote. Así, sin previo aviso, el viaje se convirtió en una fiesta de crucero. Como no podíamos dormir, ni teníamos un espacio en el cual descansar, solo nos quedaba disfrutar del frenético ambiente de la madrugada. En aquel barco, nadie quería hablar del cansancio. Nunca supe si, al igual que nosotros, aquellas personas tampoco habían pagado un camarote o simplemente disfrutaban de la marcha nocturna; independientemente de la razón, la música nos embriagó, al igual de todas las conversaciones que florecían en los diferentes espacios de aquel barco sonámbulo. Para todos, lo importante era disfrutar del momento, era un pacto tácito y así lo hicimos, incluyendo a mi madre, quien iba entablando amistad con todos los hombres con los que se cruzaba.

Por desgracia, Octavio no la pasó nada bien.

Mi hermano estaba decidido a ser un hombre y eso significaba, por algún motivo, protegernos a nosotras de las intenciones de cualquier pretendiente. Aquella madrugada pululó de un lado para otro, vigilándonos a ambas y examinando a quienes se nos acercaban. En muchas ocasiones irrumpía en medio de las conversaciones con las excusas más absurdas y nos alejaba de los sujetos que, según su criterio, parecían peligrosos. Los hombres se quedaban con su trago en la mano y una mirada llena de reproche y dudas. Curiosamente, todos los que se asemejaran físicamente a René eran buenos candidatos para ser separados de nuestra presencia.

Al inicio, aquello me pareció gracioso. Desde luego, no me interesaba conversar con todas las personas que se me acercaban y Octavio era un buen filtro para quitarme a los pesados de encima. Sin embargo, cuando comenzó a interferir en conversaciones realmente interesantes, no dudé en alejarlo a pesar de la actitud ofendida y colérica que adoptaba en esas situaciones. No lo advertí entonces pero comenzaba a actuar con ciertos patrones machistas. Desdichadamente, mi madre nunca pudo evitar su conducta. Con el tiempo descubrí que su sumisión no era más que un profundo sentimiento de culpa. Ella no tardó en comprender que su hijo sabía lo que había ocurrido. Por eso, luego del episodio de René, no había forma de evadir la mirada acusadora de Octavio. Así que antes que lidiar con el reproche de su incidente, prefería someterse a la voluntad de su hijo y alejarse del pretendiente de turno.

La actitud de Octavio se instauró de por vida en su forma de ser. Jamás dejaría de censurar la conducta de mi madre y durante todo el viaje cumplió con su papel de centinela. Aun así, rápidamente aprendimos a ignorarlo, y al bajar del barco, ya nos habíamos hecho a la idea de que tendríamos un simpático guardaespaldas que nos allanara el camino de molestias innecesarias.

Nuestro recorrido continuó al bajar del barco. Punta del Este relucía con todo el ritmo del verano. El sol tostaba las pieles, el mar salpicaba las costas y los precios, desdichadamente, eran capaces de alejar hasta el más distinguido ciudadano de clase media. Naturalmente, la estadía en este mítico paraíso duró un suspiro. No teníamos la menor posibilidad de ajustarnos al costo, ni siquiera a los precios más modestos de la zona. Fue una gran desilusión tener que marcharnos sin haber llegado siquiera, pero no había otra alternativa. Por la tarde, ya estábamos dando media vuelta hacia Montevideo, con los rostros cansados, los sentidos atrofiados y el sueño pegado en los párpados.

Por fin llegamos a la capital de Uruguay, la cual resultó ser mucho más económica y acogedora de lo que esperábamos. Nos hospedamos en una posada y tras unas cuantas horas de sueño, retomamos la marcha por las calles de la ciudad. Rápidamente descubrimos un ambiente drásticamente opuesto no solo al de Argentina, sino al de mi propio país. Se respiraba una inusual tranquilidad que nunca había experimentado. Las personas parecían alegres y emocionadas. Uruguay participaba en el Mundial de Fútbol que se celebraría en México ese año y se veía banderas nacionales por todas partes, como si hubiésemos llegado a una fecha patria. Los comercios tenían sus puertas abiertas para el público y atendían con un acento dulce y cariñoso que seducía los oídos. La prensa hablaba libremente de lo que ocurría en el país, sobre todo respecto a la guerra de guerrillas impulsadas por el Movimiento de Liberación Nacional-Tupamaros y la cartelera de los cines mostraba una infinidad de películas que en Chile ni siquiera se mencionaban.

Mi madre se entusiasmó con aquello y compramos entradas para los rotativos de la ciudad. Cuando comenzó la primera película, comprendí por qué los nombres de las películas no le resultaban familiares ni siquiera a Octavio. Lo que estaba ante nosotros no era otra cosa que *Persona*, una cinta prohibida en Chile que narraba desde sus protagonistas, Bibi Andersson y Liv Ullmann, temáticas como la identidad, el lesbianismo, el aborto y otros tópicos que en una sociedad tan conservadora y católica como la chilena eran motivo de censura.

Frente a aquella pantalla descubrí hasta qué punto mi realidad en Santiago estaba cercada por una serie de normativas de las que nunca fui consciente. En Chile se censuraba y mucho, no solo el cine, sino los libros, la radio e incluso la naciente televisión. En el caso de la industria cinematográfica, desde inicios del siglo, un conjunto de Comités clasificaban las películas nacionales y extranjeras de las carteleras según una serie de criterios y su aprobación o censura dependían exclusivamente de que su contenido no atentara contra la idea que tenía el Comité acerca de la moral, las buenas costumbres y la tranquilidad de la sociedad. Por eso, películas como *Persona* y tantas otras que estaban disponibles en Montevideo, jamás llegaron a las carteleras de Chile.

Pero la censura velaba, de alguna manera, por ofrecer contenido según determinadas edades. Aquellos Comités fueron los primeros en clasificar las películas por su audiencia. Por eso, mientras que en los rotativos de Uruguay había todo tipo de películas pornográficas a las que cualquier persona podía acceder sin mayor restricción, en Chile esto era algo más complejo y mal visto. Sin embargo, aquella libertad sin tapujos emocionaba intensamente a mi madre, quien compró entradas para ver varias de estas cintas. A nosotros nos resultaba ajeno y distante todo aquello, así que nos escapamos de la sala. Aquella era una experiencia que, invariablemente, no deseábamos conocer, al menos no todavía.

Durante nuestra estadía en Montevideo, cuando no estábamos en el cine, viajábamos a las playas de la periferia. No eran tan esplendorosas como las de Punta del Este, pero sus aguas eran cristalinas y hermosas; su arena saludable, caliente y amarilla; su gente alegre, fiestera y dispuesta a regalarle a los visitantes la compañía de la juventud. Parecía que nada malo pudiese suceder en aquel lugar. Al respirar, el aroma del mar se adentraba en el cuerpo y el sol tenía tal potencia que se podía nadar sin tener que regresar a la orilla cada diez minutos, como sucedía en Valparaíso. Eso, por encima de todo, resultaba delicioso, y la razón principal para dedicarle la mayor parte de mi tiempo al suave vaivén del mar sin que me importase nada de lo que ocurría en la orilla.

A la par, Octavio descubrió que tenía grandes habilidades en sus manos. En la playa conoció a un niño cuyos padres le habían obsequiado todo tipo de juguetes para construir castillos de arena. Junto a aquel muchachín, mi hermano fue edificando la mejor réplica que había visto de una ciudad medieval. Los pabellones contaban con sus muros, las almenas estaban firmemente detalladas, las torres parecían listas para defenderse ante una invasión y las murallas lucían impenetrables. Todos los que se acercaban no podían evitar detenerse para ver aquel maravilloso trabajo y el magistral despliegue de habilidad. Al final de la tarde, a Octavio le costó mucho despedirse de su obra, pero no había forma de llevársela consigo, ni siquiera la posibilidad de fotografiarla. Se despidió con una sonrisa triste, como todos los niños que dejan atrás un recuerdo al que regresarán durante la vejez.

En otros de nuestros paseos por el corazón de la Montevideo, exploramos los rincones menos concurridos de sus calzadas. Octavio y yo teníamos un gusto secreto, un pacto mudo que nos empujaba a buscar los tesoros de esos lugares a los que nadie dirigía la mirada. Era frecuente encontrar tendederos de baratijas, boticarios con medicinas naturales y hombres y mujeres que estaban más cerca de ser arqueólogos que vendedores, pues sus objetos antiguos de tribus y ciudades del mundo parecían dignos de cien expediciones. También había tiendas modestas, armadas con cuerdas y madera en los que se vendían libros de segunda mano y discos usados. Los paseos que nos acercaban hasta esos coleccionistas eran mis favoritos. Pasaba horas inspeccionando los autores y obras en venta, además de los vinilos y cantantes que, desde luego, no podía pagar.

Sin embargo, durante uno de los últimos días por Montevideo, nos cruzamos con un hombre mayor que había perdido la vista. Su cabello era gris y por sus manos se extendían unas venas gruesas como gusanos, rodeadas de una piel arrugada e intensamente blanca. Parecía un hombrecillo adorable que tomaba mate, usaba boina y se sentaba a escuchar el sonido de los transeúntes. Sin proponérselo, era el mejor vendedor que había conocido. Le bastaba el tacto para diferenciar cada producto de su improvisada tienda y se sabía de memoria cada disco que tenía en exhibición. Amaba la música tanto como a su país y cada vez que alguien le preguntaba por algún cantante, lo primero que hacía era tararear su canción más popular mientras localizaba el disco.

En mi caso, no hizo falta que me ayudara a encontrar lo que buscaba. No tenía intenciones de comprar nada, por eso me contentaba con analizar las carátulas de los vinilos. Siempre había algo de arte en aquellas creaciones. Al ver esos trabajos, recordaba a mi madre y sus obras de grabado. Me gustaba valorar cada detalle con cuidado y el tiempo necesario para hacerle honor a su creadora, porque si tenía algo claro en la vida eso era que detrás de cada carátula, había una mujer… una laboriosa y auténtica María Luisa. Había mucho amor en cada una de las imágenes que mis dedos intercambiaban. Los colores pasaban de las temperaturas frías de la nostalgia y las baladas a las llamas intensas de la rebeldía y el *rock and roll*. La transición carecía de puntos medios, al menos eso es lo que pensaba hasta que me crucé con los colores fuertes de un bosque. Aquellos tonos provenían de un disco cuyo estuche de madera irradiaba paz y sosiego. Era de color beige y, en el centro, llevaba grabada una paloma abstracta, con las alas pegadas al cuerpo y la mirada perdida en el horizonte. Debajo firmaba el autor, Daniel Viglietti, un cantautor cuya música tenía un carácter radical, además de un fuerte contenido social y de izquierda. El disco se llamaba *Canto Libre*, y aunque no conocía en profundidad al cantante ni la historia detrás de su obra, algo en aquella carátula me conmovió.

De inmediato, la saqué de la caja donde se guardaban los discos y vi su parte trasera. Allí se asomaba, juguetona, la cola de la paloma, como un detalle gracioso y enigmático. Junto a ella, los títulos de las canciones descendían como una cascada. Cada uno parecía una promesa de fuego, añoranza y revolución, pero una en concreto me atrapó. Era la número siete, *A una paloma*, marcada en letras negras, y por alguna razón, asumí que esa era la melodía más importante del disco, pues hacía referencia a su caratula. Sentí una conexión inmediata con aquello. De los lugares más recónditos de mi mente despertó la necesidad de poseer aquel disco. Era una sensación inusual. Jamás le pedía nada a mi madre, pero el álbum de Viglietti era un asunto diferente. Rogué por aquel disco… por aquella *palomita* y, afortunadamente, mis suplicas tuvieron éxito.

Me llevé el disco a casa, aunque no logré escucharlo hasta una semana después, cuando dejamos atrás aquel país aparentemente pequeño y lleno de grandes secretos que creía haber descubierto.

392

...

Retornar a Chile se sintió como volver al hogar luego de una larga ausencia. Por aquellos días, todavía tenía razones y personas que me mantenían arraigada a esa ciudad adormecida que me había visto crecer. Por un instante vino a mí la certeza de que mientras tuviese un lugar al cual regresar ese seguiría siendo mi país. Sin embargo, no pude evitar preguntarme si aquellos sentimientos tenían fecha de caducidad. ¿Me sentiría siempre bien recibida al regresar? ¿Contaría permanentemente con un hogar que me diera cobijo? Solo el tiempo revelaría el misterio pero, por primera vez en mi vida, tuve la sensación de que un día no muy lejanos, cuando mis padres no estuviesen a mi lado, aquella tierra me resultaría del todo ajena y distante.

De momento, aquello solo era una idea pasajera, así que le resté importancia.

Al salir de la estación del tren, caminamos por las calles de Santiago y descubrimos que la dinámica urbana mantenía su errático andar. Los ciudadanos se movían veloces hacia su tedioso destino, los vendedores ambulantes se acercaban sin temor al rechazo y los automóviles resonaban con sus claxon en medio de los atascos. Nada había cambiado en la repetitiva vida capitalina y, sin embargo, había algo ligeramente diferente. Apenas habíamos estado fuera del país durante dos meses, pero ahora que volvíamos a pisar las bulliciosas avenidas, fuimos testigos de las primeras pinceladas del maquillaje electoral. Los comandos de campaña habían iniciado la difusión de sus candidatos por las calles aquella primera semana de marzo. En las paredes y en los escaparates de las tiendas se mostraban orgullosos los primeros *flyers* de los contendientes presidenciales. Las fotografías retrataban a blanco y negro el semblante más agresivo o cautivador de Allende, Tomic y Alessandri. Las personas los veían y encontraban en ellos al enemigo o al aliado, sin puntos medios. Todavía no había mucho material electoral desplegado; apenas era el comienzo de lo que vendría en los próximos meses de campaña, pero aquello ya anunciaba una batalla encarnizada para llegar al poder en la que valía todo y cualquier acto estaba justificado. Lo más curioso era que las consignas que acompañaban los rostros de aquellos hombres parecían amenazas a sus contrincantes y a los habitantes que no los apoyaban. Lejos de animarme alguna de ellas, me ayudaron a entender que allí no había nada para mí.

Pasé de largo frente aquellos rostros, como tantos otros ciudadanos de la capital, y me dirigí hacia la irremediable despedida de mi madre. Nuestros caminos ya no se conectaban; las mismas calles nunca nos volverían a dirigir al mismo destino, pero eso daba igual. Ella parecía más tranquila, como si al fin hubiese aceptado el destino, la ruptura con Enrique y los vaivenes de una vida llena de tropiezos y desaciertos. No hablamos en el camino y nos separamos en Providencia como lo hacen los buenos amigos, con una sonrisa, un movimiento de manos en señal de despedida y un «*hasta la próxima*».

Nuestro regreso a Las Condes no pudo ser mejor recibido. No imaginaba cuántas cosas podían suceder en ocho semanas, pero estaba claro que algo había cambiado. Desde luego, no tardamos en enterarnos.

El caballo azul, la legendaria librería de mi padre, había dado su última marcha a galope. Luego de poco más de un año desde su inauguración, las hojas de contabilidad no soportaban más números en negativo. Marta y Enrique no sabían en dónde se habían equivocado. Indudablemente, no era un asunto de promoción. Todos los fines de semana la librería se llenaba gracias a la realización de algún evento, recital, bautizo de libro o taller literario, pero ni siquiera eso había impedido el inalterable declive. El fracaso, según las reflexiones de mi padre, se debía a la ubicación de las Torres de Tajamar, pues se encontraban a unos cuantos kilómetros de la avenida principal de Providencia y eso alejaba el flujo de peatones. Marta, por su parte, era ligeramente más pesimista. Ella creía que la causa residía en el desinterés de la sociedad por la literatura. Según sus investigaciones, la supervivencia de las librerías dependía exclusivamente de la venta de material escolar, después de todo, aquellos eran los únicos libros que los santiaguinos estaban obligados a comprar. Era una realidad decepcionante y difícil de digerir para ambos, pero no podían seguir engañándose. La librería había fracasado y, con ella, se esfumaba su inversión y la promesa de retorno.

Mientras nos narraban la crónica de aquella tragedia, yo solo podía recordar el amplio espacio de *El caballo azul* y todas las personas que acudieron a su inauguración. ¿Alguna habría regresado para comprar algo? Ya no importaba, por supuesto, pero me resultaba doloroso saber que un espacio como aquel iba a desaparecer. Aquella librería se había transformado en mi refugio predilecto, sobre todo en aquellos días en los que deseaba escapar de Carlos Antúnez. ¿Le importaría a alguien que cerrara? No demasiado, seguramente. Aquel era otro proyecto que nacía y moría sin consagración. Negocios, nada más que eso. Así era la vida, lo apunté mentalmente para el futuro.

—Y los libros… ¿qué pasará con ellos? —pregunté, distraída.

Mi padre me vio desconcertado, en algún rincón de su mente se maravillaba de que su hija se preocupara por el conocimiento, pero, en el resto de su cabeza, se preguntaba si aquello era una broma, ¿qué importancia tenían los libros en medio de la quiebra?

—Ya encontraré dónde dejarlos —respondió sin demasiado interés—. Pero eso no es lo importante. Dada la delicada situación económica, van a cambiar algunas cosas...

Los cambios, por supuesto, no fueron tímidos. En principio, la difícil situación obligó a mi padre a recurrir a su verdadero método de ingreso económico: la universidad. Y es que si Enrique había logrado tener el dinero necesario para comprar —junto a Marta—, una casa como aquella, mantener personal de servicio, un automóvil y cinco hijos no era precisamente por la venta de sus libros ni el resto de sus labores, sino por las clases que dictaba en los Estados Unidos. El dólar siempre había sido el gran amigo de la clase media latinoamericana; por ello, viajar algunos meses por aquel país de las oportunidades le brindaba los ingresos necesarios para vivir en Chile con cierta holgura. Sin embargo, aquello no le hacía feliz. No disfrutaba corregir los cuadernos de sus alumnos, mucho menos cuando lejos de dictar sus clases de literatura latinoamericana se veía forzado a instruirlos en el complejo mundo del idioma castellano. Se mortificaba y rabiaba cada vez que debía evaluar la pronunciación de sus alumnos o cuando las correcciones lo obligaban a leer sus extrañas caligrafías, pero nunca se quejaba en voz alta. Naturalmente, el ánimo le cambiaba, las facciones de su rostro se contraían hasta formar una morisqueta y suspiraba con mayor regularidad, pero jamás decía una palabra al respecto. Agradecía aquellas oportunidades con sinceridad y cuando el contexto familiar se lo exigía, se arremangaba la camisa y cumplía con su deber.

Desde luego, a lo largo de su vida el deber lo llamó en más oportunidades de las que deseaba. Su objetivo siempre fue labrarse varias fuentes de ingresos y, de ser posible, todas ellas en Chile y a través de la literatura; sin embargo, todavía estaba lejos de conseguirlo. Ahora las necesidades del hogar lo reclamaban una vez más y en siete días tomaría un vuelo junto a Marta y sus hijas hacia la desconocida Utah. Había llegado la hora de que mis hermanas visitaran Estados Unidos, aunque no parecían del todo emocionadas. Sus rostros delataban el temor que les suponía tener que enfrentarse a las alturas del avión y a las barreras del idioma de aquel país lejano. No envidiaba su suerte. En aquel momento me sentía contenta en Santiago. Allí estaba rodeada de amigos y familiares, agradecía que ese fuera mi lugar, así que me alegró que la decisión no nos contemplara a nosotros.

No obstante, esto no nos eximía de responsabilidades. Quedarnos implicaba cumplir con una serie de deberes. Benito estaría a cargo de la casa y de nuestro bienestar, cosa lógica, pero a nosotros nos tocaba cuidar a Jorge y el estudio de mi padre. También debíamos vigilar los movimientos del personal y velar por el bienestar de *El Aleph*. Además, se nos exigía que le escribiéramos una vez al mes cómo iba todo por Chile y Las Condes. No era una petición, por supuesto, sino nuestra justa contribución al deber familiar. Las instrucciones nos la compartían a ambos, pero sabía que iban dirigidas a mí. Octavio estaba lo suficientemente desconcertado como para no entender lo que escuchaba. La noticia suponía el fin de la breve estabilidad de la que había disfrutado un par de meses y eso no era fácil de digerir.

Esa noche, la cena fue inusual.

El protagonista de la velada fue el silencio. Era denso y ensordecedor, solo lo interrumpía el ruido de los cubiertos y los pasos de la mujer del servicio. La comida que depositaba en la mesa era deliciosa, hecha en su punto. Al entrar, calentaba la boca sin quemar. Sirvieron soufflé de coliflor, *roast beef* con cortes esplendidos y finos y una ensalada verde, demasiado verde, todo eso acompañado de abundante vino y una jarra de agua, aunque a Marta le hubiese gustado que hubiese alguna que otra Coca-Cola.

Ante aquellos manjares, comíamos con la cabeza gacha, mirando fijamente los platos. Nadie era capaz de hacer las típicas preguntas de todas las noches. Todos parecíamos perdidos en nuestras propias preocupaciones. La situación no era fatal, pero marcaba una curva en la rutina de la familia, una alteración inesperada que nos separaría en menos de una semana. Aun así, a pesar del irregular estado de ánimo en el que nos encontrábamos, era inusual que mi padre no dijera nada; presentía que tenía otro tema por abordar, aunque se estaba tomando su tiempo para soltarlo. Lo llevaba pintado en el rostro. Tenía esa mirada adusta y penetrante de adulto que tanto le disgustaba adoptar y de vez en cuando posaba sus ojos sobre Octavio. Él no lo advertía, pues se mantenía concentrado en su apetitosa coliflor.

¿Había hecho algo malo? Recibí la respuesta al instante.

—Octavio… —dijo mi padre con calma mientras sacaba un papel de su bolsillo. De inmediato, el mentado lo vio con los ojos escurridizos y nerviosos de un ratoncillo—. Tu madre me hizo llegar esta nota. ¿Sabes lo que dice?

—N-no —se apresuró a responder Octavio. En la mesa, todos dejamos de comer ante el enigma de aquella hoja. Marta tenía los labios rígidos y el resto de mis hermanos tenían los ojos inquietos, llenos de curiosidad. Tras unos segundos de silencio, mi hermano se apresuró a responder con un tono que disimulaba muy mal su miedo—, no lo sé, papá.

—Es una nota del liceo Lastarria, hijo —respondió serio, mirándolo fijamente desde la cabecera de la mesa—. ¿Hay algo que quieras contarme?

Octavio enmudeció y el rostro se le puso pálido como la leche cortada. Abrió la boca, pero no le salieron las palabras. Tampoco sabía muy bien qué decir. Para el resto, aquella nota podía ser cualquier cosa, pero él tenía una idea acertada de lo que habrían escrito en ella. La realidad al fin lo había alcanzado y ahora debía afrontarla.

—No he te-tenido buenas no-notas papá —soltó Octavio sin mirar a nadie. Parecía avergonzado, aunque era difícil precisar si se debía a sus calificaciones o a tener que admitirlo en voz alta.

Mi padre se mostró complacido, después de todo, si había algo que valoraba enormemente era la valentía de afrontar los hechos tal y como venían.

—Tampoco ha desaparecido el tartamudeo. ¿Sigues tratando de escribir con la mano derecha?

397

—Sí, to-todavía —reconoció Octavio—. He tra-tratado de hacerlo, pe-pero no pu-puedo.

Mi padre se quedó mirándolo fijamente hasta que resultó incómodo, luego se aclaró la garganta.

—Creo que es mejor que dejes de intentarlo. Nunca me pareció buena idea esa decisión… Hay cosas que no se pueden cambiar, Octavio. Solo podemos aprender a transformar nuestras rarezas en algo que nos haga más fuertes. Tal vez tu tartamudeo no se vaya nunca, pero no puede limitarte —mi hermano escuchaba todo con los ojos bien abiertos. Absorbía aquellas palabras con una sedienta necesidad. ¿Sería cierto todo eso que decía? Octavio no se atrevía a ponerlo en duda, solo escuchaba con un interés desconocido—. Se burlarán de ti, te pondrán apodos y hasta podrían tratarte diferente, pero deberás esforzarte el doble para demostrarte a ti mismo que eres más que un tartamudeo —Enrique se detuvo un instante, luego continuó con una seguridad que no admitía réplicas—. Eres más que eso y las notas reflejan muy poco de lo que puedes llegar a ser… si te lo propones.

A ambos lados de la mesa, todos nos sentíamos como intrusos en medio de aquella conversación. Sin embargo, no queríamos dejar de escuchar. Era agradable presenciar una postura como aquella, sobre todo porque ninguno de nosotros estaba exento de equivocaciones o de ocupar, algún día, el papel que en ese momento representaba Octavio.

A diferencia de nosotros, Marta no parecía fuera de lugar, sino profundamente concentrada en mí hermano.

—Sabes, Octavio —intervino Marta para sorpresa de todos, incluso de mi padre—. Yo también soy zurda. Somos pocos los que nacemos con esta peculiaridad. Algunos consideran que es un don, una extraña posibilidad que nos hace resolver y adaptarnos al mundo desde la creatividad. No vemos las mismas cosas que el resto de las personas, eso te lo aseguro. En ello reside nuestra principal virtud, pero también una de nuestras grandes desventajas —Marta se detenía de vez en cuando. Octavio la miraba con desconfianza, pero, conforme hablaba, algo en él iba cambiando—. A veces, nuestra vida es un poco más difícil. Hemos sido castigados desde pequeños por no poder resistirnos a nuestra propia naturaleza a la hora de escribir y el simple acto de intentarlo, en ocasiones, nos produce daños severos, como es el caso de tu tartamudeo —en ese instante, Marta se permitió suspirar—. Para el mundo, ser diestro es sinónimo de destreza, mientras que a nosotros nos consideran personas atípicas, improbables, incluso anormales, pero no eres nada de eso. Hay una larga lista de intelectuales, músicos, inventores y científicos que fueron zurdos. Cada uno de ellos fueron personas extraordinarias y si te esfuerzas, algún día tú podrías estar entre ellos... si te esfuerzas de verdad, podrás convertir esta peculiaridad en algo único, en algo que te haga sentir agradecido y feliz contigo mismo.

Por primera vez desde que Octavio conoció a Marta se permitió verla a los ojos y dirigirle una mirada de agradecimiento. No comprendía del todo lo que acababa de decirle, por supuesto. ¿Cuáles debían ser sus esfuerzos? ¿Cómo podía mejorar si todo lo que hacía salía mal? ¿Qué camino debía tomar para cambiar su realidad? Era más difícil que solo proponérselo, pero aquellas palabras lo hicieron sentir diferente, comprendido... acompañado por alguien más que sus propios pensamientos y sus ideas erráticas. Entendió que no era un bicho raro, que podía ser él mismo y no tenía que fingir más.

Podía ser un zurdo tartamudo sin que nadie se lo reprochara. Eso ya era un comienzo.

—Hay otro asunto del que debemos hablar, papucho —dijo Enrique luego de hacerle una reverencia de agradecimiento a su mujer—. La nota venía acompañada de tu expulsión del liceo —la angustia volvió a ensombrecer el rostro de Octavio. ¿Explicaría la nota sus permanentes escapadas o sus infinitas inasistencias?—. ¡Expulsado! —repitió con un bufido—. ¡Por indisciplina! ¡Qué sabrán ellos! Nunca han sabido reconocer el talento ni cuando lo tienen de frente. A mí también me expulsaron cuando tenía tu edad, ¿lo sabías? —mi hermano negó con la cabeza, incrédulo por lo que escuchaba—. Así fue y por la misma razón. Claro que somos dos indisciplinados, ¡unos extraordinarios indisciplinados...! Eres el segundo Lafourcade que lo intenta, hijo, pero no te sientas mal por no lograrlo: me alegra que las tradiciones se mantengan.

Solo en ese momento, mi hermano se permitió reír. Su rostro no solo parecía aliviado, sino agradecido, feliz, comprendido. Todos sus miedos habían desparecido en un instante. Su risa no estaba sola, todos lo acompañamos a la vez, incluso mi padre se permitió participar.

Entonces, mágicamente, la escena dramática había desaparecido… no, de hecho, nunca existió. El temor de Octavio era infundado. No había peligro, ni la menor posibilidad de sufrir un regaño o un castigo. Esa no era la forma de educar de nuestros padres. Para ellos, había algo más importante que una buena nota o la disciplina y eso era el fracaso, la experiencia individual y la libertad. No solo nos dejaban equivocarnos, sino que, al hacerlo, reaccionaban de forma positiva. Jamás censuraron nuestros errores, tampoco los suyos. No pretendían ser modelos a seguir. Se mostraban tal y como eran, con sus virtudes y talentos, pero también con sus vicios y sus bajas pasiones. Dejaban que aprendiéramos de sus actos buenos tanto como de los malos y parecían conforme con esa metodología de enseñanza.

Tardé varias décadas en entender aquello, pero sus efectos moldearon nuestra forma de percibir y comprender la vida. Mis padres no se escondían jamás. Dejaban a nuestro criterio el juzgar acertadamente el bien y el mal en sus acciones. Por eso, jamás impusieron un modelo, ni una creencia determinada; jamás nos limitaron ni trataron de marcarnos el camino correcto; solo velaban por nuestro bienestar indispensable, el resto corría por nuestra cuenta. Éramos libres de elegir y equivocarnos, de aprender y crecer, a nuestro ritmo, sin barreras ni tabúes, abrazados por las posibilidades y la certeza de que nunca nos darían la espalda ni reprocharían nuestras decisiones.

Por el contrario, mis compañeros de clase experimentaron una crianza diferente. Cuando lo pienso, entiendo que Lilian, Beatriz o Alejandro estaban sometidos a cumplir con ciertas expectativas y obligados a rendir cuentas de sus decisiones y sufrir o ser recompensados por ellas. Ninguno tenía la libertad para equivocarse sin sufrir un severo castigo, además de numerosas reprimendas capaces de transformarse en traumas o miedos a largo plazo.

Al igual que ellos, muchos otros jóvenes de mi generación crecieron con figuras de autoridad que se mostraban como seres inmaculados y correctos a pesar de mantener relaciones disfuncionales, comunicación limitada, nulo manejo de sus emociones y un gigantesco ego que les impedía aceptar sus actitudes nocivas, las cuales se esforzaban de esconder torpemente, aunque todo era inútil. Los niños nunca olvidan y saben ver más allá de las pobres apariencias que guardan los adultos.

Todos conocían los defectos de sus padres, pero fingían que no existían y obedecían sus órdenes marciales sin rechistar, pues no había forma de esquivar la disciplina marcial y asfixiante que regía sus mundos. No había espacio para réplicas ni oportunidad alguna de pensar diferente.

Luego de muchas reflexiones, hoy puedo comprender la confianza que depositaban mis padres en nosotros. En su momento, a Octavio y a mí nos parecía que, de alguna manera, trataban de evadir sus responsabilidades, pero lo suyo no era descuido ni abandono —aunque muchas personas podrían haberlo considerado así—, sino, más bien, una mezcla de valor y de fe. Resulta difícil brindarle libertad a alguien que con toda seguridad va a equivocarse y sufrirá por ello. Sin embargo, en su entendimiento de cómo debía ser la crianza, no había otra forma de educarnos. Ellos estaban seguros de que sacaríamos las mejores lecciones de cada experiencia y estarían allí para sufrir junto a nosotros cuando saliera mal.

Me hicieron falta más de cuarenta años para comprender que, con sus errores y aciertos, su forma de educarnos y querernos se fundamentaba en la libertad. *Libertad*, para equivocarnos y seguir siendo apoyados; *libertad*, para soñar y alcanzar lo que deseáramos; *libertad*, para experimentar la vida en primera persona, sin temores ni prohibiciones, sin coacciones o castigos; *libertad*, con todos sus peligros y ventajas, con sus riesgos y desafíos, con sus bondades y cambios; *libertad*, para que nunca tuviéramos temor de confesarles nuestros secretos o temores, para encontrar en ellos un aliado y jamás un verdugo, para crecer sin límites, aprendiendo de sus pasos y disfrutando al dar los nuestros.

Libertad. Nada más que eso.

Al morir la risa, Octavio volvía a estar preocupado.

—Papá, ¿qué va a pa-pasar conmigo ahora? ¿Dónde voy a es-estudiar? —preguntó con cuidado.

—Tu mamá ya lo solucionó. La semana entrante iniciarás en la Escuela Experimental de Educación Artística —Octavio abrió los ojos y la boca en un gesto de asombro. Por un instante, volví a ver al niño temeroso y travieso que organizaba las exploraciones por los rincones de la 115. Aquel cambio le gustaba, aunque no sabía explicar el motivo—. Es una institución un poco… diferente, como nosotros, pero creo que vas a disfrutar de ella —mi padre miró a Marta con una sonrisa y, antes de volver a su plato, sentenció—: Estoy seguro de ello.

Esa noche todos dormimos plácidamente, incluso Octavio, quien dejó las pesadillas, el sonido de la madera dilatada y el susurro del viento que chocaba contra el techo y los reemplazó por una paz que hacía mucho tiempo no experimentaba. Todo estaba cambiando y mi hermano también estaba dentro de la rueda indetenible del futuro.

Todo estaba por comenzar…

13

Siete días después de aquella conversación, Enrique y Marta, junto a sus hijas, tomaron un vuelo hacia el norte. Aunque seguramente los viajes aéreos habían cambiado considerablemente desde 1961, tendrían que hacer varias escalas en otros países. No los envidiaba. Nosotros no los acompañamos hasta el aeropuerto, sino que nos despedimos en la rotonda del *Aleph*. Nos abrazamos por inercia y luego, Octavio, Jorge y yo nos quedamos allí, estáticos, moviendo las manos en señal de despedida mientras el automóvil desaparecía de nuestro campo de visión. En alguna pradera de nuestro adormilado pensamiento creíamos que volveríamos a verlos en menos de una hora, pero no fue así. Pasaron días y meses; regresó el automóvil y Benito, pero ellos no.

Al día siguiente, nos llevaron al colegio.

Esa mañana, Octavio no era el único emocionado. Para mí también era el comienzo de algo nuevo. Desde luego, no me habían cambiado del liceo francés, aunque no faltaban motivos para hacerlo. A pesar de haber aprobado satisfactoriamente todas las materias y recibir algunos diplomas por mi alto rendimiento académico, la institución decidió acabar con mi beca debido al aparente bienestar económico de mi padre. Eso no le hizo mucha gracia, pero, afortunadamente, me mantuvo en el liceo. Sin embargo, en ese nuevo ciclo escolar al fin decidí inscribirme en clases de ruso. Llevaba mucho tiempo meditando aquella idea. En menos de dos años tendría que enfrentarme a las pruebas de admisión a la universidad y, a pesar de los anhelos de mi padre, no deseaba estudiar una carrera humanística ni nada relacionado con el arte, sino, más bien, con las ciencias duras y la matemática. Sabía que, desde algún lugar entre el ser y la nada, mi abuelo estaba complacido con aquella determinación y la mejor manera de cumplirla, según entendía, era postulando a una beca para estudiar en la Unión Soviética.

No eran raras estas becas, aunque la mayoría de mis compañeros no tenían ningún interés en ellas. Por suerte, mi madre conocía a muchas personas que habían sido beneficiadas por ellas, también a numerosas figuras que eran invitadas para ampliar sus conocimientos en aquel colosal territorio del que emergían los genios de varias ramas del saber. Desde luego, mi lógica y mis ideas ignoraban todo lo que se escondía detrás de esas "oportunidades" aparentemente accesibles; desconocía del todo los engranajes que movían aquel país, su ideología y lo que exigía a los aspirantes, pero pronto iba a descubrirlo.

Aun así, inscribirme en las clases de ruso no fue nada difícil. Mi madre me apoyó sin condiciones ni preguntas. Ella tenía una agenda con los teléfonos de los agregados culturales de cada embajada; como representante del Museo de Bellas Artes, se mantenía en comunicación continua con la mayoría. María Luisa acudía a sus eventos y ellos colaboraban en los suyos. Gracias a ese intercambio me concedieron un cupo para aprender aquel idioma del que no sabía ni siquiera las vocales. Veía clases los lunes y los viernes, luego de salir del colegio. Acudía al barrio República cerrando la tarde y salía de ellas con la cabeza aturdida y amparada por la oscuridad y la luna. Para entonces, regresar a Las Condes me quedaba a más de dieciocho kilómetros, así que, por lo general, tomaba un autobús hacia Paula Jaraquemada o Carlos Antúnez y me refugiaba en aquellos lugares hasta el día siguiente.

Las clases de ruso eran duras y precisas, como la bala de un francotirador. Había poco margen para improvisaciones o descuidos. El idioma no se me daba especialmente bien. Los aprendizajes básicos que me había dejado el francés y en el inglés eran del todo insuficientes en aquel terreno inexplorado. El ruso doblegaba todo lo que había aprendido hasta entonces y me exigía una disciplina desconocida. Además, los profesores eran tan cuadriculados como un militar y sus clases entumecían los sentidos. Sin embargo, por aquella época no me detuve a analizar los hechos con suficiente profundidad: el tiempo no me lo permitía.

Y es que con el nuevo año escolar, mi rutina sufrió una extraña metamorfosis. Cada semana pasaba más horas fuera de casa y no había día que me encontrara sin un libro en la mano. Las clases en el liceo francés comenzaron a ser más demandantes, como un novio celoso, y en nombre del futuro y las pruebas de admisión universitaria —las cuales llegarían en un par de años—, parecía que todo estaba permitido. Aquellas jornadas exhaustivas siempre dejaba a algún compañero con una queja entre los labios y preguntándose por qué tanto desespero. Los profesores, por su parte, ignoraban los reproches y seguían en su enérgica lucha. Al final de las clases, siempre encontraban un espacio para advertirnos de la dificultad que se avecinaba y lo determinante que resultaba la admisión a una buena universidad para alcanzar un futuro prometedor. *« C'est pour ton propre bien»*, decían, y nosotros no podíamos hacer otra cosa que asentir ante sus demandantes asignaturas, volcarnos por completo en la tarea de superar sus expectativas y correr hasta la biblioteca para formar grupos de estudios y repasar los libros y los apuntes durante las horas libres.

Por esa época, mis compañeros comenzaron a dar el estirón. Durante las vacaciones de verano, Alejandro creció media cabeza, al igual que Beatriz y Lilian. Sin embargo, yo me quedé del mismo tamaño. Medía poco más de metro cincuenta y lentamente me fui acostumbrando a ver el mundo desde una altura diferente. Me convencí de que, lejos de ser una desventaja, me brindaba una perspectiva diferente de la realidad, una mirada desde un ángulo que pocos poseían.

Curiosamente, mis amigos no solo habían crecido, sino que se mostraban mucho más abiertos a hablar de política y desigualdades sociales. Alejandro parecía cansado de la izquierda, pero su abuelo, fiel amigo de Pablo Neruda, lo hacía mantenerse en el que creía era el rumbo correcto para el país y su nieto. Desdichadamente para él, Alejandro mantenía su tono mordaz y esgrimía su característico cinismo en cada ocasión que se le presentaba… y la política tenía muchas situaciones que encontraba jocosas. Beatriz, por su parte, llevaba la mirada encendida y se sumaba a cualquier debate que surgía

405

en los recreos, almuerzos y esos breves minutos de caminatas por los pasillos entre clase y clase. Por alguna razón, esa llama que había visto en ella la primera vez que la conocí estaba a punto de convertirse en incendio; era cuestión de tiempo. Un día, su fuego terminaría por convertirse en una llama incontrolable. En el caso de Lilian, ella se mostraba más reservada. Ante la figura de Allende, un aire dubitativo y temeroso se apoderaba de cada facción de su cara. La simple mención le incomodaba, aunque prefería mantener un silencio sepulcral y libre de opiniones. Nadie adivinaba lo que ocurría en su hogar ni la decisión que estaba a punto de tomar su familia.

¿Y qué hacía yo?

Absolutamente nada.

Escuchaba con atención, me nutría de las opiniones y trataba de moldear la mía. Participaba tímidamente y todo lo que llegaba a mis oídos me despertaba más entusiasmo que los *flyers* de los candidatos que veía regularmente por las calles. Para entonces, todavía no había una polarización tan marcada como la que llegaría en algunos meses. En marzo, la izquierda y la derecha se atacaban con argumentos, debatían acerca de los valores y los programas de cada partido, su visión de futuro y sus proyectos. Era tal la armonía democrática que los jóvenes también adoptamos esa postura y, al conversar, procurábamos no atacar, sino mostrar lo que representaba cada bloque político. En nuestros rostros llevábamos una juventud hambrienta que estaba en pleno crecimiento. A nuestra manera, anhelábamos sumar nuestra voz a ese futuro que habría de llegar, aunque no teníamos idea de cómo sería.

No podía escucharlo entonces, pero el sonido del cambio retumbaba por las callejuelas y los bares; se abría paso por el transporte público y en los cines; irrumpía en las escuelas y los hogares: algo estaba cambiando, cambiando… cambiando.

¿Por qué tiene tanto poder esa palabra? Tal vez se deba al hecho de que, cuando ocurre, nunca somos capaces de notarlo. Las transformaciones pocas veces son dramáticas o repentinas. En muchas ocasiones, los cambios llegan de forma tan pausada y lenta que ni siquiera somos conscientes de que están sucediendo. Un día aparece un hecho, luego otro y uno más; entonces, cuando los observamos como un conjunto, logramos concluir que estamos ante el comienzo de algo nuevo; algo que supone un antes y un después en nuestra vida; algo que determina drásticamente el porvenir y la forma en que nos enfrentaremos al futuro. Desde ese punto, todo transcurre como en un sueño. Los cambios sacuden los cimientos de nuestro mundo. La vida parece la misma, pero no lo es; nosotros tampoco. Día tras día, mudamos de piel, nos convertimos en personas diferentes, tomamos decisiones y cumplimos con aquello que nos demanda la consciencia y nuestros anhelos: cambiamos. Algunos lo hacen de forma lenta, pausada; otros rápida y explosiva. Unos y otros chocamos en medio del caos hasta dar los primeros pasos hacia una nueva época.

¿Fue 1970 el surgimiento de una época? Decididamente lo fue. A pesar de que no fuésemos capaces de verlo en el momento —nadie es capaz de percibirlo mientras lo vive—, aquel año algo cambió en la sociedad chilena. Primero llegaron unas elecciones, después una legislatura y luego... luego el absoluto caos. Y en medio de aquellos años que van desde 1970 a 1973, nosotros, los habitantes de aquel tiempo, también nos vimos navegando en un mundo que se transformaba ante nuestros ojos, un hecho a la vez.

Para mí, uno de esos vientos de cambio llegó cuando regresé a Paula Jaraquemada, a finales de marzo, y encontré un país pequeñito entre las verjas y las enredaderas de suspiros y melancolías. Durante aquellos meses en los que estuve de vacaciones, la 115 había sufrido la que sería, probablemente, su última gran transformación, el último aliento de vida de unas casonas que respiraban con los pulmones de sus inquilinos y absorbía la energía de sus miembros.

Desde la fachada se anunciaba el cambio: «*Se venden juncos, huevos, bordados y libros*», rezaba aquel antiguo cartelito de madera que se había adherido al metal de las rejas como si brotara de ellas. Lo habían barnizado y rellenado con una caligrafía preciosa con tinta oscura y pareja. Las rejas también estaban recién pintadas, al igual que la fachada de las casonas. Los colores volvían a relucir con la misma intensidad que antaño y la maleza del jardín había retrocedido hasta representar la misma amenaza que una abeja. Daba la sensación de que don Enrique Lafourcade se había levantado de la tumba con el único objetivo de regresar a su morada y dotarla de la antigua vitalidad que poseía antes de su precipitada partida hacia aquel país desconocido que era la muerte.

407

Al ingresar, los aromas de mi niñez me saludaron con la impaciencia de los viejos amigos. Las enredaderas de glicinas seguían oponiéndose al avance del tiempo y parecían vivarachas, casi recién florecidas con sus hermosos pétalos violetas y ese aroma que al ingresar en los pulmones duraba horas en desaparecer. El parrón seguía igual que siempre: sólido, antiguo y terco; el techo de la casa había sido reparado con madera fuerte de roble y los huertos supervivientes a la desidia de los años anteriores se mostraban generosos con sus frutos multicolores.

Entre todas esas imágenes familiares, destacaba algo desconocido. Era una puerta antigua, tapiada mucho tiempo atrás por los alemanes y que jamás había visto. Se encontraba fuera de la casa, entre las rejas y los muros de barro que cercaban el terreno. Llevaba décadas sin abrirse, pero ahora anunciaba el umbral de algo nuevo. Su objetivo era dar acceso a una de las alas de la casona, concretamente a la que conducía hasta el salón del piano de Gastón. Allí, antes de entrar, las viejas puertas doble de vidrio —y que se mantenían permanentemente cerradas a petición de mi tío—, ahora marcaban el símbolo de un nuevo tiempo al estar abiertas, de par en par, como si se tratase de una iglesia.

¿Y quiénes eran los peregrinos que acudían hasta aquel templo envueltos en curiosidad? Nada menos que toda la gente de Paula Jaraquemada. Llegaban en grupos pequeños compuestos de una o dos personas, se escabullían en silencio hasta las puertas de vidrio e ingresaban con un modesto *«con permiso…»* en los labios, acompañados de pisadas alegres y miradas llena de entusiasmo. De una u otra forma, todos deseaban conocer el nuevo lugar del barrio. Algunos trataban de disimular su interés o fingían que habían llegado por casualidad pero, en el fondo, sentía curiosidad por el oasis de la lectura: la librería de mi abuela Raquel, y ella estaba encantada de mostrársela.

Cuando las personas ingresaban a la librería se sorprendían de que tanto mobiliario pudiese caber en un lugar que aparentaba ser pequeño. Sin embargo, el salón del piano siempre había sido ancho y cómodo, y ahora quedaba claro que era más que eso. El espacio había sido redistribuido: cuatro estanterías servían de vallas para enmarcar un nuevo salón modesto, pero acogedor; el viejo mostrador de *El caballo azul* estaba en el centro, como una reliquia atractiva y, a los bordes de

408

este, unas mesitas pequeñas para dos personas con sus respectivas sillas de madera servían de refugio para aquellos que desearan sentarse a leer.

Mi abuela Raquel permitía que los niños usaran los libros sin necesidad de pagar por ellos y los adultos le agradecían el gesto dejando a sus hijos allí de vez en cuando, confiados de que tendrían una sana diversión por un par de horas. Durante ese tiempo, algunos se atrevían a enfrentarse a la literatura latinoamericana, esos eran los que nunca deseaban irse; el resto se maravillaba al leer historietas, sobre todos las *aventuras de Tintín*. Quienes las consumían, siempre se despedían con una sonrisa de satisfacción y la promesa de que regresarían al día siguiente.

Por lo general, Gastón era el mayor admirador de aquella serie creada por *Hergé*. A mi tío le apasionaba el sentido de justicia de Tintín, el ingenio de Milú y las historias que envolvían al enigmático y bonachón capitán Haddock. Aquellas aventuras lo sumergían en un mundo invisible en el que nadie se atrevía a molestarlo. Desde que leyó el primer tomo, prohibió que se vendiera ningún ejemplar y cada tarde, cuando acudía a releer las historietas, se acercaba a cualquiera de los niños que estuviese leyéndolas y le hacía un gesto de aprobación antes de sumergirse en el fantástico mundo de Tintín.

Si mi abuela permitía que los niños se mantuviesen en la librería era porque, a su manera, veía en aquellos muchachitos y jovencitas de cabellos oscuros y sonrisas alegres un recuerdo de la niñez de sus hijos. A veces se preguntaba si entre ellas no habría un futuro Enrique o algún jovencito amante de la música que deseara ver clases con Gastón. Eso siempre la hacía sonreír, aunque no podía evitar que la asaltaran otras imágenes producidas por la nostalgia.

A veces veía en los rostros de las niñas los ojitos de Eliana. Eso le ablandaba el corazón. Se preguntaba qué estaría haciendo su hija en ese momento. ¿Estaría bien? ¿Volvería a verla? Aunque doliera, era mejor no pensar en ello. Raquel se sacudía las penas estirándose los camisones o los vestidos mientras organizaba los libros en los estantes. Tenía cajas y cajas repletas de ellos. Habían llegado sin aviso una tarde de febrero, como la herencia de un muerto olvidado. Los acompañaba una nota escrita por Enrique: *«haz con ellos lo que creas conveniente»*, y eso fue exactamente lo que hizo.

Mi abuela desplegó toda la literatura de *El caballo azul* en aquel hogar que, en el pasado, renegaba de la escritura, racionaba las velas y recortaba gastos *tontos* como el papel y la tinta. Era un giro inesperado que no carecía de esa particular ironía que tanto disfrutaba Raquel. Aquel hogar que se había ido marchitando hacia adentro desde que falleciera don Enrique, ahora regresaba a la vida gracias a un montón de palabras y los libros que siempre hicieron falta en la 115. Era un hecho grandioso que mi abuela no esperaba, pero que le había conferido la energía que creía perdida desde la muerte de su esposo.

Mi abuela Raquel parecía rejuvenecida.

Su mente era veloz y eficiente. Los números volvían a ella con las mismas palabras suaves y la mirada dulce con la que su esposo le enseñaba a sumar y restar después de la cena o antes de acostarse a dormir. Las lecciones antiguas seguían afiladas. Ella anotaba todo en la antigua libreta de cuero y hojas amarillentas donde antes marcaba los ingresos del hogar. Nunca se le escapaba nada. En las columnas que dibujaba en las hojas aparecía con sumo detalle cada deuda y su dueño; cada beneficio y su monto; cada gasto y su razón. Cualquier contador hubiese estado orgulloso, pero su trabajo no se limitaba a esa única tarea. Cuando caminaba por la librería, marcaba los precios de cada ejemplar según las indicaciones de Enrique; hacía inventario cada martes y rellenaba los espacios que se iban vaciando con una paciencia infinita.

En aquel recinto reinaba el orden y eso era algo que agradecían sus visitantes. Atendía a cada persona con una sonrisa y una palabra cálida. Le indicaba hacia dónde debía dirigir la mirada según su curiosidad y no perdía ocasión para ofrecer huevos, juncos y los bordados de su hija Quety. Aquello era inusual. Nadie se esperaba recibir tales ofertas al acudir a un santuario del silencio y la lectura, pero los pañuelos bordados tenían su público y la publicidad ayudó a que le solicitaran otros trabajos de costura. Eso le permitió a mi tía Quety escapar del nido de lamentos que era su hogar —al menos por un tiempo—, y retomar sus trabajos frente a la máquina de costura con la que había descosido su antiguo vestido de novia.

Para mí aquel destello de vida supo tan bien como cualquier comida preparada por las manos de mi abuela. La 115 era otra vez el hogar que tanto amaba y eso me motivó a visitarla de forma regular. Al estar entre sus muros, me sentía reconfortada. Las casonas vibraban y la alegría danzaba en sus salones. Parecía que todo tiempo confuso y siniestro había quedado atrás, relegado al pasado y al olvido. Nada volvería a ser lo mismo, eso estaba claro. La librería era un símbolo del cambio y una muestra mágica de renovación. Me parecía extraordinario que la quiebra de mi padre hubiese sido convertida en las bases de un nuevo porvenir. Incluso los gestos más pequeños eran significativos y aquella era una muestra poderosa de la transformación que se cernía sobre todos nosotros. Era el comienzo de una nueva década, el cruce hacia un nuevo camino y nosotros, sin saberlo, estábamos entregados a él.

Por supuesto, las casonas seguían sumergidas en el pasado. Verlas trasportaba a las personas hasta los años cuarenta o cincuenta: sin electrodomésticos lujosos ni remodelaciones modernas, había pocas diferencias al hogar en el que vivieron los alemanes el siglo anterior. Sin embargo, había algo inmutable, una raíz invisible que se expandía debajo de la tierra, pero también dentro de nosotros. En la esencia de la 115 había algo más poderoso que los accesorios y los lujos y eso era el permanente deseo de transformación y de cambio. Chile también respiraba con aquella esencia. El país seguía atascado en su atraso industrial, sus dificultades para generar empleos de calidad y una amplia precariedad que empujaba a las personas a refugiarse en poblaciones a las que no llegaban los servicios básicos. No obstante, debajo de esa adversidad, rugía el anhelo de un cambio, la determinación de los sueños, la esperanza de un futuro mejor.

Mientras esa esperanza y el anhelo de cambio no desaparecieran, siempre llegaría una oportunidad para transformar la realidad. Mientras hubiese esperanza y posibilidades de cambio, nada podría detenernos… nadie nos iba a detener.

—Tengo una petaquita para ir guardando, las penas y pesares que estoy pasando —cantaba mi abuela mientras acomodaba los libros una noche, cuando no quedaban más que un par de niños, mi tío y yo—, pero algún día, pero algún día… abro la petaquita, la hallo vacía.

De inmediato dejé el libro que estaba leyendo sobre la mesa. Desde el borde del salón tenía una vista periférica de todo el lugar. A la izquierda, las puertas de vidrio dejaban entrar el aire nocturno; al frente, el mostrador de *El caballo azul*; a la derecha, mi tío Gastón leía uno de los volúmenes de Tintín. Un par de niños se levantaron unos minutos después, se despidieron con una sonrisa y se marcharon a sus hogares, dejando la biblioteca habitada solo por los miembros de la 115.

—Todos los hombres tienen, en el sombrero... —seguía mi abuela—, un letrero que dice, casarme quiero.

Su voz había cambiado desde la última vez que la escuchara cantar. Parecía imposible, pero sonaba más joven y risueña. Le cantaba a los libros, como si fuesen niños de pecho y su melodiosa armonía subía hasta el techo y se regaba por el salón de forma homogénea. Yo la escuchaba embelesada, perdida en esas palabras saltarinas que a veces se volvían tarareo y me hacían vibrar por dentro.

—Pero algún día, pero algún día... abro la petaquita, la hallo vacía.

No tenía noción del tiempo. La lectura que segundos antes me había hechizado, perdió cualquier relevancia. Solo podía ver a mi abuela moviéndose por el espacio con aquel tarareo entre los labios y la felicidad pintándole el rostro arrugado.

De pronto, una llovizna de voces irrumpió en el salón. Primero llegó Quety, vestida con prendas de algodón color pastel. Al hablar, una alegría oxidada le subía por la garganta mientras esperaba por su madre en el mostrador. Luego llegó Rosa, con su porte seguro y su espalda tan recta como un alfiler. Sus pasos no emitían ningún sonido y eso le permitió llegar por sorpresa hasta Gastón. Se le abalanzó por la espalda en un abrazo y apoyó su mentón en su hombro. En la cara se le dibujó una sonrisa burlona, como si por algún momento hubiese dudado de aquello que leía su pareja. Por último, mi madre emergió por el umbral de la puerta, ataviada con los colores de la noche y un semblante tranquilo. Había perdido toda desconfianza por la 115 y se presentaba ante ella para buscarme, pero, también, para volver a ese lugar que la había cobijado en uno de los peores momentos de su vida.

Cuando cruzamos miradas, no nos dijimos ni una palabra. No parecía apurada y yo tampoco deseaba marcharme, así que se acercó hasta el mostrador y se sumergió en una alegre conversación con Quety. Mi abuela no tardó en unírseles. Un instante después, el melódico tarareo de mi abuela fue reemplazo por las voces de todos los adultos. Nadie parecía advertir mi presencia, pero no importaba demasiado. Yo los observaba a todos con ojos sonrientes. No podía salir de mi asombro. La felicidad me abrazó por un instante al descubrirme testigo de una escena tan común pero que, a su manera, estaba cargada de una intimidad de verdad significativa.

Esa era mi familia.

Allí estábamos, los Lafourcade —o los retazos que quedaban del antiguo clan—, en la 115, todos juntos, en medio de una alegría imperceptible y una tranquilidad inesperada.

Allí estábamos, los Lafourcade, invadidos por esos sentimientos que solo aparecen cuando amamos de verdad el lugar que nos acoge y nos sentimos vinculados a las personas que nos rodean.

Allí estábamos… los Lafourcade, envueltos en una cotidianidad de ensueño, protegidos por un techo antiquísimo y amparados por la compañía y el calor que nos brindaba converger en un mismo lugar.

¿Sería ese el comienzo de una nueva vida? ¿Habíamos madurado lo suficiente para proteger aquel hogar de recuerdos? ¿Nos sonreiría el futuro? Mis preguntas quedaron rondándome el pensamiento, pero casi como si me leyeran la mente, los carteles de los candidatos presidenciales que se encontraba en el mostrador me sonrieron. Allende, Alessandri, Tomi, los tres me miraban con sus ojillos expresivos y sus lemas de campaña. Ellos también parecían estar dentro del salón, acompañándonos en aquel momento familiar. ¿Cuál de ellos ganaría? Era una pregunta tonta que carecía de importancia; al menos eso es lo que creía… eso es lo que todos creíamos.

Entonces no lo sabíamos, nadie lo sabía.

Pero pronto descubriríamos la importancia de esa decisión y los cambios que traerían consigo aquellas elecciones. De momento, solo importaba aquel hogar de recuerdos y todos los rostros que alguna vez lo habían habitado.

El resto… el resto sería un asunto del futuro.

Made in the USA
Columbia, SC
16 August 2022

64513337R00248